BASTEI
LÜBBE

Von Ian Smith ist bei Bastei Lübbe Taschenbücher lieferbar:

15588 Der geheime Orden

Über den Autor:

Ian Smith arbeitete lange Jahre als Experte für medizinische Themen bei NBC News. Er ist außerdem Mitarbeiter der Zeitschrift *Men's Health*. Der Autor lebt in New York City. DER INNERE ZIRKEL ist sein erster Roman.

IAN SMITH

DER INNERE ZIRKEL

Thriller

Aus dem Amerikanischen von
Peter A. Schmidt

BASTEI LÜBBE

BASTEI LÜBBE TASCHENBUCH
Band 26739

Vollständige Taschenbuchausgabe

Bastei Lübbe Taschenbücher in der Verlagsgruppe Lübbe

Titel der amerikanischen Originalausgabe: »The Blackbird Papers«

Umschlaggestaltung: Bianca Sebastian
Titelillustration: © David Wyatt / Sarah Brown Agency
Satz: hanseatenSatz-bremen, Bremen
Druck und Verarbeitung: GGP Media GmbH, Pößneck
Printed in Germany, Oktober 2007
ISBN 978-3-404-26739-2

Sie finden uns im Internet unter
www.luebbe.de

Der Preis dieses Bandes versteht sich einschließlich
der gesetzlichen Mehrwertsteuer.

Für Tristé … für immer … komme, was da wolle

1

PROFESSOR WILSON AUGUSTUS Bledsoe glitt in seinem Wagen durch die dunklen und engen Straßen von Hanover, New Hampshire. Er überquerte die Ledyard-Bridge, und vor ihm lag die weite unberührte Landschaft von Vermont. Anfangs hatte es nur getröpfelt, aber mittlerweile trommelte der Regen im Stakkato gegen die Windschutzscheibe seines Oldtimer-Mercedes. Er war froh, die lärmende Festlichkeit im Haus des Collegepräsidenten hinter sich gelassen und den Heimweg angetreten zu haben. Die Feier fand zu seinen Ehren statt, doch er war als Erster gegangen. Nicht, dass er undankbar gewesen wäre, aber er fühlte sich in größeren Menschenansammlungen einfach nicht wohl, erst recht nicht, wenn sie seinetwegen veranstaltet wurden, wie es in letzter Zeit immer häufiger der Fall war. Kaum einer der Gäste dürfte geahnt haben, dass er ohnehin nur auf Drängen seiner Frau erschienen war. In seinem Labor wartete eine wesentlich dringendere Aufgabe auf ihn.

Wilson Bledsoe, ordentlicher Professor am Dartmouth College, war unlängst zum dreiundzwanzigsten Preisträger des Devonshire-Award gekürt worden, der bestdotierten naturwissenschaftlichen Auszeichnung, deren Prestige nur noch vom Nobelpreis in den Schatten gestellt wurde. Diesen Preis zu erringen war kein Kinderspiel gewesen, auch für einen Professor des Dartmouth College nicht, das sich einer höheren Quote akademischer Preisträger rühmen durfte als manche viermal so große Institution. Der hochverehrte Präsident des College, Wallace Mortimer III, und seine Frau Serena hatten weder Aufwand noch Mühe gescheut, zu Ehren ihres prominentesten Professors – und ihres prominentesten afro-amerikanischen Professors allemal – einen Empfang auszurichten.

All jenen, die sich an diesem Abend eingefunden hatten, war klar, dass die Feier nicht nur speziell dem Gewinner des Devonshire-Award galt, sondern Bledsoes wissenschaftlicher Karriere insgesamt, in der er eine bemerkenswert lange Liste von Auszeichnungen errungen hatte. Vor fünf Jahren hatte er den Nobelpreis gewonnen, und nun war er zur Krönung als erster Afro-Amerikaner Träger der beiden höchst dotierten wissenschaftlichen Auszeichnungen der Welt geworden. Während ihm seine Kollegen gratulierten, sparten sie nicht mit neckischen Bemerkungen über die fürstliche Behandlung, die man ihm und seiner Frau während ihrer Englandreise zur Entgegennahme des Preises hatte angedeihen lassen, wo er unter Anwesenheit der englischen Königin mit einem Festakt geehrt worden war. Jeder wollte wissen, was er mit dem Preisgeld von zwei Millionen Dollar anfangen wolle. »Was immer Kay möchte«, war das Äußerste, was er zu diesem Thema preiszugeben bereit war.

Bledsoe griff nach seinem Handy und wählte die Nummer von zu Hause.

»Kay, ich bin auf dem Weg«, sagte er.

»Wie war's denn?«, wollte sie wissen.

»Wally und Serana haben mächtig auf den Putz gehauen, wie immer. Es ist mir fast schon peinlich, wenn ich mir vorstelle, was das wieder gekostet hat.«

»Wer war denn alles da?«

»Viele Leute, die ich seit Jahren nicht mehr gesehen habe. Lawrence Wilcox hat sich sogar aus Harvard herbemüht.«

»Lawrence? Er kann dich doch nicht ausstehen!«

»Ich sage ja, Wally und Serena haben sich mächtig ins Zeug gelegt!«

Die Mortimers hatten sich offensichtlich vorgenommen, diesen Tag in die Annalen eingehen zu lassen, und zu diesem Zweck eine Versammlung von führenden Wissenschaftlern veranstaltet, vor der Wilson Bledsoe sich unbedeutend vorgekommen war, als er beim Trinkspruch zu seinen Ehren von der Empore des herrschaftlichen Hauses auf die versammelte Gesellschaft hinabgeblickt hatte. Juri Mandryka, der vermutlich bedeutendste Anatom, den die Sowjetunion je hervorgebracht hatte, war ihm als Erster aufgefallen, als dieser, auf seinen Krückstock gestützt, das Champagnerglas erhoben hatte. Lawrence Wilcox, Leiter des biologischen Instituts von Harvard, war von Boston heraufgekommen und stand neben Olson Bulger, dem früh zu Ruhm gelangten Mathematiker vom MIT, der mit noch nicht einmal dreißig Jahren bereits Namensgeber eines mathematischen Theorems geworden war. Wilcox hatte mit Wilson Bledsoe kein Wort mehr gewechselt, seit Wilson das großzügige Angebot, dem Lehrkörper des Wilcox'schen Instituts in Harvard beizutreten, abgelehnt hatte. Wilcox war eine Kapazität auf dem Gebiet der Evolutionsbiologie und wurde auf der ganzen Welt wegen seiner zahllosen Publikationen und seines überaus produktiven Labors bewundert. Er leitete die bedeutendsten Tagungen und saß in den Aufsichtsgremien der maßgeblichen wissenschaftlichen Institutionen. Noch nie hatte jemand sich erdreistet, Lawrence Wilcox einen Korb zu geben, außer Wilson Bledsoe, der schlicht geschrieben hatte: »Vielen Dank für Ihr Angebot, aber Kay und ich fühlen uns in der Abgeschiedenheit dieser ruhigen Berge sehr wohl. Ich fürchte, ich kann nicht mehr ohne den unsagbaren Frieden leben, der mich hier umfängt, sobald ich den Fuß vor meine Tür setze.«

»Stell dir vor, Garret ist den ganzen langen Weg von Stanford mit dem Flugzeug gekommen«, sagte Bledsoe. »Hat er denn nichts Besseres zu tun, als sich auf der anderen Seite des Kontinents auf einer blöden Party herumzutreiben?« Garret Templeton war ein geachteter Chemiker und Nobelpreisträger aus Stanford, der vor allem deshalb bekannt geworden war, weil ihn die Yale-Universität bereits zweimal zu ihrem Präsidenten machen wollte, was er ebenso oft ausgeschlagen hatte. Wie Bledsoe hatte er inzwischen seinen idealen Wohnsitz gefunden – ein kleines Stück Land auf einer Klippe über dem Pazifischen Ozean mit herrlichem Blick auf das Meer.

»Also, mich wundert es überhaupt nicht, dass Garret gekommen ist«, sagte Kay. »Vielleicht begreifst auch du jetzt endlich, dass der Devonshire-Award kein Pappenstiel ist. Du scheinst der Einzige zu sein, dem das noch nicht aufgegangen ist, mein Süßer.«

»Bloß wieder ein Anlass, in diesem alten Kasten eine Party zu schmeißen«, meinte Bledsoe geringschätzig.

»Ich bin jedenfalls stolz darauf, dass du es dort so lange ausgehalten hast«, entgegnete Kay, die wusste, dass er sich viel lieber in seinem Laboratorium vergraben hätte, als auf einer Cocktailparty Smalltalk zu machen.

»Eine Stunde war mehr als genug«, sagte Bledsoe. »Übrigens, da ist mir doch etwas Lustiges passiert!«

»Sag bloß!«

»Als ich gegangen bin, hat mir ein Student eines meiner Lehrbücher hingehalten und um ein Autogramm gebeten!«

»Und was hast du gemacht?«

»Ich habe ihm natürlich keins gegeben. Ich bin doch kein Rockstar! Ich bin Wissenschaftler.«

»Wilson, ob es dir gefällt oder nicht, du bist trotzdem ein Star und für viele eine Leitfigur.«

»Mag sein«, lenkte Bledsoe ein. »Aber mein Vater hat schon gesagt, sobald du deinen eigenen Schlagzeilen glaubst, hast du sie nicht mehr verdient.«

Kay lachte leise. Sie kannte diesen Spruch zur Genüge. »Hast du dir ein bisschen Appetit aufgehoben?«

»Worauf du dich verlassen kannst! Ich habe den ganzen Abend nur an einem Shrimpscocktail genascht.«

»Wenn du heimkommst, steht das Abendessen auf dem Tisch!«

»Bis gleich, Honey.«

»Ich liebe dich!« Kay gab ihm einen Kuss durchs Telefon.

Bledsoe stellte sich das Menü aus gegrilltem Lachs, Kartoffelpüree und Gurkengemüse vor, das ihn erwartete. Seit den Tagen der Kindheit war es seine Leibspeise, die ihm seine Mutter immer gekocht hatte, wenn es etwas zu feiern gab – ein gutes Zeugnis oder einen Sieg beim Schachturnier. Er drückte aufs Gaspedal seines alten roten Mercedes. Es gab noch einiges zu tun. Es hätte auch bis zum nächsten Morgen Zeit gehabt, aber er hatte fast ein ganzes Jahr an diesem Manuskript gesessen, länger als je zuvor an einer Arbeit. Auch nach hunderten von Veröffentlichungen genoss Bledsoe immer noch diesen speziellen Adrenalinstoß, wenn er die Arbeit endlich in den Umschlag stecken und versandfertig machen konnte.

Er sann über die Komplimente nach, die Präsident Mortimer auf dem Weg zur Tür mit ihm ausgetauscht hatte.

»Wilson, wir sind sehr stolz auf Sie«, hatte Mortimer in seinem geschniegelten Neuengland-Akzent gesagt. »Dartmouth hat Ihnen eine ganze Menge zu verdanken, und dafür möchte ich Ihnen meinen ganz persönlichen Dank aussprechen.«

»Auch Kay und ich verdanken Ihrem College eine ganze Menge«, hatte er geantwortet. »Aber was mich angeht, dürfte das Beste wohl noch kommen. Ich habe mir jedenfalls noch einiges vorgenommen.«

»Sie haben den Nobel- und den Devonshire-Preis gewonnen! Was wollen Sie denn noch mehr?«

»Ich meine nicht die Auszeichnungen, Wally, ich rede von

Forschungsprojekten. Ich denke, ich werde noch mancherlei zu bieten haben.«

»Das hört sich an, als wollten Sie einen großen Coup landen.«

»Ich sehe allmählich Land.«

»Darf ein alter Freund fragen, worum es geht?«

»Verstehen Sie mich bitte nicht falsch, aber ich möchte nicht über ungelegten Eiern gackern. Später vielleicht. Ich bin noch dabei, an ein paar Details herumzufeilen.« Wie fast jeder Forscher, der einer großen Sache auf der Spur ist, äußerte sich Wilson zu unfertigen Projekten nur ungern.

Mortimer legte Bledsoe den Arm um die Schulter. »Wilson, Sie sehen etwas angegriffen aus«, sagte er. »Ich weiß, wie hart die Alltagsmühle sein kann. Machen Sie nicht den gleichen Fehler wie ich! Versäumen Sie nicht die angenehmen Seiten des Lebens, solange Sie noch jung genug sind, sie zu genießen. Warum machen Sie nicht ein Semester Pause und schauen sich mit Kay zusammen die Welt an?«

»Darüber habe ich selbst schon ernsthaft nachgedacht«, meinte Bledsoe. »Wir sind noch nie in Asien gewesen.«

»Dann gönnen Sie sich doch das Vergnügen! Geld haben Sie ja genug. Sie können fortbleiben, solange Sie wollen. Hier in Dartmouth wartet immer ein Platz auf Sie!«

»Danke, Wally. Auch im Namen von Kay möchte ich mich an dieser Stelle für die Freundschaft bedanken, die Sie und Serena uns in all den Jahren erwiesen haben.«

»Wo wollen Sie jetzt hin?«

»Nach Hause«, sagte Bledsoe. »Kay wartet mit dem Abendessen auf mich.«

»Richten Sie ihr meine besten Grüße aus!«

Und dann tat der mit einem marineblauen Blazer und einer tannengrünen Fliege makellos gekleidete Wallace Mortimer III etwas, was er in der nun schon vierundzwanzig Jahre dauernden Bekanntschaft noch nie getan hatte: Er schloss Wilson Bledsoe in die Arme und drückte ihn an sich. Ganz fest.

Die Erinnerung an diese Umarmung spukte in Wilsons Kopf herum, als er in die River Road einbog und das Fernlicht einschaltete. Nachts herrschte in diesen Bergregionen eine biblische Finsternis, zumal auf unbefestigten Nebenstraßen. Wer da als Autofahrer nicht von der Fahrbahn abkommen wollte, musste sich auf seine Scheinwerfer, das bisschen Mondlicht und vor allem auf seine Intuition verlassen.

Die River Road war die längste Straße des ganzen Upper Valley. Sie folgte anfänglich dem Ufer des Connecticut River, um sich dann die bewaldeten Berghänge hinaufzuwinden – eine Straße, die dem Fahrer einiges an fahrerischem Können abverlangte. Wegen des schwierigen Terrains und der unverhofften Kurven brausten hier öfter Studenten zum Spaß herum. Die Kombination von Dunkelheit, Regen und nassem Laub wie am heutigen Abend war die ideale Vorbedingung für einen Unfall. Ungeachtet der Versuchung, den Motor seines prächtigen Fahrzeugs zeigen zu lassen, was in ihm steckte, nahm Bledsoe die tückischen Kurven betont vorsichtig und hielt sich wegen des häufigen Wildwechsels möglichst in der Straßenmitte. Seit er hier heraus gezogen war, hatte er mehrfach nur knapp einen Wildunfall vermeiden können. Kay hatte die Kühlerpartie ihres Kombis bereits mit einer hübschen Sammlung von Beulen und Kratzern dekoriert, aber Wilson hatte nicht vor, ihr darin mit seinem geliebten Mercedes nachzueifern.

Als Dead Man's Curve hinter ihm lag, eine bergauf führende scharfe Kehre, die schon über dreißig Todesopfer gefordert hatte, glaubte er weit voraus etwas wahrzunehmen. Anfangs konnte er keine Einzelheiten erkennen, zumal der Regen gegen die Windschutzscheibe klatschte und die störrischen Wischer das Wasser mehr verteilten als beseitigten. Schließlich erkannte er in ungefähr hundert Metern Entfernung einen Warnblinker, relativ hoch über der Straße, vermutlich von einem Lastwagen. Er verringerte das Tempo und sah schließlich einen alten rostigen Pick-up mit rechts und links der Ladefläche angebrachten wackeligen hölzernen Aufsteckgittern, die ein gutes Stück höher waren als die Fahrerkabine. Die Beine eines Mannes ragten unter dem Fahrzeug hervor, die Motorhaube war hochgeklappt.

Motor- oder Reifenpanne, dachte Bledsoe, der inzwischen Schritttempo fuhr.

Neben dem Fahrzeug stand heftig winkend ein Mann mit dichtem Bart, dessen blassgrüne Jacke über einer gewaltigen Wampe auseinander klaffte. An seiner rechten Hosentasche zeichnete sich ein großer schwarzer Fleck ab, den Bledsoe für Schmieröl hielt. Weitere Einzelheiten waren in der Dunkelheit schwer auszumachen. Bledsoe versuchte, das vom Schild einer zerknautschten Jägermütze beschattete Gesicht des Mannes zu erkennen, sah aber lediglich wilden Bartwuchs und sonst gar nichts. Sollte er anhalten oder nicht? Er war hungrig, und Kay wartete mit seinem Leibgericht auf ihn. Bis zur Einfahrt zu seinem Anwesen waren es nur noch knapp zwei Kilometer. In ein paar Minuten konnte er im Trockenen sein und sich zu Hause mit einer Portion gegrilltem Lachs gemütlich an den Tisch setzen. Kay hatte zwar nichts verraten, aber er war sicher, dass sie ihn zur Krönung mit ihrer selbst gemachten doppelstöckigen Schokoladentorte verwöhnen würde.

Bledsoe rollte vorbei. Er spürte die Vorboten der Erleichterung, die er jedes Mal empfand, wenn er endlich die Zufahrt zu seinem Haus hinunterfuhr, einem massiven Bau aus Naturstein und Ziegel, ihrem Traumhaus. Es stand tief im Wald versteckt nicht weit vom Flussufer auf einem über vierzig Hektar großen Grundstück mit naturbelassenem Baumbestand und kleinen Felsschluchten. Er hatte Gewissensbisse, weil er die beiden Männer im Regen stehen ließ, aber da war auch noch das Manuskript in seinem Computer im Labor. Er hatte sich fest vorgenommen, die Endfassung noch heute Abend per E-Mail an die Redaktion zu schicken, gleichgültig, wie spät es werden würde, bis er fertig war. Wenn er jetzt anhielt, würde die lange Nacht noch länger werden.

Dann blieb sein Blick am Bild des winkenden Mannes im Rückspiegel hängen. Er holte das Handy heraus und rief Kay an.

»Kay, es könnte ein bisschen später werden, bis ich nach Hause komme«, sagte er und legte den Rückwärtsgang ein. »Auf der River Road sind ein paar Männer mit ihrem Pick-up liegen geblieben.«

»Aber bleib nicht zu lange! Es wäre schade, wenn das Essen kalt wird.«

»Es wird nicht kalt werden«, entgegnete Bledsoe, während er zu dem winkenden Bärtigen zurückstieß. »Liebling, ich bin gleich da.«

»Sei vorsichtig«, mahnte Kay. »Es ist schon dunkel, und der Regen macht es auch nicht besser. Fahr rechts ran. Es ist sonst zu gefährlich, wenn ein Auto kommt!«

Stets die Beschützerin!, dachte Bledsoe. Kay war eine großartige Ehefrau und eine noch bessere Gefährtin. Und daran hatte sich für ihn auch nach fünfundzwanzig Ehejahren nichts geändert.

Plötzlich verspürte er den Drang, von Mortimers Umarmung zu erzählen. »Heute Abend ist etwas Merkwürdiges passiert«, sagte er.

»Was denn?«

»Als ich gehen wollte, hat Wally mich gefragt, wo ich hinwill. Ich habe zu ihm gesagt, dass du mit dem Abendessen auf mich wartest.«

»Und was soll daran merkwürdig sein?«

»Nichts, aber dann hat er mich umarmt.«

»Na und?«

»Er hat mich in die Arme genommen, richtig fest! Das hat er noch nie getan. Überhaupt wüsste ich nicht, dass Wally jemals irgendjemanden in die Arme genommen hätte!«

»Mit euch Männern ist es doch immer dasselbe«, sagte Kay. »Ein bisschen Zärtlichkeit, und schon geratet ihr in helle Panik. Es ist doch vollkommen normal, dass sich zwei Menschen wie ihr an einem solchen Abend umarmen!«

»Wenn du es sagst …«, meinte Bledsoe wenig überzeugt.

»Jetzt mach mal voran und stell fest, was diese Männer wollen, und dann komm nach Hause!«

»Ich bin schneller da, als du den Herd abstellen kannst.«

Bledsoe hielt unmittelbar vor dem Lieferwagen an. »Was ist los?«, erkundigte er sich bei dem Mann mit der Wampe. Die Augen des Mannes waren unter dem Schirm seiner Mütze nicht zu erkennen. Der Regen hatte seinen ohnehin ungepflegten Bart noch mehr verfilzt.

»Ich glaube, der Motor ist jetzt endgültig im Arsch«, sagte der Dicke. »Er hat schon die ganze letzte Woche komische Geräusche gemacht, aber ich habe keine Zeit gehabt, mich darum zu kümmern.«

»Ich verstehe leider nicht viel von Autos«, sagte Bledsoe, stieg aus und warf einen Blick unter die Motorhaube. In der Dunkelheit sah er nur rostiges Eisen und schwarze Schläuche. Mehr Licht hätte ihm allerdings auch nichts genützt. Abgesehen von dem hellen Plastikbehälter für den Scheibenreiniger war der Motorraum ein großes Geheimnis für ihn.

Er hörte Schritte. Der Mann, der unter dem Wagen gelegen hatte, kam nach vorne. Auf Höhe des Kotflügels blieb er stehen und ließ den Lichtkegel einer Taschenlampe von der Seite her über Motor und Batterie gleiten.

»Tut mir Leid, aber hier muss ich passen«, sagte Bledsoe zu ihm. »Ein paar Kilometer die Straße zurück gibt es eine Tankstelle, gleich auf der anderen Seite der Brücke. Ich kann dort anrufen und veranlassen, dass jemand kommt. Wo wollen Sie denn hin?«

»Wir müssen rauf nach Fisherman's Creek«, sagte der Dicke. Die Worte kamen langsam und kehlig, als würden sie sich im Dickicht seines ungepflegten Bartwuchses verfangen. »Wir haben eine Lieferung, aber wir sind jetzt schon zu spät dran.«

»Ich würde Sie gerne mitnehmen, aber ich habe leider nur Platz für eine Person«, sagte Bledsoe. Er war nicht darauf erpicht, triefnasse Anhalter in seinen Wagen einzuladen – das antike Schätzchen hätte es ihm leicht übel nehmen können. »Ich gehe jetzt zu meinem Wagen und rufe mit dem Handy jemand, der Ihnen hilft.«

Als Bledsoe sich zum Gehen wandte, blickte er in den langen stählernen Lauf eines Schrotgewehrs. Er prallte zurück gegen den Kühler. »Was soll das?«, schrie er den zweiten Mann an, der ihm das Gewehr unter die Nase hielt. »Nehmen Sie gefälligst die Flinte weg!«

»Wir werden jetzt eine kleine Spazierfahrt machen«, sagte der Mann. Sein Gesicht war schlecht zu erkennen, doch Bledsoe bemerkte zahllose schwarze Zahnlücken in seinem Mund. Der Mann trat näher und bohrte ihm den Gewehrlauf in die Brust. Der gelbe Lichtschimmer des Warnblinkers tanzte über sein Gesicht. In den kleinen dunklen Augen blitzte die Bosheit. Über seine linke Wange zog sich vom Mundwinkel bis zum Ohrläppchen eine Narbe. *Mein Gott, was für ein hässlicher Kerl!*, dachte Bledsoe, der sich selten zu einem negativen Urteil hinreißen ließ.

»Wenn ihr meinen Wagen wollt, bitteschön, der Zündschlüssel steckt!«

»Wir wollen Ihr Auto nicht und auch kein Geld, falls Sie

sich die Mühe machen wollen, uns welches anzubieten«, knurrte der Dicke mit dem Bart. »Los, rein in den Lieferwagen!«

»Was wollen Sie dann?«

»Bewegung!«, fauchte der Dicke und schubste Bledsoe voran. »Für eine Unterhaltung haben wir später noch genügend Zeit.«

Der Mann mit der Flinte führte die Mündung der Waffe über Bledsoes Brust und stieß sie ihm von hinten in die Schulter. Mit einem Geräusch, das Pferde machen, wenn sie zornig sind, zog er den Rotz hoch und spie auf die Straße. »Los, voran!«, schrie er. »Ich habe lang genug in diesem Scheiß-Regen auf Sie warten müssen!«

Bledsoe sah vor seinem inneren Auge Kay in der Küchenschürze am Herd stehen. Warum hatte er nur angehalten?

»Einsteigen, Professor«, schrie der Zahnlückige und traktierte Bledsoe noch härter mit dem Gewehrlauf. »Es ist schon spät!«

Er sagt Professor zu dir, dachte Bledsoe – aber er hatte den Zahnlückigen noch nie gesehen. Jedenfalls konnte er sich nicht daran erinnern.

Wilson ging von der Motorhaube zur Beifahrertür. In der Hoffnung, dass ein Wagen die lange dunkle Straße heraufkommen könnte, ließ er sich so viel Zeit wie möglich. Fluchtpläne schossen ihm durch den Kopf, die aber allein schon deshalb von vornherein zum Scheitern verurteilt waren, weil sie einen wesentlich athletischeren und beweglicheren Mann zur Voraussetzung hatten, als er inzwischen war. Vor zehn Jahren hätte die Sache anders ausgesehen. Damals war er dreißig Pfund leichter und hatte jeden Tag seine fünf Kilometer gejoggt. Damals hätte er versucht, mit den beiden fertig zu werden. Doch nun stand er völlig untrainiert im Abendanzug mit durchnässten eleganten Schuhen da und hatte Mühe, sich nicht in die Hose zu machen.

Der Bärtige ließ die Motorhaube zufallen, ging zur Fahrerkabine und klemmte sich hinters Steuer. Das Fahrzeug sank ächzend in die Federung. Bledsoe streckte die Hand nach dem Griff der Beifahrertür aus. Die Mündung der Flinte bohrte sich nach wie vor in seinen Rücken. Während er langsam die Tür aufzog, sprang er blitzartig beiseite und schmiss dem Mann mit den Zahnlücken die Wagentür ins Gesicht. Ein Knall ließ die Stille zerbersten und hallte durch die endlose Finsternis. Mantel und Jackett abwerfend, rannte Bledsoe zum Heck des Pick-ups. Sein Großvater hatte ihn als Kind öfter am Wochenende zur Jagd mitgenommen. Bledsoe hatte die Waffe sofort als Browning Over and Under, Kaliber .28 erkannt, die meist zum Tontaubenschießen benutzt wurde. Als er die Straße hinunter rannte, wusste er, dass der Mann mit den Zahnlücken nur noch eine Patrone in der Kammer hatte. Wenn Bledsoe diesen Schuss überlebte, konnte er einen Vorsprung gewinnen, während der Zahnlückige nachladen musste.

Gleich darauf krachte der zweite Schuss. Bledsoe spürte einen heißen Luftstoß links an seinem Gesicht vorbeizischen. Seine Hand fuhr an die Wange. Die Schrotladung hatte ihn verfehlt. Er hielt sich in der Mitte der unbefestigten Fahrbahn, wo er am schnellsten vorankam, und rannte, was seine untrainierten Beine hergaben. Angesichts des Todes läuft das Leben in unzusammenhängenden Bruchstücken angeblich noch einmal vor einem ab. Bledsoe wusste jetzt, dass es stimmte. Er dachte an Mr. Crouch, seinen Physiklehrer an der High School, den klügsten Mann, den er je kennen gelernt hatte. Dann dachte er an die kleine grüne Kinderschaukel, die sein Vater in ihrem winzigen Hinterhof aufgebaut hatte. Die halbe Kindheit lang schien er mit den Beinen Schwung geholt zu haben, bis die Schaukel einfach nicht mehr höher hinaufschwingen wollte. Das Buch fiel ihm ein, dessen Rückgabetermin er überschritten hatte. Bald würde wieder ein lästiges Mahnschreiben der Bibliothek fällig sein.

Er fragte sich, ob die alte Nel Potter die Schüsse gehört hatte. Ihr Haus lag näher als alle anderen. Wenn er Glück hatte, war eventuell sogar ihre Haushaltshilfe Heidi auf das unruhige Geschehen aufmerksam geworden.

Sein letzter Gedanke galt Kay. Er sah sie in der Küche den Tisch decken und dann, wie immer, zu seiner Begrüßung unter die Tür treten, während er vor dem Haus vorfuhr. Der Empfang nach einem langen Arbeitstag hatte sich zu einem vertrauten Ritual entwickelt, das ihnen beiden lieb und teuer geworden war.

Doch nun schlug er sich das alles aus dem Kopf und konzentrierte sich auf die dunkle, schlüpfrige Straße. Er war eisern entschlossen, sich nach Hause durchzuschlagen.

2

BLEDSOES KEUCHENDER ATEM riss Löcher in die Stille der Nacht. In seinen Lungen stach es wie glühende Spieße, dabei war er noch keine fünfundsiebzig Meter gerannt. Sein von der Angst geschärftes Gehör ließ ihn jedes Geräusch überdeutlich wahrnehmen, als sei es nur ein paar Meter entfernt. Er hörte den Anlasser des Pick-ups orgeln und dann das surrende Mahlen von durchdrehenden Rädern auf matschigem Grund. Die Männer saßen ihm im Nacken. Bledsoe hatte einen Plan, aber dazu musste er den Wald erreichen, bevor ihn die Verfolger eingeholt hatten. Im Dunkel des Waldes, wo er sich auf vertrautem Grund befand, hatte er wesentlich größere Chancen, sich zu verstecken und zu entkommen.

Der Dicke mit dem Bart stellte bei seiner Leibesfülle kaum eine Bedrohung dar, der Zahnlückige schon eher. Er hatte die Schrotflinte und war außerdem dünn genug, um sich ohne große Schwierigkeiten durch dicht bewaldetes Terrain zu schlängeln. Aber Wilsons eigentliche Sorge galt seinem eigenen Stehvermögen. Die Beine wurden ihm jetzt schon schwer. Reichte seine Ausdauer?

Wieder knallte ein Schuss. Das Echo wurde von den fernen Berghängen vielfach zurückgeworfen und erstarb schließlich in der Dunkelheit. Zum ersten Mal seit dem Beginn seiner Flucht drehte Bledsoe sich um. Der Pick-up holte schnell auf. Die Räder schleuderten Matsch und Schotter durch die Luft. Er sah den Zahnlückigen mit dem Gewehr aus dem Beifahrerfenster hängen und zielen, wobei er »Wil-son!« schrie und in ein durch Mark und Bein gehendes Gelächter ausbrach.

Bledsoe erreichte Dead Man's Curve. Stolpernd und rutschend rannte er unter Aufbietung aller Kräfte das steile Gefälle hinunter, das zu Fuß noch tückischer war als mit dem Auto. Er kam mehrfach fast zu Fall. Wenn er es bis hinunter zum Anfang der Steigung schaffte, bevor ihn die Verfolger eingeholt hatten, konnte er sich seitwärts ins Gehölz schlagen. Er kannte den Durchschlupf zwischen den Bäumen genau, aber diese Stelle galt es erst einmal zu erreichen. Vorher machte dichtes Brombeergestrüpp jegliches Durchkommen unmöglich.

Endlich war er unten. Hinter ihm flammten Scheinwerfer auf. Er drehte sich um und sah den Pick-up mit quietschenden Bremsen und jaulendem Motor Dead Man's Curve nehmen, aber er hatte inzwischen wohlbehalten den Durchschlupf zwischen den zwei großen doppelstämmigen Ahornbäumen erreicht. Bledsoe sprang zwischen den Stämmen hindurch und hoffte, dass seine Verfolger ihn nicht beobachtet hatten.

Der Wald umfing ihn mit schwarzer Finsternis. Hier und da sickerte etwas Mondlicht durch das Blätterdach, sodass er nicht völlig blind herumtappte. Er konnte kaum die Hand vor den Augen erkennen. Jeder andere hätte sofort die Orientierung verloren, aber Bledsoe hatte seit zehn Jahren in diesen Wäldern die Spuren von Tieren verfolgt und seine Notizbücher mit detaillierten Beobachtungen gefüllt. Mit besonderer Vorliebe hatte er sich auf nächtliche Beobachtungsgänge begeben, um das Paarungsverhalten von Eulen und anderem nachtaktiven Getier mit einer Hightech-Infrarotkamera festzuhalten. Oft hatte er ein kleines Zelt aufgeschlagen und die ganze Nacht lang Tierstimmen aufgezeichnet, um die Laute der Aggression von denen des Liebesspiels unterscheiden zu lernen. Am nächsten Tag hatte er die interessantesten und klarsten Tierlaute seinen Studenten vorgespielt und sie aufgefordert, Urheber und Bedeutung der Rufe zu bestimmen. Professor Bledsoe mochte sich mit Autos nicht auskennen, aber in diesen Wäldern kannte er sich aus wie in seiner Westentasche. Er blieb einen Augenblick stehen und lauschte.

Der Motor des Pick-ups war verstummt. Quietschend ging eine Tür auf, dann eine zweite. Bledsoe hörte Stimmen, konnte aber keine einzelnen Wörter verstehen. Es klang wie ein Streit. Er brach durch ein Tannendickicht und schlüpfte durch einen alten Holzzaun. Sein rechtes Hosenbein verfing sich in etwas Spitzem, gefolgt von einem jähen Schmerz. Er spürte warmes Blut an seinem Unterschenkel herunterlaufen. Die Wunde musste tief sein, denn die kalte, feuchte Nachtluft brannte unangenehm im rohen Fleisch.

Bledsoe hielt einen Moment lang inne. Er straffte die Beinmuskulatur und umspannte die Wunde mit der Hand, um die Blutung zu stoppen. Er konnte immer noch die Stimmen der beiden Männer hören. Sie lachten und brüllten ihm Schmähungen in die Dunkelheit hinterher.

Bledsoe rannte weiter. Das Blut lief in Strömen an seinem Bein herunter. Seine Angst schlug um in Wut. Was zum Teufel wollten diese beiden Halunken von ihm? Wieso war ihnen so viel an ihm gelegen, dass sie ihn bis in den Wald hinein verfolgten? Waren es besoffene rassistische Radaubrüder, die sich ihr Mütchen an ihm kühlen wollten? Aber sie kannten seinen Namen. Sie wussten sogar, dass er Professor war. Und der Zahnlückige hatte gesagt: »Ich habe lang genug in diesem Scheiß-Regen auf Sie warten müssen.« Bledsoe flüchtete weiter, brach durch Gebüsch, stolperte über Felsbrocken und abgestorbene Baumstümpfe. Er hatte sich schon oft gefragt, wie er eines Tages sterben würde – vielleicht mitten in der Vorlesung an einem Herzinfarkt, oder nach langem Leiden an Prostatakrebs wie sein Vater –, aber die Variante, wie ein waidwundes Stück Wild zu Tode gehetzt zu werden, hatte er noch nie in Erwägung gezogen.

Zum Glück befand er sich auf vertrautem Terrain. Als der Vollmond durch eine Wolkenlücke trat, gelang es ihm, in dem fahlen Licht einige Orientierungspunkte auszumachen. Er sah den großen alten Leiterwagen, der seiner Nachbarin zufolge früher dazu benutzt worden war, die große Farm mit allerlei Bedarfsgütern zu versorgen, und am Wochenende hatte man ihn mit Heu ausgepolstert, um die Kinder herumzukutschieren. Bledsoe kam an den Bach, der sich durch die Berge eine kleine Schlucht gegraben hatte und hier unten um das Land der Potters herumfloss. Normalerweise hätte er ihn weiter unten überquert, wo man über ein paar Steine springen konnte, die aus dem dreißig Zentimeter tiefen Wasser herausragten, doch er hatte keine Zeit für den Umweg und hätte in der Dunkelheit die Furt vermutlich ohnehin nicht gefunden. Er rannte schnurstracks in das eisige Wasser hinein und war in Sekundenfrist auf der anderen Seite.

Nach weiteren hundert Metern stieß er auf den ersten wirklichen Vorboten seiner Rettung. Der Teich der Potters lag im südlichen Teil ihres Besitzes, aber vor allem markierte er die halbe Strecke zwischen der River Road und Bledsoes eigenem Anwesen. Mit neu aufkeimender Hoffnung lief er am Ufer des Gewässers entlang, das, wie er wusste, einen knappen Kilometer lang war. Am anderen Ende angekommen, legte er eine kurze Rast ein, um seinen stechenden Lungen eine Pause zu gönnen. Hier war sein Lieblingsplatz zur Beobachtung der Rotschulterstärlinge, wenn sie auf Nahrungssuche in das Feuchtgebiet einfielen. Auch einen Schwarzbär hatte er hier einmal beim Bad im Teich beobachtet. Er hatte sich dem Bären mit laufender Kamera bis auf zwanzig Meter nähern können, dann war er leider auf einen Ast getreten, und Meister Petz hatte sich getrollt.

In Bledsoes rechtem Bein machte sich der Blutverlust bemerkbar. Ein taubes Kribbeln zog sich bis hinunter in die Fußsohle, und er konnte das Bein nicht mehr richtig anheben. Bledsoe musste es beim Gehen nachziehen.

Der Wundschmerz zwang ihn, sich an einen Baumstamm zu lehnen. Er riss das Hosenbein noch ein Stück weiter auf und inspizierte die Wunde. Ungeachtet der Dunkelheit konnte er das Blut im Rhythmus seines Herzschlags hervorquellen sehen. Er zog ein Taschentuch aus der Gesäßtasche und band das Bein oberhalb der Wunde ab. Die Blutung hörte zwar nicht auf, wurde aber doch merklich schwächer.

Wilson hörte seinen Namen in der Dunkelheit widerhallen. Die Wildnis schien die beiden Halunken nicht von ihrer Menschenjagd abbringen zu können. Er kam wankend auf die Füße und humpelte zu einer fünfzig Meter nördlich vom Teich gelegenen Lichtung. Nicht weit davon entfernt stand eine alte Scheune. Er brauchte endlich Ruhe. In der Scheune konnte er sich verstecken, bis der Regen vorüber war. Der pochende Schmerz löste Selbstmitleid und Verzweiflung in ihm aus. Da rannte er nun in Todesangst verletzt und erschöpft um sein Leben – und das an einem Abend, an dem er mit Kay daheim in seiner schönen Küche sitzen und ein Festessen genießen wollte.

Tierschreie hallten aus der Ferne zu ihm herüber. Er hörte das »Wuuh-uh-huh« kämpfender Waschbären heraus, das dem Ruf der Zwergohreule so ähnlich war.

Bledsoes keuchender Atem hatte sich allmählich beruhigt, aber das Stechen in den Lungen war noch nicht abgeklungen. Er atmete tief und kontrolliert durch und machte sich auf den Weg zur Scheune. Aus den wenigen Sternen, die vom wolkenverhangenen Himmel herab durchs Geäst lugten, versuchte er grob seine Position zu bestimmen. Nach weiteren hundert Metern durch das morastige Gelände hob er den Blick zu der zackigen Bergkette in der Ferne. Er konnte am Horizont das scharf begrenzte V ausmachen, das von zwei sich überschneidenden Gipfeln gebildet wurde – wieder eine Orientierungshilfe. Er war tatsächlich auf dem Pfad, der auf direktem Weg zur Scheune führte.

Der schrille Schrei von Fledermäusen gellte über ihm durch die Luft. Zweimal war er bereits zu Fall gekommen. Er fror, war hungrig und hatte Angst. Nach ein paar Metern war er aus dem Hochwald heraus und gelangte auf mit hohem Gras bewachsenes trockenes Terrain. Als er endlich die Umrisse der halb verfallenen Bretterbude mit dem von wildem Wein überwucherten löchrigen Dach erblickte, rannen Tränen der Erleichterung über sein Gesicht.

Er schlüpfte hinein und fand einen trockenen Winkel. Er suchte ein paar Knüppel zusammen und legte sie neben sich bereit. Falls er gegen die beiden Halunken zum Kampf antreten musste, brauchte er etwas, womit er sich verteidigen konnte – auch wenn er gegen eine Schrotflinte so gut wie chancenlos war.

Die Zeit verrann. Angst und Erschöpfung hatten ihn benommen gemacht. Er betastete sein Gesicht, die durchweichte Kleidung, den schmerzenden Unterschenkel. Sein Leben hatte in weniger als einer Stunde die Wendung vom Sektempfang zur verzweifelten Flucht um das nackte Überleben genommen. Zum ersten Mal sann er darüber nach, was es für ihn bedeuten würde, Kay oder seine Studenten zurücklassen zu müssen. Der Gedanke ängstigte ihn weniger, als dass er ihn empörte. Es gab noch so vieles, was er sich vorgenommen hatte, so vieles, was es zu entdecken galt. Er empfand es als Zumutung, dass alles auf diese Weise und an diesem Ort enden sollte.

Immer wieder schlugen schwere Regenschauer gegen die alte Scheune. Sturzbäche strömten vom löchrigen Dach herab. Schließlich nahm Bledsoe seine ganze Kraft zusammen und stand auf, um die Wunde an seinem Schenkel zu inspizieren. Ein gewisses Maß an Empfindung war wieder in das Bein zurückgekehrt, aber es war steif geworden und ließ sich nur mühsam anheben. Er suchte sich den Knüppel aus, der ihm am besten in der Hand lag, und reckte Kreuz und Arme. Er humpelte zu den Resten des ehemaligen Scheunentors und spähte hinaus. Viel war in der Dunkelheit nicht zu erkennen, aber von seinen Verfolgern war nichts zu hören oder zu sehen. Er senkte den Kopf zu einem kurzen Gebet und schlüpfte durch eine Lücke zwischen den Brettern hinaus.

Er brauchte jetzt nur noch die restlichen zweihundert Meter über das Land der Potters hinter sich zu bringen, dann war er auf seinem eigenen Land und nur noch Minuten von der Sicherheit seines Hauses entfernt.

Den heransausenden Gewehrkolben sah er nicht. Der Hieb traf ihn an der rechten Schläfe und sandte ihn in eine noch tiefere Dunkelheit, während er zu Boden ging. Ein Paar bärenstarke Pranken fuhr an seine Kehle. Mit dem kümmerlichen Rest seiner Energie schlug, kratzte und boxte Bledsoe um sich. Verzweifelt versuchte er, die Umklammerung seiner Kehle zu lockern. Die Anstrengung raubte ihm den letzten Rest seiner Kräfte. Immer wieder schwanden ihm die Sinne. Seine Hiebe blieben so wirkungslos wie die eines Kindes. Er war seinen Angreifern hilflos ausgeliefert. Nicht mehr lange, und er war tot.

Der Artikel fiel ihm ein. Bis auf ein paar Kleinigkeiten war alles fertig, aber nun drohte die Wahrheit für immer unterzugehen. Wenn überhaupt, hatte er nur jetzt noch die Chance, alles zu retten. Er drehte den Kopf zur Seite und biss unter Aufbietung aller Kräfte in eine der Pranken, die seine Kehle umklammert hielten. Der Angreifer schrie auf und ließ von ihm ab. Wilson war frei. Er warf sich zur Seite und streifte den nassen Socken herunter. Während er hastig die Haut trocken rieb, zog er einen Filzstift aus der Tasche und kritzelte knapp über dem rechten Knöchel ein Wort auf die Haut. Es war geschafft.

Ein weiterer Kolbenhieb traf ihn ins Gesicht. Wieder umklammerten die Pranken seine Kehle. Wilsons Faust schnellte vor, aber der Schlag ging ins Leere. Für einen zweiten fehlte ihm die Kraft.

Kays lächelndes Antlitz war das Letzte, was er sah. Sie winkte ihn zu sich heran. Er wollte etwas rufen, aber die Lippen versagten ihm den Dienst. Er sah einen grellen Blitz, dann wurde alles schwarz. Das Leben sickerte aus seinem Körper in die Düsternis des Landes, das einmal sein Paradies gewesen und jetzt zu seinem Grab geworden war.

3

DAS SCHRILLEN DES Telefons platzte in die Stille des Zimmers und ließ das honigfarbene Gewirr von Armen und Beinen auseinander fahren. Beim dritten Klingelzeichen gelang es Sterling Bledsoe, dem störenden Lärm ein Ende zu machen.

»Es ist fünf Uhr früh«, grollte er in den Hörer. »Ich will jetzt keine Lappalien hören!«

»Wilson!«, war alles, was die Frauenstimme am anderen Ende der Leitung hervorbrachte, bevor sie in haltloses Schluchzen ausbrach.

»Kay?«, raunte Sterling. Er setzte sich im Bett auf. »Bist du das?« Die Antwort war unverständliches Gemurmel. »Ich kann kein Wort verstehen!«

Nach kurzer Pause übernahm eine Männerstimme das Gespräch. »Spreche ich mit Sterling Bledsoe?« Die Stimme klang amtlich und kontrolliert. »Sie sind der Bruder von Professor Wilson Bledsoe?«

»Ja«, sagte Sterling. »Was zum Teufel ist eigentlich los?«

»Hier spricht Detective Paul Hanlon vom Hanover Police Department«, sagte der Anrufer. »Tut mir Leid, dass wir Sie in aller Herrgottsfrühe geweckt haben, aber Ihr Bruder wird vermisst.«

»Wilson wird vermisst?«, fragte Sterling, der sich immer noch keinen Reim auf den Anruf machen konnte. »Was zum Teufel soll das heißen: ›Wilson wird vermisst‹? Wo ist Kay?«

»Sie steht neben mir«, sagte Hanlon. »Einer meiner Beamten versucht Ihre Schwägerin zu trösten, aber ich glaube nicht, dass sie in der Verfassung ist, sich mit Ihnen zu unterhalten.«

Sterling sah hinunter auf Veronica, die sich wieder ins Bett gekuschelt hatte und schlief. Er schlüpfte aus dem Bett und tappte den Flur hinunter in die Küche. »Was ist denn nun mit Wilson?«, fragte er barsch. Sein Ton war nicht mehr irritiert, sondern zornig.

»Wir versuchen derzeit noch, aus den uns vorliegenden Informationen ein schlüssiges Bild zu gewinnen«, sagte Hanlon. Man merkte, dass er sich bewusst um einen offiziellen Ton bemühte.

»Ersparen Sie mir das Bla-Bla, und kommen Sie zur Sache!«, brüllte Sterling ins Telefon. Er kannte die Sprüche der Polizei zur Genüge – schließlich war er FBI-Agent. In den vergangenen sieben Jahren hatte er den Großteil seiner Zeit am Nationalen Center zur Erforschung von Gewaltverbrechen in Quantico, Virginia, verbracht, wo er als leitender Spezialagent ein Eliteteam von Ermittlern unter sich hatte, das zur Aufklärung von besonders kniffligen und hochrangigen Fällen herangezogen wurde. »Verraten Sie mir gefälligst, was mit meinem Bruder los ist!«

»Bitte, beruhigen Sie sich, Mr. Bledsoe«, sagte Hanlon leicht pikiert.

»Ich soll mich beruhigen? Sie holen mich in aller Herrgottsfrühe aus dem Bett, sagen mir, dass mein Bruder verschwunden ist, und dann wollen Sie, dass ich mich beruhige? Ich will jetzt sofort wissen, was los ist, verdammt noch mal!«

»Wir tappen ja selbst noch im Dunkeln«, sagte Hanlon. »Ihr Bruder hat auf dem Heimweg von einer Feierlichkeit im Haus des Präsidenten unseres Colleges hier am Ort zweimal kurz mit seiner Frau telefoniert und gesagt, er würde bald zum Abendessen eintreffen. Seitdem hat niemand mehr etwas von ihm gehört oder gesehen.«

»Wann hat das letzte Telefonat stattgefunden?«, fragte Sterling. Sein Hirn funktionierte bereits auf der Ebene des Berufspolizisten und nicht mehr des Bruders.

»Gestern Abend kurz nach sieben«, sagte Hanlon. »Er befuhr die River Road in nördlicher Richtung und wollte anhalten, um einem liegen gebliebenen Pick-up zu helfen.«

»Ist der Pick-up gefunden worden?«

»Negativ. Unsere Leute sind jetzt vor Ort, aber von dem Pick-up oder von dem Wagen des Professors fehlt jede Spur.«

Sterling hatte sich bei derartigen Telefonaten zu oft selbst am anderen Ende der Leitung befunden, um nicht zu wissen, wie unerfreulich solche Gespräche waren. Aber hier ging es um seinen einzigen Bruder. Er wurde noch wütender.

»Wann hat Kay die Vermisstenmeldung gemacht?«

»Der erste Anruf Ihrer Schwägerin ist bei unserer Zentrale um einundzwanzig Uhr eingegangen. Der zweite ist um dreiundzwanzig Uhr registriert, und der dritte um drei Uhr heute Früh.« Hanlons Antworten kamen knapp und schematisch. Sterling vermisste die Eigenständigkeit des Denkens – und das beunruhigte ihn. Örtliche Polizeibehörden neigten zur Trägheit und zum Mangel an Kreativität. Sterling wusste ganz genau, wie es dort lief. Oft genug hatte er schlampig geführte Ermittlungen nachbessern müssen. Die Vorstellung, dass das Leben seines Bruders von der Leistungsfähigkeit einer kleinen und unerfahrenen Polizeitruppe in einem abgelegenen Bergnest abhängen könnte, machte ihm Angst.

Er sah auf die Uhr. »Haben Sie den Vermissten schon in den NCIC eingegeben?« Im National Crime Investigation Computer wurden vermisste Personen, flüchtige Kriminelle, Diebesgut und so weiter zentral erfasst. Es war ein ausgeklügeltes System, das den Dienststellen des FBI und der Polizei auf Bundes-, Staats- und lokaler Ebene zur Verfügung stand, um Daten einzugeben oder für ihre eigenen Ermittlungen abzurufen. Man brauchte nur ein paar Tasten zu drücken und war von der FBI-Liste der zehn meistgesuchten Verbrecher bis zu den Nummern gestohlener Handfeuerwaffen komplett auf dem Laufenden. Sterling hatte das System oft benutzt, um Leichen zu identifizieren.

Hanlon räusperte sich. Er wusste zwar nicht, was Sterling Bledsoe beruflich machte, aber dieser Mann hatte unverkennbar Ahnung von Polizeiarbeit. Es wäre Zeitvergeudung gewesen, ihm Sand in die Augen streuen zu wollen. »Mr. Bledsoe, wir lassen üblicherweise erst eine gewisse Zeit vergehen, bevor wir einen Vermissten in den Computer eingeben. Bis jetzt jedenfalls gibt es noch keine Veranlassung, von einem Verbrechen oder dergleichen auszugehen. Abgesehen davon haben wir sämtliche verfügbaren Beamten auf den Fall angesetzt, da wir uns durchaus im Klaren sind, dass es sich bei Ihrem Bruder nicht um irgendjemand handelt, zumal er gerade erst durch diesen wissenschaftlichen Preis einen Haufen Geld bekommen hat.«

»Nun machen Sie mal um diesen Preis nicht so viel Wind!«, sagte Sterling scharf. »Er hat auch den Nobelpreis bekommen, und damals ist überhaupt nichts passiert!«

»Das ist mir bekannt«, sagte Hanlon, »aber diesmal waren es zwei Millionen Dollar, das Doppelte dessen, was der Nobelpreis bringt.«

Sterling brauchte keine Belehrung über die Höhe der Preisgelder, die sein älterer Bruder gewonnen hatte, und schon gar nicht von einem Ortsbullen, der vermutlich noch nicht einmal wusste, wo die Länder lagen, in denen diese Preise vergeben wurden. Er wusste aus dem Bauch heraus, dass es hier nicht um Geld ging. Wilson war ein publikumsscheuer Wissenschaftler und kein prominenter Industriemagnat. Er und Kay verfügten zwar über eine ganze Menge Geld, aber sie führten ein recht einfaches Leben. Kaum jemand ahnte, wie vermögend sie in Wirklichkeit waren.

»Haben Sie schon die Staatspolizei verständigt?«

»Nein. Im Moment betrachten wir den Fall noch als lokale Angelegenheit, für die wir und die Kollegen drüben in Vermont zuständig sind«, sagte Hanlon. »Die Ermittlungen haben schließlich gerade erst begonnen. Wenn sich die Notwendigkeit ergibt, die Staatspolizei einzuschalten, werden wir sie natürlich sofort verständigen.«

»Wo genau hat sich mein Bruder bei seinem letzten Telefonat mit Kay befunden?« Sterling war in seiner Wohnung in New York, aber im Geiste war er bereits in seiner Dienststelle im FBI-Hauptquartier in Quantico.

»In seinem Auto, nur ein paar Minuten Fahrt von zu Hause entfernt.«

»Hat er eine genaue Ortsangabe gemacht?«

»Nein. Er hat nur gesagt, er würde irgendwo auf der River Road anhalten.«

»Haben Sie das Areal abgesperrt?« Die Szenerie stand Sterling bereits vor dem geistigen Auge.

»Wie ich schon gesagt habe, Mr. Bledsoe, stehen wir noch ganz am Anfang unserer Ermittlungen.« Hanlons Stimme klang inzwischen etwas gereizt. »Seit der letzten Meldung Ihres Bruders sind erst zehn Stunden vergangen. Es dauert nun mal eine gewisse Zeit, bis man alle Fakten zusammengetragen hat und sich ein Bild machen kann.«

»Hanlon, verdammt noch mal, eine Person wird vermisst, da darf man keine Sekunde verlieren! Jedes Ticken der Uhr kann den Unterschied von Leben oder Tod bedeuten! Wenn die River Road der letzte gesicherte Aufenthaltsort meines Bruders ist, meinen Sie dann nicht auch, dass es sinnvoll wäre, das Areal abzusperren? Vorbeikommende Fahrzeuge, sogar streunende Tiere können sämtliche Spuren zerstören – falls überhaupt noch welche zu finden sind!«

Am anderen Ende der Leitung war es still geworden. »Sonst noch etwas, Sir?«, sagte Hanlon schließlich.

»Ja. Sagen Sie Kay, dass ich mit dem nächsten Flugzeug komme.«

4

STERLING BLEDSOE PACKTE schnell und geräuschlos ein paar Sachen für die nächsten Tage zusammen. Er war stärker beunruhigt, als er sich selbst eingestehen wollte. Er wollte Veronica erst wecken, wenn er sich schon auf dem Weg zur Tür befand.

Er ging in sein Arbeitszimmer und zog leise die Tür hinter sich zu. Er holte ein kleines Notizbuch hervor, das er mit Klebeband unter die Schreibtischplatte geklebt hatte. Es enthielt die Telefonnummern von einigen der mächtigsten Männer Washingtons. Sein Daumen glitt die Seiten entlang und blieb bei Daniel Murphy stehen, dem Direktor des FBI.

Schon nach dem ersten Klingelzeichen wurde abgehoben. »Murphy hier!« Der Direktor hatte bereits um fünf Uhr früh den ungnädigen Ton des gestressten Verantwortungsträgers.

»Murph, hier spricht Bledsoe«, sagte Sterling. »Ich habe ein gewisses Problem.«

»Einer Ihrer Studenten hat wohl herausgefunden, womit Sie in Wirklichkeit Ihr Geld verdienen«, knurrte Murphy. Um Sterling beim FBI zu halten, hatte er ihm unter anderem gestattet, jedes Jahr am Hunter College in New York ein Semester Anatomie zu unterrichten, auch wenn Murphy schleierhaft war, weshalb einem seiner Topleute so viel daran lag, an einem schäbigen Großstadt-College den Pauker zu spielen.

»Wilson wird vermisst«, sagte Sterling.

»Wie lange schon?« Murphys Tonfall wurde knapp.

»Zehn Stunden, soweit ich es überblicken kann. Aber bei Ortsbullen weiß man ja nie.«

»Tut mir Leid, dass ich das hören muss, Sterling.« Murphy wusste genauso gut wie Sterling, dass das Aufspüren eines Vermissten immer ein Rennen gegen die Uhr war. Die ersten vierundzwanzig Stunden waren entscheidend. Danach sanken die Chancen für einen glücklichen Ausgang mit jeder Minute drastisch ab. »War er oben in Dartmouth?«

»Ja. Ich bin praktisch schon auf dem Weg dorthin.«

»Hat man denn schon unsere Hilfe angefordert?«

»Nein, aber ich bin sicher, dass das nicht mehr lange dauern wird.«

»Irgendwelche Verdachtsmomente?«

»Wilsons Kontostand ist seit kurzem um zwei Millionen Dollar gestiegen. Ein wissenschaftlicher Preis.«

»Oh, verdammt. Sie tippen auf eine Entführung?«

»Eigentlich nicht, aber das macht mir ja gerade Bauchschmerzen. Entführer haben immer ein Interesse, dass das Opfer am Leben bleibt. Egal, was vorgefallen ist, ich habe jedenfalls ein ganz beschissenes Gefühl. Murph, ich möchte Sie um einen Gefallen bitten.«

»Legen Sie los.«

»Geben Sie mir den Fall, wenn wir eingeschaltet werden.«

Murphy stöhnte. »Sterling, Sie wissen doch, dass das nicht geht! Das ist gegen die Regeln.«

»Scheiß auf die Regeln! Murph, es geht um meinen Bruder! Ich will den Fall!«

»Verdammt noch mal, Sterling, Sie können mich in Teufels Küche bringen! Wenn Sie Mist bauen, reißt mir das Weiße Haus den Kopf ab!«

»Bin ich nun im Geschäft oder nicht?«

»Ich spür's in meinem dicken Zeh, dass ich Sie da nicht ranlassen sollte.«

»Murph, Sie kennen mich doch! Entweder Sie geben mir Ihren Segen, und ich löse den Fall ganz offiziell – oder ich mache es auf eigene Faust.«

»Klingt ganz so, als hätte ich keine andere Wahl.«

»Danke, Murph. Sie haben bei mir was gut.«

»Sterling, machen Sie mir bloß keinen Ärger! Und behalten Sie um Gottes willen einen kühlen Kopf.«

»Den behalte ich doch immer«, sagte Sterling und hängte schnell ein. Er legte keinen gesteigerten Wert darauf, die Entgegnung seines Chefs zu hören.

* * *

Sterling verstaute die Dienstmarke und seine Beretta Tomcat, eine Waffe, die sich besonders unauffällig tragen ließ, samt einigen Reservemagazinen in der Reisetasche. Auch wenn er sich in seinem beruflichen Alltag vorwiegend mit dem Sammeln und Auswerten von Beweismaterial befasste, ging er nie aus dem Haus, ohne für alle Eventualitäten gerüstet zu sein. Er begab sich wieder ins Schlafzimmer, um die Tasche fertig zu packen.

Der Anruf aus Hanover bereitete ihm in mehr als einer Hinsicht Bauchschmerzen. Seine ansonsten so beherrschte Schwägerin Kay schien derart aufgelöst zu sein, dass sie nicht einmal mehr in der Lage war zu sprechen. Dann war da dieser Provinzbulle Hanlon, der seine Antworten aus dem Trainingshandbuch einer Polizeiakademie abzulesen schien. Sterling hegte starke Zweifel, dass die lokalen Polizeibehörden dem Fall gewachsen waren. Hanover war ein ruhiges Städtchen mit einem College als Lebensmittelpunkt. Kriminalität gehörte dort nicht zum Alltag. Der örtlichen Polizei dürfte es an der nötigen Erfahrung mangeln, um die anstehende Aufgabe zu bewältigen.

Nicht minder problematisch war für Sterling seine eigene Situation, speziell das Verhältnis zu seinem einzigen Bruder. Er kannte Wilson eigentlich gar nicht – jedenfalls nicht so, wie man es bei Brüdern normalerweise voraussetzt. Wilson war der Lieblingssohn seiner Eltern gewesen. Sterling hatte ihn die meiste Zeit seines Lebens im Grunde gehasst. Sein Vater hatte immer nur von Wilsons Erfolgen geredet, und die Mutter hatte den älteren Bruder nachgerade vergöttert. Sterlings Kindheit und Jugend waren ein einziger Kampf gegen Wilsons übermächtigen Schatten gewesen. Stets hatte er sich unfairen Vergleichen ausgesetzt gesehen.

Natürlich hatte die gefühlsmäßige Distanz auch etwas mit dem Altersunterschied von fünfzehn Jahren zu tun, aber eine viel entscheidendere Rolle spielte Sterlings tiefes Minderwertigkeitsgefühl. Er konnte tun, was er wollte, es war nie gut genug. Wenn er ein Zeugnis mit lauter Einsen und einer einzigen Zwei plus nach Hause brachte, erinnerte ihn der Vater daran, dass Wilson nie etwas anderes als Einsen nach Hause gebracht hatte. Und wenn Sterling es schaffte, ins Basketballteam aufgenommen zu werden, konnte seine Mutter sich nicht den gemurmelten Hinweis ersparen, dass Wilson der Beste in der Schachmannschaft und schon zum zweiten Mal in Folge Schachmeister des Bundesstaats geworden sei.

Sterlings Hang zur Wissenschaft entsprang vor allem seinem Wunsch, Wilson auszustechen, allerdings auf einem anderen Gebiet. Seine Wahl war auf die Anatomie gefallen. Schon in frühester Jugend hatte er die von seiner Katze nachts angeschleppten toten Mäuse und Vögel seziert und mit Begeisterung die gestreifte Muskulatur und das feine Netzwerk der Äderchen herauspräpariert. Später waren ihm in seinem Beruf die Fähigkeiten und Kenntnisse auf dem Gebiet der menschlichen und tierischen Anatomie bei den Ermittlungen in schwierigen Mordfällen außerordentlich zugute gekommen. Sein Professor am College, ein ehemaliger FBI-Mann, hatte ihn nach einer Vorlesung diskret darauf hingewiesen, dass ein ehrgeiziger und tüchtiger junger Mann wie Sterling beim »Büro« gute Aussichten hätte.

Ein ganzes Jahr lang hatte Professor Martin Gilden, ehemaliger Chef eines Außenbüros des FBI, seinen Lieblingsstudenten in alle nicht geheimhaltungspflichtigen inneren Zusammenhänge des FBI eingeweiht. Der leicht zu beeindruckende Sterling begeisterte sich an den Geschichten von schaurigen Verbrechen, die am Ende durch meisterhafte Detektivarbeit aufgeklärt werden konnten. Das »Büro« sei ein ganz besonderer Ort, pflegte Professor Gilden zu versichern, allerdings nicht geeignet für Leute, die davon träumten, im Rampenlicht zu stehen. Die Segnungen von Sterlings Arbeit kämen vielen zugute, aber Sterling selbst würde seine mühselige Arbeit vorwiegend, wenn nicht gar ganz, in völliger Anonymität leisten müssen. Das »Büro« sei ein Ort für Helden, denen man keine Kränze flocht. Wer gefeiert sein wolle, sei hier fehl am Platz.

Eines Nachmittags entwarf Gilden vor dem jungen Sterling die Perspektive einer Karriere, die für den jungen Studenten richtungsweisend werden sollte. Sterling müsse weiterhin sein gutes Leistungsniveau halten, dürfe nicht mit dem Gesetz in Konflikt kommen und müsse jeder Form von Ärger aus dem Weg gehen. Wenn er sich dazu in der Lage sähe und ernsthaft an einer Zukunft im »Büro« interessiert sei, würde Gilden an den entsprechenden Fäden ziehen.

Sterling befolgte die Verhaltensmaßregeln bis aufs i-Tüpfelchen. Professor Gilden hielt Wort und verschaffte ihm eine Anstellung beim FBI. Sterling begann seine Laufbahn wie jeder andere mit der unabdingbaren zweijährigen Grundausbildung, doch sein Ehrgeiz und seine Tatkraft sorgten schnell für seine Beförderung. In kürzester Zeit wurde er der exklusivsten Mordkommission zugeteilt, die es überhaupt gab. Bald darauf war er der Chef dieses Teams, das vor allem für spektakuläre Fälle mit politischem Zündstoff herangezogen wurde, bei denen sich der Behördenchef keinerlei Ermittlungsfehler leisten konnte. Im Laufe der Jahre hatte sich Sterling einen guten Namen gemacht und war vom Chef schon zweimal belobigt worden. Im gesamten Justizapparat bis hinauf zum Generalstaatsanwalt galt Agent Bledsoe als ein Mann, der Nägel mit Köpfen zu machen verstand.

Als Sterling wieder ins Schlafzimmer trat, schlug Veronica die Augen auf. Sie sah hinreißend aus – wie alle seine Frauen. Wilson war der Liebling seiner Eltern, aber der hoch gewachsene und muskulöse Sterling hatte die bessere Erscheinung mitbekommen und war der Liebling der Frauen. Schon in seiner Jugend konnte es gestandenen Ehefrauen passieren, dass sie bei seinem Lächeln unruhig wurden.

»Schatz, wo willst du hin?«, schnurrte Veronica mit ihrer schläfrigen Morgenstimme, die schon mehr als einmal dafür gesorgt hatte, dass Sterlings Vorlesung mit Verspätung begann. Eines von Veronicas schön geschwungenen langen Beinen war unbedeckt. Der Anblick ließ Sterling unruhig werden.

»Da oben in Hanover stimmt was nicht«, sagte er. »Sie wissen nicht, wo Wilson steckt.«

»Was ist passiert?«

»Er wird seit zehn Stunden vermisst.«

»Wo ist er denn abgeblieben?« Veronica war die schönste Frau, mit der sich Sterling je eingelassen hatte, aber bestimmt nicht die schlaueste, und schon gar nicht so früh am Morgen.

»Ronnie, das weiß man eben nicht. Deswegen gilt er ja als vermisst.«

»Um diese Uhrzeit kann ich noch nicht denken«, murmelte sie, winkelte träge das nackte Bein an und gähnte ungeniert. Sie gab sich nicht die Mühe, die Hand vor den Mund zu halten. Manchmal benahm sie sich wie ein junger Bengel, was sie für Sterling nur noch begehrenswerter machte. Es kostete ihn einiges an Willenskraft, nicht wieder zu ihr ins Bett zu schlüpfen.

»Schatz, sobald ich klar sehe, rufe ich dich an«, sagte Sterling. Er beugte sich für einen kurzen Abschiedskuss zu ihr hinab, aber sie zog ihn an sich und küsste ihn lang und innig.

»Damit du mich nicht vergisst«, sagte sie, als sie ihn endlich freigab und in die Kissen zurücksank.

»Die Gefahr dürfte kaum bestehen«, meinte er und lächelte. »Sei doch bitte so gut und mach im Institut einen Zettel an mein Büro, dass meine Sprechstunde diese Woche ausfällt. Zur Vorlesung am Freitag bin ich wieder da.« Er gab sich zuversichtlich, doch in seinem Bauch rumorte ein unbestimmtes Gefühl, dass das Wunschdenken war.

5

STERLING NAHM SEINE Reisetasche und fuhr mit dem Aufzug in die Tiefgarage hinunter. Die meisten New Yorker Apartmenthäuser hatten gar keine Tiefgarage, und sofern sie doch eine hatten, war das Wohnen dort nicht billig. Sterling verdiente zwar nicht schlecht und konnte sich ein angenehmes Leben leisten, aber reich war er nicht. Er hatte sein Apartment unmittelbar nach dem Börsencrash gekauft, als die ehedem bedenkenlos kaufwütigen jungen Internetspekulanten ihre schicken Wohnungen verschleudern mussten.

Es war auch nicht von Nachteil gewesen, dass Papa Bledsoe im Laufe seines recht anspruchslos geführten Lebens ein hübsches Sümmchen auf die hohe Kante gelegt hatte. Zusammen mit dem Geld aus seiner Lebensversicherung hatte das den beiden Söhnen zu einer nicht unbeträchtlichen Erbschaft verholfen. Wilson hatte das Geld gespart, doch Sterling hatte mit seinem Anteil diese Wohnung gekauft, und was übrig geblieben war, hatte er mit schnellen Autos und schönen Frauen verpulvert.

Er stieg in seinen makellos glänzenden schwarzen Porsche

und drehte den Zündschlüssel. Röhrend erwachte der Doppelturbolader und ging brummend in den Leerlauf. Sterling zog sein Handy aus dem Jackett und wählte.

»Travel«, meldete sich eine Frauenstimme.

»Hier Special Agent 2378. Ich brauche eine Reservierung für eine Person für heute Vormittag.«

»Agent Bledsoe, sind Sie das?«

»Und Sie sind Jessica?«, sagte Sterling erfreut. »Zehn-vier?«

»Jawohl, Sir. Freut mich, wieder einmal Ihre Stimme zu hören.«

»Ja, es ist schon eine Weile her, seit wir das letzte Mal miteinander zu tun hatten. Ich habe mich ein Weilchen beurlauben lassen.«

»Hoffentlich hat es Ihnen Spaß gemacht. Wohin soll diesmal die Reise gehen?«

»Nach Lebanon, New Hampshire, direkt bei Hanover.«

»Lebanon, New Hampshire«, wiederholte Jessica den fremdartigen Ortsnamen. »Ich glaube, da habe ich noch niemand raufgeschickt.«

»Wozu auch?«, sagte Sterling. »Das ist ein verschlafenes Kuhdorf in den Bergen. Nicht viel los dort. Wenn da oben etwas anfällt, regeln es meistens unsere Außenstellen in Boston oder Albany.«

»Wann wollen Sie starten?«

»Mit dem nächsten Flug ab New York.«

»Ich will mal sehen, was ich Ihnen anbieten kann.«

Sterling hörte Jessica im Maschinengewehrtempo auf der Tastatur ihres Computers herumtippen. Seit seinem Eintritt ins »Büro« hatte meistens sie die Reisen für ihn gebucht, und Sterling war damit sehr gut gefahren. Nur die oberen Ränge des FBI durften erster Klasse fliegen, aber wenn Sterling Jessica ein paar Nettigkeiten ins Ohr säuselte, hatte sie noch immer einen Weg gefunden, die Fünf gerade sein zu lassen. Lustigerweise waren sie sich noch nie persönlich begegnet. Ihre für Reisebuchungen zuständige Dienststelle war irgendwo in North Carolina. Sterling hatte Jessica immer wieder versprochen vorbeizuschauen, wenn ihn ein Fall in die Gegend führen würde, aber näher als bis nach Atlanta in Georgia, wo er einen grässlichen Fall von Drogenkriminalität zu bearbeiten hatte, war er nie gekommen. Damals hatte es fünfundzwanzig Tote gegeben, fünf davon auf Seiten der Polizei. Er war drei Wochen lang vor Ort gewesen, hatte aber nie so viel Zeit an einem Stück herausschinden können, dass es für ein Treffen gereicht hätte – was ihn allein schon wegen der verpassten Gelegenheit bis zum heutigen Tage wurmte. Ein paar Agenten von der Außenstelle in Charlotte, die Jessicas Bekanntschaft gemacht hatten, wussten Sterling verzückt zu berichten, dass er einen großen Fehler begangen hätte.

»Um sieben Uhr geht ein Flug von la Guardia«, sagte Jessica. »Ist das weit von Ihnen?«

»Um diese Tageszeit zwanzig Minuten«, sagte Sterling. »Wie lange dauert der Flug?«

»Etwas mehr als eine Stunde. Ankunft acht Uhr fünfzehn. US Airways, Flug 5991.«

»Gut. Dann kann ich vor dem Start noch ein paar Sachen erledigen.«

»Es ist eine Beechcraft 1900«, setzte Jessica hinzu. Sie hatte nicht vergessen, dass SA-2378 gern über den Flugzeugtyp im Bilde war, dem er sich anvertraute. Es war ihr komisch vorgekommen, als er sie das erste Mal nach den entsprechenden Daten gefragt hatte, aber dann hatte er ihr die Geschichte von einem Mitstudenten aus West Virginia erzählt, der über die Weihnachtsfeiertage nach Hause fliegen wollte. Da er das letzte Stück bis in seine Heimatstadt Morgantown ungern in einer kleinen Propellermühle zurücklegen wollte, hatten ihn die Eltern immer am Flughafen von Pittsburgh abgeholt, und er war die letzten anderthalb Stunden im Auto gefahren. Als eines Tages niemand Zeit hatte, ihn abzuholen, war er notgedrungen von Pittsburgh nach Hause geflogen. Die kleine Maschine war über dicht bewaldetem Gebiet abgestürzt, wobei sämtliche neun Passagiere und die zwei Mann Besatzung umkamen. Einzig die Leiche des Piloten konnte unzerstückelt geborgen werden. Alle anderen waren bis zur Unkenntlichkeit zerfetzt und verbrannt. Die Leichenteile hatten sich zum Teil in den Bäumen verfangen und hingen dort wie gestrandete Kinderdrachen.

»Wie viel Plätze?«, erkundigte sich Sterling.

»Maximal neunzehn.«

»Unfälle?«

»Erster kommerzieller Flug 1982. Bisher insgesamt fünfzehn Unfälle, der erste am dreiundzwanzigsten November 1987. Die meisten Unfälle im Ausland, insgesamt zweihundertzweiundachtzig Todesopfer. Der letzte Unfall am vierzehnten September letzten Jahres. Zwei Insassen, kein Todesopfer.«

»Wo war das?«

»Bei St. John's auf Neufundland«, gab Jessica Auskunft. »Agent Bledsoe, diese Maschine hat eines der besten Sicherheitsratings ihrer Klasse!«

»Danke, Jessica. Bestellen Sie einen Platz für mich.«

»Kein Problem«, sagte sie. »Auf diesen Flug sind außer Ihnen nur drei Leute gebucht.«

»Ach, und versuchen Sie doch bitte, für mich einen Leihwagen zu bekommen. Ich habe das Gefühl, ich werde dort oben ein bisschen in der Gegend herumkutschieren müssen.«

»Sie haben doch immer gern etwas Schnelles, am liebsten ein Sportcabrio, nicht wahr?« Jessica vergaß so schnell nichts. Das war auch der Grund, weshalb sich jeder Agent freute, wenn sie am Telefon war.

»Sie sind ein Schatz«, sagte Sterling. »Ohne Sie wären wir alle aufgeschmissen.«

»Jederzeit zu Ihren Diensten, SA-2378. Sie sollten sich nicht so rar machen!«

»Wenn ich in der Gegend bin, komme ich vorbei, versprochen!«

»Wie immer ...«

Mit quietschenden Reifen schoss Sterling aus der Tiefgarage. Es war schon fast sechs Uhr. Er brauchte unbedingt ein großes Glas frisch gepressten Orangensaft und einen warmen Bagel. Außerdem wollte er die Morgenausgaben der Zeitungen kaufen und nachsehen, ob von Wilsons Verschwinden schon etwas drinstand. Es war zwar unwahrscheinlich, aber immerhin den Versuch wert. Er musste sich beeilen. Die Sicherheitskontrollen auf dem Flugplatz waren gnadenlos, da half auch kein FBI-Ausweis.

Wilsons Bild geisterte durch seinen Kopf. In den vergangenen Jahren waren sie sich etwas näher gekommen. Das letzte Mal hatten sie sich über Neujahr gesehen, als Wilson und Kay das Wochenende in New York verbrachten. Sie waren miteinander zu einer großen Neujahrsveranstaltung im Rainbow Room gegangen, von wo man einen schönen Ausblick auf die Kunsteisbahn und den Weihnachtsbaum auf dem Rockefeller Plaza hatte. An jenem Abend hatte er miterlebt, wie Wilson und Kay Händchen hielten und miteinander kicherten, und wieder einmal hatte ihn der Neid auf die Ehe seines Bruders gepackt. Er hatte sich gefragt, ob eine stabile Beziehung zu einer Frau vielleicht etwas mehr Ruhe in sein Leben bringen könnte. Als sie fünfundsechzig Stockwerke hoch über der Stadt die Aussicht genossen, hatte Wilson so zufrieden ausgesehen. *Viel besser kann es kaum noch werden*, stand in seinen Augen geschrieben, die an diesem Abend einen Glanz hatten, wie ihn Sterling noch nie zuvor bemerkt hatte. Er sah aus wie ein Mann, der mit sich und der Welt im Reinen war.

Trauer, durchmischt mit Wut und Schuldgefühlen, stieg in

Sterling auf, als er den Porsche die siebzigste Straße hinunterjagte und in die verlassene Third Avenue einbog. Er war entschlossen, seinen Bruder lebendig aufzufinden. Er schwor sich, Gott nie wieder um einen Gefallen zu bitten, wenn es ihm gelang.

Kaum eine Stunde später befand er sich auf dem Weg in das Provinznest Hanover im Bundesstaat New Hampshire.

* * *

Von Turbulenzen geschüttelt, schwebte die kleine Maschine zwischen den gezackten weißen Berggipfeln von New Hampshire dahin. Der Copilot, der gleichzeitig als Flugbegleiter fungierte, kam gebückt den niedrigen Mittelgang entlang und informierte die Passagiere, dass sie in fünfzehn Minuten landen würden. Er forderte jeden Passagier einzeln auf, den Gurt anzulegen, worauf er wieder in dem engen Cockpit verschwand, allerdings ohne zu kontrollieren, ob seiner Anweisung auch Folge geleistet wurde. Bei nur vier Passagieren und an Bord eines Flugzeuges, das problemlos in den Flügel einer großen Verkehrsmaschine hineingepasst hätte, sah er dazu offenbar keine Veranlassung.

Die Maschine tauchte aus den Wolken und setzte rumpelnd auf der Landebahn auf. Sterling lugte aus dem Flugzeugbullauge auf den kleinen Flugplatz hinaus, bis die Maschine ausgerollt war. Nach einem kurzen Fußmarsch nahm ihn ein Gebäude auf, das eher nach einer Stadthalle als nach einem Flughafenterminal aussah.

»Ihre Reservierungsnummer, bitte!«, erkundigte sich eine unförmige Frau hinter dem Schalter der Hertz Autovermietung. Sie hatte sich eine Baseballmütze auf den Kopf gestülpt. Trotzdem war unverkennbar, dass sie sich an diesem Morgen die Haare nicht gemacht hatte. Sterling registrierte beiläufig die Kaffeeflecken, die die Vorderfront ihres Shirts verunzierten.

»Bledsoe«, sagte er, »Sterling Bledsoe.«

Die Frau hob langsam den Kopf und sah bekümmert von ihrem Monitor auf. »Sind Sie irgendwie mit Professor Wilson Bledsoe verwandt?«, fragte sie.

»Mein Bruder.«

»Verstehe«, war ihr ganzer Kommentar. Sie widmete sich wieder ihrem Computer. Sterling betrachtete ihre Patschhände, die auf die Tasten einhieben. Er spürte, dass sie den Blickkontakt zu vermeiden suchte.

»Möchten Sie etwas loswerden?«

»Nein, Sir«, sagte sie. Ihre Augen klebten am Bildschirm.

Sterling sah in das feiste Gesicht, in dem geschrieben stand, dass sie gern jede Menge losgeworden wäre. Er hatte diesen Ausdruck unzählige Male auf dem Gesicht von störrischen Zeugen gesehen, die alle nach mehr oder weniger sanfter Seelenmassage umgefallen waren und restlos alles ausgekotzt hatten, was sie wussten.

»Ich habe Sie für unser Mustang-Cabrio vorgemerkt«, sagte sie, während der Drucker anfing, Papier auszuspucken. »Unser schönstes Auto.«

Jessica hatte es wieder einmal geschafft. Sterling schob seine Kreditkarte über den Schalter. Endlich sah die Frau ihn an und quälte sich ein Lächeln ins Gesicht.

»Vielen Dank für Ihre Bemühung«, sagte Sterling, raffte die Papiere zusammen und wandte sich zum Gehen.

Als er ein paar Schritte gegangen war, hörte er seinen Namen rufen. »Mr. Bledsoe«, rief die Frau ihm hinterher, »diese Berge haben Geheimnisse. Viel Glück!«

6

ROUTE 10 A. Die einzige befestigte Straße zwischen Lebanon und Hanover. Sterling manövrierte den silbernen Mustang durch einen kurzen Streckenabschnitt, den man hier wohl für ein Industriegebiet hielt. Er sah ein paar Läden für den ländlichen Bedarf und einen Gebrauchtwagenhandel. Auf jede Windschutzscheibe hatte man mit Leuchtfarbe »Sonderangebot« gepinselt. Keine zwei Kilometer hinter der Stadtgrenze von Lebanon verschwand die Straße in dicht bewaldetem Gebiet. Sterling trat das Gaspedal durch bis zum Bodenblech. Der Motor heulte auf, die Schaltautomatik reagierte, der Wagen schoss vorwärts und fraß die Straße in sich hinein. Der Fahrtwind peitschte Sterling ins Gesicht, und er vergaß vorübergehend den traurigen Anlass seiner Reise.

Über längere Strecken sah Sterling nur diamantblauen Himmel, dichtes Nadelgehölz und Ahornbäume. Es gab weder Autos noch Fußgänger, noch nicht einmal einen streunenden Hund – nur Natur pur, so weit das Auge reichte. Das war wohl der Grund, weshalb Wilson so gern in dieser Gegend lebte.

Aus dem endlosen Baumbestand und den hohen wogenden Gräsern tauchten niedrige Backsteinbauten auf. Die Bebauung wurde beiderseits dichter, bis die Straße allmählich in die Main Street von Hanover mit ihren zwei Fahrbahnen überging. Sterling strebte dem Zentrum zu. Die Hauptstraße war gerade lang genug für zwei Verkehrsampeln, von denen die eine am südlichen Ende stand, die andere in der Stadtmitte vor den weitläufigen Grünanlagen des Dartmouth College.

Sterling sah das Schild »Willkommen in Hanover«. Unwillkürlich glitten seine Gedanken gut zehn Jahre zurück, als man seine Mutter tot auf dem Wohnzimmerboden aufgefunden hatte. Eine Nachbarin hatte Sterling damals minuziös von dem Foto berichtet, das seine Mutter bei ihrem letzten Atemzug an das Herz gepresst hatte. Auch wenn es wehtat, für Sterling war es keine Überraschung gewesen. Seine Mutter hatte dieses Bild und das, wofür es stand, immer geliebt – Wilson, den Lieblingssohn. Es war ein Foto von exakt diesem Schild, das Wilson bei seiner Ankunft in Hanover geknipst und nach Hause geschickt hatte. Seine Mutter hatte es heiß und innig geliebt.

Es war eine der vielen Erinnerungen an Wilsons herausgehobene Stellung in der Familienhierarchie. Es hatte damals wehgetan und tat auch heute noch weh. Sterling hatte viele Jahre wütend darum gekämpft, aus Wilsons Schatten herauszutreten, nur um am Ende des Lebens seiner Mutter feststellen zu müssen, dass er stets nur die zweite Geige gespielt hatte. Und da war dieses verdammte Schild auf einmal wieder und riss alte Wunden auf, von denen Sterling geglaubt hatte, sie seien durch den räumlichen und zeitlichen Abstand längst verheilt.

Er ließ das Schild und die Erinnerungen hinter sich, nahm Gas weg und rollte so unauffällig wie möglich in den inneren Bezirk der Stadt. Er kam zuerst an einer Tankstelle vorbei. Sie hieß Food Stopp und hatte ein launiges handgemaltes Schild vor der Tür mit der Aufschrift »Einzige Tankstelle für die nächsten drei Kilometer«. Sterling fuhr die Main Street hinunter. Überall radelten Studenten auf Mountainbikes herum, und Herren in verbeulten Tweedjacketts, denen man zehn Meilen gegen den Wind den Professor ansah, ergingen sich in Gesprächen offenbar akademischer Natur.

Sterling kam zu der Feststellung, dass es ohne das College von Dartmouth vermutlich gar kein Hanover gäbe. Fast alle neuntausend Einwohner hatten auf die eine oder andere Weise mit dem College zu tun, waren entweder Studenten, Angehörige des Lehrkörpers, sonstiges Personal oder Vermieter von Studentenbuden. In den meisten Collegestädtchen hatte die ortsansässige Bevölkerung eine Art Hassliebe zu ihrer Hochschule entwickelt, aber hier lagen die Dinge offenbar völlig anders. Die Einheimischen waren von der akademischen Bildungsstätte, den biodynamischen Marktständen und den Müslifreaks erkennbar angetan.

An der roten Ampel vor der Parkanlage hielt Sterling an. Es war angenehm warm. Auf den frisch gemähten Rasenflächen spielten ein paar Studenten mit ihren Hunden Frisbee. Sterling sann wehmütig darüber nach, welch ein Geschenk ein bisschen grüner Rasen für seine Studenten vom Hunter College wäre, die in ihrer vorlesungsfreien Zeit auf Betontreppen herumsitzen und die schwarzen Auspuffwolken der endlosen Buskarawane einatmen mussten, die sich mitten durch das Collegegelände wälzte.

Nach einem Blick auf den Stadtplan bog er nach links in die West Weelock Street ein, die steil zum schiefergrauen Connecticut River hinunterführte. Beim Überqueren der Ledyard-Bridge sah er etliche Rudermannschaften beim Training. Die Ruder schwangen im absoluten Gleichklang mit den Befehlen, die der Steuermann durch die Flüstertüte brüllte. So also studiert man an den noblen, efeubewachsenen Hochschulen Neu Englands, der Ivy League, sinnierte Sterling. Dunstschleier wehten übers Wasser, die anmutig herunterhängenden Äste bildeten am Ufer des ruhig dahinfließenden Flusses einen Blättertunnel. Ein Bild wie aus einer Hochglanz-Werbebroschüre für das College.

Die Szenerie wirkte auf Sterling so idyllisch, dass es fast schon wehtat. Wie sollte hier seinem Bruder Wilson etwas Schreckliches zugestoßen sein?

Auf der anderen Seite der Brücke bog Sterling scharf nach rechts in die River Road. Er befand sich jetzt im Bundesstaat Vermont, der sich vom Staat New Hampshire eigentlich nur durch die schmuckloseren Nummernschilder der Autos und den beliebtesten Ahornsirup der Nation unterschied. Die beiden Bundesstaaten waren nicht in allen Dingen politisch einer Meinung, was aber hier in dieser dünn besiedelten Bergregion die guten nachbarlichen Beziehungen nicht zu trüben vermochte.

Durch eine Serie von scharfen Kurven steuerte Sterling den Mustang die River Road entlang. Er war fast an seinem Ziel. Er versuchte, sich innerlich auf die Situation vorzubereiten, die ihn im Haus seines Bruders erwartete. In wenigen Minuten würde er Kay gegenübertreten und dem rätselhaften Puzzle von Wilsons Verschwinden einen Sinn abzugewinnen versuchen.

Sein Handy piepste.

»Bledsoe.«

»Agent Bledsoe, hier spricht Lonnie Brusco vom Büro in Boston. Wir haben vor ein paar Jahren bei den Fällen im Bostoner Hafen miteinander zu tun gehabt. Ich weiß nicht, ob Sie sich noch an mich erinnern.«

»Reden Sie keinen Quatsch, Lonnie – und ob! Wie könnte ich Sie jemals vergessen? Sie waren der Einzige, der auf den Trichter mit den Teppichfasern gekommen ist!«

Die Fälle im Bostoner Hafen waren die schaurigste Mordserie seit dem Würger von Boston gewesen. Im Verlauf von drei Monaten hatte der Hausmeister einer Elementarschule im Süden von Boston elf minderjährige Mädchen entführt, vergewaltigt und am Ende ermordet. Die Leichen waren alle im Bostoner Hafen gefunden worden. Nur dem Spezialagenten Lonnie Brusco waren die gleichartigen Schürfspuren an den Beinen der Opfer aufgefallen, die möglicherweise von einem Teppich herrührten. Schließlich hatten die Ermittler Glück. Eines der Opfer wurde noch mit der Hose bekleidet gefunden. Im linken Hosenumschlag fand sich eine Teppichfaser, die das FBI-Labor der Wohnung des Hausmeisters zuordnen konnte.

»Die Ortspolizei von Hanover hat sich soeben bei uns gemeldet«, sagte Bruscoe. »Sie sind nervös geworden. Sie möchten, dass wir ihnen helfen. Washington hat angerufen und gesagt, Sie würden unsere Ermittlungen leiten.«

»Stimmt. Sind Sie mit von der Partie?«

»Mein Flugzeug geht in einer Stunde.«

»Hervorragend. Ich kann einen erfahrenen Mann noch gut gebrauchen.«

»Kein schöner Anlass für Sie, weshalb wir uns wieder sehen, aber ich freue mich trotzdem auf die Zusammenarbeit.«

»Ganz meinerseits!«, sagte Sterling. Er steckte das Handy weg und nahm eine scharfe Kurve. Er war zu schnell. Das Heck des Wagens brach aus. *Der Porsche hätte das gebracht*, dachte er. Als das dichte Waldstück endete, musste er abrupt auf die Bremse steigen. Keine fünfzig Meter vor ihm blockierte ein Streifenwagen die Straße. Die rotierenden Blinklichter zogen eine Schleppe von roten und weißen Bändern über die Bäume. *Hanlon hat deinen Rat also doch beherzigt*, dachte Sterling. Ein Polizist mit breitkrempigem Hut stand vor dem Streifenwagen und forderte Sterling per Handzeichen zum Wenden auf.

Sterling zog ein Stück vor und stellte den Motor ab.

»Zur West Wheelock zurückfahren und dann hoch bis zur I-91!«, schnarrte der Polizist. Der Kinnriemen seines Huts saß so straff, dass er kaum die Zähne auseinander brachte.

»Ich bin FBI-Agent Sterling Bledsoe«, stellte Sterling sich vor und streckte dem Mann die Hand entgegen. Er pflegte seinen Titel nur zu nennen, wenn es die Situation erforderte.

»Oh!«, sagte der Polizist, »Officer McGran«, und pumpte Sterlings Hand auf und ab. Er war ein Schrank von einem Kerl, über einen Meter neunzig groß und gut hundert Kilo schwer – alles Muskeln. Seinem jungenhaften Gesicht war die Verblüffung anzusehen.

Sterling wunderte sich nicht. In diesen Regionen war ein Schwarzer im Sportwagen nicht unbedingt ein alltäglicher Anblick. »Der Vermisste ist übrigens mein Bruder«, sagte Sterling. »Ich bin soeben aus der City eingetroffen.«

»Aus welcher City, Sir?«

»Aus New York City. Man hat mich heute schon sehr früh am Morgen verständigt.« Sterling verdrehte den Hals, um einen Blick an McGrans breitem Kreuz vorbei zu erhaschen. Er zählte weitere drei Streifenwagen und ein Zivilfahrzeug. Mindestens fünf Polizisten in Uniform und drei Mann in Zivil liefen am Straßenrand herum oder strebten dem Wald zu. Bis auf einen trugen alle leuchtend gelbe Warnwesten. »Hat man schon etwas gefunden?«, wollte er von McGran wissen.

»Wir fangen gerade erst an«, gab McGran Auskunft und machte eine sperrige Geste mit dem Arm, damit Sterling auch ja sehen konnte, was er meinte. Die Bewegung war nicht minder steif und mechanisch als seine Sprechweise. Der Mann war die Unbeholfenheit in Person.

»Wer hat hier die Leitung?«, wollte Sterling wissen.

»Captain Stangle.«

»Wer ist das?«

»Der Einzige nicht in Gelb.«

»Und Detective Hanlon?«

»Ist noch im Haus von Professor Bledsoe. Mrs. Bledsoe nimmt die Sache ziemlich schwer.«

»Hat sie das Haus schon einmal verlassen?«

»Kann ich nicht mit Gewissheit sagen, Agent Bledsoe. Soviel ich gehört habe, ist sie gestern Abend selber hier heruntergefahren, um nachzusehen, hat aber nichts gefunden. Da ist sie wieder umgekehrt und nach Hause zurück.«

»Um wie viel Uhr war das?« Sterling war auf vertrautem Terrain – ein möglicher Tatort, lokale Polizeikräfte, ungesicherte Spuren und ein ungutes Gefühl im Magen, das von Minute zu

Minute stärker wurde. Er bemühte sich nach Kräften, nicht daran zu denken, dass es um seinen eigenen Bruder ging – je unbelasteter die Ermittlung, desto besser die Ergebnisse. *Gefühle trüben den klaren Blick, ohne dass man es merkt.* Es war eine der ersten Lektionen, die man an der Akademie eingehämmert bekam. Aber wer war andererseits schon darauf vorbereitet, im Fall des vermissten eigenen Bruders zu ermitteln?

»Ich bin leider nicht über alle Einzelheiten im Bild, Sir«, räumte McGran ein. »Sie sollten sich besser mit dem Captain unterhalten.« Er drehte sich knirschend auf dem Absatz um und marschierte zu Captain Stangle hinüber, einem Mann in dunkelgrüner Windjacke, dem ein Zigarrenstummel aus dem rechten Mundwinkel hing. Silbrige Haarsträhnen lugten unter seiner schwarzen Baseballmütze hervor. Die tiefen Furchen auf seiner wettergegerbten Stirn ließen ein Alter um die sechzig vermuten. Er schaute zu Sterling herüber, nickte kurz und kam herbei, dicht gefolgt von dem hölzernen Officer.

»Morgen«, sagte der Captain und streckte Sterling eine fleischige Pranke entgegen. »Captain Stangle vom Police Department in Norwich, hier in Vermont.«

»Agent Sterling Bledsoe«, sagte Sterling. »Ich bin der Bruder von Professor Bledsoe.« Er ergriff Stangles Hand, merkte aber, dass sie viel zu groß war, um den markigen Händedruck gebührend zu erwidern. Wilson hatte oft gesagt, dass hier oben alles eine Nummer größer wird – vermutlich das Wasser, hatte er gewitzelt.

»Tut mir Leid, dass es kein erfreulicherer Anlass war, der Sie zu uns heraufgeführt hat«, sagte Stangle, wobei seine Zigarre unablässig von einem Mundwinkel zum anderen wanderte, ohne je in die Gefahr eines Absturzes zu geraten. Die große Übung war unverkennbar. »Ziemliche Scheiße.«

»Was wissen Sie bis jetzt?«

McGran hatte sich hinter Stangles rechter Schulter aufgebaut. Stangle gab ihm mit einem Blick zu verstehen, dass er nicht mehr gebraucht wurde. »Kommen Sie«, sagte er zu Sterling, »aber treten Sie möglichst in meine Fußstapfen. Die Spurensicherung ist noch nicht abgeschlossen.«

Sterling folgte ihm zu einem kleinen freien Platz unmittelbar neben der Straße. Stangle zog ein Notizbuch heraus und blätterte in den abgegriffenen Seiten. »Es ergibt alles einfach keinen Sinn«, sagte er und rieb sich die faltige Stirn. Die Zigarre geriet in heftige Rotation. »Im Haus von Präsident Mortimer war gestern Abend ein großer Empfang zu Ehren von Professor Bledsoe, weil er so'n großen wissenschaftlichen Preis gewonnen hat.«

»Den Devonshire-Award«, flocht Sterling ein, »der höchst dotierte wissenschaftliche Preis überhaupt.«

»Zwei Millionen grüne Scheinchen, ho, ho, hooh!«, jubelte Stangle wie der Sprecher eines Werbespots für eine Lotterie. Er wurde wieder sachlich. »Ungefähr um neunzehn Uhr hat er die Veranstaltung verlassen und seine Frau angerufen, er sei auf dem Heimweg.«

»Hat man seinen Wagen schon gefunden?«

»Bis jetzt noch nicht. Aber wir haben uns mit der Telefongesellschaft in Verbindung gesetzt und eine Liste seiner Anrufe geben lassen.« Stangle schlug die Seite um. »Fünf bis zehn Minuten später ruft er Mrs. Bledsoe noch einmal an und sagt, er käme etwas später. Hier unten an der River Road hätten ein paar Leute Probleme mit ihrem Pick-up. Er würde anhalten und helfen.«

»Wie weit ist es von hier zum Haus von Präsident Mortimer?«

»Höchstens zehn Minuten. Es liegt an der Webster Avenue, ein Stückchen hinter den Verbindungshäusern der Studenten.« Stangle forderte Sterling mit einer Handbewegung auf, ihm zu folgen. Nachdem er ein paar Schritte abseits der Straße gegangen war, standen sie nur noch anderthalb Meter vom Flussufer entfernt. Stangle deutete über das Wasser. »Im Herbst, wenn keine Blätter mehr an den Bäumen sind, kann man das Haus von hier aus sehen. Es ist nicht besonders weit.«

»Aber man kann von dort wohl nur über die Brücke hierher gelangen, oder?«

»Genau, es sei denn, man ist ein Vogel und kann fliegen oder ein Fisch, der durch den Fluss schwimmt«, scherzte er. »Nein, wer hierher an diese Straße kommen will, muss schon den großen Umweg über die Ledyard-Bridge machen.«

»Kennen Sie die Stelle, wo Wilson diesen Männern helfen wollte?«

»Nicht genau, aber nach Aussage von Mrs. Bledsoe war er nur noch ein paar Minuten von zu Hause entfernt. Wir gehen deshalb davon aus, dass es hier irgendwo gewesen ist, ein paar hundert Meter rauf oder runter.«

Die hiesigen Beamten hatten sich wirklich einiges einfallen lassen. Sterling war angenehm überrascht. Wenn er sonst an einem Tatort eintraf, war oft kaum etwas Nennenswertes geschehen. Häufig war den beteiligten Behörden das Gerangel über Zuständigkeiten wichtiger als die Aufklärung der Tat, aber diese Leute hatten bereits eine gute Grundlage für das Herzstück jeder Ermittlung vorzuweisen: die Timeline, die zeitliche Abfolge des Tathergangs.

Sterling beobachtete die Beamten bei der Arbeit. Einige krochen mit dem Vergrößerungsglas auf dem Boden herum, andere durchkämmten den Wald. Hier wurde erkennbar Teamarbeit geleistet. Auch das war ein wichtiger Punkt.

»Wie weit haben Sie die Straße abgesperrt?«

»Bis hinauf zur Deer Run Lane, wo Ihr Bruder wohnt.«

»Wie weit ist das?«

»Vielleicht drei Kilometer.«

Sterling schaute die schmale, vom dichten Geäst riesiger

Bäume fast überwucherte Schotterstraße entlang, auf die kaum ein Sonnenstrahl hinunterdrang. Straßenmarkierungen und Beleuchtung fehlten völlig. Es war, als hätte jemand eine Schneise durch den Wald gezogen und vergessen, das Werk zu vollenden. Er fragte sich, was in Wilson vorgegangen war, als er gestern Abend nach Hause fuhr. Es musste sehr unheimlich sein, diese dunkle Straße mit ihren Engstellen und unbeleuchteten Kurven nachts zu befahren.

»Der Präsident der Hochschule hat also Wilson zu Ehren gestern Abend in seinem Haus einen Empfang gegeben?«, resümierte Sterling.

»Jawohl, um sechs ging's los.« Stangle sah in seinem Notizbuch nach. »Es waren etwa zweihundertfünfzig Leute da. Der Präsident und seine Frau schmeißen gern große Partys. Bei denen ist mindestens einmal in der Woche was los.«

»Was ist mit diesem Pick-up? Hat Wilson Kay gegenüber erwähnt, was seiner Meinung nach das Problem war?«

Stangle blätterte in seinen Aufzeichnungen. Je mehr er suchte, desto schneller rotierte die Zigarre in seinem Mund. »Ah, hier steht's. Er meinte, es wäre entweder die Batterie oder ein Reifen.«

»Wie war hier gestern Abend das Wetter?«

»Bis etwa sechs Uhr abends war es klar, dann hat es angefangen zu nieseln, und ab sieben hat es gegossen wie aus Kübeln und geblasen, dass ich mich fast auf meinen fetten Arsch gesetzt hätte.«

»Das hönnte hilfreich sein«, sagte Sterling und deutete auf die Männer, die auf dem Boden herumkrochen.

»Der Wind?«

»Nein, der Regen. Dann hat es hier nämlich gestern Nacht viel Morast gegeben – und da bekommt man tiefe und klare Reifenabdrücke, besonders wenn es am folgenden Tag so trocken ist wie heute.«

Stangle nickte. »Verstehe.«

»Captain, Captain!«, tönte McGrans vom Wald verfremdete Stimme vom Streifenwagen herüber. Seine Rufe klangen, als kämen sie aus einer Höhle. Er hatte das Sprechfunkmikro in der Hand, aber man konnte lediglich das schwarze Spiralkabel sehen, das sich aus seiner riesigen Pfote ringelte. Stangle und Sterling fuhren herum. »Sie haben den Wagen gefunden!«, schrie McGran.

»Was?«, grunzte Stangle und machte sich mit Sterling eilends auf zu McGrans Streifenwagen.

»Die Zentrale hat sich gerade gemeldet«, sagte McGran. »Die Kollegen von Hanover haben den Wagen vor ungefähr zehn Minuten gefunden.«

»Wo zum Teufel steht die Kiste?«

»Drüben hinter dem Kellog Auditorium, auf dem Parkplatz des medizinischen Instituts.«

»Befindet sich Wilson im Fahrzeug?«, wollte Sterling wissen. Seine Bauchmuskeln spannten sich wie in Erwartung eines Tiefschlags.

»Negativ. Das Fahrzeug war abgeschlossen, die Fenster hochgekurbelt, aber der Zündschlüssel steckt.«

»Können wir gleich los?«, fragte Sterling.

Stangle sah McGran an. »Informieren Sie die Leute, dass wir in maximal zehn Minuten drüben sind!«, sagte er. Nach einer letzten Rotation spie er den Zigarrenstummel mit einem entschlossenen Grunzlaut auf den Boden. »Kommen Sie!«, sagte er zu Sterling.

7

STERLING FUHR IN dichtem Abstand hinter Stangles Streifenwagen her, der mit Blinklicht und Sirene durch die Sträßchen des Campus von Dartmouth jagte. An den weiten Grünflächen in der Mitte der Stadt wurden sie langsamer, bogen ein paarmal ab, um dann am stattlichen Bibliotheksgebäude der Baker Library vorbeizurauschen. Es war inzwischen elf Uhr geworden. Der Campus erwachte gähnend von den Partys der vorangegangenen Nacht. Gruppen von Joggern in engen Latexhosen und weiten T-Shirts trabten durch die Sträßchen, während sich die Fleißigeren mit schweren Rucksäcken durch die Drehtüren der Bibliothek schoben.

Sterling bewunderte die alten Gebäude mit dem sauber gefugten Ziegelmauerwerk und dem weiß gestrichenen Fachwerk. So sehr ihm New York mit seiner eindrucksvollen Skyline und den mächtigen Wolkenkratzern ans Herz gewachsen war, so wenig konnte er der deftigen Schönheit und dem ländlichen Charme von Hanover seine Bewunderung versagen. Er hatte den Campus noch nie mit eigenen Augen gesehen, wohl aber die Postkarten mit den pittoresken Szenerien oft genug bestaunen müssen, die Wilson nach Hause geschickt hatte. Seine Mutter hatte sie jedes Mal unübersehbar zur Schau gestellt. Verblüfft registrierte Sterling, dass der Campus in der Realität ebenso proper war wie auf den Postkarten.

Captain Stangle stellte die Sirene ab, ließ das Blinklicht aber weiterlaufen. Er kurvte durch ein paar sandige Sträßchen und näherte sich schließlich einer Gruppe von nüchternen Bauten. Aus dem Rasen davor ragte ein bescheidenes Schild und verkündete »Dartmouth Medical School, 1786«. Wie die meisten Institutsgebäude waren es reine Zweckbauten. Ohne gestalterischen Ehrgeiz hatte man bleiche Betonplatten kunstlos auf inzwischen bröckelnde Ziegelsockel und mächtige rostige Eisenträger gesetzt.

Über eine kurze Rampe hinter den Gebäuden gelangten sie auf einen verlassenen Parkplatz hinunter. Knapp zweihundert Meter weiter sah Sterling eine Ansammlung von acht grünen und weißen Streifenwagen. Sie parkten vor einem lindgrünen Gebäude, das nach der Abrissbirne zu schreien schien.

Während Sterling auf das Auditorium zuhielt, schenkte er der moosigen Ziegelwand und den beiden Eingängen an den Enden des Gebäudes einen kritischen Blick. Ein Fußgängersteg führte vom Auditorium hinüber zu einer größeren Gruppe ähnlich hässlicher Bauwerke.

Er ließ den Mustang bei den blitzenden Blinklichtern ausrollen. Die grünen Streifenwagen gehörten zum Hanover Police Department, die weißen waren vom internen Sicherheitsdienst des Dartmouth College. Sterling steckte sich sein ledergebundenes Notizbuch ein, stieg aus und gesellte sich zu Stangle und den anderen Beamten.

»Guten Morgen, Capt'n!«, rief einer der Beamten von Hanover Stangle entgegen, der auf die Gruppe zuschritt. Er war der kleinste der acht Männer, hatte aber das Platz greifende Gehabe desjenigen, der das Sagen hat.

»Sieht aus, als ob die Sonne es heute etwas besser mit uns meint, Serge«, sagte Stangle. In diesen kühlen Bergregionen wurden die Gespräche auch in ernsten Angelegenheiten mit einer Bemerkung über das Wetter eröffnet – vielleicht gerade dann. »Das ist Agent Sterling Bledsoe. Er wird die Untersuchung von Seiten des FBI führen. Außerdem ist er der Bruder von Professor Bledsoe.«

»Lieutenant Sergio Wiley vom Hanover Police Department«, stellte der Kleinwüchsige sich vor und hielt Sterling mit ernster Mine eine steife Rechte hin. Aus der Nähe wirkte er noch kleiner, hatte aber einen festen Händedruck. Im

Gegensatz zum breitkrempigen Stetsonhut der anderen Beamten trug er eine dunkelblaue Baseballkappe der Red Sox mit besonders stark gewölbtem Schild wie die Collegekids. Seine Oberlippe verschwand unter einem dichten schwarzen Schnauzbart, der auf Sterling im ersten Moment wie angeklebt wirkte. Wileys kompakter Körper war mit schwellenden Muskeln bepackt, die Uniform spannte über seiner Brust. In jüngeren Jahren mochte er Ringer gewesen sein.

»Freut mich, Sie kennen zu lernen«, sagte Sterling. »Unter anderen Umständen wäre es mir allerdings lieber gewesen.«

»Das gilt für uns alle«, gab Wiley zurück. »Ihr Bruder ist hier auf dem Campus so etwas wie ein Star. Ich habe ihn leider nicht persönlich kennen gelernt, aber der Sohn von meinem Nachbarn hat bei ihm vor ein paar Jahren ein paar Kurse gemacht und redet heute noch davon.«

»Ja, Wilson ist ein Prachtkerl«, sagte Sterling und nickte. Plötzlich hätte er am liebsten laut losgeheult. »Es muss doch eine Erklärung geben!«

Zum Glück kam Wiley schnell zur Sache. »Ein Beamter vom Sicherheitsdienst hat heute Früh auf seiner Runde den Wagen entdeckt. Er hat sich zu diesem Zeitpunkt noch nichts dabei gedacht, weil am Wochenende von den Studenten und Institutsangehörigen öfter Fahrgemeinschaften gebildet werden und die Leute dann einen Wagen hier stehen lassen.«

Sterling betrachtete den roten Mercedes. In den letzten Jahren hatte er sich selten mit Wilson unterhalten, aber er erinnerte sich noch lebhaft an das Gespräch über diesen Wagen, den Wilson in den Kleinanzeigen gefunden und einer Arztwitwe aus Windsor in Vermont, fünfzig Kilometer von hier, abgekauft hatte. Die alte Dame hatte wegen ihrer schwindenden Sehkraft den Führerschein abgeben müssen und sich entschlossen, das Auto zu verkaufen. Bevor sie Wilson den Kaufvertrag unterschreiben ließ, hatte sie ihn ins Gebet genommen und sich in die Hand versprechen lassen, dass er den Wagen, der für ihren Mann direkt nach seinen Patienten gekommen sei, immer aufs Sorgfältigste pflegen werde. Das Fahrzeug kam aus erster Hand, hatte nur fünfundfünfzigtausend Kilometer auf dem Tacho und sah innen noch aus wie neu. Wilson konnte sich stundenlang über diesen Wagen ergehen, wenn man ihn ließ.

Sterling besah sich die Räder. Die Radkappen glänzten, und die Weißwandreifen, an denen jetzt ein paar eingetrocknete Schlammspritzer hafteten, sahen ansonsten aus wie frisch geschrubbt. Ein Lächeln huschte über Sterlings Gesicht. Den Männern der Familie Bledsoe war eines gemeinsam: Ihre Autos waren stets picobello gepflegt.

»Wann hat der Sicherheitsbeamte das Fahrzeug zum ersten Mal bemerkt?«, fragte er, ohne den Blick von dem Mercedes zu lösen.

»Um drei Uhr heute Früh«, gab Wiley zurück. »Hier hinten ist nicht viel los, deshalb wird hier nur alle drei Stunden kontrolliert. Wo sich mehr Menschen bewegen, wird der Campus stärker kontrolliert.«

»Darf ich?«, sagte Sterling und nickte in Richtung Mercedes.

»Sicher, aber fassen Sie noch nichts an«, sagte Wiley. »Wir warten darauf, dass die Staatspolizei kommt und Fingerabdrücke nimmt.«

»Kann das nicht jemand von Ihrer Dienststelle übernehmen?«

»Schon, aber unser Mann ist an diesem Wochenende nicht greifbar«, sagte Wiley. Es schien ihm peinlich zu sein, dass er nur einen Mann zur Verfügung hatte, der in der Lage war, Fingerabdrücke zu sichern. »Die Leute von der Staatspolizei haben mit diesen Sachen sowieso mehr Routine.«

»Verstehe«, meinte Sterling. »Auf dem Gebäude da hinten befindet sich eine Überwachungskamera«, sagte Sterling, während er sich hinkniete und die Hinterräder überprüfte. »Funktioniert die?«

Wiley und Stangle schauten erst zum Kellog-Auditorium hinüber und sich dann gegenseitig an. »Wie wird hier hinten überwacht?«, schnauzte Wiley einen seiner Beamten an, als wäre die Idee von ihm.

»Mit dem Streifenwagen, sonst eigentlich gar nicht«, meinte der Polizist. Sein Bürstenhaarschnitt sah aus, als sprossen Borsten aus seinem Kopf. Der Bauch hing ihm schlapp über den Hosenbund. Er musste ihn vermutlich anheben, um an den Gürtel zu kommen.

Sterling legte sich auf den Rücken und inspizierte den Wagen von unten. »Hat jemand mal eine Taschenlampe für mich?«, fragte er. Einer der Polizisten legte ihm die schwere lange Dienstlampe mit dem Metallgehäuse in die offen hingehaltene Hand. »Könnte ich jetzt eine definitive Antwort auf meine Frage nach der Kamera bekommen?«

Lieutenant Wiley bedachte den Borstenkopf mit einem missbilligenden Blick.

»Da muss ich mich erst einmal schlau machen«, murmelte der Dicke verlegen, watschelte zu seinem Streifenwagen und griff nach dem Sprechfunkmikrofon.

Sterling erhob sich, um den Wagen vom Kofferraum bis zur Motorhaube zu überprüfen. Er ließ sich viel Zeit, denn er wusste, dass die meisten Ermittlungsfehler direkt am Anfang passierten.

»Könnte ich ein Paar Latexhandschuhe haben?«

Wiley machte einem seiner Beamten ein Zeichen, der daraufhin zu seinem Wagen rannte und Sterling das Gewünschte brachte.

Die Handschuhe waren ein bisschen eng, aber Sterling bekam sie trotzdem übergestreift. Er ging nach vorne und fühlte mit den Handrücken systematisch die Motorhaube ab.

»Der Motor ist eiskalt, der Wagen steht also schon eine beträchtliche Zeit hier«, erklärte er und kniete am Türgriff nieder. »Er ist übrigens nicht aufgebrochen worden.«

»Aber wieso hat der Professor den Zündschlüssel stecken lassen?«, dachte Wiley laut.

»Wer sagt denn, dass er es war?«, gab Sterling zu bedenken. »Ich kann mir tausend Gründe vorstellen, weshalb der Schlüssel noch im Wagen steckt. Dass mein Bruder ihn selbst stecken gelassen hat, halte ich für den denkbar unwahrscheinlichsten Fall. Diesen Wagen hütet Wilson wie seinen Augapfel.« Sterling spähte durch die Scheibe der Beifahrertür. »Da klemmt etwas zwischen Sitz und Tür«, sagte er, während sich die Männer am Fenster um ihn versammelten. »Ich kann von hier aus nicht viel erkennen, aber es sieht aus wie die Stummelantenne von einem Handy.«

Sterling sah auf die Uhr. Es war kurz vor Mittag. Sein Kiefer wurde hart. Wilson war inzwischen seit fast fünfzehn Stunden vermisst, und bis jetzt hatte weder Wilson selbst sich gemeldet noch jemand, der etwas Auffälliges beobachtet hatte. Kein gutes Zeichen.

Er gab Wiley die Taschenlampe zurück. »Alles erledigt«, erklärte er. »Übrigens, weiß Präsident Mortimer, dass mein Bruder verschwunden ist?«

»Wir haben ihn heute Früh um sechs informiert«, antwortete Wiley, »aber er möchte die Angelegenheit lieber noch vierundzwanzig Stunden unter Verschluss halten. Wir gewinnen dadurch etwas Zeit für ein paar Maßnahmen, bevor der ganze Campus verrückt spielt.«

»Vernünftig«, pflichtete Sterling bei. Er wandte sich an Stangle. »Captain Stangle, wie komme ich von hier zum Haus meines Bruders, ohne die River Road zu benutzen?«

»Weiter oben in den Bergen gibt es eine Straße, die von der anderen Seite zu seinem Anwesen führt.«

Sterling machte sich auf zu seinem Wagen. Plötzlich blieb er stehen. »Noch eine letzte Frage, Lieutenant«, sagte er zu Wiley. »Der Mann vom Sicherheitsdienst hat den Wagen um drei Uhr zum ersten Mal bemerkt. Außerdem machte er alle drei Stunden hier hinten eine Kontrolle. Wie kommt es, dass Sie erst jetzt davon erfahren haben?«

Wiley hatte mit dieser Frage gerechnet. »Der Kollege hat erst bei seiner dritten Runde um neun Uhr bemerkt, dass der Wagen keinen Aufkleber mit der Parkberechtigung hatte. Auf diesem Parkplatz müssen alle Fahrzeuge einen Institutsaufkleber haben, sonst bekommen sie eine Verwarnung. Als der Beamte die Verwarnung unter den Wischer schieben wollte, hat er bemerkt, dass der Zündschlüssel noch steckt. Daraufhin hat er seine Zentrale verständigt, sie soll den Wagen abschleppen lassen. Um ungefähr zehn Uhr dreißig hat unsere Funkleitstelle die Einsatzorder für den Abschleppwagen mitgehört. Die Beschreibung des Fahrzeugs passte auf den Wagen des Professors, und unsere Leute wussten ja, dass wir nach ihm fahnden. Wir waren innerhalb von Minuten vor Ort.«

Sterling sah sich noch einmal auf dem Parkplatz um. Sein Blick blieb an etwas hängen. Er ging zum Mercedes zurück und kniete sich vor dem Wagen auf die Erde. Sein Finger zeichnete etwas auf dem Boden nach. »Reifenspuren«, sagte er. »Breit genug für einen Pick-up. Lieutenant, prüfen Sie doch mal nach, ob sich auf der River Road Reifenspuren finden, die sich mit diesen hier decken. Ich kenne meinen Bruder. Nie im Leben würde er sein Auto freiwillig auf einem einsamen Parkplatz abstellen – und dann auch noch den Zündschlüssel stecken lassen!«

Sterling ging zu seinem Mustang. Stangle und Wiley kamen hinterher.

»Können wir jetzt fahren?«, wollte Stangle wissen.

»Ja, aber ich möchte vorher noch an Wilsons Labor vorbeifahren und mich in seinem Büro ein bisschen umschauen.« Sterling setzte sich hinters Steuer.

»Ich bringe Sie hin«, bot Wiley an. »Es ist ohnehin meine nächste Station.«

Sterling wusste, dass Wilson den größten Teil seines Tages im Laboratorium verbrachte. Das war der Ort, wo die eigentliche Spurensuche ansetzen musste.

In einer von den durchdrehenden Hinterrädern des Mustangs aufgewirbelten Staubwolke schoss Sterling vom Parkplatz. Er war überzeugt, dass in dieser kleinen Stadt irgendjemand etwas gehört oder gesehen haben musste. Wie es im »Büro« immer so schön hieß: Es war nur eine Frage der Zeit, bis die Spuren anfingen zu reden.

8

EIN DIENSTEIFRIGER BEAMTER des College-Sicherheitsdienstes stand Wache vor Wilson Bledsoes verschlossenem Labor. Er hatte die dünnen Arme vor der Brust verschränkt und das Kinn auf den Kragenknopf gequetscht, als müsse er einen Hustenreiz unterdrücken. Das leise Geräusch von Absätzen auf dem frisch gebohnerten Fliesenboden riss ihn aus seiner Lethargie.

»Guten Morgen, Lieutenant Wiley«, rief er und nahm eine militärische Haltung an. Sterling hätte sich nicht gewundert, wenn er auch noch salutiert hätte, was aber unterblieb.

»Morgen, Carlton!«, knurrte Wiley. »Das ist Agent Sterling Bledsoe, FBI. Er kommt aus New York City.« Wiley ließ sich den letzten Satz auf der Zunge zergehen. Es kam nicht alle Tage vor, dass hier jemand aus der großen Stadt seine Aufwartung machte, ein Berufskollege gar.

»Könnte nicht an einem besseren Tag zu uns herauf in die Berge gekommen sein«, sagte Carlton und entblößte lächelnd eine Reihe makelloser Zähne. »Soll heute an die fünfundzwanzig Grad warm werden!«

Wiley wippte ungeduldig auf den Absätzen. »Carlton, Agent Bledsoe ist Professor Bledsoes Bruder. Er ist beruflich hier.«

»Tut mir Leid, Sir!«, stotterte Carlton. Sterling nickte ihm beschwichtigend zu.

»Schon jemand hier gewesen?«, wollte Wiley wissen. Sein sonorer Brustton hätte zu einem Mann doppelter Größe gepasst.

»Nur eine Studentin«, gab Carlton Auskunft, »so um sechs oder sieben Uhr. Hat gesagt, sie würde hier arbeiten, als Assistentin.«

»Sie können mir bestimmt ihren Namen sagen.«

Carlton blickte an die Decke und kniff die Augen zu Schlitzen zusammen. Sterling bemerkte seine ungewöhnlich lange Nase, deren Rücken eine veritable Sprungschanze für einen Schweißtropfen abgegeben hätte. »Nicht unbedingt«, räumte Carlton ein, »aber es war so eine Hübsche, Sie wissen schon, was ich meine. Sie hat mir zwar den Hausausweis hingehalten, aber der Name ist mir irgendwie nicht mehr präsent. Helen oder Heather – so was in der Richtung.«

Sterling machte sich in seinem schwarzen Buch Notizen. Es hatte nicht unbedingt etwas zu bedeuten, wenn eine Assistentin samstags in aller Frühe ins Labor wollte. Experimente liefen oft rund um die Uhr, wobei der Letzte in der Hackordnung in der Regel den schwarzen Peter zugeschoben bekam und für den reibungslosen Ablauf sorgen musste, besonders nach Feierabend. Sterling hatte sich selbst so manche Nacht um die Ohren hauen und bis in die Morgenstunden Chemikalien mixen und stockende Gels beobachten müssen. Labordienst war eine Art Initiationsritual. »Haben Sie die Studentin ins Labor hineingelassen?«, fragte er.

»Nein, Sir!«, erwiderte Carlton pflichteifrig. Er war sichtlich stolz, überhaupt etwas richtig gemacht zu haben. »Auf Chief Gaylors ausdrücklichen Befehl hat die Tür verschlossen zu bleiben!«

»Wann haben Sie Ihren Dienst hier angetreten?«, fragte Sterling. Er war immer noch mit seinen Notizen beschäftigt. Jedes Detail konnte helfen, die Timeline zu verfeinern.

»Heute Morgen, kurz nach vier Uhr«, sagte Carlton. »Als ich zur Frühschicht angetreten bin, hat mich der Wachhabende der Nachtschicht sofort hergeschickt.«

Sterling sah Wiley fragend an.

»Als wir zu Beginn der Frühschicht immer noch nichts von Professor Bledsoe gehört hatten«, erläuterte Wiley, »haben wir uns zu ein paar Vorsichtsmaßnahmen entschlossen. Wir warten normalerweise etwas länger, bis wir jemand offiziell als vermisst erklären, aber das ist kein normaler Fall, zumal Ihr Bruder unlängst diesen Preis gewonnen hat. Wir wollten kein Risiko eingehen und haben deshalb sofort veranlasst, dass der Sicherheitsdienst jemand hierher schickt.«

»Gute Idee«, sagte Sterling.

Wiley nickte knapp. Ein zufriedener Ausdruck schlich sich in sein bislang ausdrucksloses Gesicht. »Dann wollen wir mal sehen, wie es drinnen ausschaut.«

Carlton trat beiseite, um Wiley und Sterling vorbeizulassen. Als sich die Tür hinter ihnen schloss, wollte Wiley das Licht anschalten, aber Sterling fiel ihm in den Arm. Er stand ruhig im Dunkeln, drehte langsam den Kopf von rechts nach links und versuchte, das Fluidum des weitläufigen Raums in sich aufzunehmen. Anders als die meisten Forscher, die von der Öffentlichkeit unbeachtet eine nur in Fachkreisen wahrgenommene Arbeit machten, hatte Wilson Bledsoe nicht nur in der Fachwelt, sondern auch beim breiten Publikum einen klangvollen Namen. Führende Leute aus der Wirtschaft hatten die Relevanz seiner Forschung erkannt. Händler und Analysten der Wall Street bewerteten auf die Landwirtschaft bezogene Börsenpapiere anhand eines von ihm entwickelten komplizierten Algorithmus, mit dem man die Auswirkungen bestimmter Umweltfaktoren auf die Großviehhaltung vorausberechnen konnte. Die großzügigen Dimensionen von Wilsons Laboratorium entsprachen durchaus der Bedeutung seines Inhabers.

Sterling ließ Wiley das Licht anschalten. Langsam gingen sie an den Labortischen und Ablageflächen vorbei, auf denen sich Tierpräparate und Dias türmten. Eine ganze Ecke des Raumes war einem Pelztier gewidmet, das für den Stadtmenschen Sterling aussah wie ein Otter.

Im rückwärtigen Bereich des Labors, wo Wilson seinen persönlichen Arbeitsbereich eingerichtet hatte, nahm Sterling wieder einige Minuten lang in ruhiger Konzentration die Umgebung in sich auf. Alles war so sauber und ordentlich, selbst die Mikroskope, die ausgerichtet wie Soldaten auf den Tischen standen. Sterling sah vor seinem inneren Auge Wilson im langen weißen Labormantel durch die Tischreihen gehen und seinen Assistenten Anweisungen und Hilfestellung geben, wenn sie nicht mehr weiterwussten.

»Hier kann man vom Fußboden essen«, meinte Wiley und bewunderte sein Spiegelbild, das ihm von einer Resopalplatte entgegenstrahlte. »Ihr Bruder hat seinen Laden gut im Griff.«

»Ganz mein Eindruck«, sagte Sterling, der sich wünschte, sein eigenes Labor wäre nur halb so gut in Schuss. Hier schien ein anderer Wilson zu wirken als jener, der als Junge sein Zimmer stets in ein wüstes Durcheinander versetzt, Papiere und Bücher im ganzen Haus verteilt und seine Klamotten achtlos dort liegen gelassen hatte, wo er sie sich gerade vom Leib gerissen hatte. *In einem Saustall kann man nicht sauber denken!*, hatte die Mutter Wilson immer gepredigt. Sie schien am Ende doch noch Gehör gefunden zu haben.

Sterling griff in eine Schachtel mit Latexhandschuhen und holte für sich und Wiley vorsichtig zwei Paar heraus.

»Sieht nicht so aus, als ob hier jemand etwas angerührt hätte«, meinte Wiley.

»So sieht es aus, Lieutenant, aber mit Gewissheit sagen kann man es noch nicht«, gab Sterling zu bedenken. »Wir wissen ja noch nicht einmal, wonach wir eigentlich suchen.« Er ging zu dem Computer auf dem Stahltischchen in der Ecke. Der Bildschirmschoner bestand aus einer in einem Baum sitzenden Eulenfamilie, die mit den gelben Augen zwinkerte. Alle paar Sekunden entschwebte eine davon mit einem Eulenschrei nach unten und verschwand vom Bildschirm. Wenn sich der Baum geleert hatte, hörte man es plötzlich rauschen, die ganze Gesellschaft kam wieder angeflogen und ließ sich in den Zweigen nieder wie zuvor.

»Was die Technik heutzutage alles kann«, sagte Wiley bewundernd. »Ich kann so ein Ding gerade mal ans Laufen bringen. Meine Kinder sind verrückt danach. Sie machen mit diesem elektronischen Zeug die tollsten Sachen, und je jünger sie sind, desto besser können sie es. Neulich haben sie sich per Computer mit ein paar Studenten in Europa unterhalten!«

»Und das ist alles erst der Anfang«, meinte Sterling, während er ein paar Tasten drückte und den Bildschirmschoner zum Verlöschen brachte. Es erschienen ein paar aus dem Internet heruntergeladene Seiten: Informationsmaterial der FDA, der Zulassungs- und Kontrollbehörde für Nahrungs- und Arzneimittel. Sterling notierte die Internetadresse in sein schwarzes Buch.

»Ich weiß zwar, dass sich der Professor mit Tieren befasst«, sagte Wiley, »aber was genau macht er eigentlich?«

»Er ist Verhaltensforscher«, erläuterte Sterling, der inzwischen die Homepage der FDA aufgerufen hatte, um nachzusehen, ob sich dort irgendetwas Auffälliges verbarg. »Man nennt dieses Fach auch Ethologie. Mein Bruder beobachtet Tiere in ihrer natürlichen Umwelt.«

Sterling und Wiley setzten die Untersuchung des Laboratoriums fort, nahmen dies und das zur Untersuchung in die Hand, um es dann sorgsam an den gleichen Platz zurückzulegen. Schließlich waren sie an der Tür von Wilsons Büro angelangt. *Vorsicht, freilaufender Ethologe*, warnte ein Schild. Sterling konnte sich gar nicht daran erinnern, dass sein Bruder eine humorvolle Ader hatte. Wilson war immer ein sehr ernster Mensch gewesen, auch wenn es nicht um seine Arbeit ging.

Die Bürotür war unverschlossen, wie sie es die letzten zwanzig Jahre immer gewesen war. Wilson hatte stets eine Politik der offenen Tür betrieben. Er war für Studenten und Kollegen jederzeit zu sprechen, gleichgültig, ob ihn jemand aus wissenschaftlichem oder privatem Anlass aufsuchte. Während die meisten Direktoren von Laboratorien nur an einer möglichst großen Zahl von Veröffentlichungen ihrer Assistenten interessiert waren, wollte Wilson, dass seine Studenten lernten, mit beiden Beinen im Leben zu stehen. Wenn sie dabei auch noch ein paar wissenschaftliche Kenntnisse erwarben, umso besser.

Sein Büro war noch sorgfältiger aufgeräumt als das Laboratorium. Auf dem Schreibtisch lagen weder Bleistifte noch Kugelschreiber herum, sämtliche Papiere waren auf einer Seite ordentlich aufeinander gestapelt. Hinter dem Schreibtisch hing ein großes Schwarz-Weiß-Foto der beiden Brüder, wie sie sich nach Wilsons bestandenem Examen umarmten. Sterling, groß und schlaksig, war darauf erst zwölf, aber das fatale Lächeln, das ihn bei Frauen so oft in die Bredouille bringen sollte, blitzte schon damals auf. Sterling gab es nur ungern zu, aber es war schon immer sein Lieblingsfoto gewesen. Er schätzte es vor allem deshalb, weil er sich an kein anderes Foto mit seinem Bruder erinnern konnte, auf dem sie beide glücklich waren. Seit er seine Vorbehalte gegen seinen älteren Bruder in den Griff bekommen hatte, stand ein Abzug dieses Bildes auf dem Nachttisch neben seinem Bett. An jenem Tag von Wilsons Examen hatte er seinen Vater das einzige Mal weinen sehen.

»Nicht übel, dieses Büro!«, sagte Wiley anerkennend. »In den Büros von diesen Professoren sieht es oft aus wie in einem Schweinestall. Wo man hinschaut Bücher und herumfliegende lose Blätter, und überall diese klebrigen Kaffeetassen!« Er betrachtete ein Foto von Wilson im Kreise einiger seiner Studenten, um es schließlich Sterling zu reichen.

Das Foto war auf dem Rasen vor dem Laboratorium oder einem ähnlichen Gebäude aufgenommen worden. Acht Studentinnen und Studenten hatten sich um Wilson geschart. Sie sahen alle so zufrieden und sorglos aus. Sterling betrachtete die Gesichter genauer. Die Studentin neben Wilson fiel aus dem Rahmen, nicht nur, weil sie attraktiver war als ihre Kommilitoninnen. Ihre Augen, ihre Haltung, ihr Lächeln – alles strahlte ein unverkennbares Selbstvertrauen aus. Zudem schien sie einen höheren Rang einzunehmen als die anderen Studenten.

Sterling stellte das Foto auf den Schreibtisch zurück und schaute sich weiter um. Wissenschaftliche Bücher, Lehrbücher und Laborhandbücher füllten die hohen Regale an den Wänden. Drei Regale waren ausschließlich Romanen und der schönen Literatur vorbehalten. Sterling hätte nie gedacht, dass Wilson Zeit und Interesse dafür hatte. Es gab viele Kriminalromane, Romane von Elmore Leonard und Walter Mosley, fast alles von John Grisham. Sterling kannte Wilson nur mit der Nase tief in der *New York Times* oder im *Scientific American*.

Er ging um den großen eichenen Schreibtisch herum und zog den schweren schwarzen Ledersessel heraus, der sich auf einem viereckigen Stück Plexiglas mühelos bewegen ließ. Ein kleiner Papierkorb aus Blech in der Form eines Elefanten stand an die Wange des rechten Schreibtischkastens gelehnt unter dem Tisch. Sterling kippte den Inhalt auf die Schreibtischplatte: drei zusammengeknüllte Blätter und ein leer geschriebener Kugelschreiber.

»Was Interessantes?«, fragte Wiley, als Sterling den ersten Knäuel auseinander gefaltet und geglättet hatte.

»Kann ich noch nicht sagen. Es scheint eine Liste von Chemikalien mit ihren Formeln zu sein, aber das meiste kann man kaum lesen. Die Druckqualität ist sehr schlecht.« Er reichte Wiley das Blatt und faltete die beiden anderen Papierbälle auseinander. Das Ergebnis blieb das gleiche.

»Ich kann diese Namen meistens noch nicht einmal aussprechen«, gestand Wiley. »Ich habe mit Wissenschaft nicht viel am Hut. Zu viele Wörter, die zu viel Platz brauchen, wenn man sie hinschreiben will. Ich habe lieber auf anderen Gebieten gezeigt, was ich draufhabe.«

Sterling betrachtete die Formeln. Er war kein Chemiker, hatte aber einige Semester organische Chemie studiert. Er wusste, dass man nur ein paar Koeffizienten oder Buchstaben zu verändern brauchte, und schon hatte man einen völlig anderen Stoff.

»Steht denn nirgendwo, woher diese Liste stammt?«, fragte Wiley.

Auf den ersten beiden Seiten konnte Sterling nichts finden. Der Druck wurde gegen Ende immer blasser und war an manchen Stellen ganz ausgefallen. Am Fuß der dritten Seite war allerdings doch noch etwas zu erkennen: http://www.fda. Der Rest war unleserlich. »Das ist aus dem Internet«, sagte er.

Wiley nahm das Blatt und hielt es sich so dicht vors Gesicht, dass er die Buchstaben eigentlich hätte riechen müssen. Schließlich siegte seine Neugier über die Eitelkeit, und er klaubte eine Lesebrille aus der Brusttasche. »Das bleibt einem leider nicht erspart, wenn man älter wird«, meinte er und schob sich die dicken Gläser auf die Nase. »Ist es normal, dass sich Professor Bledsoe bei der FDA Informationen holt?«

»Möglich ist es schon. Forscher stöbern immer im Internet nach wissenschaftlichen Informationen. Die Frage ist, ob diese Informationen für uns etwas zu bedeuten haben.«

Sterling öffnete den Schrank. Wieder alles wie gehabt: Stapel von wissenschaftlichen Büchern und kartonweise Blätter mit einem Wust von Labordaten und kopierten Beiträgen aus wissenschaftlichen Zeitschriften. In einem der Fächer standen einige von Wilsons Artikeln und ein Schuhkarton mit Kassetten für einen Camcorder. Sterling verschaffte sich kurz einen Überblick, stellte alles wieder an seinen ursprünglichen Platz zurück und machte sich ein paar Notizen in seinem Buch.

Er schaute auf die Uhr. Es war inzwischen dreizehn Uhr, und er bekam allmählich Hunger. Er musste sich unbedingt irgendwo hinsetzen und die Gedanken ordnen. Außerdem war es Zeit, Kay aufzusuchen. Die Untersuchung war wichtig, aber er war auch wegen Kay gekommen. Wilson war ihr Ein und Alles. Jeder wusste, wie nahe sie einander standen.

Ohne einen bestimmten Grund nennen zu können, überkam ihn plötzlich ein merkwürdiger Gedanke: War es denkbar, dass Wilson mit einer anderen Frau durchgebrannt war? Nein, das war absurd, aber man musste einfach jede noch so unwahrscheinliche Möglichkeit in Betracht ziehen. In den Jahren beim »Büro« hatte Sterling lernen müssen, dass es nichts gab, was man einem Menschen nicht zutrauen konnte.

Er etablierte auf dem Schreibtisch wieder die ursprüngliche peinliche Ordnung. »Ich denke, das wär's im Moment.«

»Wenn die Leute von der Staatspolizei mit den Abdrücken vom Wagen fertig sind, lasse ich sie gleich hier im Labor weitermachen«, sagte Wiley. »Wird höchstens ein paar Stunden dauern.«

»Je schneller, desto besser«, meinte Sterling. Im Gehen warf er noch einmal einen Blick auf das Foto von Wilson und ihm selbst an der Wand. Bei der Vorstellung, dass Wilson das Bild genauso gern mochte wie er selbst, wurde ihm warm ums Herz, wenn auch nur kurz.

Carlton hatte das Geräusch einer Tür vernommen und nahm hastig wieder Haltung an. Sterling konnte sich des Eindrucks nicht erwehren, dass er gedöst hatte.

»Carlton, wie lang geht Ihre Schicht?«, erkundigte er sich.

Carlton sah auf die Uhr. »Ich bin um fünf angetreten und könnte daher um dreizehn Uhr Schluss machen, aber vielleicht mache ich noch ein paar Überstunden.«

»Ist für Ihre Ablösung gesorgt?«

»In einer Stunde kommt einer und übernimmt kurz, damit ich Mittagspause machen kann.«

»Sorgen Sie dafür, dass hier niemand reinkommt«, sagte Sterling nachdrücklich. »Das Labor muss noch auf Fingerabdrücke untersucht werden.«

»Jawohl, Sir!«, bellte Carlton. Er schien ein guter Befehlsempfänger zu sein.

»Und wenn jemand hier auftaucht und sagt, er müsse den Professor sprechen oder er hätte hier im Labor zu tun, dann schreiben Sie bitte auf, wer es ist – Name, Hausausweisnummer, Abteilung und die Telefonnummer, wo man den Betreffenden erreichen kann.«

Carltons Lippen bewegten sich stumm. Er schien sich die Weisung innerlich vorzubeten. Sterling und Wiley machten sich auf den Weg zum Aufzug.

Die Aufzugtüren fuhren auf. »Und der Mann vom Reinigungspersonal?«, hörten sie Carlton hinter sich rufen.

Sterling streckte die Hand aus, um die Aufzugtür zu blockieren. »Was für ein Mann?«

»Er hat gesagt, er müsse vielleicht später noch einmal wiederkommen. Er ist nicht ganz fertig geworden.«

Sterling und Wilson ließen den Aufzug Aufzug sein und wandten sich um. Sterling sah schon wieder rot. »Haben Sie nicht gesagt, dass außer einer Studentin niemand hier gewesen ist und eingelassen werden wollte?«, fauchte er.

»Ich habe nicht gewusst, dass das Reinigungspersonal auch zählt«, sagte Carlton und hob zerknirscht die Schultern.

Sterling konnte nur noch den Kopf schütteln. Hanlon hatte ihn schon Nerven gekostet, aber Carlton setzte dem Ganzen die Krone auf. Die Ermittlungen liefen erst ein paar Stunden, aber bereits jetzt hatte Sterling fünf Ermittlungsfehler registriert, die die Beweislage massiv beeinträchtigen und das Auffinden von Wilson bedeutend erschweren konnten. »Haben Sie ihn wenigstens nach seinem Namen gefragt?«

Carlton schürzte die Lippen. »Ich weiß nicht mehr. Er hat gesagt, dass er schon zu spät dran ist und seinen Hausausweis im Spind vergessen hat.«

»Wie lange ist er im Labor gewesen?«

»Kann ich nicht sagen. Als ich hier angetreten bin, ist er gerade herausgekommen.«

Sterling sah Wiley an. »Wir brauchen den Dienstplan, aus dem hervorgeht, wer heute Morgen hier für die Reinigungsarbeiten eingeteilt war«, sagte er mit Nachdruck. »Wenn das ganze Ermittlungstheater überhaupt einen Sinn haben soll, muss alles gegengeprüft werden, und zwar doppelt! Mit diesen Mätzchen ist der Fall geschmissen, bevor wir überhaupt einen haben!«

Wiley konnte nur nicken. Er war zwar gewohnt, Befehle zu erteilen und nicht zu empfangen, aber hier konnte er schwerlich anderer Meinung sein. »Niemand betritt dieses Labor ohne meine Genehmigung!«, schnauzte er Carlton an. »Kein Student, kein Hauswart, noch nicht einmal Präsident Mortimer persönlich!«

»Zehn-vier!«, bellte Carlton. Es war der Polizeicode für

»Nachricht empfangen und verstanden«. Diesmal salutierte er sogar ansatzweise.

Sterling sah Wiley an. »Wir müssen wiederkommen, und dann muss uns einer von Wilsons Assistenten durch das Labor führen. Ich habe das vage Gefühl, dass dort drinnen etwas faul ist. Wer weiß, was dieser ›Hauswart‹ alles weggeputzt hat.«

9

EIN WINDSCHIEF AUS dem Boden ragender einsamer Pfahl markierte den Zugang zu Wilson Bledsoes Anwesen. Die von Hand aufgepinselte Hausnummer, eine Zwei, war so undeutlich, dass sie jedem entgehen musste, der nicht bewusst danach Ausschau hielt. Die unscheinbare Straßenfront – ein paar hohe Bäume und etwas Unterholz – ließ in keiner Weise die tatsächlichen Ausmaße des Anwesens erahnen, das Wilson sein Zuhause nannte. Das Haus der Bledsoes war eines von nur dreien an der Deer Run Lane. Wie die beiden anderen verbarg es sich in dichtem Wald und war von der kleinen Schotterstraße aus, die die Anwesen verband, nicht zu erkennen.

Die schmale Kieszufahrt bot nur einem Fahrzeug Raum, doch nach ein paar hundert Metern traten die Bäume mit ihren weit ausladenden Kronen zurück und machten Platz für eine kreisförmige Zufahrt und das stattliche Haus dahinter.

Sterlings erste Reaktion auf den mächtigen Bau war Schock. Wilson hatte sein Haus zwar immer schon als ›sehr bequem‹ bezeichnet, doch in Wirklichkeit war es gewaltig. Ungeachtet des großzügig bemessenen Einkommens und der Preisgelder, die er gewonnen hatte, führte Wilson ähnlich wie sein Vater ein einfaches und relativ anspruchsloses Leben. Wie Sterling jetzt feststellte, hatte Wilson sein ganzes Geld – und unverkennbar auch ein gewisses Maß an Repräsentationsbedürfnis – in dieses kolossale Gebäude gesteckt. Er hatte dem Architekten lediglich die Rodung von gut zwei Hektar rund ums Haus zugestanden, der ganze Rest des Anwesens musste im Naturzustand belassen werden. Wilson war stolz auf seinen Urwald. *Ich habe mein eigenes Wildreservat, und darin leben so viele Tiere, dass ich mich für den Rest meines Lebens mit ihrem Studium beschäftigen kann – und ich muss keinen Schritt von meinem eigenen Grund und Boden tun!*

An der Auffahrt parkten drei Fahrzeuge, je ein Streifenwagen der Polizei von Norwich und Hanover und ein Zivilfahrzeug mit stark getönten Scheiben und einigen Antennen auf den Kotflügeln. Staatspolizei. Sterling ließ den Mustang vor dem Haus ausrollen.

Die schwere Eichentür war unverschlossen. Sterlings erster Eindruck war der Geruch von frisch gebrühtem Tee. Er hasste Tee und alles, wofür dieses Getränk stand. Er hasste den Anblick von den Tassenrand behutsam an die Lippen führenden Teetrinkern, was für ihn immer aussah, als wollten sie ein besinnliches Liedchen pfeifen. Er brauchte Tee nur zu sehen, zu riechen, ja, nur daran zu denken, und schon waren die quälenden Erinnerungen an seinen zehnten Geburtstag wieder präsent. Damals hatten ihm seine Eltern eine große Geburtstagsparty versprochen, zu der er alle Freunde und Spielkameraden zu Eiskrem, Kuchen und Spielen einladen durfte. Er hatte noch nie eine richtige Party veranstalten dürfen. Das war seine erste. Bis hinab zur Sitzordnung hatte er alles bis ins Letzte geplant. In der Nacht davor konnte er kaum schlafen. Immer wieder malte er sich aus, wie lustig es werden und wie viele schöne Geschenke er von seinen Freunden bekommen würde.

Dann rief Wilson an und sagte, er sei auf der Durchreise zu einem Besuch bei Freunden in Philadelphia und würde gern an diesem Nachmittag zu Hause vorbeischauen. Er stand damals im Prüfungssemester und hatte die Sommerferien kurz vor dem Abschluss in Chicago angetreten.

Schlagartig wurde alles umgeschmissen. Sterlings Party wurde kurzerhand verschoben. Nichts da mit Kinderballons und einer Horde ausgelassener Lausbuben. Stattdessen fielen scharenweise Arbeitskollegen der Eltern und Bekannte aus der Kirchengemeinde im dem kleinen Haus ein. Oh ja, es gab jede Menge Geschenke, Bücher, Pullover, tolle Füller und Kugelschreiber – aber nur für Wilson. Alle waren gekommen, um dem Goldjungen ihre Aufwartung zu machen. Sterling verbrachte den größten Teil des Abends heulend in seinem Zimmer. Als er zur Toilette musste, hatte er einen Blick die Treppe hinunter riskiert und die Meute gesehen, die mondän lange Zigaretten rauchte und Tee aus dem feinen Porzellanservice seiner Mutter nippte, das nur zu ganz besonderen Gelegenheiten aus der Versenkung geholt wurde. Jeder balancierte ein Tässchen in der Hand, sogar Wilson. Sie lachten und pafften Rauchwolken in die Luft und nippten an ihrem Tee, genauso affig wie die feinen Pinkel, die Sterling im Fernsehen gesehen hatte. Ein Haufen Schaumschläger, hatte er abfällig gedacht, und nichts dahinter! Er hatte Geburtstag, und Wilson räumte ab. Es war alles schon ewig her, aber trotzdem hatte er immer noch die ganze Sippschaft vor Augen, die das winzige Wohnzimmer und den Eingangsflur bevölkerte. Er hörte das wichtigtuerische Geschnatter, und vor allem roch er dieses Aroma und sah diese verdammten Tässchen mit dem Goldrand, aus denen sie vornehm ihren Tee nippten. Es hatte ihn damals fast umgebracht.

Sterling verscheuchte die Erinnerungen aus seinem Kopf und trat tiefer ins Haus. Er hörte Stimmen. Er stellte die Reisetasche ab und folgte dem Stimmenklang. Durch ein großes Wohnzimmer kam er in ein Arbeitszimmer, das fast so groß war wie seine eigene Wohnung. Kay kauerte auf einer beigefarbenen Chaiselongue. Sie hatte die Haare hinten zu einem Knoten zusammengebunden und sich nicht die Mühe gemacht, Make-up aufzulegen. Nicht, dass sie es nötig gehabt hätte. Die Achtundvierzigjährige war noch so attraktiv wie damals, als Wilson sich so sehr zu ihr hingezogen fühlte, auch wenn sich die ersten Spuren des Alters in ihren Augenwinkeln einnisteten, die jetzt vom Weinen verquollen waren. Welch eine Vergeudung, dachte Sterling, dass sie keine Kinder hatten, in denen ihr Erbgut weiterlebte.

Die drei Polizeibeamten gaben ein merkwürdiges Bild ab. Jeder in einer anderen Uniform, saßen sie wie die Hühner auf der Stange Kay auf einer Couch gegenüber. Sterling fühlte sich irgendwie an eine Sitcom der Siebzigerjahre erinnert.

»Kay!«, rief Sterling, als er in die Weite des Raums trat. Die Decke war ungewöhnlich hoch. Seine Stimme hallte ein Weilchen nach, bevor die dunkle Eichentäfelung das Echo schluckte.

»Ach, Sterling!« Kay erhob sich sofort. »Gott sei Dank, dass du endlich hier bist!« Ihr schwarzer Rock endete knapp über dem Knie und gab den Blick auf ihre schön geschwungenen Beine frei, um die sie die meisten Frauen beneidet hätten. Ihre langen Jahre als Tänzerin zahlten sich aus.

Sterling schloss seine Schwägerin fest in die Arme. Sie drückte ihn nicht minder fest. Er spürte, dass sie genauso beunruhigt war wie er selbst.

Er entließ sie aus seinen Armen. »Ich bin Agent Sterling Bledsoe«, stellte er sich den Polizisten vor, die ebenfalls aufgestanden waren. Er trat auf die Beamten zu und schüttelte ihnen der Reihe nach die Hand, wobei sie ihren Namen nannten.

»Ich wusste gar nicht, dass Sie beim FBI sind!«, sagte einer von ihnen, der sich als Hanlon vorstellte. Er war groß und hatte einen üppigen roten Haarschopf.

»Jedenfalls die meiste Zeit«, gab Sterling zurück, der Kay zur Chaiselongue zurück begleitete und sich auf einem noch unbesetzten Sofa niederließ. Es tat gut, endlich zu sitzen. »Im Augenblick unterrichte ich Anatomie am Hunter College in New York City.«

»Wann bist du denn angekommen?«, wollte Kay wissen. Ihre Stimme klang angestrengt und verzweifelt.

»Vor wenigen Stunden. Ein paar nette Beamte haben mich schon ein bisschen herumgeführt.«

»Und?« Kay schien sich auf unangenehme Neuigkeiten gefasst zu machen.

»Der Wagen ist drüben auf dem Parkplatz der Medizinischen Fakultät gefunden worden.«

»Ach ja, man hat deswegen schon hier angerufen«, sagte sie und sank enttäuscht in die Chaiselongue zurück.

»Wer hat eigentlich die Leitung der Ermittlungen auf lokaler Ebene?«, sagte Sterling zu den drei Männern auf dem Sofa.

Sie schauten sich gegenseitig an. Schließlich wagte Hanlon einen Vorstoß. »Die Frage der Zuständigkeit ist noch offen, weil bislang noch nicht geklärt ist, wo Professor Bledsoe das letzte Mal gesehen worden ist. Wir nehmen an, es war in Vermont.«

Sterling war überrascht, dass bislang noch niemand die Führung an sich gerissen hatte. Lokale Polizeibehörden waren oft stärker an Zuständigkeitsfragen als an der Aufklärung des Verbrechens interessiert.

»Professor Bledsoes Wohnsitz gehört zu Norwich, weshalb sich Mrs. Bledsoe zuerst an uns gewandt hat«, meldete sich der Beamte aus Norwich zu Wort. »Wir nehmen an, dass er zuletzt unten auf der River Road gesehen worden ist. Da aber Professor Bledsoe einen beträchtlichen Teil des Tages drüben im College in Hanover verbringt, halten wir es für sinnvoll, mit vereinten Kräften vorzugehen, bis wir wissen, was wirklich geschehen ist.«

Diplomatisch. Sterling sah den dritten Beamten an. »Man hat uns um Unterstützung gebeten«, sagte er. Er überragte die anderen und hatte einen Bürstenhaarschnitt, der genauso kantig war wie sein Gesicht. Er hatte einen breiten Brustkasten und war auch etwas jünger als die beiden anderen. Staatspolizisten schienen entweder Riesen zu sein oder napoleonische Zwerge. »Wir haben ein Team vor Ort, das Fingerabdrücke und sonstige Beweise sammelt.«

Sterling wandte sich wieder an Kay. »Ich weiß, dass du erschöpft bist, aber die Zeit darf uns nicht davonlaufen. Kannst du mir ein bisschen erzählen, was gestern Abend geschehen ist?« Er zog sein schwarzes Notizbuch heraus.

Kay blickte an die Decke und schloss die Augen. »Lass mich mit gestern Vormittag anfangen. Wilson ist schon etwas früher als sonst in sein Labor gefahren. Er war ganz aus dem Häuschen. Wally und Serena wollten ja am Abend zur Feier seines Devonshire-Preises einen großen Empfang für ihn veranstalten, und er machte sich andauernd Gedanken, wem er dort wohl alles begegnen würde. Du weißt ja, wie sehr dein Bruder Menschenansammlungen hasst. Und ich hatte mir diesen Virus eingefangen, der im Moment grassiert, was die Sache auch nicht einfacher machte. Ich hatte mich entschlossen, nicht zum Empfang mitzugehen. Wilson hatte nichts dagegen, zumal wir verabredet hatten, dass er von mir am Abend sein Leibgericht serviert bekommt.«

»Gegrillter Lachs mit Kartoffelpüree und Gurken«, sagte Sterling.

Kay nickte. »Wilson ist nie ein Freund von Empfängen gewesen. Ich musste ihn mit seiner Leibspeise ködern, damit er überhaupt hingegangen ist.«

»Wann ist er auf dem Empfang eingetroffen?«, fragte Sterling.

»Er hat mich gegen sechzehn Uhr dreißig von seinem Büro aus angerufen und gesagt, dass er sich jetzt auf den Weg macht. Der offizielle Beginn des Empfangs war um achtzehn Uhr, aber ich habe Wilson gesagt, er soll schon ein bisschen früher hingehen und zusammen mit den Mortimers die Gäste begrüßen. Auch wenn er nicht den ganzen Abend bleiben wollte, war er schließlich der Ehrengast und hatte gewisse Verpflichtungen.«

»Wann hat er den Empfang wieder verlassen?«

»Das muss so um sieben gewesen sein.«

»Bist du sicher?« Sterling beschäftigte sich im Geiste schon wieder mit der Timeline.

»Absolut«, sagte Kay. Sie hatte sich die Ereignisse der vergangenen Nacht offensichtlich immer wieder vergegenwärtigt. Die Polizeibeamten verfolgten stumm die Szene. »Die Nachrichten waren gerade vorbei. Ich habe für die Sendung *Jeopardy* den Kanal gewechselt, weil das die einzige Gameshow ist, die Wilson sich ansieht.« Kay räusperte sich. »Der Moderator war gerade mitten in der Vorstellung der Gäste«, fuhr sie fort, »als Wilson anrief und sagte, dass er gleich hier sein würde.«

»Hat er vielleicht etwas erwähnt, das ihm bei dem Empfang merkwürdig vorgekommen ist?«

Kay dachte kurz nach. »Nein. Der Empfang sei sehr nett gewesen. Aber halt, er hat erwähnt, dass ein Student, der die Autos der Gäste auf den Parkplatz gefahren hat, ein Autogramm von ihm haben wollte.«

»Wollte Wilson gleich nach Hause kommen?«

»Aber sicher. Er hat zu mir gesagt, ich könnte schon mal das Essen fertig machen. Ein paar Minuten später rief er dann noch einmal an, ein paar Männer hätten Probleme mit ihrem

Lieferwagen, einem Pick-up.« Kay brach ab. »Hätte er doch bloß nicht angehalten«, schluchzte sie leise und schloss die Augen.

»Möchten Sie ein Glas Wasser, Ma'am?«, sagte Hanlon.

Kay winkte ab. »Nein danke, es geht schon wieder.« Sie holte tief Luft. »Ich habe zu ihm gesagt, er soll vorsichtig sein. Es war ja inzwischen dunkel, und außerdem hat es gestürmt und gegossen. Er hat gesagt, er wäre gleich zu Hause. Ich solle dafür sorgen, dass das Essen schön warm bleibt.« Aus ihren Augenwinkeln rollten Tränen.

»War das alles?«

»Es waren die letzten Worte, die ich von ihm gehört habe.«

»Und wann hat dieses Gespräch stattgefunden?«

»Bestimmt nicht später als Viertel nach sieben oder halb acht.«

»Hat er gesagt, was das für ein Pick-up war – Farbe oder Fabrikat?«

»Nein, nur dass ein paar Männer Schwierigkeiten hätten und dass er versuchen wollte, ihnen zu helfen.«

»Und wann hast du das Gefühl bekommen, dass etwas nicht stimmt?«

»Nach einer Stunde bin ich unruhig geworden. Ich habe ihn auf seinem Handy angerufen, weil ich wissen wollte, ob alles in Ordnung ist, aber er hat sich nicht gemeldet. Ich habe gedacht, er würde den Männern noch helfen und sei vielleicht noch nicht zurück in seinem Wagen.«

Sterling nickte. In seinem Hirn surrten die Rädchen. »Wann hast du zum ersten Mal die Polizei angerufen?«

»Das muss so um neun gewesen sein, glaube ich.« Kay sah Hilfe suchend die Polizisten an.

»Einundzwanzig Uhr elf wäre die genaue Zeit«, sagte der Beamte aus Norwich. »Den zweiten Anruf haben wir um dreiundzwanzig Uhr fünf erhalten.«

»Richtig, aber dazwischen bin ich die River Road rauf- und runtergefahren und habe sie nach Wilson abgesucht.«

»Und?«

»Von Wilson oder den beiden Männern und ihrem Pick-up war keine Spur. Nichts. Es war stockdunkel und hat furchtbar gegossen. Ich bin dreimal die Straße rauf- und runtergefahren und dann sogar nach Hanover rüber, um die ganze Strecke abzufahren, die Wilson vom Haus der Mortimers aus genommen haben musste. Aber wieder Fehlanzeige.«

»Was hast du gemacht, als du wieder zu Hause warst?«

»Ich habe das ganze Haus auf den Kopf gestellt und gehofft, dass er vielleicht inzwischen heimgekommen war und darauf wartete, mich zu überraschen.« Ihre Augen wurden wieder feucht. »Aber das Haus war leer. Ich habe auch den Anrufbeantworter abgehört. Es hätte ja sein können, dass er inzwischen eine Nachricht hinterlassen hatte.« Sie schüttelte den Kopf. »Überall nur Fehlanzeige. Daraufhin habe ich die Polizei zum zweiten Mal angerufen.«

»Das war auch der Zeitpunkt, an dem wir die Kollegen in Hanover verständigt haben«, warf der Beamte aus Norwich ein. »Für einen Großeinsatz hielten wir es allerdings noch für zu früh. Wir bekommen öfter Anrufe von besorgten Ehefrauen, wenn der Mann zu lange ausgeblieben ist. Hier oben kann das Wetter ganz schön hässlich werden und die Straßenverhältnisse auch.«

Sterling überflog seine Aufzeichnungen. Um ungefähr neunzehn Uhr fünfzehn hätte Wilson in wenigen Minuten zu Hause eintreffen müssen. Um etwa zwanzig Uhr fünfzehn hatte er nicht auf den Ruf seines Handys reagiert. Um zweiundzwanzig Uhr hatte sich Kay auf die Suche gemacht. Wilson war also zwischen neunzehn Uhr fünfzehn und zweiundzwanzig Uhr von der River Road verschwunden. Sterling erhob sich. Er wollte sich mit den Polizisten besprechen, aber nicht in Kays Gegenwart. »Leute, meine Schwägerin sieht ziemlich erledigt aus«, sagte er. »Ich möchte vorschlagen, dass wir Mrs. Bledsoe jetzt ein wenig Ruhe gönnen und ein andermal weitermachen.«

Die drei Männer standen auf. »Wir lassen von uns hören«, sagte Hanlon zu Kay im Hinausgehen. Sterling folgte den Beamten nach draußen und zog die Haustür hinter sich zu.

»Wie ich weiß, sind Sie dabei, die Telefonate zwischen Wilson und Kay zu verfolgen«, sagte er. »Wie lange wird das Ihrer Schätzung nach noch dauern?«

»Kommt darauf an«, meinte Hanlon. »So etwas kommt bei uns nicht alle Tage vor. Vielleicht noch ein paar Stunden.«

»Ich habe einen Ruf auf meinem Pager«, sagte der Polizist aus Norwich und schaute auf das Display seines Geräts. »Bin gleich wieder da.«

Sterling nahm das Notizbuch heraus und stellte ein paar Fragen über Verfahrensweise und zeitliche Abfolgen. Er erkundigte sich über die Kriminalitätsrate in dieser Gegend und über eventuelle Skandale, die sich in dem ruhigen Collegestädtchen ereignet haben mochten. Sie waren auf die berühmt-berüchtigten Partys im Hause der Mortimers zu sprechen gekommen, als der Polizist sich wieder zu ihnen gesellte. »Man hat die Spuren verglichen«, sagte er.

»Welche Spuren?«, wollte Sterling wissen.

»Die Reifenspuren. Vom Wagen von Professor Bledsoe und von einem Lieferwagen. Sie sind sowohl an der River Road als auch auf dem Parkplatz des Medizinischen Instituts gefunden worden.«

»Habt ihr in Hanover Suchhunde?«, fragte Sterling.

»Wir haben leider keine Hundestaffel«, bedauerte Hanlon.

»Wir auch nicht«, nahm der Beamte aus Norwich die Antwort vorweg, bevor Sterling die Frage gestellt hatte.

Der Staatspolizist meldete sich zu Wort. »Ich glaube, eine Hundestaffel von uns ist schon unterwegs.«

»Gut. Wir werden jede verfügbare Unterstützung brauchen«, sagte Sterling.

Das Kribbeln in seinen Eingeweiden hatte sich zu einem massiven Bauchgrimmen ausgewachsen. Je mehr Zeit verrann, desto mehr verringerten sich die Chancen, Wilson noch lebend zu finden.

10

AM SAMSTAGMITTAG GEGEN dreizehn Uhr hatte sich die Kunde von Professor Bledsoes Verschwinden per E-Mail und Telefon auf dem ganzen Campus von Dartmouth verbreitet. Von den Stammgästen in Lou's Imbissbude an der Main Street bis zu den Professoren des Lehrkörpers war jeder über gewisse Details des Vorfalls im Bilde, die allerdings, wie immer bei solchen Gerüchten, vorwiegend das Produkt einer blühenden Fantasie waren. In manchen Kolportagen war der Professor mit einer Frau durchgebrannt, in anderen war ihm wegen seiner horrenden Spielschulden das Pflaster zu heiß geworden.

Sterling folgte dem Plan vom Campus, der den Papieren der Autovermietung beigefügt war, und bog in die Webster Avenue ein. Rechts und links der Straße reihten sich stattliche Verbindungshäuser der Studentinnen und Studenten von Dartmouth, die sich zumeist jedoch in ziemlich reparaturbedürftigem Zustand befanden. Die Fensterläden hingen windschief in den Angeln, und der Rasen davor war mit Bierdosen übersät – Zeichen dafür, dass hier bis tief in die Nacht gefeiert wurde. Am Ende der Straße thronte gut sechzig Meter weit zurückgesetzt ein gewaltiges herrschaftliches gelbes Gebäude. Ein hohes schmiedeeisernes Tor, dessen schwarze Gitterstäbe sich am oberen Ende in reichen Zierrat auflösten, bewachte den manikürten Rasen. Eine große kreisförmige Auffahrt ließ den Besucher in aller Form zum Eingang des Hauses gelangen und brachte ihn nach abgelaufener Besuchszeit ebenso förmlich wieder fort. Das größte, eleganteste und gepflegteste Gebäude der Straße hob sich vom Rest in angemessener Weise ab – schließlich diente es Präsident Wallace Mortimer als Residenz.

Während andere Lehranstalten bemüht waren, mit der Wohnstatt des Präsidenten keinen besonderen Staat zu machen, residierte Mortimer ganz ungeniert und für jedermann sichtbar wie ein König.

Das Tor der Auffahrt stand offen. Neben dem Haus waren zwei Volvos abgestellt. Der neuere war ein schwarzer Kombi mit dem Kennzeichen WM-III, daneben stand eine nur unwesentlich ältere grüne Limousine mit SM-I auf dem Nummernschild. Ein Streifenwagen des Campus-Sicherheitsdienstes parkte dahinter. Sterling stellte seinen Wagen dazu, stieg aus und klingelte.

Es dauerte eine Weile, bis die Tür geöffnet wurde. »Guten Tag«, begrüßte ihn eine zierliche Frau in einem sorgfältig gebügelten schwarzen Kleid, das mindestens zwei Nummern zu groß für sie war. Eine weiße Schürze umhüllte die zarte Gestalt wie ein Kokon. Das lange, pechschwarze Haar fiel glatt ihren Rücken hinunter und bildete den perfekten Rahmen für das tiefbraune Gesicht mit den scharf geschnittenen Zügen. Sie war eine rassige Schönheit, aber ganz besonders war Sterling von ihren abgrundtiefen, furchtlosen dunkelblauen Augen fasziniert. Es war das erste Mal, dass er eine amerikanische Ureinwohnerin – oder überhaupt jemanden, um genau zu sein – mit Augen von solcher Farbe sah. Es verschlug ihm die Sprache.

»Guten Tag«, sagte er schließlich und blickte ihr tief in die Augen, wo er die Wellen des Ozeans sah. »Ist Präsident Mortimer zu sprechen?«

»Ahote, wer ist da?«, schnarrte eine Frauenstimme aus dem Inneren des Hauses.

»Ihr Name, Sir?«, erkundigte sich die kleine Prinzessin. Ihre Stimme klang wie zwei Bahnen Seide, die im Wind gegeneinander rascheln.

»Sterling Bledsoe aus New York City«, stellte Sterling sich vor.

Die Tür öffnete sich etwas weiter. Sterling sah in das strenge Gesicht einer Frau. Kalte Augen, straff unter ein schwarzes Haarband gekämmtes und von grauen Strähnen durchzogenes blondes Haar. Die Frau wirkte auf Sterling glanzlos und nichts sagend. Eine Person, die man am besten gleich wieder vergisst.

»Sie wünschen?«, sagte sie. Ihr Ton war laut und unverbindlich, mit einem leichten Beiklang von Herablassung. Ahote, die Sterling die ganze Zeit gemustert hatte, zog sich ins Haus zurück.

»Ich bin Agent Sterling Bledsoe. Ich würde gern mit Präsident Mortimer sprechen.«

Die Frau hob die Brauen und legte die Stirn in Falten. »Mr. Bledsoe, wenn Sie bitte hereinkommen wollen?« Sie machte Platz, um Sterling eintreten zu lassen. Ihr Ton war eine Nuance weniger abweisend, aber keineswegs freundlich geworden. »Ich bin Serena Mortimer. Ich weiß gar nicht, was ich sagen soll«, klagte sie und wiegte betrübt das Haupt.

»Es war für uns alle eine böse Überraschung«, sagte Sterling und trat in das Vestibül. Von innen wirkte das Haus noch pompöser als von außen. Eine große geschwungene Treppe führte zu einem Zwischengeschoss hinauf und von dort weiter zur ersten Etage. Ein riesiger Kronleuchter ließ Regenbogenfarben über die cremefarbenen Wände tanzen. Der gänzlich unpassende Geruch von Reinigungsmitteln stach Sterling unangenehm in die Nase.

»Einfach furchtbar«, sagte Mrs. Mortimer, während sie Sterling durch vorwiegend dunkel und unbehaglich ausgestattete Zimmerfluchten mit goldgerahmten alten Gemälden an den Wänden führte. Schwere bestickte Vorhänge verwehrten dem Tageslicht den Eintritt. »Wallace befindet sich im hinteren Bereich des Hauses«, erklärte sie im geschliffenen Neuengland-Akzent eines Geschöpfs, das seine Jugend in Country Clubs verbracht hat.

Die Grabesstille und Kühle des Hauses ließ Sterling bis ins Mark frösteln. Serena Mortimer in ihrem kurzärmligen Blüschen und dem Schottenrock schien das unterkühlte Ambiente nichts auszumachen. Wer Wintertemperaturen im zweistelligen Minusbereich gewöhnt war, musste sich an einem kühlen Frühlingstag wie im Hochsommer vorkommen.

Mrs. Mortimer führte Sterling durch einen waldgrün tapezierten langen Gang, der sich schließlich in einen geräumigen Wintergarten öffnete, von dem man in das weitläufige Parkgelände hinter dem Haus blicken konnte. Hohe Fenster fingen das Sonnenlicht ein und sorgten hier für mehr Wärme und Behaglichkeit als im Rest des Hauses. Zwei Männer saßen einander gegenüber und unterbrachen bei Serenas und Sterlings Eintritt ihre gedämpfte Unterhaltung.

»Das ist Sterling Bledsoe«, erklärte Serena Mortimer.

»Ich bin der Bruder von Wilson Bledsoe«, setzte Sterling erläuternd hinzu.

Die beiden Männer erhoben sich. Der eine hatte die Erscheinung eines Patriziers. »Präsident Wallace Mortimer«, stellte er sich vor. Sein sorgfältig gekämmtes schwarzes Haar wies nur wenige graue Strähnen und kaum einen Ansatz von Geheimratsecken auf. Er sah sehr gut aus und war für einen Mann seines Alters und seiner Position in großartiger körperlicher Verfassung. Er trug ein weißes Oxfordhemd und darüber einen tannengrünen Blazer aus Wollstoff. Die frisch gebügelte sandfarbene Hose war ihm perfekt auf den Leib geschneidert. Die

Füße steckten in bequemen, teuer aussehenden Mokassins. Wie viele Akademiker, die Sterling im Norden kennen gelernt hatte, hatte auch er auf die Socken verzichtet.

»Das ist Chief Nathaniel Gaylor«, sagte Mortimer und wies auf seinen Gesprächspartner, »Chef des Sicherheitsdienstes unseres Dartmouth College.« *Hier haben sogar die Bullen herrschaftliche Namen*, dachte Sterling, während ihm Gaylor die Hand entgegenstreckte. Der Chief war ein haarloser Mensch mit großen Ohren und Glupschaugen. Er hatte bemerkenswerte Ähnlichkeit mit einem Außerirdischen aus einem Cartoon. Sterling war von der geometrisch exakten Kugelform seines Kahlkopfes fasziniert.

»Freut mich, Ihre Bekanntschaft zu machen«, sagte Sterling zu den beiden Männern. »Bitte entschuldigen Sie, dass ich so unvermittelt bei Ihnen hereinplatze.«

»Sie brauchen sich in keiner Weise zu entschuldigen«, sagte Präsident Mortimer. Da war wieder dieser leicht überhebliche Neuengland-Akzent, der nahtlos zu einem Präsidenten einer Ivy-League-Universität passte. »Nehmen Sie doch bitte Platz.«

Die drei Männer setzten sich. Serena Mortimer stand noch einen Moment unschlüssig herum, um sich dann zurückzuziehen.

»Ich habe mich soeben über den bisherigen Stand der Dinge informieren lassen«, sagte Mortimer, der in jeder Hinsicht den Klischeevorstellungen vom Leiter einer der exklusivsten akademischen Institutionen des Landes entsprach. Er befleißigte sich eines gewichtigen distanzierten Tonfalls, wobei er auf die perfekte Artikulation jedes einzelnen Vokals und Konsonanten größten Wert zu legen schien – ein Mann, der in seiner dominanten Rolle zu Hause war.

Sterling ergriff das Wort. »Seit meinem Eintreffen heute Vormittag beschäftigt mich die Frage, wie Wilson an einem Abend, der doch gewiss für ihn etwas Besonderes war, so plötzlich verschwinden konnte.«

»Ja, natürlich, der Empfang. Eine durchaus erfolgreiche Veranstaltung«, sagte Mortimer mit erkennbarem Stolz. »Die angesehensten Wissenschaftler des ganzen Landes haben sich bei uns ein Stelldichein gegeben – kein leichtes Unterfangen, wenn ich das am Rande bemerken darf. Wissenschaftler neigen manchmal zu einer … nun, sagen wir, zu einer gewissen Selbstbezogenheit.«

»Man hat mir berichtet, dass Wilson die Veranstaltung ungefähr um neunzehn Uhr verlassen hat«, sagte Sterling.

»Wir hatten über zweihundert Leute hier, deshalb kann ich Ihnen leider nicht genau sagen, wann er gegangen ist, aber es muss kurz nach seiner Ansprache gewesen sein.« Mortimer sah hinaus in den gepflegten Park. Die Helligkeit des Sonnentags ließ ihn blinzeln. »Ich würde sagen, er hat seine Ansprache etwa um Viertel vor sieben gehalten.«

»Ist Ihnen in Erinnerung, ob er sich in irgendeiner Weise anders als sonst benommen hat? Hat er vielleicht eine auffällige Bemerkung gemacht oder ängstlich oder nervös auf Sie gewirkt?«

»Aber keineswegs!«, sagte Mortimer und brachte seine hoch gewachsene Gestalt in eine bequemere Sitzposition. Sterling kam nicht darüber hinweg, wie jung er aussah für einen Mann, der auf die siebzig zugehen musste. »Serena und ich haben zu Beginn des Abends mit ihm gesprochen, und dann noch einmal, kurz bevor er gegangen ist«, sagte Mortimer. »Er hatte es eilig, zu Kay nach Hause zu kommen. Kay war nicht ganz auf dem Damm, aber sie wollte ihm zur Feier des Tages etwas Leckeres kochen.«

»Hat Wilson hier einen guten Stand?«, erkundigte sich Sterling. »Manchmal sind die Dinge in Wirklichkeit ganz anders, als sie bei oberflächlicher Betrachtung aussehen«, fügte er hinzu, als Mortimer die Brauen hob und ihn überrascht ansah. »Gibt es eventuell interne Spannungen innerhalb seines Instituts?«

»Wilson ist einer unserer beliebtesten Professoren!«, antwortete Mortimer fast schon empört. »Seine Lehrtätigkeit hat ihm nicht nur in der Geschichte unserer Institution einen hervorragenden Platz verschafft, sondern auch in der Welt der wissenschaftlichen Lehre überhaupt. Es ist kein einziges Mal vorgekommen, dass eine Beschwerde oder ein negativer Kommentar mit Wilsons Namen über meinen Schreibtisch gewandert wäre. Er ist überall beliebt – ob im Institut, bei der Studentenschaft oder beim Hilfspersonal.«

Sterling wandte sich an Gaylor. »Chief, wie Sie vielleicht wissen, bin ich Special Agent des FBI.« Gaylor nickte. »Man hat uns zur Unterstützung in den Fall eingeschaltet, und ich werde unseren Teil der Ermittlungen leiten.« Sterling wartete, bis sich seine Worte gesetzt hatten. »Vielleicht können Sie mir mit einer Auskunft über das Video-Überwachungssystem weiterhelfen, das ich auf dem Dach von einigen Campusgebäuden bemerkt habe.«

Chief Gaylor dachte einen Moment lang nach. Man konnte ihm ansehen, dass er nichts Falsches sagen wollte. »Es stehen in der Tat Kameras auf manchen unserer Gebäude, auf den meisten aber nicht. In den letzten Jahren waren wir bemüht, unseren Sicherheitsstandard in einigen Punkten weiter zu verbessern. Aber um ehrlich zu sein, hier in Dartmouth macht uns die Kriminalität wenig Sorgen. Es gibt hier einfach keinen Boden dafür.«

»Ich habe eine Kamera bemerkt, die auf den Eingang des Burke-Gebäudes gerichtet ist«, sagte Sterling. »Wilson hat dort sein Labor.«

Chief Gaylor legte seinen an eine Billardkugel gemahnenden Schädel schief und kniff den schmallippigen Mund zusammen. Er erinnerte Sterling an eine kahlköpfige Sphinx. »Im Burke befindet sich eine Bibliothek. Damit stand das Burke ganz oben auf der Liste der Gebäude, die für Videoüberwachung infrage kommen. Wir hatten beschlossen, dort anzufangen, wo sich Bibliotheken befinden. Sie haben den größten Überwachungsbedarf, weil dort bis spät in die Nacht Studenten kommen und gehen.«

Präsident Mortimer nickte beifällig mit dem Kopf. Er war von der Vorstellung beflissen die Bibliotheken nutzender Studenten sichtlich angetan.

»Dieses Band könnte aufschlussreich sein. Ich hätte gern eine Kopie davon«, meinte Sterling.

»Aber wozu denn?«, wollte Präsident Mortimer wissen. Er hatte sich in seinem Sessel etwas aufgerichtet.

»Ich möchte sämtliche Möglichkeiten überprüfen, wo Wilson an diesem Abend hingegangen sein könnte«, sagte Sterling. »Mag sein, dass es zu nichts führt, aber man weiß ja nie.«

Mortimer nickte. Überhaupt nickte er viel und gerne. »Wir haben bereits Anfragen von einigen Lokalblättern bekommen, aber auch vom *Boston Globe*«, sagte er. »Mein Büro bereitet zusammen mit den Mitarbeitern von Chief Gaylor eine Presseerklärung vor. Es wäre mir angenehm, wenn diese Erklärung auch von den Familienangehörigen gebilligt würde, bevor wir sie herausgeben.«

»Vielen Dank für Ihre Aufmerksamkeit«, sagte Sterling, der sehr wohl wusste, dass es nicht mehr lange dauern konnte, bis die Medien anfingen herumzuschnüffeln. Es musste beträchtliche Aufmerksamkeit erregen, wenn in einem kleinen Städtchen wie diesem, wo es so gut wie keine Kriminalität gab, ein beliebter Professor verschwand. In den Jahren beim »Büro« hatte Sterling gelernt, dass man sich die Medien zum besten Freund, aber auch zum erbitterten Feind machen konnte. Es kam entscheidend darauf an, die Medien in den Griff zu bekommen, bevor sie den Fall in den Griff bekamen. Als er in die Mord-Sonderkommission eintrat, hatte er in einem zweiwöchigen Medienkurs gelernt, wie man der

Presse gegenüber auftreten sollte, um ihre Mitwirkung zum eigenen Vorteil zu gewinnen. Bei seinem ersten großen Fall hatte ihn ein altgedienter Kollege gewarnt, er solle ehrgeizigen Journalisten nicht aus dem Weg gehen, weil das ohnehin unmöglich sei. Wenn sie den Eindruck bekämen, man würde es trotzdem versuchen, hätte man das Spiel um die öffentliche Meinung schon verloren. *Geh an die Presse, oder sie geht dir an den Kragen! Durch gut platzierte Köder in den Medien sind mindestens so viele Fälle erfolgreich gelöst worden wie durch brillante Detektivarbeit.*

»Wir haben die Möglichkeit einer Entführung diskutiert«, sagte Mortimer. »Es ist kein Geheimnis, dass Wilson unlängst den Devonshire-Preis gewonnen hat. Zwei Millionen Dollar sind kein Pappenstiel.«

»Außerdem hat es hier in der Vergangenheit schon einmal eine Entführung gegeben«, pflichtete Gaylor bei. »Vor zehn Jahren wurde Samantha Goodwin entführt, die Tochter eines Ölmagnaten. Bis auf ein paar Kratzer ist ihr nichts passiert. Wir haben sie damals innerhalb von drei Tagen freibekommen.«

Sterling hielt eine Entführung zwar für unwahrscheinlich, war aber bereit, sich alle Argumente aufmerksam anzuhören. Zu Beginn einer Untersuchung musste alles in Erwägung gezogen werden, auch wenn bis dato keine Lösegeldforderungen eingegangen waren.

»Bitte verzeihen Sie die indiskrete Frage«, sagte Mortimer, »aber wäre es denkbar, dass Wilson ein Problem persönlicher Art hatte?«

»Ich kann mir nichts dergleichen vorstellen«, erwiderte Sterling, »aber neben vielen anderen muss natürlich auch diese Möglichkeit in Betracht gezogen werden.«

»Eine ganze Wagenladung Fragen und keine Antworten. Es ist schon verdammt frustrierend«, seufzte Mortimer und nickte. Sein ständiges Kopfnicken ging Sterling bereits jetzt auf die Nerven.

Ahote erschien mit einer Karaffe Wasser und Gläsern auf der Schwelle. Beim Eintreten in den sonnendurchfluteten Raum fing sich das Licht in den Tiefen ihrer blauen Augen. Sterling beobachtete ihre raschen und effizienten Bewegungen. Ihre kraftvolle natürliche Schönheit verfehlte nicht die Wirkung auf ihn. Er sah auf die Uhr. Fast zwei. Veronica schälte sich vermutlich eben erst aus seinem Bett – allein.

11

McKENZIE HALL, EIN tristes Gebäude, stand direkt gegenüber vom Memorial Field an der Ostseite des Campus. Studenten tauchten nur selten hier auf. Die Mehrzahl der kleinen Büros war von Verwaltungs- und Betriebspersonal belegt. Der dunkle Bau war verlassen, bis auf zwei Männer, die rauchend hinten in der Eingangshalle saßen. Als Sterling hereinkam, traten sie hastig die Zigaretten aus.

»Heute ist hier geschlossen«, sagte der Ältere. Er hatte kariöse gelbe Raucherzähne.

»Ich bin Sterling Bledsoe«, stellte sich Sterling vor, ohne die abweisende Begrüßung zur Kenntnis zu nehmen. »Ich habe ein paar Fragen. Vielleicht können Sie mir helfen.«

»Ich werde mein Bestes tun, aber versprechen kann ich gar nichts.«

»Wer ist für die Reinigung und Instandhaltung der Gebäude auf dem Campus zuständig?«

»Kommt drauf an, welche Sie meinen«, sagte der Alte. Er wollte nach der Zigarettenschachtel in seiner Tasche greifen, überlegte es sich aber anders. »Wir gehören zum Hausmeisterservice, aber es gibt auch noch den Instandhaltungsservice und den Grünflächen- und Wegedienst.«

»Welche Aufgaben hat der Hausmeisterservice?«

Die beiden Männer tauschten einen Blick, dann schaute der ältere Sterling unverblümt in die Augen. »Was wollen Sie eigentlich, Mister?« Seine Stimme war feindselig geworden.

»Ich hätte nur gern gewusst, wer hier was macht.«

Der Ältere musterte Sterling von oben bis unten. »Ist Ihr Interesse amtlich oder persönlich?«

»Beides. Ich untersuche das Verschwinden meines Bruders, Professor Bledsoe.«

Der Mann war erkennbar betroffen. »Oh, lassen Sie mich Ihnen mein Mitgefühl ausdrücken. Professor Bledsoe ist ein feiner Kerl. Große Klasse, dieser Mann. Er macht keinen Unterschied zwischen den Leuten, egal ob einer Professor ist oder bei der Putzkolonne.«

»Danke«, sagte Sterling schlicht.

»Wir vom Hausmeisterservice kümmern uns um das Auf- und Abschließen der Gebäude und passen auf, dass alles sauber, ordentlich und sicher ist«, sagte der Ältere. »Außerdem kümmern wir uns um die Fundsachen und machen von den schwarzen Brettern die nicht genehmigten Anschläge wieder ab.«

»Wir kümmern uns auch um das ganze Recycling«, sagte der Jüngere. Er machte den Mund zum ersten Mal auf, leider, wie Sterling dachte, denn seine Zähne waren genauso schlecht wie die seines Kollegen, wenn nicht noch schlechter. Das wuchernde Zahnfleisch war eher schwarz als rosa.

»Wie erfahre ich, wer in welchem Gebäude sauber macht?«, fragte Sterling.

»Im Betriebsbüro«, sagte der Alte. »Die wissen, wer wo eingeteilt ist, und haben auch die Stechkarten.«

»Ist das Büro jetzt besetzt?«

»Nein, am Wochenende ist keiner da. Da müssen Sie schon bis Montag warten. Oder Sie rufen den Notdienst an.«

»Der Notdienst kümmert sich um alles, was am Wochenende passiert«, erläuterte der Jüngere.

»Wie kann ich den Notdienst erreichen?«

»Gehen Sie zu dem weißen Telefon und wählen Sie die 2344«, sagte der Alte. »Irgendwer meldet sich dann schon.«

»Danke für Ihre Hilfe, Gentlemen«, sagte Sterling. Er sah den Männern hinterher, die zum Ausgang marschierten. Die Türflügel waren noch nicht ganz hinter ihnen zugefallen, da hatten sich schon beide einen Glimmstängel angezündet und saugten gierig den blauen Dunst in sich hinein.

* * *

Sterling wählte die angegebene Nummer und wartete.

»Kraftwerk«, meldete sich eine kaum verständliche Stimme. Im Hintergrund plärrten Oldies aus einem scheppernden Radio.

»Ich brauche jemand, der mir hilft«, brüllte Sterling.

»Haben Sie einen Notfall?«

»So könnte man es nennen.«

»Ist es nun ein Notfall, oder ist es keiner?«, schnauzte der Mann.

»In meinem Labor ist etwas Verdächtiges passiert. Ich möchte mit jemand sprechen, der dafür zuständig ist.«

Am anderen Ende der Leitung entstand eine Pause. Das Radio verstummte plötzlich. »Was meinen Sie mit ›etwas Verdächtiges‹?«

»Genau das. Verdächtig. Nicht in Ordnung. Soll ich lieber den Sicherheitsdienst anrufen?«

Der Mann am Telefon schlug einen anderen Ton an. »Wenn

Sie sich einen Moment gedulden, Sir, werde ich versuchen, Ihnen zu helfen. Was genau ist Ihr Problem?«

»Ich möchte wissen, wer Freitagnacht im Burke sauber gemacht hat.«

»Sie meinen das Burke-Labor gleich hinter dem Observatorium den Berg runter?«

»Genau.«

Es gab wieder eine Pause. »Wo sind sie jetzt?«

»Im Eingangsbereich vom McKenzie.«

»Und es ist auch wirklich wichtig?«

»Für mich jedenfalls wichtig genug, dass ich den Sicherheitsdienst anrufe, wenn Sie mir nicht helfen können.«

»Ich bin jetzt im Kesselhaus. Warten Sie auf mich, ich bin in fünf Minuten da. Wie war noch mal der Name?«

»Sterling Bledsoe.«

* * *

Das Klappern der Eingangstür riss Sterling aus seinen Gedanken. Ein kleiner Mann mit einer rechteckigen Metallbrille kam durch die Eingangshalle auf ihn zu. Er trug eine Arbeitskluft aus dunkelbraunen Hosen und einem beigefarbenen ölverschmierten Hemd mit hochgekrempelten Ärmeln. Im rechten Ärmelaufschlag steckte eine Packung Zigaretten. Sterling stand auf und ging ihm entgegen.

»Ich bin Sterling Bledsoe«, sagte er und streckte die Hand aus.

»Otto Winter«, stellte der Mann sich vor und schüttelte Sterling die Hand. Er hatte die sechzig bestimmt schon überschritten, aber sein Händedruck war fest. An seinen Oberarmen wölbte sich der Bizeps.

»Vielen Dank, dass Sie sich für mich so viel Mühe machen«, sagte Sterling. Um den Mann nicht zu alarmieren, vermied er es, einen offiziellen Ton anzuschlagen, jedenfalls im Moment. »Normalerweise hätte ich Sie gar nicht belästigt, aber ich mache mir Sorgen, weil ein paar sehr wertvolle Geräte nicht mehr dort sind, wo sie hingehören.«

Winter grunzte und schüttelte seinen grauen Wuschelkopf, der dringend einen Frisör gebraucht hätte. »Ich glaube nicht, dass jemand von unseren Leuten klauen würde, und schon gar nicht solche Geräte. Was sollte unsereiner mit diesem Elektronik-Kram schon anfangen?«

»Dann wollen wir mal hoffen, dass sich niemand die Geräte unter den Nagel gerissen hat, aber vielleicht kann mir jemand sagen, ob sie woanders hingebracht worden sind«, meinte Sterling.

»Vielleicht.« Winters Hand griff nach unten und kam mit einem riesigen Schlüsselring wieder hoch, der mühelos über seinen Kopf gepasst hätte. Er suchte eine Weile in den Schlüsseln herum, bis er den richtigen gefunden hatte. Er schloss ein Büro auf, das direkt am Eingangsflur lag, und knipste das Licht an.

»Früher habe ich die Dienstpläne immer im Kopf gehabt«, sagte er, während er Sterling um die Publikumsschranke herum zu einem hohen Blechschrank an der Rückwand führte. »Bis zu meiner Pensionierung habe ich zwanzig Jahre lang die Dienstpläne für die Leute gemacht. Jetzt bin ich nur noch zur Aushilfe am Wochenende hier – damit ich mal Ruhe habe vor meiner Frau.« Er stieß ein meckerndes Lachen aus, das mehr nach einem Erstickungsanfall klang, und zog das dritte Schubfach auf.

Otto Winter wusste genau, wo er hinzugreifen und welches Hängeregister er herauszuholen hatte. Er legte den Ordner auf einem Schreibtisch ab und zog behutsam die Papiere heraus. »Da hätten wir's«, sagte er und hielt Sterling ein Blatt hin. »Am Freitagabend waren Bretta Winslow und Norma Jean Donelly im Burke zum Putzen eingeteilt.«

Sterling notierte die Namen in seinem Buch. »Wann wird dort sauber gemacht?«

»Wenn die Bibliothek um Mitternacht zumacht, geht es sofort los.«

»Und wie lange dauert es?«

Winter kaute auf seiner Unterlippe herum und kniff die Augen zusammen. »Ich bin schon seit Jahren nicht mehr drüben gewesen, aber ich würde sagen, maximal drei Stunden. Das Burke ist nicht so schmutzig, da sind vor allem Büros und Labors und nicht so viele Studenten, die Dreck machen. Die meiste Arbeit macht die Bibliothek. Da müssen die Teppichböden gesaugt und die Toiletten sauber gemacht werden. Aus irgendeinem Grund veranstalten die jungen Leute in den Toiletten immer eine Riesensauerei. Als ich damals noch selber sauber machen musste, hat es mich immer gegraust.«

Während sich Sterling mit seinen Notizen beschäftigte, wartete Winter geduldig auf die nächste Frage. »Was schreiben Sie da eigentlich? Ein Buch oder was?«

»Das ist nun mal meine Art, sonst bringe ich alles durcheinander«, sagte Sterling. »Ist es denkbar, dass sich eine von den Frauen an diesem Abend krankgemeldet hat?«

»Da habe ich meine Zweifel. Bretta eventuell schon, aber Norma Jean niemals. Die gute Frau ist ein Arbeitstier. In fünfzehn Jahren hat sie kein einziges Mal gefehlt.« Winter schüttelte ergriffen das Haupt. »Solche Leute gibt's heute nicht mehr.«

Er ging zum Aktenschrank zurück, wühlte sich durch die Register und zückte schließlich einen dicken Ordner, auf dem schlicht »Stechkarten« stand. Er zog zwei längliche Karten aus den dünnen braunen Kartondeckeln. »Sie haben alle beide nicht gefehlt«, sagte er und reichte Sterling die gelochten Stechkarten.

Auf den Karten stand oben ein Name, darunter befand sich eine Tabelle mit dem Wochendienstplan. Bretta hatte den

Dienstantritt um neunzehn Uhr, Norma Jean um achtzehn Uhr fünfundvierzig gelocht. Sie waren zusammen wieder gegangen, Bretta hatte um 03:30:05 und Norma Jean zehn Sekunden später um 03:30:15 gelocht. Sterling notierte sich die Zeiten und gab Winter die Karten zurück.

»Ist es möglich, dass noch jemand kommt, nachdem die Frauen schon fertig sind – vielleicht für eine besonders schwere Hilfsarbeit außer der Reihe?«, wollte Sterling wissen.

Winter hob die Brauen. »Das kann ich mir nicht vorstellen. Wenn wir bei einem Gebäude mit dem Putzen durch sind, sind wir durch. Da gibt es keinen Grund, weshalb noch einmal jemand kommen und den Frauen hinterherputzen sollte.«

»Wer hat Zutritt zu den Labors und Büros im Burke?«

»Schwierige Frage«, meinte Winter. Er führte die Hand stützend ans Kinn, wobei eine in die Innenseite des Unterarms eintätowierte nackte Meerjungfrau zum Vorschein kam. »Das Reinigungspersonal hat jeweils einen Schlüssel, das Hausmeisterbüro hat einen Hauptschlüssel und ebenso der Sicherheitsdienst vom Campus. Für Notfälle liegt noch einer im Büro vom Notdienst. Ich wüsste nicht, wer ansonsten noch einen haben sollte.«

Sterling nickte. »Nur noch eine Frage, Otto«, sagte er. »Ich kann bei Ihnen keinen sichtbar getragenen Hausausweis sehen. Ist das nicht Vorschrift?«

Otto Winter holte eine Brieftasche so dick wie eine geballte Faust hervor. Papiere und Quittungen flatterten zu Boden, aber schließlich hielt er stolz einen Hausausweis mit Lichtbild in die Höhe. »Der Hausausweis muss nicht sichtbar getragen werden, aber man muss ihn jederzeit mit sich führen. Ausnahmen sind nicht statthaft. Vor ein paar Jahren hatte sich bei uns ein Diebesring eingeschlichen. Damals waren ein paar Typen mit ihren Weibern aus Boston raufgekommen und hatten sich als Collegeangestellte und Studenten ausgegeben. Sie haben uns den Stuhl unter dem Hintern weggeklaut. Was nicht niet- und nagelfest war, haben die mitgehen lassen – Computer, Lehrbücher, sogar Putzmittel. Seitdem muss man den Ausweis jederzeit mit sich führen, egal wie lange man hier schon beschäftigt ist. Wer sich nicht daran hält, fliegt.«

Zähneknirschend konstatierte Sterling, dass eine ganz große Chance vertan worden war, als Carlton von dem Mann, der aus dem Labor gekommen war, keinen Ausweis verlangt hatte. War dieser Provinzbulle tatsächlich so beschränkt, dass er keinen Verdacht geschöpft hatte, als jemand nur Stunden, nachdem Wilson als vermisst gemeldet worden war, aus dessen Büro herausgeschlichen kam? Und dann das hübsche Mädchen, das vorbeigekommen war und behauptet hatte, eine von Wilsons Studentinnen zu sein. Was hatte sie an diesem Morgen wirklich im Schilde geführt? Falls sie tatsächlich die Absicht gehabt hatte, ein Experiment zu überwachen, hatte sie sich von Carlton sehr widerstandslos abwimmeln lassen. Wenn es ihr wirklich um den Ablauf eines Experiments gegangen wäre, hätte sie Carlton doch zumindest vorschlagen müssen, sie nach drinnen zu begleiten.

»Sie haben mir sehr geholfen«, sagte Sterling und steckte sein Notizbuch in die Brusttasche. »Wenn weitere Fragen auftauchen, melde ich mich am Montag hier im Büro.«

»Fragen Sie nach Darius Brown«, sagte Otto Winter. »Er ist hier der Big Boss.«

Sterling trat aus dem Büro in den dunklen Eingangsflur. Wer immer der Mann war, der sich an einem dunklen Samstagmorgen zwischen drei und fünf Uhr in Wilsons Labor herumgetrieben hatte, zu einem Kaffeeklatsch war er bestimmt nicht gekommen.

Die Spuren redeten zwar noch nicht, aber sie murmelten schon ein bisschen vor sich hin.

12

DIE STANDHAFTE ALTE Glocke hoch oben auf der Baker Library hatte gerade den vierten Schlag getan, als ein Polizist auf die halbnackte Leiche von Professor Wilson Bledsoe stieß. Ein Deutscher Schäferhund von der Hundestaffel der Staatspolizei von Vermont hatte sich zu der verfallenen Scheune an der Grenze des Anwesens der Potters durchgeschnüffelt, als Officer Beck, den der Hund an der Leine hinter sich herzerrte, ein vom Gebüsch teilweise verdecktes Stück Stoff entdeckte. Als er die Zweige beiseite schlug, kamen zuerst schwarze Flügelkappenschuhe zum Vorschein und schließlich der hemdlose Oberkörper eines mit dem Gesicht nach unten liegenden Mannes. Beck gab dem linken Bein mit dem Fuß einen kräftigen Schubs. Keine Reaktion. Der Hund, der den Tod bereits gerochen hatte, drehte sich unter wildem Gebell im Kreis. Beck riss das Tier an der Leine zurück und rief über Funk die restliche Suchmannschaft herbei.

Sterling hatte gerade eine Schale Haferflocken verzehrt, als sein Handy klingelte.

»Bledsoe.«

»Hier Wiley. Wo sind Sie?«

»Im Haus meines Bruders«, sagte Sterling. Er schob den Stuhl vom Esstisch zurück. »Was gibt's?«

»Agent Bledsoe, was soll ich lange um den heißen Brei herumreden – wir haben ihn gefunden.«

»Wilson? Tot oder lebendig?«

»Er ist ermordet worden.«

Sterling hörte die Worte, ohne sie zu begreifen. »Lieutenant, lebt er noch?«

»Agent Bledsoe, tut mir Leid, er ist tot!« Eine lange Pause entstand. »Sind Sie noch dran?«, erkundigte sich Wiley schließlich.

»Wo haben Sie ihn gefunden?«
»In einem Waldstück an der River Road.«
»Bin schon unterwegs.«

* * *

Als Sterling die River Road hinunterraste, hörte er über sich einen Hubschrauber, der durch das dichte Geäst nicht zu sehen war. Sterling ging zu schnell in eine scharfe Kurve und rasierte ein paar Hecken und Zweige ab, die vorwitzig in die Straße hineinragten. Am abgesperrten Bereich stieg er hart auf die Bremse. Hier ging es jetzt anders zu als noch vor wenigen Stunden. Mindestens zwanzig Polizei- und Zivilfahrzeuge waren ohne erkennbare Ordnung wild durcheinander am Straßenrand abgestellt, Horden von Uniformierten in unterschiedlich gefärbten Warnjacken wuselten durcheinander wie die Ameisen, Hunde bellten erregt und zerrten an der Leine. Das wilde Geflacker der vielen Blinklichter auf den Dächern der Streifenwagen steigerte den chaotischen Eindruck und gab der Szene eine karnevaleske Atmosphäre. Ein paar Beamte schrien in Walkie-Talkies, andere brüllten sich gegenseitig an, nicht im Streit, sondern mangels erkennbarer Organisation.

Sterling näherte sich dem gelben Absperrband. Zwei Staatspolizisten standen dort Wache, die gewaltigen Arme vor der Brust verschränkt. Eine Doppelwache. »Sir, Sie befinden sich am Tatort eines Verbrechens. Bitte verlassen Sie das Gelände und entfernen Sie Ihr Fahrzeug!«

Das Wort »Tatort« traf Sterling wie ein Tiefschlag in die Eingeweide. Er klappte wortlos das Mäppchen mit der Dienstmarke auf. Die beiden Wachen traten beiseite und ließen ihn passieren. Sterling sah Wiley mitten im Chaos stehen, wo er jedem, der in Hörweite kam, Befehle zuschrie.

»Wo ist er?«, rief Sterling Wiley zu, als er nahe genug herangekommen war, um sich im allgemeinen Lärm verständlich zu machen. Er hatte sich Halt suchend an einen Streifenwagen gelehnt und holte tief Luft, um einen klaren Kopf zu bekommen. Alles um ihn herum schien sich in Zeitlupe zu bewegen.

»Knapp dreihundert Meter von hier«, rief Wiley zurück, »gleich bei einer alten Scheune auf dem Land der Potters.«

»Wann hat man ihn gefunden?«

»Vor etwa zwanzig Minuten. Ich habe Sie sofort angerufen. Der Tatort wird schon fotografiert und nach Fingerabdrücken abgesucht.«

»Welche Richtung?« Sterling biss sich fest auf die Unterlippe, um die Tränen niederzukämpfen, aber solange er die Leiche noch nicht gesehen hatte, weigerte er sich einfach anzuerkennen, dass sein einziger Bruder tot war. Der Kopf sank ihm auf die Brust, und er schloss die Augen.

Wiley trat an ihn heran und legte ihm die Hände auf die herabgesackten Schultern. »Agent Bledsoe, ich weiß nicht, ob es gut ist, wenn Sie dort hingehen«, redete er Sterling zu. »Es könnte ziemlich hart werden. Vielleicht ist es besser, wenn sich unsere Leute um alles kümmern.«

»Lieutenant, ich werde hingehen und meinen Bruder anschauen!« Sterlings Stimme war fest und zornig. »Und ich werde herausfinden, wer das getan hat!«

»Es sind alle mit von der Partie«, sagte Wiley. »Die Staatspolizei, die Polizeibehörden unserer beiden Städte, und auch ein paar von Ihren Leuten aus Boston sind schon eingetroffen.«

»Hat er sich gewehrt?« Sterling musste es einfach wissen.

»Ich denke schon«, meinte Wiley und schüttelte traurig den Kopf. »Seine Kleidung ist verschmutzt und zerrissen. An der Schläfe hat er ein großes Trauma von einer stumpfen Waffe.«

Sterling konnte hinter einer kleinen Lichtung die ruhig dahinrollenden Wasser des Connecticut River sehen. Eine Entenfamilie trieb auf der Strömung vorbei. Im Grün, Schwarz und Blau ihres farbenfrohen Gefieders spielte das Sonnenlicht. Wie konnte hier etwas so Entsetzliches geschehen, hier, an einem Ort von einer solchen natürlichen Heiterkeit, abseits des Lärms und der Hektik der großen Stadt? Sterlings Gedanken rasten zurück zu Szenen seiner Kindheit, Wilson kam vom College nach Hause, und seine Mutter kochte ihm sein Leibgericht. Wilsons breites Lächeln hatte der Mutter immer so wohl getan, doch Sterling hatte dieses Lächeln zu hassen gelernt.

Er gab sich den Erinnerungen hin. Die Bledsoes waren immer eine hart arbeitende Familie gewesen. Der akademische Erfolg der Söhne hatte den Vater mit Stolz erfüllt. Jedem, der es hören wollte, hatte er begeistert von ihnen erzählt. Sterling erinnerte sich an das warme Leuchten im Gesicht seiner Mutter, wenn sich die Damen der Gemeinde beim Kirchgang erkundigten, wie es Wilson in Chicago ging. Sie fragten jeden Sonntagmorgen nach Wilson. In dem kleinen Industriestädtchen im Westen von Pennsylvania gingen die meisten Jugendlichen nach dem Abschluss der High School sofort in die Fabriken und Spinnereien, um zu arbeiten. Das war schon etwas, wenn jemand den Sohn aufs College und die Universität schickte – und dann sogar Naturwissenschaften studieren ließ!

Wilsons Nobelpreis war zu einer Zeit gekommen, als es mit der Gesundheit der Eltern bereits bergab ging, aber sie konnten noch mit ihm die Reise nach Schweden antreten. Als Wilson aus den Händen von König Gustav den Preis empfing, hatte wieder dieses Glühen auf Mutters Wangen geleuchtet. Die Eltern waren gestorben, bevor er den Devonshire-Preis errungen hatte, aber inzwischen hatten sie die endgültige Gewissheit gewonnen, dass sich ihre Kleinstadtbuben in der großen weiten Welt erfolgreich schlagen würden.

»Agent Bledsoe!« Lieutenant Wiley tippte Sterling auf die Schulter. »Wollen Sie uns nicht lieber erst ein bisschen klar

Schiff machen lassen, und Sie identifizieren die Leiche dann im Leichenschauhaus?«

»Nein«, sagte Sterling mit Nachdruck. »Ich will ihn selber sehen.«

Mit einer frischen Schachtel Latexhandschuhe aus dem Streifenwagen versehen, führte Wiley Sterling durch das dichte Gehölz. Er dirigierte ihn um abgebrochene Äste und unwegsame Stellen herum, wo der Boden vom Regen der vorangegangenen Nacht noch morastig war. Sie kletterten durch eine Bodenrinne und dann hinauf zum Teich. Nach einigen Minuten erreichten sie die Lichtung, die sich bis zur Rückseite des Potter'schen Anwesens hinzog. Als die Scheune schließlich ins Blickfeld kam, waren sie beide ziemlich außer Atem.

Der Hubschrauber zog am Himmel beharrlich seine Kreise. Eine Gruppe Polizeibeamter, zu viele, als dass Sterling sie auf Anhieb hätte zählen können, kauerte mit gesenkten Köpfen vor der Scheune am Boden. Sie sahen aus, als wollten sie Murmeln spielen. Alle paar Sekunden flammte das Blitzlicht eines Fotografen auf. Sterling atmete ein paarmal tief durch und wünschte, der Knoten in seinem Bauch würde sich auflösen. Die schwierigste Aufgabe seines Lebens stand ihm bevor.

Sterling und Wiley traten zu den Männern. Das Stimmengemurmel erstarb.

»Gentlemen, das ist Agent Sterling Bledsoe«, sagte Wiley, »Professor Bledsoes Bruder.«

Die Männer sahen Sterling und Wiley an. Sie nickten mit den Köpfen, aber keiner sagte etwas. Sie hatten lange, schattige Gesichter, ein Effekt des Todes, auch bei gestandenen Männern. Sie traten etwas zurück und gewährten Sterling einen ungestörten Moment der Trauer. Er war erleichtert, dass sie hinter ihm standen und die Tränen in seinen Augen nicht sehen konnten.

Der Hund, der die Leiche aufgespürt hatte, hatte sich bis

auf ein gelegentliches verstörtes Winseln beruhigt. Sterling holte noch einmal tief Luft und trat näher heran. Die Leiche war noch nicht bewegt worden. Die Schnürung der Schuhe war gelöst, an den Sohlen hafteten feuchte Erdklumpen. Im rechten Hosenbein von Wilsons stark verschmutzter grauer Hose klaffte ein langer Riss.

Der Oberkörper war unbekleidet, der Rücken wies weder Schürfwunden noch sonstige frische Wundmale auf. An Wilsons Taille konnte Sterling die zusätzlichen Pfunde erkennen, die sein Bruder sich in der letzten Zeit zugelegt hatte. Er ruhte mit dem Gesicht auf dem Boden, die Arme seltsamerweise weit über den Kopf emporgereckt, die Finger in einer leicht gekrümmten Position versteift.

»Sind Sie mit den Lagefotos fertig?«, fragte Sterling den Fotografen.

»Ich denke, das reicht«, antwortete der Fotograf und klopfte auf die mit voll geknipsten Filmröllchen prall gefüllte Tasche seiner Warnweste.

Ein kleiner stämmiger Mann trat auf Sterling zu. »Mein Beileid, Sterling«, sagte er. Seine Stimme raspelte wie Sandpapier auf rohem Holz. Die Spitzen seines an den Mundwinkeln tief herunterhängenden mächtigen schwarzen Schnauzbarts waren zu zwei perfekten Kringeln hochgezwirbelt. Sterling erkannte Special Agent Lonnie Brusco auf den ersten Blick. »Ich bin erst vor einer Stunde eingetroffen«, sagte Brusco, während er Sterling fest die Hand schüttelte. »Wollen Sie nicht lieber warten, bis wir Ihren Bruder ins Leichenschauhaus geschafft haben?«, meinte er. »Das wird hier nicht leicht für Sie werden.«

»Was ist an diesem verdammten Geschäft schon leicht?«, knurrte Sterling. »Ich will sehen, was meinem Bruder angetan worden ist!«

Brusco seufzte verständnisvoll und ließ Sterling den Vortritt. Er wusste, wie quälend es für Sterling sein musste, aber er wusste auch, was die Arbeit im Morddezernat bedeutete. Tief in ihnen allen steckte etwas, das sie zwanghaft dazu trieb, jedes noch so grausige Detail einer Gewalttat genauestens in Augenschein zu nehmen. Sogar, wenn es um einen Familienangehörigen ging.

Sterling zog die Latexhandschuhe an. Er hatte es tausendmal getan, im Labor und an Tatorten, aber nie hätte er sich träumen lassen, es je an der Leiche des eigenen Bruders tun zu müssen. Er schloss die Augen und senkte den Kopf zu einem kurzen Gebet.

Als er geendet hatte, kniete er neben Wilson auf dem Boden nieder und machte sich daran, die Leiche unter beträchtlicher Anstrengung umzuwenden. Er musste sich eilends abstützen, um nicht vornüber zu fallen. In keiner Weise war er vorbereitet auf das, was nun zum Vorschein kam.

Mit tiefen Einschnitten war das Wort NIGGER in Wilsons Brust geritzt. Sterling konnte in den Wunden große, ineinander verknäulte Fetzen aus Muskeln, Knochen und Fettgewebe erkennen. Ein gequälter Grunzlaut entrang sich seiner Kehle. Er stand hastig auf und sah beiseite.

Einem Polizisten wurde übel. Seine Hand fuhr an den Magen, er beugte sich vor und übergab sich.

»Schafft den Mann hier fort!«, brüllte Wiley. Zwei Kollegen führten den mit der Übelkeit ringenden Beamten ein Stück abseits, wo er sich trotz des Hubschraubergeräuschs für alle hörbar neben der Scheune weiter erbrach.

»Was zum Teufel soll das?«, sagte einer der Männer. Er brachte zum Ausdruck, was alle beim Anblick von Wilsons geschändeter Leiche dachten.

Brusco trat zu Sterling und legte ihm die Hand auf die Schulter. »Sie haben genug gesehen«, sagte er. »Lassen Sie uns jetzt weitermachen.«

Sterling fuhr sich mit dem Handrücken über die Augen und

trat zurück. Still sah er zu, wie sich die Männer an die Arbeit machten. Sie puderten die Leiche ab, um Fingerabdrücke zu nehmen, dann nahmen sie Proben – Gewebe, Haut, Haar, Fingernägel und etwas von dem eingetrockneten Blut an den Brustwunden. Das Team arbeitete ruhig und sachkundig, sammelte die Beweisstücke und sicherte alles in versiegelbaren großen Plastiktüten, die mit schwarzem Marker beschriftet wurden. Sterling ging beim Zusehen die Prozeduren durch, die zu Beginn jeder Beweisaufnahme einzuhalten waren. Es war reiner Reflex. Das war sein Spezialgebiet. Ungeachtet seines blutenden Herzens und seines vernebelten Gehirns überwachte der FBI-Agent in ihm sorgfältig und genau jeden einzelnen Schritt.

Er trat näher an die Leiche. Je länger er das in Wilsons Brust gefräste Wort »Nigger« betrachtete, desto wütender wurde er. Kannte der Ungeist des Rassismus überhaupt keine Grenze, respektierte er gar keine Regel? Sterling fühlte sich grausam an das erinnert, was ihnen der Vater als Heranwachsende gepredigt hatte. *Vergesst nie eure Hautfarbe, denn die anderen tun es auch nicht. Egal, wie viel Geld ihr auf dem Konto und wie viele Diplome ihr an der Wand hängen habt, es wird immer Leute geben, die das einen Dreck interessiert und für die ihr stets nur ein Nigger seid!* Und nichts anderes war Wilson für seine Mörder gewesen, ungeachtet all seiner Leistungen und Erfolge. Sterling verfluchte seinen Vater, der so fatal Recht behalten hatte. Und er verfluchte Wilsons Mörder, der ein gutes und produktives Leben so sinnlos zerstört hatte.

Sterling spürte den Hass in sich hochkochen. Er wollte sie alle umbringen, dieses ganze Pack, diese Rassisten, diese verbohrten Fanatiker, diese Prediger des Hasses und überhaupt jeden, der das Gift des Rassenwahns verspritzte. Wenn jetzt schon jemand wie Wilson umgebracht wurde, dem nie ein böses Wort über einen anderen Menschen über die Lippen gekommen war, dann war niemand mehr sicher.

Sterling betrachtete die tief eingeschnittenen Lettern näher. Sein Kiefer wurde hart. Wenn das das Werk eines normalen Messers war, hatten die Mörder viel Zeit und Mühe auf die Verunstaltung der Leiche verwandt. Die Buchstaben waren sauber geformt und auf makabre Weise akkurat. Das Alarmierendste war jedoch die Tiefe der Einschnitte. Wie in roten Leim eingebettet, ragten kleine Knochensplitter aus dem eingetrockneten Blut hervor. Sterling betete zu Gott, dass Wilson tot gewesen war, als ihm diese Verstümmelung beigebracht wurde. Es waren keine glatten Einschnitte. Die Haut war an den Wundrändern gekräuselt und an manchen Stellen sogar eingerissen. Nur eine gezackte Klinge konnte diese Form der Verletzung hervorrufen. Auch waren die Einschnitte für manuelle Einwirkung viel zu tief. Sterling hatte bei Autopsien immer wieder Knochen durchtrennen müssen. Aus jahrelanger Erfahrung konnte er sehr wohl einschätzen, dass das mit einem Messer nur schwer zu bewerkstelligen war.

Die Männer zogen die Leiche ganz aus dem Gebüsch. Wilsons Gesicht, auf dem ein Ausdruck des Schreckens lag, kam zum Vorschein. Die weit aufgerissenen Augen starrten gläsern ins Leere, der Mund stand offen. Er sah aus, als habe ihn mitten in einem Satz der Tod ereilt. Sterling spähte über die Schultern der Männer, die neben der Leiche knieten. Wilsons Gesicht war gottlob im Großen und Ganzen unverletzt, auch war in seinem Mund kein Blut. Aber dieser Gesichtsausdruck! Sterling wusste, dass ihn dieser Ausdruck nicht mehr loslassen würde.

Er sah zu Wiley hinüber, der gedankenverloren abseits stand, die Arme auf dem Rücken verschränkt. »Wessen Land ist das hier?«, fragte ihn Sterling.

»Wir sind auf Potters Farm.«

»Ist Potter der Eigentümer?«

»Die Farm gehörte einem der reichsten Männer im Upper Valley – Ezra Potter.«

»Gehörte?«

»Der Alte ist vor Jahren gestorben. Er ist irgendwo auf seinem eigenen Land bei einem Jagdunfall ums Leben gekommen, um genau zu sein.« Wiley gab dem Wort »Jagdunfall« eine merkwürdige Betonung.

»Aber Sie glauben nicht an einen Unfall?«

»Ich war damals noch ein Junge, aber ich kann mich noch gut daran erinnern. Das war damals schon sehr eigenartig. Da geht ein Mann eines Nachmittags mit ein paar Freunden zur Jagd, und in einem Leichensack bringen sie ihn wieder nach Hause zurück.«

»Aber Jagdunfälle passieren nun mal.«

»Nicht, wenn man nach oben in die Luft auf Geflügel schießt und alle vier Männer von Kindesbeinen an zur Jagd gegangen sind.«

»Wer lebt denn heute hier?«, wollte Sterling wissen.

»Das Haupthaus liegt auf der anderen Seite des Potter'schen Landes, einen knappen Kilometer von hier«, sagte Wiley. »Potters Witwe kraucht da oben immer noch herum. Sie muss schon fast neunzig sein, aber sie ist noch vollkommen richtig im Kopf. All die vielen Jahre seit Ezras Tod hat sie alleine gelebt, aber neulich hat mir jemand erzählt, dass sie jetzt eine Haushaltshilfe hat, die bei ihr wohnt.«

»Ist schon jemand bei ihr gewesen?«

»Nicht, dass ich wüsste.«

»Dann lassen Sie uns der alten Dame unsere Aufwartung machen.«

13

DAS FARMHAUS DER Potters war ein großes verschachteltes Gebäude, das einsam aus der Mitte eines großen offenen Areals aufragte. Die verwitterten Balken und der verwaschene Anstrich verrieten, dass es schon bessere Zeiten gesehen hatte. Überhaupt schrie das mit wildem Wein überwucherte mächtige Holzhaus allenthalben nach Pinsel und Farbe. Sterling und Wiley machten sich auf den Weg zur Eingangstür.

Modernen Schnickschnack wie eine Türklingel suchte man hier vergebens. In der Mitte der Tür hing ein rostiger, schwerer Türklopfer, der aussah, als hätte er schon lange keine Lust mehr, Besucher anzukündigen. Wiley befreite ihn aus seinem Spinnwebenkokon und entlockte ihm einige kräftige Klopfer.

Schon wenige Sekunden später tat sich knarrend die Tür auf. Eine junge Frau in Jeans und engem Rollkragenpullover stand auf der Schwelle. Das blonde Haar hatte sie zu einem langen Pferdeschwanz aufgebunden. Sterling überkam das unbestimmte Gefühl, sie schon irgendwo gesehen zu haben. Er vergaß nicht so schnell ein hübsches Gesicht.

»Officer Wiley, Ma'am«, stellte Wiley sich vor. »Und das ist Agent Sterling Bledsoe. Wir hätten Sie und Mrs. Potter gern einen Moment gesprochen.«

Besorgnis schlich sich in das Gesicht der jungen Frau. »Ist etwas nicht in Ordnung, Officer?« Ihr Englisch hatte einen harten Akzent. *Vermutlich eine Deutsche, und gewiss nicht älter als vierundzwanzig,* dachte Sterling.

»Ich fürchte, ja«, sagte Wiley mit einem Seitenblick zu Sterling. »Wir haben auf der Grenze Ihres Landes eine Leiche gefunden.«

Die junge Frau verlor den letzten Rest Farbe aus dem ohnehin blassen Gesicht und schlug die Hand vor den Mund. »Eine Leiche? Hier bei uns?«

»Ja, Ma'am. Der Tote ist vor ungefähr einer Stunde gefunden worden.« Das Kopfschütteln der jungen Frau wurde immer schneller, bis es fast in einen Tremor überging. Ihre Augen starrten fassungslos. »Dürfen wir hereinkommen?«, fragte Wiley höflich.

»Oh ja, natürlich, treten Sie ein. Mrs. Potter ist im Wohnzimmer. Bitte warten Sie hier einen Moment.« Die junge Frau war verschwunden, bevor Wiley sie nach ihrem Namen fragen konnte.

Das Haus war innen weit besser in Schuss, als man nach dem verwahrlosten Äußeren angenommen hätte. An den dunklen Wänden hingen große Ölgemälde, dazwischen alte Schwarz-Weiß-Fotografien. Die Gesichter waren sepiabraun geworden, die Hintergründe ins Aschgraue verblasst. Gleich hinter dem Eingang führte eine Tür nach links, weiter hinten eine andere nach rechts. Über den Türstöcken hingen Rotwildtrophäen, in einer Ecke stand ein eingestaubter Waffenschrank mit Jagdgewehren und einer Kollektion langläufiger Schrotflinten. Ein altersschwacher Hutständer krümmte sich unter einer umfangreichen Sammlung unterschiedlichster Jagdmützen aus kariertem Schottenstoff, Wolle, Pelz und orangefarbenem Tuch. Hier hatte einmal ein leidenschaftlicher Jäger gehaust.

Die junge Frau kam zurück. Sie hatte sich offenbar gefasst. »Mrs. Potter lässt bitten.«

Sterling und Wiley folgten ihr. Nach einer Flucht von unaufgeräumten Zimmern und einer Küche, in der gut und gerne eine zwanzigköpfige Familie Platz gefunden hätte, gelangten sie am Ende eines kurzen Gangs zu einer Tür, die sich in einen geräumigen Wohnraum öffnete. Hohe Oberlichter verliehen dem an sich nicht besonders hellen Raum eine gewisse Lebendigkeit. Eine alte Dame mit haselnussbraunen, energisch blickenden Augen saß über einen kleinen Tisch gebeugt in einem hohen Lehnstuhl und hatte soeben einen Schluck von einem heißen Getränk zu sich genommen. Sie sah betagt aus, aber man hätte nur schwer sagen können, in welchem Lebensjahrzehnt jenseits der siebzig sie sich befand. Ihre Haut war an manchen Stellen erschlafft, im Allgemeinen aber noch straff. In den Ohrläppchen trug sie Diamanten von einem Kaliber, das so manchem Zeitgenossen zu einem behaglichen Lebensabend verholfen hätte.

»Guten Tag, meine Herren«, sagte sie und setzte die Tasse auf dem Tablett ab. »Was in drei Teufels Namen geht hier vor?«

»Ich bin Lieutenant Wiley vom Polizeidepartment in Hanover«, sagte Wiley und nahm die Mütze ab. Es war das erste Mal, dass Sterling ihn ohne Mütze sah. Wileys welliges Haar hatte eine überraschende jugendliche Fülle. »Das ist Agent Sterling Bledsoe.«

»Nehmen Sie Platz, meine Herren«, sagte die alte Dame und wies mit arthritischer Hand auf ein Sofa. »Um Himmels willen, Heidi, du doch auch! Übrigens, das ist Heidi Voss, meine Haushaltshilfe.« Die junge Frau tat, wie ihr geheißen. »Dieses Wetter kann einem wirklich zusetzen, besonders nach dem Regen gestern Abend.«

»Jetzt ist es aber wieder schön«, sagte Wiley. »Vermutlich so um die zwanzig Grad.«

Sterling hatte nichts anderes erwartet. Im Upper Valley begann nun mal jede Unterhaltung mit dem Wetter.

Wiley ließ eine kleine Pause entstehen, dann kam er zur Sache. »Mrs. Potter, vor einer Stunde haben wir auf der Grenze von Ihrem Land eine Leiche gefunden.«

Die alte Dame rückte von dem Tischchen ab und stützte den Kopf gegen die hohe Lehne des Stuhls. »Ich dachte, Heidi hätte sich verhört! Was hat eine Leiche auf meinem Grund

und Boden zu suchen?« Für eine Frau ihres Alters war ihre Stimme erstaunlich klangvoll. Wileys Worte hatten sie keineswegs eingeschüchtert, sondern eher noch ungnädiger werden lassen.

»Das versuchen wir ja herauszufinden«, sagte Wiley. »Unsere Männer haben die Leiche bei der alten Scheune entdeckt, nicht weit vom Teich.«

»Seit Ezras Tod bin ich dort unten nicht mehr gewesen.« Mrs. Potter sah zum Fenster hinaus und murmelte etwas Unverständliches. Das Sonnenlicht ließ das feine Netzwerk der Äderchen unter ihrer pergamentenen Haut hervortreten. »Wissen Sie, wer der Tote ist?«

»Mein Bruder, Ma'am«, ergriff Sterling das Wort, »Professor Wilson Bledsoe.«

Nel Potter entfuhr ein Aufschrei. Der Schreck versteinerte ihre Züge. Sie sah zuerst Heidi an, dann Sterling. »Mein Gott!«, rief sie aus. »Professor Wilson Bledsoe, haben Sie gesagt? Der Mann, der gleich dort drüben an der Deer Run Lane wohnt?«

»Richtig, Ma'am. Mein Bruder.«

»Das muss eine Verwechslung sein!«, sagte Mrs. Potter. Sie schüttelte den Kopf, als hätte ihr jemand ins Gesicht geschlagen. »Ich habe ihn doch erst vor ein paar Tagen noch gesehen.«

»Sie haben meinen Bruder gekannt, Ma'am?«

»Und ob ich ihn gekannt habe! Wir haben uns jede Woche mindestens einmal gesehen!« Sie wollte nicht aufhören, den Kopf zu schütteln. »Wer sollte denn einem so wunderbaren Mann etwas antun?« Nel Potter versuchte, die Hiobsbotschaft zu verdauen. Es wurde still im Raum.

»Kind, hol doch den Herren etwas Kaltes zu trinken«, sagte sie schließlich zu Heidi Voss. Wiley und Sterling versuchten abzuwinken, aber die junge Frau war schon die Stufen hinauf unterwegs. Sterling registrierte, dass sie sich die Augen wischte. »Wilson ist ein großartiger Mann gewesen«, sagte Mrs. Potter. Sie hielt plötzlich inne, das Kinn sackte ihr auf die Brust. »Jetzt habe ich von ihm schon in der Vergangenheitsform gesprochen!«

»Es ist ein harter Schlag. Es ist für uns alle nicht leicht«, sagte Sterling. »Wir stehen nun am Anfang einer Morduntersuchung.«

»Wie sich das Wort ›Mord‹ schon anhört!«, sagte Mrs. Potter. »So etwas gibt es bei uns doch einfach nicht! Warum um alles in der Welt sollte jemand Wilson umbringen?«

»Noch kennen wir weder den Grund noch den Täter«, sagte Sterling, »aber ich werde nicht ruhen, bis ich den Verantwortlichen gefasst habe.«

»Allein schon der Gedanke, dass er auf meinem Grund und Boden umgebracht worden ist!«, seufzte Mrs. Potter.

Heidi Voss kam ins Wohnzimmer zurück. Sie brachte ein Tablett mit mehreren hohen Gläsern und einem großen Glaskrug mit Limonade. Obwohl sie nur kurz fort gewesen war, waren ihre Augen stark gerötet und verquollen. Sie musste heftig geweint haben. Sie goss allen außer sich selbst etwas ein und nahm wieder Platz. Sterling wusste immer noch nicht, wo er ihr Gesicht hintun sollte. Es wurmte ihn.

Er schaute Mrs. Potter an. »Wie kommt es, dass Sie meinen Bruder kennen?«, fragte er, nachdem er sich einen großen Schluck von dem zuckrigen Getränk genehmigt hatte. Der kräftige bittere Nachgeschmack, der auf die Süße folgte, zog ihm den Mund zusammen.

»Ich habe Professor Bledsoe vor vielen Jahren kennen gelernt. Damals war er mit seiner schönen Frau in das Anwesen der Karlsons an der Deer Run Lane gezogen. Das Land war seit vier Generationen im Besitz der Familie, aber die alte Frau Karlson war die letzte Überlebende und hatte niemanden, dem sie den Besitz vererben konnte. Die arme Frau! Der Professor und seine Frau haben das Anwesen gekauft. Ich hätte mir keine besseren neuen Nachbarn vorstellen können. Sie waren jung, und Wilson war ja ganz verrückt nach unverfälschter Natur.«

Sterling sah Heidi Voss zustimmend nicken. »Miss Voss, leben Sie auch hier?«

Sie sah Mrs. Potter an, als wolle sie um Sprecherlaubnis bitten. »Ja«, sagte sie schließlich. »Ich bin hier an der Thayer-Ingenieurschule im Abschlusssemester.«

»Heidi kommt aus Deutschland«, erläuterte Mrs. Potter, »aus der Gegend von Stuttgart. Ich habe in den letzten Jahren öfter eine Studentin als Haushaltshilfe eingestellt. Mit deutschen Mädchen habe ich immer einen guten Griff getan. Sie sind tüchtig und kennen sich im Haushalt aus.« Mrs. Potter hielt inne. »Und sie studieren auch immer sehr fleißig.«

»Hat jemand von Ihnen letzte Nacht etwas Ungewöhnliches gehört?«, fragte Sterling.

Heidi Voss und Mrs. Potter sahen einander an. Mrs. Potter ergriff als Erste das Wort. »Ich habe wie immer um sieben in der Küche zu Abend gegessen, weil ich mir jeden Abend die Rateshow *Jeopardy* ansehe. Ich kann fast immer sämtliche Fragen richtig beantworten. Diese jungen Leute mit ihren anspruchsvollen Titeln müssen meistens schon bei den einfachsten Antworten passen. Da kann man wieder einmal sehen, dass früher der Schulunterricht gar nicht so schlecht gewesen ist! Nach der letzten Frage mache ich es mir mit Heidis Hilfe in der Wohnstube gemütlich. Heidi bringt mir dann den Nachtisch, und ich schaue mir *Wheel of Fortune* an. Diese Vanna White ist doch einfach zu süß!« Sterling und Wiley hörten sich geduldig die Abschweifungen der alten Dame an. »Wenn das vorbei ist, genehmige ich mir einen kleinen Whiskey fürs Herz, und dann ab ins Bett.«

»Haben Sie in dieser Zeitspanne etwas Auffälliges gehört?«, wiederholte Sterling.

»Nein, überhaupt nicht. Aber das ist nicht weiter verwunderlich. Ich schlafe nämlich wie ein Murmeltier.«

»Wann sind Sie heute Morgen aufgestanden?«

»Ich stehe jeden Tag um die gleiche Zeit auf. Um halb sechs.«

»Und Sie, Miss Voss?«, erkundigte sich Sterling.

»Nachdem ich Mrs. Potter zu Bett gebracht hatte, bin ich wieder heruntergekommen und ins Arbeitszimmer gegangen, um noch ein bisschen zu lernen.« Sie sprach ein grammatikalisch perfektes Englisch, das durch ihren starken deutschen Akzent allerdings etwas holprig wirkte. Sterling sah sie sich genau an. Sie war noch hübscher, als er sie vom ersten Ansehen her in Erinnerung hatte – nach oben geschwungene Augenwinkel, hohe Wangenknochen und eine gerade, schmale Nase. Ihr Rollkragenpullover modellierte ihre hohe und feste Brust. Sie war körperlich in Topform. »Ich bin gern im Arbeitszimmer. Nachts kühlt das Haus ziemlich stark aus, und dort funktioniert der Kamin am besten.«

»Wann sind Sie gestern zu Bett gegangen?«

»Ungefähr um ein Uhr nachts.«

»Und wann sind Sie wieder aufgestanden?«

»Das muss so um acht gewesen sein.«

Sterling betrachtete Heidis zarte Hände. Sie zitterten. Er konnte sich der Ironie des Gedankens nicht erwehren, dass Wilson ausgerechnet auf dem Grundstück wohl gesonnener Nachbarn den Tod gefunden hatte, die alles daran gesetzt hätten, ihm zu helfen. Er machte Wiley ein Zeichen und erhob sich. Lieutenant Wiley griff nach seiner Mütze und stand ebenfalls auf.

»Mrs. Potter, ich danke Ihnen für Ihre Hilfe. Und Ihnen auch, Miss Voss«, sagte Sterling. »Es tut mir Leid, dass wir uns unter solchen Umständen kennen lernen mussten.«

»Der Professor ist ein wunderbarer Mensch gewesen«, sagte Mrs. Potter. »Ich kann mir nicht vorstellen, dass jemand, der noch halbwegs richtig im Kopf ist, so einen Mann umbringen würde.« Ohne Heidis hilfreich ausgestreckte Hand zu beachten, erhob sie sich mühsam und griff nach dem Krückstock, der an ihrem Stuhl lehnte.

»Wir müssen eventuell noch einmal für ein paar Fragen wiederkommen, wenn Ihnen das recht ist«, sagte Wiley zu den beiden Frauen.

»Ich bin immer da«, sagte Mrs. Potter. »Ich gehe ja kaum noch aus dem Haus. Sie können jederzeit auf ein kühles Getränk vorbeikommen.«

Heidi öffnete die Tür. »Ach übrigens, Mr. Bledsoe«, sagte sie, »was wird jetzt aus Wilsons Vögeln?«

»Vögel?«, fragte Sterling.

»Ja, die Rotschulterstärlinge. Er hat sich leidenschaftlich für sie interessiert«, sagte sie. »Dadurch haben wir uns überhaupt erst kennen gelernt. Ich habe ihn oft bei seinen ›Erkundungsgängen‹ beobachtet, wie er das immer genannt hat. Er ist noch zu nachtschlafender Zeit draußen im Gelände herumgestreift und hat über alle möglichen Tiere Informationen gesammelt, egal wie groß oder klein. Und für die Rotschulterstärlinge hat er sich total eingesetzt. Es war, als wäre er …«, sie suchte nach dem passenden Wort, »… als wäre er auf einem Kreuzzug.«

Sterling machte sich eine Notiz. Warum hatte sein Bruder in aller Herrgottsfrühe Vögel beobachtet, und wo zum Teufel hatte er dieses hübsche Mädchen schon gesehen?

* * *

Als Sterling in die Küche trat, stand Kay am Geschirrschrank und stellte die gespülten Teller fort. Er sah ihr einen Augenblick zu. Sein Blick wanderte zum Tisch. Wilsons Teller mit gegrilltem Lachs stand mit Küchenfolie abgedeckt immer noch da. Der Anblick ließ den nagenden Schmerz in Sterlings Eingeweiden noch schlimmer werden. Er hatte mit Religion nie viel am Hut gehabt, und die letzten zwölf Stunden waren wenig dazu angetan gewesen, die Bibel zu seiner Lieblingslektüre zu machen. Im Moment jedenfalls war seine Ratlosigkeit erheblich größer als sein Glaube. Er ging ein paar Schritte in die Küche hinein und hängte die Jacke über eine Stuhllehne. »Kay!«, sagte er schließlich.

Kay drehte sich um. Die Qual der Ungewissheit hatte die schleichenden Vorzeichen des Alters um ihre Augen verstärkt zu Tage treten lassen. Sterling sah sie erschrocken an und wandte sich ab.

Ein Klageschrei hallte durch die Küche, ein Schrei des unsäglichen Leids. Kay war zu Boden gesunken. Von unkontrollierbarem Schluchzen geschüttelt, lag sie in Embryohaltung da, rief Mal für Mal Wilsons Namen und flehte um Gottes Gnade.

Sterling kniete sich zu ihr und zog sie an seine Brust. Seine eigenen Tränen vermischten sich mit der Tränenflut aus Kays Augen. »Eines Tages wird es wieder gut«, war alles, was er mehr zu seinem eigenen als zu ihrem Trost hervorbrachte. »Und wenn es mich mein Leben kostet, ich werde den Kerl zu fassen kriegen, der das getan hat.«

»Wo ist es passiert?«, schluchzte Kay.

»Drüben auf der Farm der Potters. Man hat seine Leiche neben der alten Scheune gefunden.«

»Ist er wirklich tot?«, schrie Kay auf.

Sterling schloss sie noch enger in die Arme. »Man hat seine Leiche schon fortgebracht.«

Kays Kopf sank kraftlos herab und fiel gegen Sterlings Brust. Sie hielten sich noch lange umschlungen und versuchten zu hoffen, wo es nur Verzweiflung gab.

Ein Glas Jack Daniels in bequemer Reichweite vor sich, saß Sterling den größten Teil der Nacht in Wilsons Arbeitszimmer am Schreibtisch und schaute zum Fenster hinaus in die Dunkelheit. Der Whiskey rann angenehm durch seine Kehle und wärmte sein Inneres. Eine Flut von Gedanken stürzte dammbruchartig auf ihn ein. Er war seinem Bruder Wilson in den letzten Jahren zwar näher gekommen, aber vieles war noch nicht bewältigt. Er hatte beschlossen, die Dämonen der Vergangenheit für immer zu begraben und sich selbst noch viel mehr zu öffnen. In der letzten Sitzung mit seiner Therapeutin Dr. Lieteau war er zu diesem Entschluss gekommen. Die Therapie war ein langer, schmerzhafter Prozess gewesen. Mehr als einmal wäre er am liebsten davongerannt und nie mehr wiedergekommen. Aber seine Therapeutin hatte ihn dazu gebracht, sich immer intensiver mit seiner Vergangenheit zu beschäftigen. Er hatte geplant, mit Wilson ein langes Wochenende zu verbringen und die Dinge zurechtzurücken. Und jetzt das! Sterling konnte sich seiner Gewissensbisse nicht erwehren. Wie oft hatte er Wilsons und Kays Einladung nach Hanover ausgeschlagen und den Ölzweig beiseite geschoben, den sein Bruder ihm hingehalten hatte!

Er schloss die Augen und legte den Kopf zurück. Etwas ließ ihn innehalten. Klopfen. War da jemand an der Tür? »Hallo?« Keine Antwort, dafür aber weiteres Klopfen, sehr leise und fern. Er stellte das Glas auf den Schreibtisch und öffnete langsam die Tür. Bis auf das bisschen Mondlicht, das zu den Fenstern hereindrang, war der Flur dunkel. Er bewegte sich leise den Flur hinunter und schaute in dunkle, verlassene Zimmer. Das Geräusch klang nach Metall auf Metall und kam von draußen. Er holte seine Waffe aus dem Schrank und schob ein Magazin in den Griff. Zuerst kontrollierte er Kays Schlafzimmer. Leise öffnete er die Tür. Kay schlief tief und fest.

Sterling ging auf der hinteren Treppe nach unten in die Küche. Nach einem letzten lauten Pochen war Stille. Er schlüpfte zur gläsernen Schiebetür hinaus, um sich hinter dem Haus umzusehen. Er ging ums Haus herum und kam zur Garage. Er bemerkte nichts Besonderes, doch dann sah er, dass die Garagentür ein kleines Stück offen stand und sachte im Wind pendelte. Er atmete tief durch, stieß mit dem Fuß die Tür auf und duckte sich mit schussbereiter Pistole in die Öffnung. Niemand da. Er schaltete das Licht an, durchsuchte die Garage, schaute unter Kays Wagen, öffnete die Wagentüren und überprüfte den Innenraum. Auch hier war niemand. Er sicherte die Pistole und steckte sie in den Hosenbund zurück. Er untersuchte das Garagentor. Es war aufgebrochen worden und wies tiefe Rillen auf, wo man die Brechstange angesetzt hatte. Es war eindeutig jemand hier gewesen. Aber warum?

Sterling ging zum Haus zurück. Auf dem Weg zu seinem Zimmer am anderen Ende des Flurs schaute er sicherheitshalber noch einmal bei Kay vorbei. Er ließ seine Tür offen stehen und deponierte die Pistole auf dem Nachttischchen, bevor er sich ins Bett legte. Wer einmal eingebrochen hatte, war auch bereit, ein zweites Mal einzubrechen. Er lag noch lange wach, bevor er endlich wegdämmerte. Schon lange hatte er sich nicht mehr solche Sorgen um die eigene Sicherheit gemacht.

14

STERLING JOGGTE AM Connecticut River entlang. Das Plätschern der gegen das Ufer schlagenden Wellen folgte ihm im Zwielicht. Kurz vor Sonnenaufgang lief er am liebsten, dreimal in der Woche, auch viermal, wenn ihn etwas bedrückte. Das Joggen hatte ihm keineswegs von Anfang an gelegen.

Bei der Grundausbildung in Quantico hatte er nachts kaum ein Auge zugemacht, wenn er wusste, dass man ihn am Morgen mit dem ersten Hahnenschrei aus den Federn scheuchen, fünfzehn Kilometer durch die Wälder jagen und zu guter Letzt auch noch über den mörderischen Hindernisparcours hetzen würde. Mehr als einmal hätte er die Brocken am liebsten hingeschmissen, bevor seine Karriere überhaupt begonnen hatte. Er gehörte ins Labor, wo es auf die grauen Zellen ankam und nicht auf die Muskeln. Doch wider alle Erwartung wurde die körperliche Anstrengung für ihn allmählich so etwas wie eine Droge. Am Ende der Grundausbildung war ihm der Drill, der anfangs eine solche Qual gewesen war, geradezu ans Herz gewachsen. Wenn in seinem Kopf wieder einmal alles drunter und drüber ging, hatten sich lange einsame Läufe als das perfekte Heilmittel für seine flatternden Nerven erwiesen. Während andere am Morgen ihren täglichen Koffein-Kick brauchten, benötigte Sterling nur das Gefühl seiner über das Pflaster huschenden Füße.

Er empfand es als willkommene Abwechslung, tief in den kühlen Bergen am Connecticut River entlangzulaufen. Hier wurde ihm wieder einmal bewusst, wie herrlich die Natur sein konnte, solange kein gewinnsüchtiger Bauunternehmer mit gigantischen Massenzerstörungsmaschinen über das Land herfiel. Er hörte hunderte von ungewohnten, anonymen Tierstimmen, lauschte dem ungehemmten Jubilieren tierischer Daseinsfreude und verstand sofort, weshalb Wilson seinen Tag so oft mit einem Gang durch die Natur begonnen hatte.

Nach dem Einschwenken in die Deer Run Lane steigerte Sterling auf den letzten paar hundert Metern das Tempo. Er war gestern Nacht todmüde zu Bett gegangen, aber das Vorkommnis in der Garage hatte den Schlaf von ihm fern gehalten. Als ihm schließlich die Augen zufielen, war in seinem Traum das Blitzlicht des Polizeifotografen am Tatort aufgeflammt und hatte ihm den Schlaf geraubt. Die Bilder waren in einer Endlosschleife im Dunkeln durch seinen Kopf gegeistert – Wilsons Leiche im Gebüsch mit der tief in die Brust eingegrabenen Schmäh-Inschrift. Nachdem er völlig zerschlagen wach geworden war, hatte er sich den Kopf mit der Frage zermartert, was jemand dazu getrieben haben mochte, einen Mann umzubringen, der das Leben so sehr liebte. Als die Antwort ausblieb, hatte er sich zum Joggen aufgemacht, um innerlich zur Ruhe zu kommen.

Sterling war an der mit Kies bestreuten Zufahrt angelangt und lief dem großen Haus entgegen. Im grauen Frühlicht wirkte es noch imposanter. Er beendete den Lauf möglichst immer dort, wo er ihn begonnen hatte. Es gab ihm ein Gefühl der Vollständigkeit. Er schaute auf die Uhr: sechsunddreißig Minuten, etwas über vier Minuten pro Kilometer. Nicht schlecht, zumal er erstmals in größerer Höhe und in schwierigem Gelände gelaufen war. Er ging hinüber zu einer der ausladenden Birken und machte gegen den Stamm gestützt ein paar Streckübungen, damit seine Muskeln nicht steif wurden.

Reifen mahlten im Kies. Ein grüner Streifenwagen kam im Schleichtempo die Auffahrt herauf und blieb unmittelbar vor dem Haus stehen. Lieutenant Wiley sprang heraus und ging auf Sterling zu. Sein harter, kompakter Körper wirkte, als wolle er bersten.

»Guten Morgen, Agent«, sagte er und tippte an den Schirm seiner Mütze.

»Guten Morgen, Lieutenant!« Sterling löste das ausgestreckte Bein vom Baumstamm und ging Wiley bis zum Hydranten in der Mitte der Rotunde vor dem Haus entgegen. Sie schüttelten sich die Hand.

»Wird heute wohl wieder warm werden«, meinte Wiley mit einem Blick hinauf in den noch grauen Himmel. »Die Wolken ziehen ab. Bald wird die Sonne durchkommen.« Er machte eine gebührende Pause. »Sie haben sich das gute Wetter schon zu Nutze gemacht, wie ich sehe.«

»Hier kann man fantastisch laufen«, sagte Sterling. »Niemand kommt einem in die Quere und nirgendwo ein Auto, das einen von der Straße bügelt. Auf diesen Nebensträßchen könnte ich den ganzen Tag herumrennen.«

»Das ist einer unserer verborgenen Vorzüge«, sagte Wiley nicht ohne Stolz und hob sogar die Mundwinkel zu einem Lächeln, was bei ihm selten genug geschah. »Sie haben sich gestern bei Captain Gaylor nach der Videoüberwachung auf dem Campus erkundigt.«

»Richtig.«

»Wir haben gestern von ihm etwas bekommen, aber ich weiß nicht, ob es uns weiterbringt.«

Sterling brach seine Streckübung ab und stand auf.

»Die Kamera, die Sie auf dem Dach des Medizinischen Instituts gesehen haben, funktioniert schon seit Jahren nicht mehr«, sagte Wiley. »Bei einem Sturm hat sich der Anschluss gelöst, und kein Mensch hat sich seitdem die Mühe gemacht, die Kamera wieder in Betrieb zu setzen.«

»Von einem Video aus solcher Höhe hätte ich mir sowieso nicht viel versprochen«, meinte Sterling. »Man hätte es ja mal versuchen können.«

»Aber Sie haben gute Augen, Agent«, sagte Wiley. »Als Sie sagten, dass gegenüber vom Burke-Gebäude doch auch eine Kamera sein müsste, haben Sie den Nagel auf den Kopf getroffen. Das Band steht uns seit ein paar Stunden zur Verfügung.«

»Ist was drauf?«

»Wir haben es uns noch nicht angesehen. Ich wollte Sie gern dabeihaben.«

»Danke, dass Sie gewartet haben, Lieutenant.« Ein Hoffnungsschimmer schlich sich in Sterlings Stimme. Vielleicht war das der erste Durchbruch. Der erste war immer der schwierigste. War er erst einmal geschafft, kamen die nächsten meist in schneller Folge. »Ich werde schnell hochgehen und mich umziehen. Bin gleich wieder da.«

»Kein Problem. Ich warte inzwischen im Auto. Übrigens, wie geht es Mrs. Bledsoe?«

»Nicht besonders gut«, sagte Sterling. »Die Nachricht von dem Mord hat sie ziemlich mitgenommen. Und als sie dann auch noch erfahren musste, dass die Sache vermutlich einen rassistischen Hintergrund hat, hat es ihr den Rest gegeben.«

Wiley zuckte zusammen. »Das ist nicht der Geist von unserem Upper Valley«, sagte er entschuldigend. »Das hat jemand getan, der nicht hierher gehört.«

Sterling ließ Wileys Worte kommentarlos stehen. Er war mehr denn je entschlossen, den Mörder seines Bruders zu fassen. In seinen bisherigen Fällen hatte ihn der Drang motiviert, den Mörder vor Gericht zu bringen, doch jetzt war es die Rache.

* * *

Die Polizeistation von Hanover war in einem unscheinbaren einstöckigen Gebäude untergebracht, das sich unweit vom achten Loch des Golfplatzes vom Dartmouth Country Club ins Gelände schmiegte. Sein schmuckloser Eingang lag etwas zurück von der Lyme Road und wurde größtenteils von hohen Fichten und Tannen verdeckt, die für dauernden Schatten sorgten. Wären nicht die Aufschrift auf der Vorderfront und die auf der Rückseite geparkten Streifenwagen gewesen, kein Mensch hätte vermutet, dass hier Polizeiarbeit geleistet wurde. Wiley fuhr seinen Streifenwagen auf die Rückseite, Sterling stellte den Mustang indessen auf dem Besucherparkplatz ab.

»Wir haben uns geeinigt, unser Hauptquartier für die Ermittlungen hier einzurichten«, sagte Wiley, während er Sterling durch ein paar enge Korridore voranging. »Im Department von Norwich ist einfach zu wenig Platz.«

Wiley öffnete eine neutrale schwarze Tür und führte Sterling in einen großen Raum, von dem ringsum einige zellenartige kleine Räumchen abgingen. In der Mitte stand ein großer Konferenztisch voller Telefone und Faxgeräte. Eine große Landkarte vom Upper Valley war mit Klebestreifen an der gegenüberliegenden Wand befestigt. Sterling kannte die meisten der hier Versammelten schon vom Vortag. Agent Brusco unterhielt sich mit ein paar Polizeibeamten. Als Sterling und Wiley eintraten, unterbrach er das Gespräch.

»Sie kommen gerade richtig, Agent«, sagte er. Seine Stimme war so kratzig, dass man den Eindruck hatte, der Gebrauch der Stimmbänder müsse ihm wehtun.

»Vielleicht stehen wir vor dem ersten Durchbruch«, meinte Sterling und hob erwartungsvoll die Brauen.

Brusco nickte. »Wir haben mit dem Abspielen auf Sie gewartet.« Er deutete auf eine Beamtin, die auf der anderen Seite vor einem Video-Abspielgerät saß. An der größten Wand hing eine Leinwand. Daneben war eine Zeitmatrix zum Auftragen der Abfolge der Ereignisse angeschlagen, die Timeline. Außer Wilsons Abfahrt vom Haus der Mortimers, seinen Telefonaten mit Kay und dem Auffinden seiner Leiche gab es noch keine Eintragungen.

Die Frau am Abspielgerät drückte ein paar Knöpfe und fummelte an der Fernsteuerung herum. Das Band kam in Gang. Das Bild war sehr körnig und unscharf, die Gesichter kaum zu erkennen, und natürlich fehlte auch der Ton. Man sah einen beständigen Menschenstrom, überwiegend Studenten, der sich durch den Haupteingang ins Burke-Gebäude hinein- und wieder herausbewegte. Gelegentlich trat jemand ins Freie und rauchte eine Zigarette. Der schärfste Teil der Aufzeichnung war die eingeblendete Uhr, die am unteren Bildrand mitlief.

»Lassen Sie doch bitte durchlaufen bis in die frühen Morgenstunden«, bat Sterling die Technikerin.

»Sie sagen dann halt«, meinte sie.

Die Bilder flimmerten im Schnelllauf über den Bildschirm. Sterling holte sein schwarzes Notizbuch aus der Tasche und überflog seine Aufzeichnungen. Laut Carlton, der vor Wilsons Labor Wache gestanden hatte, war der Mann vom ›Reinigungspersonal‹ gerade im Gehen begriffen, als Carlton kurz nach fünf seinen Dienst angetreten hatte.

Der Timecode zeigte 04:00:30. »Lassen Sie ab hier normal weiterlaufen«, wies Sterling die Technikerin an.

Fünfundzwanzig Minuten lang schaute alles schweigend auf eine Eingangstür, wo sich nichts regte außer den huschenden Schatten von Ästen im Wind. Dann, um 04:25:10, tat sich etwas. Eine Gestalt näherte sich der Eingangstür, blickte sich um und verschwand eilends nach drinnen. Ob Mann oder Frau, war schwer zu sagen. Sterling ließ die Technikerin das Band zurückfahren und in Zeitlupe noch einmal abspielen.

Das Gesicht war so gut wie gar nicht zu sehen, aber als die Tür aufging, gab es einen kurzen Moment, wo man etwas zu erkennen glaubte. Eine dunkle Baseballmütze verdeckte die Augen, doch Nase und Mund schienen sich undeutlich abzuzeichnen. »Zoomen Sie uns das doch bitte heran«, bat Sterling die Technikerin.

»Mit diesem Gerät geht das nicht.«

»Können Sie vielleicht einen Ausdruck davon machen?«

»Leider auch nicht.«

»Gut, dann lassen Sie das Band eben weiterlaufen«, sagte Sterling resigniert.

Die Technikerin löste die Pausetaste. Die Gestalt verschwand umgehend. Nach weiteren fünfunddreißig Minuten, in denen nichts geschah, kam eine weitere Gestalt ins Bild und öffnete die Tür. Die Uniform des Sicherheitsdienstes war klar zu erkennen, außerdem blitzte die Dienstmarke im Licht des Eingangs auf. Der Timer zeigte 05:02:03.

»Das ist Carlton«, erklärte Sterling den Anwesenden.

»Wer ist Carlton?«, wollte Brusco wissen.

»Carlton Gilly«, las Sterling aus seinen Aufzeichnungen ab, »ein Beamter vom Campus-Sicherheitsdienst. Als er heute Morgen seinen Dienst antrat, hat man ihn gleich als Wache vor Wilsons Labor gestellt.«

»Als wir gestern am Labor vorbeigegangen sind, war seine Schicht fast zu Ende«, setzte Wiley hinzu.

»Lassen Sie das Band weiterlaufen«, bat Sterling die Technikerin.

Wieder vergingen fünf ereignislose Minuten, dann erschien ein Schatten im Eingang. Die Gestalt öffnete geschwind mit der rechten Hand die Tür, trat mit dem Rücken zur Kamera heraus und war blitzschnell verschwunden. Die Uhr zeigte 05:07:24.

»Bitte zurückfahren«, wies Sterling die Technikerin an, »bis zu der Stelle, kurz bevor die Gestalt erscheint!«

Die Frau ließ das Band zurücklaufen und drückte die Play-Taste.

»Stopp!«, rief Sterling. Alle schauten gespannt auf den Bildschirm, um sich dann ratlos gegenseitig anzusehen. Sie hatten nicht bemerkt, was Sterling gesehen hatte.

»Was ist?«, erkundigte Wiley sich schließlich.

»Die Tür!«, sagte Sterling, ging zur Projektionswand und umriss mit dem Kugelschreiber eine bestimmte Stelle. »Das Gesicht spiegelt sich in der Türscheibe, nur schwach zwar, aber die Reflexion ist da.«

Um Sterling versammelt, studierten alle das projizierte Bild. Man war sich zwar einig, dass da etwas war, aber viel zu schwach, um Genaueres zu erkennen.

»Das ist der von Carlton erwähnte ›Mann vom Reinigungspersonal‹«, sagte Sterling und warf einen Blick in seine Notizen. »Carlton sagt, als er seinen Dienst aufgenommen hat, sei ein Mann aus dem Labor herausgekommen. Carlton hatte den Eindruck, der Mann hätte gerade im Labor sauber gemacht. Deshalb hat er ihn auch nicht nach seinem Ausweis gefragt.«

»Hätte ich auch nicht«, sagte einer der Polizisten. »Wahrscheinlich wird in diesen Labors am frühen Morgen sauber gemacht, solange noch niemand in der Gegend herumspringt.«

»Richtig«, sagte Sterling und blätterte um, »aber wie ich im Betriebsbüro erfahren habe, findet die Reinigung zwischen Mitternacht und drei Uhr morgens statt.«

»Vielleicht hatte der Mann Verspätung«, meinte jemand.

»Nicht am Samstagmorgen«, konterte Sterling. »Das Labor im Burke-Gebäude ist Freitagnacht von Bretta Winslow und Norma Jean Donelly gereinigt worden. Sie haben Samstag früh um drei Uhr dreißig beim Heimgehen die Stechuhr betätigt.«

»Sie könnten doch etwas vergessen haben«, warf jemand anderes ein.

»Die Winslow und die Donelly gehen immer an der Rückseite rein und raus. Ich habe mit Otto Winter gesprochen, dem Mann vom Wochenend-Notdienst. Er sagt, das Putzzeug wird hinten im Gebäude verwahrt. Das Reinigungspersonal hätte keinen Grund, das Gebäude von vorne zu betreten.«

Agent Brusco sah Sterling an. »Klingt ganz plausibel«, sagte er. »Aber wenn das niemand vom Reinigungspersonal ist, dann ist uns jemand ein paar Erklärungen schuldig.«

Sterlings Augen ruhten auf der Projektionsleinwand mit dem Standbild. »Lassen Sie uns das Band zum FBI-Hauptquartier in Quantico schicken. Was unsere Techniker aus einem Band herausholen können, grenzt an ein Wunder.«

Er hatte zum ersten Mal Blut gerochen.

15

STERLING UMRUNDETE DIE Grünanlage von Dartmouth und parkte vor dem augenscheinlich neuesten Gebäude von Hanover, dem Hopkins Center, besser bekannt unter der schlichten Bezeichnung »das Hop«. Der Bau mit seinen großen Arkadenfenstern bildete einen schroffen Kontrast zu den vorwiegend im altertümlichen Kolonialstil errichteten restlichen Bauwerken des Campus. Durch die gläsernen Flügeltüren ergoss sich in beiden Richtungen ein unablässiger Menschenstrom. Manche schleppten große Musikinstrumente mit sich, andere waren zum Konzertbesuch gekleidet. Kleine Kinder rannten vor ihren Eltern her und scherten sich nicht um die besorgten Rufe der Erwachsenen, stehen zu bleiben.

»Ich suche die studentische Arbeitsvermittlung«, sagte Sterling zu der buckeligen alten Dame, die am Informationsschalter saß.

»Da befinden Sie sich im falschen Gebäude, mein Herr. Sie müssen hinüber zur Thayer Dining Hall, unserer Mensa, direkt hinter dem Collins Center. Es ist ein großer Backsteinbau, nur ein kleines Stückchen westlich von den Grünanlagen.«

Als Sterling sich zum Gehen wandte, bemerkte er in einem blechernen Abfallbehälter ein Zeitungsbündel. Es war die Collegezeitung »The Dartmouth«. In einer Überschrift erkannte er Wilsons Namen. »Was kostet diese Zeitung?«, erkundigte er sich.

»Ach, die wird nicht mehr verkauft. Die Zeitungen sind schon einen Monat alt und werden hier zum Recycling abgeholt.«

»Kann ich eine davon haben?«

»Wenn Sie sich für die Neuigkeiten von gestern interessieren, bitte schön!« Die alte Dame bückte sich mühsam und reichte Sterling eine Zeitung. »Die kriegen Sie natürlich umsonst.«

»Danke«, sagte Sterling und entfaltete das Blatt. »Ich möchte nur den Anschluss nicht verpassen.« Auf der ersten Seite stand ein kleiner Artikel mit der Überschrift »Mit Professor Wilson Bledsoe zu Besuch bei Mutter Natur«. Wilson befasste sich darin mit ungewöhnlichen Verhaltensweisen von verschiedenen Tierarten, die er auf seinen langen Erkundungsgängen beobachtet hatte, vom Paarungsverhalten des Rotfuchses bis zum aggressiven Revierverhalten der Schnappschildkröte. Der Artikel schloss mit Wilsons Versprechen, seine jüngsten Forschungsergebnisse über die Rotschulterstärlinge des Upper Valley einer größeren Öffentlichkeit zugänglich zu machen. Ferner kündete er ein erweitertes Kursangebot für das nächste Semester an.

Sterling riss die Seite mit dem Artikel aus der Zeitung, faltete sie zusammen und steckte sie in die Tasche. Er beschloss, das kurze Stück zum Thayer-Gebäude zu Fuß zu gehen. Auf diese Weise hatte er etwas Zeit zum Nachdenken. Ungeachtet der sich verdichtenden Beweise war er nicht geneigt, sich die Theorie von einem aus blindem Rassenhass verübten Verbrechen zu Eigen zu machen: An einer akademischen Institution, die sich auf ihre Offenheit und Toleranz gegenüber Andersartigen etwas zugute hält, wird der Star des Lehrkörpers und gleichzeitig der höchstdekorierte nicht-weiße Professor von Rassisten ermordet … Das Klischee war einfach zu markant.

Sterling durchquerte die Parkanlagen. Studenten lagen in der Sonne, lasen oder spielten Frisbee. Nachdem er durch eine Ansammlung großer Backsteingebäude spaziert war, erkundigte er sich bei einer Gruppe lärmender Studenten nach dem Weg zur Thayer Dining Hall. Sie deuteten auf einen langen schmalen Bau, der sich in den Schatten der hoch aufragenden Nachbargebäude duckte.

Im Thayer-Gebäude sah es aus wie in allen anderen Collegegebäuden. Auch hier die mit Verkaufsanzeigen und den Plakaten der Veranstaltungen der studentischen Organisationen voll gepflasterten Wände. In einer Art Garderobe warfen Studenten ihre Rucksäcke und Jacken ab und stürmten weiter in die den Geruch von Pizza und Fritten verströmende Cafeteria. Sterling folgte den Schildern, die ihn zuerst eine dunkle Treppe hinunter und dann einen düsteren Gang entlang zum kleinen Büro der studentischen Arbeitsvermittlung führten. Drinnen wimmelte es von Studenten, die in drangvoller Enge die an die Wand gehefteten kleinen Karteikarten mit den Job-Angeboten lasen oder hinter Computer geklemmt den Datenspeicher der Job-Börse durchsuchten.

»Womit kann ich Ihnen helfen?«, rief ein Student, der hinter seinem mit Papierbergen überladenen Schreibtisch kaum auszumachen war. Er stand auf und kam herbei. Er war groß und dünn – *genau der richtige Körperbau für einen guten Langstreckenläufer*, dachte Sterling.

»Würden Sie vielleicht jemand für mich ausfindig machen?«, sagte er. »Führen Sie Buch, wer welchen Job gemacht hat?«

Der Student nickte. »Selbstverständlich. Wir müssen ja die zugeteilten Jobs nachvollziehen können, damit die richtigen Leute ihr Geld bekommen. Oder falls mal einer nicht erscheint, müssen wir wissen, wo wir gegebenenfalls einen Ersatzmann hinschicken müssen.«

»Dann können Sie mir vermutlich auch sagen, wer am Freitagabend am Haus des Präsidenten die Wagen der Gäste auf den Parkplatz gefahren hat.«

Der junge Mann machte ein bedenkliches Gesicht. »Sir, ich würde Ihnen ja gerne helfen, aber solche Informationen kann ich nicht einfach an jeden x-Beliebigen herausgeben.«

»Ich bin Agent Sterling Bledsoe, FBI.« Sterling ließ die

Dienstmarke aufblitzen und knipste mit dem Fingernagel dagegen. »Ich bin der Bruder von Professor Wilson Bledsoe.«

»Tut mir Leid, Sir, das habe ich nicht gewusst. Bin gleich wieder da!«, sagte der schlaksige Bursche. Mit zwei schnellen Schritten war er an seinem Schreibtisch und wühlte sich durch eine mit losen Blättern voll gestopfte Schublade, um gleich darauf mit wissender Miene wieder zurückzukommen.

»Bei den Partys im Haus des Präsidenten machen nur Studenten der höheren Semester Dienst«, erläuterte er. »Diese Jobs sind sehr gefragt, weil beim Präsidenten besser bezahlt wird und außerdem die Gäste meistens gute Trinkgelder geben. Am Freitagabend hatten wir dort neun Studenten im Einsatz – zwei hinter der Bar, drei zum Servieren von Horsd'œuvres, zwei an der Garderobe und zwei zum Parken der Autos.«

»Ich brauche die Parkwächter.«

Der Student ließ den Finger auf dem Blatt nach unten gleiten. »Carlos Sandoza und Michelle Leone.«

»Ich brauche Carlos. Wie kann ich ihn erreichen?«

»Ich werde mal seine Zimmernummer wählen.«

Sterling sah die Studenten in dem geschäftigen Büro die Namen und Telefonnummern der potenziellen Auftraggeber auf Zettel kritzeln. In seinen Anfangssemestern war es anders zugegangen. An einen Nebenverdienst war schwer heranzukommen – wenn man nicht gerade ein begnadeter Poolbillardspieler war oder ein wüstes Blatt Poker zu spielen verstand. Heutzutage schien alles so viel leichter zu sein.

Der Student kam zurück. »Ich habe gerade mit dem Zimmerkumpel von Carlos gesprochen. Sie haben Glück. Carlos hat vor fünf Minuten seine Bude verlassen und ist jetzt auf dem Weg hierher, um seine Kohle abzuholen.«

»Ist es weit von seinem Studentenheim bis hier?«

»Er muss nur quer durch den Park. Er wird gleich hier sein.«

»Dann werde ich hier auf ihn warten.«

In dem Büro herrschte ein ständiges Kommen und Gehen. Sterling trat auf den leeren Gang hinaus, setzte sich auf die kleine Bank vor dem Büro, zog sein Notizbuch heraus und ging langsam die Seiten durch. Carlos Sandoza war vermutlich der Letzte, der seinem Bruder in freundlicher Absicht gegenübergetreten war.

* * *

Carlos Sandoza war ein kräftig gebauter Bursche mit welligem schwarzen Haar, das er mit viel Gel wie eine Kappe zurechtgemacht hatte. Mit seinem Sean-John-Stirnband, den tief hängenden Jeans und den schwarzen Timberland Boots trug er das Outfit seines Herkunftsviertels – der South Bronx. Sein betont lässiger Gang war Zeichen genug, dass er das Leben auf der Straße kannte. Sterling hatte das Gefühl, dass Carlos sich nicht dafür schämte, weniger privilegiert als seine Mitstudenten aufgewachsen zu sein. In diesem von Abgängern vornehmer Privatschulen dominierten Ivy-League-Städtchen trug Carlos Sandoza seine harte Jugend in der Bronx trotzig und selbstbewusst vor sich her.

»Carlos Sandoza?«

»Yeah, bin ich. Und Sie?« In Carlos' Mundwinkel baumelte ein langer Zahnstocher.

»Ich bin Sterling Bledsoe, der Bruder von Professor Wilson Bledsoe.«

Carlos musterte Sterling. »Ach so. Ihr Bruder war voll der Bringer, aber hallo!«, sagte er. Der Zahnstocher schien herausfallen zu wollen, tat es aber nicht.

»Von wo in der Bronx?«, sagte Sterling.

»Kennen Sie sich aus in der City?«

»Man findet sich zurecht.«

»Hundertneununddreißigste und Beekman. South Bronx.«

»Mott Haven«, sagte Sterling. »Mit dem Sechser zur Brook Avenue.«

Carlos nickte zustimmend. »Sie kennen die Gegend. Tun nicht viele.«

»Es gibt auch wenig Grund, sich dort herumzutreiben.«

»Stimmt, außer für krumme Geschäfte.«

»Ich würde mit Ihnen gern über den Abend reden, an dem Sie die Autos der Gäste auf den Parkplatz gefahren haben.«

»Ich weiß gar nichts«, sagte Carlos. »Ihr Bruder ist rausgekommen, eingestiegen und losgefahren. Heute Vormittag hat mich einer angerufen und gesagt, dass er tot ist.«

»Nicht einfach tot«, sagte Sterling. »Ermordet. Von jemand, der etwas gegen ihn hatte. Hat sich an der Leiche meines Bruders übel vergriffen.«

»Scheiße, so was!« Der Zahnstocher fiel Carlos nun doch aus dem Mund und landete zwischen ihm und Sterling auf dem Boden. »Unsern Professor killen! Wer tut denn so was?«

Sterling packte Carlos am Arm und zog ihn vom Büro der Arbeitsvermittlung fort ins Dunkel eines unbeleuchteten Flurs. »Genau deswegen bin ich ja hier«, sagte er verschwörerisch. »Ich glaube, Sie sind der Letzte, der ihn an diesem Abend gesehen hat.«

Carlos stemmte die Hände in die Hüften und schüttelte den Kopf. Schockiert und ernüchtert runzelte er die Stirn, was ihn noch härter aussehen ließ.

»Erzählen Sie doch mal, was an dem betreffenden Abend los gewesen ist«, sagte Sterling.

Carlos dachte nach. »Auf dieser Party wollten alle einen Job landen, weil sich ein Haufen Promis aus dem ganzen Land angekündigt hatte. Eine schnieke Versammlung, und mehr Leute als sonst. Ich bin nur selten nach drinnen gegangen, weil ich die Wagen der Gäste geparkt habe. Zum Parken sind sich hier die meisten zu schade, aber ich habe damit kein Problem. Da räumst du das beste Trinkgeld ab. Wenn die Leute von den Partys bei Präsident Mortimer abdrehen, haben sie sich meistens ordentlich die Hucke voll gesoffen, und wenn du dann mit ihrem Wagen vorfährst, greifen sie in die Tasche und drücken dir wahllos alles in die Hand, was grün ist – Fünfer und Zehner, ich hatte sogar einen Zwanziger an diesem Abend. Ich weiß noch, dass Professor Bledsoe als einer der Ersten gegangen ist.« Carlos brach ab und schüttelte den Kopf. »Ich kann's immer noch nicht fassen, dass er tot sein soll.«

»Carlos, versuchen Sie sich zu erinnern. Hatten Sie den Eindruck, dass Wilson etwas getrunken hatte? Hat er sich irgendwie ungewöhnlich verhalten?«

»Überhaupt nicht!«, protestierte Carlos. »Ich habe ihn schon auf diversen Partys bedient, aber mehr als ein Glas Wein hat er nie getrunken, am liebsten roten. Ich habe mich noch gewundert, dass er so früh gegangen ist, wo es doch eigentlich seine Party war.«

»Wilson hat nie viel für Partys übrig gehabt«, sagte Sterling. »Er hat viel lieber im Hörsaal gestanden oder im Labor.«

»Als ich zufällig gesehen habe, dass er sich den Mantel geben lässt, bin ich gerannt und habe sein Auto geholt, damit es schon da steht, wenn er zur Tür herauskommt. Ich habe vor Ihrem Bruder großen Respekt. Von uns Studenten haben viele zu ihm aufgeschaut. Er ist vielleicht eher der ruhige Typ gewesen, aber wissenschaftsmäßig hat er ganz schön auf den Putz gehauen, hier an dieser blütenweißen Klitsche.«

»Hat er irgendwie etwas Ungewöhnliches gesagt?«

Carlos kniff die Augen zusammen. »Eigentlich nicht. Ich habe ihn angehauen, weil ich ein Lehrbuch von ihm dabeihatte und ein Autogramm haben wollte, aber er hat nur gelacht. Autogramme geben wäre was für Popstars, hat er gesagt, und er wäre ja nur ein kleiner Wissenschaftler, der sich einen großen Traum erlaubt. Mann, Ihr Bruder ist immer auf dem Teppich geblieben. Er war voll der Bringer, aber echt.«

Sterling nickte bedächtig. »Hat er gesagt, wo er hinwollte?«

»Nee. Ich kann mich jedenfalls nicht erinnern, dass er was gesagt hätte.«

»Als er fort war – haben Sie da etwas Auffälliges gehört?«

Carlos dachte angestrengt nach. »An dem Abend hat es geregnet. Als es anfing, stärker zu regnen, bin ich ins Haus, einen Regenschirm holen. Beim Rauskommen habe ich etwas knallen gehört. Hier in der Prärie hört man alle möglichen komischen Geräusche, aber ich habe noch gedacht, das kennst du doch von zu Hause! Es hat geklungen, wie wenn einer mit der Schrotflinte herumballert.«

»Sie meinen also, es war ein Schuss?«

»Das würde ich schon sagen, aber es war irgendwo weit weg. Ein paar Minuten später habe ich es dann noch einmal knallen gehört. Ich habe gedacht, dass sie vielleicht in einem Verbindungshaus mit Feuerwerk herumblödeln. Es hat jedenfalls geklungen wie eine M-80er-Flinte.«

»Aus welcher Richtung ist das Geräusch gekommen?«

»Von hinter dem Haus. Das ist noch ein Grund, weshalb ich es nicht besonders gut gehört habe.«

»Wissen Sie noch, um welche Uhrzeit das war?«

»Ziemlich genau sogar. Zwischen halb und Viertel vor acht.«

»Woher wissen Sie das so genau?«

»Weil mich gleich darauf ein Kumpel auf dem Handy angerufen hat und wissen wollte, ob ich an diesem Abend mitkomme, einen draufmachen. Die Jungs von der Kappa-Verbindung wollten im Collis Party machen, und die ganze Horde vom Shabazz House wollte um acht zusammen zum Hop rüber, erst was einwerfen und dann zur Party gehen. Mein Kumpel hat gesagt, sie würden in ungefähr fünfzehn Minuten abdrehen.«

»Sind Sie mitgegangen?«

»Ich konnte ja nicht. Mein Parkplatzjob ging bis um halb zehn, und dann musste ich noch zur Bibliothek rüber und für die Zwischenprüfung was tun.«

Sterling klappte sein schwarzes Notizbuch zu. »Carlos, Sie haben mir sehr geholfen. Ich möchte Sie noch um einen Gefallen bitten: Reden Sie mit niemand über unser Gespräch. Wir tappen über die ganzen Vorgänge hier immer noch im Dunkeln.«

Carlos schlug mit der Faust dreimal gegen seine Brust – das Zeichen der Streetgangs für Verschwiegenheit. »In welchem Teil der Stadt wohnen Sie eigentlich?«, fragte er schon im Gehen.

»Upper East Side, um die sechzigste Straße.«

»Feine Gegend.« Carlos lachte. »Angeber!«, frotzelte er. Er zupfte einen frischen Zahnstocher aus der Tasche und steckte ihn in den Mundwinkel. Die Hände in den Taschen seiner unförmigen Jeans vergraben, zockelte er den Flur hinunter, um sein Geld abzuholen. Mr. Cool in Person.

16

DIE ERMITTLUNGSKOMMISSION BESCHLOSS, die Autopsie von Professor Wilson Bledsoe im Dartmouth-Hitchcock Medical Center abzuhalten, oder im »Hitch«, wie die Ortsansässigen sagten. Der riesige, elegante Klinikbau aus weißem Mauerwerk und Glas stand in dem gut drei Kilometer von Hanover entfernten Städtchen Lebanon in einem über achtzig Hektar großen hügeligen Wiesengelände und glich eher einem Hotel als einem Krankenhaus. Das moderne Design und das geschmackvolle Dekor boten einen erfrischenden Kontrast zur ortsüblichen Bauweise aus eintönigen Ziegeln mit Stahlträgern und hatten dem Bau eine Reihe von Auszeichnungen eingetragen. Sogar das *New York Times Magazine* hatte ein kleines Feature gebracht, in dem der Bau als eine »richtungsweisende Krankenhauskonstruktion« gepriesen wurde.

Die am Hitch durchgeführten Autopsien fielen in der Regel in den Verantwortungsbereich des Chefpathologen und seiner Laborassistenten. In den meisten Fällen gab die Todesursache den Ärzten keine Rätsel auf, und die Autopsie wurde lediglich vorgenommen, um versicherungsrechtlichen Bedingungen zu genügen oder die Ungewissheit einer ratlosen Familie zu beenden.

Die Autopsie von Professor Wilson Bledsoe fiel gänzlich aus diesem üblichen Rahmen. In einer Region, wo es kaum Morde gab, waren allein schon der vermutete rassistische Hintergrund der Mordtat sowie der Rang des Opfers Grund genug, dass der oberste Amtsarzt des Staates mit seinem Team aus der Hauptstadt Concord angereist kam, um die von den Medien mit größter Aufmerksamkeit verfolgte Autopsie durchzuführen.

Sterling wartete schon vor dem Sektionssaal, als sich Dr. Gerald Withcott, den Kopf leicht gesenkt, die Hände tief in den Taschen des Arztkittels vergraben, schnellen Schritts mit einer jungen Assistenzärztin und einem Assistenzarzt im Schlepptau näherte. Er war ein ungewöhnlich kleiner Mann, lediglich einsfünfundfünfzig groß, und das auch nur, wenn er seinen krummen Rücken streckte. Selbst nach einer reichlichen Mahlzeit hätte er es kaum auf fünfzig Kilo gebracht. Bevor er vor fünf Jahren in das Amt des Chief Medical Examiner gelangt war, hatte er lange Zeit den Posten des Chefpathologen hier am Dartmouth Medical Center bekleidet.

Als Betreiber der größten und erfolgreichsten biodynamisch wirtschaftenden Farm des Upper Valley war Withcott in der Gemeinde eine Art Lokalmatador. Sein Obst und Gemüse fanden Abnehmer bis nach Kalifornien. Anlässlich von Staatsempfängen hatte sogar das Weiße Haus bereits zweimal körbeweise Honigmelonen bei ihm geordert. Doch während sein auf den überaus produktiven landwirtschaftlichen Betrieb gegründeter Bekanntheitsgrad eher lokaler Natur war, hatten ihm seine Leistungen als Pathologe landesweite Anerkennung verschafft. In der relativ kurzen Zeit, in der er nach dem Weggang vom Hitch sein neues staatliches Amt bekleidete, hatte er sich durch seinen Beitrag zur Aufklärung von einigen sehr diffizilen Fällen bereits einen guten Namen gemacht. Withcott war detailbesessen, und auf seiner Prioritätenliste rangierte die Effizienz nach der Genauigkeit unmittelbar an zweiter Stelle. Zeitvergeudung galt in seinem Labor als Todsünde.

»Guten Morgen allerseits«, sagte Withcott, ohne sich die Mühe zu machen, die Angesprochenen anzusehen. Sein Blick haftete am Leichensack.

»Dr. Withcott, das ist Agent Sterling Bledsoe«, säuselte Lieu-tenant Wiley. Selbst er befleißigte sich eines unterwürfigen Tons. »Er ist übrigens der Bruder des Ermordeten.«

Dr. Withcott hob den Kopf und schob die heruntergerutschten großen Augengläser auf den Sattel seiner langen schmalen Nase zurück. »Mein Beileid, Sir, und gleichzeitig meine Bitte um Verständnis«, sagte er mit eingeübt wirkender Geläufigkeit, doch er sprach immer so. »Normalerweise dulde ich bei meiner Arbeit keine Angehörigen. Diesmal scheint mir allerdings keine andere Wahl zu bleiben, da Sie, wie man mir gesagt hat, der Leiter des FBI-Teams sind. Außerdem sind wir wohl Kollegen, wie ich gehört habe.«

Sterling nickte.

»Wie Sie wissen, gleicht keine Autopsie der anderen, und das gilt auch für die Techniken, die dabei zur Anwendung kommen. Ich mache das nun schon seit über zwanzig Jahren, aber selbst mir unterlaufen noch Fehler und Missgeschicke.« Er deutete auf seine beiden Assistenten, die neben der Leiche Aufstellung genommen hatten. »Aus diesem Grund lasse ich mich immer von meiner Hilfstruppe begleiten, Miss Stephanie Elam und Mr. Patrick Riley. Sie haben ihre Ausbildung hier am Dartmouth Medical Center genossen.«

Die Vorgestellten nickten freundlich, zu lächeln erlaubten sie sich allerdings nicht.

»Dr. Withcott, Sie sind mir als hervorragender Fachmann bekannt«, sagte Sterling. »Ich habe mich übrigens mit einigen Ihrer spektakulären Fälle während meines Grundstudiums befasst. Die Liste ist ziemlich beeindruckend.«

»Nachdem Sie die Messlatte so hoch gelegt haben, werde ich Ihnen hoffentlich keine Enttäuschung bereiten«, sagte Withcott. »Und scheuen Sie sich nicht, das Geschehen zu kommentieren. Zusammenarbeit kann nur förderlich sein.«

Auf ein Zeichen von Dr. Withcott öffneten die Assistenten die Reißverschlüsse des Leichensacks und holten den Leichnam heraus. Patrick, ein großer, schlaksiger junger Mann, ließ das Köfferchen mit dem Autopsiebesteck aufschnappen, während Stephanie Dr. Withcott den Stirnscheinwerfer an den kleinen Kahlkopf schnallte. Nachdem Withcott zwei Paar Latexhandschuhe übereinander angezogen hatte, streckte er die rechte Hand aus und ließ sich das Maßband hineinlegen.

Dr. Withcott arbeitete schweigend. Sterling genoss die elegante Choreographie seiner Bewegungen – Bewegungen eines Künstlers. Die Assistenten schienen jedes Begehren ihres Meisters vorauszuahnen und legten ihm das gewünschte Instrument in die stumm aufgehaltene Hand, ohne dass er den Blick zu heben brauchte. Die Untersuchungen folgten einer festgelegten Reihenfolge und begannen mit einer äußeren Bestandsaufnahme, wobei die Körpergröße gemessen und das Gewicht mit einer speziell für diesen Zweck konstruierten Tischwaage festgestellt wurde.

Withcott schaltete seinen Stirnscheinwerfer an. Mit einem Vergrößerungsglas von mindestens der halben Größe seines schmalen Gesichts untersuchte er die Haut. Die Assistenten wurden inzwischen selbstständig tätig, knipsten von Finger- und Fußnägeln kleine Proben ab und nahmen Proben von Wilsons Kopf-, Achsel- und Schamhaar. Sterling sah schweigend zu. Er bewunderte den reibungslosen Ablauf und die traumwandlerische Zusammenarbeit der drei, von denen jeder die nächste Bewegung des anderen vorauszuahnen schien.

Withcott arbeitete ohne jede erkennbare Gemütsregung. An Wilsons Brust angekommen, hielt er kurz inne und schüttelte den Kopf. Sein Kiefer wurde hart, als er die tief eingegrabenen Buchstaben inspizierte und aus den Wunden zackige Knochensplitter herauszog, an denen Klumpen von geronnenem Blut und Reste der Brustbehaarung hafteten. »Scheußlich«, knurrte er, während er die Wundränder inspizierte und die Maße der Verletzungen ansagte, die von seinen Assistenten notiert wurden. Plötzlich hielt er inne.

»Zange und noch eine Lampe!«, befahl er. Es war seine lauteste Anordnung im ganzen bisherigen Verlauf. Beim zweiten »G« des Wortes NIGGER steckte etwas tief in Wilsons Brust, das Withcotts Aufmerksamkeit erregt hatte. Die Zange in der einen und eine Hakensonde in der anderen Hand, arbeitete er sich in die Tiefe, bis er einen Gegenstand zu fassen bekam. Langsam zog er ein blutverschmiertes kleines Metallobjekt heraus. Alle drängten herbei, um einen Blick darauf zu erhaschen.

»Genau wie erwartet«, sagte Withcott, ohne jemand Bestimmten anzusprechen, während er den Gegenstand mit dem Vergrößerungsglas inspizierte. »Die Verletzungen sind mit einem Sägewerkzeug herbeigeführt worden, vermutlich mit einer Akku-Stichsäge.«

Stephanie zauberte ein mit einer klaren Flüssigkeit gefülltes Schraubglas herbei und reichte es Withcott, der das verbogene Sägeblatt eintunkte, bis sich sämtliche Blutreste davon gelöst hatten. »Bingo!«, sagte er. »Die Hälfte fehlt zwar, aber das entscheidende Stück hat man uns hinterlassen. Am unteren Ende des Blattes ist die Seriennummer eingeprägt: AE4390-289.«

»Steht dort auch der Hersteller?«, erkundigte sich Sterling.

»Sieht nicht danach aus«, gab Withcott zurück, immer noch mit der Untersuchung des Blattes beschäftigt, »aber eine Zuordnung dürfte gleichwohl möglich sein.« Er ließ das Beweisstück in eine Plastiktüte fallen, die von Stephanie versiegelt und beschriftet wurde, und setzte die äußere Bestandsaufnahme fort, wobei er ein Liedchen vor sich hin summte, das Sterling schließlich als Arie aus der Oper *Carmen* erkannte.

Withcott hatte den Hals erreicht. Wieder hielt er inne. »Mehr Licht!«, befahl er, »und einen Block.« Stephanie richtete die Operationsleuchte neu ein, während Patrick einen Holzblock mit einem halbkreisförmigen Ausschnitt brachte. Sorgsam hob er Wilsons Kopf an und schob die Holzstütze unter den Nacken.

Withcott zog das äußere Handschuhpaar aus, das innere behielt er an und holte aus der Tasche seines Arztmantels eine kleine Kamera. Aus mehreren unterschiedlichen Blickwinkeln schoss er fünf Bilder von Wilsons Hals und ließ die Kamera wieder in seiner Tasche verschwinden. Er sah Sterling an. »Agent Bledsoe, was sagen Sie dazu?«

Sterling trat näher heran. Sofort bemerkte auch er, was Withcotts Interesse erregt hatte. Die Mitte des Halses war mit kleinen runden Druckmalen von wenigen Zentimetern Durchmesser bedeckt. Im Bereich des Kiefers fanden sich zusätzliche, hier jedoch unregelmäßige Verfärbungen. Sterling deutete auf weitere Druckstellen im seitlichen Halsbereich und knapp über dem Adamsapfel. Anfangs war es gar nicht so leicht, die Male auf Wilsons dunkler Haut zu erkennen, aber im Licht der Operationslampe traten sie immer deutlicher hervor.

»Würgemale«, sagte Sterling. »Klassischer Befund, besonders die kleinen runden Druckstellen.«

»Er scheint sich mit Händen und Füßen gewehrt zu haben«, sinnierte Withcott.

»Keine Frage«, meinte Sterling. »Schauen Sie sich nur die Zahl der Druckstellen und ihren streifenförmigen Verlauf längs des Halses an. Der Angreifer war durch Wilsons Gegenwehr mehrfach gezwungen, den Griff zu lockern.« Der Vater wäre stolz darauf gewesen, dass Wilson sein Leben so zäh verteidigt hatte. Auch Sterling fühlte den Stolz auf seinen Bruder in sich hochkommen.

Während der nächsten zwei Stunden führten Withcott und seine Assistenten die Autopsie weiter fort. Wilsons innere Organe wurden entnommen, überprüft, gewogen, und wo sich etwas Auffälliges zeigte, fotografiert. Für Sterling wurde es manchmal zu hart, und er musste nach draußen gehen, um die Fassung wiederzugewinnen.

»Hier ist etwas!«, rief Withcott nach dem Verlauf einer Stunde. »Mehr Licht und die Kamera!«

Withcott hatte Wilsons Leiche auf die Seite gedreht und mit zwei großen Sandsäcken abgestützt. Mit dem Vergrößerungsglas fuhr er einen kleinen Hautbereich knapp über der linken Hüfte ab. »Ein Adler«, erklärte er, »in die Haut gebrandmarkt. Ein tiefer, klar begrenzter Abdruck.«

Sterling trat näher an die Leiche. Stephanie reichte ihm eine Lupe. Er erkannte deutlich das Adleremblem mit den weit ausgebreiteten Flügeln und dem gesträubten Gefieder. Der im

Profil wiedergegebene Kopf trug ein Auge von perfekter Dreiecksform. »Das ist kein Zufall«, sagte er. »Das ist eine Signatur. Man hat gewusst, dass wir sie finden würden.«

»WLA«, rief Wiley von hinten. Er kam nach vorne zur Leiche. Alles wandte sich ihm zu. »White Liberation Army, Weiße Befreiungsarmee. Eine Gruppe von weißen Unruhestiftern unten in Claremont. Nichts als ein Haufen besoffener Krawallbrüder.«

»Wo liegt Claremont?«, fragte Sterling.

»Ungefähr fünfundzwanzig Minuten die I-91 runter. Eine kleine Stadt. Hat früher mal vom Bergbau gelebt. Heute gibt es da nur noch ein bisschen Gewerbe und ein paar Spediteure.«

»Was treibt die WLA denn so?«

»Eigentlich gar nichts, außer Gift und Galle spucken gegen jeden, der nicht weiß und in den USA geboren ist. Ich habe ein paar von ihren Flugblättern gelesen. Pures Rattengift. Aber im Grunde will von denen keiner etwas wissen.«

Sterling sann über Wileys Worte nach. Es kam ihm einfach zu billig vor, dass Wilsons Tod auf das Konto von ein paar bornierten Vertretern der Überlegenheit der weißen Rasse gehen sollte. Derartige Gruppen machten selten Ernst mit ihrem eigenen Gerede und begnügten sich lieber mit Saufereien und Schlägereien. Warum sollte ihre Rhetorik urplötzlich in eine Mordtat umschlagen? Und warum ausgerechnet in den Mord an dem prominentesten Mitglied des Lehrkörpers von Dartmouth? »Wie viele Mitglieder hat denn diese Gruppe?«, fragte er.

»Nicht viele«, meinte Wiley. »Die genaue Zahl kenne ich nicht, aber es würde mich wundern, wenn es ein volles Dutzend wäre.«

»Kennen Sie diese Leute?«

»Eigentlich nicht. Aber die Jungs in Claremont kennen sie.

Sie werden uns sicher helfen, die Strolche zu schnappen und zum Verhör zu bringen.«

»Falls sie das Pack zu fassen kriegen.«

»Oh, da machen Sie sich mal keine Sorgen! Solange sich die Brüder in der Gegend von Claremont aufhalten, kriegen wir sie. Da unten gibt es nicht viele Möglichkeiten, sich zu verstecken.«

Withcott führte die Autopsie in seiner systematischen Weise fort. Er sprach kaum, selten hob er den Blick von der Leiche. Er war in einer Art meditativer Trance, wie sie auch Sportler überkommen kann. Sterling kannte diesen Zustand von den langen Stunden, die er beim Sezieren von leblosen Körpern in kalten, sterilen Räumen zugebracht hatte, körperlich und geistig wach gehalten vom ätherischen Geruch des Spiritus und der Konservierungsflüssigkeiten. Das Sezieren einer Leiche verlangte genaueste Kenntnis der Gewebe und Organe und ihrer jeweiligen Lage zueinander, aber nicht minder eine gewaltige Konzentration, besonders wenn man nach minimalen Anomalien suchen musste. Es gibt beim Sezieren einen Punkt, wo der Sezierende der Leiche plötzlich in völliger Fremdheit gegenübertritt. Der Tote auf dem Tisch hat dann auf einmal weder Namen noch Lebensgeschichte. Selbst für Sterling war der Körper auf dem Seziertisch, der einst einer lebendigen Person – seinem Bruder – gehört hatte, zu einem raffinierten Netzwerk von nicht mehr funktionierenden Organen geworden, denen es unscheinbare Hinweise auf die Todesursache abzugewinnen galt.

»Da, hier unten!«, rief Patrick plötzlich und hielt Wilsons steifen rechten Fußknöchel hoch. »Hier steht etwas geschrieben.«

Wieder drängten alle herbei. Dr. Withcott ließ den Strahl seines Stirnscheinwerfers auf die Blockbuchstaben fallen:

CHOGAN

Man hätte die Schrift unschwer für eine Tätowierung halten können. Jeder versuchte das seltsame Wort auszusprechen, das keiner kannte. Sterling betrachtete den Schriftzug – ordentlich, aber unverkennbar hastig hingeworfen. Auch er hatte dieses Wort noch nie gesehen, aber irgendwoher kannte er die Schrift. Er zermarterte sich den Kopf, durchforstete seine Erinnerung. Die Schrift gehörte zu seiner Kindheit, zu seinem Zuhause. Dann fiel es ihm wie Schuppen von den Augen. Es war Wilsons Handschrift. Wilson hatte das Wort selbst geschrieben. Es war exakt die Schrift, in der er all seine Briefe und Postkartengrüße nach Hause an die Mutter geschrieben hatte. Sterling fielen die auf dem Fernseher aufgebauten Postkarten ein. Wilson hatte diese Großbuchstabenschrift nur für die Mutter verwendet, deren Sehvermögen nach Jahren eines schlecht eingestellten Diabetes sehr nachgelassen hatte. Ihre Augen waren im Alter so schlecht geworden, dass sie selbst mit ihrer starken Brille kaum noch in der Lage war zu lesen. Daher schrieb Wilson immer in dieser sauberen Blockschrift nach Hause, die er so perfekt beherrschte, dass man sie für Maschinenschrift halten konnte. Diese Buchstaben hier waren angesichts der Umstände ihrer Entstehung begreiflicherweise nicht so sauber gelungen, aber es war eindeutig Wilsons »G« mit dem unverkennbaren Abstrich, seinem Erkennungszeichen.

Sterling war drauf und dran, die anderen in seine Entdeckung einzuweihen, nahm jedoch davon Abstand. Wilson hatte sich bestimmt etwas dabei gedacht. Er war nicht auf den Kopf gefallen. Vielleicht hatte er damit gerechnet, dass Sterling das Wort zu Gesicht bekommen und ihm die Schrift des Bruders etwas sagen würde. Wilsons letzte Botschaft vor seinem Tod – war es das Schlüsselwort, um seinen Mörder zur Strecke zu bringen?

Withcott hatte die letzten Messungen vorgenommen. Nach einer kurzen Besprechung mit seinen Assistenten wandte er sich um und gab sein vorläufiges Untersuchungsergebnis bekannt: Der Tod von Professor Wilson Bledsoe war durch Erdrosseln eingetreten, nachdem er zuvor infolge eines seitwärts gegen den Schädel geführten Schlags mit einem stumpfen Gegenstand ein Schädeltrauma erlitten hatte. Das Wort »Nigger« war mit einer elektrischen Stichsäge in seine Brust eingefräst worden – nach Eintritt des Todes.

17

STERLING LIESS DAS Städtchen hinter sich und fuhr ohne ein konkretes Ziel ins Land hinaus. Er trat ordentlich aufs Gaspedal und ließ das Auto zeigen, ob es die Bezeichnung »Sportwagen« auch verdiente. Auf gewundenen Sträßchen, die sausenden Räder oft nur ein paar Handbreit vom Abgrund entfernt, schraubte er sich die Berge hinauf und genoss die Landschaft. Er fühlte sich großartig. Den strammen Fahrtwind und den strahlenden Sonnenschein im Gesicht, sang er Bob Marleys »I Shot the Sheriff« mit, das aus dem Autoradio tönte. In der Freiheit der Natur fiel alles, was ihn in den vergangenen Tagen bedrückt hatte, für die nächste Stunde von ihm ab.

Nachdem er einen weiteren Berg erklommen hatte, veranlasste ihn ein Schild, das diesen Abschnitt als die Stelle mit der besten Aussicht ankündigte, an den Straßenrand zu fahren. Der Motor des Mustangs machte noch ein paar unwillige Umdrehungen und kam seufzend zum Stillstand. Sterling trat vor den Wagen und genoss den Geruch von verbranntem Gummi und heißem Öl. Er dachte an seinen Porsche zu Hause. Ein Sportwagenmotor musste hie und da richtig heiß gefahren werden, besonders wenn der Wagen die meiste Zeit in gemäßigtem Tempo durch die Straßen einer ländlichen Kleinstadt gezockelt war.

Sterling ließ den Blick über das Tal schweifen. New York war nur ein paar hundert Kilometer entfernt, und doch befand er sich in einer ganz anderen Welt. Er stellte sich vor, wie erfrischend eine Reise in diese unberührte Natur für die meisten seiner New Yorker Zeitgenossen sein müsste, die täglich in überfüllte U-Bahnen gequetscht und aus nacktem Selbsterhaltungstrieb an eine Haltestange geklammert in quietschenden Zügen über unterirdische dunkle Geleise rasend einen Kampf gegen die unvermeidlichen Herausforderungen des Großstadtlebens zu bestehen hatten, oder auf der Rückbank eines kochenden Taxis schmorten, das endlos in verstopften Straßen festsaß.

Wilsons Tod war für Sterling ein verheerender Schlag, und durch die Ironie der Begleitumstände war er noch schmerzhafter geworden. Als Wilson seinen Angehörigen und Freunden eröffnet hatte, dass er sich in einem kleinen Städtchen in den Bergen niederlassen wolle, hatten ihn alle ausgelacht. Im Bewusstsein des schwarzen Amerika war Hanover, das ohne das Dartmouth College vermutlich noch nicht einmal auf der Landkarte zu finden gewesen wäre, überhaupt nicht vorhanden. Die Freunde hatten Wilson aufgezogen, er solle sich nachts besser nicht draußen blicken lassen, weil die Bergbewohner ihn vermutlich für ein Menschen fressendes Ungeheuer halten und abschießen würden. Als passendes Abschiedsgeschenk hatten sie ihm eine orangefarbene Warnweste überreicht mit der Aufschrift: ACHTUNG! MENSCH! BITTE NICHT SCHIESSEN!

Und nun hatten die Frotzeleien im Nachhinein eine bestürzende Aktualität erhalten. Wilson war ermordet worden, an eben jenem Ort, der für ihn gleichbedeutend war mit Freiheit, an einem Ort, wo man nachts die Haustür nicht abzuschließen brauchte und an der Tankstelle den Tank gefüllt bekam, ohne vorher zu bezahlen. Jeder Nachbar hatte einen Schlüssel, damit er bei Bedarf den Hund Gassi führen oder die Katze füttern konnte, und ratlose Studenten konnten ihren Professor Tag und Nacht zu Hause in der Privatwohnung aufsuchen.

Ein Krächzen brach in die Stille. Hoch über seinem Kopf sah Sterling eine Krähe, die vom unsichtbaren Luftstrom getragen unter gelegentlichen Flügelschlägen mühelos ihre Kreise zog und schließlich weit unten im Tal aus dem Blickfeld verschwand. Wäre Wilson noch am Leben gewesen, gern hätte er wie Sterling hier gesessen – allein, mit dem Blick in eine endlose Weite, in der nur die wilden Tiere ihre Heimat hatten. Sterling kamen die Tränen. Zum ersten Mal seit der Entdeckung der Leiche seines Bruders heulte er hemmungslos drauflos. Er hasste sich selbst, weil er seinen Bruder gehasst hatte, aber vor allem hasste er den Mörder, der ihm den Bruder genommen hatte, bevor er mit ihm ins Reine gekommen war.

18

VIER TAGE NACHDEM die Leiche von Professor Wilson Bledsoe entdeckt worden war, raste ein Kordon von Streifenwagen und Limousinen der Staatspolizei die I-91 hinunter, um in dem Städtchen Claremont in New Hampshire einzufallen. Billy »Tex« Norkin, einer der beiden Gründer der WLA, wurde als Erster festgenommen, nachdem man ihn in seinem Wohnwagen aufgestöbert hatte, der auf einem herrenlosen Grundstück hinter De Franco's Gebrauchtwagenmarkt abgestellt war. Es war schon fast Mittag, aber Tex war noch dabei, den Rausch einer durchzechten Nacht auszuschlafen. Sein Körper war in jeder Richtung zu lang, besonders für die kleine Matratze, die im Heck des Wohnwagens klemmte. Als die Beamten ihn endlich wach bekommen und auf die Füße gestellt hatten, musste er den Kopf einziehen. An Kinn und Oberlippe seines hageren Gesichts sprossen die Stoppeln eines Dreitagebarts. Das schmierige schwarze Haar war mit einem Gummiband zum Pferdeschwanz zurückgebunden. Ein harter Brocken, wie er im Buche stand.

Die Festnahme durch die Staatspolizei verlief schnell und reibungslos. Bei der Durchsuchung des Wohnwagens fanden die Beamten allerdings genug Waffen und Munition, um ein ganzes Bataillon auszurüsten. »Ich besitze für jede Waffe einen Waffenschein«, knurrte Tex, als seine Schießeisen bündelweise hinausgeschafft wurden. »Meine Papiere sind alle tadellos in Ordnung!«

Kenner der Geschichte des Norkin-Clans wussten, dass Tex auf Grund seiner prominenten Abstammung überhaupt nicht in das Bild eines Bürgerschrecks passte. Er war der Abkömmling einer langen Reihe von namhaften Norkins, denen das Städtchen Claremont früher einmal praktisch gehört hatte. Die Norkins hatten eine gewisse Zeit lang fast den gesamten Milchbedarf des Staates New Hampshire und des überwiegenden Teils des südlichen Vermont gedeckt und es mit Viehzucht und Milchwirtschaft zu großem Reichtum gebracht. Das Familienunternehmen Norkin-Farms mit seinen breit gefächerten Firmenbeteiligungen hatte in diesen Staaten eine Machtposition, die man getrost als Monopol bezeichnen konnte.

Vor Jahren hatte sich der ganze Clan aus Tanten und Onkeln, Vettern und Kusinen samt angeheiratetem Anhang im Untergeschoss des riesigen Farmhauses wieder einmal zur freitäglichen Pokerrunde versammelt. Der alte Grandpa Jedsell Norkin führte wie immer den Vorsitz über das die ganze Nacht über andauernde Familientreffen. Die Norkins hatten ihr Vermögen mit Milch gemacht, ihr größtes Vergnügen jedoch war das Leeren von Schnapsflaschen. Sie hielten eine altehrwürdige Familientradition hoch, die um die Eckwerte Alkohol, Spielkarten, Bargeld und geladene Schrotflinten kreiste.

Nach einigen Stunden, in denen hoch gepokert und fleißig den Erfrischungen zugesprochen wurde, kam es zum Streit. Priscilla Norkin, Opa Jedsells älteste Tochter, warf ihrem einzigen Bruder Weymouth vor, gemogelt zu haben. Der Streit sprang vom Spiel schnell auf die grundsätzliche Frage über, wem eigentlich der Löwenanteil des Familienerbes zustehe. Schnell hatte sich zwischen Priscilla und Weymouth samt ihrer jeweiligen Nachkommenschaft ein von Wut und Neid diktierter Frontverlauf etabliert.

Als einige Zeit darauf der letzte Schuss verhallt war, stand Lynn Norkin als einzige Vertreterin der Norkinlinie noch aufrecht. Einige Monate später erblickte ihr Sohn William in einem kleinen Hotelzimmer in Texas das Licht der Welt, was ihm zu seinem vollen Namen William Tex Norkin verhalf.

* * *

Brusco schloss sich dem Team an, das Tex nach Hanover überführte. Getreu der alten Devise, Verschwörer niemals gemeinsam zu vernehmen, hatte man Tex und seinen Partner Gordie »Buzz« Gatlin voneinander getrennt. Tex sollte in Hanover vernommen werden, Buzz in Norwich.

Während Tex schon zum Verhör gebracht wurde, verschaffte sich eine zweite Gruppe von Beamten gewaltsam Zutritt zur Wohnung von Sheila McCray, Buzz Gatlins Lebensgefährtin auf Raten. Sheila und Buzz hausten in einer kleinen Zweizimmerwohnung, die auf die Werkstatt von Mr. Haskins Tankstelle gesetzt worden war. Sie waren gerade in dem winzigen Badezimmer miteinander zu Gange, als plötzlich die Tür aufflog. »Verdammt noch mal, könnt ihr nicht wenigstens warten, bis ich fertig bin?«, fluchte Buzz angesichts der Phalanx Revolver schwingender Polizisten. »Macht mal halblang, ich stehe euch gleich zur Verfügung.«

Die Beamten gaben Sheila ein Handtuch und Buzz so viel Zeit, dass er in ein Paar Jeans und seine Arbeitsstiefel schlüpfen konnte. Sie waren überrascht, wie ruhig er die Hände auf dem Rücken kreuzte, um sich die Handschellen anlegen zu lassen – als hätte er mit seiner Verhaftung gerechnet. »Schatz, mach dir keine Sorgen«, sagte er zur heulenden Sheila. »Der alte Buzz wird sich mit den Jungs ein bisschen unterhalten, und dann ist er gleich wieder da und bringt zu Ende, was er angefangen hat.«

Sterling und Wiley sahen vom Streifenwagen aus zu, wie Buzz in ein Auto verfrachtet wurde. Er war ein Riesenkerl mit einem dichten Bart, machte aber einen durchaus friedlichen Eindruck.

»Ein ganz schlimmer Finger«, sagte Wiley zu Sterling.

»Wieso heißt er eigentlich Buzz? Das bedeutet doch Kettensäge.«

»Eines Abends wollte ein Kerl seine Freundin anmachen. Ein Wort gab das andere, schließlich flogen die Fäuste. Buzz war sturzbesoffen und hat mächtig Prügel bezogen. Zwei Wochen darauf hat man den anderen unter einer Brücke gefunden. Das arme Schwein war mit einer Kettensäge in kleine Stücke zerlegt und in einen Korb gestopft worden.«

»Und warum läuft Buzz immer noch frei herum?«

»Es war ihm einfach nichts nachzuweisen. Jeder hat gewusst, dass er der Täter war, aber nach jahrelangen Ermittlungen hatte man immer noch nichts Handfestes gegen ihn in der Hand. Seitdem heißt er bei allen nur Buzz.«

»Wie lange ist das schon her?«

»Vielleicht zehn Jahre oder so. Es war kurz vor meiner Beförderung zum Polizeileutnant.«

»Glauben Sie, dass er Wilson umgebracht hat?«

Wiley zuckte die Achseln. »Schwer zu sagen. Seit dem Mord damals hat sich Buzz sehr unauffällig verhalten. Er gibt zwar diesen rassistischen Schwachsinn von sich, aber das ist es dann auch schon. Somit stellt sich die Frage, wieso er nach all den Jahren, in denen er den Hass nur gepredigt hat, auf einmal einen Mord begehen sollte und sich auch noch so leicht fangen lässt. Buzz Gatlin ist vielleicht ein Landei, aber ein Idiot ist er deswegen noch lange nicht.«

* * *

In der Polizeistation von Hanover hatte man gegenüber vom Kommissionsraum ein improvisiertes Verhörzimmer eingerichtet. Tex Norkin hatte sich gelangweilt rauchend auf seinen Stuhl gefläzt. Seine langen Beine waren mit Handschellen an die Tischbeine geschlossen. Ein nervös dreinblickender Polizist, die Hand auf dem Revolvergriff, hatte neben dem Waschbecken mit dem Einwegspiegel Aufstellung genommen. Auf der anderen Seite des Spiegels herrschte drangvolle Enge. Sämtliche an der Untersuchung Beteiligten schienen sich bis auf den letzten Mann im Beobachtungsraum eingefunden zu haben. Sogar Chief Gaylor hatte sich zum ersten Mal seit dem Beginn der Ermittlungen die Ehre gegeben. Sterling beobachtete ihn unauffällig. Im Gegensatz zu den anderen Beamten trug Gaylor Zivil. Sorgsam auf Distanz bedacht, stand er in der Ecke. Ungeachtet der spärlichen Beleuchtung glänzte sein kahler Schädel wie ein frisch gepelltes Ei. Bei der Betrachtung seines desinteressierten Gesichts fragte sich Sterling, ob Gaylor immer diesen Ausdruck zur Schau trug oder ob er einfach nur lieber Golf gespielt hätte.

Brusco trat in das Vernehmungszimmer und nahm Tex gegenüber Platz. Die beiden Männer musterten sich.

»Tex, wir möchten Ihnen ein paar Fragen stellen«, ergriff Brusco schließlich das Wort.

»Wer sind Sie denn?«, fragte Tex. Seine Stimme hatte die raspelnde Heiserkeit eines Kettenrauchers, der sich den Kehlkopf endgültig ruiniert hat.

»Agent Brusco.«

»Haben Sie auch einen Vornamen?«

»Lonnie. Special Agent Lonnie Brusco.«

»Schön. So verstehen wir uns schon besser. Lonnie, bin ich verhaftet?«

»Nein, wir haben Sie lediglich zur Vernehmung vorgeführt.«

»Warum muss ich mich dann anketten lassen wie ein gemeiner Verbrecher, der eine Nonne vergewaltigt hat?« Tex saugte mit solcher Gier an der Zigarette, dass sich seine eingefallenen Wangen innen zu berühren schienen.

Der Polizist löste auf Bruscos Nicken die Fesseln von Tex' Beinen. Seine rechte Hand blieb am Holster mit der Waffe.

»Ich weise Sie darauf hin, dass diese Vernehmung vollkommen freiwillig stattfindet«, sagte Brusco.

»Dann kann ich also aufstehen und gehen, wann es mir passt?«

»Technisch gesehen, schon.«

Tex entblößte grinsend das verkommene Gebiss. »Dann lassen Sie mal hören, was Sie auf dem Herzen haben.«

»Sind Sie in den letzten Wochen hier in Hanover gewesen?«

»Ne. Hier gibt's nichts, was mich interessieren könnte. Na ja, außer vielleicht die süßen Hühner vom College. Haben Sie schon mal so 'ne ganz Junge vernascht, Lonnie? Wenn Mami und Papi sie gerade frisch abgeliefert haben, sind sie am knusprigsten. Lonnie, Sie sind doch alt genug, um selber so 'ne Tochter im richtigen Alter zu haben.«

Brusco starrte Tex unverwandt an. Dieser Kotzbrocken war nichts anderes als ein Scharfmacher und Raufbold. »Und Freunde von Ihnen, Kumpels von der WLA? Waren die hier?«

»Trägt sie auch diese hautengen Pullover? Ihre Tochter, meine ich. Sie wissen schon, die Dinger, die jedes Mal fast in Fetzen gehen, wenn man sie den Mädels runterreißt.«

Brusco ließ sich nicht provozieren.

»Wenn ich Sie mir so ansehe, Lonnie«, sagte Tex, »dann möchte ich wetten, dass Ihre Kleine ein schlaues Köpfchen hat. Haben Sie gewusst, dass die schlauesten Hühner immer die willigsten sind? Sie haben nämlich meistens einen Minderwertigkeitskomplex, weil die Jungs in der Schule immer Susie, der Cheerleaderin mit den dicken Titten, nachgerannt sind. Du brauchst denen bloß ein paar Nettigkeiten ins Ohr zu flüstern, und schon sind sie Wachs in deinen Händen.«

»Sind in der letzten Zeit WLA-Kumpels von Ihnen hier in Hanover gewesen?«, fragte Brusco beharrlich.

Tex zog an der Zigarette, warf einen Blick auf den Polizisten in der Ecke und blies Brusco eine Rauchwolke ins Gesicht. »Das müssen Sie die Jungs schon selber fragen, Lonnie. Ich bin nicht der Hüter meines Bruders!«

»Okay, dann sagen Sie mir, was Sie in der letzten Zeit gemacht haben.«

»Was ich immer mache: die Massen aufklären, wie wichtig die Befreiung der Weißen ist. Das ist doch unser Land, oder? Wir müssen unsere Rechte vor den Ausländern, den Niggern und diesen verdammten Juden schützen! Kaum, dass man sich umdreht, hat sich schon wieder einer von denen etwas unter den Nagel gerissen, was von Rechts wegen uns gehört!«

»Wie viele Mitglieder hat Ihre Gruppe?«

»Wieso, wollen Sie bei uns mitmachen?«, höhnte Tex. Hämisch grinsend, schnippte er Zigarettenasche auf die Tischplatte.

Sterling prägte sich alles ein, einschließlich der ungewöhnlichen Art, wie Tex die Zigarette zwischen Daumen und Zeigefinger hielt. Tex war hager, fast schon dünn, die Sorte Mann, dem die Hosen stets zu weit und die Hemdsärmel zu kurz sind. Aber am auffälligsten fand Sterling Tex' bemerkenswert gepflegte Fingernägel. Regelrecht manikürt, erglänzten sie unter frisch aufgetragenem klaren Nagellack. Die meisten Frauen hätten Tex um solche Nägel beneidet. Und die meisten Männer hätten sie zumindest als sonderbar empfunden.

»Haben Sie schon mal was von einem Mann namens Professor Wilson Bledsoe gehört?«, fragte Brusco.

Tex schüttelte den Kopf. »Da bimmelt bei mir gar nichts.«

»Tex, Sie sollten Ihren Kopf ein bisschen anstrengen«, sagte Brusco.

»Ich hab da mal was von einem gewissen Professor Wilson Bledsoe gehört«, räumte Tex ein. »Aber dass ein Nigger mit einem Professorentitel rumläuft, ist nicht in Ordnung.«

»Woher wissen Sie das?«

»Lonnie, ich hab vielleicht keinen tollen Titel und keinen gut bezahlten Job, aber sogar wir Hinterwäldler können Zeitung lesen, versteh'n Sie? Lassen Sie mich mal raten, wo Sie herkommen – vermutlich aus dem eintönigen Mittelwesten. Richtig, aus dem Herzen von Amerika, vielleicht aus Missouri oder Kansas. Aber jetzt wollen Sie ein großer Mann sein und leben irgendwo bei Boston. Ich kann den billigen Akzent heraushören, den Sie sich angewöhnt haben, mit den vielen ›Ahs‹, weil Ihnen das richtige rollende ›R‹ nicht mehr fein genug ist. Aber bis in die Stadt selber haben Sie es doch noch nicht geschafft, da ist es für einen Jungen aus der Prärie wie Sie immer noch zu hektisch. Sie wohnen lieber ein bisschen weiter draußen, sagen wir in Revere oder Waltham.«

Bruscos Blick wankte keine Sekunde. »Professor Wilson Bledsoe ist vor zehn Tagen ermordet worden.«

»Dem Täter, wer immer er ist, kann man nur gratulieren«, sagte Tex und lächelte. »Diese Nigger, die so hoch hinauswollen, sind die schlimmsten. Wollen überall gleiche Rechte und mischen sogar in Sachen mit, die ihnen im Grunde scheißegal sind. Wollen einfach nur auf Teufel komm raus unsere Reinheit kaputtmachen. Typische Sklavenmentalität.«

Sterling stand ruhig hinter dem Einwegspiegel. Er beobachtete Tex, aber auch Gaylor. Der Chef des Sicherheitsdienstes hatte immer noch kein einziges Wort mit einem der anderen Männer gewechselt. Er blieb distanziert, als wäre er mit den Gedanken ganz woanders. Die Arme fest vor der Brust verschränkt, bot er ein Bild des Unbehagens.

Brusco zog aus einem großen braunen Umschlag ein Foto und ließ es über den Tisch gleiten. Es war das bei der Autopsie aufgenommene Bild des Brandmals mit dem Adler. »Kommt Ihnen das bekannt vor?«

Tex lächelte. »Das Symbol der Freiheit. Ist es nicht die Wucht?«

»Wir haben es auf der Leiche von Professor Bledsoe gefunden.«

Mit plötzlich erwachtem Interesse betrachtete Tex das Foto noch einmal. »Damit haben wir nichts zu tun.«

»Es ist aber eure Signatur. Euer Adler mit dem diamantförmigen Auge.«

Tex streifte den Hemdsärmel hoch und deutete auf eine Tätowierung auf seinem spindeldürren rechten Bizeps. »Natürlich ist das unser Adler«, sagte er. »Aber so Leid es mir tut, ich kann Ihnen definitiv sagen, dass keiner von meinen Männern diesen Nigger umgebracht hat.«

»Wie ist dann der Adler auf die Leiche gekommen?«

Tex schüttelte den Kopf. »Der Bulle sind Sie, nicht ich.

Dann ermitteln Sie mal schön. So gerne ich die Tat für uns reklamieren würde, wir sind leider nicht dafür verantwortlich. Tut mir Leid, nix zu machen.«

»Aber vielleicht war es einer von Ihren Genossen, und Sie wissen bloß nichts davon. Sie haben gerade gesagt, ›ich bin nicht der Hüter meines Bruders‹.«

Tex rutschte unbehaglich auf seinem Stuhl hin und her. Seine Selbstsicherheit schien erstmalig zu bröckeln. Er zog zweimal an der Zigarette, bevor er antwortete. »Lassen Sie uns jetzt nicht in Wortklaubereien verfallen. Es kann keiner von meinen Männern gewesen sein, weil ich keinen Auftrag dazu gegeben habe, basta!«

»Auftrag?«

»Genau. Unternehmen Sie etwa wichtige Schritte, ohne dass Ihr Boss davon weiß? Die ganze verdammte Meute hockt doch hinter diesem Spiegel dort drüben und beobachtet Sie, weil alle wissen wollen, was Sie machen, was wir machen. Einen Mord von diesem Kaliber können meine Leute einfach nicht bringen, ohne dass ich es weiß.«

»Und was ist mit Buzz Gatlin? Müsste er Sie auch erst fragen, bevor er jemanden umbringt?«

Tex dachte angestrengt nach. »Buzz und ich sind Generäle«, sagte er. »Grundsätzlich müsste ein General den anderen nicht nach seiner Meinung fragen, aber aus gegenseitigem Respekt stimmen wir uns immer miteinander ab, damit nichts durcheinander geht.«

»Sind Sie sicher, dass Buzz das genauso sieht?«

»Ach, Lonnie, ›teile und herrsche‹! Diese alberne Masche können Sie sich sparen.« Tex lachte verächtlich. »Buzz und ich kennen uns schon ewig. Als wir diese Bewegung gegründet haben, gab es nur uns zwei, und wir haben unsere Organisation zu dem aufgebaut, was sie heute ist. Ich weiß verdammt genau, dass Buzz mich niemals wegen ein paar jämmerlichen

Feiglingen, die sich hinter ihrer Uniform verstecken müssen, in die Pfanne hauen würde.«

Brusco nahm das Foto wieder an sich und steckte es in den Umschlag zurück. Es klopfte an der Tür. Der Polizist steckte den Kopf hinaus und sprach mit jemandem, kam dann zu Brusco und flüsterte ihm etwas ins Ohr.

»Wisst ihr was?«, sagte Tex. »Ich werde mich jetzt auf die Freiwilligkeitsklausel berufen und gehen. Das sieht doch ein Blinder mit dem Krückstock, dass ihr außer einem toten Nigger nichts in der Hand habt.«

»Ich fürchte, mit der Freiwilligkeit ist es inzwischen vorbei«, sagte Brusco, und diesmal war er es, der lächelte. »Unser Computer hat offenbar ein paar Vorladungen ausgespuckt, denen Sie nicht gefolgt sind. Sie konnten der ehrwürdigen Justitia wiederholt von der Schippe springen, aber jetzt möchte die alte Dame gern ein paar Antworten von Ihnen hören.«

»Arschlöcher!«, brüllte Tex, schmiss die Zigarettenkippe auf den Boden und sprang auf. Es war sein erster Ausbruch von ungezügelter Aggression. Die Tür flog auf, ein Schwarm Polizisten stürmte herein und warf sich auf Tex. Es war keiner zu viel, alle Mann wurden gebraucht, um den wild um sich schlagenden Arrestanten zu bändigen.

Brusco drehte sich im Gehen noch einmal um. »Und was Ihren Partner Buzz Gatlin betrifft, kann ich Ihnen nur flüstern, dass die Aussicht auf »lebenslänglich« erfahrungsgemäß schon manchen dazu gebracht hat, sich über den Wert oder Unwert von Loyalität ein paar Gedanken zu machen.«

19

BUZZ GATLIN SASS gravitätisch an dem kleinen rechteckigen Tisch und knackte mit den Knöcheln. Es war im Beobachtungsraum auf der anderen Seite des Einwegspiegels noch zu hören. Buzz war eine massige Erscheinung mit breiten und starken Schultern, wenn auch ansonsten vor allem fett. Auf seinem Stiernacken ruhte ein gewaltiger Schädel. Seine untere Gesichtshälfte verschwand völlig unter einer wolligen Bartschicht mit einem trockenen rosa Schlitz als Mund. Ein gefüttertes kariertes Holzfällerhemd spannte sich straff über Brust und Bauch. Der sichtbare Teil seiner bronzenen Gürtelschnalle ließ auf die Form von Texas schließen. Bei aller Grobschlächtigkeit war er erstaunlich gepflegt, wobei seine Lesebrille mit Rechteckgläsern den Gesamteindruck weiter milderte. Sterling hätte sich Buzz leicht als Chemielehrer vor einer Klasse an der High School vorstellen können.

Anders als Tex, der beim Hinsetzen nur eine Zigarette verlangt hatte, hatte Buzz drei Wünsche geäußert: Das Kreuzworträtsel aus der Tagesausgabe der *New York Times*, einen Kugelschreiber (zu radieren brauche er nicht, er mache so gut wie keine Fehler), und einen großen Kaffee, schwarz, mit vier Tütchen Zucker. Seine einzige Klage galt dem Druck der Handschellen, mit denen seine Beine an die Stuhlbeine geschlossen waren, was sich aber nicht ändern ließ, da man ohnehin schon die größten genommen hatte, die in der Polizeistation aufzutreiben waren.

Die ortsansässigen Polizisten hatten über die beiden Männer bereits den Stab gebrochen, aber Sterling war skeptisch, um nicht zu sagen anderer Meinung, was daher kommen mochte, dass er es fast immer mit komplizierten Fällen zu tun gehabt hatte, in denen lange ermittelt werden musste. Noch nie hatte er einen Mordfall mit so wenigen Anhaltspunkten erlebt und dann die Tatverdächtigen auf dem Tablett serviert bekommen. Das Brandmal mit dem Adler war das einzige Beweisstück, das eine Verbindung zu dem Mord an Wilson hergab, aber das war ihm eine Nummer zu offensichtlich. Die Männer hätten genauso gut freiwillig in die Polizeistation hereinspazieren und sich schuldig bekennen können.

Im Beobachtungsraum von Norwich herrschte keine drangvolle Enge wie zuvor in Hanover. Entweder wollten hier nicht so viele Beamte das Spektakel verfolgen, oder der Raum war größer. Sterling vermochte nicht genau zu sagen, woran es lag. Aber eines war gleich geblieben: Chief Gaylor stand von den Übrigen abgesondert mit verschränkten Armen im Hintergrund und signalisierte mit herabgezogenen Mundwinkeln Desinteresse. Gaylor hatte bei den Ermittlungen keine offizielle Funktion und repräsentierte nach Sterlings Dafürhalten Augen und Ohren des College. Obwohl Präsident Mortimer sich aus den Ermittlungen völlig herauszuhalten schien, war Sterling sicher, dass er sich detailliert auf dem Laufenden halten ließ. Dem College musste an einer schnellen Lösung des Falls gelegen sein, damit man das furchtbare Ereignis ad acta legen und sich wieder voll und ganz dem Tagesgeschäft der Bildung und Erziehung widmen konnte.

Buzz saß ruhig da, genehmigte sich hin und wieder einen Schluck Kaffee und knobelte an seinem Kreuzworträtsel. Gelegentlich, wenn ihm eine Frage eine harte Nuss aufgab, grunzte er, um einige Zeit später lächelnd die Lösung einzutragen.

»Lassen Sie sich nicht täuschen«, flüsterte Wiley Sterling zu. »Der Kerl sieht aus, als könnte er kein Wässerchen trüben, aber er würde ihnen bedenkenlos mit einem stumpfen Taschenmesser das Herz aus dem Leib schneiden.«

»Wovon lebt er eigentlich?«

»Nach Auskunft der Jungs von Claremont hat er einen Teilzeitjob und repariert Fernseher und sonstigen elektronischen Kram. Er kann das angeblich verdammt gut. In der übrigen Zeit rührt er die Trommel für die WLA, organisiert Krawallabende und so was, ›Informationsveranstaltungen‹ nennen die das. Er ist der eigentliche Kopf des Ganzen. Tex ist eher das Aushängeschild.«

»Hat er Familie?«

»Schwer zu sagen. Angeblich hat er irgendwo im Westen eine Kusine sitzen, aber viel Kontakt gibt es da nicht, jedenfalls wenn man nach den Telefonrechnungen geht. Er war ein Einzelkind. Die Eltern sind bei einem Bootsunfall ums Leben gekommen, als er noch ein Teenager war. Er hat dann eine Zeit lang bei einer Tante gelebt, aber er hat der armen Frau die Haare vom Kopf gefressen. Eine Nachbarin hat sich seiner erbarmt und ihn aufgenommen, bis er alt genug war, auf eigenen Füßen zu stehen.«

»Hat man die Nachbarin schon ermittelt?«

»Sie ist irgendwohin in den Norden von Vermont gezogen. Die Nachforschungen nach ihr laufen aber schon.«

»Wie sieht's aus mit Schulbildung? Es gibt nicht viele Leute, die das Times-Kreuzworträtsel ohne Radiergummi lösen können.«

»Da ist nicht viel, ob Sie's glauben oder nicht. Das meiste hat er sich selber beigebracht. Es heißt, er hätte schon als Kind angefangen, Bücher zu lesen. Schon in der Elementarschule hat er unsere Verfassung auswendig hersagen können. Er hat sich vor den Supermarkt gestellt, und für ein Trinkgeld hat er sie jedem aufgesagt, der sie hören wollte.«

»Nicht unbedingt das Normalbild eines Mörders.«

»Nein, das nicht, aber dazu fähig ist er allemal. Er hat den Mann in Claremont umgebracht und in kleine Stücke zersägt, so wahr ich hier stehe. Sein Hang zur Gewalttätigkeit ist ungebrochen.«

Brusco trat ins Vernehmungszimmer. Buzz sah leicht irritiert von seiner Zeitung auf, um dann grüßend zu nicken.

»Ich bin Special Agent Lonnie Brusco«, sagte Brusco, während er Platz nahm. Den Satz über die Freiwilligkeit sparte er sich diesmal. Der Hintergrundcheck im Fahndungscomputer hatte ergeben, dass Gatlin sich einige Zeit zuvor eine Anzeige wegen Fahrens mit überhöhter Geschwindigkeit auf der I-91 eingehandelt hatte, die immer noch lief. Zwei Verhandlungstermine hatte er bereits platzen lassen. Die nicht befolgten Vorladungen genügten, um ihn für ein paar Tage einzubuchten – und vielleicht ließ sich der Papierkrieg noch etwas in die Länge ziehen.

»Mr. Brusco, was kann ich für Sie tun?«, sagte Buzz jovial, faltete die Zeitung ordentlich zusammen und setzte sich aufrecht hin.

»Es hat hier ziemlichen Ärger gegeben. Ich habe gedacht, Sie könnten uns vielleicht helfen, ein paar Dinge zu klären.«

Buzz schwieg.

»Lassen Sie uns doch zu Anfang ein wenig über Ihre Organisation plaudern, die WLA. Was genau macht Ihre Organisation?«

»Mr. Brusco, haben Sie nicht etwas vergessen?«

Brusco hob die Schultern.

»Wollten Sie mich nicht fragen, ob ich einen Rechtsbeistand wünsche, bevor ich mich zu Ihren Fragen äußere?«

»Mr. Gatlin, Sie stehen in keiner Weise unter Anklage – bis jetzt, jedenfalls. Ich möchte Sie lediglich bitten, uns zu helfen, indem Sie uns ein paar Fragen beantworten.«

Buzz dachte nach. Der Kugelschreiber zwischen seinen Fingern tanzte. »Unsere Organisation ist eine der patriotischsten Gruppierungen unseres Landes. Wir betrachten uns als Hüter der Verfassung und als Beschützer der von den Gründungsvätern garantierten Rechte.«

»Könnte dazu auch das Recht gehören, jemanden umzubringen?«

»Mr. Brusco, dazu sollten Sie den zweiten Zusatzartikel unserer Verfassung befragen: ›*Da eine gut ausgebildete Miliz für die Sicherheit eines freien Staates erforderlich ist, darf das Recht des Volkes, Waffen zu besitzen und zu tragen, nicht beeinträchtigt werden.*‹«

»Gut. Aber bedeutet das Ihrer Meinung nach, dass Ihnen das Recht zusteht, jemanden umzubringen?«

»Das hängt davon ab, ob die Regierung pflichtgemäß unsere Rechte schützt.«

»Und welche Rechte wären das?«

»Die unabdingbaren Grundrechte auf Leben, Freiheit und die Verfolgung des Glücks.« Buzz unterbrach sich, um einen Schluck Kaffee zu nehmen. »Das steht doch schon im zweiten Absatz unserer Unabhängigkeitserklärung: ›*... dass zur Sicherung dieser Rechte Regierungen unter den Menschen eingesetzt sind, die ihre rechtmäßige Gewalt von der Zustimmung der Regierten herleiten; dass, wenn immer eine Regierung diesen Zwecken verderblich wird, es das Recht des Volkes ist, sie zu ändern oder abzuschaffen und eine neue Regierung einzusetzen und diese auf solchen Grundlagen aufzubauen und ihre Gewalten in solcher Form zu organisieren, wie es ihm zur Gewährleistung seiner Sicherheit und seines Glücks geboten scheint.*‹ Mr. Brusco, bitte sehr, wir haben ein Recht auf Sicherheit und Glück!«

Brusco nickte bedächtig. Buzz Gatlin war kein Hohlkopf. Er würde wesentlich schwerer zu knacken sein als Tex Norkin.

»Sind Sie oder Ihre Leute hier oben tätig gewesen?«

»Hier ist tote Hose«, sagte Buzz.

»Was soll das heißen?«

»Hier gibt es zu wenig potenzielle Kameraden, die unsere Bewegung unterstützen könnten. Wir haben es vor ein paar Jahren versucht, aber den meisten jungen Leuten ist dieser liberale Quatsch ins Gehirn geblasen worden. Collegestädte sind kein besonders ergiebiger Boden für unser Mandat.«

»Das würde bedeuten, dass Sie in den letzten Wochen nicht hier gewesen sind.«

»Ich bin nicht mehr hier gewesen, seit Nixon 1971 die Arschkarte gezogen hat. Sag mir einer was über den Sturz eines großen Mannes! Seine Partei liefert seitdem nur noch ein Trauerspiel.«

»Wie viele Mitglieder hat Ihre WLA?«

»Vierzehn.«

»Würden Sie mir die Namen nennen?«

»Wir sind keine Geheimorganisation, Mr. Brusco. Wir sind stolz auf das, wofür wir stehen. Soll ich Ihnen die Namen diktieren, oder wollen Sie lieber, dass ich Sie Ihnen aufschreibe?«

Brusco winkte einem Polizisten. Der Mann brachte einen Schreibblock und legte ihn auf den Tisch. Buzz notierte in aller Ruhe die Namen und schob Brusco den Block zu. Sterling konnte zwar das Geschriebene im Einzelnen nicht erkennen, aber Buzz' Handschrift wirkte sauber und ordentlich.

»Wie würden Sie das Tätigkeitsfeld ihrer Army beschreiben?«, fragte Brusco.

»Wir beschäftigen uns vor allem mit sozialen Dienstleistungen auf Gemeindeebene«, sagte Buzz. »Wir engagieren uns sehr für unsere Veteranen. Sie haben für dieses großartige Land den Kopf hingehalten, und hinterher lässt man sie am ausgestreckten Arm verhungern. Wir versuchen, sie zu unterstützen, so gut wir können. Das reicht von der Gesundheitsfürsorge bis zur praktischen Hilfe im Haus, wenn mal etwas repariert werden muss.«

»Nobel«, seufzte Brusco.

»So verlangt es die Satzung unserer Gruppe. Wir tun sehr viel Gutes, aber die meisten Leute wollen es einfach nicht zur Kenntnis nehmen.«

»Ist Ihnen ein gewisser Professor Wilson Bledsoe bekannt?«

»Wem ist Professor Bledsoe nicht bekannt? Radio und Zeitungen sind voll von ihm gewesen. Sogar unsere kleine *Claremont Bee* hat mehrere Artikel über ihn gebracht. Wie kann man nur einen so verdienstvollen Mann umbringen?«

»Buzz, die Krokodilstränen können Sie sich sparen. Bledsoe ist von Ihren Leuten umgebracht worden. Seine Verdienste haben Sie einen Scheißdreck interessiert!«

Buzz setzte unverdrossen noch eins drauf. »Nein, Leute umzubringen gehört nicht zu den Dingen, an die ich glaube. Ist es denn nicht viel besser, man setzt sich zusammen und einigt sich friedlich wie zivilisierte Menschen?«

Im Beobachtungsraum streifte Wiley Sterling mit einem Seitenblick und verdrehte die Augen.

Brusco öffnete den Umschlag und schob das Foto über den Tisch. »Ist das Ihre Vorstellung von zivilisiert?«

Buzz' Blick glitt über das Bild von Wilsons verunstalteter Leiche. Er schluckte schwer, aber seine Miene blieb unverändert. Brusco schob ihm noch ein Foto zu. Buzz drehte es ein paarmal hin und her, bis er es richtig herum in der Hand hielt. Er nickte gewichtig. »Das ist unser Adler. Aber von uns hat ihn keiner dort hingestempelt!«

»Wer denn?«

»Keine Ahnung. Da scheint uns jemand imitieren zu wollen.«

»Vielleicht im Auftrag von Tex Norkin.«

»Ach was. Das hätte ich wissen müssen.«

»Laut Tex aber nicht. Er hat gesagt, als General könnte er eine Liquidierung auch ohne Ihre Einwilligung anordnen.« Der Kugelschreiber begann wieder zwischen Buzz' Fingern zu tanzen. Buzz wirkte nicht mehr so ruhig wie noch Minuten zuvor. »Er hat auch gesagt, das gälte für Sie genauso.«

»Das soll er gesagt haben?«

»Vor einer knappen Stunde.«

Die beiden Männer sahen einander finster an.

»Möchten Sie jetzt etwas sagen?«, erkundigte sich Brusco.

»Aber ja doch. Ich will mit meinem Anwalt sprechen.«

Im Beobachtungsraum löste sich ein allgemeiner Seufzer der Erleichterung. Wiley stieß Sterling an.

»Die beiden sind es nicht gewesen«, flüsterte Sterling Wiley zu. »Ich kann den Finger noch nicht darauf legen, aber irgendetwas stimmt da nicht.«

Gaylor machte sich auf den Weg zur Tür. Zum ersten Mal öffnete er den Mund, um etwas zu sagen. »Machen Sie die Sache nicht noch komplizierter, als sie ohnehin schon ist, Agent Bledsoe«, sagte er. »Diese beiden Halunken haben Ihren Bruder auf dem Gewissen.« Er warf seinen Twill-Blazer über und schlüpfte hinein.

Zeit für eine Runde Golf.

20

ALS KAY AN diesem Abend schlafen gegangen war, ging Sterling in Wilsons Arbeitszimmer und fuhr den Computer hoch. Nach geduldigem Warten ging er ins Internet, rief die Suchmaschine Google auf und tippte »Chogan« ein. Innerhalb von Sekunden wies die Suchmaschine über dreitausend Treffer aus. Beim Durchgehen der ersten Seite stieß er auf das Inhaltsverzeichnis der esoterischen Webseite eines gewissen Chad Hogan. Der wenig aufschlussreiche Text lieferte eine Liste von Instruktionen zur Erzeugung von Kopf- und Fußzeilen von Internet-HTML-Seiten. Aus Hogans E-Mail-Adresse war zu entnehmen, dass er der Astronomischen Abteilung der Universität von Kalifornien in Irvine angehörte. Sterling notierte sich die Adresse. Sie begann mit »chogan«, was offenbar eine Zusammenziehung von Chad Hogans Vor- und Zunamen war.

Der nächste Eintrag war schon interessanter. Er befasste sich mit dem Polospiel, das auch als Chogan bezeichnet wurde. Der Kreis für altiranische Studien am Institut für Orientstudien der Londoner Universität lieferte hier eine umfassende Darstellung, in der ausgeführt wurde, dass die Chinesen dieses Spiel von iranischen Adligen übernommen hatten, die nach der Invasion der Araber in das iranische Reich an chinesischen Fürstenhöfen Zuflucht gefunden hatten. Eine weitere Möglichkeit wurde ebenfalls diskutiert – dass auch die Inder von den Iranern in diesem Spiel unterwiesen worden seien. Der Webseite zufolge kam in der chinesischen Kultur dem Polospiel eine herausgehobene Bedeutung zu, besonders unter der Herrschaft von Ming-Hung, dem Strahlenden Herrscher, einem enthusiastischen Förderer und Liebhaber der Reiterei. Seine Begeisterung für das Polospiel ging so weit, dass auf seinen Befehl der Poloschläger ins chinesische Kaiserwappen aufgenommen wurde. Unter dem Herrscher Tai Tu ließ die Beliebtheit des Spiels allerdings rapide nach. Als bei einer Begegnung sein Lieblingsspieler zu Tode gekommen war, hatte er sämtliche Spieler enthaupten lassen.

Sterling las die Geschichte, konnte aber nichts entdecken, was eine Verbindung zu Wilsons Forschungen nahe gelegt hätte. Er druckte den Text aus und suchte weiter.

Als Nächstes stieß er auf die Chogan Ugama, die zum Kronschatz des Sultans von Brunei gehörte. Ein Foto zeigte eine alte zeremonielle Streitkeule aus Silber. Hübsch, aber belanglos. Die nächste Webseite warb für Chogan Bed and Breakfast in Coventry, England. Wilson und Kay hatten Großbritannien in den vergangenen Jahren im Rahmen von Wilsons Lehrtätigkeit und auf Vergnügungsreisen mehrfach besucht. Wollte ihn Wilson veranlassen, dort Nachforschungen anzustellen? Sterling schrieb sich die Adresse und Telefonnummer auf. Er wollte sich bei Kay erkundigen oder gegebenenfalls selbst dort anrufen.

In der Mitte der dritten Seite seiner Trefferliste wurde Sterling schließlich fündig. Damian Cherrys Fabel mit dem schlichten Titel »Die Geschichte von den beiden Stärlingen« war dort angezeigt. Als er die Seite anklickte, erleuchtete ihre Helligkeit den ganzen Raum. In einem blassblauen Himmel schwebende weiße Kumuluswolken füllten den ganzen Hintergrund. Ein einfacher Text war darauf zu lesen.

DIE GESCHICHTE VON DEN
BEIDEN STÄRLINGEN
VON DAMIAN CHERRY

Vor langer Zeit gab es einen Indianerstamm, den man die Ojibwe nannte. Es war ein großer Stamm von ungefähr achttausend Menschen, die als tapfere Krieger und geschickte Handwerker und Künstler bekannt waren. Sie lebten zwischen dem Nemadji-Fluss und dem Oberen See in Minnesota, bis sie von französischen Pionieren und Händlern ins südliche Wisconin vertrieben wurden. Auch ein kleiner Junge namens Chogan war darunter, der jeden liebte und von jedem geliebt wurde. Chogan hatte seinen Namen vom Häuptling der Ojibwe bekommen, weil sein pechschwarzes Haar und sein freiheitsliebender Geist den freundlichen Stärlingen glichen, die ungehindert durch die endlose Weite der Wildnis streiften. Die Wärme, die Chogan ausstrahlte, konnte an einem kalten Wintertag eine Hütte behaglich und die Betrübten heiter machen. Aber am bekanntesten war er wegen seines Gesangs. Wenn er durch die Felder streifte oder am Flussufer entlangging, sang er die Lieder, die er den Tieren abgelauscht hatte. Die Leute kamen meilenweit herbei, um ihn mit seiner schönen Stimme singen zu hören. Sogar die französischen Händler schwärmten von seinem lieblichen Gesang und baten ihn, ihnen etwas vorzusingen.

An einem schönen Sommertag spielte Chogan am Fluss, sang seine Lieder und sammelte Kieselsteine. Ganzera, die Göttin der Bergvögel, hörte seine betörende Stimme. Sie kam in Gestalt eines Adlers herabgeflogen, um dem Jungen aus der Nähe zuzuhören. Ganzera war für ihre magischen Kräfte berühmt. Sie sagte zu Chogan, seine Liebe zu den wilden Tieren und sein freier Geist wären es wert, von den Menschen auf ewig bewundert zu werden. Als Belohnung für sein sanftes Herz und seine liebliche Stimme wolle sie ihm einen Wunsch erfüllen, was immer es auch sei. Chogan dachte sorgfältig und lange nach. Er erwog sogar, Häuptling seines Stammes zu werden oder vielleicht ein reicher französischer Händler. Dann sah er auf einmal ein Rotschulterstärlingspaar über dem Wasser, das einander im Flug umspielte und sein Glück in die Welt hinaussang. Chogan beschloss, auf ewig ein Vogel zu sein, aber nicht nur einer, sondern gleich zwei, solche wie diese, die er am Himmel freudige Kreise ziehen sah. Der eine Vogel sollte ganz schwarz sein, bis auf die roten Schulterfedern, die das Feuer der Leidenschaft und die Liebe zu allem Guten symbolisieren. Der zweite Vogel sollte etwas kleiner sein und ein schwarz-weiß-braunes Gefieder haben, zum Zeichen dafür, dass die vielen Indianerstämme und die weißen Händler einträchtig zusammen leben können, wenn sie bereit sind, sich in Sanftmut und Heiterkeit miteinander zu vertragen.

Ganzera erfüllte Chogans Wunsch, und er verwandelte

sich in Sekundenschnelle in die beiden Vögel. Anfangs war er noch betrübt, weil ihm seine Familie und seine Freunde fehlten. Auch war es vorbei mit dem Sammeln schöner Kiesel am Fluss und mit dem Tauchen tief hinab ins kalte Wasser. Aber Ganzera machte ihm Mut und sagte, er solle nicht traurig sein, denn jetzt könne er die Flügel ausbreiten und durch die ganze Welt fliegen und nicht nur bei einem einzigen Stamm Wärme und Freude verbreiten, sondern auch bei den Sioux und Cheyenne im Osten und den Menominee und den Potawatomi im Westen. Von da an schwärmte Chogan über das Land, folgte seinem Volk auf der sommerlichen Jagd durch die großen Ebenen, um dann nach Norden zu ziehen, wo er sich an den Sonnenblumen und Insekten der ausgedehnten Farmen gütlich tat. Heute ist der Rotschulterstärling die einzige Stärlingsart, deren Gesang uns lauschend innehalten lässt.

* * *

Noch überraschender als der Inhalt der Geschichte war für Sterling, dass ihr Autor ein Fünftklässler der Pembroke Elementary School war, von der die Website allerdings nicht verriet, wo sie lag. Eine Anmerkung wies darauf hin, dass die Geschichte im Rahmen eines Schulprojekts entstanden war. Die Schüler hatten die Aufgabe bekommen, sich eine Fabel über die Bewohner der Waldgebiete des Nordostens auszudenken, die sie ihren Mitschülern im Kursus für freie Rede vortragen sollten. Ein kleines Foto zeigte die um ein mitten im Klassenzimmer aufgebautes »Lagerfeuer« versammelten Schüler, die miteinander aßen, spielten und sich ihre Geschichten erzählten. Damian Cherry hatte die Fabel von Chogan beigesteuert.

Sterling las die Geschichte noch einmal. Am Ende war er überzeugt, dass Wilson ihm hier einen Wink geben wollte – über Rotschulterstärlinge. Hatte nicht Heidi Voss bei Mrs. Potter gesagt, diese Vögel seien Wilsons Leidenschaft? Aber was genau versuchte Wilson ihm mitzuteilen?

21

KAY BLEDSOE HATTE um eine Beerdigungsfeier ohne viel Brimborium gebeten. Reverend Roderick, der würdevoll beleibte Kaplan des College, kam dem Wunsch gerne nach und arrangierte in der prächtigen Rollins Chapel des College eine schlichte Feier mit einem kurzen Programm, das aus einigen wenigen Trauerreden von Wilsons besten Freunden und zwei Chordarbietungen bestand. Die zahllosen Übertragungsfahrzeuge der Fernsehsender und die zudringlichen Reporter hatten Kay in ihrem Entschluss bestärkt, ihrem verblichenen Ehemann ein ruhiges letztes Geleit zu geben – ganz so, wie er auch sein Leben gelebt hatte.

Das Warten, Hoffen, Bangen, Beten – und schließlich die Entdeckung der Leiche – waren ein einziger Albtraum gewesen, der erst dann ein Ende finden konnte, wenn ergründet war, wer Wilson umgebracht hatte, und warum. Von der Beantwortung dieser Fragen wurde Wilson zwar nicht wieder lebendig, aber bei Kay würde sich wenigstens das Gefühl eines gewissen Abschlusses einstellen können. Es war alles so schnell gegangen. Abends noch hatte sie ihrem Mann sein Leibgericht gekocht, am Morgen darauf war sie mit achtundvierzig Jahren Witwe. Dass ihr Schwager Sterling im Haus war und sich um alles kümmerte, war zwar ein gewisser Trost, aber für Kay war es doch irgendwie seltsam, gemeinsam mit jemandem zu trauern, den sie im Grunde überhaupt nicht kannte.

Anfangs empfand Kay angesichts der vielen in der Kapelle versammelten vertrauten Gesichter eine gewisse Erleichterung, doch dann wurde ihr schmerzlich bewusst, dass anschließend jeder seiner Wege gehen und sie selbst eine weitere einsame Nacht vor sich haben würde, angewiesen auf diese kleinen blauen Pillen, die ihr zu ein wenig Schlaf verhalfen.

Die erste Ansprache der Feier wurde von Präsident Mortimer gehalten. In bewegenden Worten erinnerte er an Wilsons Arbeit als Dozent und Wissenschaftler. Er erzählte von ihrem ersten Zusammentreffen anlässlich eines Fakultätsessens, bei dem Wilson sich mehr für die auf dem Grundstück des Präsidenten äsenden Rehe interessiert hatte, als für Mortimers Pläne für das College. Mortimer schloss mit einem Zitat des Dichters Wendell Berry:

Wenn in mir anschwillt die Verzweiflung über die Welt
und mich nachts erwachen lässt der geringste Laut
in Sorge um die Zukunft meines und meiner Kinder Leben,
geh ich dorthin, wo der Erpel des Waldes
in seiner Schönheit ruht auf dem Wasser und der Graureiher
sich nährt.

Dort wird mir der Frieden der wilden Geschöpfe zuteil,
die nicht beschweren ihr Leben mit Sorge und Leid.

Der stillen Wasser werd ich gewahr.

Und über mir spür ich das tagesblinde Gestirn
verharren in seinem Licht. Eine Zeit lang
ruh ich in der Anmut der Welt, und ich bin frei.

Präsident Mortimers sonore Stimme schallte durch die Kapelle. Die letzten Zeilen seiner Verse gingen in einem Crescendo klagenden Schluchzens unter.

Eine junge dunkelhäutige Frau in einem einfachen blauen Kleid ging aufs Podium und bog den Schwanenhals des Mikrofons zu sich herab. Die Höhe der Kapelle verlieh ihrer Stimme einen engelsgleichen Klang. »Ich heiße Donica Holmes und studiere in einem höheren Semester«, erklärte sie. »Ich möchte meinen Beitrag mit einem Zitat von Emily Dickinson beginnen: *›Wer geliebt wird, kann nicht sterben, denn Liebe ist Unsterblichkeit, ja, Göttlichkeit.‹* Professor Wilson Bledsoe hat mir das Leben gerettet«, sagte sie. »Er hat mich viel mehr gelehrt als nur die Wissenschaft vom Verhalten der Tiere. Er hat mir gezeigt, was es bedeutet, ein guter und mitfühlender Mensch zu ein. Aber noch wichtiger ist für mich, dass er mich gelehrt hat, unbescheiden zu träumen. So anerkannt er als Fachwissenschaftler war und so unterhaltsam seine Vorlesungen gewesen sind, ich werde mich an ihn vor allem als einen Menschen erinnern, der das Leben geliebt und alle Gelegenheiten ausgekostet hat, die es bietet. Ich war oft nahe daran, aufzugeben und Dartmouth den Rücken zu kehren, aber seine unaufdringlichen Ermutigungen und seine Bereitschaft, mir jederzeit zuzuhören, haben mich hier an diesem Ort gehalten und mich darin bestärkt, den Weg zu meinem Abschluss weiterzugehen. Ihnen, Mrs. Bledsoe, möchte ich dafür danken, dass Sie Ihren wunderbaren Gatten mit uns geteilt haben.« Donica hob den Blick gen Himmel und schloss die Augen. »Lieber Gott, ich danke dir, dass du uns einen Engel gesandt hast.«

Nel Potter sprach zuletzt. Heidi Voss half ihr aufzustehen und zum Podium zu gehen. Im hellen Licht wirkte die alte Dame mit ihrem streng aus dem kalkweißen Gesicht gekämmten schütteren Haar noch greisenhafter. Sie hatte sich keine Notizen gemacht und sprach in freier Rede bedächtig in das Mikrofon.

»Ich bin nun schon sehr alt«, hob sie an und ließ den Blick über die bis auf den letzten Platz besetzte Kapelle schweifen, »aber, was den Tod betrifft, bin ich immer noch völlig unwissend. Der Tag wird kommen, an dem ich ihn kennen lernen werde, vielleicht schneller, als ich denke. Eines jedoch weiß ich gewiss: Der Mensch ist gut, und das bleibt wahr – auch angesichts des Bösen!« Mrs. Potters Stimme wurde brüchig. Sie hielt kurz inne, bis sie sich wieder gefasst hatte. »Ich habe mein gesamtes Erwachsenendasein im Upper Valley verbracht und kann mit Bestimmtheit und unerschütterlicher Überzeugung sagen, Professor Bledsoe ist ein Gigant unter den Menschen gewesen, von sanfter Wesensart gegenüber allem Lebendigen, wo immer es ihm begegnet ist. Wenn man sich hier auf Erden so lange getummelt hat wie ich, lernt man die kleinen Dinge des Lebens schätzen und respektieren, Dinge, über die andere vielleicht achtlos hinweggehen. Wilson Bledsoe hat die Achtung und Wertschätzung dieser kleinen Dinge mit mir geteilt. Er ist ein außerordentlicher Wissenschaftler und ein noch außerordentlicherer Mensch gewesen.«

Die Trauergemeinde erhob sich spontan und erfüllte das hohe Gewölbe der Kapelle mit ihrem Beifall.

Der Organist ließ die Orgel erschallen, der Chor stand auf und sang Wilsons Lieblingshymne *One Day at a Time, Sweet Jesus.* Der treffende Text brachte noch mehr Menschen zum Schluchzen. Als Sterling sich umwandte, bemerkte er ganz hinten Carlos Sandoza. Selbst Mr. Cool wischte sich mit dem Handrücken die Augen.

Nachdem der Chor geendet hatte, trat Präsident Mortimer noch einmal ans Mikrofon, um die Anwesenden zu einem kleinen Imbiss mit geselligem Beisammensein in sein Haus zu laden. Der Chor stimmte eine letzte Hymne an, und als die Türen der Kapelle geöffnet wurden, ließen weiß behandschuhte Ministranten fünf weiße Tauben in den Himmel steigen, je eine für jedes Jahrzehnt von Wilsons gewaltsam verkürztem Leben.

Sterling stand neben Kay am Ausgang, nahm Beileidsbekundungen entgegen, schüttelte Hände und machte Smalltalk. Er bewunderte Kay, die trotz Trauer und Erschöpfung tapfer lächelte.

Ein alter Herr mit unordentlichem weißen Haar stand am Ende der Schlange der Kondolierenden. Sterling sah ihn mühsam an einem schwarzen Krückstock gehen, die Hand um den elfenbeinernen Elefanten geklammert, der den Griff bildete. Sein zerknitterter Anzug hätte dringend gründlich gereinigt und gebügelt werden müssen. Eine eckige schwarze Brille saß schief auf seiner Knollennase.

»Mein Beileid, Mr. Bledsoe«, sagte er und drückte Sterling mit der ganzen Kraft seines klapprigen Körpers die Hand. Er stützte sich schwer auf seinen Stock. »Ich bin Professor Mandryka. Special Agent, ich habe schon viel von Ihnen gehört.«

Überrascht nahm Sterling zur Kenntnis, dass der alte Herr seinen Beruf kannte. »Vielen Dank, dass Sie gekommen sind, Professor«, sagte Sterling, »aber woher wissen Sie, dass ich Special Agent beim FBI bin?«

»Ihr Bruder ist sehr stolz auf Sie gewesen. Er hat mir immer berichtet, was Sie alles erreicht haben. Ihre Karriere hat ihm nicht weniger Befriedigung verschafft als seine eigene.«

Ein Lächeln stahl sich in Sterlings Gesicht. Er hätte nie gedacht, dass Wilson sich für sein berufliches Fortkommen interessiert, und schon gar nicht, dass er anderen davon erzählt hatte.

»Ihr Bruder und ich kannten uns schon lange«, fuhr der alte Herr fort. »Ich war einer seiner Professoren, als er an der Universität von Chicago im Prüfungssemester war. Er ist mit Abstand mein bester Student gewesen – und ich habe eine Menge Studenten gehabt, das können Sie mir glauben.«

»Was für ein Zufall, dass Sie sich am Ende mit ihm zusammen hier in Dartmouth als Lehrer wiedergefunden haben«, sagte Sterling.

»Oh, das war überhaupt kein Zufall!« Der alte Professor hüstelte ein paarmal trocken. »Bevor Willie hier angetreten ist, gab es an der Naturwissenschaftlichen Fakultät nur einen einzigen nennenswerten Wissenschaftler, der sich für tierische Verhaltensforschung interessiert hat. Als abzusehen war, dass dieser Mann in den Ruhestand gehen würde, habe ich Willie angerufen und ihm gesagt, Tür und Tor stünden hier für ihn offen. Er solle herkommen und sich einen Namen machen.«

»Und er hat Ihren Rat befolgt.«

»Ja – und ist einer der ganz Großen seines Fachs geworden.«

Der alte Herr machte eine Pause und sah zu den bunten Glasfenstern der Kapelle hinauf. Sterling spürte, dass er etwas auf dem Herzen hatte.

»Willie war mehr als nur Wissenschaftler und Dozent«, sagte Mandryka schließlich. »Er war ein Menschenfreund und von dem unstillbaren Verlangen beseelt, anderen etwas zu geben.«

»Das habe ich heute hier erfahren«, sagte Sterling, der wieder gegen die aufsteigenden Tränen ankämpfen musste.

Der alte Herr ließ die letzten Trauergäste vorbeidefilieren, blickte sich um, trat näher und reckte den Hals, um Sterling etwas ins Ohr zu flüstern. »Kommen Sie doch bitte morgen Früh zu mir in mein Labor. Um sieben, bevor meine Assistenten antanzen. Ich möchte Ihnen gerne etwas zeigen«, murmelte er geheimnisvoll.

»Wo ist Ihr Labor?«

»Im zweiten Stock des Gilman Life Science Laboratoriums,

drüben an der College Street. Es steht genau vor der Medical School. Sie können es nicht verfehlen.«

»Welche Zimmernummer?«

»Ich habe keine. Die ganze zweite Etage gehört mir allein. Ach, und sorgen Sie dafür, dass Sie alleine kommen.«

Sterling schlug in seinem schwarzen Notizbuch eine neue Seite auf und notierte sich die Adresse. »Professor, was wollen Sie mir denn zeigen?«

Mandryka legte Sterling die arthritische Hand auf die Schulter und schaute ihm tief in die Augen.

»Rotschulterstärlinge«, sagte er.

* * *

Wieder einmal war das Domizil der Mortimers voll Menschen, aber es war beileibe keine ausgelassene Gesellschaft, wie sie das weitläufige Haus sonst zu sehen pflegte. Auf Musik hatte man verzichtet, statt Alkohol gab es Mineralwasser, Kaffee und Tee. Kay war von der Trauerfeier in der Rollins Chapel ermüdet und hatte ursprünglich gar nicht mitkommen wollen, aber sie hielt sich tapfer und nahm würdevoll nicht enden wollende Beileidsbekundungen und tröstliche Worte entgegen.

Sterling stand den größten Teil des Nachmittags an ihrer Seite. Immer wieder bekam er Anekdoten zu hören, die entweder um Wilsons menschliches Format oder seine wissenschaftliche Brillanz kreisten. Als für Sterling nach einiger Zeit sowohl die Geschichten wie die Gesichter derer, die sie zum Besten gaben, ineinander verschwammen, beschloss er, sich für eine Weile nach draußen zu verziehen und etwas frische Luft zu schnappen. Er schlüpfte durch eine Seitentür und suchte sich den Weg hinaus zum Park hinter dem Haus.

Die Sonne, die sich bereits dem Horizont näherte, verströmte immer noch die Flut ihrer wärmenden Strahlen. Sterling spazierte über den Rasen und kam schließlich am Ende des Grundstücks an einen kleinen, sorgfältig gepflegten Garten. Er blieb stehen. Blumen brachen knospend aus dem unlängst umgegrabenen Humus hervor. Der warme Wind raschelte im Geäst. Sterling dachte an New York. Er sehnte sich zurück in den Asphaltdschungel, wo er sich morgens im Imbiss an der Ecke mit seinem Orangensaft und dem Bagel versorgte, um anschließend seinen Studenten die Physiologie des Menschen und die Kunst des Sezierens zu vermitteln. Als er sich nach einem seltsam geformten Blatt bückte, hörte er hinter sich seinen Namen rufen. Er drehte sich um und erkannte Ahote, die zierliche Indianerin, die im Haushalt der Mortimers arbeitete.

»Guten Tag, Mr. Bledsoe«, sagte sie und kam näher. Ihr schwarzes Haar schimmerte im Sonnenlicht wie heißes Öl. Auch ihr Teint, ein verwegenes Gemisch aus Rosa und Braun mit roten Zwischentönen, wirkte wie entflammt. Das strahlende Licht der tief stehenden Sonne verstärkte den nachhaltigen Eindruck, den ihre Schönheit auf Sterling gemacht hatte.

»Ahote!«, rief er und bedachte sie mit seinem strahlendsten Lächeln. »Wie geht es Ihnen?«

»Oh, gut, danke«, sagte sie. »Ich möchte Ihnen mein tiefes Mitgefühl ausdrücken.«

»Das ist sehr lieb von Ihnen. In den letzten Tagen sind alle sehr freundlich zu mir gewesen.«

Ahote drehte sich um und schaute zum Haus hinüber. Sterling sah eine kleine lila Blume in ihrem Haar stecken. Er fragte sich, wie die Blume halten konnte, da sie doch offensichtlich nirgendwo befestigt war.

Sie trat so nahe an ihn heran, dass sich ihre Körper beinahe berührten. Die Sonne machte das tiefe Blau ihrer Augen noch intensiver. Es war schwer, sich nicht darin zu verlieren.

»Nicht alle sind so freundlich«, sagte Ahote.

Der knappe Satz ließ Sterling stutzen. »Was meinen Sie damit?«

»Mein Volk lebt schon seit langer Zeit in diesen Bergen«, sagte Ahote in einer Art Singsang. »Wir kennen das Land und die naturgemäße Ordnung der Dinge. Aber vieles ist nicht mehr so, wie es sein soll – auch wenn es oft auf den ersten Blick noch so zu sein scheint.«

»Gilt das auch für den Tod meines Bruders?«

Ahote senkte kurz den Blick und sah Sterling wieder in die Augen. »Askuwheteau ist ein Mann der Liebe und des Friedens gewesen. Sein Tod ist nicht nur ein schmerzlicher Verlust für Sie, sondern auch für mein Volk und die wunderbaren Tiere, die in diesen großartigen Bergen umherstreifen.«

»Weshalb haben Sie meinen Bruder Askuwheteau genannt?«

»In der Sprache der Algonquin heißt das ›er hält Wache‹.«

»Worüber hat er denn Wache gehalten?«

»Über alles. Er hatte das Auge eines großen Kriegers und den Geist eines weisen Mannes.«

»Ahote, woher haben Sie meinen Bruder gekannt?«

»Mein ganzes Volk hat ihn gekannt. Sein Herz hat für uns geschlagen. Er hat die Freiheit der Natur respektiert, genau wie wir. Er hat verstanden, wie wir leben.«

Sterling hätte gern gewusst, ob Wilson Ahotes Schönheit ebenso unwiderstehlich gefunden hatte. »Haben Sie sich mit Wilson auch unter vier Augen getroffen?«

»Mr. Bledsoe, er hat sich mit uns allen getroffen. Wie viele von uns hat auch er gewusst, dass der Welt am besten gedient ist, wenn man allem, was da kreucht und fleucht, seine natürliche Ordnung lässt.«

Sterling blickte in die Tiefe von Ahotes Augen. Er sah unregelmäßig geformte grüne Sprenkel in tiefblauen Wellen treiben. Ahotes Kraft war wohl verborgen, aber sie war da, vom

Schleier ihrer Schönheit verhüllt. Sterling berührte ihre Schulter. »Ahote, ich möchte Sie etwas fragen, aber ich muss Sie bitten, mir ganz aufrichtig zu antworten.«

»Ich kann von Natur aus nicht unaufrichtig sein«, sagte sie. »Fragen Sie nur.«

»Wissen Sie, wer meinen Bruder umgebracht hat?«, fragte Sterling eindringlich.

Ahote zuckte nicht mit der Wimper. Sie hatte die Frage erwartet. »Nein, ich weiß es nicht«, antwortete sie, ohne zu zögern, »aber mein Volk und ich sind nicht weniger entschlossen als Sie, den Mörder zu fassen und zu bestrafen.« Sie griff unter ihr Umhängetuch, zog ein zusammengefaltetes Zettelchen hervor und reichte es Sterling. »Hier steht der Name des Mannes, mit dem Sie sprechen sollten.«

Sterling faltete das Zettelchen auseinander. In kleinen schwarzen Buchstaben stand darauf das Wort »Kanti« zu lesen. »Wer ist das?«

»Kanti weiß alles«, sagte Ahote. »Er ist unser großer Häuptling.«

»Wie finde ich ihn?«

»Machen Sie sich keine Sorgen, Mr. Bledsoe. Sie werden Kanti nicht finden. Er findet Sie.«

Sterling faltete das Zettelchen wieder zusammen und steckte es in sein Notizbuch.

»Agent Bledsoe!«, hallte die Stimme eines Mannes über den Rasen. Als Sterling sich umdrehte, sah er Lieutenant Wiley winken. Er wollte sich bei Ahote bedanken, doch sie glitt bereits über den Rasen davon.

Sterling ging zu Wiley hinüber. »Lieutenant, was gibt's?«

»Die Station hat mich gerade angerufen«, sagte Wiley schnaufend, als wäre er gerannt. »Sie haben die Bilder zurückbekommen.«

»Welche Bilder?«

»Die Bilder von der Videokamera drüben auf dem Burke. Sie sind vor fünfzehn Minuten abgegeben worden.«

»Ist was drauf zu sehen?«

»Die Kollegen wollen den Umschlag erst aufmachen, wenn wir auch da sind.«

»Dann wollen wir sie nicht länger warten lassen.«

»Noch was, Agent. Wir haben definitiv die Falschen eingebuchtet.«

»Was macht Sie da so sicher?«

»Ich habe mich mit Jack Spriggins kurzgeschlossen, dem Sheriff unten in Claremont, ein alter Freund von mir. Er hat sämtliche Angaben der beiden überprüft. Da ist nichts.«

»Und wenn er sich irrt?«

»Jack Spriggins mag manchmal ein bisschen schnell am Drücker sein, aber was diese Sachen angeht, irrt er sich nie. Er regiert seine Stadt mit eiserner Faust. Er sagt, Tex und Buzz hätten wasserdichte Alibis. In der Nacht, in der Ihr Bruder ermordet worden ist, war Tex im Chicken Shack, hat Hühnerflügel gefressen und sich jede Menge Budweiser reingekippt. Ein Neffe von mir steht dort hinter der Theke. Er sagt, Tex wäre so gegen sechs gekommen, und sein Mädel hätte ihn nach Mitternacht wieder rausgeschleppt.«

»Und Buzz?«

»Auch Fehlanzeige. Er hat an diesem Abend mit Sheila von sieben bis halb neun im Mountain Roadhouse gegessen, und dann sind sie ins Elks Lodge rüber zum Bingo. Erst nach der Jackpotrunde sind sie wieder gegangen, und das war kurz nach eins.«

Sterling nickte. Er war nicht überrascht. »Wenn die beiden es nicht gewesen sind, könnte immer noch jemand aus ihrem Umfeld in die Sache verwickelt sein und vielleicht etwas wissen.«

»Auch negativ. Jack hat alle überprüft.«

»Trotzdem sollten wir ganz sichergehen und selber tätig werden.«

»Ich verspreche mir wenig davon, aber unsere Männer sind schon dabei. Tex und Buzz bleiben jedenfalls vorläufig in unserem Gewahrsam. Spriggins sagt, er hätte seit Jahren nicht mehr so ruhig geschlafen.«

»Dann sollten wir umgehend zur Station fahren. Diese Bilder sind im Moment das Einzige, was wir in der Hand haben.«

»Gut. Ich häng mich schon mal ans Telefon.«

22

WIE EINE BOMBE, die jeden Moment hochgehen kann, lauerte der große schwarze Umschlag in der Mitte des Konferenztisches. Eine Karteikarte mit Sterlings Namen war mit einer Heftklammer und Tesafilm an der Einstecklasche befestigt. Im Raum ging es sehr lebhaft zu. Ein paar Polizisten schrien in Telefone, andere verputzten die Reste einer großen Peperonipizza. Die Autopsie war abgeschlossen, die Telefongespräche zeitlich zugeordnet und die Timeline so gut wie lückenlos erstellt. Man war sich einig, dass Professor Wilson Bledsoe an jenem Abend zwischen seinem letzten Anruf um neunzehn Uhr fünfzehn und dreiundzwanzig Uhr ermordet worden war. Die Schürfwunden in der Magengegend wiesen darauf hin, dass er ein paar Meter weit geschleift und in dem Gebüsch, wo man ihn gefunden hatte, liegen gelassen worden war.

Von Sterling und Wiley abgesehen war praktisch jeder davon überzeugt, dass mit Tex und Buzz die Mörder gefasst waren. Die Alibis nahm man ihnen nicht ab. Der zunächst so unverfrorene und nassforsche Tex Norkin hatte angefangen, sich jedes Wort genau zu überlegen – nach Ansicht der örtlichen Beamten ein untrügliches Zeichen seiner Schuld. Nur jemand, der schuldig war und etwas zu verbergen hatte, würde sein Verhalten so drastisch ändern. Tex' Wohnwagen war mehrmals gründlich durchsucht worden, was allerdings auch nichts zu Tage gefördert hatte, woraus sich eine direkte Verbindung zu dem Mord an Wilson Bledsoe ableiten ließ. Nicht nur der Mangel von konkreten Beweisen, auch der Zeitfaktor gab Anlass zur Sorge. Es gab wohl keine Möglichkeit, ihn so lange festzuhalten, bis er weich werden und gestehen würde. Sein Gerichtstermin war in wenigen Tagen angesetzt. Wenn bis dahin kein handfester Beweis für seine Verwicklung in den Mord auf dem Tisch lag, hatte der Richter keine andere Wahl, als ihm wegen der Missachtung der Vorladungen eine Geldstrafe aufzubrummen und ihn anschließend auf freien Fuß zu setzen. Tex aber war und blieb bockig. Trotz aller Einschüchterungsversuche verlangte er immer noch keinen Anwalt. Er tönte, ein Unschuldiger brauche keinen Rechtsverdreher, der mit großen Worten Eindruck zu schinden versuchte. Gleichwohl ließ man nicht locker, ihn zu verhören, und winkte sogar mit einem Deal, falls er bereit sei, gegen Buzz Gatlin auszusagen. Tex Norkin machte bei dem Angebot große Augen, und es wurden schon Wetten abgeschlossen, wann er doch noch nach einem Anwalt verlangen würde.

Buzz Gatlin blieb eiskalt. Sein Redeangebot beschränkte sich auf die tägliche Bitte um das Kreuzworträtsel aus der *New York Times*, einen Kugelschreiber und einen großen schwarzen Kaffee mit vier Tütchen Zucker. Elmer Gallows, ein Wald- und Wiesenanwalt, der sich in Claremont die Fälle auf der Straße zusammenklaubte, hatte seine Vertretung übernommen. Gallows gehörte nicht zur WLA und stand ihr noch nicht einmal sympathisch gegenüber, aber er war einer jener liberalen Anwälte, für die der Schutz des Rechts auf freie Meinungsäußerung ein höheres Gut war als alles andere, selbst um den Preis, dass ein paar bornierte Rassisten ihr Gift ungehindert verspritzen durften.

Buzz und Gallows kannten sich von der High School. Buzz war schon damals gerissen und verbohrt, aber Gallows hatte ihn stets als anständigen Zeitgenossen betrachtet, der eben leider ein paarmal Pech gehabt hatte. Der Idealist in ihm hatte ihn den Fall übernehmen lassen, weil er hoffte, auf diese Weise seinen alten Klassenkameraden wieder auf den rechten Weg bringen zu können. Für den Moment hatte er Buzz darauf eingeschworen, keinesfalls den Mund aufzumachen. Erst müsse sich deutlicher zeigen, wie der andere General der WLA, nämlich der Kumpel Tex, sich auf die Sache einließ, und ob er den Versuch machen würde, einen Deal für sich herauszuschlagen. Da den beiden Verhafteten möglicherweise eine Anklage wegen vorsätzlichen Mordes drohte, konnte aus dem bisherigen Freund Tex leicht ein fataler Gegner werden.

Sterling betrachtete den mattschwarzen Umschlag. Der wirkliche Tatverdächtige war nur noch ein Videobild weit von ihnen entfernt. Von den anderen mit Spannung beobachtet, schlitzte er den Umschlag auf und zog drei schwarz-weiße Hochglanzfotos heraus, denen ein FBI-Briefbogen mit einer handschriftlichen Notiz beilag.

Lieber Sterle,
ich weiß, dass das für dich und deine Familie eine harte Zeit ist. Du sollst wissen, dass wir alle sehr betroffen sind und dir alles Gute wünschen. Anbei die ersten Ergebnisse, aber Artie arbeitet wie immer rund um die Uhr, um die Ausbeute noch zu verbessern. Sobald klarere Bilder vorliegen, werden wir sie dir per E-Mail zuschicken. Wir vermissen dich hier bei uns, wo du ja eigentlich auch hin-

gehörst. Aber wenn überhaupt jemand diesen Fall knacken kann, dann du. Wir drücken dir alle die Daumen.

Herzlichst
Harry

P. S. Wir haben ein paar Neue bekommen. Es sind auch Mädels darunter, die es gar nicht erwarten können, den legendären Agenten Bledsoe persönlich kennen zu lernen. Ich gebe mir alle Mühe, deine Reputation hochzuhalten.

Lächelnd ließ Sterling die Notiz in seiner Tasche verschwinden und wandte sich dem ersten Foto zu, einer Aufnahme der Spiegelung in der Türscheibe aus größerer Entfernung. Die Auflösung konnte durchaus noch eine weitere Verbesserung vertragen, aber die Grobkörnigkeit des Bildes war bereits weitgehend beseitigt. Nickend nahm sich Sterling das zweite Foto vor. Hier war das Gesicht klarer, unverkennbar das Gesicht eines Mannes mit einem Stoppelbart am Kinn.

»Das ist unser Mann«, sagte Sterling, von den anderen umdrängt. »Das ist unser Mann!«

Sterling ging zu der großen Timeline an der Wand und deutete auf den mit »Burke« markierten Abschnitt. »Betrachten Sie einmal die Zeiten hier. Um vier Uhr fünfundzwanzig taucht dieser Mann auf. Carlton kommt um zwei Minuten nach fünf.« Sterling fuhr mit dem Finger die Linie entlang. »Um sieben Minuten nach fünf geht der Unbekannte wieder, nachdem er insgesamt zweiundvierzig Minuten im Labor zugebracht hat.« Sterling wandte sich um und sah alle an. »Es ist zwar nicht grundsätzlich unmöglich, dass jemand befugterweise morgens um vier Uhr fünfundzwanzig das Labor aufgesucht hat, aber es ist verdammt unwahrscheinlich und zudem ein höchst verdächtiger Zufall, wenn jemand so kurz nach Wilsons Ermordung dort auftaucht.«

Sterling sah sich das letzte Foto an, das beste der drei. »Kann mir jemand eine Lupe und ein paar Bogen farbiges Papier bringen?« Er legte das Foto auf den Tisch und drehte es einige Male hin und her. Mit drei Blatt blauem Papier, die ihm jemand reichte, deckte er das Foto ab bis auf einen kleinen Ausschnitt des Gesichts, den er mit dem Vergrößerungsglas inspizierte. »Wenn ich mich nicht irre, ist auf dem Gesicht des Mannes so etwas wie ein Mal zu erkennen, vielleicht sogar eine Narbe.« Er stand auf und gab die Lupe an Wiley weiter.

Der ohnehin nicht besonders hoch über den Boden erhabene Lieutenant Wiley brauchte sich kaum zu bücken, um das Bild zu studieren. »Ich kann nichts erkennen, Agent«, sagte er, das Auge immer noch auf das Foto geheftet. »Schwer zu sagen, ob das ein Bildfehler ist oder etwas Wirkliches.«

Wiley reichte das Vergrößerungsglas an die anderen weiter, die der Reihe nach den kleinen Bildausschnitt studierten, wobei am Ende, Brusco eingeschlossen, keiner zu bestätigen vermochte, was Sterling gesehen zu haben glaubte.

»Da ist etwas«, sagte Sterling, der den übermächtigen Zweifel im Raum spürte. »Ich sage Ihnen, das ist unser Mann. Dieses Foto reicht im Moment vielleicht noch nicht aus, aber glauben Sie mir, dieses Bild enthält die Antwort auf alle unsere Fragen.«

Sterling trat von Wiley gefolgt an die Fototafel mit den grausigen Fotos vom Tatort. Das unmittelbar nach dem Umdrehen der Leiche aufgenommene Bild mit dem Ausdruck des maßlosen Entsetzens in Wilsons Gesicht war das beunruhigendste von allen. Er sah aus, als hätte er noch etwas sagen wollen, bevor man ihm endgültig die Luft abgedrückt hatte. Sterling heftete die drei Fotos aus dem FBI-Labor mit Reißzwecken neben die Aufnahmen vom Tatort. Da war etwas, das ihn umtrieb. Hier gab es irgendwo verborgene Verbindungen und Hinweise, Spuren, die er noch nicht zu deuten vermochte. Diese Rotschulterstärlinge waren wichtig – nicht nur für Wilson, sondern auch für jemand anderen.

Detective Hanlon war zu Sterling und Wiley getreten. Er legte ihnen die Hand auf die Schulter. »Lassen Sie's gut sein, Gentlemen«, sagte er, »wir haben die Killer. Uns fehlt nur noch die schlüssige Beweisführung.«

»Und da genau liegt das Problem«, sagte Wiley. »Wir haben keine schlüssigen Beweise, die in diese Richtung weisen.« Wiley schaute erst Sterling an und dann die anderen, denen der Zweifel ins Gesicht geschrieben stand. Sterling und er waren mit ihrer Meinung allein. Zur Hölle damit. Wiley hätte auch ohne Jack Spriggins gewusst, dass die Täter nicht aus der WLA kamen. Der Kerl auf diesen Bildern war ihr Mann. Der war ganz bestimmt nicht an einem Samstag in aller Herrgottsfrühe ins Burke gegangen, um ein paar Reagenzgläser zu spülen oder den Fußboden zu wienern.

Sterling betrachtete die Fotos an der Tafel. »Dieser Mann ist ins Burke gegangen, weil er etwas gesucht hat«, sagte er, als hätte er Wileys Gedanken gelesen. »Die Frage ist, ob er es gefunden hat.«

23

ES WAR ERST Spätnachmittag, aber der Tag war lang und anstrengend gewesen. Sterling beschloss, zum Haus zurückzufahren, um etwas zu essen und ein kurzes Nickerchen zu machen. Tausende von Gedanken schossen ihm gleichzeitig durch den Kopf. Der dominierende war, dass Professor Mandryka ihn morgen Früh sehen wollte, um ihm Rotschulterstärlinge zu zeigen – genau das, worauf Wilsons verschlüsselter Hinweis zu zielen schien, den er sich kurz vor seinem Tod auf den Knöchel geschrieben hatte. Wilson hatte bis zum Schluss seine Geistesgegenwart nicht verloren und eine Botschaft unter dem Socken hinterlassen, wo die Mörder sie nicht finden würden, und obendrein in einer Weise geschrieben, die nur für Sterling eine Bedeutung hatte. Ein Genie, sogar noch im Tod. Sterling spürte den Stich der Eifersucht.

Und dann die seltsame Begegnung mit Ahote und ihre geheimnisvollen Worte. Wer war dieser mysteriöse Kanti, den sie erwähnt hatte, und wie sollte dieser Mann helfen können, den oder die Mörder aufzuspüren? Die elenden Rassisten Tex und Buzz waren lediglich zwei gut gewählte Sündenböcke in einem raffinierten Täuschungsmanöver. Der wahre Täter war der Mann auf diesen Fotos, daran gab es für Sterling keinen Zweifel. Wenn Harry mit der Wunderkur für dieses Band fertig war, würde die Antwort endlich auf dem Tisch liegen.

Als Sterling vom Ortszentrum aus den Weg zur Brücke einschlagen wollte, klingelte sein Handy. Chief Gaylor war dran, wie Sterling am Klang der Stimme überrascht feststellte.

»Der Präsident und ich dachten gerade, ob Sie wohl Zeit hätten, sich zu einem kleinen Schwatz zu uns herüberzubemühen?«, säuselte Gaylor. Wieder dieser verdammte herablassende Ton. Es war weniger eine Frage als eine unverschämte Aufforderung.

»Ist denn etwas passiert?«

»Nein, keineswegs. Es ist nur schon geraume Zeit her, seit wir drei uns über den Fall ausgetauscht haben. Präsident Mortimer hätte gern gewusst, wie die Nachforschungen vorankommen.«

Sterling empfand das Ansinnen gelinde gesagt als eine Zumutung. Gaylor hatte jede Berechtigung, den täglichen Lagebesprechungen im Kommissionsraum beizuwohnen, aber seit dem offiziellen Start der Untersuchung vor einer Woche hatte er sich nicht mehr blicken lassen. Bei den Verhören hatte er einen großen Auftritt inszeniert, aber keinen Ton zur Sache von sich gegeben, außer am Schluss Tex und Buzz pauschal für schuldig zu erklären. Jetzt forderte er auf einmal ein Palaver an. Sterling wusste natürlich, dass Gaylor lediglich Mortimers Laufbursche war, und Mortimers Hauptanliegen war nun mal die Schadensbegrenzung. Der Ruf von Dartmouth durfte auf keinen Fall durch den scheußlichen Mord an einem beliebten Professor beschädigt werden. Das Image war alles, auch auf der Insel der Seligen im entlegenen Ozean der Gelehrsamkeit.

»Wann wäre es Ihnen denn recht?«, fragte Sterling höflich.

»Können Sie in einer Stunde in Präsident Mortimers Büro in der Parkhurst Hall kommen?«

»Ich denke, das geht.«

Gaylor machte sich nicht die Mühe, Danke schön oder Auf Wiedersehen zu sagen. Er brach die Verbindung einfach ab. *Was bildet der Kerl sich eigentlich ein?*, dachte Sterling. *Als Chef des Sicherheitsdienstes einer kleinen Klitsche am Arsch der Welt führt er sich auf wie der Herr Generalstaatsanwalt persönlich!*

Sterling rief Wiley an.

»Wir haben fast die gesamte WLA zur Einvernahme hier gehabt«, sagte Wiley. »Wir haben sie alle durch die Mühle gedreht, bis auf Skeeter Wilkins, aber der ist noch auf Angeltour in Kanada«, sagte Wiley. »Spriggins hat goldrichtig gelegen. Lauter wasserdichte Alibis. Während wir uns unterhalten, sind schon ein paar Leute unterwegs, um Wilkins aufzustöbern.«

Sterling ließ sich noch einmal Gaylors Abschiedsworte beim Verhör durch den Kopf gehen. Woher nahmen er und die anderen ihre Sicherheit? Sterling war dieser falschen Gewissheit schon oft begegnet, wenn die Meute Blut geleckt hatte und der Drang, den Schuldigen zur Strecke zu bringen, das Urteil trübte. Natürlich wäre es allen zupass gekommen, wenn dieser Fall schnell und sauber ad acta gelegt werden konnte. Je länger er ungelöst blieb, desto mehr regierte in dem Städtchen die Angst. Die Aburteilung von zwei Außenseitern wie Tex und Buzz hätte dieser eng gewirkten Gemeinde endlich wieder das Gefühl der Sicherheit zurückgegeben.

Sterling ging durch den Park hinüber zur Parkhurst Hall. Er blieb ein paar Minuten stehen und sah einigen Fußball spielenden Studenten zu. Ihre Rucksäcke hatten sie zu Torpfosten umfunktioniert. Aus ihrem Spiel und dem Gelächter sprach eine unglaubliche Unschuld. Alles war so glatt. Viel zu glatt. Sterling war nicht bereit zu akzeptieren, dass in der fraglichen Nacht kein Mensch etwas gehört oder gesehen hatte.

* * *

Präsident Mortimers Büro nahm das gesamte Obergeschoss des weitläufigen Ziegelbaus ein. In den darunter liegenden Etagen waren die Büros einiger Dekane untergebracht, die aber in keiner Weise dem Vergleich mit der Bürosuite standhielten, die Präsident Mortimer für sich und seinen Stab von fünfzehn Mitarbeitern beanspruchte. Eine schwere gläserne Pendeltür mit dem Wappen des College und ein Portrait von Mortimer im blauen Blazer und grün-weiß gestreiftem Schlips prägten den herrschaftlichen Eingang. Auf Mortimers Zügen lag die gebieterische Miene eines Mannes, der gewohnt war, dass alles nach seiner Pfeife tanzte.

Die Empfangsdame überschlug sich geradezu vor Beflissenheit. Sterling nannte ihr seinen Namen und ließ sich ins Allerheiligste geleiten. Die Extravaganz des Büros stand seiner Monumentalität in nichts nach. Der Boden war mit dickem beigefarbenen Spannteppich bedeckt, in dem die mit dunkelgrünem Leder bezogenen Sitzmöbel fast versanken, die dem Raum die Anmutung eines Country-Clubs verliehen. Ein gewaltiger Kristalllüster zierte die Decke. Von den Wänden starrten finster die Portraits stoischer alter weißer Männer herunter und gaben dem Besucher das Gefühl, es sei ungehörig, sich ohne ihre ausdrückliche Genehmigung in das Büro des Präsidenten hineinzuwagen.

Mortimer und Gaylor saßen bei Sterlings Eintritt in ausladenden Sitzmöbeln. »Danke, dass Sie gekommen sind«, sagte Mortimer, während er sich jovial erhob, um Sterling die Hand zu schütteln. Gaylor stand ebenfalls auf und tat es Mortimer nach. »Ich weiß durchaus«, fuhr Mortimer fort, »dass Sie im Augenblick mit diesen Männern aus Claremont sehr beschäftigt sind, gleichwohl möchte ich mir erlauben, Ihnen ein wenig von Ihrer kostbaren Zeit zu rauben, um mich von Ihnen auf den neuesten Stand der Dinge bringen zu lassen.«

Sterling durfte in der Nähe des pompösen Mahagonischreibtischs in einem weniger üppigen Sitzmöbel Platz nehmen. Angesichts der amerikanischen Flagge auf der einen und der Flagge von Dartmouth auf der anderen Seite des Schreibtischs kam er sich fast vor wie im Oval Office des Weißen Hauses. Ein sorgfältiges Arrangement aus Terminplaner, Schreibblock und Kalender, alles in farblich passendem Leder, zierte die riesige Tischplatte. In der Nähe der Vorderkante waren gut sichtbar zwei Fotografien aufgebaut: Mortimer, kaum zwanzigjährig, mit ein paar Büchern in der Hand lässig an einen Baumstamm gelehnt, den Blick an der Kamera vorbei sinnend in die Ferne gerichtet, auf dem anderen Foto eine ungefähr gleich junge Serena Mortimer mit blonderem Haar und längeren Wimpern. Sie trug eine enge Cheerleaderuniform von Princeton in Schwarz-Orange. Nicht unbedingt der absolute Knaller, aber zur Not einen zweiten Blick wert. Sie hatte das Foto sogar signiert. *Für Clipper in Liebe, Serena.* Sterling war von ihrer Handschrift überrascht. Er hätte ein strenges, nach vorn geneigtes Schriftbild erwartet, in der Art, wie Intellektuelle oft schreiben, aber die Schrift mit ihren rundlich geschwungenen dicken Buchstaben war ausgesprochen mädchenhaft. Unter den Namen war sogar ein von einem Pfeil durchbohrtes Herz gemalt.

»Die Mörder laufen frei herum«, sagte Sterling. »Wir halten zwar noch diese beiden Männer in Gewahrsam, aber damit wird es bald vorbei sein.«

»Was bringt Sie zu dieser Einschätzung?«, fragte Mortimer.

»Es gibt absolut keinen stichhaltigen Beweis, der die beiden mit dem Mord in Verbindung brächte. Keine Fingerabdrücke, keine Zeugen, keine Pläne, rein gar nichts. Außerdem haben sie wasserdichte Alibis. Wir halten sie gegenwärtig zwar noch fest, aber das steht auf ganz wackeligen Füßen – ein paar nicht befolgte Vorladungen wegen Verkehrsdelikten.« Sterling registrierte Mortimers kamelhaarfarbenes Tweedjackett und die weiß gepunktete grüne Fliege. Es war ihre dritte Begegnung, und jedes Mal hatte Mortimer etwas in der Farbe der Schule getragen. Sterling argwöhnte, dass er zum Schlafen in grüne Pyjamas schlüpfte.

Mortimers Biografie war nicht uninteressant. Sterling hatte sie sich aus dem Internet heruntergeladen. Wallace Mortimer III entstammte einer langen Linie prominenter Männer, die alle ihre Erziehung in Dartmouth genossen hatten. Sein Urgroßvater Spencer Mortimer war der Erste, der hier seine Ausbildung absolviert hatte, um sich dann nach New York aufzumachen, wo er mit Börsenspekulationen schnell ein großes Vermögen zusammengebracht hatte. Spencer fühlte sich stets dem kleinen College zu Dank verpflichtet, das ihm zum Start verholfen hatte. Bei seinem Tod vermachte er ihm sein halbes Vermögen. Er stiftete seiner alten Schule einen Lehrstuhl, der nach der Frau benannt wurde, mit der er dreiundsechzig Jahre verheiratet gewesen war, und darüber hinaus noch genügend Geld zur Gründung einer Business School, die auf sein Drängen den Namen eines Klassenkameraden erhielt, der im spanisch-amerikanischen Krieg gefallen war.

Mortimer nahm Sterlings Worte zur Kenntnis, hob schließlich die Brauen und sah Gaylor an, wozu er gewohnheitsmäßig mit dem Kopf nickte. »Mir ist zu Ohren gekommen, dass diese Männer einer Gruppierung angehören, die den Hass predigt«, sagte er schließlich.

»Die Gruppe nennt sich WLA«, erwiderte Sterling, »White Liberation Army. Ihre Ideen sind kaum brillanter als ihr Name.«

»Aber sie sind die Hauptverdächtigen!«

»Vor allem die einzigen Verdächtigen. Sehen Sie, da liegt ja gerade das Problem. Die Motivation dieser Leute ist zu dürftig.«

»Aber diejenigen, die Wilson umgebracht haben, hatten ein rassistisches Motiv. Das Verbrechen war keineswegs ein banaler Straßenraub.«

»Jedenfalls wollen die Mörder, dass wir das glauben.«

»Sie sind also nicht überzeugt?« In Mortimers Stimme schwang Enttäuschung.

»Nein, überhaupt nicht. Dieser rassistische Aspekt ist eine falsche Fährte und nichts weiter. Wir haben diese beiden Männer und ihre Kumpane jetzt zwei Tage lang verhört, mit dem einzigen Ergebnis, dass wir inzwischen ihre bescheuerten Vorstellungen von einer weißen Befreiungsbewegung und vom Schutz der Verfassung mitsingen können. Nirgendwo ein Grund zu der Annahme, dass sie meinen Bruder auf dem Gewissen haben.«

»Aber Gatlin ist ein wohl bekannter Mörder«, warf Gaylor ein. »Er hat bereits getötet – wie können Sie da so sicher sein, dass er es nicht ein zweites Mal tut?«

»Ich sage ja nicht, dass er nicht töten würde. Aber wenn ich einen Hang zum Wetten hätte, würde ich keinen Penny darauf setzen, dass er der Mörder ist. Hass predigen ist eine Sache, einen kaltblütigen, planvollen Mord zu begehen eine ganz andere. Die Mörder waren genau darüber informiert, wann Wilson sich an jenem Abend auf dem Heimweg befinden würde.«

»Geht das aus den Beweisen hervor?«

»Es geht nicht um die Beweislage«, sagte Sterling. »Es geht um das Strickmuster der Tat. Morde sind meistens keine zufälligen Gewalttaten. Fast immer gibt es irgendwo eine verbindende Gemeinsamkeit zwischen Mörder und Opfer.«

»Aber genau das ist doch bei dieser rassistischen Gruppierung der Fall!«, trumpfte Mortimer auf.

Sterling zwang sich zur Geduld. Er schüttelte den Kopf. »Es ist noch eine Unmenge Fragen zu klären, bevor Sie mich überzeugen können, dass diese Männer Wilson umgebracht haben!«

Mortimer zog so heftig die Brauen hoch, dass sie in der Mitte seiner Stirn jäh kollidierten.

»Um mit einem beliebigen Punkt zu beginnen«, erläuterte Sterling. »Weshalb sollten diese Männer auf einmal einen Mord begehen, nachdem sie sich in all diesen Jahren mit Kundgebungen für schlichte Gemüter und Flugblättern mit armseliger Rechtschreibung begnügt haben? Und warum ausgerechnet Wilson, einen prominenten und beliebten Professor, der auch noch fünfzig Kilometer weit weg wohnt?«

»Hat er nicht soeben diesen Preis gewonnen?«, bot Mortimer zur Erklärung an. »Das ist ein Haufen Geld. Sämtliche Zeitungen haben die Geschichte gebracht.«

»Aber die Mörder wollten kein Geld. Sie haben rein gar nichts gestohlen. Sie hätten seinen Wagen nehmen können, seine Brieftasche, was weiß ich. Und falls sie ihn entführt haben, um an sein Geld zu kommen, wozu hätten sie ihn umbringen sollen?«

Mortimer und Gaylor sahen einander ausdruckslos an.

»Die Männer, die Wilson auf der River Road aufgelauert haben, waren entweder selbst die Mörder, oder sie wissen, wer der Mörder ist. Wenn man davon ausgeht, dass es Leute von der WLA gewesen sind, muss man auch davon ausgehen, dass sie über bestimmte Details unterrichtet waren. Sie hätten den exakten Zeitpunkt kennen müssen, an dem Wilson Ihren Empfang verlassen hat, und ebenso den exakten Verlauf seines Heimwegs.«

»Aber so schwierig wäre das wohl kaum gewesen«, meinte Mortimer. »Wilsons Adresse steht im Telefonbuch, und jeder kann mit Leichtigkeit feststellen, dass der schnellste Weg von seinem Labor nach Hause über die Ledyard-Bridge und dann die River Road hinaufführt. Wilsons einzige andere Möglichkeit, von Hanover nach Hause zu kommen, würde einen Umweg von fünfzehn Minuten bedeuten. Man braucht kein Mathematikgenie zu sein, um sich ausrechnen zu können, dass er den kürzeren Weg nehmen würde.«

Mortimer war entweder ein schlagfertiger Denker, oder er hatte die verschiedenen Möglichkeiten vorher schon im Kopf durchexerziert, bevor er Sterling herbestellt hatte. Sterling neigte zur zweiten Annahme.

»Einverstanden«, sagte Sterling. »Aber der Mörder musste darüber hinaus auch noch Wilsons Fahrplan kennen. Das Timing musste genauestens stimmen.«

»Wieso das?«, wollte Gaylor wissen.

»Auf der River Road herrscht um diese Abendstunde zwar wenig Verkehr, aber auch nur eine einzige fremde Person, die den Pick-up am Straßenrand bemerkt, hätte alles vereiteln können. Jeder, der vorbeigekommen wäre, hätte angehalten und diesen Männern Hilfe angeboten – zumal es an diesem Abend ziemlich heftig geregnet hat.«

»Da muss ich Ihnen Recht geben«, sagte Mortimer aufgeräumt. »Hier im Upper Valley sind die Leute sehr hilfsbereit.«

»Und genau das ist der Grund, weshalb sich niemand gemeldet hat, der an diesem Abend den Pick-up gesehen hat.«

»Ich kann Ihnen leider nicht ganz folgen«, sagte Gaylor und runzelte die Stirn.

»Wenn jemand den Pick-up gesehen oder den Männern geholfen hätte, hätte er sich inzwischen längst gemeldet. Es hat sich aber niemand gemeldet. Kein einziger Anruf. Noch nicht einmal ein anonymer oder einer von einem Witzbold. Bei einem Mordfall mit einem so prominenten Opfer ist das höchst ungewöhnlich. Ich glaube, dass nur Wilson und sonst niemand diesen Pick-up zu Gesicht bekommen hat – weil der Wagen nämlich noch nicht dort gestanden hat, als andere Autos vorbeifuhren. Diese Männer haben ihren Pick-up erst in letzter Minute in Stellung gebracht, als sie wussten, dass Wilson die Brücke passiert hat. Der Mord an Wilson war fast der perfekte Mord. Ausgezeichnetes Timing, keine Fingerabdrücke, keine Zeugen. Der oder die Täter müssen routinierte Verbrecher gewesen sein. Tut mir Leid, aber ein zusammengewürfelter Haufen von Rauf- und Saufbolden und hasserfüllten Schreihälsen wie die WLA passt einfach nicht in dieses Bild.«

»Und was ist mit diesem Brandmal, dem Adleremblem?«, warf Mortimer ein.

»Ein interessantes Detail, aber kein zwingender Beweis. Das könnte jeder getan haben. Es hat uns zwar zu Norkin und Gatlin geführt, aber damit ist der Fall nicht gelöst.«

Die Männer saßen eine Weile da und schwiegen sich an, bis Mortimer sich schließlich räusperte. »Wie lange wird die Sache ihrer Meinung nach noch dauern?«

»Ein Mordfall ist keine Seminararbeit mit einem festen Abgabetermin. Bei Mordfällen geht es um Beweise und Tatsachen«, gab Sterling zurück.

»Ich habe zahllose Anrufe von unseren Kuratoren und Förderern erhalten«, sagte Mortimer. »Man verfolgt mit wachsender Besorgnis das Bild unserer Institution in der Öffentlichkeit. Selbstverständlich ist unser ausgezeichnetes Lehrangebot das Hauptargument, wenn sich Eltern und Kinder für unsere Institution entscheiden. Aber wir wissen, dass die Sicherheit und Annehmlichkeit des Studienorts eine nicht zu unterschätzende Rolle spielen. Gerade dieser Faktor bewirkt häufig, dass letztlich uns der Vorzug gegeben wird, vor großstädtischen Instituten wie Yale oder Columbia.« Mortimer schaffte es, dem Wort »großstädtisch« einen ehrenrührigen Beiklang zu geben.

Sterling hatte langsam die Nase voll. Er erhob sich und blickte dem sitzenden Mortimer von oben herab in die Augen. »Bei allem gebotenen Respekt, Wally, die Reputation Ihrer Lehranstalt und die Sorgen Ihrer illustren Geldgeber interessieren mich einen feuchten Kehricht. Hier laufen die Ermittlungen in einem Mordfall! Sagen Sie das den Leuten! Ich werde nicht weichen, bis ich die wahren Mörder gefasst habe! Die WLA kommt jedenfalls als Täter mit der gleichen Wahrscheinlichkeit infrage wie Ihre quirlige Empfangsdame da draußen! Die wahren Täter haben Wilsons Pläne für diesen Abend gekannt, und zwar auf die Sekunde genau. Und ich komme mehr und mehr zu der Überzeugung, dass die Mörder nicht auf eigene Faust gearbeitet haben. Sie haben wohl informierte Komplizen gehabt!«

24

STERLING WAR VOM Zorn noch so aufgewühlt, dass er einstweilen nicht zur Kommission zurückkehren wollte. Er musste sich erst einmal beruhigen, bevor er etwas unternahm, das ihm hinterher Leid tat. Dr. Lieteau wäre stolz auf ihn gewesen. Gefühlsmanagement nannte sie den Vorgang. Außerdem hörte er die Warnung seines Chefs in sich nachklingen. *Sterling, machen Sie mir bloß keinen Ärger! Und behalten Sie um Gottes willen einen kühlen Kopf!*

Er ging durch die Grünanlagen zurück und stieg in seinen Mustang, den er vor dem Hop geparkt hatte. Während er noch überlegte, ob er in einem Imbiss ein Sandwich holen sollte, hatte er schon den Weg zur Ledyard-Bridge eingeschlagen. Er konnte sich ja im Haus etwas zu essen machen oder vielleicht eine Pizza bestellen – falls der Pizzaservice so weit abseits jeder Zivilisation überhaupt lieferte.

Er rollte die lange Zufahrt zum Haus betont langsam hinunter, um den Glanz von Wilsons Schöpfung gebührend zu bewundern. Kays Worte vom ersten Abend kamen ihm in den Sinn. *Wenn Wilson die Auffahrt heruntergekommen ist, hat er sich immer besonders viel Zeit gelassen, damit er im Näherkommen das Haus in aller Ruhe betrachten kann. Ich habe ihm zwar nie die ganze Ehre gegönnt, aber es ist alles sein eigener Entwurf, bis hin zu den Türklinken.*

Und es war wirklich ein Erlebnis, wenn die zunächst dicht an der Auffahrt stehenden Bäume allmählich zurücktraten und das Haus nach und nach in seiner vollen Ausdehnung ins Blickfeld geriet. Die Länge der Zufahrt und die Position des Hauses waren optimal aufeinander abgestimmt, wodurch das Gebäude alle paar Meter noch pompöser wirkte, je mehr Fenster und Aufbauten beim Näherkommen in den Blick kamen. Maximale Wirkung. Das Haus war in jeder Hinsicht gewaltig, aber indem es sich vor dem Auge des Betrachters schrittweise entfaltete, wurde es zum architektonischen Wunderwerk. *Verdammt noch mal,* dachte Sterling, *hat es überhaupt etwas gegeben, was dieser Wilson nicht gekonnt hat?*

Sterling parkte neben der Garage. Vor dem Haus stand ein Taxi, ein weißer Kombi. Der Fahrer hing rauchend aus dem Seitenfenster. Als Sterling ins Haus ging, wäre er im Flur fast über drei gepackte Koffer mit Blumenmuster gestolpert. Hinten im großen Wohnzimmer stieß er auf Kay.

»Ich halte es hier nicht mehr länger aus«, sagte sie, als er eintrat. Sie war allein und nippte an einer Tasse Kaffee. Die Ruhe der letzten Tage schien ihr gut getan zu haben. Der Schmerz war ihr zwar noch anzusehen, stand ihr aber nicht mehr in schreienden Farben ins Gesicht geschrieben. »Sterling, ich kann hinschauen, wo ich will, überall sehe ich immer nur ihn. Er hat dieses Haus so sehr geliebt.«

»Wo willst du hin?«

»Ich fliege in ein paar Stunden zu meinen Eltern nach Chicago. Sie leben immer noch dort. Ich werde die nächsten paar Monate bei ihnen bleiben. Sie werden langsam alt und können ein bisschen Hilfe im Haushalt bestimmt gut gebrauchen. Dort kann ich mir in Ruhe darüber klar werden, was ich als Nächstes tun werde. Sterling, hier kann ich nicht nachdenken, jedenfalls nicht im Moment. Hier fällt mir die Decke auf den Kopf! Die Wut und die Gewissensbisse erdrücken mich. Jemand hat unser Leben ruiniert und läuft immer noch frei in der Gegend herum!«

»Alle denken, diese Rassisten aus Claremont hätten es getan«, sagte Sterling.

»Du aber nicht. Ich kann's dir anhören.«

»Für mich ergibt das einfach zu wenig Sinn. Erstens ist es viel zu banal, und zweitens glaube ich nicht an das Motiv.«

»Haben die Kerle Wilson gekannt?«

»Ich glaube kaum. Sie haben in der Zeitung von seinen Veröffentlichungen und Preisen gelesen, aber gekannt haben sie ihn wohl nicht.«

»Nun leben wir schon so lange hier«, sagte Kay. »Wilson hat sein ganzes Leben in den Dienst des College und der Gemeinde gestellt. Er ist hier so glücklich gewesen. Und dann ein solches Ende – im Wald heimlich abgemurkst wie ein Stück Wild von einem Wilderer!« Kay wandte den Blick ab und schüttelte heftig den Kopf.

»War mit Wilson alles in Ordnung?«, fragte Sterling.

»Wie meinst du das?«

»Gesundheitlich, zum Beispiel.«

Kay hob die Achseln. »Er war ein bisschen aus der Form geraten, mehr nicht. Wilsons beliebtestes Trimmgerät war nun mal sein Essbesteck.« Sie lächelte scheu. Es war ihr erstes Lächeln, seit sie Wilson als vermisst gemeldet hatte. »Sein Blutdruck war etwas erhöht. Wilson hat gern den Salzstreuer geschwungen.«

»Hat es Konflikte gegeben, Streit?«

»Gar nicht. Dein Bruder ist Konflikten aus dem Weg gegangen, koste es, was es wolle. Konfrontationen hat er gehasst. Er hat immer gesagt, Streitereien sind vergeudete Lebenszeit. Seine eigene Zeit war ihm dafür zu schade. Er wollte sie nur für fruchtbare Zwecke nutzen.«

»Wie hat er denn im Allgemeinen seinen Tag verbracht?«

»Abgesehen von seiner Lehrtätigkeit und der Arbeit im Labor ist er mit Begeisterung in der Wildnis herumgelaufen und hat Tiere auf Video aufgenommen. Wenn er von diesen Gängen zurückgekommen ist, hat jedes Mal so ein zufriedener Ausdruck auf seinem Gesicht gelegen.«

»Ich hatte ein Treffen mit Präsident Mortimer und Chief Gaylor. Ich habe stark den Eindruck, dass Mortimer die Sache möglichst bald vom Tisch haben will.«

»Das wundert mich nicht«, sagte Kay. »Für Wally hat es immer nur eins gegeben – Dartmouth. Für das Renommee seines College ist er zu allem bereit.«

»Aber nach zwanzig Jahren der Freundschaft müsste man vom ihm doch eigentlich mehr erwarten dürfen als die Sorge um das Wohlwollen von ein paar Geldgebern, wo er doch soeben einen seiner bekanntesten Gelehrten verloren hat, der ihm persönlich angeblich viel bedeutet.«

»Wally ist ein komplizierter Mensch«, meinte Kay. »Ich habe Jahre gebraucht, bis ich mit ihm einigermaßen warm geworden bin. Er gehört zu den Leuten, bei denen man immer das Gefühl hat, sie nie wirklich zu kennen. Er und Serena sind wie füreinander gemacht. Sie haben beide einen sehr distanzierten Charakter und interessieren sich vor allem für die eigenen Angelegenheiten.«

»Hat Wilson mit Mortimer auf vertrautem Fuß gestanden?«

Kay nahm einen großen Schluck Kaffee. »Ich weiß es nicht genau, aber es würde mich schon sehr wundern, wenn dem so wäre. Am besten hat er sich mit Juri Mandryka verstanden. Seit Wilsons letzten Semestern an der Universität von Chicago ist Juri sein Mentor gewesen.«

»Kay, ich weiß, dass du die Ereignisse dieser Nacht schon tausend Mal Revue hast passieren lassen, aber ich möchte dich bitten, dir noch einmal diese Feier zu vergegenwärtigen. Ich bekomme einfach kein klares Bild von den anderthalb Stunden, die Wilson dort verbracht hat.«

»Viel kann ich dir dazu auch nicht sagen«, meinte Kay. »Er hat sein Labor gegen siebzehn Uhr dreißig verlassen. Ich habe ihm geraten, ein bisschen früher da zu sein, um die Gäste beim Hereinkommen zu begrüßen – schließlich war er der Ehrengast. Ich habe erst wieder von ihm gehört, als er im Wagen saß und auf dem Heimweg war.«

»Hat er über die Feier etwas gesagt, das dir irgendwie merkwürdig vorgekommen ist?«

»Wir haben ja nur ein paar Minuten miteinander gesprochen. Er war platt, dass so viele Leute gekommen sind. Einer seiner Freunde hatte den langen Flug von Stanford gemacht. Sogar Wilcox hat sich von Harvard heraufbemüht.«

»Wilcox?«

»Der Lehrstuhlinhaber für Biologie in Harvard. Wilcox hat

Wilson an sein Institut holen wollen, aber Wilson hat den Ruf ausgeschlagen, was Wilcox ihm nie verziehen hat. Wilson war hier doch so glücklich! Er wollte nicht da unten hin und sich mit dem ganzen politischen Kram herumschlagen. Aber das wäre dann auch alles, was ich von ihm über die Feier gehört habe«, sagte Kay und schüttelte den Kopf.

»Ich hatte gehofft, dass er vielleicht etwas berichtet hätte, das aus dem Rahmen des Üblichen gefallen wäre. Aber vielleicht auch nicht.«

»Ach so, doch, da war etwas, was ihn überrascht hat. Aber ich habe mir deswegen keine weiteren Gedanken gemacht.«

»Ach ja?«

»Wilson hat gesagt, Wally hätte sich erkundigt, wohin er nach der Feier fahren würde – und ihn dann umarmt. Das ist aber ganz und gar nicht Wallys Art. Nicht einmal Serenas Hand habe ich Wally je halten sehen. Wie gesagt, sie sind kein besonders inniges Paar.«

»Das habe ich auch schon bemerkt«, meinte Sterling. Er seufzte. »Ach, Kay, das ist alles nicht so einfach, auch nicht für mich. Zwischen Wilson und mir ist so viel Mist passiert, worüber ich mich mit ihm aussprechen wollte. Ich hätte ihm gerne noch so vieles gesagt.«

Kay hob begütigend die Hand. »Sterling«, sagte sie, »egal, was zwischen euch beiden gewesen ist – Wilson hat dich geliebt. Das musst du wissen.«

Sterling sah Kay eindringlich an. »Kay, ich werde herausfinden, was passiert ist. Ich werde hier nicht eher weichen, bis ich weiß, wer das getan hat!«

Kay lächelte ihn milde an. »Aber das bringt mir nicht den einzigen Mann zurück, den ich je geliebt habe.«

* * *

Elmer Gallows war nur knapp über einsfünfzig groß und entsprach in allem dem Klischee eines Feld-, Wald- und Wiesenanwalts aus einem kleinen Provinznest. Er trug keine Krawatte und schon gar kein Jackett und kam in einem zerknitterten Oxfordhemd und Hochwasserhosen daher, deren Umschläge gut und gerne fünf Zentimeter ausgelassen gehört hätten. In einem fruchtlosen Kampf gegen die beginnende Glatze hatte er das wellige Haar in jede erdenkliche Richtung gekämmt. Alles an diesem Mann besaß Miniaturformat, besonders die in unablässiger Bewegung befindlichen Händchen.

Er kam in Wileys beengtes Büro hereinspaziert und nahm unaufgefordert Platz. »Lieutenant, was haben Sie eigentlich vor?«, fragte er.

Wiley stand auf und schloss die Tür. Händeschütteln war nicht angesagt. Von keiner Seite.

»Reden wir jetzt von Mann zu Mann?«, sagte Wiley, während er sich wieder in den Schreibtischsessel fallen ließ.

Gallows nickte Einverständnis.

»Ich glaube nicht, dass Ihr sauberer Klient es gewesen ist«, eröffnete Wiley das Gespräch.

»Gut. Dann sind wir schon drei.«

»Hier liegen die Nerven ziemlich blank. Am Ende dieses Ganges sitzt ein Haufen Leute, die schleunigst einen Schuldigen sehen wollen.«

»Selbst wenn es der Falsche ist?«

Wiley nickte halbherzig. Die Antwort lautete natürlich ja, aber Wiley wollte das lieber nicht unumwunden zugeben, auch wenn das Gespräch inoffiziell war. Der Mann, der ihm gegenübersaß, war immerhin Anwalt. »Ich habe mich mit Jack Spriggins unterhalten«, sagte er. »Laut Spriggins ist ihr Mann sauber.«

»Woher kennen Sie Spriggins?«

»Das tut nichts zur Sache. Sagen wir mal, wir hatten schon

einmal miteinander zu tun.« Wiley hatte die Bekanntschaft des legendären Jack Spriggins vor ein paar Jahren anlässlich einiger Jagdausflüge gemacht. Der fast zwei Meter große Spriggins sah nicht nur aus wie ein harter Brocken, er redete und gab sich auch so. Und er hatte die beste Koordination zwischen Auge und Hand, die Wiley je bei einem Jäger beobachtet hatte. »Der entscheidende Punkt ist: Spriggins hat unabhängig von uns Ermittlungen angestellt, die ergebnislos verlaufen sind.«

Gallows nickte. Seine kleinen Hände nestelten an seinem Kragen. »Lieutenant, warum sagen Sie mir das?«

»Weil ich anregen möchte, dass Sie Ihren Klienten fragen, ob ihm vielleicht jemand ein Bein stellen möchte. Könnte ja sein, dass da jemand noch eine alte Rechnung offen hat.«

»Und warum haben Sie ihn das nicht selbst schon gefragt? Zeit dazu hatten Sie ja wahrlich genug!«

»Weil Sie genauso gut wissen wie ich, dass die Wahrheit anders klingt, wenn die Leute mit ihrem Anwalt reden.«

Gallows dachte über Wileys Worte nach. Seine Finger beschrieben hurtige kleine Kreise. »Falls sich mein Klient in der Lage sieht, Ihnen zu helfen – was hätten Sie ihm dafür anzubieten?«

»Eine Fahrkarte zurück in die Hölle, aus der er gekommen ist«, sagte Wiley knapp. Er stand auf und öffnete zum Zeichen, dass das Gespräch beendet war, die Tür.

Gallows machte den Mund auf, um etwas zu antworten, brachte aber nur ein frustriertes Kopfschütteln zu Stande und stürmte aus dem Büro. Seine Händchen waren immer noch emsig beschäftigt.

* * *

In den nächsten paar Stunden blätterte Sterling in seinem Notizbuch herum und bemühte sich, die Fäden miteinander zu verknüpfen. Schon während der ganzen bisherigen Untersuchung hatte er versucht, sich einen Überblick über den Personenkreis zu verschaffen, der an Wilsons Tod ein Interesse haben könnte, doch er fragte sich inzwischen, ob er den Blickwinkel nicht zu eng gewählt hatte. Hatte er sich zu sehr darauf konzentriert, die Schuld woanders zu suchen, und sich zu wenig mit Wilson beschäftigt? Hatte Wilson womöglich seine Ermordung durch eigenes Zutun heraufbeschworen? Im Moment war noch vieles denkbar – unbezahlte Schulden, ein Entführungsversuch mit tödlichem Ausgang, sogar der Racheakt eines nachtragenden Studenten.

Dann war da noch das Problemfeld WLA. Tex und Buzz waren zweifelsohne unschuldig, aber es gab jemanden, der sich große Mühe gegeben hatte, die beiden in die Sache hineinzureiten. Man hatte Wilson das Wort »Nigger« in die Brust gefräst und ihm das Brandmal mit dem diamantäugigen Adler aufgedrückt. Der Verdacht war planvoll auf die WLA gelenkt worden.

Was war auf der Festveranstaltung in Mortimers Haus an jenem Abend geschehen – oder besser, war dort jemand gewesen, der Wilson nach dem Leben getrachtet hatte? Je näher sich Sterling der Lösung wähnte, desto mehr Fragen tauchten auf, die er nicht beantworten konnte.

Er ging in Wilsons Arbeitszimmer und las die Kopie von Wilsons Testament, die Kay ihm dagelassen hatte. Kay war als Haupterbin eingesetzt und sollte das Anwesen samt Haus, Fahrzeugen und allen dinglichen Vermögenswerten erhalten. Als nächster Erbe wurde Sterling benannt, dem die erstaunliche Summe von drei Millionen Dollar zugedacht war sowie Wilsons gesamter Bestand an Büchern, darunter viele handsignierte Erstausgaben von Bestsellerromanen. Angesichts von Wilsons Großzügigkeit machten Sterling wieder einmal die Schuldgefühle zu schaffen.

Die Medaillen für den Nobel- und den Devonshire-Preis hatte Wilson dem College vermacht mit der Auflage, sie »nicht an prominenter, aber an würdiger Stelle« zu präsentieren. Auf der Liste der Erben standen noch drei weitere Personen, die Sterling jedoch nicht kannte. Sie sollten je fünfundzwanzigtausend Dollar erhalten und verschiedene Effekten, wie gewisse kleinere Kunstgegenstände und mancherlei elektronische Gerätschaften, die Wilson im Lauf der Jahre erworben hatte.

Von dem ganzen Drumherum um Ableben und Erbschaft wie erschlagen, ging Sterling an diesem Abend zeitig zu Bett, ein Fremder in einem großen, verlassenen Haus, das übervoll war vom Geist seines Bruders, vor dem er die meiste Zeit seines Lebens davongelaufen war. Einsam, zornig und müde wie er war, hoffte er auf einen gesunden Schlaf, der ihm seine Energie zurückbringen würde. Bevor er das Licht ausknipste, warf er einen Blick hinüber zu der Kommode mit dem gerahmten Foto von Wilson und Kay. Wie konnten sich zwei Menschen so sehr geliebt haben? Sie befanden sich auf einer Brücke über einem langen, gewundenen Fluss, im verschwommenen Hintergrund standen alte Gebäude. Es sah nach Europa aus, vielleicht London oder Rom. Eine einzige unheilvolle kalte Nacht – und nichts war mehr wie zuvor. Für immer.

Die nächste Stunde lag Sterling im Dunkeln und starrte blicklos zum Fenster hinaus. Der Wind rüttelte sanft an den Scheiben. Die Schatten schwankender Äste tanzten über die kahlen Wände und wirkten wie bedrohliche Ungeheuer aus nie geschriebenen Schauerromanen. Von dem Gedanken bedrückt, wie furchtbar für Wilson die Einsicht gewesen sein musste, nur Minuten von der Sicherheit seines Hauses entfernt sterben zu müssen, sank Sterling schließlich in einen unruhigen Schlaf.

* * *

Anfangs hielt er das Geräusch für einen Teil seines Traums, doch es kam wieder. Er schlug die Augen auf und wartete. Schritte auf dem Holzfußboden, gleichmäßig und vorsichtig, irgendwo im Erdgeschoss. Sterling setzte sich auf und griff nach seiner Pistole auf dem Nachttisch. Er stieg aus dem Bett, schlüpfte in seine Turnschuhe, öffnete vorsichtig die Tür und huschte zum Treppenhaus. Da war jemand, ganz eindeutig. Etwas Schweres wie eine Kiste oder ein Stapel Bücher krachte auf den Boden. Dann Stille. Das Geräusch war aus Wilsons Arbeitszimmer gekommen.

Sterling schlich die Treppe hinunter. Als er sich auf der letzten Stufe befand, krachte ein Schuss, aber er konnte nicht sehen, wer auf ihn gefeuert hatte. Er versuchte sich zu orientieren, doch bevor er begriffen hatte, was geschah, hallte ein zweiter Schuss durch das dunkle Haus, der ihn ebenfalls verfehlte. Sterling warf sich zu Boden und kroch auf die andere Seite des Treppenhauses. Es war schon lange her, dass jemand auf ihn geschossen hatte – eine ganze Reihe von Jahren. Er hatte damals einen Fall in Alabama bearbeitet. Ein gesuchter Mörder, ein Gangster, war von der anderen Seite zum Tatort zurückgekommen und hatte auf die dort arbeitenden Beamten gefeuert. Einer der Agenten wurde an der Schulter verletzt, ein Labortechniker erhielt einen Treffer ins Rückgrat. Der Schuss war nicht tödlich, aber die Kugel hatte drei wichtige Nervenstränge durchschlagen, und der Mann war seither von der Taille abwärts gelähmt.

»Wer zum Teufel ist da?«, schrie Sterling dem unsichtbaren Eindringling zu und richtete die Waffe ins Dunkle. »Was wollen Sie hier?«

Keine Antwort. Einige Augenblicke herrschte Totenstille, dann hörte Sterling Schritte den Flur hinunterpoltern. Er sprang auf und feuerte ein paar Mal ins Dunkle, doch die Schritte polterten weiter, Glas splitterte, Mobiliar fiel um, eine Tür wurde aufgestoßen.

Vorsichtig nahm Sterling die Verfolgung auf. Als er an der Hintertür ankam, war der Eindringling bereits aus der Küche nach draußen entkommen. Knatternd sprang ein Motorrad an. Ein durchdrehender Reifen schleuderte Kies in die Luft, eine dunkle Gestalt preschte davon. Vom Nummernschild war nichts zu erkennen.

Sterling rannte die Auffahrt hinauf und jagte dem Flüchtenden noch ein paar Kugeln hinterher, aber es war zwecklos. Der Eindringling war entkommen. Seine einzige Hinterlassenschaft war der allmählich verebbende Lärm der die River Road hinunterrasenden Maschine. Sterling blieb atemlos stehen und fiel keuchend vornüber. Als er wieder zu Atem gekommen war, lief er zum Haus zurück und schaltete sämtliche Lichter an. Er wandte sich dem Arbeitszimmer zu. Der Einbrecher hatte unverkennbar etwas Bestimmtes gesucht. Die Schubladen von Wilsons Schreibtisch waren aufgerissen, Papiere und Akten auf dem Boden verstreut. Auf dem Schreibtisch ein wüstes Durcheinander, Stifte und Kugelschreiber kreuz und quer auf der Schreibunterlage, überall Papier. Der Inhalt einer ganzen Bücherwand war herausgerissen und lag auf dem Boden.

Sterling öffnete die Tür des Wandschranks. Viel war nicht darin, ein alter Computermonitor, ein fast leerer Karteikasten, außerdem ein paar Kleiderhaken, an denen Jacken hingen. Es sah nicht so aus, als hätte hier jemand herumgestöbert. Sterling fragte sich, ob er den Eindringling vielleicht zur Flucht veranlasst hatte, bevor er dieses Kabinett durchsuchen konnte. Als er die Hand über das oberste Fach gleiten ließ, kamen ein alter Baseball, ein Fanghandschuh und ein paar alte Boxhandschuhe zu Tage. Wozu hatte Wilson das Zeug aufgehoben? Ansonsten gab es nichts, was Sterlings Aufmerksamkeit erregt hätte.

Nach einem Kontrollgang durchs Haus, auf dem er sämtliche Türen und Fenster verschloss, machte Sterling es sich im vorderen Wohnzimmer auf dem Sofa mehr sitzend als liegend einigermaßen bequem und schaute in die kahlen Schatten der Nacht, die Waffe griffbereit auf einem Beistelltisch neben sich. Wilsons Geheimnis war offenbar mit seinem Tod nicht untergegangen. Seine Mörder waren hinter etwas her, das ihnen bislang noch nicht in die Hände gefallen war.

25

STERLING HATTE SEINE morgendliche Joggingrunde absolviert. Vor dem Haus blieb er stehen und wartete darauf, dass seine Atmung sich wieder normalisierte. Er wischte den Schweißfilm vom Glas seiner Armbanduhr. Seine Zeit hatte sich um eine ganze Minute verbessert – ein Zeichen dafür, dass sich seine Lungen an die Höhenlage und seine Beine an das hügelige Gelände gewöhnten. Er lief ins Haus, duschte kurz, zog sich hastig an, stürmte wieder hinaus und brachte den Mustang auf Touren. Auf dem Weg zum Labor von Professor Mandryka wollte er sich noch einen Bagel genehmigen und die *New York Times* kaufen.

Das »Bagel Basement«, ein unauffälliges Lokal im Souterrain eines zweistöckigen Gebäudes an der Allen Street, einer kleinen Einbahnstraße im Herzen der Stadt, war der beliebteste Frühstücksladen von Hanover. Der alte Bärbeiß Oscar Nederhoff pflegte die gusseisernen Backöfen um fünf Uhr in der Frühe in Gang zu bringen, worauf – Oscar hatte inzwischen längst den verdienten Heimweg angetreten – der verführerische Duft von frisch gebackenen Bagels zwölf Stunden lang die Kundschaft meilenweit herbeizog.

Sterling stellte den Mustang auf einem noch leeren Parkplatz hinter dem Gebäude ab und stieg die Treppe zum Bagel Basement hinunter. Ein weibliches Wesen Anfang zwanzig in Knitterklamotten stand hinter dem Tresen und schichtete warme Bagels in die Körbchen. Sie erfreute das Auge des Betrachters mit einer Punkfrisur in schockfarbenem Grün und Pink, ein großer Silberring baumelte in ihrer Nase.

Sterling betrachtete die anderen Frühankömmlinge. Ein älterer Mann im langen Trenchcoat saß an einem Ecktisch und studierte das schmalbrüstige Lokalblättchen *Valley News*. An seinem in den warmen Kaffee getunkten Bagel nuckelnd arbeitete er sich Artikel für Artikel durch seine Lektüre. In der Fensternische saß eine junge Frau und brütete über einem Manuskript, vermutlich eine Semesterarbeit, in der sie heftig mit roter Tinte herumstrich. Ihren Mohnbagel hatte sie kaum angerührt, aber der große Kaffee war schon fast leer.

Sterling nahm seinen getoasteten Zimt-Rosinen-Bagel und den Orangensaft und setzte sich weiter hinten an einen kleinen Tisch. Es war halb sieben, Professor Mandryka erwartete ihn erst in einer halben Stunde. Er schlug die *Times* auf und überflog die erste Seite. Nichts. Er blätterte zum nationalen Teil, wo er auf die Überschrift stieß: DARTMOUTH-PROFESSOR IN VERMONT ERMORDET.

Der Artikel, der am Ende der Seite begann und im wissenschaftlichen Teil weiterging, war nicht besonders lang und befasste sich überwiegend mit Wilsons wissenschaftlichen Leistungen. Ein Sterling unbekannter Biologe wurde zitiert, der Professor Bledsoe als den wichtigsten Verhaltensforscher in der neueren Geschichte seines Fachs bezeichnete – von gleichem Rang wie der Österreicher Konrad Lorenz.

Sterling fand es merkwürdig, dass lediglich im letzten Absatz auf den Mord eingegangen und dessen nähere Umstände noch nicht einmal gestreift wurden. Es wurde lediglich berichtet, dass Wilson nach einer Veranstaltung, die zu seinen Ehren stattgefunden hatte, ermordet worden sei und die Behörden hinsichtlich des möglichen Täters und des Motivs noch im Dunkeln tappten. Dass die Leiche rassistisch geschändet in einem dichten Waldgebiet aufgefunden worden war, wurde mit keinem Wort erwähnt. Es folgte eine kurze Stellungnahme von Präsident Mortimer, fast zwanzig Jahre lang Kollege und Freund des Ermordeten, worin Mortimer nicht nur die Betroffenheit der akademischen Gemeinde, sondern auch seine eigene Trauer zum Ausdruck brachte – für Sterling immerhin ein gewisser Trost.

Sterling holte einen Dollar aus der Tasche und ließ ihn in das noch leere Glas fürs Trinkgeld fallen, das vorne an der Theke stand. Das Mädchen mit der Leuchtfrisur nickte ihm lässig zu.

Professor Mandryka erwartete ihn.

* * *

Professor Juri Mandryka verbrachte den größten Teil seines Lebens in einem dunklen, stickigen Labor auf der obersten Etage der Gilman Life Sciences Laboratories. Der wesentliche Teil seines Labors war in drei Räumen mit Blick auf die Innenstadt von Hanover und das Grün der Umgebung untergebracht. Bei Sterlings Eintreten war Mandryka damit beschäftigt, unter einem hohen Becherglas mit einer schaumigen blauen Flüssigkeit einen Bunsenbrenner in Gang zu bringen.

»Guten Morgen, Professor.«

»Auch Ihnen einen guten Morgen«, grüßte Mandryka zurück. »Nennen Sie mich doch Juri. Wir wollen Titel und Formalitäten beiseite lassen. In meinem Alter kann man auf diese Dinge verzichten.« Nachdem Mandryka noch etwas von der blauen Brühe zugegossen hatte, wandte er sich Sterling zu. »Sie sind doch allein gekommen?«

»Natürlich, absolut solo, wie von Ihnen gewünscht.«

»Das ist gut so. Die Heimlichtuerei könnte sich als nicht unwichtig erweisen.«

Mandryka las an der Maßeinteilung von zwei Glaszylindern den Füllstand einer kohlschwarzen Brühe ab und widmete sich wieder der blubbernden blauen Flüssigkeit. Ein Liedchen pfeifend, humpelte er von einer Seite des Labortischs zur anderen und überwachte den Fortgang des Experiments. Sein Umgang mit Instrumenten und Chemikalien kündete ungeachtet der Langsamkeit und Bedächtigkeit seiner Bewegungen von jahrzehntelanger Routine.

»Nur noch einen Moment«, sagte er, während er die Bechergläser hin und her schob und die Flüssigkeitsstände beobachtete. »Ich möchte erst die Reaktion in Gang kommen lassen, damit wir uns ungestört unterhalten können. Ich bin dabei, einige Eiweiße zu degradieren.«

»Ich dachte, Sie arbeiten in der Tierforschung«, sagte Sterling und ließ den Blick durch den mit milchigen Glasgefäßen, Mikroskopen und Reagenzgläsern voll gepfropften Raum schweifen. »Das könnte ein Chemielabor sein.«

»Das ist es auch«, sagte Mandryka und wischte sich die Hände an seinem Labormantel ab, der aussah, als hätte er einen Krieg mit chemischen Kampfstoffen überstanden. Er klappte die Brille zusammen und schob sie in die Brusttasche. »Ich gehöre noch zur alten Schule«, meinte er. »Als ich meine ersten wissenschaftlichen Gehversuche unternahm, wurde noch viel über die Fachgrenzen hinweg gearbeitet. Chemiker waren Biologen, und Biologen waren Chemiker. Heutzutage hat sich jeder bis ins Letzte spezialisiert und bearbeitet immer nur einen ganz kleinen Ausschnitt des Problems. Ich schätze es, ein Problem vom Anfang bis zum Ende durchzuarbeiten. Mein Labor hat den Versuch unternommen, neue Analysemethoden für die Mitochondrien in der DNA von Affen zu entwickeln. Wir sind fast am Ziel.«

Mandryka spülte ein paar Bechergläser im Wasserbecken aus, brachte sie zu einem leeren Labortisch, füllte sie zu gleichen Mengen mit einer klaren Lösung und setzte sie in einen rotierenden Mischapparat ein. Aus einer Schublade holte er eine Weckeruhr, drehte mit großer Mühe den Einstellknopf und legte die Uhr auf den Tisch. »So«, sagte er befriedigt, »kommen Sie jetzt mal mit.«

Er öffnete die Tür zu einem weitläufigen Büro. Die durchgehende Fensterfront auf der einen Seite bot einen herrlichen Ausblick auf ein großes unberührtes Waldgebiet, das sich in ein Tal hinunter senkte.

»Kein schlechter Ausblick, den Sie hier haben, Juri«, meinte Sterling, während er sich über Stapel von Büchern und Zeitschriften zum Fenster vorarbeitete. Mandryka humpelte ohne seinen Stock zu seinem überfüllten Schreibtisch und ließ sich in den Sessel fallen.

»Das ist einer der wenigen Vorteile, wenn man graue Haare hat«, lästerte Mandryka. »Beziehungsweise, was davon noch übrig ist. Als Dienstältester bekommt man das schönste Labor.«

Schweigend genossen sie die Aussicht. Es war noch früh am Morgen, aber der Dunst hatte sich schon verzogen. Über Täler und Höhen schweifte der Blick weit in die Ferne. In New York wurde um diese Zeit die Rushhour eingeläutet. Von Mandrykas Büro aus konnte Sterling bestenfalls drei Autos zählen, und es gab keinerlei Anzeichen, dass es in absehbarer Zeit lebhafter zugehen würde. Er trat in den Raum zurück und zog einen Stuhl heran, um sich dem greisen Wissenschaftler gegenüberzusetzen. Es war Zeit, miteinander zu reden.

»Hat Willie Ihnen erzählt, womit er sich in der letzten Zeit beschäftigt hat?«, eröffnete Mandryka das Gespräch.

»Eigentlich nicht«, sagte Sterling und zuckte die Achseln. »Wir haben zwar alle paar Wochen miteinander gesprochen, uns aber kaum über unsere Arbeit unterhalten. Es ist uns mehr um persönliche Dinge gegangen, um unsere Lebensgeschichte.«

»Verstehe.« Mandryka schob einen Berg Papiere zur Seite, um an den kleinen Humidor aus Eichenholz zu gelangen, der am Rand des Schreibtischs stand. Er klappte den Deckel auf und holte eine Zigarre heraus. »Möchten Sie auch eine?«

»Ich rauche nicht, aber trotzdem vielen Dank.«

»Einer meiner Studenten kommt aus London. Von seinen Besuchen zu Hause bringt er mir immer ein Kistchen kubanische Zigarren mit.« Mandryka knipste ein Ende der Zigarre ab, zündete sie an und tat einen tiefen Zug. »Die Zigarren bezahle ich ihm natürlich«, setzte er hinzu und blies bläulichgraue Rauchkringel gegen die Decke. Sterling betrachtete das Rauchverbotsschild an der Wand und lächelte.

»Ich habe Ihnen ja schon gesagt, dass Ihr Bruder und ich uns seit langem kennen«, sagte Mandryka an der in seinem schmallippigen Mund baumelnden Zigarre vorbei. »Willie war bekannt, dass ich einen großen Teil meiner Zeit auf das Studium der Anatomie von Tieren verwende. Mein Interesse daran war vor vielen Jahren erwacht, als ich eines Morgens auf dem Weg zum Institut einen Zusammenstoß mit einem Reh hatte. Als ich das arme Geschöpf beiseite ziehen wollte, merkte ich, dass es in zwei Teile zerrissen war, wie mit einem scharfen Messer mittendurch geschnitten. Die Innereien waren auf meiner Motorhaube und ringsum auf der Straße verteilt. Man konnte den Herzmuskel noch zucken sehen.«

Mandryka zog wieder an seiner Zigarre und lehnte sich in den Schreibtischsessel zurück. Seine kleine Gestalt wirkte wie die eines Kindes, das auf Großvaters Ohrensessel geklettert war.

»Der Unfall hat mich damals mein geliebtes altes Auto gekostet, aber ich hatte ein neues Interessengebiet entdeckt. Ich hatte zwar schon seit Jahren das Verhalten von Tieren und ihre Einbettung in die Umwelt studiert, aber von da an interessierte mich nicht nur, wie sie sich verhalten, ich wollte auch herausfinden, warum.«

»Anatomie ist mein Spezialgebiet.«

»Ja, Willie hat es mir erzählt. Deswegen nehme ich an, dass Sie mit der Geschichte, die ich Ihnen jetzt erzählen will, etwas anfangen können. Willie hat mich vor ein paar Monaten angerufen und gefragt, ob er mir etwas vorbeibringen könnte. Ich sagte Ja, und am nächsten Morgen stand er mit einer braunen Papiertüte hier im Labor, die in einem Plastikbeutel steckte. Ich dachte zuerst, er wollte mir etwas zum Frühstück bringen.« Mandryka zog an der Zigarre und ließ ein knarzendes Lachen hören. »Wilson hatte mir tatsächlich etwas zum Frühstück gebracht. Einen toten Rotschulterstärling.«

»Aha. Wo hatte er ihn gefunden?«

»Hinten auf seinem Grundstück. Sehen Sie, das hat ihn eben zu einem so guten Wissenschaftler gemacht. Er hat seine Wissenschaft auch gelebt. Er hat nicht nur im Hörsaal oder im Labor gesessen und seinen Studenten etwas erzählt, er ist auch selbst ins Feld hinausgegangen und hat Daten gesammelt, um Theorien zu entwickeln und seine Hypothesen zu testen.«

Sterling dachte an die Fabel von Chogan im Internet. Wilson hatte das Wort in den letzten Augenblicken seines Lebens auf seinen Knöchel geschrieben. Sterling hatte keine Ahnung, wie viel Mandryka wusste, aber immerhin hatte der alte Professor um ein vertrauliches Treffen gebeten, was einiges an Wissen vermuten ließ.

»Vögel und andere Tiere sterben andauernd«, meinte Sterling hinhaltend. »Ich bin sicher, Wilson hätte in diesen Wäldern Unmengen toter Tiere finden können, falls er intensiv genug danach gesucht hätte.«

»Ja und nein«, sagte Mandryka. Er beugte sich vor, stützte sich auf die Schreibtischkante und stand auf. »Kommen Sie, ich möchte Ihnen etwas zeigen.« Er ging mühsam zur Tür, wobei er unterwegs die Zigarre ausdrückte und den Stummel in der Tasche verschwinden ließ. Den neben der Tür lehnenden Krückstock verschmähte er.

Er führte Sterling den langen Gang hinunter zum Aufzug und fuhr mit ihm in den Keller. Während der Fahrt starrte er offenbar in ernste Gedanken versunken schweigend vor sich hin. Als die Tür wieder aufging, standen sie in einem schwach beleuchteten kahlen Gang, wo es aussah wie in einem Magazin für die Hauswarte.

Mandryka humpelte den Gang hinunter, wobei er sich mehrfach an der Wand abstützen musste. Sie kamen durch eine schwere Stahltür, dann noch eine, die Sterling dem alten Herrn öffnen half, bis sie an einer dritten anlangten, vor der Mandryka umständlich seinen Schlüsselring hervorkramte, um schließlich einen langen Schlüssel in das Schloss zu stecken. Mühsam schob er die Tür auf. Ein eiskalter Luftschwall schlug ihnen entgegen. Es roch nach Formaldehyd. Als Mandryka das Licht anschaltete, bot sich Sterling ein Anblick, auf den er nicht vorbereitet war.

»Lieber Gott!«, rief er, »was ist denn das?«

In Körben, auf Schränken, der Reihe nach auf Blechtischen ausgelegt, in Beuteln auf dem Boden – überall lagen schwarze Vogelkadaver. Die Zahl der toten Vögel in dem kleinen Kühlraum musste in die hunderte gehen. Mandryka stand ruhig da und wartete, bis Sterling den Eindruck verarbeitet hatte.

»Wie Sie sehen, hat Willie in der Tat intensiv gesucht und folglich, wie Sie richtig vermutet haben, jede Menge tote Tiere gefunden. Das Problem ist nur, dass es ausschließlich Rotschulterstärlinge waren – nicht einer oder zwei, sondern hunderte.«

»So etwas habe ich noch nie gesehen!«, stieß Sterling hervor.

»Und Willie auch nicht. Deshalb hat er sie mir ja auch gebracht.« Mandryka hustete bellend.

»Was sollten Sie denn mit den Vögeln machen?«

»Er hat jemanden gebraucht, der ihm helfen konnte, die Ursache für den rätselhaften Massentod der Vögel zu finden, aber er wollte die Sache nicht an die große Glocke hängen. Da er meinen Hintergrund als Chemiker kannte, nahm er an, dass ich ihm helfen könnte.«

Sterling ging in dem Kühlraum umher, schaute in die Körbe und hob einige Beutel vom Boden auf. Es waren so viele Vögel, dass man geneigt war, sie nicht für echt zu halten. Manche hatten schwarzes Gefieder, andere waren bräunlich gestreift.

»Es sind zwei unterschiedliche Arten«, meinte Sterling.

»Falsch«, sagte Mandryka. Er schlurfte zu einem mit durchscheinender Plastikfolie abgedeckten Edelstahltisch, holte darunter ein paar Latexhandschuhe hervor und streifte sie über. »Aber Sie müssen sich deswegen keine grauen Haare wachsen lassen, dieser Fehler wird häufig gemacht. Es ist ein und dieselbe Art.«

Er nahm die Plastikfolie fort. Auf dem Tisch lagen fünf Vögel. Die ersten drei waren bis zum Skelett seziert, die Organe herauspräpariert und mit Anhängern beschriftet. Die beiden letzten Vögel waren noch vollkommen intakt. Mandryka reichte Sterling ein Paar Handschuhe und nahm die Vögel in die Hand. »Das sind Rotschulterstärlinge«, sagte er und hielt die Vögel ans Licht. »Es dürfte die am weitesten verbreitete Stärlingsart in Nordamerika sein.« Er legte Sterling einen Vogel in die Hand.

»Sie sehen aber ganz unterschiedlich aus«, sagte Sterling, während er den Vogel von allen Seiten betrachtete.

»Das ist rein äußerlich«, sagte Mandryka. »Was Sie da in der Hand halten, ist das Männchen.«

Sterling zupfte an einem Büschel scharlachroter Federchen, das aus dem schwarzen Federkleid hervorspross. »Und davon haben sie ihren Namen?«

»Genau«, sagte Mandryka. Er spreizte die Flügel des Vogels in Sterlings Hand. »Am Flügelansatz können Sie die roten Epauletten sehen, von dem französischen Wort für Schultern. Ansonsten trägt das Männchen überall ein glänzend schwarzes Gefieder.« Mandryka strich über die scharlachroten Federchen, die am Rand einen gelben Streifen aufwiesen. Der schwarze Schnabel war schmal und spitz.

Sterling nahm den anderen Vogel in die Hand. »Und das ist das Weibchen?«

»Richtig. Der ungeschulte Beobachter würde das Weibchen für eine ganz andere Vogelart halten. Sein Rücken ist schwarzbraun gefärbt, mit bräunlich gelben und haselnussfarbigen Streifen, der Kopf gestreift mit braunen Wangen. Die blasse Kehle hat einen Hauch von rosa, Brust und Bauch sind weißlich und mit kräftigen schwarzen Linien durchsetzt. Am Flügelansatz haben auch die Weibchen etwas von den roten Farben des Männchens, aber nur sehr wenig.«

»Was hat den Tod der Vögel verursacht?«

»Um das herauszufinden, hat Willie sie in den vergangenen Monaten zu mir gebracht. Jeden Tag habe ich einige Exemplare seziert und die Größe der Organe verglichen. Ich wollte eine durchgängig zu beobachtende Anomalität finden.« Mandryka ging zu einem großen Kühlschrank und öffnete die obere Tür. Eine kalte Nebelwolke puffte ihm ins Gesicht. Hunderte von kleinen verschlossenen Reagenzgläsern, die alle eine bösartig aussehende dunkelrote Flüssigkeit enthielten, standen dort fein säuberlich aufgereiht in langen Drahtkörben.

»Eine serologische Untersuchung?«, sagte Sterling.

»Richtig. Vom ersten Vogel an, den Willie mir gebracht hat, habe ich das Blut untersucht.« Mandryka warf die Kühlschranktür wieder zu und humpelte zur Rückwand. Er holte aus einer rostigen Blechschublade ein Notizbuch und legte es auf die Tischkante, damit Sterling über seine Schulter mitlesen konnte. Auf dem Einband stand säuberlich das Wort »CHOGAN« geschrieben.

»Willie und ich haben eine interessante Entdeckung gemacht«, sagte Mandryka beim Umschlagen der faltigen Blätter. »In allen Blutproben, die wir getestet haben, fand sich eine Substanz namens Bufalin.«

»Eine tödliche Substanz?«

»Wenn Sie genügend davon schlucken, sind Sie in Sekundenschnelle mausetot«, sagte Mandryka lakonisch. »Die gängige Bezeichnung dafür ist Krötengift. Einige pharmazeutische Unternehmen haben eine Zeit lang in ihren Labors Abkömmlinge davon hergestellt. Bufalin hat das Herz anregende Eigenschaften wie das Digitalis der Fingerhutpflanze, das für viele Herzmedikamente verwendet wird.«

»Warum hat man die Produktion wieder eingestellt?«

»In den Achtzigerjahren hat ein japanisches lesbisches Liebespaar damit Selbstmord begangen. Die Frauen waren von ihren Familien und Gemeinden ausgestoßen worden. Sie haben eine hohe Dosis von dem chinesischen Medikament Kyuschin eingenommen, das ein Bufalinderivat enthält. Sie waren innerhalb von ein paar Minuten tot. Die Autopsie ergab, dass sich die Größe ihrer Herzen verdoppelt hatte. Die Leiterbahnen für die elektrischen Impulse im Herzen waren schwer geschädigt. Der untersuchende Arzt nahm an, dass es zu schwersten Herzrhythmusstörungen gekommen ist und das Herz sich geworfen hat wie ein Sack voll Regenwürmer. Was für ein schrecklicher Tod!«

»Worauf unsere Arzneimittel-Genehmigungsbehörde FDA die Weiterentwicklung des Medikaments gestoppt hat«, mutmaßte Sterling.

»Worauf Sie sich verlassen können! Wir haben die konservativste Genehmigungspolitik für Arzneimittel auf der ganzen Welt. Wenn Sie nach der Einnahme einer Arznei gegen Schnupfen ein einziges Mal zu oft niesen müssen, stehen die Anwälte der Patientenvereinigungen sofort bei der FDA auf der Matte und verlangen, dass die Genehmigung eingestampft wird.«

»Das erklärt, was ich in Wilsons Computer gefunden habe«, sagte Sterling. »Wilson hat zuletzt die Website der FDA besucht. Ich habe ein paar Ausdrucke davon in seinem Papierkorb gefunden. Sie waren sehr schlecht lesbar, aber es waren jedenfalls Seiten mit Warnhinweisen.«

»Richtig. Wir haben in den Archiven einen Forumsbeitrag entdeckt, in dem Patienten und Wissenschaftler vor den Gefahren dieses Giftstoffs und aller daraus hergestellten Produkte gewarnt werden.«

»Aber woher wissen Sie so genau, dass diese Vögel durch Bufalin getötet worden sind?«

Mandryka ging zu einem anderen Kühlschrank, dem er ein abgedecktes Tablett entnahm, das er auf einem Labortisch abstellte. »Schauen Sie sich das einmal an«, sagte er und hob die Abdeckung.

»Was ist das?«

»So etwas haben Sie vermutlich noch nie gesehen. Das sind Vogelherzen.«

Fünfzig dunkelrote Herzen, noch nicht einmal so groß wie eine Olive, bedeckten das Tablett. Die größeren lagen rechts, die kleineren links.

»Die Herzen auf der rechten Seite sind von den Vögeln mit dem höchsten Bufalingehalt im Blut«, erläuterte Mandryka. »Bei denen auf der linken Seite haben wir nur Spuren von Bufalin oder überhaupt keins gefunden.«

»Dann führt das Bufalin bei den Vögeln also zu einer Herzvergrößerung, an der sie eingehen«, folgerte Sterling. »Wie schnell geht das?«

»Das hängt ganz davon ab, wie viel sie davon aufnehmen und wie hoch die Konzentration ist. Grob gesagt, kann es von ein paar Stunden bis zu ein paar Tagen dauern. Ich konnte beim Sezieren der Herzmuskeln und der Herzscheidewand feststellen, dass die elektrischen Leitungssysteme in allen Fällen vollkommen zerstört waren.«

»Die Vögel sind also mit Kröten in Kontakt gekommen, die das Gift in sich tragen?«

»Ausgeschlossen. Die Kröten produzieren das Gift in Hautdrüsen. Die Vögel müssten daher die Kröten oder zumindest deren Haut fressen. Stärlinge fressen aber keine Kröten. Zweitens kommt das natürliche Bufalin fast ausschließlich bei der Krötenart *Bufo bufo gargarizans* vor, die vorwiegend in China heimisch ist. Die europäische oder gemeine Kröte – *Bufo bufo vulgaris* – produziert zwar eine ähnliche Substanz, ist jedoch bei weitem nicht so giftig wie die chinesische Kröte. Aber da ist noch etwas.« Mandryka blätterte wieder in seinem Register. »Ich habe von einigen Hundert dieser toten Vögel Blutproben genommen. Dabei hat sich herausgestellt, dass nicht alle das Gift in sich trugen.«

»Das Gift baut sich ab«, folgerte Sterling. »Bei manchen Bluttests hatte sich das Gift schon so stark verflüchtigt, dass es nicht mehr nachweisbar war.«

»Genau. Anhand der äußeren Überprüfung der Tiere konnte ich feststellen, dass der Giftgehalt im Blut umso geringer ausfiel, je länger der Vogel schon tot war.« Mandryka wies auf ein paar Zahlenkolonnen, damit Sterling das Ergebnis selbst nachvollziehen konnte.

»In einigen Fällen war das Gift noch vollkommen intakt, während ich in anderen das Bufalin allenfalls noch in Spuren nachweisen konnte. Es ist ein perfektes Gift. Es entfaltet ein paar Stunden lang seine tödliche Wirkung, dann zerfällt es, um sich schließlich in nichts aufzulösen.«

»Erstaunlich«, meinte Sterling. »In den Wäldern des Upper Valley sterben die Rotschulterstärlinge zu hunderten durch ein mysteriöses Gift, und niemand merkt etwas davon.«

»Willie hat nur ein paar Hundert gefunden, aber das bedeutet, dass die Vögel zu tausenden verendet sein müssen«, bemerkte Mandryka. »Da draußen geht etwas Merkwürdiges vor. Willie und ich haben kurz vor dem Durchbruch gestanden.«

»Weiß sonst noch jemand von Ihren Entdeckungen?«

»Wir haben keinem etwas gesagt, zumindest ich nicht«, meinte Mandryka. »Deswegen habe ich alles hier unten im Keller weggeschlossen. Niemand außer mir hat einen Schlüssel für diese Tür.«

»Dann haben Sie sich wohl auch von niemandem bei der Arbeit helfen lassen.«

»Keinen Handschlag«, sagte Mandryka, der längst begriffen hatte, worauf Sterling hinauswollte.

»Und was ist mit Wilsons Labor? Könnte jemand von seinen Studenten an diesen Studien beteiligt gewesen sein?«

»Das glaube ich nicht«, sagte Mandryka. »Wir hatten uns geeinigt, die Sache unter Verschluss zu halten, bis wir mehr Klarheit gewonnen haben würden, was hier vorging und wer darin verwickelt war. Willie hat an einer Fallstudie für die Zeitschrift *Science* gearbeitet. Ich kann nicht sagen, ob er sie schon fertig bekommen hat, aber er müsste ziemlich weit damit gediehen sein. In den letzten paar Wochen hat er sehr intensiv daran gearbeitet. Er wollte die Arbeit noch vor seiner Feier abschließen, aber ich weiß nicht, ob er es geschafft hat. Er ist an diesem Abend gegangen, bevor ich Gelegenheit hatte, ihn zu fragen.«

Sterling blätterte in seinem Notizbuch herum. »Jetzt kann ich endlich ein paar Dinge richtig einordnen«, sagte er. »Nel Potter hat eine Haushaltshilfe, die bei ihr lebt. Sie heißt Heidi Voss. Nach ihrer Aussage ist Wilson bei seinen Erkundungsgängen häufig an der Farm der Potters vorbeigekommen. Er sei oft schon in aller Frühe herübergekommen, um Rotschulterstärlinge zu beobachten.«

»Von dem Toxin kann sie aber nichts wissen«, sagte Mandryka. »Willie hat noch nicht einmal Kay eingeweiht. Der mögliche Hintergrund dieser Massentiervernichtung hat ihn viel zu sehr beunruhigt. Dieser Giftstoff ist keine billige Suppe, die ein Hobbychemiker aus dem Handgelenk in der Waschküche zusammenrühren kann. Das ist ein hoch gefährliches, übles Zeug. Dazu braucht man qualifizierte Fachleute, die sich auskennen.«

Sterling schlug in seinem Buch eine andere Seite auf. »Ich konnte mir einen Artikel über Wilson besorgen, der vor einem Monat in der Collegezeitung gestanden hat. Wilson sagt darin, er habe vor, in naher Zukunft mit den Ergebnissen seiner jüngsten Forschungen über Rotschulterstärlinge an die Öffentlichkeit zu treten.«

»Er hat dieses Interview gegeben, nachdem wir die Gewissheit gewonnen hatten, dass hier etwas nicht stimmt. Er war schon im Begriff, alles auf den Tisch zu legen, als ich etwas gefunden habe, das uns noch nachdenklicher werden ließ«, sagte Mandryka und ging zu einer anderen mit toten Vögeln voll gepackten Ablage, wo er zwei Rotschulterstärlinge von dem Haufen nahm, ein Männchen und ein Weibchen.

Sterling betrachtete sie eingehend. Die Tiere hatten kleine

silberne Aluringe an den Beinchen. Mandryka zupfte daran. »Wie Sie sehen, sind die Tiere beringt. Sehen Sie die kleinen, in die Ringe eingeprägten Nummern?«

Sterling nahm den Vogel in die Hand und inspizierte den Ring. »Wie kommt der Vogel an diesen Ring?«

»Da wissen Sie genauso viel wie ich«, sagte Mandryka. »Das war jedenfalls der Moment, an dem wir beschlossen haben, uns bedeckt zu halten. Das Beringen wird auch von Hobby-Vogelkundlern vorgenommen, meistens aber von berufsmäßigen Ornithologen, die anhand der Markierungen die Vogelzüge verfolgen. Es ist eine sehr wirksame Methode, wenn man die Lebensgeschichte, die Populationsdynamik und die Wanderungsbewegungen von Vögeln erforschen will. Das Beringen ist gegen Ende des neunzehnten Jahrhunderts in Dänemark aufgekommen. Damals hat ein Vogelkundler Spatzen kleine Ringe mit einer fortlaufenden Nummer und seiner Adresse für die Rückmeldung angehängt und sie dann wieder in die Freiheit entlassen. Mittlerweile wird auf der ganzen Welt beringt.«

»Und Sie haben keine Ahnung, wer diese Vögel beringt haben könnte?«

»Nicht im Entferntesten. Aber eines ist gewiss: Da ist jemand, der weiß, dass diese Vögel krepieren, aber er bleibt im Hintergrund. Willie hielt es für möglich, dass der Animal and Plant Health Inspection Service in Washington, der APHIS, für das Beringen verantwortlich sein könnte, weil man dort manchmal auch Migrationsstudien macht. Er hat den APHIS angerufen.«

»Mit welchem Ergebnis?«

»Weder ja noch nein. Man wollte sich aber um den Fall kümmern.«

Sterling klappte sein Buch zu und schob es in die Tasche. »Da ist etwas im Busch, und es sieht ganz danach aus, dass Wilson kurz vor der Lösung gestanden hat …« Er zögerte. Sollte er Mandryka unumwunden ins Vertrauen ziehen? »Juri«, sagte er schließlich, »in der Nacht, in der Wilson ermordet worden ist, hat jemand in seinem Labor und seinem Büro herumgestöbert. Ich habe noch nicht herausbekommen, wer es war und was man gesucht hat, aber ich bin sicher, da sucht jemand etwas ganz Bestimmtes.«

»Überprüfen Sie Wilsons Labortagebücher«, sagte Mandryka, der inzwischen die Tür geöffnet und das Licht ausgeschaltet hatte. Die beiden Männer standen sich in dem düsteren Gang gegenüber. Von fern hallte das Geräusch fallender Wassertropfen durch das Betongemäuer. »Ihr Bruder hat immer alles sorgfältig dokumentiert. Ich habe es ihm beigebracht, als er in Chicago bei mir studiert hat.«

»Juri, sind Sie auch wirklich sicher, dass niemand von diesen Stärlingen in ihrem Kühlkeller weiß?«

»Außer mir hat keiner einen Schlüssel zu diesem Kühlraum. Noch nicht einmal der Hausmeister kann hier rein.«

»Ich weiß noch nicht, weshalb Wilson umgebracht worden ist, aber wenn der Mord mit diesen Stärlingen zu tun hat, sind auch Sie in Gefahr.«

»Ich bin ein alter Mann«, meinte Mandryka. »Ich bin nicht mehr zu viel nütze.«

»Wohl aber Ihr Wissen! Juri, seien Sie vorsichtig!«

Mandryka brauchte nicht zu antworten. Seine besorgte Miene war Antwort genug.

Die beiden Männer stiegen in den klapprigen Aufzug, der sie aus dem nasskalten Keller wieder nach oben brachte.

Sterling hatte es vorausgesehen: Die Spuren begannen zu reden.

26

STERLING KONNTE ES nicht erwarten, wieder zum Haus zurückzukommen. Im Licht der bei Mandryka gewonnenen Informationen glaubte er genau zu wissen, wonach der nächtliche Eindringling gesucht hatte. Er ging in Wilsons Arbeitszimmer und startete eine systematische Durchsuchung. Nachdem er die Bücher einzeln aus den Regalen genommen und erfolglos durchgeblättert hatte, um zu überprüfen, ob vielleicht ein Umschlag oder eine Nachricht zwischen den Seiten steckte, öffnete er den Wandschrank. Er hatte ihn zwar schon in der vorangegangenen Nacht untersucht, ohne jedoch das oberste Fach einer eingehenden Prüfung zu unterziehen. Auf den Zehenspitzen stehend, versuchte er, bis zur Rückwand durchzugreifen, aber das Fach war zu tief. Er stieg auf einen Stuhl und fühlte die Holzpaneele ab. Er wollte die Suche schon abbrechen, als er plötzlich ganz hinten etwas fühlte – ein winziges Schlüsselloch in der Rückwand, das ihm fast entgangen wäre. Er räumte alles andere heraus und klopfte die Umgebung des Schlüssellochs ab. Es klang hohl. Ein Geheimfach.

Er startete eine neue Suche, diesmal nach dem Schlüssel. Sie verlief ergebnislos, wobei sich die Unordnung im Arbeitszimmer abermals vergrößerte. Frustriert überlegte er, ob er auf den Schlüssel verzichten und das Fach aufstemmen sollte, was aber das Risiko barg, dass der mutmaßliche Inhalt des Fachs Schaden nehmen konnte.

Er setzte sich in Wilsons hohen ledernen Schreibtischsessel und schloss die Augen. Wo würde er selbst einen kleinen Gegenstand wie diesen Schlüssel verstecken? Er sah unter der Schreibtischunterlage nach. Nichts. Er nahm die mittlere Schreibtischschublade heraus und sortierte den Inhalt Stück für Stück auf den Boden. Wieder nichts. Als er die leere Schublade auf einem Bücherstapel ablegen wollte, kippte sie herunter. Sterling versuchte, sie aufzufangen. Und da sah er, dass etwas unter den Boden der Lade geklebt war. Eine kleine flache Blechdose. Sterling ließ sie aufspringen und hielt einen winzigen Schlüssel in Händen.

Er kletterte wieder auf den Stuhl und reckte sich bis zur Rückwand des Fachs. Nach ein paar Versuchen klickte das Schloss, und ein Türchen sprang auf. Natürlich wusste Sterling nicht, was ihn dahinter erwartete, aber mit dem kompakten Sony-Camcorder, der zum Vorschein kam, hatte er nun wirklich nicht gerechnet. Er holte die Kamera heraus und fuhr sicherheitshalber noch einmal mit der Hand durch das kleine Fach, aber ansonsten war dort nichts.

Er ging mit seinem Fund zum Schreibtisch und klappte den kleinen Monitor heraus. Es war ein hervorragendes Gerät mit einer Unmenge Knöpfchen und Anschlussmöglichkeiten und einer hoch auflösenden Zoomoptik. Aber warum hatte Wilson die Kamera in das Geheimfach weggeschlossen, wo doch andere ähnlich wertvolle Gegenstände offen in seinem Arbeitszimmer herumlagen?

Sterling drückte auf den Eject-Knopf. Eine Kassette steckte im Schacht. Er spulte das Band zurück und drückte auf Play. Ein Bild kam, anfangs noch unscharf, dann konnte Sterling Bäume, Felsen und eine kleine Schlucht ausmachen. Die unruhige Bildführung ließ erkennen, dass der Kameramann sich in rauem Terrain bewegte und immer wieder strauchelte. Sterling hörte keuchendes Atmen. In diesem Stil ging es noch ein paar Minuten weiter, dann kam plötzlich Wilsons Stimme und erläuterte das Bild: *Hier beginnt es und zieht sich ungefähr zweihundert Meter weit bis zur nordöstlichen Ecke des Potter'schen Anwesens. Sie liegen hier zu hunderten.* Die Kamera ging auf einen Rotschulterstärling, der mit starren Knopfaugen tot auf dem Rücken lag.

In den folgenden dreißig Minuten zeigte das Band hunderte von Stärlingskadavern – unter Felsen verstreut, im Wasser treibend, auf Trampelpfaden zwischen abgebrochenen Ästen. Sterling lauschte der Tonspur. Man hörte das Laub unter Wilsons Füßen rascheln und in der Ferne Tiere rufen. In Abständen von ein paar Minuten nannte Wilson die exakte Position mit genauen Kompasspeilungen zum Horizont und der Angabe von geographischer Länge und Breite. Er ging auf den Anteil männlicher und weiblicher Kadaver ein, bei manchen besonders dichten Ansammlungen drehte er die Vogelkadaver mit einem Stöckchen um und zoomte sie nah heran, um nichts zu übersehen. Kurz vor dem Ende des Bandes richtete Wilson die Kamera auf sich selbst, und sein Gesicht kam unscharf ins Bild. *Sie sind Zeuge eines gewaltigen Vogelsterbens in der unberührten Natur geworden*, sagte er mit Nachdruck. *Man kann hier nicht mehr von einem Zufall sprechen. Diese Vögel sind vergiftet worden. Aber warum und von wem?*

27

STERLING STELLTE DIE Kamera in das Geheimfach zurück und verstaute den Schlüssel in seiner Brieftasche. Er sprang in den Mustang, um zur Klinik zu fahren, wo er den Chefpathologen befragen wollte, ob es hier in der Gegend Fälle von Bufalinvergiftung gegeben hatte. Es war ein Schuss ins Ungewisse, aber nachdem so viele Vögel durch ein seltenes Gift verendet waren, konnte sich das Gift auch den Weg zum Menschen gesucht haben. Eine kurze Überprüfung der in der Klinik behandelten Vergiftungsfälle und der Todesursachen konnte aufschlussreich sein.

Sterlings Handy klingelte. »Bledsoe«, meldete er sich.

»Agent Bledsoe, hier ist Lieutenant Wiley.«

»Guten Morgen, Lieutenant, was gibt's?«

»Wie schnell können Sie hier im Revier sein?«

»In zehn Minuten, wenn ich mich an die Verkehrsregeln halte, oder in fünf, wenn Sie mir Narrenfreiheit geben.«

»Dann kommen Sie in sieben.« In Wileys Ton schwang eine ungewöhnliche Besorgnis.

»Bin schon unterwegs«, sagte Sterling, riss den Wagen herum und machte mit kreischenden Reifen eine volle Kehrtwendung.

Er betrat die Polizeistation durch den Seiteneingang und eilte durch die Flure zum Kommissionsraum. Als er die Tür öffnete, sah er sich einem Tollhaus gegenüber. Alles schrie wild durcheinander, Telefone klingelten, Faxgeräte piepsten.

Wiley und Brusco standen am Kopf des Konferenztischs. »Bledsoe!«, überschrie Brusco grüßend den Radau.

»Was ist denn hier los?«, rief Sterling.

»Schon wieder eine Leiche!«, schrie Brusco.

»Wer?«

»Keine Ahnung«, brüllte Wiley. »Eindeutige Identifikation nicht möglich.«

Brusco blickte finster drein. »War diesmal wirklich schlimm«, knurrte er.

»Wie schlimm?«

»Eine Frauenleiche. In einem Müllcontainer hinter dem Grand Union Grocery Store. Nackt, überall Blutergüsse und Schürfwunden.«

»Sexualmord?«

»Im Moment schwer zu sagen.«

»Gesichtsverletzungen?«

Brusco schüttelte bedächtig verneinend den Kopf. »Die Leiche hat kein Gesicht. Sie wurde geköpft.«

Sterling, der sich bereits Notizen machte, schluckte schwer. »Wer hat sie gefunden?«

»Der Mann von der Müllabfuhr«, sagte Wiley. »Als er heute Morgen die Container leeren wollte, kam ihm die Leiche aus der Kippvorrichtung hinten am Müllwagen entgegengerutscht. Der Mann hat auf einmal ein nacktes Frauenbein herausragen sehen.«

»Wo ist die Leiche jetzt?«

»Im Leichenschauhaus«, sagte Wiley.

»Autopsie?«

»Doktor Withcott ist schon auf dem Weg von Concord hierher. Er müsste in knapp einer Stunde da sein.«

Ein Polizist kam herbei. »Wir haben gerade eine E-Mail aus Quantico bekommen.«

Mitten im Raum waren drei große Computer samt Farbdrucker aufgebaut. Sterling folgte dem Beamten zu dem Computer in der Mitte und klickte auf das E-Mail-Icon.

Lieber Sterle,
hier die neuesten Ergebnisse. Wir haben uns mit der Qualität große Mühe gegeben. Sie ist jetzt viel besser. Wir haben soeben eine neue Software erhalten, mit der man die Bilder digital bearbeiten kann. Ich werde ein paar Rekonfigurationen machen und dir die Updates zuschicken, sobald ich etwas Brauchbares in Händen habe. Ich könnte mir denken, dass es etwas bringt. Lass mich wissen, wenn wir sonst noch etwas für dich tun können.

Herzlichst
Harry

Das erste Bild zeigte die Reflexion des Mannes in der Tür, die fast aussah, als wäre sie aus Spiegelglas. Seine Augen waren immer noch nicht zu erkennen, die Unterlippe dagegen recht gut. Er schien zu grinsen, für eine genaue Beurteilung hatte das Bild allerdings noch zu wenig Zeichnung. Man konnte noch nicht einmal eindeutig sagen, ob es sich um einen Weißen oder um einen Schwarzen handelte. Sterling gab das Foto an Wiley und Brusco weiter.

Das nächste Foto zeigte einen anderen Bildausschnitt mit dem unteren Teil der Spiegelung. Harry hatte die Spiegelung der linken Hand des Mannes herangezoomt. Sie war klar und deutlich abgebildet und umklammerte drei Videokassetten mit Sony-Aufklebern auf der Hülle.

»Videokassetten?« Sterling hatte laut gedacht.

»Bledsoe, Sie hatten von Anfang an Recht«, meinte Wiley. »Der Mistkerl ist nicht da gewesen, weil er Schlafstörungen hatte. Er hat etwas gesucht, und das ist auf diesen Kassetten.«

»Wilson hat davon einen ganzen Schuhkarton voll«, sagte Sterling. »Als wir das erste Mal in seinem Büro waren, habe ich die Kassetten gesehen, ihnen damals aber keine besondere Beachtung geschenkt. Der Karton stand in einem Fach seines Schranks.«

Sterling betrachtete die behandschuhte Hand mit den Kassetten näher. »Das ist ein ziemlich großer Mann.«

»Woher wissen Sie das?«, fragte Wiley, der sich das Bild auf dem Computerbildschirm ansah.

»Sehen Sie mal, wie lang die Finger sind. Und die Arme. Sie reichen ziemlich weit an seinem Körper herab.«

Wiley und Brusco folgten Sterling zur Wandtafel. Sterling nahm einen Marker zur Hand. »Wir wissen, dass es sich um einen Mann handelt«, sagte er und schrieb das Wort »männlich« an. Dann schrieb er »Linkshänder«.

»Woher wollen Sie wissen, dass er Linkshänder ist?«, fragte Wiley.

Sterling zog sein Handy heraus und warf es Wiley zu. »Gehen Sie mal nach draußen und kommen Sie wieder rein.«

Wiley sah ihn ratlos an, machte aber gutmütig mit, während die anderen zuschauten. Er ging zur Tür hinaus und kam sofort wieder herein. »Und was jetzt?«, sagte er.

»Mit welcher Hand halten Sie das Mobiltelefon?«, fragte Sterling.

»Mit der rechten.«

»Und mit welcher Hand haben Sie die Tür aufgemacht?«

»Mit der linken.«

»Genau. Wenn man etwas in der Hand hat, das wichtig ist oder das nicht herunterfallen darf, dann nimmt man es in die dominante Hand. Die freie Hand wird für Dinge benutzt, die kein besonderes motorisches Geschick erfordern.«

»Nicht schlecht«, räumte Wiley ein.

»Unsere Umgebung ist voll von kleinen Zeichen und Hinweisen, Lieutenant. Es kommt nur darauf an, dass man danach sucht, vor allem an den Stellen, wo man sie zuallerletzt vermuten würde.« Sterling ging zur Tafel zurück und betrachtete die Fotos von Wilsons Leiche, um dann die neuen Fotos des Hauptverdächtigen daneben zu heften. »Wilson wurde von rechts der Schädel eingeschlagen«, sagte er. Er strich mit der Hand über die Vergrößerung. In Wilsons Kraushaar war rechts das angetrocknete Blut zu erkennen. »Exakt, wie ein Linkshänder zuschlagen würde.«

»Lassen Sie uns zur Klinik hinüberfahren«, sagte Sterling zu den Beamten, die um ihn herumstanden. »Ich will wissen, wie diese Frau enthauptet worden ist.«

* * *

Withcott stand auf einem Fußbänkchen über den Seziertisch gebeugt und summte ein Liedchen. Sein Stirnscheinwerfer leuchtete auf das, was vom Hals der Leiche noch übrig war. Als die Polizisten eintraten, sagte er »Guten Tag, meine Herren«, ohne von der Arbeit aufzusehen. »Was für ein schrecklicher Mord. Haben Sie schon einen Anhaltspunkt, wer diese Frau sein könnte?«

»Nicht die Spur«, sagte Wiley. »Wir haben nichts, was auch nur ansatzweise eine Identifizierung ermöglichen könnte. Keine Kleidungsreste, keine Handtasche, überhaupt nichts Persönliches. Und vermisst gemeldet wurde auch niemand.«

»Es muss einen heftigen Kampf gegeben haben«, sagte Withcott. Er hob die mit blauen Flecken und Kratzern übersäten Arme der Leiche an und drehte die Handflächen nach oben. »Sehen Sie sich die Schnittverletzungen an.« Withcott deutete auf die tiefen Wunden zwischen Daumen und Zeigefinger der rechten Hand. Sie gingen durch das Ober- und Deckgewebe bis hinab auf die Knochen. »Klassischer Fall einer Messerverletzung. Die Frau muss bei ihrer Gegenwehr mehrfach in die Klinge gegriffen haben.«

»Können Sie erkennen, was für eine Klinge das war?«, fragte Sterling.

»Diese Frage hat mich gerade beschäftigt, als Sie hereingekommen sind«, sagte Withcott. »Kommen Sie und schauen Sie selbst.«

Sie traten näher. Wiley hatte noch nie eine enthauptete Leiche gesehen. Stoßweise und hechelnd atmend kämpfte er darum, dass sich ihm nicht der Magen umdrehte.

Sterling zog ein Paar Latexhandschuhe an und beugte sich über den kopflosen Rumpf. »Sehen Sie mal, die gezackten Schnittränder«, sagte er zu Withcott. »Nicht glatt, wie von einem scharfen Messer.«

»Richtig«, bestätigte Withcott. »Die Ränder sind nicht nur gezackt, die Zacken in der Haut bilden sogar ein regelmäßiges Muster.«

»Wie von einer Maschine«, bemerkte Sterling.

»Sie haben mir das Wort aus dem Munde genommen«,

meinte Withcott. Seine Assistentin kam mit einem Ordner an den Seziertisch und klappte ihn auf. Withcott schlug die Blätter und Fotos hin und her, bis er gefunden hatte, was er suchte. »Sehen Sie mal«, sagte er und zeigte Sterling ein Foto von Wilsons Brustwunden.

»Die Wundränder gleichen sich. Das Einschnittmuster ist möglicherweise vom gleichen Werkzeug hervorgerufen worden«, sagte Sterling und nickte.

»Höchstwahrscheinlich sogar«, sagte Withcott. »Agent, wenn Sie sich den Hals einmal näher ansehen wollen – er ist sehr gleichmäßig durchtrennt worden.«

Wiley nahm die Gelegenheit wahr, woanders hinzuschauen.

»Wenn der Kopf abgehackt worden wäre, müsste es ganz anders aussehen«, dachte Sterling laut. »Eine Axt oder ein schweres Schneidgerät hätten einen glatten und klar definierten Schnitt durch die Haut zur Folge. Sie würden keine gezackten Ränder hinterlassen, wie hier.«

»Und sie würden die zervikalen Vertebrae zerschmettern«, ergänzte Withcott, wobei er Lagen von rotem Muskelgewebe und bräunlich gelbe Fetteinlagerungen zurückzog, bis ein Halswirbel sichtbar wurde. Der Wirbelkörper war sauber und regelmäßig mitten durchgetrennt. »Eine Axt hätte nicht diesen glatten Schnitt erzeugen können.«

»Was ist eigentlich aus diesem Sägeblatt geworden, das wir in Professor Bledsoes Leiche gefunden haben?«, erkundigte sich Wiley.

»Wir haben es dem zuständigen Büro der Staatspolizei zugesandt. Man versucht, den Hersteller zu ermitteln und das Geschäft, wo es verkauft worden ist«, sagte Withcott. »Die Antwort steht noch aus.«

»Dieses Sägeblatt könnte das entscheidende Bindeglied zwischen den beiden Morden sein«, sagte Sterling. »Etwas anderes haben wir im Moment nicht in der Hand.«

»Unter dem Fingernagel ist etwas«, meldete sich Withcotts Assistent Patrick zu Wort. Er hatte mit der Lupe die Finger der Leiche untersucht.

Withcott überprüfte den Befund. Mit einer Pinzette und einer kleinen Hakensonde holte er sorgfältig die Ablagerungen unter dem Nagel des rechten Zeigefingers der Leiche hervor. Nach eingehender Betrachtung deponierte er das winzige Klümpchen auf einem weißen Zellstofftuch. »Sieht aus wie Haut«, sagte er. »Das Labor soll eine DNA-Analyse vornehmen.«

Ein Gedanke schoss Sterling durch den Kopf. Er zog die Handschuhe aus. »Lassen Sie mich wissen, wenn sich etwas Neues ergibt. Ich bin auf meinem Handy zu erreichen«, sagte er zu Withcott und war schon an Wiley vorbei auf dem Weg zur Tür. Er wollte sich noch einmal im Labor seines Bruders umsehen – aber diesmal unterstützt von jemandem, der sich dort auskannte.

28

AUF DEM RÜCKWEG zum Campus fuhr Sterling die Main Street hinauf. Er machte einen kleinen Schlenker am Food Stopp vorbei, um sich ein Cheesesteak mit »einmal alles ohne Peperoni« zu holen, und fuhr anschließend weiter zum Zentrum des Campus. Im Vorbeifahren beobachtete er das Alltagstreiben dieses idyllischen Neuengland-Städtchens. Ein unpassenderer Hintergrund für einen brutalen Mord war nicht denkbar – von zweien ganz zu schweigen.

Sterling legte das Cheesesteak auf dem Beifahrersitz ab und wählte auf dem Handy die Nummer von Sean Kelton, Wilsons wichtigstem wissenschaftlichen Mitarbeiter. Wilson war auch Seans Doktorvater gewesen. Sterling hatte die Nummer von Kay bekommen.

Sean hatte den Anruf mehr oder weniger schon erwartet. Wegen der Ermittlungen mussten im Labor sämtliche Tätigkeiten bis auf weiteres ruhen. Sogar das Abholen von persönlichen Gegenständen war den Mitarbeitern verwehrt.

»Ich würde mich freuen, wenn Sie mich auf meinem Gang in Wilsons Labor begleiten würden«, sagte Sterling. »Ich möchte mich dort noch einmal umsehen, aber diesmal hätte ich gern jemanden dabei, der sich auskennt.«

»Kein Problem, Mr. Bledsoe. Wann soll ich kommen?«

»Wie schnell könnten Sie dort sein?«

»Ich wohne ein paar Minuten hinter dem Golfplatz. In einer Viertelstunde bin ich da.«

»Wir treffen uns draußen vor dem Labor«, sagte Sterling. »Was haben sie an?«

»Ein knallrotes Shirt von der Cornell Universität, Big Red steht drauf.«

»Ich warte auf Sie.«

Sterling bog von der Main Street ab und fuhr auf den Parkplatz des Grand Union Supermarkts. Der Bereich um die Müllcontainer war mit orangefarbenen Pylonen und gelbem Flatterband der Polizei abgesperrt. Eine Meute von Schaulustigen hatte sich eingefunden. Ein paar Beamte in Uniform und in Zivil waren noch damit beschäftigt, den Tatort aufzunehmen. Sterling kannte einen von ihnen vom Kommissionsraum.

»Wie läuft's?«

»Agent Bledsoe! Wir versuchen, uns einen Reim auf die Sache zu machen. Gleich zwei Morde hintereinander! Verdammt noch mal, was für ein Zufall!«

Sterling nickte viel sagend. »In dieser Gegend hat es seit fünfzig Jahren keinen Mord mehr gegeben, und jetzt im Abstand von zehn Tagen gleich zwei. Ich glaube nicht an einen Zufall. Ist das Ladenpersonal schon vernommen worden?«

»Ja, so weit die Leute Dienst hatten, als die Leiche gefunden worden ist«, sagte der Beamte. »Das Personal von gestern Abend kommt allerdings erst um fünfzehn Uhr. Wir müssen noch ein paar Stunden auf sie warten. Aber von der Frühschicht hat keiner etwas Auffälliges gehört oder gesehen.«

»Das wundert mich nicht«, meinte Sterling. »Die Frau dürfte woanders ermordet worden sein, und man hat sich der Leiche anschließend hier entledigt.« Sterling ließ den Beamten stehen und wanderte das Gebäude entlang. Er kam auf einen kleinen Platz unmittelbar hinter dem Laden. Sein Blick glitt am Gebäude entlang. Unter der Dachrinne war eine Hofbeleuchtung angebracht. Er ging zurück zu dem Polizisten. »Ist der Geschäftsführer da?«

»Da drüben, der mit dem braunen Hemd«, sagte der Beamte und deutete auf einen nervösen mittelgroßen Mann Ende vierzig, der sich hektisch mit den Fingern durch den kümmerlichen Rest seiner einstigen Haarpracht fuhr. Er hatte den mürrischen Gesichtsausdruck eines Mannes, der sich notorisch selbst im Weg stand.

Sterling ging zu ihm hin. »Ich bin Agent Sterling Bledsoe«, stellte er sich vor und hielt dem Mann die Hand hin. »FBI.«

»Miles Borwind.« Die Augen des Mannes jagten gehetzt hin und her.

»Ich würde Ihnen gern ein paar Fragen stellen«, sagte Sterling.

»Ich habe der Polizei bereits alles gesagt. Aber ich weiß ohnehin nichts.«

Sterling musste wegschauen. Der flackernde Blick seines Gegenübers machte ihn seekrank. »Aha, verstehe«, sagte er. Bei störrischen und nervösen Zeugen kam man mit der harten Tour selten weiter. Der Trick war, den Leuten die Angst zu nehmen. »Ich bin sicher, dass Sie schon alles gesagt haben, aber wenn man eine Frage zweimal beantwortet, hilft das manchmal dem Gedächtnis auf die Sprünge.« Borwind hob resigniert die Schultern. Sterling bemerkte, dass der arme Kerl zu allem Überfluss auch noch einen nervösen Tic hatte, der seinen Kopf in unregelmäßigen Abständen zur Seite rucken ließ. »Um welche Zeit macht Ihr Geschäft abends zu?«

»Montag bis Freitag um dreiundzwanzig Uhr, an den Wochenenden um einundzwanzig Uhr«, presste Borwind hervor.

»Wer geht als Letzter hinaus?«

»Ich bin der Geschäftsführer für die Wochentage. Meistens gehe ich nachmittags so um fünf und übergebe an eine Mitarbeiterin. Sie macht dann bis nachts um elf weiter und schließt ab.«

»Wer ist diese Mitarbeiterin?«

»Kathy Geddes, aber gestern Abend war sie nicht da. Sie hat sich bei mir krank gemeldet, deshalb bin ich zum Abschließen noch einmal selber hergekommen.«

»Als Sie nach dem Abschließen nach Hause gegangen sind, sind Sie da vorne oder hinten hinausgegangen?«

»Hinten. Ich habe die vordere Tür von innen abgeschlossen, das Licht ausgemacht und bin dann hinten raus.« Die Fragen waren weniger schwierig, als Borwind befürchtet hatte.

»Wie oft und wann kommt die Müllabfuhr und leert die Container?«

»Dreimal in der Woche, montags, donnerstags und Samstag früh. Wenn ich um neun Uhr aufmache, ist der Müll schon weg.«

Sterling hatte alle Auskünfte in sein Buch eingetragen und wollte es schon wegstecken, als ihm noch eine Frage einfiel. »Als Sie nach dem Abschließen zu ihrem Wagen gegangen sind, haben Sie da hinter dem Gebäude noch andere Fahrzeuge gesehen?«

Borwind dachte angestrengt nach. Das hatten ihn die Polizisten noch nicht gefragt. »Eigentlich nicht«, sagte er, immer noch mit Nachdenken beschäftigt. »Ja, doch, ganz hinten stand ein alter Pick-up, aber ich habe niemanden drinsitzen sehen. Vermutlich hat er jemandem aus den Häusern nebenan gehört. Wir haben zwar überall Schilder, dass das hier ausschließlich Kundenparkplätze sind, aber manchmal stellen die Leute trotzdem ihren Wagen hier ab.«

»Wie hat dieser Pick-up denn ausgesehen?«, fragte Sterling.

»Ich habe eigentlich gar nicht auf ihn geachtet. So ein alter Pick-up eben, mit Pritsche, rostrot oder braun. Nichts Tolles. Er hatte hinten solche hohen hölzernen Seitengitter, damit nichts runterfällt.« Borwind rieb sich die Schläfen. Sein Kopf ruckte. »Mehr weiß ich wirklich nicht.«

»Vielen Dank, Mr. Borwind, dass Sie sich für mich so viel Zeit genommen haben«, sagte Sterling. Er machte nicht den Fehler, Borwind zum Abschied noch einmal die Hand hinzustrecken. »Ich bin sicher, dass Sie hier bald wieder Ruhe haben.«

Borwind seufzte. Er betrachtete das zunehmende Durcheinander am Müllcontainer und flüchtete gesenkten Hauptes in die Geborgenheit seines Ladens.

Sterling schnappte sich den Tatortfotografen. »Kommen Sie doch bitte mal mit«, sagte er und verschwand mit dem Fotografen im Schlepptau hinter dem Laden.

»Was suchen wir denn?«, wollte der Fotograf wissen, ein kleiner Mann mit einem schwarzen Haarkranz, der seinen Kahlschädel aus reinem Starrsinn zu umflattern schien. Er hatte zwei Kameras umgehängt und ein Blitzgerät, das ausgereicht hätte, ein ganzes Fußballstadion auszuleuchten.

»Reifenspuren«, sagte Sterling. »Letzte Nacht hat hier hinten ein Pick-up geparkt. Es spricht viel dafür, dass dieses Fahrzeug mit der Frauenleiche im Container zu tun hat.«

Sie suchten die leere Asphaltfläche des Hinterhofs ab. Neben dem Hinterausgang des Supermarkts lag ein achtlos hingeworfener Haufen leerer Kartons und Obstkisten. Der Hof war mit neun Meter Breite und dreißig Meter Länge nicht besonders groß. Eine Hecke und eine Baumreihe trennten das Gelände des Supermarkts von den Nachbarhäusern. Der Abstand zwischen den Bäumen war allerdings groß genug, um die Nachbarn dazu zu verleiten, sich über die Parkverbotsschilder hinwegzusetzen.

Die Augen auf den unebenen und stellenweise sandigen Grund geheftet, schritten Sterling und der Fotograf Schulter an Schulter das Gelände ab. In der Ecke, wo Unkraut und Queckengras aus den Sprüngen der Asphaltdecke sprossen, wurden sie fündig.

»Halt!«, rief Sterling und beugte sich über einen schwachen Profilabdruck. Die Ränder waren kaum noch erhalten. Schon eine Windbö hätte den Abdruck endgültig zerstören können. »Knipsen Sie das.«

Der Fotograf machte sich unverzüglich an die Arbeit, zuerst mit der kleineren Kamera, dann mit der großen, die mit ihrem riesigen Objektiv aussah wie ein bedrohliches Insekt. Sterling schritt indessen einen Halbkreis nach rückwärts ab. »Hier ist noch einer«, sagte er und deutete auf den Boden. Der Fotograf legte einen neuen Film ein und ließ abermals ein Blitzlichtgewitter los. Als er fertig war, hatte er vier Filme verknipst.

»Wann sind die Bilder fertig?«, fragte Sterling.

»In ein paar Stunden. Ich arbeite mit einem Labor in Norwich.«

»Rufen Sie mich auf meinem Handy an, wenn Sie die Bilder haben.«

»Soll ich sie Ihnen rüberbringen?«

»Nicht nötig. Aber halten Sie das Material für mich bereit.«

»Was suchen Sie denn?«

»Ich möchte wissen, ob es die gleichen Reifenspuren sind wie die an der River Road und auf dem Parkplatz der Medizinischen Fakultät. Ich habe den starken Verdacht, dass es so ist.«

29

STERLING SAH DAS leuchtend rote Shirt schon von der anderen Seite der Grünfläche aus. Sean lehnte geduldig neben dem Eingang des Gebäudes.

»Sean Kelton?«, rief Sterling.

»Mr. Bledsoe!«, antwortete Sean, während er sich eilends aufrichtete. »Ich bin gekommen, so schnell ich konnte.«

»Entschuldigen Sie, ich bin aufgehalten worden.«

»Mein aufrichtiges Beileid, Sir. Es tut mir Leid, dass ich nicht zur Trauerfeier kommen konnte, aber ich bin an diesem Wochenende mit meiner Frau bei meinen Schwiegereltern in Kalifornien gewesen. Wir können sie nur einmal im Jahr besuchen, und das war ausgerechnet an diesem Wochenende.«

»Machen Sie sich darüber mal keine Gedanken, Sean«, sagte Sterling. »Und vielen Dank auch.«

»Ich kann es immer noch nicht fassen«, sagte Sean und ließ den Kopf hängen. Sommersprossen zogen in zwei Marschkolonnen über seine Wangen, um sich auf seinem Nasenrücken zu vereinen. »Professor Bledsoe war überall total beliebt«, sagte er. »Ich begreife einfach nicht, wie jemand auf die hirnrissige Idee kommen konnte, diesen Mann umzubringen.«

»Ich auch nicht«, sagte Sterling. »Aber gleich bei meiner Ankunft hat eine Frau etwas zu mir gesagt, das mich sehr nachdenklich gemacht hat. Sie hat gesagt: ›Diese Berge haben Geheimnisse‹, und das ist auch so.«

Schweigend fuhren Sterling und Sean mit dem Aufzug in den vierten Stock hinauf. Ein Uniformierter vom Sicherheitsdienst stand vor Wilsons Labor, die Arme auf dem Rücken verschränkt. Sterling hatte den Mann bisher noch nicht gesehen. Carlton hatte seinen Dienst inzwischen wohl schon beendet.

»Agent Sterling Bledsoe«, sagte Sterling.

»Ohne besondere Erlaubnis darf niemand dieses Labor betreten«, sagte der Polizist. Er hatte die gut eingeübte finstere Miene eines Mannes, der als kleiner Junge leidenschaftlich Räuber und Gendarm gespielt hat. Sein Gesicht war mit kleinen Narben übersät.

Sterling zog sein Mäppchen mit der Dienstmarke heraus und ließ sie aufblitzen. Ehrfurcht kroch in das dröge Gesicht des Polizisten. Eine echte FBI-Marke! Und sie glänzte wie die, die er im Film gesehen hatte. »Tut mir Leid«, stotterte er. »Gehen Sie nur rein.«

Sterling und Sean traten ins Labor und schlossen die Tür hinter sich.

»Das war echt cool!«, schwärmte Sean, als der Polizist sie nicht mehr hören konnte. »Professor Bledsoe hat mir nicht verraten, dass er einen Bruder beim FBI hat.«

»Sean, ich möchte, dass wir jetzt das Labor Zentimeter um Zentimeter miteinander abschreiten, und wenn irgendetwas nicht an seinem gewohnten Platz ist, dann sagen Sie mir bitte sofort Bescheid.«

»Jawohl, Sir. Wo wollen wir anfangen?«

»Lassen Sie uns an diesem Ende des Labors beginnen und uns Stück für Stück zu Wilsons Büro vorarbeiten.«

Sean ging Sterling voraus und begann mit der Untersuchung. Er öffnete Schränke, zog Schubfächer heraus, blätterte die Bücherstapel auf den Fensterbrettern durch. Sogar die Reagenz-, Becher- und Messgläser auf den Regalen eines Wandschranks nahm er in Augenschein. Nach über einer Stunde waren sie bis zur Tür von Wilsons Büro vorgedrungen.

»Bislang sieht alles noch so aus, wie ich es verlassen habe«, sagte Sean. »Professor Bledsoe hat darauf geachtet, dass das Labor stets sauber und aufgeräumt ist. Er hat immer gesagt, in einem Saustall kann man nicht sauber denken.«

»Sind sie schon einmal in seinem Büro gewesen?«

»Sicher«, sagte Sean. »Unsere aktuellen Experimente und unsere Arbeiten haben wir meistens drinnen beim Professor besprochen. Seine eigenen Artikel und seine Briefe hat er übrigens auch vorwiegend in seinem Büro geschrieben.«

Die Luft in Wilsons Büro war stickiger, als Sterling es in Erinnerung hatte. Er stand mit Sean eine Minute lang nur da und sah sich um.

»Zu diesem Büro kann ich Ihnen leider nicht viel sagen«, meinte Sean. »Wir haben eigentlich immer nur auf der Couch gesessen und unsere Probleme durchgesprochen.«

Sterling ging zielstrebig zum Schrank. Er holte den Schuhkarton mit den Videokassetten heraus, stellte ihn auf den Schreibtisch und nahm den Deckel ab. Auch bei den säuberlich beschrifteten Kassetten herrschte peinliche Ordnung. Sterling nahm sie in der Reihenfolge ihrer Nummerierung heraus. Bei Band Nummer dreiundvierzig hielt er inne. Die Bänder Nummer vierundvierzig bis siebenundvierzig fehlten. Bei Nummer achtundvierzig ging es weiter bis Nummer einundfünfzig. Das Foto der Überwachungskamera hatte einen Mann mit drei Kassetten in der Hand gezeigt. Hier fehlten aber vier. Die vierte war vermutlich jene, die in der Videokamera im Geheimfach von Wilsons Arbeitszimmer steckte.

Sterling erinnerte sich daran, dass Mandryka gesagt hatte, Wilson sei mit seinem Artikel über die Rotschulterstärlinge fast fertig gewesen. »Gibt es hier einen festen Platz für die Artikel, solange sie im Entwurfsstadium sind?«, erkundigte er sich.

»Bei Professor Bledsoe gab es eine klare Regel«, sagte Sean. »Wenn Experimente veröffentlicht wurden, stand dem Projektleiter das Recht zu, sich als Autor nennen zu lassen. Das bedeutete aber auch, dass er von A bis Z für die Abfassung des Manuskripts verantwortlich zeichnen musste. Und unser Professor hatte sehr spezielle Vorstellungen, wie man die Erstfassung der Arbeit bei ihm abzuliefern hatte. Wenn alles fertig war, musste man eine Diskettenkopie und einen Ausdruck auf seinem Schreibtisch deponieren. Eine zweite Kopie war ihm per E-Mail zuzusenden. Und als letzte Vorsichtsmaßnahme mussten wir zur Poststelle und ihm noch mal einen Ausdruck mit der normalen Post zuschicken.«

Sterling machte große Augen. »Ich kann seine Vorsicht ja verstehen, aber das scheint mir denn doch ein bisschen übertrieben.«

»Ja, sicher, aber Professor Bledsoe hatte seine Gründe. Er hat uns einmal erzählt, dass vor ein paar Jahren eine Assistentin eine zwanzig Seiten lange Buchbesprechung verfasst hatte, mit Quellennachweisen und allem. Sie hatte den Artikel auf ihrem Laptop getippt und kein einziges Mal zwischengespeichert. Beim letzten Absatz ist ihr die Festplatte verreckt. Von der Arbeit war nichts mehr zu retten, und sie musste noch einmal bei null anfangen.«

»Na ja, ich glaube, früher oder später ist das jedem schon einmal passiert«, meinte Sterling. In seinem Prüfungssemester hatte er das gleiche Malheur erlebt. Es hatte das Labor fünfzigtausend Dollar an Forschungsgeldern gekostet, was ihm sein Chef nie verziehen hatte. Sterling schaltete den Computer auf Wilsons Schreibtisch an. Nach ein paar Sekunden dudelte eine Melodie, und der Bildschirm wurde hell. Als das Startprogramm beendet war, klickte er mit der Maus auf das Inhaltsverzeichnis der Festplatte. Der Ordner ging auf, war aber leer. »Merkwürdig«, sagte Sterling. »Da ist keine einzige Datei im Speicher.«

»Das kann gar nicht sein«, sagte Sean. »Professor Bledsoe hat sämtliche Artikel, die er geschrieben hat, in seinem Computer abgelegt. Er hat die Endredaktion immer hier gemacht – er hat hier einen besonders großen Bildschirm, wissen Sie.«

Sterling klickte auf den Papierkorb. »Hier ist auch nichts drin«, sagte er.

»Darf ich mal schauen?«, sagte Sean. Er klickte verschiedene Icons an, suchte verschiedene Verzeichnisse durch, machte sogar einen Neustart in der Hoffnung, dass es etwas bringen würde. Aber alles vergebens. Nirgendwo ein Dokument, nirgendwo ein Anwendungsprogramm. Sean schüttelte den Kopf. »Das kann ich nicht verstehen. Professor Bledsoe hat immer alles in seinem Computer gespeichert – und jetzt ist dort überhaupt nichts!«

»Und was ist mit Sicherungskopien? Könnte vielleicht ein anderer Computer des Labors Sicherungskopien von Wilsons Dateien gezogen haben?«

»Das geht gar nicht. Unsere Institutscomputer sind in einer Weise konfiguriert, dass Professor Bledsoe von seinem Rechner aus auf unsere Festplatten zugreifen kann, aber in der anderen Richtung funktioniert das nicht. Ich stehe vor einem totalen Rätsel.«

»Hat er manchmal einen Laptop benutzt?«

»Er hat die Dinger gehasst. Er hat immer auf die winzige Tastatur geschimpft – sie sei für seine Finger viel zu klein. Er war von seinem Tischrechner mit dieser gespreizten Tastatur und dem extragroßen Bildschirm total begeistert.«

Sterling ging unruhig hin und her. Wenn Wilsons Dateien im Speicher fehlten, war nichts mehr nachvollziehbar. Er untersuchte noch einmal das ganze Büro. Die Diskettenbox war leer. Er überprüfte alles, was es an Ausdrucken gab. Nichts.

Dann fiel sein Blick wieder auf dieses Foto, das Wiley damals beim ersten Besuch aufgefallen war: Wilson und seine Studenten zusammen auf dem Rasen vor den weißen Collegegebäuden. Lauter glückliche und sorglose Gesichter. Er erkannte Sean Kelton. Direkt neben ihm war noch ein bekanntes Gesicht – Heidi Voss, Mrs. Potters Haushaltshilfe. Warum war sie auf diesem Bild? Als sie erfahren hatte, dass Wilson auf dem Grund und Boden der Potters ermordet worden war, hatte sie mit keinem Wort erwähnt, dass ihre Bekanntschaft über ein rein nachbarschaftliches Verhältnis hinausging. Auf dem Bild stand sie näher bei Wilson als alle anderen, ihre Hand ruhte sanft auf seiner Schulter. Zwischen den beiden herrschte eine Vertrautheit, die bei den anderen fehlte. In Sterlings Bauch rumorte es wieder. Er war sicher, dass Heidi Voss mit etwas hinter dem Berg gehalten hatte. Er ließ das Bild in die Jackentasche gleiten.

Nach einem letzten vergeblichen Blick auf den Monitor kniete Sterling sich auf den Boden und inspizierte die Rechnereinheit. Auf der Rückseite des Towers fand er, wonach er gesucht hatte: eine aufgestempelte Nummer, DC-1617. Er notierte sie in seinem schwarzen Buch. »Das müsste ein Computer aus dem Bestand des College sein«, sagte er.

»Woher wissen Sie das?«, fragte Sean.

»Weil der Rechner auf der Rückseite eine Inventarnummer hat. Jetzt erhebt sich für mich die Frage, ob es ein Collegenetzwerk gibt, an das er angeschlossen sein könnte.«

Sean dachte nach. »Das weiß ich nicht genau, aber die Systemverwalter müssten es wissen. Sie sind drüben im Kiewit-Gebäude.«

»Wo ist das?«

»Auf der anderen Seite des Parks. Höchstens zehn Minuten zu Fuß.«

Sterling griff nach dem Telefon. Er wählte die Zentrale und ließ sich zum Büro der Netzwerkbetreuung durchstellen.

Nach fünfmaligem Klingeln meldete sich die Stimme eines Studenten. »Kiewit Netzwerkbetreuung.«

»Wann machen Sie zu?«, erkundigte sich Sterling.

»Unser Gebäude steht Ihnen sieben Tage die Woche vierundzwanzig Stunden am Tag zur Verfügung, außer an Weihnachten und Neujahr.«

»Und die Administratoren?«

Am anderen Ende entstand eine kleine Pause. »Oh, ich weiß nicht, ob überhaupt noch jemand da ist. Ab vier ist hier Feierabend.«

»Aber bis dahin sind es doch noch zehn Minuten!«

»Na gut – vier, zehn vor vier, das ist doch egal.«

»Wenn Sie einen der Administratoren sehen, dann sagen Sie ihm bitte, er möchte noch fünf Minuten warten. Ich bin schon unterwegs.«

»Wer spricht denn da?«

»Agent Sterling Bledsoe, FBI.«

Sterling und Sean verschlossen in aller Eile das Labor, liefen den Flur hinunter und rannten die Treppe hinab. Sie hatten nicht die Geduld, auf den Aufzug zu warten.

»Ich werde mich um diese Sache alleine kümmern«, sagte Sterling schon halb auf der Straße.

»Ich möchte Ihnen aber gerne helfen!«

»Das haben Sie bereits getan. Sobald sich wieder etwas ergibt, rufe ich Sie an.« Sterling sah die Enttäuschung in Seans Gesicht, aber in diesem Stadium der Ermittlungen kam es entscheidend darauf an, die Informationen im kleinsten Kreis zu halten. Er hoffte, den Artikel über die Rotschulterstärlinge zu finden, an dem Wilson geschrieben hatte. Die Aussichten, im Kiewit fündig zu werden, waren nicht schlecht. Aber solange er noch keinen richtigen Durchblick hatte, war es am besten, alles für sich zu behalten.

Auf der Fahrt zum Kiewit klingelte sein Handy.

Es war Wiley. »Wo sind Sie im Moment?«, fragte er.

»Ich bin gerade einer Sache auf der Spur.«

»Wir haben heute vom Labor ein paar Ergebnisse bekommen, die Sie interessieren dürften. Haben Sie Zeit zum Reden?«

»Ein paar Minuten. Ich bin ganz Ohr.«

»Sie wissen doch noch, dass Sie zu uns gesagt haben, wir sollten das ganze Labor auf Fingerabdrücke untersuchen.«

»Richtig, und die Abdrücke dann mit allen Leuten vergleichen, die im letzten Monat im Labor gewesen sind.«

»Ja, das haben wir auch getan. Wir haben uns eine Liste von allen Leuten besorgt, die in den letzten Monaten im Labor gewesen sein könnten, und ihre Fingerabdrücke genommen. Unsere Jungs haben die Abdrücke in den Computer eingegeben und ein Programm laufen lassen, das sie mit denen vergleicht, die wir im Labor gefunden haben.«

»Wie viele Übereinstimmungen haben Sie bekommen?«, erkundigte sich Sterling geduldig, während er unter Missachtung von roten Ampeln, Stoppschildern und Einbahnstraßen zum Kiewit-Gebäude raste.

»Wir hatten auf unserer Liste elf Leute, die unlängst im Labor gewesen sind. Aber im Labor und im Büro von Professor Bledsoe haben wir dreizehn verschiedene Sätze von Abdrücken gefunden.«

»Womit es zwei große Unbekannte gibt.«

»Ja, genau das macht uns Sorgen.«

»Lassen Sie mich mal raten, wo Sie den einen Satz Abdrücke gefunden haben«, sagte Sterling. »Auf der Computertastatur in Wilsons Büro?«

Sterling hörte Wiley in Papieren herumkramen. »Wie zum Teufel haben Sie das erraten?«

»Sagen wir mal, ich hatte eine Eingebung. Haben Sie vom gesamten Reinigungs- und Wartungspersonal Abdrücke genommen?«

»Wir haben sie von über hundert Leuten geholt, bis herab

zum letzten Straßenfeger auf dem Campusgelände. Aber es war nichts dabei.«

»Vielleicht sind sie von Leuten, die vor Monaten im Labor gewesen sind, und keiner kann sich mehr erinnern. Haben Sie alle Abdrücke im Computer?«

»Ja. Die geklärten und die ungeklärten.«

»Sagen Sie Brusco, er soll sie unserem Labor in Quantico zuschicken, und man soll dort die beiden ungeklärten in den Bundescomputer eingeben. Unsere Datenbank kann sie landesweit mit den Abdrücken von jedem Gauner abgleichen, der schon einmal der Polizei oder der Justiz aufgefallen ist.«

»Glauben Sie wirklich, dass das etwas bringt?«, fragte Wiley.

Sterling hielt mit quietschenden Reifen vor dem Kiewit-Gebäude an. »Es ist ein Schuss ins Dunkle, aber allemal den Versuch wert. Ich habe schon so manche Überraschung erlebt. Warum sollte das nicht wieder passieren?«

»Wird sofort gemacht.«

»Noch was, Lieutenant. Gibt's was Neues von diesem Sägeblatt?«

»Ich glaube, der Hersteller konnte inzwischen ermittelt werden. Jetzt versucht man dort anhand der Versandbelege festzustellen, mit welcher Sendung es rausgegangen ist und wohin.«

»Danke, Lieutenant.«

Sterling sprang aus dem Auto. Er rannte ins Kiewit-Gebäude und folgte den Schildern zur Netzwerkbetreuung, die einen schmalen Flur hinunterwiesen. Als er unten ankam, war es fünf vor vier.

Die Tür war noch offen.

30

EINE KLEINE FRAU mit einer Lesebrille auf der Nase saß an einem riesigen Stahlschreibtisch, hinter dem sie noch winziger wirkte. Sie hob kurz den Blick zu Sterling. »Kann ich Ihnen helfen, Sir?«, sagte sie. Sie schaute ungeduldig auf die Uhr.

»Ich bin Agent Sterling Bledsoe und möchte gern mit jemandem sprechen, der sich im Netzwerksystem der Collegecomputer auskennt.«

Die Haltung der Frau wurde schlagartig kooperativ. »Ich fürchte, dass heute schon alle Schluss gemacht haben«, sagte sie, wobei sie den Hals reckte, um in den nach hinten führenden Gang zu schauen. »Aber ich werde mal nachsehen, ob ich noch jemanden finden kann.« Sie sah Sterling beinahe entschuldigend an, stand auf und verschwand durch die Tür nach hinten.

Sterling sah sich in dem Büro nach großen Computern oder irgendeinem anderen Anzeichen dafür um, dass sich hier der Netzknoten der Campuscomputer befinden könnte. Falls es hier ein solches Netzwerk gab, musste irgendwo ein großer Raum sein, in dem die Hardware des Systems untergebracht war. Im Hunter College belegten die Netzwerkadministratoren eine ganze Etage des IT-Gebäudes. Ein paar Studenten und Systemmanager saßen dort rund um die Uhr in einem abgedunkelten Raum und verbrachten ihre Zeit mit der Lösung von Computerproblemen – beziehungsweise mit Videospielen, wenn die Telefone einmal still standen.

Die zierliche Frau kam nach ein paar Minuten wieder. In ihrer Begleitung befand sich ein dünner junger Mann mit weißblondem Haar. Seine Frisur sah aus wie nach einem Bleichgang im Küchenspülbecken. Sein Zweitagebart schien eher das Produkt sorgfältiger Planung als das Resultat misslicher Umstände zu sein. Silberringe und schwere Beschlagnägel zogen ihm das reichlich gepiercte rechte Ohrläppchen lang. Mit dem Bild der Rockband auf seinem schwarzen T-Shirt konnte Sterling nichts anfangen.

»Was kann ich für Sie tun, Sir?«, fragte der junge Mann. Er konnte nicht älter sein als dreißig. Der Anflug eines trägen kalifornischen Zungenschlags färbte seine Aussprache.

»Ich bin Agent Sterling Bledsoe«, stellte Sterling sich vor.

»Haben Sie nicht vor ein paar Minuten angerufen?«

»Richtig. Ich untersuche den Mord an Professor Wilson Bledsoe. Ich habe einige Fragen zu seinem Computer und den Daten, die darin gespeichert sein müssten. Darf ich Sie nach Ihrem Namen fragen?«

»Jeff Cullins. Ich bin einer der Systemadministratoren.«

»Genau der Mann, den ich brauche. Sie können mir bestimmt sagen, ob die Computer des College untereinander vernetzt sind.«

»Je nachdem. Nicht alle Computer sind vernetzt. Das Netzwerk umfasst nur die Rechner, die sich im Eigentum des College befinden und an das System angeschlossen sind.«

Die winzige Frau verlor das Interesse an dem Gespräch und zog sich durch die hintere Tür zurück.

»Woran können Sie erkennen, ob ein Computer am Netzwerk hängt?«, fragte Sterling.

»Ganz einfach. Auf jedem Netzwerkcomputer steht eine Nummer, die mit DC beginnt. Das steht für Dartmouth College. Wir führen hier eine Liste von diesen Computern und ihren Standorten.«

»Haben Sie die Möglichkeit, von den Festplatten dieser Computer Sicherungskopien zu ziehen?«

»Auf jeden Fall. Das ist ja gerade der Grund, weshalb sie

am Netzwerk hängen. Es kommt immer wieder vor, dass Daten flöten gehen, weil ein schusseliger Professor das Speichern vergessen hat. Außerdem hatten wir Probleme mit Viren. Beim Runterladen von Programmen aus dem Internet haben sich die Leute oft die Festplatte zerschossen.«

»Können Sie verloren gegangene Dateien von hier aus wieder herstellen?«

»Klar, aber bis wir eine Datei wieder auffinden, kann es natürlich ein bisschen dauern. An dem Netzwerk hängen schließlich hunderte von Computern.« Collins sah verstohlen auf die Uhr. »Außerdem sind alle schon auf dem Sprung.«

Die kleine Frau kam in Mantel und Strohhut wieder. Ein künstlicher Schmetterling schmückte die Seite ihres Huts. »Auf Wiedersehen, Mr. Bledsoe«, sagte sie im Gehen. »Mein herzliches Beileid. Professor Bledsoe war in unserer Gemeinde überall sehr beliebt. Tschüss Jeffrey.« Sterling nickte ihr dankend zu. Sie hängte das Schild mit der Aufschrift »Geschlossen« an die Tür, die sie hinter sich zuzog. Das Klackern ihrer Absätze hallte den langen Gang hinunter.

Sterling schlug einen offiziellen Ton an. »Mr. Cullins, wir befinden uns hier in den offiziellen Ermittlungen in einem Mordfall! Ich bin nicht wegen eines Routineproblemchens zu Ihnen gekommen. Ich suche einen Mörder! Ihre Unterstützung wäre mir sehr willkommen.«

Cullins warf einen Blick auf die Wanduhr. Er zuckte resigniert die Achseln, griff nach dem nächsten Telefon und gab irgendwo Bescheid, dass er sich verspäten würde. »Kommen Sie mit«, sagte er zu Sterling und führte ihn durch ein Gewirr von mit Monitoren und Kabeln voll gestopften Räumchen, um schließlich ein langes Treppenhaus hinunterzusteigen. Nachdem sie zwei harmlos aussehende Türen passiert hatten, gelangten sie in einen großen ovalen Raum voller Computerequipment jeglicher Art – riesige Flachbildschirme, Stapel von

Festplatten und Switchboxen, aus denen ein Wust von markierten Kabeln und verdrehten Litzen hing.

Ringsum an den Wänden war ein Terminal neben dem anderen aufgebaut. In der Mitte des Raums stand ein langer Tisch mit einer Batterie von Druckern, aber auch einige Pappteller mit Speiseresten waren dort achtlos abgestellt. Sechs zumeist sehr junge Leute hingen vor den Bildschirmen, ein paar Männer, die vermutlich leitende Funktionen ausübten, saßen hinter einer gläsernen Trennwand in einer Art Master-Controllcenter. Leise Rockmusik untermalte den Lärm der Drucker und das Geklapper der Tastaturen. Sterlings Anwesenheit wurde kaum wahrgenommen, ein paar Leute nickten ihm beiläufig grüßend zu.

»Das ist unser Netzknoten«, sagte Cullins mit einem gewissen Stolz in der Stimme. »Von diesem Raum aus fahren wir das gesamte Campus-Netzwerk.« Er ging mit Sterling zu einem unbesetzten Terminal. »Ich lasse jetzt ein Programm laufen, das uns Professor Bledsoes Computer sucht.«

»Ich kann Ihnen die Inventarnummer geben, falls das die Suche beschleunigt«, sagte Sterling und zog sein schwarzes Buch heraus. »DC-1617.«

»Das wäre schon mal ein Anfang«, meinte Cullins. »Jetzt müssen wir nur noch herausfinden, wo in unseren Sicherungskopien seine Dateien abgelegt sind.«

Cullins Kopf wackelte im Rhythmus der Rockmusik, während er mit fliegenden Fingern auf die Tastatur einhaute. Verzeichnisse und Dateien huschten zu hunderten über den Bildschirm.

»Wie weit reichen die Sicherungskopien zurück?«, wollte Sterling wissen.

»Zwei Monate. Wir müssen unter dem Limit unserer Speicherkapazität bleiben. Um Datenverlust zu melden, müssten sechzig Tage eigentlich reichen.«

»Muss der jeweilige Anwender irgendetwas Spezielles tun, damit seine Daten bei Ihnen gesichert werden?«

»Nein, gar nichts. Das passiert alles automatisch. Das System ist so konfiguriert, dass sämtliche Daten der angeschlossenen Computer stündlich bei uns abgespeichert werden. Wir haben sogar ein Programm im Test, das uns nicht nur gestattet, den gesamten aktuellen Inhalt einer Festplatte zu sichern, sondern auch noch sämtliche älteren Versionen eines Dokuments, und auch das zwei Monate lang.«

Während der nächsten zwanzig Minuten arbeitete Cullins schweigend weiter. Immer wieder bekam er geheimnisvolle Textbotschaften auf den Bildschirm, deren Sinn sich nur einem Computerfachmann erschloss. Sterling dachte indessen ein paar Minuten über den Stand der Ermittlungen nach. Tex Norkin und Buzz Gatlin waren mittlerweile aus der Haft entlassen worden und widmeten sich wieder ihren Krawallkundgebungen und Hasspredigten in Claremont. Von den lokalen Polizeibeamten hatten viele, auch Wiley, vehement gegen die Entlassung argumentiert, aber Sterling hatte sich nicht umstimmen lassen. Seiner Meinung nach war Wilson wegen einer brisanten Entdeckung, die er auf Videokassetten dokumentiert hatte, umgebracht worden. Wozu hätte sonst jemand nach seinem Tod in sein Labor eindringen sollen? Und warum hatte jemand in seinem Computer sämtliche Dateien gelöscht?

Und dann der zweite Mord. Eine enthauptete junge Frau wurde in einen Müllcontainer geworfen. Norkin und Gatlin befanden sich zur Tatzeit noch nicht auf freiem Fuß. Natürlich konnte auch rein zufällig gerade jetzt ein Serienmörder zugeschlagen haben, aber die wesentlich wahrscheinlichere Version war doch, dass die beiden Morde miteinander zu tun hatten. In Sterlings Theorie war der Pick-up, den Miles Borwind hinter seinem Supermarkt gesehen hatte, mit dem Pick-up identisch, der Wilson in der Nacht seiner Ermordung zum Anhalten veranlasst hatte. Und all das hing zusammen mit dem Tod von hunderten von Rotschulterstärlingen. Lauter Punktinformationen, aber es fehlte noch die verbindende Linie.

»Volltreffer!«, rief Cullins. Sein Gesicht berührte fast den Bildschirm. »Im falschen Verzeichnis abgelegt. Ich weiß auch nicht, warum, aber jetzt haben wir die Dateien jedenfalls.«

»Wie viele sind es?«

»Lassen Sie mich mal sehen.« Cullins ließ vier Bildschirme mit Namen von Dokumenten durchrollen. »Es dürften gut zweihundert Dokumente sein.

»Sind die E-Mails auch dabei?«

»Nein, die sind in einem anderen Verzeichnis. Hier haben wir nur die Dokumente, an denen er in den vergangenen zwei Monaten gearbeitet hat.«

Sterling beugte sich näher zum Bildschirm. Die große Zahl der Themen, mit denen sich Wilson in den vergangenen Monaten beschäftigt hatte, überraschte ihn nicht. Im Gegensatz zu einer Reihe viel zitierter Wissenschaftler produzierte Wilson auch Ergebnisse. Mit zwei Lehrbüchern und über zweihundert Veröffentlichungen unter seinem Namen hatte er in kurzer Zeit mehr erreicht, als manch anderer in zwei Leben zu erreichen geträumt hätte.

»Ist es möglich festzustellen, an welchen Dokumenten er zuletzt gearbeitet hat?«, fragte Sterling.

»Wir haben leider kein Programm speziell dafür, aber ich werde mal etwas versuchen«, sagte Cullins. Seine Finger tanzten über die Tastatur. Eine Fehlermeldung ließ ihn schmerzhaft das Gesicht verziehen. Ein paar Minuten darauf lächelte er zufrieden. »Zack!«, sagte er und rutschte mit dem Stuhl vom Terminal zurück, damit Sterling die Informationen auf dem Bildschirm besser lesen konnte.

»Was haben wir nur gemacht, bevor die Computer aufgekommen sind?«, lästerte Sterling. Er überflog die Titel der letzten hundert Dokumente, stieß aber auf nichts, was irgendwie eine Beziehung zu Rotschulterstärlingen nahe gelegt hätte. »Sind Sie sicher, dass das alle Dokumente sind?«

»Hundertprozentig. Alles, woran ihr Bruder in den letzten paar Monaten gearbeitet hat, muss in diesem Verzeichnis sein.«

»Und wenn er bestimmte Dokumente gelöscht hätte? Würde man die ebenfalls hier wieder finden?«

»Klar. Das ist ja gerade das Geile an dieser Software, dass wir auch dann eine Kopie zur Verfügung haben, wenn jemand die Originaldatei gelöscht hat. Viele Professoren haben schon Manuskripte gelöscht, Zensuren, sogar ihr Adressbuch, und wir haben es mit unseren Computern jedes Mal geschafft, alles wieder herzustellen.«

Sterling las kopfschüttelnd weiter, ohne auf etwas zu stoßen, was irgendwie nach Rotschulterstärlingen klang. »Kann ich hiervon eine Kopie haben?«

»Was genau?«

»Alles.«

Cullins sah auf seine Uhr. »Ich kann es Ihnen ausdrucken, aber das dauert mindestens eine halbe Stunde, und ich bin jetzt schon zu spät dran für die Probe mit meiner Band. Können wir das nicht morgen machen?«

»Mr. Cullins, wir befinden uns in der Ermittlung zu einem Schwerverbrechen!«, sagte Sterling mit Nachdruck. »Zwei Morde sind schon passiert. Wollen Sie, dass noch mehr dazukommen?«

Cullins riss die Augen auf. »Schon zwei Morde?«

»Ganz recht«, legte Sterling nach, »heute Früh wurde die Leiche einer jungen Frau im Müllcontainer hinter dem Grand Union Supermarkt entdeckt.« Er ersparte Cullins die Details.

»Mann, total krass! Zwei Morde hier in Dartmouth? Das ist ja wie in einem schlechten Film!«

»Es ist aber alles andere als ein schlechter Film. Da draußen läuft ein Mörder frei herum. Wir brauchen jede verfügbare Unterstützung, um ihn zu überführen. Er kann jederzeit wieder zuschlagen.«

Cullins brauchte keine weitere Seelenmassage. Er wandte sich wieder dem Bildschirm zu. »Ich mache Ihnen da drüben einen Ausdruck«, sagte er und wies auf die Druckerbatterie. »Außerdem werde ich Ihnen von den Daten eine Zip-Datei ziehen und CDs brennen. Dann haben Sie alles auch auf elektronischen Datenträgern gesichert.«

Cullins legte auf den Tasten los. In der Mitte des Raums liefen die Drucker an.

»Was ist mit den E-Mails? Ist es schwierig, an sie dranzukommen?«, fragte Sterling.

»Kinderspiel«, sagte Cullins. »Bei den Blitzmail-Dateien ist es besonders leicht.«

»Blitzmail?«

»Unser E-Mail-System. Es war eines der ersten College-internen E-Mail-Systeme im ganzen Land. Damals haben ein paar Studenten an einem System herumgebastelt, mit dem sie einander E-Mails schicken konnten, und am Ende hatten sie unser E-Mail-Programm erfunden. Man kann von jedem Computer unseres Netzwerks aus darauf zugreifen.«

Cullins hieb mit neu gewonnenem Eifer auf die Tasten ein. Seine Augen hafteten am Bildschirm. »Ich kann Ihnen sämtliche E-Mails bis zurück zur allerersten geben«, sagte er. »Sie sind bei uns nämlich auf einem anderen Server gespeichert. Das Ausdrucken ist allerdings eher langwierig.« Er drückte auf ein paar Tasten. »Professor Bledsoe hat über achttausend E-Mails gehabt.«

»Dann kopieren Sie mir doch bitte nur die letzten zweihundert auf CD.«

»Der Befehl ist schon unterwegs.«

Nach anderthalb Stunden, in denen der Drucker unentwegt Papier ausspuckte und Cullins Rohlinge in den Brenner lud, war alles geschafft. Die ausgedruckten Dokumente und E-Mails füllten einen ganzen Karton, und außerdem hatte Sterling noch einen kleinen Stapel CDs.

»Ich hoffe, Sie finden, wonach Sie suchen«, sagte Cullins.

»Das hoffe ich auch. Schon der kleinste Hinweis kann uns helfen, diesen Fall zu knacken.«

Cullins brachte Sterling wieder die Treppe hinauf und begleitete ihn zum Eingang. »Agent Bledsoe, ich möchte Sie etwas fragen. Wenn hier ein Mörder frei herumläuft – ist man dann eigentlich noch sicher?«

Sterling sah Cullins tief in die Augen. »Wir wissen nicht, wann der Mörder wieder zuschlägt oder ob er es überhaupt tut. Aber falls Ihre Tür ein gutes Schloss hat, sollten Sie es benutzen.«

Er verließ das Kiewit-Gebäude und verstaute den Karton und die CDs im Kofferraum des Mustangs.

Seit seiner Doktorandenzeit hatte er nicht mehr so viel Lesestoff zu bewältigen gehabt.

31

Achtundvierzig Stunden nach dem Auffinden der kopflosen Frauenleiche im Müllcontainer des Grand Union Supermarkts – die Polizei hatte die Leiche immer noch nicht identifizieren können – ging ein Anruf von Mrs. Nel Potter ein. Sie vermisste ihre Haushaltshilfe, die bei ihr wohnende Studentin Heidi Voss. Mrs. Potter hatte sie zum letzten Mal vor drei Tagen gesehen, als Heidi morgens zur Vorlesung gefahren war. Es war nicht ungewöhnlich, dass Heidi die Nacht bei einer Kommilitonin verbrachte, besonders wenn sie bis spät in die Nacht in der Bibliothek gesessen hatte. Aber dass sie sich drei Tage nicht gemeldet hatte, war denn doch Besorgnis erregend. »Sie würde niemals so lange fortbleiben, ohne jemanden vorbeizuschicken, der nach mir schaut«, sagte Mrs. Potter.

Als Sterling den Kommissionsraum betrat, hatte der Beamte, der den Anruf entgegengenommen hatte, gerade aufgelegt.

»Nel Potter hat ihre Haushaltshilfe als vermisst gemeldet«, sagte Wiley.

»Die Studentin, mit der wir gesprochen haben?«

»Ja, Heidi Voss. Mrs. Potter hat sie seit ein paar Tagen nicht mehr gesehen.«

»Passt die Leiche zur Beschreibung?«

»Schwer zu sagen. Die Größe könnte stimmen, das Alter auch.«

»Hat Mrs. Potter etwas von dem Mädchen gehört?«

»Kein einziges Wort.«

»Dann mal los!«

Mit ein paar Streifenwagen im Schlepptau rasten Sterling und Wiley zur Potterfarm. Die Eingangstür des heruntergekommenen Farmhauses war nur angelehnt. Sterling klopfte laut und rief Mrs. Potters Namen, bevor er schließlich die Tür aufschob und eintrat. Sie fanden Mrs. Potter in der Küche vor dem Spülbecken, in dem sich das schmutzige Geschirr stapelte. Ihr Haar war unordentlich, ihre Kleidung ebenfalls. Der mit Heidis Verschwinden verbundene Stress ließ ihr Alter überdeutlich hervortreten.

»Mrs. Potter!«, rief Sterling. Sie schrak zusammen und fuhr herum zu der Gruppe von Beamten, die in ihrer großen Küche aufmarschiert waren.

»Dieses furchtbare Wetter ist ein Zeichen Gottes«, sagte sie, drehte den Wasserhahn ab und wies zum Fenster hinaus auf den dunkelgrauen Himmel. »An dem Tag, als mein Ezra hinten auf unserem Land zu Tode gekommen ist, war es genauso. Herr des Himmels, ein Jagdunfall soll das gewesen sein!«

»Mrs. Potter, setzen Sie sich doch«, sagte Sterling. Er half der klapprigen alten Dame, an dem kleinen Tisch Platz zu nehmen. »Erzählen Sie uns, was passiert ist.«

Mrs. Potter ließ die zitternden Hände auf den Tisch sinken. Ihre Mundwinkel hingen verzweifelt herab. »Die ganze Sache ist so merkwürdig! Vor ein paar Tagen ist Heidi wie an jedem Tag morgens zur Vorlesung gefahren. Sie hat mir mein Frühstück gerichtet und wie immer ins Schlafzimmer gebracht. Dann ist sie gegangen.«

»Hat sie gesagt, was sie an diesem Tag vorhatte?«, fragte Sterling.

Mrs. Potter sah zum Fenster hinaus. »Wir haben nicht viel miteinander gesprochen. Ich bin morgens nicht besonders gesprächig, wissen Sie, vor allem nicht vor dem Frühstück. Sie hat nur gesagt, dass wir uns zum Abendbrot wieder sehen würden. Sie hat sich auf Prüfungen vorbereitet und viel in der Bibliothek gesessen und gearbeitet.«

»Wissen Sie, in welcher Bibliothek?«

Mrs. Potter schüttelte den Kopf. »Sie hat es mir bestimmt gesagt, aber der Name fällt mir jetzt nicht mehr ein. Ich glaube, er fängt mit einem K an.«

»Ist Ihnen an Heidi in den letzten Wochen irgendeine Veränderung ihres Verhaltens aufgefallen?«

»Eigentlich nicht. Sie hat nur viel intensiver gelernt, aber sie stand ja vor der Prüfung, wie ich bereits gesagt habe.« Mrs. Potters Blick wanderte wieder zum Fenster hinaus. Sie seufzte. »Aber ihre Arbeit hier im Haus hat sie trotzdem nach wie vor erledigt. Das kann sie sehr gut, wissen Sie?«

»Hat sie einen Freund?«

»Jemanden nach Hause mitgebracht hat sie nie«, sagte Mrs.

Potter. »Aber schließlich war sie jung, und gut ausgesehen hat sie auch. Ich nehme an, dass da schon jemand war, der sich um sie bemüht hat.«

»Hat sie vielleicht mal mit jemandem telefoniert, der ihr etwas zu bedeuten schien?«

»Das weiß ich nicht. Bei meinem schlechten Gehör hätte ich ja ohnehin nichts verstanden.«

»Versuchen Sie sich zu erinnern, Mrs. Potter«, drängte Sterling. »Ist Heidi mal von jemandem angerufen worden?«

Mrs. Potter legte die Stirn in tiefe Falten. »Ach ja, wir haben einmal zufällig das Telefon gleichzeitig abgehoben. Ich habe sie mit einem Mann reden hören, der noch nie angerufen hatte, jedenfalls, soweit ich mich erinnern konnte. Sie nannte ihn Clipper.«

»Worüber haben sie gesprochen?«

»Das kann ich nicht sagen. Sie ist mit dem Telefon nach oben gegangen und hat die Tür zugemacht. Das war oft so. Diese jungen Leute möchten gern ungestört miteinander reden.«

»Sind Sie sicher, dass dieser Mann Clipper geheißen hat?«

»Absolut. Bei dem Namen musste ich noch lachen, weil der Kosename von meinem Großvater auch Clipper gewesen ist.«

»Mrs. Potter, wir haben vor ein paar Tagen eine Leiche gefunden«, sagte Wiley. »Man hat sie in einen großen Pappkarton gequetscht und in einen Müllcontainer geworfen.«

Die alte Dame beugte sich entsetzt vor. Unter ihrer blassen Haut sah man die Adern schwellen. »Ist es Heidi gewesen?«

»Das wissen wir nicht«, sagte Sterling. »Es war eine Frauenleiche, aber sie ist enthauptet worden, und den Kopf haben wir noch nicht gefunden.«

Mrs. Potter sank in ihrem Stuhl zusammen. Das Kinn fiel ihr auf die Brust. Mit zuckenden Schultern begann sie zu schluchzen und unverständliche Worte zu stammeln.

»Ein paar Beamte werden jetzt in Heidis Zimmer gehen und sich ein bisschen umsehen«, sagte Sterling nach einiger Zeit. »Wir brauchen ein paar Fotos von ihr und ein paar Haare für den genetischen Test.«

»Genetisch? Was meinen Sie damit?«, fragte Mrs. Potter schluchzend.

»Wir brauchen eine Haarprobe oder ein paar Zellen von ihrer Zahnbürste für die Analyse im Labor. Es gibt ein neues Verfahren, mit dem wir feststellen können, ob die Proben zu der Leiche passen, aber inzwischen ist das eigentlich schon eine Standardprozedur. Wo ist denn Heidis Zimmer?«, erkundigte Sterling sich sanft.

»Es ist das große Zimmer am Ende des Flurs in der ersten Etage. Gehen Sie die vordere Treppe hoch und oben nach rechts.«

Der Himmel hatte sich in drohendes Schwarz gehüllt. Regen prasselte gegen das alte Haus.

»Lieber Gott, ich hoffe nur, dass es nicht Heidi gewesen ist!«, rief Mrs. Potter weinend den Beamten hinterher.

Aber alle wussten bereits, dass es Heidi war.

* * *

Als sich in der kleinen Stadt Hanover die Kunde verbreitete, dass die kopflose Leiche, die man im Müllcontainer des Grand Union Supermarkts gefunden hatte, die Studentin Heidi Voss gewesen war, begann die Angst umzugehen. Die gewohnte Idylle des ruhigen Orts in den Bergen war bald nur noch Erinnerung. Ein nicht abreißender Strom von besorgten Eltern reiste in teuren ausländischen Limousinen an und wurde bei Präsident Mortimer vorstellig, um sich von ihm die Garantie geben zu lassen, dass die Sicherheit ihrer Kinder auf dem Campus gewährleistet war.

Naseweise Journalisten und aggressive Kamerateams aus dem ganzen Land fielen in dem Städtchen ein. Sie mieteten im Umkreis von drei Nachbarorten jedes verfügbare Kämmerchen an und unterzogen ahnungslose Bürger gnadenlosen Verhören. Ob kleine Kinder oder alte Leute, jeder war eine mögliche Informationsquelle und musste damit rechnen, ein Mikrofon vor die Nase gehalten zu bekommen. Die Fotografen skandalhungriger Massenblätter verknipsten eine Rolle Film nach der anderen. Gleich zwei grausame Morde, die so ganz und gar nicht in diese friedliche Umgebung passten, konnten den Verkaufszahlen nur förderlich sein.

Das Büro des Sicherheitsdiensts von Dartmouth gab neue Direktiven heraus und schloss das viel besuchte Campusgelände für jeden, der nicht unmittelbar mit dem Lehrbetrieb zu tun hatte. Am Eingang der meisten Gebäude zogen Sicherheitsbeamte auf, Personenschleusen mit Metalldetektoren wurden installiert und der Ausweis eines jeden kontrolliert, der ein oder aus ging. Die Staatspolizei errichtete rund um die Stadt Straßensperren, wobei ihre Gegenwart von manchen als Beruhigung, von anderen als betrübliche Erinnerung an die jüngsten Tragödien empfunden wurde.

Die Studentenschaft hatte zu einer Art freiwilliger Sperrstunde gefunden, indem man nach Anbruch der Dunkelheit schlichtweg nicht mehr außer Haus ging. Selbst so robuste Gestalten wie die Footballspieler bewegten sich nach Sonnenuntergang nur noch paarweise. Abends, wenn die Studenten ansonsten kreuz und quer im ganzen Campus zu den Bibliotheken, zum Hop oder zu Murphys Bar and Grill an der Main Street unterwegs gewesen waren, legte sich über Hanover eine beklemmende Stille. Im Upper Valley war über Nacht alles anders geworden.

Angst hing in der Luft. Sterling hörte es an der gedämpften Sprechweise der lokalen Polizeibeamten und sah es in ihren

Augen. Das ganze Städtchen hielt den Atem an, und es gab wenig Grund zu der Hoffnung, dass sich das in absehbarer Zeit ändern würde.

32

EINE VERLÄSSLICHE STRATEGIE zum Stressabbau ist die beste Vorkehrung, um eine lange und anstrengende Untersuchung unbeschadet durchzustehen. Manche brauchen dafür opulente Fressorgien mit alkoholischen Erfrischungen, andere ihre regelmäßige Spätvorstellung im Kino, aber für Sterling war es das Laufen – was er denn auch konsequent betrieb. Er stand um sechs Uhr auf, spulte seine acht Kilometer herunter, bevor er zum Bagel Basement für das aus einem Glas Orangensaft, einem Bagel und der *New York Times* bestehende allmorgendliche Frühstück fuhr.

An diesem Morgen war der kleine Laden überfüllt, weshalb er beschloss, zu den Grünflächen hinüberzugehen, wo er sich auf eine Bank setzen und das Neueste aus aller Welt unter freiem Himmel zu Gemüte führen konnte. Wilson hatte an seinem Haus zwar eine Satellitenschüssel installiert, mit der man sämtliche nationalen Sender und sogar einige internationale empfangen konnte, aber für Sterling reichte das eben nicht. Wie jeder echte New Yorker brauchte auch er seine *Times*.

Im Hinsetzen schaute er sich um. Seit der Entdeckung von Heidi Voss' Leiche war es hier sehr still geworden.

Sterling schlug wie immer zuerst die Sportseite auf, wo er mit Genuss einen längeren Artikel über Barry Bonds von den San Francisco Giants las, um dann die Baseballergebnisse zu überfliegen. Anschließend wandte er sich den Schlagzeilen der nationalen Nachrichten zu. Oben auf Seite zwei sah er einen Artikel mit der Überschrift »Yankee Clipper sticht in See«. Sterling ließ die Zeitung sinken und schloss die Augen. Nicht das Schiff beschäftigte ihn – es war der Name: »Clipper«. Hatte nicht Mrs. Potter gesagt, ein Mann namens Clipper hätte Heidi einige Tage vor ihrem Tod angerufen – und hatte er diesen Namen nicht schon irgendwo gesehen? Er ließ die letzten Tage vor seinem inneren Auge Revue passieren. Irgendwo hatte er den Namen geschrieben gesehen, auf irgendetwas, das er beiläufig betrachtet hatte. Er sah seine Aufzeichnungen durch, fand aber nur die Bemerkung von Mrs. Potter. Dann fiel es ihm plötzlich wieder ein – war es nicht in Präsident Mortimers Büro gewesen? Er war sich jedenfalls ziemlich sicher.

Er wählte die Nummer von Mortimers Büro. »Hier spricht Agent Bledsoe«, sagte er, als abgehoben wurde.

Die fröhlichste Empfangsdame aller Zeiten meldete sich. »Guten Morgen, Mr. Bledsoe! Hier Vivian Sinclair! Was kann ich für Sie tun?«

»Ich glaube, als ich neulich in Präsident Mortimers Büro gewesen bin, ist mir etwas heruntergefallen.«

»Sind Sie sicher? Bei mir ist leider nichts abgegeben worden!«

»Es war ein ganz besonderer silberner Kugelschreiber, ein Geschenk von einem Freund. Er ist ziemlich klein. Man kann ihn leicht übersehen. Ist Präsident Mortimer da?«

»Nein, leider nicht. Er wird mit seinem Stab den ganzen Tag außer Haus sein, drüben in der Business School. Dort läuft eine große Veranstaltung, um Spendengelder zu sammeln. Viele prominente Ehemalige sind extra dafür hergekommen. Wir müssen ja zusehen, dass der Schornstein raucht.«

Perfekt!, dachte Sterling im Stillen. »Wenn es Ihnen nichts ausmacht, werde ich kurz vorbeikommen und nachschauen. Der Kugelschreiber ist so klein, dass man leicht drauftreten oder ihn mit dem Fuß irgendwohin schubsen kann, ohne es zu merken.«

»Wollen Sie sich wirklich den ganzen langen Weg hierher bemühen? Ich kann doch selbst nachsehen und Sie dann anrufen, wenn ich etwas gefunden habe.«

»Aber nein. Ich weiß doch, wie beschäftigt Sie sind. Ich möchte Sie mit meinem Problemchen nicht noch zusätzlich behelligen. Es macht mir wirklich nichts aus. Es sind von hier aus nur ein paar Minuten bis zu Ihnen.«

Miss Sinclair ließ sich breitschlagen. Sterling machte sich unverzüglich auf den Weg hinüber zur Parkhurst Hall, wo ihn Miss Sinclairs Dauerlächeln begrüßte. *Wie kann jemand nur so penetrant gut gelaunt sein?*, dachte er beim Eintreten in die noble Bürosuite. Sie führte ihn in Mortimers Allerheiligstes und kroch mit ihm auf allen vieren auf dem Boden herum, während er so tat, als würde er seinen Kugelschreiber suchen.

»Ich habe dort drüben gesessen«, sagte Sterling und arbeitete sich näher zum Schreibtisch. »Vielleicht ist das Ding unter den Schreibtisch gerollt.« Als er sich wieder nach unten beugte, sah er in aller Deutlichkeit das Foto, dessentwegen er in Wirklichkeit gekommen war – das Bild von Serena Mortimer im schwarz-orangen Cheerleaderkostüm. Und da war die Unterschrift: *Für Clipper in Liebe, Serena.* Wie groß waren die Chancen, dass das der gleiche Clipper war, den Mrs. Potter mit Heidi sprechen gehört hatte?

»Ich fürchte, hier ist der Kugelschreiber nicht«, sagte Sterling schließlich. »Vielleicht ist er mir im Auto runtergefallen.«

»Das tut mir aber Leid, Mr. Bledsoe«, entgegnete Miss Sinclair mit einem strahlenden Lächeln. »Glauben Sie, dass Sie wieder so einen schönen Kugelschreiber bekommen können?«

»Vermutlich nicht«, meinte Sterling. »Ich hatte ihn schon seit fünfzehn Jahren.«

Während ihn Miss Sinclair zu der schweren Glastür zurückgeleitete, kam ihm eine Idee. Er ließ einen Versuchsballon steigen. »Sie werden Heidi Voss hier bestimmt sehr vermissen ...«

»Ach, ich kann es mit Worten gar nicht ausdrücken«, seufzte Miss Sinclair. »Heidi war in jeder Beziehung eine so überaus angenehme Person.«

»Was hat sie denn hier gemacht?«

Vivian Sinclair dachte einen Moment nach. »Ein bisschen von allem und jedem, würde ich sagen. Eigentlich hatte sie gar keine offizielle Funktion.«

»Hat Sie unmittelbar mit Ihnen zusammen gearbeitet?«

»Eigentlich nicht. Meistens ist sie bei unserem Präsidenten gewesen.«

»Eine Art persönliche Assistentin?«

»So könnte man es wohl nennen. Sie war eine intelligente Person. Ich weiß, dass unser Präsident große Stücke auf sie gehalten hat. Sie war unheimlich ehrgeizig. Wenn man als Student oder Studentin hier einen Job ergattern will, muss man erst einmal die ganze Bewerbungsprozedur erfolgreich bestehen. Aber Heidi Voss ist einfach hereinspaziert gekommen und wollte den Präsidenten sprechen. Sie hatte noch nicht einmal einen Termin. Sie kam einfach hier hereingeschneit. Ich wollte sie eigentlich wieder wegschicken, aber sie hat gesagt, sie würde nötigenfalls den ganzen Tag warten. Präsident Mortimer hat sie dann irgendwann ein paar Minuten hereingebeten, und seitdem war sie hier.«

Sterling war überrascht. Warum hatte sich niemand von Mortimers Büro gemeldet, nachdem die Leiche als Heidi Voss identifiziert worden war? Wenn sie wirklich so beliebt gewesen war, warum hatten dann alle, Vivian Sinclair nicht ausgenommen, über ihre Verbindung zu Heidi geschwiegen?

»Haben Sie eine Ahnung, ob Heidi Voss viel im Hause der Mortimers verkehrt hat?«, fragte Sterling.

Vivian Sinclair blickte nervös über die Schulter, obwohl weit und breit niemand zu sehen war. Sie packte Sterling am Arm und zog ihn in ein leeres Büro, wo sie erst wieder zu sprechen anhob, als sie die Tür fest hinter sich geschlossen hatte.

»Ich möchte ja nicht aus dem Nähkästchen plaudern«, flüsterte sie, »aber man kann bestimmt nicht sagen, dass Mrs. Mortimer von Heidi besonders angetan gewesen wäre. Ich bin nie dahinter gekommen, woran es gelegen hat, aber die beiden waren wie Feuer und Wasser.«

»Woran haben Sie denn gemerkt, dass es zwischen den beiden Frauen nicht gestimmt hat?«

Vivian Sinclair schüttelte den Kopf. Ihr Dauerlächeln war erstorben. »Ich sage so etwas nicht gerne, aber man hätte schon blind und taub sein müssen, um das nicht zu bemerken. Ich möchte nicht, dass Sie einen falschen Eindruck von mir bekommen. Ich gehöre gewiss nicht zu den Leuten, die an fremden Türen lauschen, aber einmal stand die Tür von Präsident Mortimers Büro ein Stückchen offen, als ich zufällig dort vorbeigekommen bin. Mrs. Mortimer war bei ihm. Er hat sie damals derart angebrüllt, dass ich gar nicht anders konnte, als mitzuhören. Er hat ihr sehr unschöne Dinge an den Kopf geworfen, und dabei ist auch immer wieder der Name von Heidi Voss gefallen.«

»War Heidi damals ebenfalls im Büro?«

»Nein, aber sie war ein paar Minuten zuvor heulend herausgerannt gekommen. Ich habe sie noch gefragt, was denn los sei, aber sie hat gesagt, sie hätte sich so furchtbar aufgeregt, dass sie jetzt nicht in der Lage sei, darüber zu sprechen. Der Präsident und Mrs. Mortimer haben sich danach noch zwanzig Minuten lang weitergestritten.«

»Hat sonst noch jemand den Streit gehört?«

»Nein. Bis auf mich waren an diesem Tag alle schon nach Hause gegangen. Das war vielleicht ein scheußlicher Nachmittag! Natürlich habe ich Präsident Mortimer schon früher manchmal brüllen gehört, aber so wie an diesem Tag hatte er sich noch nie aufgeführt!«

»Warum hat er sich von Heidi Voss nicht getrennt, wenn die Atmosphäre zwischen ihr und Mrs. Mortimer so stark vergiftet war?«

»Heidi ist eben ein ganz besonderes Mädchen gewesen«, flüsterte Vivian Sinclair, die Sterling immer noch am Ärmel festhielt. »Sie hatte einen unwiderstehlichen Charme. Unser Präsident hat nach Kräften versucht, zwischen Mrs. Mortimer und Heidi die Wogen zu glätten, aber es hat alles nichts gefruchtet.«

»Keine angenehme Situation«, sagte Sterling. Er öffnete die Tür, und sie gingen zum Empfangsbereich zurück. »Miss Sinclair, rufen Sie mich doch bitte an, wenn mein Kugelschreiber wieder auftaucht«, sagte er.

»Es tut mir ja so Leid, dass wir ihn nicht gefunden haben!«, klagte Vivian Sinclair.

Sterling hob die Schultern. »Miss Sinclair, machen Sie sich deswegen kein Kopfzerbrechen. Solche Dinge tauchen meistens wieder auf – vor allem dann, wenn man am wenigsten damit rechnet.«

Er schritt zur Tür hinaus. Er hatte etwas viel Wertvolleres entdeckt als einen kleinen silbernen Kugelschreiber – den es noch nicht einmal gab.

* * *

Sterling spazierte zu den Anlagen zurück und suchte sich eine ruhige Bank. Er machte sich in sein Buch ein paar Notizen, dann wählte er die Nummer von Sean Kelton, dem Rothaarigen, der auf dem Foto von Wilsons Schreibtisch unmittelbar neben Heidi Voss stand. Seans Frau war dran. Sterling konnte sie vor lauter Babygeschrei im Hintergrund kaum verstehen – was übrigens exakt der Grund war, weshalb er den Gang zum Traualtar so scheute. Er erfuhr, dass Sean vor einer Stunde in die Stadt gegangen war, um ein paar Besorgungen zu machen. Seine Frau gab Sterling die Handynummer.

»Können Sie mir etwas über Heidi Voss erzählen?«, erkundigte sich Sterling, als er Sean an der Strippe hatte.

»Nicht viel. Wir haben nur selten miteinander zu tun gehabt.«

»War sie eine von Wilsons Laborassistentinnen?«

»Als das würde ich sie eigentlich nicht bezeichnen. Sie hat sich zwar angeblich für unsere Forschungen interessiert, aber das Komische war ja, dass sie parallel dazu an der Thayer School ihren Abschluss in Ingenieurwissenschaften gemacht hat.«

»Warum hat sie dann im Labor gearbeitet?«

»Das haben wir auch nie begriffen. Und was sie im Labor gemacht hat, würde ich auch nicht unbedingt als arbeiten bezeichnen. Sie war eben immer irgendwie da. Und dann ist sie auf einmal nicht mehr gekommen.«

»Wann ist das gewesen?«

»Vor ein paar Monaten.«

»Hat sie mit jemandem Streit bekommen?«

»Nicht, dass ich wüsste. Uns ist eben nur aufgefallen, dass sie nicht mehr auf einen Schwatz mit unserem Professor vorbeigekommen ist.«

»Worüber hat sie sich denn mit Wilson unterhalten?«

»Das weiß ich nicht. Wenn der Professor mit ihr in sein Büro gegangen ist, wurde immer die Tür zugemacht. Ihr Vater hatte sich angeblich umgebracht, kurz nachdem sie nach Dartmouth gekommen war. Wir haben alle gedacht, dass sie Schwierigkeiten hatte, damit zurechtzukommen.«

»Sean, ich stelle Ihnen jetzt eine wichtige Frage. Bitte, denken Sie gründlich nach, bevor Sie antworten. Hat Heidi Voss jemals eine Bemerkung gemacht, aus der hervorging, dass sie einen Freund hatte?«

Eine Pause entstand.

»Nein, nie«, sagte Sean schließlich. »Das ist mir auch immer komisch vorgekommen. Sie war ja sehr hübsch, aber ich kann mich nicht erinnern, dass sie sich je mit einer Kollegin oder mit mir über einen Freund unterhalten hätte. Um ehrlich zu sein, meine Kolleginnen haben gedacht, sie hätte eine kleine Macke. Wenn Heidi ein Gespräch zu persönlich geworden ist, hat sie immer entweder total dichtgemacht oder das Thema gewechselt.«

»Hat sie Freundinnen gehabt?«

»Nein, sie war eine Einzelgängerin. Ich habe sie nie mit jemandem zusammen gesehen, noch nicht einmal, wenn sie auf dem Campus herumgelaufen ist. Die Jungs hätten sie schon gern angebaggert, aber sie hat jeden spüren lassen, dass sie in Ruhe gelassen werden wollte.«

»Danke, Sean, Sie haben mir sehr geholfen.«

»Sind Sie der Lösung schon irgendwie näher gekommen?«

»Wesentlich näher als am Anfang!«

33

IN DEN BERGEN schreitet der Frühling langsamer voran als im Tiefland. Der Winter, der nur widerwillig den Rückzug antritt, schickt bis weit in den April hinein eisige Kälteeinbrüche. Sterling, der auf seiner Joggingrunde noch drei Kilometer vor sich hatte, begrüßte den frostigen Morgen und sog die kalte Luft tief in sich hinein. Das Laufen in der Stille der unberührten Natur während der letzten Wochen hatte ihn wählerisch werden lassen. Hier gab es keine hupenden Taxis und keine dicken schwarzen Dieselqualmwolken aus den Auspuffrohren der Busse, dafür aber die Rufe der wilden Tiere und das entspannende Rauschen des mächtigen Flusses, der sich zur Reise gen Süden anschickte. Diesen Teil des Tages, an dem er mit sich allein sein und seinen Gedanken nachhängen konnte, liebte Sterling am meisten.

Sein letzter Streckenabschnitt führte vorwiegend bergab und verschaffte ihm einen fliegenden Start für den Endspurt. Mit weit ausgreifenden Schritten und rhythmischen Atemzügen sprintete er die River Road hinunter und dann die Deer Run Lane hinauf, wo er in die Zufahrt einschwenkte und das Tempo auf den letzten dreißig Metern steigerte. Am Haus angekommen, warf er einen raschen Blick auf die Uhr und drehte zum Auslaufen eine Runde auf der kreisförmigen Zufahrt, um dann wie immer an der großen Birke vor dem Haus für seine Dehnübungen stehen zu bleiben.

Neben dem Haus parkte ein kleines rotes Auto. Sterling hatte es anfangs gar nicht bemerkt.

»Mr. Bledsoe«, rief ihn eine männliche Stimme an.

Sterling brach seine Übungen abrupt ab. Ein bedrohlich wirkender Riesenkerl mit bräunlicher Haut und pechschwarzem Haar starrte ihn an. Die wuchtigen Züge seines breiten Gesichts waren ernst. Überaus ernst. Alles an diesem Menschen war riesig, einschließlich der Kleidung, die dieser Berg von einem Mann angelegt hatte. Er trug ein dunkles ledernes Stirnband, das gut zu der mit türkisfarbenen Knöpfen besetzten Weste passte, die unter seinem farbenfrohen Schultertuch sichtbar wurde.

Sterling legte sich schnell zwei Fluchtwege zurecht. »Wer sind Sie?«, sprach er den Koloss an.

Der Mann kam auf ihn zu. »Man nennt mich Bigfoot«,

keuchte er. Er war noch keine fünfzehn Meter gegangen und schon in Atemnot. »Ich werde Sie zu Kanti bringen.«

»Wer zum Teufel ist Kanti?«

»Unser Häuptling. Ahote hat Ihnen doch die Nachricht gegeben.«

Sterling erinnerte sich an das Zettelchen, das Ahote ihm am Tag von Wilsons Totenfeier zugesteckt hatte. »Richtig, sie hat gesagt, dass mich jemand aufsuchen würde. Das hat aber mächtig lange gedauert.« Sterlings Versuch, einen verbindlichen Ton anzuschlagen, scheiterte kläglich. Der Riese verzog keine Miene.

»Kanti hat seinen eigenen Fahrplan«, sagte Bigfoot. »Jetzt ist das Treffen mit Ihnen dran.«

»Ich werde mich schnell duschen und umziehen«, sagte Sterling. »Wollen Sie auf eine Tasse Kaffee hereinkommen?«

»Nein, danke«, erwiderte Bigfoot und schüttelte das massige Haupt. »Ihr Kaffee ist eine gesellschaftsfähige Droge. Ich warte lieber hier draußen.«

Sterling eilte ins Haus. Er hatte fast schon vergessen, dass Ahote ihm angekündigt hatte, Kanti werde zu gegebener Zeit Kontakt mit ihm aufnehmen. Sterling duschte, schlüpfte in ein paar frische Sachen und schnappte sich seine Beretta und das schwarze Notizbuch. Mit einer Banane bewaffnet, die er sich in der Küche gegriffen hatte, ging er hinaus, um seinem ungeschlachten Sendboten zu folgen.

Bigfoot wuchtete seinen massigen Körper in das kleine rote Auto, dessen Reifen sich auf der Fahrerseite sogleich bedenklich ausbeulten. Sterling musste schmunzeln. Er erinnerte sich an einen Spruch seiner Mutter, als er noch ein kleiner Junge gewesen war. *Aus irgendeinem Grund haben große Männer eine Vorliebe für kleine Autos. Ich werde nie begreifen, warum!*

Sterling folgte Bigfoot die River Road hinunter, aber statt am Ende nach links Richtung Hanover auf die Ledyard-Bridge abzubiegen, schwenkte Bigfoot nach rechts in die gestaffelte Hügellandschaft von Vermont. Diesen Teil des Upper Valley kannte Sterling noch nicht. Er war noch abgeschiedener als jener, den er bereits erkundet hatte. Außer hie und da einem Schild, das vor Wildwechsel warnte, wies wenig darauf hin, dass in dieser großartigen Wildnis mit der Gegenwart von Menschen gerechnet wurde. Der größte Teil der Fahrt verlief auf kurvenreichen Sträßchen, die jäh steil anstiegen, um dann ebenso abrupt und steil wieder abzufallen. Alle paar hundert Meter tauchte im Schutz von Büschen oder großen Zweigen am Straßenrand ein Briefkasten auf. Die zugehörigen Wohnstätten waren hinter der undurchdringlichen Mauer aus mächtigen Bäumen und wuchernder Vegetation nicht auszumachen.

Das rote Auto schwenkte unvermittelt in den Wald und holperte ein Schottersträßchen hinauf, das sich in die Berge wand. Der von Bigfoots gequälten Reifen hochgeschleuderte Schotter prasselte wie Maschinengewehrsalven gegen Sterlings Kühlergrill. Sterling war froh, dass der Mustang ein Mietfahrzeug war.

Oben angekommen, hielt Bigfoot auf einer kleinen Lichtung an. Sterling konnte nirgendwo ein Schild oder eine Behausung entdecken, überall nur Bäume und wucherndes Buschwerk. Als Bigfoot ausstieg, ging das rote Auto mit einem erleichterten Seufzer in die Höhe. Er kam zu Sterling herübergetrottet. »Parken Sie hier«, sagte er, »den Rest gehen wir zu Fuß.« Bigfoot sah Sterlings skeptische Miene. »Kanti will kein Auto auf seinem Land«, erklärte er. »Der Krach und der Gestank verschandeln die Natur.«

Zögernd stellte Sterling den Motor des Mustangs ab. Er unterzog den Kühlergrill einer kurzen Prüfung. Die Beulen waren zum Glück alle sehr klein und würden bei der Rückgabe des Wagens vermutlich nicht auffallen, aber weitere fünf Minuten hinter Bigfoot hätten Sterling in Erklärungsnot gebracht.

Sterling folgte Bigfoot auf einem Trampelpfad, der sich im Zickzack über Stock und Stein durch das Gelände wand. Alle paar Schritte musste man unter Zweigen durchkriechen oder über mächtige abgebrochene Äste klettern. Die Anstrengung brachte Bigfoot hart an seine Grenzen. Sterling hörte ihn heftig keuchen.

Er fragte sich, ob dieses Treffen mit Kanti etwas Licht in den nächtlichen Vorfall bringen würde, bei dem ihm der Einbrecher das Hirn aus dem Kopf zu blasen versucht hatte. Sterling hatte die Beretta in den Hosenbund geschoben, um für allfällige Überraschungen gerüstet zu sein.

Nach ein paar Minuten traten sie unerwartet aus dem Dickicht heraus und kamen auf eine große Lichtung. In der Mitte eines makellos gepflegten Rasens, flankiert von den Anpflanzungen einer für den Sommer zu erwartenden Blütenpracht, erhob sich ein mächtiges Blockhaus. Die Sonne, die in diesem Augenblick hervortrat, sandte ihre wärmenden Strahlen auf Blockhaus und Rasen herab und machte es hier wesentlich behaglicher, als es zuvor im Wald gewesen war. Die Szenerie war unglaublich friedvoll. Es sah aus, als hätte der liebe Gott einen Abglanz des Paradieses auf diese Hügelkuppe fallen lassen.

Sterling und Bigfoot waren im Begriff, auf das Haus zuzugehen, als ein schriller Ruf die Luft erfüllte, wie ihn Sterling noch nie zuvor gehört hatte, ein Mittelding zwischen Schrei und dämonischem Gelächter.

»Kanti ist hinter dem Haus«, stellte Bigfoot fest. »Kommen Sie mit.«

Sie gingen zur Rückseite des Hauses, wo sich vor ihnen die atemberaubendste Szenerie auftat, die Sterling je gesehen hatte. Knapp hundert Meter weiter traten die Bäume jäh zurück und gaben den Ausblick frei über Täler und Höhen, so weit das Auge reichte. Sterling kam sich vor, als blicke er vom Himmel herab auf die Erde. Wieder gellte ein ohrenbetäubender Schrei durch die Luft, diesmal gefolgt von schrillen kurzen Pfiffen.

Bigfoot schritt voran bis zum Ende der Rasenfläche, wo endlich die Quelle der Rufe sichtbar wurde. Mit dem Rücken zu ihnen stand dort ein kleiner Mann, den Blick suchend nach oben gerichtet, als würde er damit rechnen, dass gleich etwas vom Himmel herunterfiel. Sein glänzendes schwarzes Haar war zu einem Pferdeschwanz zurückgebunden und um ein rotes Stöckchen gewickelt, das eng an seinem Hinterkopf anlag. Er trug ein langes, von den Schultern bis zu den Knöcheln herabreichendes ledernes Gewand. Seine kleinen Füße steckten in pelzgefütterten Mokassins.

Nachdem Bigfoot sich dem Mann bis auf drei Meter genähert hatte, blieb er abwartend stehen und signalisierte Sterling, sich ruhig zu verhalten, indem er den Finger auf die Lippen legte.

Der kleine Mann, der immer noch nicht auf die Ankunft der Besucher reagiert hatte, stieß erneut einen Schrei aus, wobei er den Trichter der an den Mund gelegten Hände mit flatternden Fingern öffnete und schloss, während der seltsamste Laut aus seiner Kehle drang, den Sterling je vernommen hatte. Wieder reckte der Mann den Hals und hielt im Himmel Ausschau. Plötzlich erschien über ihm ein Schwarm Stärlinge, flatterte ein paar Mal unstet im Kreis und ging ungefähr fünfzehn Meter von ihnen entfernt nieder. Ein bestimmter Bereich des Rasens schien es den Vögeln besonders angetan zu haben, wo sie sofort eifrig zu picken begannen.

Der Mann beobachtete ein paar Augenblicke die Vögel, die begierig über den Futterplatz herfielen, und wandte sich schließlich befriedigt seinen Besuchern zu. Er sah Bigfoot an. »Kwe-kwe«, sagte er freundlich zu dem Riesen. Bigfoot schloss die Augen und neigte leicht den Kopf.

»Guten Morgen, Mr. Bledsoe«, grüßte der Mann und streckte Sterling die Hand entgegen. Er war unverkennbar höheren Alters, doch es fiel schwer, es genau zu schätzen. Tiefe Runzeln umkränzten seine Augenwinkel und furchten seine Stirn, ansonsten wirkte seine Haut jugendlich straff. Die Züge des Mannes, mit dem es die Zeit gut gemeint zu haben schien, waren eher hoheitsvoll als angenehm zu nennen.

»Mein Name ist Kanti. Willkommen auf unserem Land.«

»Häuptling Kanti, es ist mir ein Vergnügen, Sie kennen zu lernen«, sagte Sterling. »Sie haben ein bemerkenswertes Geschick, die Vögel aus dem Himmel herabzurufen.«

Kanti blickte zu den eifrig pickenden Vögeln hinüber. Als er Sterling wieder ansah, glättete ein Lächeln seine Züge. »Diese Vögel sind für mich wie liebe Verwandte. Es sind Rotschulterstärlinge, die vornehmsten ihrer Gattung. Sehen Sie nur, wie sie arbeiten, um sich ihre Nahrung zu beschaffen.«

Schweigend beobachteten die drei Männer, wie die Vögel herumspazierten, die Schnäbel in den Boden steckten und die Erde umwendeten.

»Was genau machen sie da?«, wollte Sterling wissen.

»In Ihrer Sprache nennt man das zirkeln. Wie sie sehen, haben diese Stärlinge die bemerkenswerte Fähigkeit, an Nahrung heranzukommen, die für andere Vögel unerreichbar ist. Sie sind große Jäger. Sie können verschiedene Arten von Nahrung verwerten und daher in den unterschiedlichsten Habitaten leben. Lassen Sie uns etwas näher herantreten.«

Sterling und Bigfoot folgten Kanti, der sich auf einem Zickzackkurs vorsichtig an die Vögel heranbewegte. Als er stehen blieb, waren sie nur noch anderthalb Meter von den Tieren entfernt. »Sehen Sie sich einmal die Schnäbel an.«

Sterling nahm die kurzen spitzen Schnäbel in Augenschein. Die Vögel waren unentwegt damit beschäftigt, den Schnabel in die Erde hineinzustecken und die Krume auseinander zu ziehen. Manche bissen auf schwarzen und weißen Samenkörnern herum, andere zerrten feuchte, saftige Regenwürmer aus dem Boden. Wenn sie nicht fraßen, stießen sie unverdrossen den Schnabel in den Boden und versuchten ihn gegen den Widerstand der Krume aufzusperren. Wenn es von der einen Seite nicht ging, ›zirkelten‹ sie auf die andere Seite und versuchten es erneut.

»Es gibt nur wenige Vogelarten, die das Zirkeln beherrschen«, sagte Kanti. »Nur Stärlinge, Krähen, Eichelhäher und Elstern suchen ihre Nahrung auf diese Weise. Man kann diese Vögel sogar kleine Steine und Zweige umwenden sehen, um an die darunter haftenden Insekten heranzukommen.«

Kanti wandte sich wieder den Vögeln zu. Sterling begriff, dass sich dieser Mann kein Gespräch aufnötigen ließ. Er würde abwarten müssen, bis Kanti ihm von sich aus erklärte, weshalb er ihn hier heraufgeholt hatte. Er betrachtete die Vögel und die zarten farblichen Abstufungen der Berge und Täler weit im Hintergrund. Geduld war die Voraussetzung für den Erfolg dieser Begegnung.

»Folgen Sie mir«, sagte Kanti. Unter tief herabhängendem Geäst hindurch und über morastigen Grund bewegte er sich zielstrebig und geschickt durch das Gehölz. Nach einigen Minuten kamen sie an ein Sumpfgelände von der Größe eines Fußballfelds. Kanti führte sie auf die andere Seite hinüber und blieb an einer Stelle stehen, die aussah wie frisch umgegraben. Mit einem kleinen Zweig schob er das lockere Erdreich beiseite. »Sehen Sie sich das an.«

Als Sterling in die Mulde schaute, bemerkte er Massen von dicht aufeinander gepackten Vogelkadavern. An den roten Federbüscheln am Flügelansatz – *Epauletten* hatte Professor Mandryka diese Auffälligkeit genannt – erkannte er, dass es Rotschulterstärlinge waren, genau wie jene, die er in Mandrykas Labor gesehen hatte.

»Hier sind hunderte von diesen Vögeln begraben«, sagte Kanti. »Ich habe sie mit meinen eigenen Händen in die Erde gesenkt.«

»Was hat sie getötet?«, erkundigte sich Sterling. Er fragte sich, ob Mandryka und Kanti voneinander wussten.

»Das Gift des weißen Mannes, was denn sonst?«, sagte Kanti zornig und häufte wieder Erde auf die Mulde, bis die Kadaver nicht mehr zu sehen waren. Er trat ein paar Schritte von dem Vogelfriedhof zurück und blickte hinaus in das Feuchtgebiet. »Ich habe mit diesen Vögeln gespielt, seit ich ein kleiner Junge war. Mein Großvater hat mir beigebracht, wie sie sich verhalten und wie sie rufen und singen. Ich habe ihm zugeschaut, wie er die hungrigen Vögel gefüttert und die verletzten gepflegt hat. Diese Vögel sind ein wichtiger Teil meines Lebens. Im Lauf der Jahre haben wir sie zu tausenden auf unserem Land gehabt. Sie mögen dieses abgelegene Gebiet.«

»Was ist an diesem Land so besonders?«, wollte Sterling wissen. Bigfoot stand schweigend dabei und verfolgte das Gespräch.

»Der Rotschulterstärling dürfte der am weitesten verbreitete Vogel Nordamerikas sein, aber das ist nicht immer so gewesen«, erläuterte Kanti. »Einer der Hauptgründe für ihre Vermehrung ist die wachsende Zahl von Seen und Feuchtgebieten wie diesem hier, die ihnen Nahrung in Hülle und Fülle bieten. Stärlinge leben und brüten dort, wo sie ausreichend Futter finden.«

»Aber sie könnten ja auch durch ihre Nahrung umgekommen sein.«

»Das weiß ich eben nicht genau«, sagte Kanti. »Und deshalb habe ich bei Ihrem Bruder Rat gesucht. Man hat mir berichtet, dass er mit dem Land und den Tieren, die darin leben, vertraut ist, als wäre er einer von uns.«

»Sie haben Wilson gekannt?«

»Alle haben Askuwheteau gekannt und geliebt. So hieß er in unserer Algonquinsprache – der Achtsame. Er hatte scharfe Augen und große Wissbegier. Ihm ist nichts entgangen. Gott hat ihn zu uns gesandt. Seine Arbeit war ehrenvoll. Er hat sein Wissen benutzt, um die Welt für alles, was da lebt, besser zu machen. Er hat Gutes getan in einer Welt, in der das Böse grassiert.«

Sterling beschloss nun doch, das Gespräch in eine bestimmte Richtung zu lenken. »Was hat denn Wilson zu diesen toten Vögeln gesagt?«

Sie gingen nebeneinander am Rand des Feuchtgebiets entlang. Bigfoot keuchte pflichtbewusst hinterher. »Es ist schon merkwürdig, wie sich die Dinge manchmal fügen«, sagte Kanti. »Vor einem Jahr sind mir zum ersten Mal die toten Vögel hier hinten auf unserem Land aufgefallen. Anfangs habe ich gedacht, sie wären das Opfer von anderen Vögeln oder kleinem Raubzeug geworden, aber dafür war ihre Zahl zu groß, und außerdem konnte ich an den Kadavern keine Wunden und Kampfspuren entdecken.«

Kanti trat näher an den Wasserrand. »Sehen Sie, das ist der Grund, weshalb es den Stärlingen hier so gut gefällt. Das Land ist voll von Insekten, Grashüpfern, Schmetterlingen, Spinnen, Schnecken und Würmern. In anderen Teilen des Landes wie im Westen und im Mittelwesten leben sie von Blumensamen und von Getreide. Ihr Bruder, Mr. Bledsoe, ist einer Sache auf der Spur gewesen. Hier sind im vergangenen Jahr so viele Vögel eingegangen, dass es kein Zufall mehr sein kann. Askuwheteau ist hergekommen, weil er auch auf seinem Land und auf den angrenzenden Ländereien tote Rotschulterstärlinge entdeckt hat.«

»Woher hat er gewusst, dass auch Sie hier tote Vögel gefunden haben?«

»Anfangs hat er es gar nicht gewusst. Eine Freundin von uns

hat zufällig gehört, wie er darüber mit der alten Frau gesprochen hat, die in der Nähe des Flusses wohnt. Er pflegte stundenlang auf ihrem Land herumzustreifen. Zu Beginn ist er nur auf wenige tote Vögel gestoßen, aber je weiter er seine Kreise zog, desto mehr Vogelkadaver hat er entdeckt. Sie haben in Gruppen von zehn bis zwanzig zusammengelegen.«

»Diese alte Frau ist Nel Potter.«

»Sie kennen sie?«

»Ja.«

»Ich habe sie nie kennen gelernt, aber Askuwheteau hat sie sehr gern gemocht. Er hat mir erzählt, dass sie ihm großzügig den Zutritt zu ihrem Land gewährt hat. Er konnte gehen, wohin er wollte.«

»Hat er Mrs. Potter von den toten Vögeln erzählt?«

»Er hat es ihr nicht gesagt, wegen ihres hohen Alters. Er hat sich gescheut, sie einzuweihen, weil sie sich wahrscheinlich nur unnötig beunruhigt hätte. So war er eben. Er hat immer auf die Gefühle der anderen Menschen geachtet.«

»Wer war diese Freundin, die Wilson zu Ihnen gebracht hat?«, fragte Sterling, nachdem er eine Weile gedankenverloren geschwiegen hatte.

Kanti ging gesenkten Kopfes ein paar Schritte weiter, dann hielt er inne. »Eine schöne junge Frau, die die Natur ebenso leidenschaftlich geliebt hat wie unser Volk. Auch wenn sie in einer weißen Haut geboren worden ist, war sie eine von uns. Wir haben sie Wogan genannt – die Naturliebhaberin. Bei den Weißen hieß sie Heidi.«

»Heidi Voss!«, rief Sterling überrascht aus. Der Name hing in der Luft, bis die Wildnis ihn verschluckt hatte. »Oh, natürlich! Das ist die Verbindung, auf die ich nicht gekommen bin!«

»Welche Verbindung?« Jetzt war Kanti derjenige, der Fragen stellte.

»Vor ein paar Tagen ist ihre Leiche in Hanover in einem Müllcontainer gefunden worden. Ihr Mörder hat sie enthauptet.«

Kantis Gesicht nahm einen gequälten Ausdruck an. Er wandte den Blick ab. »Man hat mir bereits berichtet, dass ihr das Leben auf diese unwürdige Weise genommen worden ist.« Er schüttelte den Kopf. Tränen quollen ihm in die Augen, und seine Stimme war weich geworden wie die eines trauernden Vaters. »Die üblen Kräfte, die unsere Welt bedrohen, sprengen mitunter sogar meine Möglichkeiten des Begreifens.«

»Mir war klar«, sagte Sterling, »dass der Mord an Heidi Voss etwas mit dem Mord an Wilson zu tun haben muss, aber ich habe keine Verbindung der beiden Verbrechen gesehen. Ich bin Heidi Voss nur einmal begegnet, aber bei dieser Gelegenheit hat sie mich gefragt, was jetzt aus Wilsons Rotschulterstärlingen werden würde. Er sei für die Vögel auf einem ›Kreuzzug‹ gewesen, wie sie sich ausgedrückt hat. Sie muss gewusst haben, dass etwas im Busch war.«

»Wogan hat alles gewusst«, sagte Kanti. »Sie hat, ich sagte es bereits, Askuwheteau zu uns gebracht. Sie hat sich engagiert wie niemand sonst.«

»Haben die beiden tote Vögel mitgebracht?«

»Ja, ein paar, aber erst die Bilder haben mich wirklich aufgerüttelt.«

»Die Bilder?«

»Wilson hat mit einer Videokamera die toten Vögel aufgenommen. Sie haben zu hunderten auf dem Boden gelegen. Es war das Schlimmste, was ich je gesehen habe. Nachdem ich das Video gesehen hatte, war ich tagelang regelrecht krank.« Kanti sah Bigfoot an, der bestätigend nickte.

»Wann hat Wilson Ihnen zum letzten Mal ein Video gezeigt?«

»An dem Tag, an dem er umgebracht worden ist. An jenem

Tag, an dem dieser Empfang für ihn stattgefunden hat, ist er zu mir gekommen. Ich weiß noch, dass er sich beklagt hat, er müsse einen Festakt im Haus des Collegepräsidenten über sich ergehen lassen. Er hat sich gefreut, dass er diesen Preis gewonnen hat, aber der Wirbel, der darum gemacht worden ist, hat ihm gar nicht behagt.«

Sterling begriff mit einem Mal, dass das Band, das Wilson Kanti vorgeführt hatte, eben jenes Band sein musste, das in der Kamera steckte und das der nächtliche Eindringling gesucht hatte. Er hatte Mühe, nicht die Übersicht über all die Gedanken zu verlieren, die plötzlich auf ihn einstürmten. Er war sicher, jetzt endlich das Motiv gefunden zu haben. Wilson und Heidi waren ermordet worden, weil sie etwas über diese toten Stärlinge wussten. Aber da passte etwas nicht ins Bild. Auch Professor Mandryka und Kanti wussten etwas über die toten Vögel, aber ihnen hatte niemand ein Haar gekrümmt. Entweder hatte der Mörder noch nicht zugeschlagen, oder er wusste einfach nicht, dass es zwei weitere Mitwisser gab. Der Mann, den die Überwachungskamera festgehalten hatte, musste unbedingt dingfest gemacht werden, bevor es zu weiteren Morden kommen konnte.

»Kanti, lebt noch jemand bei Ihnen?«, erkundigte sich Sterling vorsichtig.

»Ich lebe mit meinen Freunden zusammen«, sagte Kanti mit weit ausholender Geste. »Die Tiere, die Sie sehen und auch die, sie Sie nicht sehen, sind ein Teil meines Lebens.«

Sterling wandte sich an Bigfoot. »Es hat bereits zwei Morde gegeben, aber wir tappen immer noch im Dunkeln, wer dahinter steckt. Sie müssen gut auf Kanti aufpassen, und zwar rund um die Uhr. Der Mörder kann jederzeit wieder zuschlagen.«

Bigfoot nickte feierlich.

»Haben Sie schon einen Verdacht, wer dafür verantwortlich sein könnte?«, wollte Kanti wissen.

»Im Moment noch nicht. Aber ich bin überzeugt, dass derjenige, der diese Vögel umbringt, auch meinen Bruder und Heidi Voss auf dem Gewissen hat.«

Die drei Männer machten sich auf den Rückweg zum Blockhaus. Eine leichte Brise raschelte in den Blättern und wiegte das hohe Riedgras. Heiterkeit lag über dem Land.

»Wissen Sie noch, worüber Sie mit Wilson zuletzt gesprochen haben?«, fragte Sterling.

Kanti schloss die Augen und dachte nach. »Askuwheteau hat gesagt, er wüsste ziemlich sicher, wodurch die Vögel sterben und wer dafür verantwortlich sei. Er hat auf die Antwort einer Behörde in Washington gewartet.«

Die drei Männer näherten sich dem Haus. Kanti deutete auf den kahl gefressenen Futterplatz. »Die Vögel haben Futter mitgenommen, um ihre junge Brut zu füttern. In den nächsten paar Wochen werden die Jungen zum ersten Mal herkommen. Ich werde sie dressieren wie abertausende Vögel zuvor.«

»Ich lasse von mir hören«, sagte Sterling und wandte sich zum Gehen. Bigfoot wollte ihn begleiten, aber Sterling schüttelte den Kopf. »Nein, bleiben Sie lieber hier. Ich finde schon allein zur Stadt zurück.«

»Möge Glooskap Ihnen bei Ihrer edlen Mission ein Führer sein«, sagte Kanti. »Glooskap ist unser Geist des Guten. Er hat die Sonne und den Mond, die Tiere, die Fische, die Vögel und die Menschen geschaffen. Sein Bruder Malsum ist der Geist des Bösen, der Schöpfer der Berge und Täler, der Schlangen und all der Dinge, die den Menschen das Leben beschwerlich machen.«

»Was bedeutet denn Ihr eigener Name?«, erkundigte sich Sterling.

»Kanti ist ein Algonquinname. Mein Großvater hat ihn mir gegeben, als ich noch ein kleiner Junge war. In den ersten Jahren meines Lebens habe ich nicht gesprochen wie andere Kinder, sondern die Laute der freien Natur imitiert. Kanti heißt ›er singt‹. Mein Großvater hat immer gesagt, ich sänge mit den Tieren. Auf diese Weise habe ich auch den Ruf der Rotschulterstärlinge erlernt.«

»Seien Sie vorsichtig, wenn Sie die Früchte des Landes verzehren«, sagte Sterling. »Das Vogelgift könnte auch für alles übrige Leben verderblich sein.«

Kanti nickte ernst mit dem Kopf und bot Sterling zum Abschied die Hand. Er hielt Sterlings Hand ein paar Sekunden lang fest in seiner Rechten und machte mit der anderen Hand eine kleine, segnende Geste, während er leise etwas hauchte, das wie ein Gebet klang. »Geh in Frieden und Weisheit«, murmelte er.

Sterling schaute dem kleinen Mann in die Augen. Dann hob er den Blick kurz zu Bigfoot, drehte sich entschlossen um und verschwand den Pfad hinunter, auf dem ihn Bigfoot hergebracht hatte.

34

DAS DURCHDRINGENDE KLINGELN des Handys riss Sterling aus dem Schlaf. »Jaahh?«, schniefte er, viel zu müde, um etwas Intelligenteres hervorzubringen.

»Hier Wiley. Habe ich Sie geweckt?«

Sterling schaute auf die Uhr auf dem Nachttisch. »Könnte schon sein.«

»Ich rufe an, weil wir wieder eine E-Mail von Ihren Freunden aus Virginia bekommen haben«, sagte Wiley, weit davon entfernt, sich zu entschuldigen.

Sterling saß sofort senkrecht im Bett und rieb sich die Augen. »Um ein Uhr nachts?«, sagte er nach einem weiteren Blick auf die Uhr.

»So ist es. Der Wachhabende von der Nachtschicht hat mich zu Hause verständigt.«

»Dann will Harry unbedingt, dass ich die Mail sofort sehe«, sagte Sterling, während er bereits in die Hosen schlüpfte. »Sonst hätte er bis morgen Früh gewartet.«

»Das würde ich auch sagen«, meinte Wiley. »Bei euch da unten hat wohl einer eine Nachtschicht geschoben.«

»Machen Sie die Mail bitte noch nicht auf. Rufen Sie Brusco an, er soll herkommen. Ich bin in fünfzehn Minuten da.«

Als Sterling die River Road hinunterraste, fragte er sich, ob Wilson vielleicht vom Himmel herab Hilfe gesandt hatte, damit sein Mörder endlich gefasst werden konnte. Er überquerte die Ledyard-Bridge. In den dichten Nebelschwaden, die ruhig auf den schwarzen Wassern des Flusses trieben, sah das Bauwerk gespenstisch aus. An der Lynne Road merkte Sterling noch nicht einmal, dass er über einhundertfünfzig Sachen auf dem Tacho hatte. Als er auf den Parkplatz der Polizeistation bretterte, war er gerade erst richtig wach geworden. Nur zwei Streifenwagen parkten unter den mächtigen Nadelbäumen, die das geduckte Gebäude hoch überragten. *Merkwürdig*, dachte Sterling, *sonst steht dort eine Flotte von zehn oder noch mehr.* Aber vielleicht wurden die Fahrzeuge in der Nacht gewartet.

Sterling betrat das Gebäude durch den Seiteneingang und ging den kurzen Gang zum Kommissionsraum hinunter. Der Raum war leer. Ohne die übliche hektische Betriebsamkeit wirkte er eher wie ein Klassenzimmer, nicht wie das Nervenzentrum einer breit angelegten Morduntersuchung. Einzig Wiley stand vorne an der Wand und betrachtete die große Tafel. Ungeachtet der späten Stunde war er in Uniform. Als Sterling eintrat, drehte er sich nicht um.

»Wissen Sie, Agent Bledsoe«, sagte er, »da stehe ich nun vor dieser Tafel und versuche diese beiden Morde unter einen Hut zu bringen. Aber wie ich es auch drehe und wende, es ergibt einfach keinen Sinn. Wo ist das verdammte Motiv? An dem Abend, an dem unser Professor mit allem Pipapo als Preisträger gefeiert wird, wird er auf mysteriöse Weise ermordet, aber kein Mensch will etwas gehört oder gesehen haben? Das gibt's doch nicht! Und auch keine Morddrohungen, noch nicht einmal eine Nachbarschaftsfehde wegen der Grundstücksgrenze oder so was!«

Sterling überlegte, ob er mit den toten Vögeln in Mandrykas Labor oder den Schüssen, die Carlos Sandoza gehört hatte, nachdem Wilson die Feier verlassen hatte, herausrücken sollte. Auch das Wort »Chogan« hätte er erklären können. Aber sein Instinkt sprach ein Veto. In Fällen wie diesen, wo man keine Ahnung hatte, wer was wusste und wer mit wem möglicherweise unter einer Decke steckte, war es immer am besten, die Spuren allein zu verfolgen, bis konkrete Ergebnisse auf dem Tisch lagen. Nicht, dass er Wiley nicht gemocht hätte. Der Lieutenant war ein unerschrockener und selbstbewusster Polizist, ja, Wiley war wohl der beste lokale Polizeibeamte, mit dem Sterling seit langem zu tun gehabt hatte. Aber es gibt bittere Lektionen, die niemandem erspart bleiben – und zum Glück hatte Sterling schon früh in seiner Karriere begriffen, dass Soloarbeit in so komplizierten Fällen wie diesem ganz besonders angezeigt war.

»Der Mörder hat zweimal zugeschlagen«, sagte Sterling, »weshalb er nicht notwendigerweise ein Serienmörder ist, aber nachdenklich macht es mich doch. Lassen Sie uns also einmal annehmen, wir hätten es mit einem Serienmörder zu tun. In diesem Fall ist das Wichtigste, den verbindenden roten Faden zu finden, die Gemeinsamkeit bei der Wahl der Opfer. Das kann manchmal einfach sein, aber manchmal ist es auch das Schwierigste vom ganzen Fall. Ich kenne das von früheren Fällen. Hat man diese Verbindung erst einmal gefunden, springen einem die Antworten auf die Fragen, an denen man sich die ganze Zeit die Zähne ausgebissen hat, förmlich ins Gesicht.«

»Aber vielleicht machen wir uns auch zu viel Gedanken über diese Verbindung«, meinte Wiley. »Dass diese beiden Morde so kurz hintereinander passiert sind, könnte ja reiner Zufall sein.«

Sterling betrachtete die Tafel. »Lieutenant, denken Sie doch mal nach. Halten Sie es wirklich für einen Zufall, dass in einer so friedlichen Gemeinde wie dieser, in der es seit über fünfzig Jahren keinen einzigen Mord gegeben hat, plötzlich innerhalb von zehn Tagen gleich zwei Morde verübt werden? Und wir reden hier nicht von etwas halbwegs Normalem, wie einer Kneipenschlägerei mit tödlichem Ausgang oder einer eifersüchtigen Ehefrau, die vor Wut und Enttäuschung durchgedreht hat. Wir haben es hier mit sorgfältig geplanten, grausamen Mordtaten zu tun, mit ganz üblen Sachen. Außerdem haben sich der oder die Täter die größte Mühe gegeben, ihre Spuren zu verwischen.«

»Und was ist mit dem Sägeblatt?«

»Das war der einzige Fehler, den sie sich geleistet haben und an dem sie nichts mehr ändern konnten. Lieutenant, ich brauche jemanden wie Sie doch nicht daran zu erinnern, dass der perfekte Mord weitaus schwieriger zu begehen ist, als die meisten Leute glauben. Da muss man schon sehr gute Nerven haben und manchen Adrenalinstoß wegstecken können.«

»Ganz meine Meinung. Aber es ergibt eben alles keinen Sinn«, sagte Wiley und massierte sich mit langsamen kreisförmigen Bewegungen die Schläfen. »Das klemmt vorn und hinten.«

»Wo bleibt Brusco?«

»Er hat angerufen, als Sie noch unterwegs waren. Wir sollen schon mal ohne ihn anfangen. Er will sich einklinken, wenn er hier ist.«

Sterling zuckte die Achseln. Unpünktlichkeit war eigentlich nicht Bruscos Art, besonders bei wichtigen Angelegenheiten wie dieser. Er ging zum Computer. »Wenn Harry uns zu so nachtschlafender Zeit noch etwas schickt, muss ihm viel daran gelegen sein, dass wir es sehen.« Er öffnete Harrys E-Mail und las seine Nachricht.

Lieber Sterle,

wir haben die Farben und den Kontrast noch mal bearbeitet. Wir haben uns auch die Freiheit genommen, mit dem Gesicht ein bisschen herumzuspielen. Es gibt hier einen Neuen aus Kalifornien, der die unglaublichsten Tricks draufhat. Es ist immer noch nicht absolut vollkommen, aber ich denke, damit hast du etwas in der Hand, womit du arbeiten kannst. In den nächsten paar Tagen werde ich nicht hier anzutreffen sein, aber wenn du mich brauchst, kannst du mich in meinem Haus oben in den Adirondacks erreichen. Ich habe gehört, die Fische beißen wie verrückt, und eine kleine Pause kann ich auch ganz gut vertragen. Ich habe immer noch die alte Nummer.

Herzlichst
Harry

Sterling grinste. Es gab keinen leidenschaftlicheren Angler als Harry Frumpton. Sterling war vor ein paar Jahren Harrys Einladung übers Wochenende gefolgt. Als eingefleischte Großstadtpflanze war es ihm schwer gefallen, sich auf die Gemächlichkeit des Örtchens Tupper Lake einzustellen. Aber nach dem zweiten Tag der Ruhe in der hypnotisierenden Stille der unberührten Natur und ohne Staus und Hupkonzerte hatte Sterling begriffen, weshalb Harry jedes Mal die Tage bis zum nächsten Angelurlaub zählte.

Sterling klickte auf das Icon zum Herunterladen. Diesmal war nur ein einziges Bild gekommen. Anders als die vorigen baute es sich vom unteren Rand des Bildschirms her auf. Sofort war zu erkennen, dass die Klarheit und die Auflösung deutlich besser waren als bei den vorherigen Fotos. All das, was die Videokamera nicht eingefangen hatte, hatte der Computer nachträglich erzeugt und in der richtigen Farbe ergänzt. Zuerst kam der Hals, lang und honigfarbig, dann ein angenehm geformtes Kinn mit einem leichten Stoppelbart, der an den Seiten etwas stärker wurde. Dann die Lippen, voll und sympathisch, von zartem Rosa mit brauner Beimischung. Die Pixel des Bildes ergänzten sich langsam zu leichtem Bartwuchs, etwas schattiger dunkler Haut, einer schmalen Nase mit schlankem, geradem Rücken.

»Bin gleich wieder da«, rief Wiley unvermittelt und verschwand.

Die Augen auf den Bildschirm geheftet, nickte Sterling Einverständnis. *Nicht unbedingt eine harte Mördervisage*, dachte er im Stillen. Das Bild kristallisierte sich zusehends deutlicher heraus. Sterling bekam den Eindruck, das Gesicht zuvor schon einmal gesehen zu haben. Es war ein Afro-Amerikaner mit ziemlich heller Haut.

Auf dem Monitor flimmerte jetzt das vollständig aufgebaute Bild.

Sterlings Blick hing fassungslos am Bildschirm. »Was zum Teufel soll denn das?«, schrie er.

Es war sein eigenes Konterfei.

Ein paar Sekunden stand er wie gelähmt und versuchte zu begreifen, was seine Augen so überdeutlich sahen. Ein brennender Schmerz schoss ihm von der Schädelbasis ins Gehirn. Wo war Wiley? Verwirrt drehte er sich um. Wiley war da – und hielt ihm den Dienstrevolver vor die Nase.

»Agent Bledsoe, wir müssen ein paar Takte miteinander reden«, sagte er ruhig. »Sie haben mir eine ganze Menge zu erklären.«

»Lieutenant, was zum Teufel soll das? Sind Sie verrückt geworden? Nehmen Sie gefälligst die Kanone aus meinem Gesicht!«

»Nicht, bevor wir ein paar Dinge geklärt haben«, gab Wiley zurück. »Und vermeiden Sie alles, was uns beiden hinterher Leid tun könnte. Knöpfen Sie jetzt ganz langsam Ihre Jacke auf und lassen Sie sie auf den Boden fallen.«

Sterling fügte sich, ohne den Blick von Wileys um den Abzug gekrümmten Finger zu wenden. Eine falsche Bewegung, und er war ein toter Mann.

»Okay«, sagte Wiley. »Und jetzt holen Sie ganz langsam Ihre Pistole aus der Tasche, legen sie auf den Boden und kicken sie zu mir herüber.«

Sterling tat, wie ihm geheißen und hob die Hände. »Sie glauben doch wohl nicht im Ernst, ich hätte meinen eigenen Bruder umgebracht!«

»Ich weiß nicht, was ich glauben soll«, sagte Wiley. »Ich weiß nur, dass es einen Haufen unbeantwortete Fragen gibt und dass mich Ihr Gesicht von diesem Bildschirm anstarrt.«

Sie schauten beide zugleich auf den Monitor. Vor Sterlings Augen begann sich alles zu drehen.

»Das Bild ist doch Mumpitz!«, protestierte er, »und das wissen Sie genau. Da hat jemand dran gedreht!«

»Ich höre?«

»Mann Gottes, ich war an diesem Tag um fünf Uhr früh in New York! Ihre eigenen Leute haben mich dort an der Strippe gehabt!« Sterling war fassungslos. »Ich soll wohl an zwei Orten gleichzeitig gewesen sein!«

»Wenn man sich die Timeline anschaut, ist das gar nicht nötig. Withcott hat angegeben, dass der Tod Ihres Bruders um dreiundzwanzig Uhr eingetreten ist. Von hier nach New York sind es lediglich gut vier Stunden Fahrt – und für jemanden mit einem Porsche entsprechend weniger. Genug Zeit für Sie, um wieder zu Hause zu sein und den Anruf entgegenzunehmen.« Wiley blickte Sterling scharf an. »Vielleicht möchten Sie mich aufklären, wo Sie zwischen dreiundzwanzig Uhr und fünf Uhr früh gewesen sind?«

Sterling hatte das Gefühl, in der Falle zu sitzen, zumal er wusste, dass sein Alibi auf schwachen Füßen stand.

»Agent Bledsoe, ich warte auf Ihre Antwort«, drängte Wiley.

»Sie werden es mir zwar nicht glauben, aber ich habe Arbeiten meiner Studenten durchgesehen«, sagte Sterling. »Und sparen Sie sich die Mühe der Nachfrage, es war niemand dabei, der das bestätigen könnte.«

Wiley nickte bedächtig. Seine Hand packte die Waffe noch fester.

»Mann, Lieutenant, da hat sich jemand einen üblen Scherz mit uns erlaubt und mein Bild dieser E-Mail angehängt!«, sagte Sterling. Wileys Zweifel war unübersehbar. »Das ist technisch überhaupt kein Problem. Jeder Hacker, der ein bisschen Ahnung hat, kann das mit der richtigen Software problemlos hinkriegen.«

»Aber warum? Warum sollte jemandem daran gelegen sein, Ihnen den Mord an Ihrem Bruder in die Schuhe zu schieben, indem er Ihr Bild einer E-Mail anhängt? Für einen schlechten Witz ist mir das ein bisschen zu viel Aufwand, mal ganz abgesehen davon, dass der Betreffende ein böses Verfahren wegen Behinderung der Ermittlungen in einem Mordfall am Hals hätte, wenn man ihn erwischt. Ihr Einwand überzeugt mich nicht.«

Sterling überlegte fieberhaft. Wiley hatte ein bedenkenswertes Gegenargument gebracht, auf das er keine Antwort wusste, jedenfalls nicht aus dem Handgelenk und ohne ausreichend

Zeit zum Überlegen. Sein Schädel begann zu brummen. Er schüttelte bedächtig den Kopf. »Ich habe keine Ahnung, warum zum Teufel jemand auf diese aberwitzige Idee gekommen ist, aber sehen Sie denn nicht, was er damit erreicht hat? Wieder einmal sind wir in zwei Lager gespalten, wo der wirkliche Tatverdächtige zu suchen ist. Das ist genauso ein Täuschungsmanöver wie die Sache mit der WLA. Merken Sie denn nicht, dass man uns gegeneinander ausspielen will?«

Wiley nickte zwar, hielt aber die Waffe unbeirrt auf Sterling gerichtet. »Da müssen Sie schon ein schwereres Geschütz auffahren, Agent Bledsoe. Ich habe mir nämlich auch Gedanken gemacht und bin immer nur auf einen Haufen Fragen gestoßen, zu denen mir die Antworten fehlen. Sie müssen mir schon helfen, ein paar leere Stellen mit Inhalt zu füllen, und zwar schleunigst.«

»Wie zum Beispiel?«

»Lassen Sie uns ganz am Anfang beginnen. Sie haben Ihren Bruder gehasst. Seit Jahren schon. Warum wollten Sie unbedingt diese Untersuchung leiten? Bevor wir überhaupt die Möglichkeit hatten, das FBI von uns aus einzuschalten, waren Sie schon hier vor Ort und haben losgelegt. Nach allem, was ich gehört habe, haben Sie sich regelrecht um den Fall gerissen, obwohl es vollkommen gegen die Regeln Ihrer Behörde verstößt, im Fall eines Familienangehörigen mitzuermitteln oder gar die Ermittlungen zu leiten.«

Wiley hatte Sterling vollkommen auf dem linken Fuß erwischt. Woher wusste Wiley von seiner gestörten Beziehung zu seinem Bruder? Sterling konnte die Personen, die davon Kenntnis hatten, an einer Hand abzählen, und zwei davon, seine Eltern, waren bereits tot.

»Ganz recht, Agent, ich bin im Bild«, trumpfte Wiley auf. Er war jetzt richtig in Fahrt. »Sie halten zwar nicht viel von einem Hinterwäldler, wie ich einer bin, aber ich habe trotzdem meine Hausaufgaben gemacht. Ein paar Tage, nachdem Ihr Bruder verschwunden war, hatte ich ein langes Gespräch mit Ihrer Schwägerin, und dann noch einmal, kurz bevor sie abgereist ist. Beide Male hat sie ein paar sehr interessante Details aufs Tapet gebracht, von denen ich niemals Wind bekommen hätte, wenn ich mich nicht so eingehend mit ihr unterhalten hätte.«

»Und die wären?«

»Mrs. Bledsoe ist aufgefallen, dass Ihre Beziehung zu Ihrem Bruder merklich besser geworden ist, seit er den Nobelpreis gewonnen und das entsprechende Preisgeld eingeheimst hatte.«

Sterling wurde zwischen maßloser Wut und lähmender Fassungslosigkeit hin und her gerissen. Hatte Kay wirklich solches Zeug erzählt? Warum hatte sie ihm von Wileys Besuchen nichts gesagt? Er wusste nicht mehr, was er denken sollte – aber dass er bis zum Hals in der Scheiße steckte, wenn ihm nicht allmählich ein paar gute Argumente einfielen, das war so sicher wie das Amen in der Kirche.

»Nehmen Sie die Waffe herunter, Lieutenant«, sagte Sterling. »Mein Verhältnis zu meinem Bruder geht Sie einen Scheißdreck an. Wir haben unsere Differenzen gehabt, wie alle anderen Geschwister auch. Aber Sie können daraus doch nicht ableiten, dass unser missglücktes Verhältnis und diese Morde miteinander zu tun haben! Mein Gott, Geschwisterrivalität ist doch kein Mordmotiv!«

»Aber schließlich ging es um einen Haufen Geld, Agent. An die zwei Millionen Dollar. Sie haben mehr als genug Zeit gehabt uns mitzuteilen, dass Sie in der Erbfolge ganz oben stehen. Warum haben Sie uns das verheimlicht?«

Sterling dachte daran, das Wort »Chogan« ins Spiel zu bringen und Wiley von dem mysteriösen Vogelsterben zu berichten, dem Wilson und Mandryka nachgegangen waren. Aber er wusste, dass noch zu viele Fragen offen waren, um daraus ein schlagkräftiges Argument zu schmieden. So, wie die Sache jetzt stand, würde Wiley das Ganze als Hirngespinst abtun, als eine weitschweifige Theorie, die Sterling sich aus den Fingern gesogen hatte, um von seiner Schuld abzulenken.

»Und warum haben Sie so hartnäckig darauf bestanden, im Mordfall Ihres eigenen Bruders zu ermitteln?«, legte Wiley noch eins drauf. »Wir wissen doch beide, dass es in unserem Beruf massiv gegen die Gepflogenheiten verstößt, im Mordfall eines Familienangehörigen zu ermitteln. Man nennt das Befangenheit.«

»Ich habe anfangs doch gar nicht wissen können, dass es um Mord gehen würde«, verteidigte sich Sterling. »Ich hatte lediglich erfahren, dass Wilson vermisst wird. Dass da etwas faul ist, habe ich mir allerdings gleich gedacht. Wilson hätte sich bei Kay keine Stunde verspätet, ohne ihr zu sagen, was los war. Nennen Sie es den sechsten Sinn eines Kriminalisten, oder was Sie wollen, ganz tief in meinem Inneren hat mir jedenfalls eine Stimme gesagt, dass die Sache übler aussieht, als sie sich darstellt.«

»Mag sein, aber damit ist noch nichts geklärt. Warum in drei Teufels Namen glotzt mich Ihr Bild von diesem Bildschirm an?«

»Verdammt noch mal, strengen Sie doch einmal Ihren Kopf ein bisschen an! Glauben Sie vielleicht, wenn ich der Mörder wäre, hätte ich das Band zur Analyse hinunter nach Quantico ins Labor geschickt, wo ich mir doch denken kann, dass postwendend meine Visage zurückkommen wird?«

Während des ganzen Hin und Her hatte Sterling darauf gewartet, dass Brusco endlich erschien. Eine halbe Stunde war inzwischen schon vergangen, und Brusco hatte noch nicht einmal angerufen, was gar nicht seine Art war. Vielleicht war auch er der Meinung, dass Sterling hinter den Morden steckte, und hatte beschlossen, Häschen in der Grube zu spielen, bis Sterling festgenommen war. Sterling wusste, dass ihm so gut wie kein Bewegungsspielraum mehr geblieben war. Sein Bild war nun mal in dieser E-Mail. Im Moment konnte er wenig unternehmen, um seine Unschuld zu beweisen, Alibi hin oder her. Aber er konnte sich auch nicht den Zeitverlust leisten, bis alles fein säuberlich überprüft und abgehakt war. Er brauchte Zeit, um die ganze Sache durchzuarbeiten – und er brauchte sie jetzt.

Sterling sah auf die Uhr und verharrte in dieser Position.

»Was schauen Sie so interessiert auf Ihre Uhr?«, wollte Wiley wissen.

Sterling hielt den Atem an, zählte bis drei, machte einen schnellen Ausfallschritt nach vorne und schlug mit der offenen Hand Wileys Arm mit dem Revolver nach oben weg. Ein Schuss löste sich. Das Getöse ließ die beiden Männer einen Moment lang erstarren, doch Sterling sprang den kleineren Wiley an und packte in einer einzigen fließenden Bewegung die Hand mit dem Revolver. Wiley war drahtig und stark, aber Sterlings Kräften am Ende doch nicht gewachsen. Ein zweiter Schuss ging los, traf eines der Fenster und ließ einen Scherbenregen auf den Boden klirren. Nach kurzem Handgemenge war Wiley überwältigt und ließ die Waffe fahren.

Sterling konnte ihn auf den Bauch drehen. Er presste ihm den Unterarm ins Genick und nagelte ihn mit seinem Körpergewicht auf dem Boden fest.

»Tut mir Leid, dass ich das tun muss, Lieutenant«, keuchte Sterling, »aber Sie haben mir keine andere Wahl gelassen.« Er ließ die Handschellen aus Wileys Gürtel um die Handgelenke des Lieutenants zuschnappen. »Früher oder später wird sich meine Unschuld ohnehin erweisen«, sagte er, »aber das dauert mir zu lang.«

»Man wird Sie kriegen, Agent«, sagte Wiley. »Sie können mich umbringen, aber irgendwann wird man Sie schnappen.«

»Reden Sie keinen Stuss, Lieutenant. Ich will Sie nicht umbringen, genauso wenig, wie ich Wilson oder Heidi Voss umgebracht habe. Ich brauche einfach ein kleines bisschen Zeit, um Hand und Fuß in diesen Fall zu bringen, damit Sie und alle anderen endlich begreifen, dass der wirkliche Mörder noch frei herumläuft und sich über unsere Blödheit kaputtlacht.«

Sterling zog Wiley hoch. Er führte ihn aus dem Kommissionsraum in eine der kleinen dunklen Arrestzellen im Souterrain. Am Trinkwasserspender füllte er einen Pappbecher mit Wasser, steckte einen Strohhalm hinein und stellte den Becher vor Wiley auf den winzigen Zellentisch.

»Lieutenant, es tut mir wirklich Leid, dass es so weit kommen musste«, sagte er, »aber ich rechne auf Ihr Verständnis.«

Sterling schlug die Zellentür zu, rannte die Treppe hinauf, holte sich seine Waffe wieder und stürmte aus der Polizeistation hinaus.

Zum ersten Mal in seinem Leben befand er sich auf der Flucht vor dem Gesetz.

35

DER MÖRDER HATTE sich als ein gefährlicherer Gegner erwiesen, als Sterling anfangs geglaubt hatte. Innerhalb von zehn Tagen hatte er zwei Menschen getötet, die WLA zum Sündenbock gemacht, und nun versuchte er das gleiche Spiel mit Sterling. Es konnte nicht lange dauern, bis Wiley aufgefunden wurde. Sterling musste schleunigst aus der Stadt verschwinden. Er überquerte die Ledyard-Bridge und raste in halsbrecherischem Tempo durch die Kurven der River Road zum Haus hinauf. Er musste unbedingt seine Reisetasche holen, aber noch wichtiger war das Videoband im Geheimfach. Es war vermutlich das entscheidende Beweisstück, um den wirklichen Mörder dingfest zu machen.

Sterling zog den Wagen schleudernd durch Dead Man's Curve und drückte auf der anschließenden kurzen Geraden das Gaspedal bis zum Bodenblech durch. Sein Konterfei im Computer gab ihm Rätsel auf. War es wirklich von Harry gekommen, oder hatte jemand anderes das Bild manipuliert und es unter Harrys Namen abgeschickt? Wie auch immer, es gab einen Maulwurf, der ihn aufs Korn genommen und dafür gesorgt hatte, dass die anderen ihm zutrauten, in die Morde verwickelt zu sein.

Keine Minute Fahrt vom Haus entfernt, bemerkte Sterling weit voraus flackerndes rotes und weißes Licht. Er stieg hart auf die Bremse. Durch das Geäst der Bäume spähte er zur Deer Run Lane hinauf. Die Quelle der Lightshow war eine Meute Streifenwagen, die sich um die Zufahrt zu Wilsons Grundstück gruppiert hatte. Jetzt verstand Sterling auch, wieso lediglich zwei Fahrzeuge hinter der Polizeistation geparkt hatten. Auch das musste zum Plan gehört haben. Er sollte zur verlassenen Polizeistation gelockt werden, wo Wiley auf ihn wartete, während die anderen das Haus nach Beweisen durchsuchten, mit denen man ihm den Mord nachweisen konnte.

Sterling wendete auf zwei Rädern und raste die River Road zurück. Das Videoband war einstweilen sicher, denn dass jemand das Geheimfach fand, war höchst unwahrscheinlich. Außerdem lag in seinem Kofferraum der Karton mit den Ausdrucken von Wilsons Computer und den CDs. Er musste schleunigst aus der Gefahrenzone verschwinden, um sich endlich in Ruhe hinsetzen und alles durchsehen zu können. Der entscheidende rote Faden, der sich durch das Vogelsterben und die beiden Morde zog, musste in diesen Papieren zu finden sein.

Er nahm das Handy und wählte seine New Yorker Nummer. Er ließ es dreimal klingeln, unterbrach die Verbindung und wählte erneut. Veronica würde den Code erkennen.

»Hi, Baby«, meldete sie sich mit ihrer Schlafzimmerstimme. »Warum rufst du mitten in der Nacht an?«

»Ronnie, du musst jetzt genau zuhören und darfst nicht dazwischenfragen.«

Veronica begriff, dass es dringend war. Sie setzte sich auf. »Leg los, ich höre.«

»Geh in mein Arbeitszimmer und kriech unter meinen Schreibtisch. Unter der mittleren Schublade ist mit Klebeband ein kleines schwarzes Buch befestigt. Das holst du dir. Alles klar?«

»Ja.«

»Schlag die vorletzte Seite auf. Dort steht eine Zahlenreihe. Das ist die Kombination von meinem Wandsafe.«

»Was, du hast einen Wandsafe? Aber das hast du mir ja nie gesagt!« Ihre Stimme hörte sich eher enttäuscht als überrascht an.

»Ronnie, bitte, quatsch jetzt nicht dazwischen, du sollst einfach nur zuhören! Der Wandsafe ist in der Küche hinter dem Mikrowellenherd. Mach ihn mit dieser Zahlenkombination auf und nimm das ganze Geld und die Waffe heraus, die du dort finden wirst. Es müssten so etwa fünfzigtausend Dollar in kleinen Scheinen sein.«

»Fünfzigtausend! Was willst du mit so viel Bargeld?«

Sterling ging nicht darauf ein. »Nimm die Pistole und das Geld, pack dir ein paar Klamotten für eine Woche zusammen und verschwinde schleunigst aus der Wohnung.«

»Und dann?«

»Geh zum Laden an der Ecke und kauf dir ein bisschen Vorrat zum Essen, Sachen, die nicht schlecht werden können. Du wirst nicht leben wie ein Feinschmecker, aber ein paar Tage lang wird es schon auszuhalten sein. Im East Village gibt es ein kleines Hotel, ein ziemlich mieser Laden, sie vermieten stundenweise, vor allem an die Nutten aus der Gegend. Es heißt Hotel DeWitt. Sag, du möchtest zwei Tage im Voraus bezahlen und leg gleich das Bargeld hin. Wenn man dich nach dem Ausweis fragt, sagst du, du hättest keinen bei dir. Wenn sie das Geld sehen, ist das Thema sowieso gegessen.«

»Sterling, woher kennst du eigentlich so ein Hotel?«

»Verdammt noch mal, Ronnie! Das ist eine lange Geschichte, und ich habe jetzt wirklich nicht die Zeit, dir das alles zu erklären. Ich verlasse mich darauf, dass du alles genauso machst, wie ich es dir gesagt habe! Geh auf keinen Fall aus dem Hotel und geh auch nicht ans Telefon. Warte, bis ich dich anrufe! Hast du verstanden?«

»Sterling, ich habe Angst.«

Und das hatte er auch, aber wenn er es zugegeben hätte, wäre alles nur noch schlimmer geworden. »Schatz, du brauchst dir überhaupt keine Sorgen zu machen, du musst nur schön brav alles so machen, wie ich es dir gesagt habe.«

»Sterling, bist du in Ordnung?«

»Mir geht es bestens. So, und jetzt mach voran, und verschwinde, so schnell du kannst, aus meiner Wohnung.«

»Ich bin schon in deinem Arbeitszimmer.«

»Ach ja, noch etwas. Geh nicht auf direktem Weg zu diesem Hotel. Es könnte sein, dass dir jemand folgt. Fahr erst mit der U-Bahn ein bisschen kreuz und quer durch die Stadt. Wenn du wieder an der East Side bist, nimmst du dir ein Taxi, aber lass dich ein paar Querstraßen vorher absetzen. Das DeWitt liegt an der Ecke von der Avenue B und der Tenth Street die Treppe hoch über einem Blumenladen. Ein Schild gibt's nicht. Die Tür ist blau und müsste mal wieder gestrichen werden.«

»Sterling, pass gut auf dich auf!«

Er hörte, dass ihre Stimme bebte. »Mach nur genau, was ich dir gesagt habe, dann kann nichts schief gehen.«

* * *

Als Sterling endlich die I-91 unter den Reifen hatte, konnte er aufdrehen. Er wusste, dass in Kürze die Fahndungsmeldung fällig war, falls man sie nicht schon herausgegeben hatte. Er fuhr eine halbe Stunde lang nach Süden und nahm dann eine Ausfahrt, an der ein Schild auf eine nahe gelegene Tankstelle mit Motel hinwies. An der hell erleuchteten Tankstelle hielt er an, kaufte eine Flasche Mineralwasser, ein Päckchen Kopfschmerztabletten gegen die Explosionen in seinem Kopf und eine Straßenkarte von der oberen Hälfte des Bundesstaates New York. Der junge Verkäufer hinter der Theke erkundigte sich teilnahmsvoll, wohin er so spät in der Nacht unterwegs war, und Sterling, der in ihm bereits den möglichen Zeugen sah, erklärte, er sei auf dem Weg nach Kanada zu seiner Mutter, die im Sterben liege.

Nachdem er ein paar Ausfahrten weitergefahren war, machte er auf einem Parkplatz Halt und suchte sich auf der Karte den kürzesten Weg zu Harry Frumptons Feriendomizil in den Adirondacks. Er erinnerte sich nicht mehr an die vollständige Adresse, wohl aber an den Namen der Straße – Moody Road. Die wenigen Häuser dort standen weit auseinander um den Tupper Lake herum. Harrys Cottage war das letzte Haus an der Südspitze und seit drei Generationen im Familienbesitz. Als jugendlicher Heißsporn hatte Harry die Abgeschiedenheit des Hauses gehasst, aber in seinen reiferen Jahren war es für ihn ein Ort der Erholung und geistigen Erneuerung geworden, wo er dem enormen Druck seiner Arbeit für das »Büro« entfliehen und in der freien Natur die Seele baumeln lassen konnte.

Auf der zweistündigen Fahrt versuchte Sterling sich über den Hintergrund der plötzlichen Wendung des Falls klar zu werden. Immer wieder hielt er sich vor Augen, dass es eine Verbindung zwischen den Morden an Wilson und Heidi Voss geben musste. Diese unschuldig aussehende deutsche Studentin war ein weitaus tieferes Wasser, als er anfangs gedacht hatte. An jenem Nachmittag bei Mrs. Potter war sie jedenfalls nicht offen zu ihm gewesen, vielleicht hatte sie ihn sogar bewusst hinters Licht geführt. Ihr Wissen über Wilson dürfte sich keineswegs darin erschöpft haben, dass er auf Mrs. Potters Land herumstreifte und Vögel beobachtete. Heidi Voss hatte laut Kanti Wilson zu ihm gebracht, als Kanti und Wilson unabhängig voneinander das Vogelsterben in den Bergen bemerkt hatten. Von Wilsons Labor bis zu Präsident Mortimers Büro hatte sie überall mitgemischt, aber niemand konnte genau sagen, was sie an den jeweiligen Orten eigentlich gemacht hatte und wer ihre Freunde gewesen waren. Kelton hatte sie sogar als Einzelgängerin bezeichnet, was vollkommen im Widerspruch zu allem zu stehen schien, das Sterling bislang über sie in Erfahrung gebracht hatte. Jetzt war auch sie ermordet worden, auf eine bestialische Weise, die keinerlei Rückschlüsse zuließ, wer sie so grausam umgebracht hatte. Vermutlich war es dem Mörder um Zeitgewinn gegangen. Die Enthauptung war das perfekte Mittel, die Identität des Opfers zu verschleiern und Zeit für den nächsten Schlag zu gewinnen – oder auch für die Flucht.

Während eine Ausfahrt nach der anderen vorbeiflog, dachte Sterling über die letzte E-Mail nach. Er und Harry waren Freunde, seit er in das »Büro« eingetreten war. Harry war damals Trainer eines Kurses für die Techniken der Beweiserhebung gewesen. Eines Nachmittags waren sie miteinander ins Gespräch gekommen und hatten ihr gemeinsames Interesse an der Anatomie entdeckt. Von da an hatten sie sich nach dem

Unterricht stundenlang über forensische Pathologie und die erregende neue Welt der DNA unterhalten, die für die Identifikation von Verbrechern und den Beweis der Unschuld von zu Unrecht verurteilten Personen eine ungeheure Erleichterung bedeutete. Harry Frumpton war das Musterbeispiel eines Junggesellen in mittleren Jahren, mit wenig ausgeprägtem Interesse für jegliche Art von Veranstaltung, an der größere Menschenmengen beteiligt waren. Ein idealerer Zeitvertreib als Angeln war in seinem Fall nicht vorstellbar.

In Sterling sträubte sich innerlich alles gegen die Annahme, Harry hätte sich nach all den Jahren der Freundschaft zu dem Versuch hergegeben, ihm einen Mord anzuhängen. Er rief sich Harrys Nachricht ins Gedächtnis und konzentrierte sich auf die vielen kleinen Unstimmigkeiten, über die er zuvor hinweggelesen hatte. Wenn Harry ihm eins auswischen wollte, warum hatte er ihm dann eine so freundliche Nachricht zukommen lassen und auch noch gesagt, Sterling könne ihn anrufen, obwohl er zum Angeln gefahren sei?

Sterling jagte durch die Dunkelheit, erklomm steile Berge und tauchte wieder ein in leblose Täler. Die Straßen waren eng und holprig geworden, manchmal drohte der Mustang über die Bankette in den Graben zu schleudern. Veronica kam ihm in den Sinn. Seit seinem Anruf war fast eine Stunde vergangen, und sie müsste das Hotel inzwischen erreicht haben. Er wählte ihre Handynummer.

»Hallo, Schatz«, meldete sie sich. Sie hatte wohl seine Nummer auf dem Display gesehen.

»Alles in Ordnung?«

»Der Laden riecht wie eine ungewaschene Achselhöhle«, beklagte sie sich. »Und ich kriege von allen Seiten das Gebumse mit.«

»Ronnie, ich habe dir doch gesagt, dass es nicht das Hilton ist. Aber im Moment zählt nur, dass du in Sicherheit bist.«

»Ich fühle mich aber nicht sicher.«

»Ist dir jemand gefolgt?«

Erschöpft und frustriert stieß Veronica laut die Luft aus. »Ach was! Ich bin zehnmal umgestiegen und hab zweimal das Taxi gewechselt.«

»Bist ein braves Mädchen. Unter welchem Namen hast du dich eingetragen?«

»Unter dem meiner Englischlehrerein, Maureen Bierbower.«

»Das passt. Welches Zimmer haben sie dir gegeben?«

»Nummer 517. Es hat wenigstens einen kleinen Ausblick auf den Park gegenüber.«

»Bist du jetzt am Fenster?«

»Sterling, die Bude ist so klein, hier ist alles am Fenster!«

»Gut. Lass das Rollo runter und halte dich möglichst weit im Hintergrund.« Sterling hörte das Rollo quietschen. »So, und jetzt bleib schön, wo du bist. Morgen bin ich bei dir.«

»Und wann?«

»Weiß ich noch nicht. Warte, bis ich anrufe.«

»Sitzt du in der Patsche, Sterling?«

»Kann ich jetzt noch nicht sagen. Hier geht etwas Seltsames vor, und ich versuche dahinter zu kommen, was eigentlich gespielt wird.«

»Sterling, ich kriege Angst!«

»Kein Grund zur Panik, Veronica. Bleib schön in deinem Zimmer und geh nicht an die Tür, wenn jemand klopft. Und telefonier nicht mit deinem Handy! Hast du verstanden?«

»Ja, Schatz. Aber beeil dich, bitte. Ich bin ganz krank, wenn du nicht da bist.«

»Mach dir keine Sorgen. Ich bin ja bald da.«

Sterling beendete das Gespräch und warf einen Blick auf die Karte. Wenn das die richtige Straße war, konnte er in noch nicht einmal zwanzig Minuten bei Harry sein.

Seine Gedanken glitten zurück zu Harrys E-Mail. Harry konnte ja auch gezwungen worden sein, dieses Bild zusammen mit seiner E-Mail loszuschicken. Was hatte er also wirklich in seiner Botschaft mitzuteilen versucht? Er hatte Sterling ausdrücklich darauf hingewiesen, dass er für die nächsten paar Tage zum Angeln in die Adirondacks fahren würde. Außerdem hatte er gesagt, die dortige Nummer habe sich nicht geändert. Warum hatte er die Nummer als solche in seiner Nachricht nicht genannt, und sei es auch nur, damit Sterling sie nicht extra zu suchen brauchte? Wusste er vielleicht, dass noch jemand anderes seine E-Mail mitlas, und wollte nicht, dass dieser Jemand die Nummer zu Gesicht bekam? Wollte er Sterling zu einem Treffen unter vier Augen bewegen? Für diese Lesart sprach viel. Harry wusste, dass die Telefone in seinem Büro überwacht wurden, nicht aber der Anschluss in seinem Ferienhaus. Als jemand, der in seinen vielen Dienstjahren die interne Überwachungspraxis des »Büros« hautnah miterlebt hatte, hatte er den Anschluss in seinem Ferienhaus auf eine Weise konfiguriert, dass Gespräche nicht zurückverfolgt werden konnten, und wenn der Anschluss angezapft wurde, wurden die Gespräche automatisch auf einen verschlüsselten Anschluss umgelegt, dessen Nummer sich im Stundentakt änderte.

Sterling hatte sämtliche Telefonnummern von Harry in sein Handy eingespeichert. Er wählte die Nummer von Harrys Cottage, unterbrach aber wieder, bevor es anfing zu klingeln. Seit er Hanover hinter sich gelassen hatte, waren zwei Stunden vergangen. Inzwischen hatte man Wiley bestimmt aufgefunden, und ebenso bestimmt war die Fahndung nach Sterling inzwischen angelaufen. Sein Handy würde vermutlich in Kürze überwacht werden, falls das nicht jetzt schon der Fall war.

Sterling bog zu einem kleinen Einkaufscenter nicht weit von der Hauptstraße ab und hielt an einem Münztelefon vor der Apotheke. Er wählte Harrys Nummer und wartete. Nach fünfmaligem Klingeln schaltete sich der Anrufbeantworter ein. Sterling legte auf und versuchte es noch einmal. Wieder keine Antwort. Die Uhr zeigte drei Uhr früh. Sterling konnte sich nicht mehr erinnern, ob Harry auch im Schlafzimmer ein Telefon stehen hatte. Vielleicht stand es woanders, und er hatte das Klingeln nicht gehört.

Sterling setzte sich wieder ins Auto und fuhr zur Hauptstraße zurück. Von einer Straßenbeleuchtung konnte kaum die Rede sein, und auch die Straßenschilder waren immer dünner gesät, je weiter er sich vom Ortskern entfernte. In dieser kleinen Gemeinde am See lebten die Leute schon so lange, dass sie keine Straßenschilder mehr brauchten. Man orientierte sich an den Merkmalen der Gegend, wie zum Beispiel der alten Synagoge in der Mitte des oberen Ortsteils, die vor über hundert Jahren von Juden aus Osteuropa gegründet worden war. Außerdem gab es den schmucklosen Sportplatz des Rotary Clubs hinter der L. P. Quinn Schule, der zum Teil mit den einhundertvierzigtausend Pennys bezahlt worden war, die die Kinder der Elementarschule binnen einer Woche gesammelt hatten.

Sterling hatte den Ort nur einmal besucht, aber der altmodische Charme der kleinen Siedlung hatte bei ihm einen tiefen Eindruck hinterlassen. Er begann sich allmählich wieder an die Straßen zu erinnern, besonders an die eine, die hundert Meter zwischen sorgfältig getrimmten hohen Hecken geradeaus verlief. Harry hatte ihm erzählt, dass das angrenzende Grundstück früher einmal einem deutschen Fabrikanten gehört hatte. Die Familie war eine Stütze der kleinen Gemeinde gewesen, bis der Fabrikant und Familienvater eine Liaison mit einem Hausmädchen einging, das nur halb so alt war wie er. Das Mädchen bekam ein Kind, und als der Mann ihr eröffnete, dass sie nicht mehr bleiben könne, hatte das Mädchen kurzerhand die Ehefrau vergiftet. Harry hatte noch mit den Kindern dieser Familie gespielt, aber nachdem der Skandal durch den Prozess gegen das Hausmädchen zum allgemeinen Gesprächsstoff geworden war, packte der Mann die Koffer und ging mit dem Rest seiner Familie nach Deutschland zurück, nachdem er zuvor das Grundstück in kleinere Parzellen aufgeteilt und verkauft hatte.

Am Ende der Hecken bog Sterling auf die kleine Schotterstraße ab, die sich um den See herum zog. Harrys Ferienhaus verbarg sich hinter einer Arkade hoher Nadelbäume und Birken. An der Zufahrt wurde das Haus sichtbar. Sterling verringerte die Geschwindigkeit. Nirgendwo ein Licht. Er fuhr bis auf fünfzig Meter an das Haus heran und parkte. Harrys alter Stationwagon mit der verwitterten Holzverkleidung stand vor dem Haus, ein Zeichen, dass er zu Hause war. Sterling stieg die Vordertreppe zur Veranda hinauf und schaute durchs Fenster in den Wohnraum. Totale Finsternis. Auf der um das Haus herumlaufenden Veranda schlich er nach hinten, schob ein Schiebefenster hoch und stieg leise ein. Drinnen zog er die Pistole aus dem Gürtelholster und schlich auf Zehenspitzen in die Küche.

»Harry«, rief er, »bist du da?«

Keine Antwort. Die Bodendielen knarrten unter seinen Schritten. »Harry Frumpton«, rief Sterling noch einmal. Er befand sich in dem kleinen Gang zwischen Küche und Wohnzimmer. Stille. Die beiden Schlafzimmer lagen im ersten Stock nach hinten.

Sterling gefiel die Sache nicht. Mit schussbereiter Pistole trat er ins Wohnzimmer und ging vorsichtig weiter zum Eingangsflur.

Er blieb abrupt stehen. »Oh, Scheiße«, stieß er leise hervor. Im Flur lag ein Mann der Länge nach ausgestreckt auf dem Boden. Der Bart und der graue Pferdeschwanz verrieten Sterling sofort, dass es Harry war. Sterling kniete neben seinem Freund nieder und tastete nach der Halsschlagader. Nichts. Die Haut war erkaltet. Harry war schon seit mehreren Stunden tot.

Nachdem Sterling leise die beiden seitlichen Zimmer kontrolliert hatte, ging er auf der Hintertreppe nach oben und vergewisserte sich, dass auch dort niemand war. Er überprüfte die beiden Schlafzimmer und ein kleines Fernsehzimmer. Alles wirkte unberührt. Er steckte die Waffe in das Gürtelholster und ging hinunter zu Harrys Leiche. Harry trug einen viel zu großen gestreiften Pyjama und Hausschuhe. Sterling zog einen Kugelschreiber heraus, mit dem er den Kopf der Leiche zur Seite drehte. Ein Einschussloch wurde sichtbar, nicht größer als der Radiergummi auf einem Bleistift. Ein kleines Blutrinnsal, das zwischen Stirn und Schläfe angetrocknet war, hatte in Harrys Ohrmuschel eine winzige Pfütze gebildet. *Vermutlich eine Zweiundzwanziger*, dachte Sterling, *klein aber stark*. Eine Austrittswunde fehlte. Sterlings weitere Untersuchung der Leiche blieb ergebnislos.

Den Ärmel über die Hand gezogen, öffnete er die Eingangstür und kontrollierte Schloss und Rahmen. Keine Holzsplitter, keine Kratzer im Metall, keinerlei Anzeichen, dass sich jemand gewaltsam Zutritt verschafft hatte. Harry musste den Schützen gekannt haben. Vermutlich hatte es mitten in der Nacht an der Tür geklopft, Harry war aufgestanden und heruntergekommen und hatte die Tür geöffnet, um den Besucher einzulassen. Der Besucher zieht die Pistole und jagt Harry aus nächster Nähe eine Kugel in den Kopf. Harry stürzt hinter der Tür zu Boden und ist sofort tot.

Sterling untersuchte zuerst die Veranda, dann Hof und Zufahrt auf Fußabdrücke. Nahe bei einem Spalier aus Büschen fand er etwas, das nach Motorradspuren aussah. Für ein Auto waren sie zu schmal und für ein Fahrrad zu tief. Sie verliefen ein kleines Stück das Haus entlang und verloren sich am Ende der Einfahrt. Im Dunkeln war nicht viel zu erkennen, aber nach der Tiefe und scharfen Begrenztheit des Profils zu schließen, musste der Abdruck noch ziemlich frisch sein.

Sterling ging zu seinem Wagen zurück. Seine Vermutungen hatten sich tragisch bestätigt. Harry musste etwas gewusst, vielleicht sogar die Identität des Mörders gekannt haben. Sterling war jetzt überzeugt, dass es eine interne undichte Stelle gab. War es einer von Harrys Mitarbeitern? Jemand aus dem Team der Ermittler in Hanover? Sterling ließ den Motor an und war schon ein Stück weit die Straße zurückgefahren, als ihm ein Gedanke durch den Kopf schoss. Hatte Harry eventuell schon die ganze Zeit gewusst, dass man Sterling aufs Kreuz legen wollte? Hatte er deshalb die Nachricht mit dem zarten Hinweis, ihn in seinem Ferienhaus aufzusuchen, geschickt? Das würde erklären, weshalb Harry sich hatte überraschen lassen und der Schütze so leichtes Spiel gehabt hatte. Harry hatte Sterling erwartet – und seinem Mörder die Tür geöffnet. Harry musste etwas haben, das er Sterling zeigen wollte, sonst hätte er sich nicht die Mühe gemacht, den langen Weg von Virginia bis hier herauf zu fahren.

Aber eines war klar: Jemand musste Harrys Nachricht verändert haben. Dort stand »die Fische beißen wie verrückt«, aber wie konnte das sein, wo Sterling doch aus früheren Unterhaltungen mit Harry wusste, dass die Angelsaison frühestens in einem Monat begann? Harry hätte so etwas nie gesagt, aber wenn jemand keine Ahnung vom Angeln hatte, konnte ihm dieser Fehler beim Verfälschen der Botschaft leicht unterlaufen sein.

Sterling fuhr wieder zurück und ging ins Haus, diesmal durch die Vordertür. Er begann die Überprüfung im Erdgeschoss, zog Schubladen heraus und öffnete Schränke. Nichts. Er ging die Treppe hinauf und trat ins Schlafzimmer des Hausherrn. Ohne so recht zu wissen, wonach er eigentlich suchte, machte er weiter. Er durchsuchte Harrys Schreibtisch, öffnete den Einbauschrank. Harry hatte seinen Koffer hinten in die Ecke geschoben. Sterling zog ihn heraus und legte ihn auf das Bett. Der Kofferschlüssel steckte noch im Schloss. Sterling zog den Reißverschluss auf, fand den Koffer leer, fühlte in die Seitentaschen und die Fächer des Innenfutters. Als er mit der Hand über das Vinylgewebe des Kofferbodens fuhr, konnte er plötzlich etwas Flaches spüren.

In einer Geheimtasche im Kofferboden steckte ein flacher grauer Umschlag mit Übergröße, in dem das FBI vertrauliche Beweisdokumente zu transportieren pflegte. Sterling holte den Umschlag heraus, riss die Lasche auf und zog zwei Bilder heraus. Das eine zeigte einen Mann beim Verlassen des Burke-Gebäudes, vermutlich der »Hausmeister«, der angeblich Wilsons Büro reinigen wollte. Die Auflösung war fast einwandfrei. Das Gesicht war gut zu erkennen, ebenso die lange Narbe, die sich vom Haaransatz bis zum linken Ohr zog. Das andere Bild bot eine noch größere Überraschung. Es war ein Schwarz-Weiß-Foto von Heidi Voss und Kanti. Sie saßen miteinander im Gras und unterhielten sich.

Wie bisher alles in diesem Fall machte das neue Material die Sache für Sterling nur noch verworrener. Wie zum Teufel hatte Harry das Foto von Heidi und Kanti in die Finger bekommen, und was hatte es zu bedeuten?

36

BISHER WAREN DREI Opfer zu beklagen. Sterling ging davon aus, dass der Drahtzieher der Morde nicht eher ruhen würde, bis jeder, der die Wahrheit kannte, zum Schweigen gebracht worden war. Aber was war die Wahrheit? Er musste sich unbedingt hinsetzen, den Fall noch einmal ganz von vorne durchgehen und alles in einen logischen Zusammenhang bringen. Zum Glück hatte er die im Kommissionsraum erstellte Timeline in sein Notizbuch übertragen. Jede Fährte führte zu Heidi Voss – wo sie als Sackgasse endete. Sie stand im Mittelpunkt des Fotos auf Wilsons Schreibtisch, pflegte gute Beziehungen zu Präsident Mortimer, wohnte auf Potters Farm, wo die meisten toten Stärlinge gefunden worden waren, genoss das Vertrauen der Algonquin-Indianer, und jetzt tauchte ihr Foto auch noch in Harrys Koffer auf!

Sterling musste nach New York zurück, wo er in der Menge untertauchen und sich frei bewegen konnte. Harrys Tod war ein untrügliches Zeichen, dass nicht nur irgendwo jemand saß, der das Ganze beobachtete, der Gegner war ihm auch stets eine Nasenlänge voraus. Sterling steuerte wieder auf eine Rastanlage zu und parkte vor einem Münzfernsprecher. Er wählte die Auskunft und ließ sich gleich zum Hotel DeWitt durchstellen.

»Zimmer 517, bitte«, sagte er zu der Frau am Empfang.

»Name des Gastes?«

»Maureen Bierbower.«

Veronica klang unsicher, als sie das Gespräch annahm. Sterling merkte, dass sie nicht geschlafen hatte. Er bekam Gewissensbisse, dass er sie in diesen Schlamassel hineingezogen hatte. Veronica war immer nur gut zu ihm gewesen, und jetzt war sie auf der Flucht vor einer Bande professioneller Killer, die keinen Augenblick zögern würde, ihr wehzutun, um an ihn heranzukommen.

»Ronnie, ich bin's. Wie geht's?«

»Den Umständen entsprechend. Ich hocke hier in dieser ekeligen Bude und habe Angst, etwas anzufassen. Jedes Mal, wenn ich endlich einschlafe, rammelt im Zimmer nebenan ein anderes Pärchen drauflos, und über mir beginnt ein Staubsauger zu heulen. Man kann die Uhr danach stellen. Das Theater beginnt und endet genau mit dem Glockenschlag.«

Sterling konnte sich denken, dass Veronicas Nerven flatterten. »Baby, tut mir Leid, aber das ist der beste Ort, der mir auf die Schnelle eingefallen ist. Dort unterfliegst du das Radar! Das Empfangspersonal ist darauf trainiert, keine Fragen zu stellen. Es ist ja nur vorübergehend, bis ich einigermaßen durchblicke.«

»Willst du mir nicht erzählen, was eigentlich los ist?«

Sterling dachte darüber nach. Natürlich war er Veronica eine Erklärung schuldig, aber es gab so viel, was ihm Kopfschmerzen bereitete. Wenn er Veronica alles erzählte, und die Mörder spürten sie auf, hätten sie keinerlei Probleme gehabt, sämtliche Informationen aus ihr herauszuprügeln. Auch wollte er vermeiden, ihr Angst einzujagen, was einfach genug war. Sie war imstande, ihm helfen zu wollen, womit sie nur sich selbst und ihn dazu in die Bredouille bringen konnte. Für den Augenblick würde sie sich mit einem begrenzten Wissen begnügen müssen. Es war für beide von ihnen das Beste.

»Es hat inzwischen drei Morde gegeben, einschließlich Wilson. Ich weiß nicht, warum und weshalb, aber jetzt ist auch jemand hinter mir her. Kann sein, dass ich der Lösung zu nahe gekommen bin, ich weiß es nicht. Aber solange ich noch nicht durchblicke, musst du in der Versenkung bleiben. Über dich gelangt man auch an mich, und deshalb muss ich sicher sein, dass du von der Bildfläche verschwunden bleibst. Diese Jungs gehen aufs Ganze, die kennen kein Pardon.«

»Ich könnte zu meinen Eltern nach Washington gehen«, schlug Veronica vor.

»Das ist das Letzte, was du tun solltest. Wir haben es hier mit Profis zu tun. Die sind über deine Familie und deine engeren Bekannten längst im Bilde. Deshalb darfst du auch niemanden anrufen. Keine Verwandten, keine Bekannten. Niemand, verstehst du?«

»Sterling, das macht mir alles unheimlich Angst.«

»Das weiß ich doch, aber in ein paar Tagen sind wir über den Berg. Ich brauche einfach noch ein bisschen Zeit, um die

Teile des Puzzles richtig zusammenzufügen. Wo ist dein Handy?«

»In meiner Handtasche.«

»Gut. Lass es dort. Geh nicht dran und rufe auch niemanden damit an. Oder besser noch, stell es einfach ab, damit es noch nicht einmal klingelt. Wo ist die Pistole?«

»In der Plastiktüte mit dem Geld.«

»Hol sie raus und leg sie neben dich. Mach keinem die Tür auf. Keiner Putzfrau und keinem Hotelpersonal. Wenn jemand mit Gewalt die Tür aufbrechen will, dann zielst du auf die Tür und drückst ab!«

»Sterling, ich weiß doch noch nicht einmal, wie man mit so einem Ding umgeht.« Sie weinte leise vor sich hin, was Sterling so gut wie gar nicht von ihr kannte. Es ging ihm durch Mark und Bein.

»Du legst den Sicherungshebel um, zielst auf Höhe der Brust, und dann drückst du ab. Du brauchst überhaupt nicht zu treffen, aber glaub mir, jeder scheißt sich vor Angst in die Hosen, wenn auf ihn geschossen wird.«

»Wann kommst du denn endlich?«

»Morgen im Lauf des Tages. Halte nur noch ein bisschen durch. Alles wird wieder gut.«

Sterling hörte Veronica Küsse ins Telefon hauchen, dann brach die Verbindung ab.

Sein nächster Anruf galt Professor Mandryka. Es klingelte acht Mal, bis endlich abgehoben wurde.

»Hallo?«, meldete sich Mandryka.

»Juri, hier ist Sterling Bledsoe. Mein Gott, was bin ich froh, dass Sie gesund und munter sind.«

»Warum auch nicht?«

»Weil inzwischen drei Menschen ermordet worden sind, und wenigstens zwei davon waren über das Vogelsterben im Bild.«

»Wer hat denn außer Wilson noch davon gewusst?«

»Heidi Voss.«

»War das das Mädchen, das man ermordet im Müllcontainer gefunden hat?«

»Genau. Sie hat bei Mrs. Potter gewohnt, aber sie hat auch Wilson gekannt. Bis jetzt ist ihr Name im Zusammenhang mit jeder Spur aufgetaucht, die ich gefunden habe.«

»Und wer ist als Dritter ermordet worden?«

»Einer von unseren Agenten. Er hat mir bei den Ermittlungen geholfen. Ich weiß nicht, wie er darauf gestoßen ist, aber er hat etwas über Heidi Voss und ihre Verwicklung in diesen Wirrwarr herausgefunden, und das hat gereicht, um ihn auf die Abschussliste zu setzen. Das Wissen von diesem Vogelsterben erweist sich zusehends als tödlich.«

Mandryka grunzte. »Sind Sie schon weitergekommen mit der Frage, wer diese Vögel umbringt?«

»Ein bisschen, aber nicht weit genug, um tragfähige Schlüsse zu ziehen. Meine Arbeitshypothese lautet, dass derjenige, der die Vögel umbringt, vor keiner Mordtat zurückschreckt, um den Vogelmord geheim zu halten. Und das, Juri, bedeutet, dass Ihr Leben genauso ernsthaft in Gefahr ist wie das der bisherigen Opfer.«

»Sterling, ich bin ein alter Mann. Meine besten Tage sind längst vorbei. Was soll ich noch jemandem nützen oder schaden? Machen Sie sich um mich keine Sorgen.«

Sterling musste sich zusammennehmen, um den Hörer nicht gegen die Wand zu knallen. »Verdammt noch mal, Juri, hören Sie bloß auf mit diesem fatalistischen Schwachsinn! Es könnte sein, dass Ihnen jemand eine Kugel in den Kopf zu jagen versucht, sobald wir unser Gespräch beendet haben! Wenn Sie sonst schon nichts interessiert, ich jedenfalls brauche Sie lebend! Sie müssen mir helfen, Licht in dieses Dunkel zu bringen und Wilsons Mörder zu fangen. Juri, ich zähle auf Sie! Und Wilson auch!«

Am anderen Ende der Leitung gab es eine kurze Pause. »Was soll ich also tun?«

»Vor allem müssen Sie sich von Ihrem Labor fern halten, wenigstens so lange, bis ich einigermaßen klar sehe. Rufen Sie einen Ihrer Assistenten an und erzählen Sie ihm, Sie seien krank geworden und müssten sich den Rest der Woche schonen. Haben Sie irgendwo in der Nähe noch ein Haus oder Verwandte?«

»Verwandte habe ich keine, aber ein kleines Häuschen oben in der Nähe von Killington Mountain in Vermont. Ich bin schon seit Jahren nicht mehr dort gewesen.«

»Weiß noch jemand von diesem Haus?«

»Wilson war der Einzige. Wir sind einige Mal für ein paar Tage raufgefahren, um Adler zu beobachten. Wilson hat die Adler ja so geliebt.«

»Gut. Packen Sie, so schnell Sie können, ein paar Sachen zusammen und fahren Sie hin. Funktioniert Ihr Telefon dort oben?«

»Machen Sie Witze? Ich habe dort noch nicht einmal einen Wasseranschluss!«

»Dann schreiben Sie sich meine Nummer auf.« Sterling gab ihm seine Handynummer. »Wenn Ihnen noch etwas zu den Stärlingen oder zu Heidi Voss oder sonst etwas einfällt, das uns bislang entgangen ist, rufen Sie mich bitte an. Ansonsten bitte ich Sie um einen Kontrollanruf in vierundzwanzig Stunden. Einverstanden?«

Mandryka las noch einmal die Nummer vor. »Sterling, ist bei Ihnen alles in Ordnung?«

»Mir wird es wesentlich besser gehen, wenn das alles überstanden ist. Juri, passen Sie gut auf sich auf! Und vor allem, seien Sie vorsichtig und vertrauen Sie niemandem.«

* * *

Sterling fuhr an eine rund um die Uhr geöffnete Tankstelle und tankte den Mustang voll. Er ließ die Adirondacks hinter sich und raste der Stadt New York entgegen. Es gelang ihm nicht, seine Gedanken von Heidi Voss zu lösen, die in der ganzen Sache eine zentrale Rolle zu spielen schien. Er holte das schwarze Notizbuch heraus und las noch einmal durch, was er sich beim Gespräch mit Mortimers Empfangsdame, Vivian Sinclair, notiert hatte. Nach ihrer Aussage war Heidi Voss auf Jobsuche einfach so in das Büro des Präsidenten spaziert. Sie hatte noch nicht einmal einen Termin. Miss Sinclair war überrascht gewesen, dass Mortimer Heidi Voss ohne weiteres empfangen und engagiert hatte. Normalerweise hätte sie sich als Studentin einem langwierigen bürokratischen Ausleseverfahren stellen müssen. Warum hatte Mortimer für diese deutsche Studentin so bereitwillig fünf gerade sein lassen?

Miss Sinclair hatte sich auch an eine hässliche Szene zwischen Mortimer und seiner Frau erinnert, deren mehr oder minder unfreiwillige Zeugin sie geworden war. Der Stein des Anstoßes – wieder Heidi Voss. Miss Sinclair hatte gesagt, Heidi Voss und Serena Mortimer seien »wie Feuer und Wasser« gewesen. Aber warum hatte Mortimer Heidi Voss die Stange gehalten und alles darangesetzt, zwischen seiner Frau und dieser Studentin die Wogen zu glätten? Es passte einfach vorn und hinten nicht zusammen. Mortimer war ein abgehobener, kühler Bürokrat, der sich hinter seiner Präsidentenposition versteckte und seine Zeit vorwiegend mit der Imagepflege von Dartmouth verbrachte. Woher dieses Interesse an einer deutschen Studentin, die eigentlich weder für ihn noch für das College viel bedeuten konnte?

Und dann die Fotos.

Sean hatte nachdrücklich erklärt, dass Heidi Voss nicht im Labor gearbeitet hatte, aber dennoch war sie auf dem Gruppenfoto, das draußen auf dem Rasen aufgenommen worden war. Und sie war nicht lediglich irgendwo am Rande mit drauf, nein, sie stand mitten im Bild an prominenter Stelle direkt neben Wilson. Selbst bei einem informellen Foto hätte man erwartet, dass der dienstälteste Doktorand neben dem Laborchef steht. In Akademikerkreisen setzte man sich über die Hierarchie nicht so schnell hinweg.

Etwas anderes an diesem Bild hatte Sterling ebenfalls nachdenklich gemacht: die Art, wie Heidi Voss die Hand auf Wilsons Schulter legte. Zu vertraulich. Und jetzt hatte Harry noch ein weiteres Bild von Heidi Voss aufgetrieben, diesmal mit Kanti. Sterling knipste die Innenbeleuchtung an und betrachtete noch einmal das Bild. Die beiden sahen so friedvoll aus, wie sie mit untergeschlagenen Beinen im hohen Gras saßen. Kanti gestikulierte mit den Händen und erklärte etwas, während Heidi Voss seine Ausführungen mit der Intensität eines Laserstrahls verfolgte. Wer hatte dieses Foto aufgenommen, und wie war es bei Harry gelandet?

Als Sterling sämtliche Möglichkeiten im Kopf hin und her gewendet hatte, hatte er bereits die Außenbezirke von New York erreicht. Er passierte den Yonkers Raceway. Der oberste Punkt seiner Tagesordnung war, sich eine Mütze Schlaf zu gönnen, aber er wollte noch nicht zum Hotel DeWitt fahren. Es gab so viele Fragen, die Veronica von ihm beantwortet haben wollte, dass er wahrscheinlich ohnehin nicht zum Schlafen gekommen wäre.

Er brauste durch die Bronx und am Yankee Stadium vorbei, überquerte die Willis-Avenue-Bridge, fädelte sich in den Franklin-Delano-Roosevelt-Drive und fuhr an der Ostseite von Manhattan entlang. Als er auf den East River hinausschaute, kroch das erste Morgenlicht in den fernen Horizont. Die Nacht hatte ihm viel abverlangt. Zuerst die Konfrontation und der Kampf mit Wiley, und dann noch der Schock, als er Harry ermordet in seinem Ferienhaus aufgefunden hatte. Aber dafür hatte er jetzt ein Bild von dem Mann, den er für den eigentlichen Mörder hielt, und zusätzlich ein rätselhaftes Foto von Heidi Voss und Kanti im hohen Gras. Veronica saß einigermaßen gut aufgehoben in einem Stundenhotel, und Juri war hoffentlich inzwischen dabei, von der Bildfläche zu verschwinden und in die Abgeschiedenheit von Killington Mountain zu fahren. Es war Zeit, an die eigene Sicherheit und das eigene Wohlbefinden zu denken.

Sterling folgte der Beschilderung zur Brooklyn Bridge. Jenseits dieser Brücke hoffte er eher ein ruhiges Plätzchen zu finden, wo er den Mustang verstecken und sich ein paar Stunden Schlaf gönnen konnte. In dem Moment, als er vom FDR-Drive abbog, piepste sein Handy. Er schaute aufs Display. Wo die Nummer des Anrufers stehen sollte, stand »unterdrückt«. Unschlüssig hielt er das Telefon in der Hand. Er klappte es auf.

»Ja?«

»Was zum Teufel ist in Sie gefahren, Bledsoe?« Es war die höchst ungnädige Stimme seines Chefs, Daniel J. Murphy.

»Ich habe mich schon gefragt, warum das mit Ihrem Anruf so lange dauert, Murph«, sagte Sterling, der sich die sarkastische Bemerkung nicht verkneifen konnte. »Ist es nicht schon ein bisschen spät, um den lieben Gott zu spielen?«

»Ich brauche von Ihnen keine gottverdammten blöden Ratschläge, Bledsoe! Ich will wissen, was in den letzten vierundzwanzig Stunden vorgegangen ist und warum sich einer meiner besten Agenten auf der Flucht befindet!«

Sterling war zu müde, um sich eine Gardinenpredigt anzuhören. »Um ehrlich zu sein, ich weiß selber nicht, was Sache ist. Aber inzwischen sind drei Leute tot, und ein paar Arschlöcher sind auf die Schnapsidee verfallen, dass ich der große Drahtzieher bin. Was davon zu halten ist, müssen Sie selber wissen.«

»Ich weiß nur, was mir bis jetzt berichtet worden ist, und das hört sich nicht gut an. Für keinen von uns. Was machen Sie im Moment?«

»Ich häkle einen Topflappen für meine Oma zu Weihnachten! Was zum Teufel glauben Sie wohl, was ich mache? Ich versuche den Killer zu finden und meinen Arsch zu retten!«

Murphy stöhnte laut auf. Mit einem gewissen sadistischen Vergnügen stellte sich Sterling vor, wie sein Chef stilvoll in seidenem Pyjama und pelzgefütterten Slippers in seinem herrschaftlichen Haus in Potomac in Virginia saß und sich die Schläfen massierte, um den anstürmenden Kopfschmerz zu bannen. Murphy war durch und durch Politiker. Dieser im Ausufern begriffene Schlamassel konnte sehr wohl seinen keineswegs besonders geheimen Hoffnungen auf ein Senatorenamt den Garaus machen.

»Bledsoe, hören Sie auf, den Cowboy zu spielen«, bellte Murphy. »Der Fall ist völlig aus dem Ruder gelaufen. Jede Polizeidienststelle in Vermont und New Hampshire fahndet nach Ihnen.«

Sterling trat brutal aufs Gas. »Murph, Sie haben immer noch nichts begriffen. Das geht mir alles völlig am Arsch vorbei, weil ich nämlich nicht der Täter bin. Außerdem ist da nicht nur jemand, der mir den Mord anzuhängen versucht, ich habe allmählich auch das ungute Gefühl, dass es in unserem Laden einen Maulwurf gibt, der dem Mörder hilft.«

»Warum zum Teufel laufen Sie davon? Wer unschuldig ist, läuft nicht davon, es sei denn, er hat etwas zu verbergen.«

»Murph, Sie können mich am Arsch lecken. Sie wissen verdammt genau, dass ich keine Chance habe, wenn ich mich brav hinsetze und erzähle, was ich herausgefunden habe.«

»Und wer ist der Mörder?«

Sterling betrachtete das Foto auf dem Beifahrersitz. »Pfeifen Sie Ihre Hunde zurück, und Sie werden es bald genug erfahren. Ich bitte Sie ja nur um die paar Tage, bis ich alles beieinander habe.«

»Sie wissen verdammt genau, dass ich das nicht machen kann. Das Weiße Haus fragt mir jetzt schon Löcher in den Bauch. Stellen Sie sich freiwillig, dann können wir sehen, was sich machen lässt, und Sie ersparen uns beiden einen Haufen Ärger. Noch lässt sich die Sache ohne allzu großen Flurschaden hinbiegen. Mit der Heldentat, die Sie sich da oben mit diesem Lieutenant geleistet haben, haben Sie sich selbst zum Verbrecher gemacht, verdammt noch mal!«

Sterling hob den Blick zum Ende der Brücke, während er, die Skyline von Manhattan im Rückspiegel, den gedrungenen Häuserblocks des schlafenden Brooklyn entgegenrollte. Hier in der Stadt bewegte er sich auf vertrautem Boden, womit sich seine Chancen, der Verhaftung zu entgehen und den Mörder dingfest zu machen, erheblich verbessert hatten.

»Murph, wir kennen uns nun schon seit zehn Jahren. Gut, ich habe mich nicht immer streng an die Vorschriften gehalten, aber am Ende haben Sie noch jedes Mal gut ausgesehen. Ich bitte Sie, nein, ich flehe Sie an, halten Sie mir die Stange und geben Sie mir nur ein klein bisschen Zeit. Hier ist eine Riesensauerei im Gange. Die Morde an meinem Bruder und dem Mädchen sind nur ein Teilaspekt.«

»Und wie erklären Sie mir den Mord an Frumpton?«

»Kollateralschaden. Harry muss auf etwas gestoßen sein, das den Tätern nicht gefallen hat. Sein Tod hat mit der eigentlichen Sache nichts zu tun.«

Murphys Grunzen rumpelte im Hörer wie ein dumpfer Trommelwirbel. »Mir sind das einfach zu viele Leichen und zu wenig Erklärungen«, sagte er. »Ich kann Sie nicht frei da draußen herumlaufen lassen und tatenlos zusehen, wie Sie auf eigene Faust weitermachen. Stellen Sie sich, und Sie haben meine persönliche Garantie, dass fair mit Ihnen umgegangen wird!«

Sterling hörte nur die leeren Worte eines Mannes, den es mit Macht in die Arena der Politik drängte. »Nichts zu machen, Herr Senator. Das offizielle Programm ist vorbei. Jetzt wird's persönlich.«

»Tut mir Leid, dass Sie das so sehen«, sagte Murphy. »Bledsoe, Sie lassen mir keine andere Wahl, als Sie unter ›bewaffnet und gefährlich‹ zu führen. Ich kann ab sofort keinerlei Garantie mehr für Sie übernehmen.«

»Ihre Unterstützung rührt mich zu Tränen!«, sagte Sterling und beendete das Gespräch. Er nahm die erste Abfahrt und fuhr am Wasser entlang. Wieder piepste das Handy. Hatte Murphy Skrupel bekommen? Diesmal nahm Sterling den Anruf nicht an. Er hätte auch den ersten ignorieren sollen. Nach einer Irrfahrt durch einen Wirrwarr von Einbahnstraßen und Gebäudedurchlässen hatte er gefunden, wonach er gesucht hatte – eine kleine, versteckte Sackgasse mit Kopfsteinpflaster zwischen vernagelten Lagerhäusern und ausgebrannten Ruinen. An einer Kettenabsperrung blieb er stehen, nur wenige Meter neben einem der gewaltigen Stahlpylone der Manhattan Bridge.

Während seine Hand noch nach dem Pistolengriff tastete, fielen ihm schon die Augen zu.

In der Ferne funkelten die Lichter von Manhattan.

37

ES KLOPFTE. ER hatte sich in einem Bürohaus verbarrikadiert. Ein Trupp FBI-Agenten jagte ihn. Sie gingen von Tür zu Tür und brachen die Büros auf, die am Abend zuvor abgeschlossen worden waren. Seine Hand fuhr zur Hüfte, wo die Pistole sein sollte, aber er merkte, dass er die Waffe im Auto gelassen hatte. Verzweiflung überkam ihn. Er hielt sich die Ohren zu, aber das Pochen ging weiter. Langsam und beständig. Er wollte schreien. Warum hatten sie nicht schon längst die Tür aufgebrochen? Er wälzte sich nach links, nach rechts. Das Pochen hörte nicht auf, wurde sogar noch stärker.

Langsam öffnete Sterling die Augen. Die Sonne schien ihm grell ins Gesicht. Er beschirmte die Augen. Links neben ihm stand ein Uniformierter am Wagenfenster, eine Hand ruhte auf dem Gummiknüppel, die andere auf dem Revolvergriff. Es war ein kleiner Weißer mit gewaltigem Brustkasten. Die Ärmel des Uniformhemds spannten über seinem Bizeps. Er hatte jenen speziellen Bürstenhaarschnitt für besonders harte Kerle, an der Seite ganz kurz und oben mit senkrecht emporragenden Stoppeln.

Jemand klopfte ans rechte Wagenfenster. Es war sein Partner, ein hoch gewachsener Schwarzer mit glänzendem Kahlschädel. Er signalisierte Sterling, das Fenster herunterzukurbeln. Während Sterling seine Scheibe herunterdrehte, fühlte seine rechte Hand nach der Pistole. Sie war nicht mehr da, vermutlich zwischen die Sitze gefallen – im Moment jedenfalls eher vorteilhaft.

»Tag, Officer«, sagte Sterling. »Ich weiß gar nicht, wie spät es ist.« Die harmlose Tour.

»Papiere und Führerschein«, schnarrte der Bulle, ohne sich irgendwie auf den Schmus einzulassen. »Und den Versicherungsnachweis.«

Wieder so ein mechanischer Polizeiapparatschik ohne jede Persönlichkeit. »Ist irgendwas nicht in Ordnung?«, erkundigte sich Sterling. Fast hätte er nach der FBI-Dienstmarke gegriffen, ließ es aber wohlweislich sein. Er war auf der Flucht.

»Sie stehen im Parkverbot. Ab acht Uhr«, stellte der Bulle lakonisch fest. Obwohl seine linke Hand frei war, benutzte er den Gummiknüppel, um auf das Schild zu zeigen. Einschüchterungsgehabe. »Sie haben hier nicht nur geparkt, sie haben sogar im Fahrzeug geschlafen. Was tun Sie hier?«

»Ich warte auf einen Kollegen«, sagte Sterling. »Wir wollten uns hier treffen und gemeinsam in einem Auto in die City rüberfahren, wegen dieser blödsinnigen Vorschrift gegen Pendler, die allein im Auto sitzen.« Er reichte den Führerschein durchs Fenster.

»Ihr Fahrzeug hat Kennzeichen aus New Hampshire. Wohnen Sie hier in der Gegend?«, fragte der Polizist.

»Ach die Schilder! Das ist nicht mein eigener Wagen. Meiner ist in der Werkstatt. Getriebe im Arsch. Das hier ist ein Leihwagen. Ich wäre froh, wenn's meiner wäre, dann hätte ich nicht so viel Ärger wie mit meiner Schrottkiste.«

Der Polizist drehte Sterlings Führerschein ein paarmal hin und her und betrachtete eingehend Vorder- und Rückseite. »Haben Sie Ihren Wohnsitz hier in New York oder in Virginia?«

»Ich habe in Virginia gewohnt, fünfzig Kilometer vor Washington. Bin gerade erst hergezogen, zu einem Bekannten drüben in Fort Greene.«

»Zeigen Sie mir die Papiere der Autovermietung.«

Sterling griff ins Handschuhfach, zog den Umschlag mit den Papieren heraus und blätterte die Formulare durch, als ob er sie in die richtige Reihenfolge bringen wolle, aber in Wirklichkeit vergewisserte er sich, dass auch nirgendwo ein Hinweis auf das FBI stand. Den Mietvertrag legte er ganz nach hinten und hoffte, der Polizist würde übersehen, dass der Wagen in New Hampshire angemietet worden war.

»Da haben Sie alles beisammen«, sagte er und reichte dem Beamten die Papiere, der sie durchsah und mit dem Namen auf Sterlings Führerschein verglich. Er wirkte zufrieden gestellt und schaute zu seinem schwarzen Kollegen hinüber, der achselzuckend signalisierte, dass er die Geschichte glaubte.

Sterling überlegte, was er machen sollte, falls die beiden seinen Namen doch noch in den Fahndungscomputer eingeben würden. Ein einfacher Check, und die Nationalgarde würde aufmarschieren.

»Wann kommt Ihr Kollege?«, wollte der Polizist mit dem Bürstenhaarschnitt wissen.

Sterling sah auf die Uhr. »Typisch. Er hat jetzt schon zehn Minuten Verspätung. Pünktlichkeit gehört nicht zu seinen Stärken – aber zum Glück ist er mein Chef.«

»Machen Sie bitte mal den Kofferraum auf«, sagte der Schwarze.

Sterling ließ von innen den Deckel aufspringen und wartete. Die beiden untersuchten den Inhalt, der nur aus dem Karton mit den Ausdrucken und den CDs bestand. Nichts Verdächtiges. Sie kamen zurück und bezogen wieder rechts und links vom Wagen Stellung.

»Was machen Sie beruflich?« Der kleine Bulle fing wieder an zu bohren. Er hatte sich mit ausgestrecktem Arm gegen den Fensterrahmen gelehnt. Seine Manschette war ein wenig zurückgerutscht und gab den unteren Rand einer Tätowierung frei, die aussah wie das Hinterrad einer Harley Davidson. Sterling las den Namen auf seinem Ansteckschild. Bronchetti. Kotzbrocken wäre stimmiger gewesen.

Sterling spielte brav weiter mit. »Officer Bronchetti, ich bin Computerprogrammierer. In einer kleinen Firma in der Gegend vom Flatiron Building.«

Bronchetti warf einen abschätzenden Blick auf Sterlings Führerschein. »Das ist eine Parkverbotszone, Mr. Bledsoe, und das gilt auch, wenn Sie hier auf jemanden warten. Und wenn Sie in unsere Stadt gezogen sind, dann haben Sie gefälligst einen New Yorker Führerschein bei sich zu führen. Wenn Sie das nächste Mal angehalten werden, wird der Beamte wahrscheinlich nicht so verständnisvoll sein wie ich und Ihnen eine

Ordnungsstrafe aufbrummen!« Er reichte Sterling den Führerschein zurück.

»Danke, Officer. Ich werde mich sofort darum kümmern.«

Die beiden Bullen musterten ihn zum Abschied noch einmal von oben bis unten. »Und sehen Sie mal zu, dass Sie zu Hause ein bisschen mehr Schlaf abbekommen«, sagte der schwarze Polizist. »Du siehst beschissen aus, Bruder!«

Sterling hätte ihm nur zu gern eine passende Antwort gegeben, schluckte sie aber herunter. Er beobachtete, wie die beiden zu ihrem Streifenwagen gingen und langsam davonrollten. Er stieß einen tiefen Seufzer der Erleichterung aus, wartete ein paar Minuten und ließ den Motor an. Sein Hemd klebte klatschnass an der Rückenlehne. Der Wagen war eindeutig zu einem Risiko geworden. Es war Zeit, ihn loszuwerden, aber zuvor musste er noch etwas in Verwahrung geben.

Er fuhr über die Brooklyn Bridge nach Manhattan zurück. An der Hudson Street, die SoHo von Greenwich Village trennt, wandte er sich nach Westen, um dann nach rechts in die Avenue of the Americas einzubiegen und nach Norden zu fahren. Er kam an den berühmten Baseballfeldern an der Fourth Street vorbei, wo schon zu dieser frühen Stunde einige jugendliche Ballartisten die auf dem Weg zur Arbeit befindliche Menge mit ihren Kunststücken zum Staunen brachten. Sie hievten Bälle in Körperhaltungen in den Korb, die Sterling nur aus dem Zirkus kannte. Nach kurzer Fahrt Richtung Norden bog er wieder nach Westen in die Eigth Street ein. Der Berufsverkehr hatte eingesetzt. Er sprang mit dem Mustang von Lücke zu Lücke, um schließlich gegenüber vom Madison Square Garden vor dem riesigen Gebäude der Bundespost im Halteverbot anzuhalten, der einzigen Parkmöglichkeit, die er finden konnte. Er holte den Karton mit den Papieren und den CDs aus dem Kofferraum und turnte bei laufendem Verkehr über die Straße. Ein wütend hupendes Taxi hätte ihn fast umgefahren.

Pennsylvania Station, New Yorks größter Bahnhof für die Verbindungen in andere Staaten, nimmt das gesamte Untergeschoss des Madison Square Garden ein. Zu tausenden trabten die Reisenden auf dem Weg zu Zügen und U-Bahnen kreuz und quer über die dauerhaften Bodenbeläge oder ließen sich von den Rolltreppen nach oben tragen, um sich in die lange Reihe der Geschäftsleute im Dreiteiler einzureihen, die dort nach einem Taxi anstanden. Sterling wusste, dass er sich zügig und unauffällig zu bewegen hatte. Seit dem elften September und dem Irakkrieg hatte das Ministerium für innere Sicherheit an belebten Verkehrszentren wie der Pennsylvania Station und der Grand Central Station die Kontrollen verschärft. Männer der Nationalgarde schlenderten durch die eiligen Massen, die Hände auf der umgehängten Maschinenpistole, das grüne Barett lässig schräg auf dem Kopf. Auch die New Yorker Polizei zeigte mit kleinen Trupps von Beamten Präsenz, verscheuchte Obdachlose und machte Bettlern das Leben schwer.

Sterling ging an der großen Anzeigetafel der Bahngesellschaft Amtrak vorbei und hinüber in die östliche Bahnhofshalle, wo die Züge der New Jersey Railroad und die U-Bahnen abgingen. Er kam an Zabar's und Starbucks vorbei, ging um die Ecke und blieb an den Schließfächern stehen. Aus Angst vor terroristischen Anschlägen mit Bomben und Anthrax hatte man die meisten Schließfächer abgebaut. Hier stand der letzte noch verbliebene Rest, alles in allem sechzehn Stück. Nirgendwo steckte ein Schlüssel im Schloss. Alle Fächer waren besetzt.

Sterling lehnte sich an die Wand und überdachte seine Möglichkeiten. Zu seiner Wohnung zu gehen kam nicht infrage. Nachdem Murphy zum Halali geblasen hatte, lauerten vor seinem Haus bestimmt schon Trupps von FBI-Beamten auf der Straße, und sein Telefon wurde garantiert auch überwacht. Bis sich eine bessere Lösung bot, konnte er den Karton einstweilen im Hotel unterstellen. Er wollte gehen, stolperte aber fast über eine ältere Frau, die vor einem Schließfach der untersten Reihe auf dem Boden kauerte. Sie kramte eine Weile in ihrer Börse herum, entnahm ihr schließlich einen Schlüssel, machte das Schließfach auf, holte einen kleinen Koffer und eine Plastiktüte heraus und verschwand unter Selbstgesprächen in der Menge der Pendler, die sich zu den Zügen schoben.

Eine Gruppe von Nationalgardisten schlenderte Richtung Zabar's vorbei. Sterling wandte ihr schnell den Rücken zu. Als sie vorbei war, quetschte er erleichtert den Karton in das frei gewordene Fach, steckte ein paar Vierteldollarmünzen in den Türschlitz, schnappte sich den Schließfachschlüssel und wandte sich zum Ausgang. Draußen am Wagen riss er das obligatorische Strafmandat unter dem Scheibenwischer heraus und schmiss es weg.

Er fuhr auf der vierunddreißigsten Straße nach Westen. An der neunten Avenue hielt er an einem kleinen Laden an, kaufte einen Kanister mit Grillanzünder und zwei Morgenzeitungen, bevor er sich mit dem Mustang in die lange Schlange der Autos einreihte, die durch den Lincoln Tunnel nach New Jersey hinüberfuhren. Während er mit dem Verkehr dahinrollte, sann er darüber nach, ob er in seinen bisherigen Überlegungen vielleicht etwas übersehen hatte, wobei er sich diesmal vor allem auf das Vogelsterben konzentrierte. Die erste Frage war, wer überhaupt davon wusste. Das waren Wilson, Heidi Voss, Mandryka, Kanti und Bigfoot, aber bemerkenswerterweise kannte nur Heidi Voss alle anderen Mitwisser. Wilson hatte noch nicht einmal Kay in das Vogelsterben eingeweiht – warum also Heidi Voss? Hatte er es aus eigenen Stücken getan, oder war sie ihm auf die Spur gekommen und hatte ihn mit ihrer Entdeckung konfrontiert?

Kanti hatte gesagt, Wilson sei von Heidi Voss zu ihm gebracht worden. Wilson und Heidi Voss hatten ihm das Video von den Vogelkadavern gezeigt, das Wilson auf seinem Erkundungsgang aufgenommen hatte. Und das brachte Sterling zu seiner ursprünglichen Fragestellung zurück: Warum führte jemand absichtlich dieses Vogelsterben herbei? Von der Lösung dieser Frage war er noch genauso weit entfernt wie damals, als ihm Mandryka im Kellerkühlraum seines Labors die toten Vögel gezeigt hatte.

Sterling war aus dem Tunnel heraus. Er nahm die Jersey Turnpike nach Süden und fuhr in der Stadt Elizabeth wieder ab. Er war nur ein einziges Mal hier gewesen, als er sich auf der Suche nach dem schwedischen Möbelhaus IKEA verfahren hatte. Er hatte eine Ausfahrt zu früh genommen und sich in einer verwahrlosten Gegend mit schäbigen Sträßchen und heruntergekommenen Bruchbuden hoffnungslos verfranst. Es war mitten am Vormittag gewesen, aber man sah nur wenige Leute auf der Straße, die sich hastig mit eingezogenem Kopf und in den Taschen vergrabenen Händen voranbewegten. Sterling erinnerte sich, dass er damals an die vielen Morde denken musste, die auf diesen verkommenen Straßen passierten, ohne dass jemand sich die Mühe machte, sie anzuzeigen. Die Polizei fuhr hier selten Streife, und das war keineswegs ein Versehen.

Nach einigen Schlenkern war Sterling zu den Docks durchgedrungen. Eine Rotte Halbwüchsiger warf sich beim Vorbeifahren bedrohlich in Positur und schnippte ihm das Fingerzeichen ihrer Gang entgegen. Er fand eine Industriestraße, die an Schrottplätzen, Werften und Schlepperliegeplätzen vorbei die Pier entlang verlief.

Zwischen verlassenen Gebäuden und aufgelassenen Grundstücken tat sich schließlich eine geeignete Stichstraße auf, in der einige auf alte Motorblöcke aufgebockte Autowracks mit eingeschlagenen oder überhaupt fehlenden Fenstern vor sich hin rosteten. Sterling fuhr bis zum Ende durch und stellte den

Motor ab. Er schraubte den Kanister auf und übergoss erst den Innenraum und dann den Rest des Wagens mit der leicht entflammbaren Brühe. Den fast leeren Kanister warf er auf den Rücksitz. Er knüllte eine Zeitung zusammen, steckte sie an, warf den brennenden Papierball auf das Auto und sprang zurück. Mit einem »Wuff« ging der Mustang in Flammen auf.

Unter dem Dröhnen von ein paar kleineren Explosionen zog sich Sterling noch weiter aus der Gefahrenzone zurück. Er lief ein Stück die Straße hinunter, entschlossen, erst dann zu verschwinden, wenn der Wagen bis zur Unkenntlichkeit verbrannt war. Die Kunststoffnummernschilder wurden in der enormen Hitze bereits schwarz und schmolzen zusammen. Die Fenster flogen eins nach dem anderen heraus, gierig schossen die Flammen in den Himmel. Sterling schaute sichernd die Straße hinauf und hinunter, aber es gab keinen ungebetenen Zeugen. Als die Sitze bis aufs Bodenblech heruntergebrannt waren und der Übelkeit erregende Geruch von brennendem Gummi zu ihm herüberschlug, machte er sich mit entsicherter Waffe auf den Weg zurück in die abweisende Stadt, um sich eine Bahn zu suchen, die ihn wieder nach New York zurückbringen konnte.

38

ALS STERLING AUS Jerry's Den in Harlem auf die hundertfünfundzwanzigste Straße hinaustrat, fühlte er sich wie ein neuer Mensch. Sein kahl rasierter blanker Schädel glänzte in der heißen Sonne des Nachmittags. In einem koreanischen Sportartikelgeschäft besorgte er sich eine schwarze Wollmütze, die er bis zu den Augenbrauen herunterrollte.

Zusammen mit der olivgrünen Kampfanzugjacke aus einem Ramschladen der Heilsarmee sah er aus wie für den Dschungelkrieg gerüstet. Die Jeans hatte er anbehalten, aber um sein Outfit komplett zu machen, besorgte er sich noch ein Paar schwarze Timberlandstiefel, die er oft an den Füßen seiner Studenten gesehen hatte.

Er schlenderte die Straße hinunter nach Osten. Der Gedanke, dass er in der Klemme steckte, war von ihm abgefallen. Er nahm sich Zeit, die für die Straßen von Harlem so typischen Rhythmen, Klänge und Farben in sich aufzusaugen. Es war schon einige Jahre her, seit er das letzte Mal hier gewesen war. Er bekam Gewissensbisse, weil er so selten die bequeme zehnminütige Fahrt nach Norden angetreten hatte, um sich am Geist seines Volkes und der Lebensfreude seiner reichen Kultur zu laben. Afroamerikanische Straßenhändler in traditionellen farbenfrohen afrikanischen Gewändern hatten sich an der Ecke vom Adam Clayton Powell Boulevard breit gemacht und boten flatternde Umhänge, Masken und bunte Lampen feil. Die Jamaikaner mit ihren weit auf den Rücken herabfallenden Zöpfchenfrisuren hatten ihren Stammplatz am Malcolm X Boulevard, wo sie hinter kleinen Tischchen mit Räucherwerk kauerten und gebrannte Reggae-CDs an den Mann brachten.

Jugendliche Mütter schoben plärrende Babys im Kinderwagen vor sich her, alte Männer lehnten an den Hauswänden und schwelgten lachend in Kriegserinnerungen. Bei einem halbwüchsigen Moslem, der im frisch gebügelten schwarzen Anzug und breiter Fliege herumlief, kaufte Sterling einen Bohnenfladen, bevor er am östlichen Ende der Straße eine Express-Subway Richtung Manhattan bestieg. Im U-Bahn-Abteil flirteten ein paar kichernde Mädchen mit ihm, für Sterling eine beruhigende Bestätigung, dass seine Tarnung tatsächlich funktionierte.

An der sechsundachtzigsten Straße stieg er in eine normale U-Bahn um und fuhr zur Station achtundsechzigste Straße/Hunter College. Er brauchte sämtliche verfügbaren Informationen über Rotschulterstärlinge. Vor allem aber wollte er wissen, ob diese Vögel eine Eigenschaft hatten, die einen Anlass bieten konnte, sie im großen Maßstab zu vergiften. Wenn es jemand gab, der ihm darüber Auskunft geben konnte, dann war das Professor Xao Zhang, ein Ornithologe aus der Provinz Guangdong in China und einer seiner ältesten Freunde am College.

Sterling tauchte in der Masse der Studenten unter. Während er mit halbem Ohr eine Diskussion über den heißesten neuen Rap-Song verfolgte, hatte er ein wachsames Auge auf Uniformen und FBI-Beamte in Zivil. Er ging auf der achtundsechzigsten Straße nach Osten bis zur Lexington Avenue. Als er am Fußgängerüberweg darauf wartete, dass die Ampel umsprang und der Verkehr anhielt, sah er den ersten Wagen. Er parkte mit der Schnauze nach Osten an der nordöstlichen Ecke der achtundsechzigsten Straße und der Lexington Avenue. Am Hals der Agenten mit ihren identischen blauen Blazern konnte er das dünne Kabel erkennen, das sich aus dem Kopfhörer in ihrem Ohr in den Kragen hinunterwand. Er erhaschte einen Blick auf das Profil des Agenten auf dem Beifahrersitz. Skip Dumars. Sterlings Kiefer begannen zu mahlen. Sie waren vor mehreren Jahren hart aneinander geraten. Seitdem verband sie eine innige Feindschaft.

Skip war damals zum Bezirksbüro von New York City versetzt worden und hatte die East-River-Morde bearbeitet. Es war sein erster bedeutender Fall gewesen und somit auch eine willkommene Gelegenheit, sich einen guten Namen zu machen. Wochenlang hatte er mühsam Steinchen um Steinchen zusammengetragen, Zeugen befragt, Beweismaterial gesammelt und geordnet. Dann hatte er von ganz oben Weisung bekommen, den Fall an Sterling abzugeben. Nach langem Hin und Her hatte er am Ende widerwillig die Akten herausgerückt, aber nicht ohne zuvor einen gewaltigen Aufstand loszutreten, der sie zu Intimfeinden gemacht hatte. Sterling dachte an Skips giftige Blicke bei ihrer letzten Begegnung. Skip musste Morgenluft gewittert haben, als man ihm die Fahndung nach Sterling übertragen hatte.

Bei Grün wechselte Sterling auf das südliche Trottoir hinüber und schloss sich einer Gruppe Studenten an, die zu einer Vorlesung im Ostflügel des Hunter College strebte. Durch die Studentengruppe gedeckt, ging Sterling die achtundsechzigste Straße hinunter. Noch zwanzig Meter, und er konnte in den Ostflügel huschen und innerhalb des Gebäudes zur Zoologischen Abteilung zurücklaufen. Im Hintergrund heulten Polizeisirenen, Taxis veranstalteten ein Hupkonzert um ein liegen gebliebenes Fahrzeug, Busse donnerten auf ihrer separaten Spur die belebte Straße hinunter. Sterling ließ sich vom Verkehrsgeschehen nicht ablenken. Ein Stück voraus entdeckte er den zweiten Wagen. Er war an der östlichen Ecke der achtundsechzigsten Straße geparkt, mit der Schnauze in Sterlings Richtung. Ein Agent und eine Agentin saßen darin. Ihre schwarzen Sonnenbrillen legten sich insektenhaft um ihre Köpfe.

»Bledsoe!«, rief ihn eine raue männliche Stimme von hinten an. Sterling brauchte sich nicht umzudrehen. Skip Dumars' kehliges Raspelorgan erkannte er auch so. »Bledsoe, sofort stehen bleiben!«

Die Gruppe der Studenten hielt abrupt inne und wandte sich neugierig dem Aufruhr zu. Sterling sprintete los. Die Agenten am anderen Ende der Straße stürmten mit gezogener Waffe aus dem Wagen. Sterling sprang in die Eingangshalle des Ostflügels, rannte ein paar zur Ausweiskontrolle anstehende Studenten über den Haufen und stürmte an den Sicherheitsbeamten vorbei. Auf den rückwärtigen Rolltreppen lief er hoch in den zweiten Stock. Beim Betreten der Wexler-Bibliothek hörte er Skips Stimme hinter sich bellen. Zügig, aber so unauffällig wie möglich, bewegte er sich durch die Gangreihen, verließ die Bibliothek an der anderen Seite und lief zu der verglasten Überführung, die den Ostflügel des Hunter College über die Straße hinweg mit dem Westflügel verbindet. Einige Studenten saßen eifrig tippend vor den weit hinten aufgebauten Terminals, andere standen an, um das Modem zu benutzen. Auf dem Übergang verlangsamte Sterling das Tempo und schaute hinunter auf die Straße zu seinen Füßen. Eine Armada von Polizeifahrzeugen hatte nördlich der achtundsechzigsten Straße den gesamten Verkehr zum Erliegen gebracht. Wütende Autofahrer verließen ihre Fahrzeuge und versuchten die Ursache des Staus zu ergründen. Einige Behördenlimousinen waren mit flackernden Blinklichtern auf die Bürgersteige gefahren.

Über eine weitere Überführung gelangte Sterling in den Nordflügel. Er drehte sich um und stellte erleichtert fest, dass er Skip und die übrigen Beamten abgehängt hatte. Über eine Hintertreppe rannte er drei Stockwerke nach unten bis in den Keller, ging durch den dortigen Buchladen zu einem Aufzug, mit dem er eine weitere Etage zu einem Tunnel hinunterfuhr, von dessen Existenz außer dem Hauspersonal kaum jemand wusste. Der Durchgang führte hinüber zu einem kleinen Gebäude an der neunundsechzigsten Straße, in dem neben Verwaltungsbüros auch die Zoologische Abteilung untergebracht war. Sterling stieß die feuerfesten Türen auf und rannte durch den dunklen Gang. Drüben angekommen, riss er sich die Wollmütze herunter, wischte sich den Schweiß vom Schädel und verschnaufte ein paar Augenblicke.

Durch ein Gewirr enger Flure mit Großfotos von Zebras; Fischen und Raubkatzen an den Wänden kam er zu einer Hintertreppe, die von den meisten Besuchern zugunsten der wesentlich bequemeren Lifte verschmäht wurde. Sterling erklomm drei Treppenfluchten, um endlich zu Zhangs Labor zu gelangen, das sich im hintersten Winkel des Gebäudes verbarg.

Die Tür stand offen. »Zhang, sind Sie da?«, rief Sterling, während er in das schwach beleuchtete Labor eintrat. Monumentale Skelettfragmente hingen von der Decke, ausgestopfte Tiere glotzten von den Wänden herab. Eine breite, bäuchlings aufgeschnittene gescheckte Schlangenhaut war an die gegenüberliegende Wand geheftet. Auf dem Linoleumboden tapsten Schritte.

»Bledsoe!«, rief Zhang überrascht aus. Er war in seiner üblichen Aufmachung, einem langen weißen Labormantel, die Taschen voll gestopft mit Stiften und Markern und sonstigen Utensilien, deren Verwendung nur einem professionellen Ornithologen keine Rätsel aufgab. Er wischte sich den Mund, als ob er soeben seine Mittagsmahlzeit beendet hätte. »Welchem Umstand verdanke ich die Ehre, dass Sie mich in meinem kleinen Winkel aufsuchen?«

»Zhang, ich brauche Ihre Hilfe.«

»Sie hören sich so ernst an! Und was soll die militärische Aufmachung? Wollen Sie in einen Krieg ziehen, von dem ich noch nichts mitbekommen habe?« Zhang grinste wie ein Honigkuchenpferd. Die Pausbacken seines Mondgesichts rutschten empor, bis von seinen Augen nur noch waagerechte Schlitze übrig blieben. Da Sterling seine Heiterkeit nicht teilte, wurde er wieder ernst.

»Ich bin ein bisschen unter Druck«, sagte Sterling gegen einen Labortisch gelehnt. »Ich habe ein Problem, bei dem Sie mir bestimmt weiterhelfen können.«

»Wir werden sehen, ob ich es kann. Sie können es ja mal versuchen.« Zhangs Bescheidenheit war eine seiner eher unangebrachten Eigenarten.

»Ich habe ein paar Fragen über Stärlinge.«

Zhang verzog nachdenklich das Gesicht. »Stärlinge? Welche? Allein in Nordamerika gibt es mindestens sechs verschiedene Arten.«

»Rotschulterstärlinge.«

»Ah, meine Lieblinge, und meiner bescheidenen Meinung nach auch die interessanteste Spezies. Was wollen Sie darüber wissen?«

»Ich will wissen, ob und warum jemand ein Interesse haben könnte, sie zu töten.«

Leise wiederholte Zhang die Frage, wie es seine Gewohnheit war. »Soviel ich weiß, gehört der Rotschulterstärling aber nicht zu den Vögeln, die bejagt werden.«

»Zhang, ich rede nicht von Einzelfällen, ich rede von Vogelmord im großen Stil, unter Einsatz von Gift! Können Sie sich einen Grund vorstellen, weshalb jemand diese Vögel vergiften möchte?«

»Das hängt davon ab, in welchem Teil unseres Landes man lebt und womit man sein Geld verdient.«

»Wie soll ich das verstehen?«

Zhang winkte Sterling mitzukommen. Er ging zu einem Labortisch und zog zwei hohe Hocker hervor, auf denen sie sich einander gegenübersetzten. »Der Rotschulterstärling«, fuhr er fort, »dürfte die am weitesten verbreitete Stärlingsart Nordamerikas sein. Für Ornithologen wie mich ist das eine feine Sache, denn dadurch sind sie leicht zu studieren, und man kann ihre Wanderungsbewegungen mühelos dokumentieren. Aber für einen Farmer im nördlichen Mittelwesten sieht die Sache natürlich ganz anders aus.«

»Und im Nordwesten ist es ähnlich?«, warf Sterling ein, um die Artgenossen in Vermont ins Spiel zu bringen.

»Da ist die Lage anders«, sagte Zhang. »Sehen Sie, mindestens siebzig Prozent unseres Sonnenblumenkernanbaus erfolgt im westlichen Minnesota und in Nord- und Süddakota. Aus diesen Anbaugebieten stammt der Großteil unseres Sonnenblumenöls und unseres Vogelfutters. Das Auskommen vieler Farmer hängt entscheidend vom Ertrag ihres Sonnenblumenkernanbaus ab, und dabei können die Stärlinge schon zum Problem werden. Besonders die rotschultrige Art liebt die saftigen Sonnenblumenkerne. Wenn die Vögel in die Felder einfallen, verursachen sie Ernteschäden in Millionenhöhe.«

»Um welche Beträge geht es da genau?«, wollte Sterling wissen, der sich bereits in seinem Buch Notizen machte.

»Manche Schätzungen reden von einem jährlichen Schaden von zehn Millionen Dollar, wenn man die Kosten für die Maßnahmen zum Verscheuchen der Vögel aus den Feldern einrechnet. Man muss dazu wissen, dass der Sonnenblumenanbau schon im Mittelwesten ein Geschäft im Umfang von dreihundert Millionen Dollar und mehr ist. Das ist kein Pappenstiel. Für viele Farmer geht es dabei um Gedeih oder Verderb. Das ist auch der Grund, weshalb die National Sunflower Association in Bismarck, Norddakota, in Washington einen solchen Aufstand um dieses Thema gemacht hat. Sie haben ungeheuer viel Zeit und Geld in eine Werbekampagne gesteckt, mit der die führenden Leute in Washington dafür gewonnen werden sollten, ein Programm zur Vernichtung der Stärlinge zu starten, das die Ernteerträge sichern soll.«

Sterling versuchte, die neue Information zu verdauen. Wilson hatte hunderte von toten Vögeln entdeckt, aber weiter oben in den Bergen mussten die Vogelkadaver zu tausenden liegen. Alles hätte wunderbar zusammengepasst, wären da nicht die unterschiedlichen geographischen Regionen gewesen.

»Ist es möglich, dass auch die Farmer von Vermont und New Hampshire im großen Stil Sonnenblumen anbauen?«

Zhang schüttelte den Kopf. »Ich kenne mich zwar in der Landwirtschaft nicht besonders gut aus, aber dass Sonnenblumen in diesen kälteren Klimazonen gedeihen, halte ich für sehr unwahrscheinlich. Topografie und Klima bilden die entscheidenden Bedingungen für den jeweiligen Ertrag. Was Einzelheiten angeht, bin ich allerdings überfragt.«

»Hat der Kongress die Finanzierung dieses Vernichtungsprogramms bereits beschlossen?«, fragte Sterling.

»Ja und nein«, sagte Zhang. »Als ich das letzte Mal etwas darüber gelesen habe, hatte sich die Sache durch Kontroversen, schmutzige Tricks und innere Zwistigkeiten festgefahren, und auch die Koalitionen ändern sich andauernd. Anfangs haben die Farmer in Washington ein ziemlich offenes Ohr gefunden. Dann haben die Tierschützer von dem geplanten Vogelmord Wind bekommen und Zeter und Mordio geschrien – ich bitte, das jetzt nicht wörtlich zu verstehen!« Zhang lächelte über seine eigene Pointe. »Auch die Tierschützer haben in Washington eine Lobby.«

»Wie soll diese Vogelvernichtung denn bewerkstelligt werden?«

»Mit Gift. In der Vergangenheit hat man dafür, glaube ich, DRC-1339 eingesetzt, aber ich bin mir nicht sicher, ob es dabei bleiben sollte. Warten Sie mal …« Zhang ging in einen anderen Raum, wo ihn Sterling die Türen eines Schreibtischs auf- und zuklappen und in Papieren herumkramen hörte. Kurz darauf kam er mit einem Zettel wieder. »Ich habe Ihnen hier die Telefonnummer eines alten Freundes aufgeschrieben«, sagte er und reichte Sterling den Zettel. »Seine Familie hat mich unterstützt, als ich damals aus China eingewandert bin. Er war eine wichtige Figur in der Audubon Society. Rufen Sie ihn an und sagen Sie ihm einen schönen Gruß von mir. Mack ist manchmal ein bisschen abweisend, aber lassen Sie sich davon nicht beeindrucken. So gut wie er kennt sich sonst niemand in unserer Naturschutzpolitik aus.«

Sterling steckte den Zettel ein, klappte sein Notizbuch zu

und streckte Zhang die Hand entgegen. »Zhang, Sie haben mir sehr geholfen.«

»Ihr neuer Look gefällt mir«, sagte Zhang und deutete auf Sterlings Kahlschädel. »Das macht Sie glatt fünfzehn Jahre jünger.«

Sie lächelten einander kurz an. »Ich muss Sie noch um einen letzten Gefallen bitten«, sagte Sterling. »Unser Gespräch hat nicht stattgefunden. Sie haben mich schon wochenlang nicht mehr gesehen.«

Zhang kniff die Augen zusammen und runzelte die Stirn. »Sie stecken doch nicht etwa in Schwierigkeiten?«

»Das kann ich im Moment noch nicht absehen. Aber ich wäre Ihnen einstweilen wirklich sehr dankbar, wenn dieses Gespräch unter uns bleiben würde.«

Zhang nickte. »Sagen Sie Mack, wenn Sie ihn sehen, dass Sie sich für das Projekt interessieren.«

»Hat das Projekt auch einen Namen?«

»Darauf können Sie Gift nehmen!«, sagte Zhang und grinste wieder. »Es heißt das Stärlingprojekt. Mack weiß alles darüber.«

39

WINDSOR MCGOVERN LEBTE in einem winzigen Apartment mit Ausblick auf den Gramercy Park. Bei Sterlings erstem Anruf hatte er die Frage nach dem Stärlingprojekt mit der Antwort beschieden, er sei die naseweisen Journalisten leid, die ihm jedes Mal das Wort im Mund herumdrehen würden, damit es in ihre erlogenen Geschichten passe, und aufgelegt. Bei seinem zweiten Versuch hatte Sterling gleich gesagt, dass er auf Empfehlung von Zhang anrufe, worauf McGovern ihn sofort einlud, vorbeizukommen, und sich auch gleich erkundigte, welchen Tee er am liebsten trinke. Sterling hatte gesagt, einfaches Leitungswasser sei ihm lieber.

In einem knarzenden Aufzug fuhr er zur zehnten Etage hinauf und ging bis zum Ende des Hausflurs durch. Die Tür zu Apartment D war in Erwartung seines Besuchs bereits angelehnt. Sterling klopfte ein paarmal, bevor er die Tür ganz aufmachte.

»Ich bin hier draußen auf dem Balkon!«, rief ihm McGovern zu.

Sterling schloss die Tür hinter sich und ging in die kleine Wohnung. Eine winzige Junggesellenküche war zwischen Eingangstür und Garderobenschrank gequetscht. Nach links ging es in ein kleines Schlafzimmer, geradeaus lag der größte Raum mit großer Fensterfront und Balkon. Sterling schaute sich ein bisschen um. Jeder Quadratzentimeter der Wände war mit gerahmten Tierfotos, ausgestopften Vögeln und Bücherregalen mit Bildbänden über Tiere auf freier Wildbahn bedeckt. Sterling nahm sich die Zeit, ein paar Plaketten und Ehrenurkunden zu studieren, die McGoverns Einsatz für »den Schutz und die Bewahrung unserer einzigartigen heimischen Tierwelt« würdigten. Der Raum war mit anspruchslosen, aber bequemen Möbeln in gedämpften Farben ausgestattet. Auf dem Sessel neben McGoverns Stammplatz lag ein schwarzgraues Wollknäuel, aus dem sich träge ein Katzenkopf reckte, in dem grün die Augen glühten. Als die Katze die Situation gebührend zur Kenntnis genommen hatte, ließ sie den Kopf wieder Bestandteil des Knäuels werden und setzte ihren Schlaf fort.

»Freut mich, dass Sie gekommen sind, Mr. Bledsoe«, begrüßte ihn McGovern, als Sterling durch die hohe Glastür zu ihm auf den Balkon hinaustrat. McGovern trug ein blaues Hemd mit Nadelstreifen und weiße Baumwollhosen, die von knallgrünen Hosenträgern mit eingewebtem Entchenmuster gehalten wurden. Sein behäbiger Bauch wölbte sich über den Hosenbund. Er hatte kurze, seitwärts abstehende Arme, die aussahen, als hätten sie das Wachstum eingestellt, nachdem man sie ihm in letzter Minute hastig in den Leib gesteckt hatte.

»Danke, dass Sie so kurzfristig Zeit für mich hatten«, sagte Sterling. »Zhang hat mir gesagt, Sie seien die profundeste Quelle für das Thema, an dem ich derzeit arbeite.«

McGovern stieß ein knurrendes Lachen aus. Seine Hängebacken bebten. »Xao neigt dazu, mich weit über Preis zu verkaufen. Aber wenn ein Genie dieser Meinung ist, wer zum Teufel bin dann ich, um ihm zu widersprechen? Wir haben Xao damals auf die Sprünge geholfen, als er versucht hat, hier Fuß zu fassen. Mit ›wir‹ meine ich meine Frau Madeleine und mich. Vor ein paar Jahren ist sie uns genommen worden, den Kindern und mir. Eierstockkrebs. Der Krebs hat sie in noch nicht einmal einem Jahr dahingerafft.« McGoverns strahlend blaue Augen wurden glanzlos. Er schaute über die Balkonbrüstung in die Ferne. Sterling gab ihm Zeit, sich wieder zu fassen. »Na ja, es gibt eben nicht nur schöne Zeiten«, seufzte er schließlich. »Wir haben dreiundfünfzig wunderbare Jahre miteinander verlebt, und die kann uns niemand nehmen.«

»Mit dem Tod fertig zu werden ist schwer«, sagte Sterling. »Ich habe eben erst meinen Bruder verloren.«

»Sie haben ihm wohl sehr nahe gestanden?«

Die Worte trafen Sterling. Das war definitiv nicht die Richtung, die das Gespräch nehmen sollte. »Es war hart«, sagte er. »In vielerlei Hinsicht. Ich hätte es mir nie so vorgestellt.« Er schaute zu dem hohen Apartmentgebäude aus roten Ziegeln auf der anderen Seite des Parks hinüber. Die Fenster hatten schwarze Jalousien und Blumenkästen mit einer strahlenden Blütenpracht in Rosa, Rot und Violett.

»Es hilft, wenn man sich auf jemanden stützen kann«, sagte McGovern. Seine Augen blickten wesentlich jugendlicher drein, als es seiner ungepflegten grauen Mähne entsprach, die sich bis auf seine Schultern herabwellte. »Die Kinder haben sich großartig verhalten.«

Sterling fragte sich, ob ihm Wilsons Tod noch mehr zu schaffen machen würde, wenn ihr Verhältnis enger gewesen wäre. »Mr. McGovern, ich hätte von Ihnen gern etwas über das Stärlingprojekt erfahren«, sagte er.

»Nennen Sie mich doch Mack. Jeder nennt mich so. Wie viel Zeit haben Sie mitgebracht?«

»So viel Sie wollen. Sie können mir alles erzählen, was Sie über das Projekt wissen.«

Mit einer Geste ins Zimmer forderte McGovern Sterling auf, an dem kleinen Tisch Platz zu nehmen, auf dem ein Glaskrug mit Eiswasser und zwei Gläser in der Sonne blitzten. McGovern goss zuerst Sterling und dann sich selbst das Glas ein und lehnte sich in seinem Sessel zurück. Das Klirren der Eiswürfel weckte die Katze aus ihrem Schlaf. Sie erhob sich, schaute sich bedächtig um und sprang auf den Boden, wo sie ein paar Mal um Sterlings Beine strich, um zu seinen Füßen wieder zum Wollknäuel zu mutieren.

»Das ist Jennifer«, sagte Mack, »die Katze meiner Frau. Seit Arlenes Tod hat sie kaum einen Fremden an sich herangelassen, aber Sie scheinen ihr sympathisch zu sein. Und nun zur Sache: Was wissen Sie über die Audubon Society?«

»Nicht viel«, räumte Sterling ein. »Ich weiß, dass es eine gemeinnützige Vereinigung ist, die sich vorwiegend mit Vogelschutz und dem Schutz der Tiere auf freier Wildbahn befasst, aber das ist auch schon alles.«

»Sie sind auf dem richtigen Kurs«, bestätigte Mack. »Und nun bitte ich Sie um etwas Geduld. Ich bin einmal Präsident dieser Gesellschaft gewesen. Im Gegensatz dazu, wie uns die meisten Leute einordnen, sind wir keine gewaltbereiten Tierschutzfanatiker. Das überlassen wir der PETA und ihren Anhängern. Wir begehen keine Gesetzesverstöße und verletzen auch nicht die Rechte anderer Menschen. Wir setzen uns schlicht und einfach für den Vogelschutz und den Schutz der Tiere und ihrer Lebensräume ein. Unsere Gesellschaft wurde 1905 gegründet und hat ihren Namen nach dem großen Ornithologen, Forscher und Zeichner John James Audubon erhalten. Wir haben immer ein klares und eindeutiges Ziel verfolgt, von dem wir auch nach hundert Jahren nicht abgekommen sind. Wir sind im Lauf der Jahre sehr viel stärker geworden und haben mittlerweile über sechshunderttausend Mitglieder, die in fünfhundert Kapiteln organisiert sind. Wenn man die Industrie und die auf Gewinn orientierten Organisationen ungehindert machen lassen würde, was sie wollen, wäre längst die Hälfte der Arten ausgestorben, die wir heute zum Glück noch haben.«

Sterling leerte sein Glas in einem einzigen langen Zug. Die kalte Flüssigkeit, die durch seine ausgedörrte Kehle rann, fühlte sich angenehm an. Er hatte nichts dagegen, dass McGovern weiter ausholte. Seine sonore Baritonstimme hatte etwas Beruhigendes. Bisher hatten der Tierschutz und seine Zusammenhänge Sterling nie besonders interessiert, aber jetzt hörte er aufmerksam zu.

»Wie kommt es, dass Sie mich nach dem Stärlingprojekt gefragt haben?«, wollte McGovern wissen. »Dieses Projekt ist nämlich der Stammvater sämtlicher Programme, die auf die Reduktion der Stärlingpopulation und anderer Tierarten im oberen Mittelwesten abzielen.«

»Zhang hat mir von den Sonnenblumenfarmern und ihrer Lobby erzählt. Ganz besonders würde mich interessieren, wie hart diese Auseinandersetzung inzwischen geführt wird.«

»Mit den härtesten Bandagen, die man sich auf diesem Gebiet überhaupt vorstellen kann. Sie müssen wissen, dass das nicht der erste Versuch der Farmer ist, die Rotschultrigen auf die Abschussliste zu setzen. Sie haben große Unterstützung durch eine Abteilung des Landwirtschaftsministeriums erhalten, den APHIS, den Animal and Plant Health Inspection Service. Diese Behörde zur Überwachung der Gesundheit von Tieren und Pflanzen hieß früher Service gegen Wildschäden. Man hat vorgeschlagen, unter Einsatz des Vogelgifts DRC-1339 drei Jahre lang jährlich zwei Millionen Vögel zu vernichten, um auf diese Weise fünfundzwanzig Prozent der regionalen Rotschulterstärlingpopulation auszurotten.«

»Einen Moment mal«, unterbrach Sterling, »ich möchte mich nur vergewissern, ob ich alles richtig mitbekommen habe: APHIS hat vorgeschlagen, sechs Millionen Vögel zu vergiften?«

»Genau.«

»Und wo ist der Beweis, dass die Vernichtung dieser Vögel den Ernteertrag steigert?«

»Bledsoe, Sie sind ein Schnelldenker. Genau diese Frage haben wir in den vergangenen Jahren beharrlich gestellt.«

»Aber warum machen sich diese Fachleute für eine Politik der drastischen Schritte stark, wenn noch nicht einmal geklärt ist, ob das Programm auch etwas bringt?«

McGoverns hartes Lachen schreckte Jennifer aus dem Schlaf. Nach einem indignierten Blick zu ihrem Herrchen schlief sie an Sterlings Füße geschmiegt weiter. »Weil Politik ein schmutziges Geschäft ist, mein Lieber«, sagte McGovern. »Der Schutz der Tiere der freien Wildbahn ist da keine Ausnahme. Raten Sie mal: Aus welcher Kasse werden die Forschungen der APHIS vorwiegend finanziert?«

»Zhang hat mir etwas von der National Sunflower Association erzählt, aber das ist doch nicht Ihr Ernst!«

»Oh, doch! Aus der Kasse der National Sunflower Association. Und wenn das Herrchen zu seinem Hund sagt ›Hol das Stöckchen!‹ – was macht dann ein braver Köter?«

»Er holt das Stöckchen.«

»So sieht's aus. Und wenn er sich dabei ein Bein ausreißt. So läuft das Spiel nun mal.«

»Das hört sich ja an wie ein geklautes Drehbuch für einen schlechten Politkrimi!«

»Aber lassen Sie uns trotzdem noch etwas bei diesem unerfreulichen Spiel bleiben. Es kommt nämlich noch besser. Der Ausgangspunkt sind ja Massen besorgter Farmer, die alles versucht haben, damit ihnen die Ernte nicht weggefressen wird – aber nichts hat funktioniert. Dass sie dem unmittelbaren Feind ans Leder wollen, ist nachvollziehbar und hört sich plausibel an, aber jetzt kommen auf einmal gefühlsmäßige Argumente ins Spiel und übertönen die Vernunft.

Wir haben ja nie bestritten, dass die Rotschulterstärlinge den Ernteertrag der Sonnenblumen beeinträchtigen. Aber unser Einwand, dass die Vernichtung der Stärlinge den Ertrag vermutlich noch viel massiver beeinträchtigen dürfte, trifft bei diesen Leuten auf taube Ohren. Mit der Natur ist das so eine Sache. Jäger und Beute befinden sich immer in einem labilen Gleichgewicht. Wenn man an irgendeiner Stelle in die Nahrungskette eingreift, besteht die Gefahr, dass das ganze System kippt. Das ist das kleine Einmaleins der Ökologie. Jeder Farmer, der nicht nur einen Ballen Stroh im Kopf hat, weiß, dass die Stärlinge sich in erster Linie von Insekten ernähren, und viele dieser Insekten sind für die Ernte mindestens so schädlich, wenn nicht noch schädlicher als die Vögel. Der Tod der Vögel würde eine ungehemmte Vermehrung dieser Insekten bedeuten, was aller Voraussicht nach noch viel größere Ernteausfälle nach sich ziehen dürfte.

Darüber hinaus sind uns das Landwirtschaftsministerium und die Farmer bisher die Antwort auf unseren zweiten Einwand schuldig geblieben – was soll nämlich zum Schutz der übrigen Vogelarten geschehen, die ebenfalls von dem ausgebrachten Gift eingehen werden? Bei unserer letzten Zählung haben wir sechsundachtzig Vogelarten registriert, die nicht zur Zielgruppe gehören und im Frühling ebenfalls in oder in der Nähe von Sonnenblumenfeldern leben. Zweiunddreißig dieser Arten sind Körnerfresser, was bedeutet, dass sie ebenfalls dem Gift zum Opfer fallen werden.«

»Ist der Startschuss für das Stärlingprojekt schon gefallen?«

McGovern schüttelte den Kopf. »Man könnte sagen, die Interessenten stehen in den Startlöchern und warten, dass es endlich knallt.«

»Aber was hält sie noch auf? Sie sagten ja bereits, dass die National Sunflower Association in Washington einflussreiche Freunde hat. Kann sie nicht einfach ihr Projekt absegnen lassen und loslegen?«

»Ganz so einfach geht es nun doch nicht. Sehen Sie, auch wir haben dort unsere Freunde.« Ein hinterhältiges Grinsen schlich sich in McGoverns Gesicht. »Das Projekt kann nicht ohne den Segen des US Fish and Wildlife Service steigen. Gott sei Dank sitzen dort Leute, die noch einen Funken Verstand im Gehirn und das Herz am rechten Fleck haben. Sie konnten APHIS bislang die Tour vermasseln. Der Fish and Wildlife Service hat ganz klar Stellung bezogen und gesagt, es gibt keine erkennbaren Beweise, dass die Vernichtung eines beträchtlichen Teils der Stärlingspopulation einen nennenswerten Beitrag zur Verminderung der Ernteeinbußen leisten würde. Außerdem teilt man dort unsere Bedenken hinsichtlich der Schädigung anderer Tier- und Vogelarten, die dieses Gebiet bevölkern.«

Sterling dachte über die neuen Informationen nach. »Aber APHIS ist doch dem Landwirtschaftsministerium angegliedert, das vorrangig für diese Fragen zuständig ist – warum setzt man sich da nicht einfach über den Fish und Wildlife Service hinweg?«

»Da liegt der Hase im Pfeffer«, sagte McGovern. »Und hier geht das politische Tauziehen erst richtig los. Ganz recht, APHIS gehört zum Landwirtschaftsministerium, Fish and Wildlife aber zum Innenministerium. Die beiden Männer, die diese Ministerien leiten, sind einander spinnefeind. Unser Bundesgenosse ist Jonathan Cardi, der Innenminister. Sein Gegenspieler und Leiter des Landwirtschaftsministeriums ist ein elitäres Arschloch namens Allistor Guyton.«

Sterling notierte die Namen, nicht weil er von dieser Seite irgendeine Form von Hilfe erwartete, sondern weil er in mehr als einem Fall die Erfahrung gemacht hatte, dass das kleinste Detail sich unverhofft als Aufhänger für die Lösung des ganzen Falls entpuppen konnte.

McGovern goss sich und Sterling noch ein Glas Wasser ein. Er wischte sich mit einem ordentlich gefalteten Taschentuch die feuchte Stirn und ließ sich wieder in seinen Sessel fallen. Sein Blick wanderte hinunter zu dem Park mit den wohl gepflegten raffinierten Blumenrabatten, die sich durch die mit Toren verschließbaren Anlagen zogen.

»Eine Frage habe ich noch«, sagte Sterling. Er wollte sich nicht in die Karten schauen lassen und suchte nach der richtigen Formulierung. »Äh …, glauben Sie, dass im Zuge dieses Vogelvernichtungsprojekts auch in anderen Landesteilen Vergiftungsaktionen von Rotschulterstärlingen laufen könnten?«

McGovern runzelte die Stirn und hielt die Luft an, als wolle er tauchen. »Schwere Frage«, sagte er schließlich, wobei er die Worte zusammen mit der eingehaltenen Luft durch die geblähten Backen ausstieß. »Klar, Rotschulterstärlinge gibt es auch in anderen Landesteilen, aber wirklich zum Problem werden sie nur in Minnesota und Nord- und Süddakota. Anderswo haben die Farmer zwar auch Gründe und Methoden, schädliche Vögel zu vernichten, aber eine Verbindung zum APHIS-Projekt dürfte schwerlich herzustellen sein.«

Sterling dachte über McGoverns Worte nach. Sie entsprachen nicht unbedingt dem, was er zu hören gehofft hatte, aber immerhin hatten seine Auskünfte die Tür nicht endgültig zugeschlagen. Außerdem hatte er inzwischen genügend Notizen, um sich die nächsten vierundzwanzig Stunden mit ihrer Aufarbeitung zu beschäftigen. Er erhob sich, um zu gehen.

»Sie haben mir ja noch gar nichts von der Arbeit erzählt, für die Sie zur Zeit recherchieren«, sagte McGovern. Er wippte in seinem Sessel ein paarmal vor und zurück, bis er genügend Schwung gewonnen hatte, um aufzustehen.

»Ich beschäftige mich zur Zeit mit Stärlingpopulationen und den verschiedenen Methoden, mit denen man versucht, sie unter Kontrolle zu halten. Nach Ihren Ausführungen habe ich allerdings den Eindruck, dass das Thema politisch mindestens so kontrovers ist wie auf der wissenschaftlichen Ebene.«

Jennifer war zusammen mit Sterling aufgestanden. Sie reckte sich und bog das Kreuz durch, bis ihre Brust fast bis zum Bauch auf dem Boden auflag. Nach ausgiebigem Gähnen, bei dem sie sich tief in den rosa Rachen blicken ließ, strich sie Sterling noch ein paar Mal um die Beine, worauf sie wieder auf den Sessel sprang und das schlafende Wollknäuel gab.

McGovern legte Sterling die Hand auf die Schulter. Ein feines Netz roter Äderchen zog sich über seine Hängebacken. »Ich bin jetzt im Ruhestand«, sagte er, »aber ich habe mich gut vierzig Jahre als Anwalt betätigt und in dieser Zeit so manches gehört und gesehen, das ich niemandem zumuten möchte. Aber einen kleinen Rat möchte ich Ihnen auf Grund meiner reichhaltigen Erfahrung doch mit auf den Weg geben. Unsere Regierung beteuert zwar immer wieder ihre guten Absichten bezüglich der Wiederherstellung landwirtschaftlicher Standards, aber es gibt einen Haufen gieriger Hände, die sich nur zu gerne an dem gut gefüllten Subventionstopf unserer Landwirtschaft bedienen möchten. Die wenigsten wissen, dass Sonnenblumenkerne und Sonnenblumenöl in Zukunft eine Goldgrube werden könnten.«

»Wie das?«, fragte Sterling neugierig.

»Weil zur Zeit mit alternativen Verwendungen des Öls experimentiert wird. Die Farmer benutzen das Öl inzwischen auch als Motoröl. Wenn es den Sonnenblumenproduzenten gelingt, den industriellen Markt zu entwickeln, könnten die Verkaufserlöse in Milliardenhöhe emporschießen. Ich habe mich neulich mit einem alten Bekannten unterhalten, der diese Entwicklungen beobachtet. Einige Farmer haben mit dem US Postal Service bereits ein dreijähriges Versuchsprojekt durchgezogen, wobei in den Postfahrzeugen ihr Sonnenblumenöl als Motoröl zur Verwendung kam. Die Ergebnisse waren viel versprechend. Nicht nur, dass die Emissionswerte in einer Weise heruntergegangen sind, die jedem Umweltschützer die Freudentränen in die Augen treibt, die Motoren hatten auch weniger Verschleiß als die mit dem herkömmlichen Mineralöl betriebenen Vergleichsmotoren. Bledsoe, ich sage Ihnen, im Sonnenblumenanbau steckt das ganz große Geld, und der Erste, der alles auf die Reihe bekommt, wird auch das größte Stück vom Kuchen abbekommen. In diesem Geschäft darf man keinem über den Weg trauen, und wenn er sich noch so harmlos gibt. Trauen Sie niemandem! Das hört sich zynisch an, aber wenn es um solche Summen geht, ist allemal Schluss mit lustig.«

40

MIT EINEM WACHSAMEN Auge auf Häuserfronten und Gehsteige lag Sterling zwischen zwei geparkten Lieferwagen versteckt an der nordwestlichen Ecke der Kreuzung von Avenue B und neunter Straße auf der Lauer. Sorgfältig beobachtete er den zwar spärlichen, aber regelmäßigen Besucherstrom, der sich durch die blassblaue Tür des Hotels DeWitt bewegte. Mit ein bisschen Glück würde Veronica ihn nicht danach fragen, woher er dieses kaum erstklassig zu nennende Etablissement kannte.

Das Hotel DeWitt und seine Zimmer mit der glänzenden Goldtapete bildeten die Staffage eines dunklen Kapitels in seinem Leben. Vor Jahren, als er sich in einem virulenten manisch-depressiven Taumel befand, hatte er einen Großteil seiner Nächte damit zugebracht, eine Frau nach der anderen die engen Stiegen des DeWitt hinauf- und in die schäbigen Zimmer hineinzukomplimentieren. Nur wenn er sich nachdrücklich vor Augen hielt, dass er für den Sex nie bezahlt hatte, konnte er die Erinnerung an diese Zeit ohne Selbsthass ertragen. Es waren Frauen gewesen, die er in dunklen Bars voller verzweifelter Nachtschwärmer aufgegabelt hatte. Er hatte weniger den Sex gesucht als das Erfolgserlebnis der Eroberung, das er an diesem Punkt seines Lebens, als alles in die Brüche zu gehen schien, dringender gebraucht hatte als alles andere.

Die letzte Frau, die Sterling ins DeWitt abgeschleppt hatte, wäre ihm fast zum Verhängnis geworden. Als er nach zwei Flaschen Fuselwein nicht mehr Herr seiner Sinne war, hatte sie einem Komplizen die Tür geöffnet, der ihn mit einem Brecheisen halb totgeschlagen hatte – für die lumpigen achtundsiebzig Dollar Bargeld, die er bei sich führte. Glücklicherweise hatte in dieser Nacht ein geistesgegenwärtiger Portier Nachtdienst, der ihn in ein Taxi gehievt hatte und von dem Fahrer in eine Privatklinik in der Upper East Side schaffen ließ. Damals hatte er das DeWitt zum letzten Mal von innen gesehen.

Sterling lag eine dreiviertel Stunde lang auf der Lauer, bis er sich endlich ins Hotel hinüberwagte. Er schob sich durch die vom Zigarettenqualm trüb gewordene gläserne Zwischentür in den kleinen Hausflur, der mittels einer hohen Empfangstheke aus schwarzen Resopalplatten und einem Messinglüster, der an einer Kupferlitze windschief von der Decke baumelte, auf Hotelrezeption getrimmt worden war. Der Portier kramte in der Ecke seiner schäbigen Wirkungsstätte in einem großen Karton herum. Sterling ging wortlos an ihm vorbei und stieg die Hintertreppe zu den beiden Etagen mit den Zimmern hinauf. Er klopfte dreimal leise an die Tür von Zimmer 517, wartete eine Sekunde, um dann noch einen einzigen Klopfer hinterherzuschicken. Dann trat er einen Schritt zurück, damit Veronica ihn gut im Blickfeld des Türspions hatte.

Die Tür flog auf. »Dem lieben Gott sei gedankt, dass du gesund und wohlauf bist!«, rief Veronica. Sie zog ihn ins Zimmer und übersäte sein Gesicht mit kleinen Küssen, um dann noch einen langen Kuss auf den Mund obendrauf zu setzen. Sie hatte rote, verquollene Augen. »Ich habe die ganze Zeit hier gesessen und Todesängste ausgestanden, dass dir etwas passiert ist!«

Sterling angelte mit dem Fuß nach der Tür und warf sie hinter sich ins Schloss. Er nahm Veronica fest in die Arme. Die Mütze hatte er heruntergerissen und auf das unberührte Bett geworfen. Veronica hatte offenbar noch nicht einmal versucht, darin zu schlafen. »Das sind lange vierundzwanzig Stunden gewesen«, sagte er. Er küsste sie lang und leidenschaftlich. Sie rissen an ihren Kleidern und sanken auf das Bett. Sterling hätte Veronica am liebsten überall gleichzeitig liebkost. Er küsste sie hinter den Ohren und arbeitete sich in kleinen feuchten

Kreisen Stück für Stück an ihrem langen, anmutigen Hals hinunter. Sie bäumte sich lustvoll unter ihm auf. Es tat so gut, wieder ihren Geschmack zu spüren, den Druck ihres Körpers, der sich gegen seine Brust presste. Er knöpfte ihre Bluse auf, schleuderte sie beiseite und ließ langsam und genussvoll die Hände über die Rundungen ihrer Brüste gleiten und hinunter zu ihrer schmalen Taille.

»Du hast mir gefehlt«, sagte er schwer atmend.

»Genau das möchte ein Mädchen hören.« Veronica löste Sterling den Gürtel und zog ihm die Hose aus. Ihre Hände fuhren über seine muskulösen Schultern und seinen festen flachen Leib. Wenn sie seinen nackten Körper nur ansah, bekam sie schon eine Gänsehaut.

Sterling hob ihren zarten Körper hoch. Er zog die Tagesdecke fort und legte Veronica sanft auf die schmale Liegestatt. Er hielt inne und genoss die Schönheit ihrer honigfarbenen Haut und der wohl platzierten Rundungen ihres schlanken Körpers. Als sie ihn mit einem wissenden Lächeln ansah, war es mit seiner Beherrschung vorbei. Er genoss die Freuden ihres Leibes, als gälte es, in dieser einen Stunde all das Versäumte nachzuholen.

* * *

Nachdem sie sich wieder angekleidet hatten, schob Sterling Veronica zu den beiden Stühlen am Fenster und setzte sich zu ihr. »Es ist so viel passiert. Du hast bestimmt tonnenweise Fragen auf dem Herzen, aber ich weiß nicht, ob ich auf alle eine Antwort habe.«

Veronica streckte die Hand nach ihm aus und streichelte seinen kahlen Kopf. »Dann fang doch einfach damit an, dass du mir erklärst, warum du deine Haare abrasiert hast.«

Sterling fuhr sich mit der Hand über den Schädel. »Ronnie,

sie glauben, ich hätte Wilson umgebracht. Im Moment läuft in der ganzen Stadt die Fahndung nach mir an.«

Veronica schlug die Hand vor den Mund. Sie zitterte. »Dann gehört das zu deiner Verkleidung?«

»In der Kürze der Zeit ist mir leider nichts Besseres eingefallen, aber für Vorschläge bin ich jederzeit dankbar.«

»Ich kann das nicht verstehen. Wie kann jemand auf die hirnrissige Idee kommen, du hättest deinen eigenen Bruder umgebracht und wärst dann auch noch hingefahren, um bei den Ermittlungen zu helfen? Das ist doch totaler Schwachsinn!«

»Eine lange Geschichte. Unterm Strich kommt jedenfalls heraus, dass mir jemand die Schuld in die Schuhe zu schieben versucht. Inzwischen hat es drei Tote gegeben. Der Mörder scheint zu glauben, dass ich ihm schon zu dicht auf die Pelle gerückt bin. Damit er mich nicht mehr im Kreuz hat, versucht er nun, den Spieß umzudrehen, und erweckt den Anschein, der Täter wäre ich. Auf einen schlaueren Trick hätte er kaum verfallen können. Die Agenten unseres New Yorker Büros schwärmen im Moment in der ganzen Stadt aus und suchen mich, oder besser, uns. Falls ich nicht bald mit ein paar stichhaltigen Gegenargumenten aufwarte, kann es ganz schön eng werden.«

Veronica ließ den Kopf hängen. Sie presste die Augenlider zusammen, aber die Tränen kullerten trotzdem heraus. »Dann hast du jetzt den Mörder und das FBI auf dem Hals?«

Sterling nickte. »Jedenfalls so lange, bis ich klar sehe und den wahren Mörder festnageln kann. Ich weiß, dass mehrere Personen in diesen Mord verwickelt sein müssen. Einiges habe ich schon herausbekommen, aber wenn ich den Fall endgültig lösen will, muss ich mich da draußen frei bewegen können. Wenn ich mich hoppnehmen lasse, steht in den Sternen, was am Ende passiert.«

»Warum setzt du dich nicht einfach mit ihnen an einen Tisch und packst alles aus, was du weißt? Du hast schließlich ein Alibi. Ich bin mit dir zusammen gewesen. Sag das doch einfach!«

Sterling musste über Veronicas unschuldige Naivität lächeln. Er streichelte ihr Haar. Als er in ihre tränenfeuchten Augen blickte, wurde ihm wieder bewusst, wie sehr ihm ihre Nähe beim Einschlafen und beim Aufwachen gefehlt hatte. Er wäre fast dem Drang erlegen, ihr zu gestehen, dass er sich nichts sehnlicher wünschte, als sie auf immer und ewig zu lieben. Aber das musste er auf später verschieben, wenn das alles hinter ihnen lag. Er beugte sich zu ihr, küsste sie auf beide Wangen und dann mit Inbrunst auf den Mund.

»Ronnie, das ist alles ziemlich kompliziert«, sagte er. »Wenn man in meinem Beruf Blut geleckt hat, erwacht der Jagdinstinkt und kommt erst dann wieder zur Ruhe, wenn wirklich Blut fließt – selbst wenn es das Blut der eigenen Leute ist.«

Den Arm um Veronica geschlungen, schob er die Jalousie ein wenig beiseite und spähte zum Fenster hinaus. Was er sah, gefiel ihm gar nicht.

»Was ist?«, fragte Veronica.

Sterling zog Veronica auf den Boden herunter und riskierte noch einen Blick zum Fenster hinaus. Zwei Männer in sehr ähnlichen dunklen Anzügen bewegten sich die zehnte Straße herunter und näherten sich dem Hotel. Den größeren, der offenbar die Aktion leitete, erkannte er sofort – Skip Dumars. Die beiden hatten bereits die Waffe gezogen. Wenn sie ihn entdeckten, würden sie bedenkenlos davon Gebrauch machen.

»Wo hast du die Pistole und das Geld?«, fragte Sterling.

»Im Schrank. Warum? Stimmt was nicht?«

»Sie sind mir gefolgt. Ich kann mir überhaupt nicht erklären, wie sie das geschafft haben. Ich bin sicher, dass mich niemand verfolgt hat. Hast du mit deinem Handy telefoniert?«

»Nein, du hast es mir doch verboten. Ich habe lediglich

ein einziges Mal mit dem Zimmertelefon zu telefonieren versucht.«

»Ronnie! Ich habe dir doch gesagt …«

»Ich habe versucht, dich auf deinem Handy zu erreichen, aber du bist nicht drangegangen. Ich hatte so lange nichts mehr von dir gehört und habe es einfach nicht mehr ausgehalten. Was hätte ich denn tun sollen?«

Sterling war mit einem Satz beim Schrank und schnappte sich die Glock 36, die ihm wegen des längeren Laufs und der größeren Treffsicherheit besonders für entferntere Ziele lieber war als die Beretta Tomcat, die er üblicherweise trug. Während er wieder am Fenster Aufstellung nahm, machte er Veronica ein Zeichen, zur Tür hinüberzugehen. Die Agenten waren einen halben Block entfernt. Er musste sie aufhalten.

»Wirf deine Klamotten in eine Tasche«, sagte er zu Veronica, die sich hinter ihn gestellt hatte. Er hob das Schiebefenster einen Spalt weit an und schoss zwei Mal auf die mit Strafzetteln zugepflasterte Windschutzscheibe einer alten Rostlaube am anderen Straßenrand. Der Wagen hatte von den anrückenden Beamten so viel Abstand, dass niemand zu Schaden kommen konnte, aber der laute Knall der platzenden Windschutzscheibe war eindrucksvoll genug. Das Rollkommando warf sich zu Boden und robbte hinter der Reihe der parkenden Fahrzeuge in Deckung.

Sterling ließ das Fenster zufallen und packte Veronica. Sie rannten zum Ende des Flurs und die Hintertreppe hinunter. Unten öffnete Sterling leise die Tür des Flurs zur Rezeption und legte den Finger auf den Mund. Nach anderthalb Metern trat er in einen kurzen Seitengang, der blind zu enden schien, doch in die Stirnwand war kaum erkennbar eine mit Wandfarbe überstrichene schmale Eisenklappe eingelassen. Sterling zog an einem Seilzug, und die Klappe fuhr auseinander. Ein dunkles Loch tat sich auf.

»Was ist denn das?«, flüsterte Veronica.

»Ein Speisenaufzug. Los, steig ein.«

Sterling wollte sie hineinschieben, aber sie sperrte sich. »Verdammt, Ronnie, rein da! Wir haben jetzt keine Zeit zum Diskutieren!« Er gab ihr einen kräftigen Schubs, stieg hinterher, zog die Klappe wieder zu und drückte in der Dunkelheit auf einen roten Leuchtknopf an der Seite des Aufzugsschachts. Unter dem Rumpeln und Quietschen von Zahnrädern und Seilzügen setzte sich der Lift in Bewegung.

Sterling hatte den Speisenaufzug anlässlich einer Razzia entdeckt. Eine der Nutten, die hier Stammgast waren, war nicht wie alle anderen nach vorne zur Tür, sondern nach hinten in diesen kleinen Seitengang gerannt. Sterling hatte riskiert, ihr nachzulaufen, und war mit ihr in den Aufzug geklettert. Die Frau hatte ihm damals den Kellergang gezeigt, der an der Rückseite des Gebäudes nach draußen führte. Sie hatte ihm erzählt, dass das Hotel in den späten Dreißigerjahren einem Künstler gehört hatte, der jede Woche große Partys schmiss. Das Personal hatte mit diesem Aufzug den Service bewerkstelligt. Die meisten Angestellten des DeWitt kannten den Speisenaufzug noch nicht einmal, aber Leute wie die Prostituierte, die öfter in aller Eile unbeobachtet aus dem Gebäude verschwinden mussten, hatten dieses Vehikel und den Durchgang zur rückwärtigen Zufahrt schätzen gelernt.

Im Keller angekommen, packte Sterling Veronica an der Hand und zerrte sie durch die Dunkelheit. Nach zwei dicht aufeinander folgenden Wendungen nach links stieß er mit dem Fuß eine Tür auf. Blendendes Tageslicht flutete herein. In der Ferne heulten Polizeisirenen. Es war nur noch eine Frage von Minuten, bis der ganze Block von der Polizei abgeriegelt war. Er rannte mit Veronica in östlicher Richtung in die neunte Straße, wo ihnen aber schon ein Pulk von Polizeifahrzeugen entgegenkam. Sie wandten sich nach Süden in die Avenue C, doch auch dort bretterte ihnen auf der schmalen Straße ein Streifenwagen entgegen.

Am Straßenrand stand ein großer Kastenwagen mit der Aufschrift »Drew's Berufskleidung, Vermietung & Reinigung«. Ein Stück die Straße hinunter kam ein kleiner Mann mit stark behaarten dicken Armen pfeifend aus dem East Village Bed and Coffee Shop und schleppte einen Korb voll schmutziger Arbeitsklamotten herbei. »Los, rein da!«, rief Sterling Veronica zu, hievte sie in den Kastenwagen und hechtete hinterher. Der Gestank von altem Fett, verdorbenen Speiseresten und eingetrocknetem Schweiß raubte ihnen den Atem, als sie sich in den Berg schmutziger Arbeitsbrocken wühlten. Das Pfeifen des Fahrers wurde lauter, das Sirenengeheul des Streifenwagens wischte vorbei. Ein neuer Packen Schmutzwäsche landete auf dem Klamottenberg, die Hecktür wurde zugeschmissen, der Motor sprang an, und ein Autoradio begann zu plärren. Sie fuhren.

Zum Seitenfenster hinauszuschauen war unter dem Wäscheberg unmöglich. Sterling verfolgte die Bewegungen des Lieferwagens im Kopf. Nach ungefähr dreißig Metern hielt der Wagen an, womit sie an der Ecke zur achten Straße angekommen sein mussten. Von Westen brandete lautes Sirenengeheul heran – also näherten sie sich jetzt dem Hotel und der groß angelegten Menschenjagd, die dort in Gang gekommen war. Mit angehaltenem Atem lauerte Sterling darauf, ob die Fahrt nach links in das Getümmel oder nach rechts in die Freiheit weitergehen würde. Er griff nach der Pistole, um dem Fahrer nötigenfalls die gewünschte Richtung nahe zu legen.

Der Motor kam auf Touren. Der Lieferwagen schwang nach rechts und rollte einige Minuten ohne anzuhalten dahin. Statt Sirenengeheul waren jetzt hupende Autos und rumpelnde U-Bahnen zu hören. Vorsichtig schuf sich Sterling ein Guckloch, um zu sehen, wo sie sich befanden. Er sah den Rücken des Fahrers und hätte fast aufgelacht, als er die zwei Telefonbücher bemerkte, die der Mann sich unter den Hintern geschoben hatte, um überhaupt zur Windschutzscheibe hinausschauen zu können. Sterling riskierte einen Blick nach draußen. Der Lieferwagen fuhr jetzt nach Norden. Sie befanden sich vermutlich auf der Avenue D. An der Ecke zur zwölften Straße huschte eine Schule vorbei. Der Lieferwagen hielt an. Der Fahrer stellte die Warnblinker an, sprang aus der Kabine, riss die Seitentür auf und griff sich den Korb für die nächste Ladung.

Er war kaum außer Sichtweite, als Sterling die schmutzige Wäsche beiseite schleuderte und sich aufrichtete.

»Lass uns verschwinden«, sagte er, während er Veronica aus den Klamotten herauswühlte. »Er ist weg, eine neue Ladung holen.«

Als Veronicas Gesicht auftauchte, musste Sterling grinsen. Sie schaute drein, als hätte sie einen Kühlschrank voll verdorbener Lebensmittel aufgemacht.

»Alles klar?«

»Ich stinke wie vergammelter Fisch!«

»Aber vergammelter Fisch hat noch nie so reizend ausgesehen.«

»Nicht schlecht, mein Romeo. Du weißt wirklich, wie man eine Frau bei Laune hält!«

Sterling vergewisserte sich, dass der Fahrer nicht in der Nähe war, stieß die Hecktür auf und sprang mit Veronica hinaus. Zwei Eckensteher, die gemeinsam eine Zigarette qualmten, zeigten anzüglich lachend zu ihnen herüber. Sterling achtete nicht auf sie. Er packte Veronica mit der einen, ihre Tasche mit der anderen Hand und rannte los zur vierzehnten Straße. Veronica deutete aufgeregt nach vorn. Vor einer Eisdiele parkte in der zweiten Reihe ein Mannschaftswagen der Polizei. Sterling blieb an der Fußgängerampel stehen, wartete das Grün ab und überquerte in der Masse der dicht gedrängten Leiber mit Veronica die Straße. In der Menge geborgen, tauchten sie in die U-Bahn-Station ein, liefen die Treppen hinunter und waren Sekunden darauf in einem voll besetzten Wagen der Subway verschwunden, die kreischend mit ihnen durch den dunklen New Yorker Untergrund raste.

41

STERLING TRAT HINAUS auf die hundertachtunddreißigste Straße. Nach einem sichernden Blick nach rechts und links sog er in tiefen Zügen die kühle Abendluft in sich hinein. Er war frisch geduscht, sein Magen war voll, seine Kleidung hatte er gegen ein Paar alte Jeans und eine schwarze Jacke ausgetauscht. Er wandte sich um und betrachtete das alte Gemäuer der Abyssinian Baptist Church. Wenn es überhaupt jemanden gab, dem er Veronica anvertrauen konnte, dann war es Reverend Briggs, der verständnisvolle und beliebte Seelenhirte dieser weithin bekannten Kirchengemeinde in Harlem. Für Sterling war Reverend Briggs der Erlöser schlechthin, aber das hatte nichts damit zu tun, dass Briggs einen gestärkten weißen Priesterkragen trug. Reverend Coleman Briggs und die Therapeutin Dr. Lieteau hatten ihn mit vereinten Kräften den stählernen Klauen der Depression und den ausgetretenen Pfaden einer katastrophalen Lebensführung entrissen. Der willensstarke Gottesmann hatte ihn nie aufgegeben.

Nachdem Sterling im Hotel DeWitt zusammengeschlagen worden war, hatte der Reverend ihn täglich in der Klinik besucht und in sein Haus aufgenommen, als Sterling schließlich in der Lage gewesen war, das Krankenhaus zu verlassen. Mrs. Briggs, eine starke und lebensfrohe Jüngerin Gottes mit einem Sendungsbewusstsein, das sich hinter dem ihres Mannes nicht zu verstecken brauchte, hatte Sterling hochgepäppelt und heilige Eide geschworen, ihn erst dann in die weite Welt hinaus zu entlassen, wenn er fest auf seinen beiden Beinen stand und nicht nur gehen, sondern auch wieder rennen konnte.

Nach dieser Erfahrung war aus Sterling kein besonders religiöser Mensch geworden, aber vor der hohen Christusfigur aus Granit hatte er heute doch unwillkürlich das Kreuzzeichen geschlagen. Er war dankbar, dass ihm im Augenblick der Not in den heiligen Hallen der Abyssinian Church wieder einmal Zuflucht gewährt und für sein leibliches Wohl gesorgt worden war.

An der Ecke des Adam Clayton Boulevard, außerhalb Harlems als siebte Avenue bezeichnet, winkte Sterling ein schwarzes Taxi heran, in dem der Eigner selbst am Steuer saß. In diesen »Gypsy-Cabs« konnte man den Fahrpreis individuell aushandeln. Er einigte sich mit dem munteren Haitianer über den Fahrpreis hinunter zur Pennsylvania Station. Um einer Unterhaltung aus dem Weg zu gehen, nahm er auf dem Rücksitz hinter dem Fahrer Platz, bei dem aber erst nach einigen betont einsilbigen Antworten der Groschen fiel. Der Mann stellte im Autoradio einen Hip-Hop-Sender zum Mitsingen ein – und Sterling konnte endlich ungestört über sein weiteres Vorgehen nachdenken.

Es war erst neunzehn Uhr. Sterling hatte vor, sich den ganzen restlichen Abend mit Wilsons Papieren zu beschäftigen. Er war sicher, dass in den bereits ausgedruckten Dokumenten oder in den E-Mails etwas zu finden war, woraus er Art und Zweck der Beziehung zwischen Wilson und Heidi Voss ableiten konnte. Er rätselte immer noch herum, weshalb Wilson eine Studentin eingeweiht, gleichzeitig aber Mandryka ausdrücklich darum gebeten hatte, den Fall vertraulich zu behandeln, bis der Artikel mit dem Bericht über das Vogelsterben zu Ende geschrieben und veröffentlicht war. Welche Rolle spielte Heidi Voss in diesem Fall? Was hatte sie im Schilde geführt? Vivian Sinclair aus Mortimers Vorzimmer hatte ihr einen phänomenalen Charme attestiert, aber Sterling fragte sich inzwischen, ob es wirklich Charme gewesen war oder nicht vielmehr eine hoch entwickelte Gabe, andere Menschen zu manipulieren.

Sterling ließ sich von dem Taxifahrer an der achten Avenue ein Stück südlich vom Madison Square Garden absetzen. Bevor er in den mächtigen Menschenstrom eintauchte, der sich die Treppen hinunter in den Bauch der Bahnhofshalle ergoss, schaute er sich im Eingangsbereich sorgfältig nach Uniformen oder Agenten um. Er hatte den Zeitpunkt gut gewählt. Der letzte Schwung der Berufspendler füllte die Halle und wartete unter der großen Tafel darauf, dass ihre Züge angezeigt wurden. Er blickte in die Gesichter von erschöpften Männern und Frauen mit Aktenköfferchen und Handtaschen, die auf Brezeln und Sandwiches herumkauten, weil es für ein vernünftiges Abendessen zu spät war, wenn sie endlich zu Hause in den Vorstädten angekommen waren. Sterling ging den Ostkorridor des Bahnhofs hinunter, machte einen Umweg um das Häuschen der Nationalgarde und schlüpfte in den Gang mit den Schließfächern. Er holte den Karton aus dem Fach und hastete im Pulk der eiligen Menge zu den U-Bahn-Anschlüssen. Bevor er durchs Drehkreuz auf den Hochbahnsteig hinaufging, zog er die Wollmütze tief ins Gesicht. Nach einer nur Sekunden währenden Wartezeit sprang er in die Subway Nummer neun und fuhr Richtung Uptown.

Es war das zweite Mal seit Jahren, dass er wieder mit der Subway fuhr – und es verstärkte nur die Sehnsucht nach seinem Porsche. Er hätte gern gewusst, ob sein Wagen schon beschlagnahmt worden war, offiziell zur Sicherstellung von Beweisen, aber natürlich mit dem Hauptzweck, ihn fertig zu machen. Die ganze Dienststelle wusste, wie sorgsam er mit seinem Fahrzeug umging. Als er sich Skip Dumars mit den Pfoten am Lenkrad seines schwarzen Schätzchens vorstellte, wurde ihm fast schlecht. Inzwischen hatte man wohl auch seine beiden Wohnungen, die eine unten in Virginia und die andere hier in der Stadt, auf den Kopf gestellt. Skip Dumars dürfte sich ein besonderes Vergnügen daraus gemacht haben, in seinen persönlichen Sachen herumzuwühlen. Sterling schickte ein Stoßgebet gen Himmel, dass ihm nicht die Rechnungen der Psychiaterin in die Hände gefallen waren.

An der Station Hundertsechzehnte Straße/Columbia Universität stieg er aus. Gleich hinter dem Eingang der Uni entdeckte er ein internes Campustelefon. Er wählte die Vermittlung und erkundigte sich nach der Nummer von Bettie Hill im Institut für Psychologie.

Bettie war eine Ex-Freundin aus Sterlings stürmischer Zeit, aber anders als bei seinen anderen Verhältnissen waren sie in Freundschaft und mit dem Gefühl der Befriedigung auseinander gegangen. Sie hatten miteinander einen lustvollen Sommer verlebt, wobei ihnen von Anfang an klar gewesen war, dass es keine Sache für ewig sein würde. Bettie nahm ihre Promotion genauso ernst wie Sterling sein Junggesellendasein. Ohne große Diskussion hatten sie beide gewusst, wann es vorbei gewesen war.

»Apparat 2498«, sagte die Telefonistin. »Soll ich Sie gleich durchstellen?«

»Ja, bitte.« Sterling hörte es klingeln. Wenn Bettie nicht gerade eine Vorlesung gab, war sie so gut wie immer in ihrem Büro anzutreffen. Die gnadenlos ehrgeizige Akademikerin hatte sehr früh ihren Doktor gemacht und eine Anstellung am Psychologischen Institut der Columbia Universität ergattert, wo ihre Hörer gelegentlich zweimal so alt waren wie sie selbst.

»Hill«, meldete sich knapp und kurz angebunden eine Frauenstimme. Es war deutlich herauszuhören, dass das klingelnde Telefon die Sprecherin bei einer wichtigen Arbeit gestört hatte.

»Blinky, ich bin's«, sagte Sterling. Er benutzte den Kosenamen, den er ihr in jenem Sommer gegeben hatte. Er hatte etwas mit dem sehr knappen Sitz der rosa Höschen zu tun, in die sie sich damals nicht ungern gezwängt hatte.

»Sterling Bledsoe?«

»Höchstpersönlich!«

»Was um alles in der Welt hast du die ganze Zeit gemacht?« Ihr Ton war munterer geworden.

»Mal dies, mal das«, sagte Sterling. »Im Grunde immer dasselbe: Böse Buben fangen und nach einer reichen Frau Ausschau halten, damit ich mir ein Rentnerdasein im Golfclub leisten kann, wenn es so weit ist.«

»Du siehst immer noch alles viel zu pessimistisch. Alles wird anders, aber nichts ändert sich!« Es war einer ihrer Lieblingssprüche gewesen.

»Und du, Blinky? Was machst du? Lass mich mal raten: Du sitzt gerade über einem Stoß Seminararbeiten und streichst deinen armen Studenten alles rot an.«

»Könnte stimmen. Bis zum Semesterschluss muss ich noch jede Menge Rückstände aufarbeiten. Wenn nur schon Ferien wären! Also, was verschafft mir das Vergnügen? Ich darf doch annehmen, dass du mich nicht angerufen hast, um dich mit mir über mein trübseliges Dozentendasein zu unterhalten.«

»Blinky, um gleich zur Sache zu kommen, ich brauche deine Hilfe, und zwar sofort.«

»Oha! Als ich dir das letzte Mal behilflich war, habe ich plötzlich im Central Park auf dem Rücken gelegen und über mir die Sterne gesehen.«

»Aber es hat dir doch genauso viel Spaß gemacht wie mir.«

»Das habe ich auch nicht bestritten. Es hat mich nur einen ganzen Sommer zurückgeworfen.«

Sterling erinnerte sich noch gut an jenen ersten Abend. Sie waren sich vor der Butler Library begegnet. Sie wollte ins Kino, allein, und er hatte die Fayweather Hall gesucht. Sie hatte die Haare unter eine Yankee-Baseballmütze gesteckt und auf ihre Lippen gerade so viel Lippenstift aufgetragen, dass er sie am liebsten tagelang geküsst hätte. Er hatte sie nach dem Weg gefragt, und nach kurzem Geplänkel hatte der Abend beiderseits einen völlig ungeplanten Verlauf genommen.

»Diesmal brauche ich keine Wegbeschreibung«, sagte Sterling lachend. »Ich möchte mir nur für kurze Zeit deinen Computer borgen.«

Sie war perplex. »Meinen Computer? Wieso das?«

»Ich müsste ein paar Sachen ausdrucken. Aber ich brauche die Ausdrucke bald.«

»Wie bald?«

»Jetzt gleich.«

»Habt ihr beim FBI keine Computer?«

Die Frage war verständlich. »Das lässt sich jetzt alles nicht auf die Schnelle erklären«, sagte Sterling. »Ich brauche einfach nur kurz deinen Computer und deinen Drucker. Und deine Diskretion.«

»Meine Diskretion? Sterling, steckst du in irgendwelchen Schwierigkeiten?«

»So krass würde ich es nicht ausdrücken. Es ist nur vorübergehend. In ein paar Tagen ist alles wieder paletti. Also, hilfst du nun einem alten Freund?«

»Sterling, ich weiß nicht. Ich habe hier noch zwanzig Arbeiten auf meinem Schreibtisch liegen, die bis morgen Früh alle korrigiert und benotet sein müssen.«

»Ich verspreche dir, dass es nicht lange dauert.« Eine Pause entstand. Sterling spürte, dass Bettie ihn gerne abgewimmelt hätte.

»Weißt du noch den Weg zu meinem Büro?«

»Wie könnte ich den jemals vergessen?«

* * *

»Du hast aber nicht gesagt, dass du so viel zum Ausdrucken hast!« Bettie Hill hatte die Fäuste in die Hüften gestemmt und betrachtete unwirsch den Karton. »Das dauert doch die ganze Nacht!«

»Ach was, in zwei Stündchen ist alles erledigt«, sagte Sterling, drückte ihr einen langen Kuss auf die Wange und mogelte sich an ihr vorbei zum Computer. Auf einer Ecke von Betties Schreibtisch brannte eine Räucherkerze und verbreitete Jasminduft. Typisch für sie befand sich alles in peinlicher Ordnung, einschließlich der Filzstifte, die alle mit dem Käppchen zur gleichen Seite fein säuberlich ausgerichtet auf der Glasplatte lagen.

»Wärst du wenigstens so freundlich, mir zu sagen, was das alles soll?«

»Kann ich nicht.« Sterling schob die erste CD in das Laufwerk des Rechners und klickte mit der Maus den Druckbefehl des ersten Dokuments an.

»Kann ich mir Schwierigkeiten einhandeln, wenn ich dir jetzt helfe?« Bettie saß ihm inzwischen an ihrem Schreibtisch gegenüber. Mit der eckigen, schwarz gerahmten Brille und dem langen Pferdeschwanz glich sie mehr einem Schulmädchen als einer Professorin.

»Blinky, ich würde dich niemals in einer Weise in einen Fall hineinziehen, dass es für dich brenzlig wird«, sagte er. »Deswegen verrate ich dir auch nicht, was ich hier mache. Wir müssen uns nur einig sein, dass du dich für das hier überhaupt nicht interessierst. Man kann dich nicht für Dinge verantwortlich machen, von denen du keine Ahnung hast.«

Bettie griff nach dem Papierstapel auf ihrem Schreibtisch und begann wieder zu korrigieren. Gelegentlich hob sie den Blick zu Sterling, der auf die Tastatur einhämmerte und den Drucker auf Hochtouren laufen ließ. In den folgenden beiden Stunden wechselte er einmal die Tonerkassette und füllte viermal den Papierschacht auf. Bettie versuchte sich auf ihre Arbeit zu konzentrieren, aber ihr Blick wanderte unwillkürlich immer wieder zum Bildschirm. Sie hätte gern gewusst, wozu Sterling so viele E-Mails ausdruckte, aber sie war schlau genug, keine Fragen zu stellen.

Sterling arbeitete sich systematisch durch die CDs. Während er die E-Mails ausdruckte, kontrollierte er auf dem Bildschirm, ob Korrespondenz von Heidi Voss darunter war. Als die letzte CD lief und er den Namen Heidi Voss weder in einem Adressenfenster noch im laufenden Text entdeckt hatte, merkte er endlich, dass er nach dem falschen Namen gesucht hatte. Der Computer hatte die Namen von Absendern und Empfängern in alphabetischer Reihenfolge aufgelistet. Ganz unten auf dem Bildschirm flimmerte jetzt ein Name, der ihm schlagartig das Gespräch mit Kanti ins Gedächtnis rief.

Der Name lautete WOGAN.

42

STERLING FAND EINEN unbesetzten Tisch in der Ecke der Butler Library auf der vierten Etage der Columbia Universität. Er hängte seine Jacke neben sich über eine Stuhllehne und sortierte die E-Mails nach Absendern. Der dickste Packen erwies sich als E-Mails von Wogan. Die ersten fünfzig Mails waren nichts Besonderes und hätten auch von anderen Studenten stammen können. Heidi Voss studierte zwar auf der Ingenieurschule im Abschlusssemester, schien sich aber sehr eingehend für Wilsons Forschungen interessiert zu haben. Sie schrieb, von der Natur sei sie schon immer fasziniert gewesen. Ihre Mutter habe ihre Begeisterung geteilt, aber darauf bestanden, dass Heidi, wenn sie ernst genommen werden und ein vernünftiges Auskommen haben wollte, etwas »Richtiges« studieren und abschließen müsse.

Sterling beschäftigte sich nicht nur mit dem Inhalt, sondern auch mit dem Ton der E-Mails. Der Austausch war von Anfang an herzlich und nahm bald eine persönlichere Note an. Heidi ließ durchblicken, dass sie sich in Mrs. Potters großem Farmhaus einsam fühlte und Schwierigkeiten hatte, Anschluss zu finden. Ihre Kommilitonen seien alle nur an Gesprächen über technische Themen und das Studium interessiert, während sie sich gerne auch mal über Filme und Musik unterhalten hätte. Wilson reagierte darauf, wie jeder besorgte Pädagoge reagieren würde, indem er vorschlug, sie könne doch das Zentrum für studentische Freizeitgestaltung besuchen oder die Sportangebote des College wahrnehmen, die auch den höheren Semestern offen stünden. Auf dem Höhepunkt der Korrespondenz hatten sie täglich zwei bis drei Mails ausgetauscht. Und dann brachen die E-Mails plötzlich ab.

Mit einem Blick auf die Datierungen zählte Sterling die Mails. Im Laufe von zwei Monaten hatten Heidi Voss und Wilson über zweihundert E-Mails ausgetauscht – eine sehr hohe Zahl, wie immer man es betrachtete, zumal Heidi Voss ja noch nicht einmal bei Wilson studierte.

Die nächste E-Mail kam erst einige Monate später. Sie war wie gewohnt an »PB«, für Professor Bledsoe, adressiert.

PB
Wie kommen Sie mit Ihren Nachforschungen voran? Ich habe selbst etwas nachgeforscht, aber keine Sorge, ich habe weder Ihren Namen noch Ihre Entdeckung erwähnt. Ich glaube, dass dieses Problem in anderen Teilen des Upper Valley auch besteht. Ich habe jemanden kennen gelernt, dem bekannt ist, dass das Problem mit den Rotschulterstärlingen auch in anderen Regionen der Berge vorkommt. Ich werde Ihnen mitteilen, was ich herausbekomme. Unsere Gespräche fehlen mir. Ich hoffe, dass wir uns bald sehen werden.
HV

Sterling las die Nachricht mehrfach durch. Es war die erste Erwähnung der Rotschulterstärlinge. Wort für Wort klopfte er die Sätze ab, bevor er Wilsons Antwort suchte.

Sie stammte noch vom gleichen Tag, wenige Stunden später, gegen einundzwanzig Uhr.

HV
Ich bin sehr neugierig, was Sie über die Vögel herausgefunden haben. Ich glaube, wir unterhalten uns darüber besser persönlich und nicht über E-Mail. In der letzten Woche habe ich wieder fünfzig Kadaver gefunden. Jedes Mal der gleiche Befund, keinerlei äußere Einwirkung, die einen Schluss auf die Todesursache zuließe. Ich habe Professor Mandryka hinzugezogen. Er wird mir helfen, der Sache auf den Grund zu gehen. Wir haben ja schon darüber gesprochen, dass Ihre absolute Verschwiegenheit in dieser

Angelegenheit unerlässlich ist, auch weiterhin. Ich freue mich sehr, dass wir uns bald wieder sehen werden. Unsere Gespräche fehlen mir.
PB

Sterling fiel die Dringlichkeit in Wilsons Formulierungen auf, nicht nur in Bezug auf die Vögel, sondern auch auf Heidi Voss selbst. Im Schlusssatz des Briefs war eine gewisse Zuneigung unverkennbar. Sterling fragte sich, ob Mandryka von Heidi Voss wusste.

Heidi Voss' nächste E-Mail war ein paar Tage später datiert.

WB
Vielen Dank, dass Sie mich heute Früh auf Ihren Gang mitgenommen haben. Ich lebe nun schon seit fast zwei Jahren auf diesem Land und habe nie gemerkt, wie nahe ich an einem intakten Stück Natur wohne. Die Unberührtheit der Natur in diesen endlosen Bergen erinnert mich an die Spaziergänge mit meiner Mutter, als ich noch ein kleines Mädchen war. Wir haben stundenlang neue Pflanzen und Tiere entdeckt und ihnen spielerisch einen Namen gegeben. Als wir heute Morgen diese toten Vögel gefunden haben, ist mir wieder bewusst geworden, wie grausam und arrogant der Mensch sein kann. Manchmal schäme ich mich, dazuzugehören. Diese toten Vögel zu sehen hat mich davon überzeugt, dass in diesen großartigen Bergen das Böse lauert. Ich möchte Ihnen helfen, der Sache auf den Grund zu gehen. Sie können mir rückhaltlos vertrauen. Und vielen Dank dafür, dass Sie sich heute Morgen mei-

ne Ergüsse über meine Einsamkeit angehört haben. Sie sind ein sehr lieber Mensch.

HV

Wilsons Antwort war nur kurz. Er brachte seine Freude über den gemeinsamen morgendlichen Erkundungsgang zum Ausdruck und erklärte, er stünde am Spätnachmittag zu jeder gewünschten Stunde zur Verfügung, um mit ihr über die Vögel zu sprechen. Er habe um fünfzehn Uhr eine einstündige Sitzung über die Zuteilung von Forschungsgeldern, aber danach sei er für den Rest des Tages jederzeit verfügbar.

Sterling arbeitete sich weiter durch die E-Mails. Er verfolgte den Gang von Wilsons und Heidi Voss' Gesprächen über die toten Vögel, aber auch die wachsende Vertraulichkeit ihres Tons. Da war nichts, worauf er den Finger hätte legen können, gleichwohl war da etwas. Es gab auch Mails, die sich überhaupt nicht mit den Vögeln befassten, sondern mit Filmen oder Büchern, die sie beide gesehen oder gelesen hatten. Sie sandten sich E-Mails zu jeder Tages- und Nachtzeit. Manchmal uferten sie geradezu aus, manchmal fassten sie sich sehr kurz.

Sterling stieß auf eine E-Mail, die Heidi Voss nachts um halb zwei losgeschickt hatte.

WB

Danke.

HV

Sterling hob die Augen vom Papier und schaute sichernd den leeren Zwischengang entlang, fast als würde er befürchten, jemand könne die E-Mail mitlesen. Eine merkwürdige Mischung aus Traurigkeit, Zorn und Verwirrung füllte beklemmend seine Brust. Er rieb sich die Augen, als könne er damit die Worte auf dem Papier auslöschen. Wieder und wieder blickte er auf das Blatt und las, was da geschrieben stand. Schließlich sprach er sich selbst den Satz vor, den sein Verstand zur Kenntnis zu nehmen sich weigerte: Wilson hatte mit Heidi Voss ein Verhältnis gehabt. Ein Verhältnis. Zwei Wörter nur, aber auf einmal zog sich durch alles ein roter Faden – die vielen Gespräche hinter verschlossener Tür, an die Kelton sich erinnert hatte, und Heidi Voss' regelmäßige Besuche im Labor, obwohl sie mit den Forschungsprojekten überhaupt nichts zu tun hatte. Sterling rief sich das Foto in Erinnerung, auf dem Heidi Voss neben Wilson stand und die Hand auf seiner Schulter ruhen ließ, als hätte sie es darauf angelegt, dass die ganze Welt von ihrer Liebesbeziehung erfuhr.

Er überprüfte das Datum dieser E-Mail. Sie war weniger als drei Wochen alt und nur zwei Tage vor Wilsons Ermordung abgeschickt worden. Er suchte Wilsons Erwiderung. Es gab keine. Es war die letzte E-Mail, die sie miteinander ausgetauscht hatten.

Ein kurzes Gongsignal tönte von der Decke herab. Sterling schreckte hoch und sah auf die Uhr. Dreiundzwanzig Uhr dreißig. Die Bibliothek machte in einer halben Stunde zu. Eine Studentin ging durch die Tischreihen, rückte geräuschvoll die Stühle zurecht und brachte die liegen gebliebenen Bücher wieder an ihren Platz im Regal zurück. In einem Tonfall, den man nur als gewollt penetrant bezeichnen konnte, verkündete sie, wer über Nacht Bücher nach Hause mitnehmen wolle, habe sich jetzt umgehend zur Ausleihe zu begeben.

Sterling vertiefte sich wieder in die E-Mails. Nach einer eiligen Bestandsaufnahme sortierte er alles aus, was den Institutsalltag betraf – Terminabsprachen mit Studenten, Kollegenklatsch und so weiter. Aus Wilsons E-Mails sprach ein enormes Selbstbewusstsein, manchmal sogar eine Schnoddrigkeit und ein Sarkasmus, die Sterling Wilson nie zugetraut hätte.

Sterling fielen bestimmte Muster von Wilsons Korrespondenz auf. Personen wie Juri Mandryka, mit denen er auf vertrautem Fuß stand, titulierte er mit den Initialen ihres Vor- und Zunamens – JM zum Beispiel. Nur wenn er um eine eher förmliche Note bemüht war, zeichnete er mit Professor Bledsoe, ansonsten einfach mit PB. Er selbst wurde fast ausnahmslos mit Professor angeredet. Ein paar seiner Studenten hatten ihm alberne Kettenbriefe zugeschickt, die er erstaunlicherweise nicht gelöscht, sondern brav weitergesandt hatte.

Die E-Mails dokumentierten auch Wilsons Bereitschaft zur rückhaltlosen Unterstützung seiner Studenten, die für ihn so etwas wie seine Kinder waren. Auch wenn er bei miserablen Arbeiten oder vermurksten Forschungsprojekten ein hartes Wort der Kritik sprechen musste, tat er es nicht auf eine verletzende oder kränkende Weise. Mit dem Motivationstalent eines geschickten Sporttrainers ließ er es nicht dabei bewenden, auf die Schwächen hinzuweisen, sondern arbeitete sorgfältig auch das heraus, was gut und brauchbar gewesen war.

Sterling las die Korrespondenz zwischen Wilson und Mandryka abermals durch. Wilson hatte sich in den ersten Monaten des vergangenen Jahres zum ersten Mal an Mandryka gewandt und dessen Rat wegen der vielen toten Stärlinge gesucht. Die E-Mail war inhaltlich relativ vage, aber sehr ernst im Ton. Im Zeitraum von fünf Monaten hatten Wilson und Mandryka über fünfzig Mails ausgetauscht, wobei sie fast so etwas wie einen Code benutzten. Nur ein einziges Mal nannte Wilson das Vogelsterben beim Wort, und als Mandryka mit detaillierten Informationen zur Anatomie der Vögel antwortete, hatte Wilson ein Treffen unter vier Augen vorgeschlagen. Danach wurde die Fährte kalt. In den Mails der letzten Monate wurden das Vogelsterben oder Hypothesen zu seiner Ursache überhaupt nicht mehr thematisiert.

Als Nächstes nahm Sterling sich die E-Mails von Präsident Mortimer vor. Es waren etwa zwanzig, in der Regel kurz, förmlich und nichts sagend: eine Einladung zu einer Sitzung des Beraterstabs des Präsidenten oder eine Erinnerung, dass zu Ehren eines Professors im Club der jeweiligen Fakultät ein Essen stattfand. Gelegentlich fand sich am Ende von Mortimers kurzen Botschaften eine Zeile, in der er Kay seine Grüße ausrichtete, aber seine Worte waren gedruckt genauso hohl wie gesprochen. Der Rest der E-Mails stammte nicht von Mortimer persönlich, sondern von seinem Büro. Es waren die üblichen Papierkorbfüller über neu ernannte Lehrstuhlinhaber oder Jubelbulletins über ein weiteres Programm, das die ohnehin unübertreffliche Tradition von Dartmouth in noch größere Höhen zu tragen geeignet war.

Sterling schlug eine neue Seite in seinem schwarzen Buch auf und machte sich Notizen. Das bislang so lückenhafte Bild begann sich allmählich zu füllen.

Das Kreischen eines Metallstuhls auf Kachelboden ließ Sterling hochschrecken, wobei er eher zufällig eine Bibliotheksaufseherin bemerkte, die wie gebannt mit offenem Mund zu ihm herüberstarrte – aber eigentlich nicht zu ihm, sondern auf etwas nah bei ihm am Tisch.

Sterling folgte ihrer Blickrichtung und landete bei dem Stuhl mit seiner Jacke. Als er den Stuhl heranzog, wurde ihm offenbar, was die Aufseherin so sehr in den Bann gezogen hatte – seine Pistole, die aus der Innentasche seiner Jacke ragte. Sie war offen zu sehen. Hastig schlug er die Jacke darüber. Als er wieder aufblickte, war die Frau in einem der Gänge verschwunden.

Sterling wusste, dass er sich schleunigst verziehen musste. Als er anfing, die E-Mails in zeitlicher Reihenfolge aufeinander zu stapeln, hörte er am anderen Ende des Saales Schlüssel klappern. Er sah auf und erblickte die Bibliotheksaufseherin, die mit zwei grau uniformierten Leuten eines kommerziellen Sicherheitsdienstes im Anmarsch war, wobei sie auf die beiden einredete und in Sterlings Richtung zeigte. Der eine der beiden sprach in sein Sprechfunkgerät, der andere zog gerade einen Gummiknüppel. Sterling warf die Papiere in den Karton und griff nach seiner Jacke. Die Sicherheitsleute verfielen in den Laufschritt. Sterling rannte durch den Mittelgang nach hinten und stürmte durch die Tür zum rückwärtigen Treppenhaus. Mit wenigen Sprüngen bewältigte er eine ganze Etage und wollte gerade die nächste in Angriff nehmen, als er von unten Schritte heraufstürmen und ein Sprechfunkgerät plärren hörte. Er schnappte die Worte »Waffe« und »Vorsicht!« auf. Über ihm wurde die Tür aufgestoßen. Die Stimme der Aufseherin schallte herab.

Sterling machte kehrt und rannte in die dritte Etage hinein. Durch einen engen Durchgang gelangte er in einen abgeschiedenen Teil der Bibliothek mit kleinen Büros und langen, staubigen Regalreihen. Er folgte einem Leuchtschild »Ausgang«, das ihn in enge, dunkle Flure führte. Nach zwei kurz aufeinander folgenden Linkswendungen und einem weiteren kurzen Flur befand er sich in einem anderen Treppenhaus. Sein Adrenalinspiegel war zu hoch, als dass er das Brennen seiner Beinmuskeln gespürt hätte. Zwei, drei Stufen auf einmal nehmend, rannte er nach unten. Die letzten fünf Stufen nahm er mit einem Satz und stieß die Tür des Notausgangs auf. Die Alarmsirene plärrte los. Kühle Nachtluft umfing ihn.

Von rechts schlugen ihm gelbe Blinklichter und die Sirenen der Polizeifahrzeuge entgegen, die an der Ecke von Broadway und hundertvierzehnter Straße ein Verkehrschaos veranstalteten. Polizisten stürmten durch die Tore an der Westseite des Campus, brüllten in ihre Sprechfunkgeräte und rissen die Revolver heraus. Sterling flüchtete nach links, Richtung Amsterdam Avenue. Er rannte bei Rot durch den fließenden Verkehr quer über die Straße zur Rückseite des St. Luke Hospitals, wo zwei Sanitäter gerade aus einem Krankenwagen die Tragbahre mit einer alten Frau herauszogen, in deren ausgemergeltem Körper ein Wirrwarr von Schläuchen und Drähten steckte.

Sterling rannte aus Leibeskräften – so schnell, wie es mit einem schweren Karton unter dem Arm und steifen neuen Stiefeln an den Füßen eben ging. Am Ende der Straße sprang er über einen niedrigen Zaun und landete in einem dunklen Park. Das Sirenengeheul verebbte.

Er fiel ins Joggingtempo, wobei er nach Möglichkeit die schwach beleuchteten Parkwege mied und sich im Dunkeln hielt. Obdachlose hatten längs der Wege eine Pappkartonsiedlung aufgebaut. Sterling hörte, wie sie sich aus einer unbequemen Stellung in die andere wälzten. Er vernahm auch das klägliche Geschrei eines hungrigen Babys und das schläfrige Geschimpfe einer Frau, die sich Ruhe ausbat.

Das war kein Park, in dem Kinder Gänseblümchen pflückten und bunten Luftballons nachliefen. Überall lagen gebrauchte Kondome und zerbrochene Spritzen im Gras herum. Unter den flackernden Laternen glitzerten tückisch die Scherben von zerbrochenen Bierflaschen und machten den Weg gefährlich. Sterlings Hand umklammerte den Griff der Pistole in seiner Tasche, um die Waffe nötigenfalls schnell ziehen zu können.

An der Manhattan Avenue stürmte er wieder aus dem Park heraus. Er winkte ein verbeultes Gypsy-Cab herbei, das auf Kundensuche die Gegend abklapperte, rief dem Fahrer die Adresse der Abyssinian Church zu und ließ sich keuchend und erschöpft in den Sitz fallen. Das Herz wummerte in seiner Brust. Seine Muskeln hatten sich zu schmerzenden Knoten verkrampft. Er hätte sich selbst ohrfeigen können, dass er mit der Pistole so unvorsichtig gewesen war. Wahrscheinlich war er schon identifiziert, wenn nicht, würde die Überprüfung der Überwachungskameras schnell den Nachweis bringen.

Sterling bezahlte den Taxifahrer und ließ sich an der Abyssinian Church absetzen. Als er die Hintertreppe hinaufsteigen wollte, kam ihm plötzlich eine Idee. Es war ein Schuss ins Ungewisse, aber die Zeit lief ihm allmählich davon, und einen Versuch war es allemal wert. Er ging zu der Telefonzelle an der Ecke und wählte die Privatnummer seines früheren Lehrers und Mentors, Ex-Field-Officer Martin Gilden.

»Hallo?«, meldete sich eine alte Frau. Ihre matte Stimme klang schläfrig.

»Ich möchte bitte Professor Gilden sprechen«, sagte Sterling. Er hatte Gilden immer Professor genannt, auch noch, als er selbst schon ins »Büro« eingetreten war.

»Er ist schon zu Bett gegangen«, hörte Sterling die alte Frau sagen. »Können Sie nicht morgen Vormittag noch einmal anrufen?«

»Tut mir Leid, Ma'am, dass ich so spät anrufe, aber würden Sie ihm bitte sagen, dass Agent Sterling Bledsoe am Apparat ist? Ich bin sicher, er wird meinen Anruf entgegennehmen.«

Am anderen Ende der Leitung entstand eine Pause. »Warten Sie bitte.«

Sterling hörte im Hintergrund Schritte und dann eine Stimme, die er schon mindestens zehn Jahre nicht mehr vernommen hatte. »Bledsoe, mein Junge! Haben Sie in Ihrem verdammten Haus keine Uhr?«

»Ich bedauere aufrichtig, Professor, aber ich hätte mir nicht erlaubt, Sie so spät noch anzurufen, wenn ich nicht sehr unter Druck stünde.«

Sterling hörte, wie der Hörer zugehalten wurde. »Reg dich nicht auf, Schatz, leg dich wieder hin«, hörte er wie von fern her Gilden sagen. Gilden wartete offenbar ab, bis seine Frau gegangen war. »Ist bei Ihnen alles okay?«, meldete er sich dann flüsternd wieder.

Sterling stieß langsam die Luft aus. »Den Umständen entsprechend, ja.«

»Was haben Sie denn für Schwierigkeiten?«

»Ich arbeite an einem Fall und brauche Ihre Hilfe.«

»Sie brauchen Hilfe in einem Fall? Bledsoe, mit so etwas habe ich mich seit zwanzig Jahren nicht mehr befasst.«

»Das weiß ich, Sir, aber Ihre Devise lautet doch ›einmal im Büro, immer im Büro‹ – das haben Sie selbst einmal zu mir gesagt. Ich vertraue darauf, dass das ernst gemeint war.«

Gilden stieß einen langen, nachdenklichen Seufzer aus. »Sekunde mal. Lassen Sie mich nach unten ans andere Telefon gehen.«

Sterling wartete. Er wusste, bei der groß angelegten Menschenjagd, die Murphy gegen ihn in Gang gesetzt hatte, konnte das durchaus die letzte Gelegenheit sein, an Informationen aus seiner eigenen Behörde zu kommen. Er hatte schon daran gedacht, den einen oder anderen Agenten anzurufen, mit dem sich über die Jahre ein freundschaftliches Verhältnis entwickelt hatte, den Gedanken aber verworfen. Es war einfach zu ungewiss, ob sich ein Aktiver so weit aus dem Fenster lehnen würde. Das »Büro« war immer noch eine dumpf vor sich hin gärende politische Jauchegrube, auch wenn es darum ging, einem Kollegen, der unzählige Male sein Leben riskiert hatte, aus der Patsche zu helfen.

»Dann erzählen Sie mal, woran Sie sich zurzeit die Zähne ausbeißen.« Gilden war wieder dran. Er klang jetzt wie sein altes Selbst, kühl und kontrolliert.

»Am Fall meines Bruders.«

»Wilson?«

»Ja. Er ist ermordet worden.«

Sterling wusste, dass seine Worte Gilden getroffen haben mussten wie ein Fausthieb in den Magen. In diesem Beruf gewöhnte man sich an Morde und Leichen, aber wenn die eigenen Leute davon betroffen waren, war es immer eine schlimme Nachricht.

»Ich habe unlängst noch gelesen, dass er einen renommierten wissenschaftlichen Preis gewonnen hat«, sagte Gilden. »Das kann höchstens ein paar Monate her sein. Was ist passiert?«

Sterling zögerte. Er wusste nicht, ob er sich durch das Hinzuziehen von Gilden nicht einen Haufen zusätzliche Schwierigkeiten einhandeln würde, aber nachdem ihm Skip Dumars im Nacken saß und sein Chef in Schadensbegrenzung machte, hieß es jetzt »friss oder stirb«. Er breitete alles vor Gilden aus, von dem Moment, als Kay und Hanlon ihn angerufen und von Wilsons Verschwinden erzählt hatten, bis zur letzten E-Mail von Heidi Voss an Wilson. Gilden hörte wie jeder gute Agent die meiste Zeit nur zu und stellte lediglich ab und an eine klärende Zwischenfrage. Und dann tat Sterling etwas, was er außer vor seiner Therapeutin Dr. Lieteau noch nie getan hatte: Er erzählte Gilden von seinem schwierigen Verhältnis zu seinem Bruder und den Misslichkeiten seiner Kindheit, in der sich in ihm eine solche Animosität gegen Wilson aufgebaut hatte, dass er es noch nicht einmal ertragen hatte, wenn jemand Wilsons Namen nannte. Den größten Teil seines Lebens hatte er kein anderes Ziel gekannt, als aus Wilsons Schatten herauszutreten und sich selbst zu beweisen, dass auch er etwas auf dem Kasten hatte. Gilden ließ ihn ohne jegliche Unterbrechung mit seinen Bekenntnissen zu Ende kommen.

Als Sterling schließlich verstummte, stellte Gilden eine Frage, die Sterling ein freudiges Grinsen ins Gesicht trieb. »Und was kann ich dazu beitragen, um Ihnen diese Schweinehunde ans Messer zu liefern?«

»Professor, ich möchte nicht, dass Sie sich für mich in die Nesseln setzen.«

»Seien Sie nicht albern. Ich weiß doch, wie das läuft. Man will Ihnen aus den Kulissen Knüppel zwischen die Beine werfen. Und außerdem, was will man mir schon anhaben? Ich bin nicht mehr aktiv, und an meine Pension kann auch keiner ran. Im Büro sitzt ja kaum noch einer, der überhaupt weiß, dass ich noch lebe.«

Sterling konnte Gildens Entschlossenheit geradezu körperlich spüren. »Mein Problem ist Heidi Voss«, sagte Sterling. »Es macht mich vollkommen fertig, aber es führt einfach kein Weg an der Erkenntnis vorbei, dass mein Bruder mit ihr ein Verhältnis gehabt hat. Ich weiß nicht, ob er daran gedacht hat, Kay zu verlassen, oder ob er sich gar in eine Lage hineinmanövriert hat, aus der es für ihn keinen Ausweg mehr gab. Aber wenn ich mir andererseits Heidi Voss' letzte E-Mail ansehe, habe ich den Eindruck, dass die Sache allmählich einseitig geworden ist. Ich glaube, Wilson hat Schluss machen wollen, aber wie auch immer, er muss Heidi Voss ziemlich verfallen gewesen sein.«

»Sterling, Ihr Bruder wäre nicht der erste Professor, der mit einer Studentin ein Techtelmechtel angefangen hat. Aber für einen Mord ist mir das zu wenig.«

Sterling war ganz seiner Ansicht. Für ihn war klar, dass das Vogelsterben, Wilsons Forschungen und sein Seitensprung eine Art unseliges Dreieck bildeten.

»Eben, da steckt mehr dahinter als nur ein Techtelmechtel«, sagte Sterling. »Jedes Mal, wenn ich in diesem Fall auf eine neue Spur stoße, lande ich gleich wieder bei dieser Heidi Voss. Sie hatte überall ihre Finger drin.«

»Sie möchten also, dass ich den Hintergrund dieses Mädchens durchleuchte?«

»An so etwas hatte ich gedacht. Ich kann jetzt niemanden mehr aus der Firma anrufen und um Hilfe bitten. Das ist inzwischen zu riskant. Aber wenn man ein bisschen graben würde, ließe sich bestimmt etwas finden.«

»Buchstabieren Sie mir doch bitte den Namen.«

»V-O-S-S.«

»Und wo kommt sie her?«

Sterling blätterte in seinem Notizbuch zu dem Gespräch im Farmhaus von Mrs. Potter. »Die alte Dame, bei der sie gewohnt hat, hat gesagt, sie kommt aus Stuttgart in Deutschland.«

»Kennen Sie den Geburtsnamen der Mutter?«

»Leider nein.«

»Hat sie sonst noch einen Namen?«

»Der Indianerstamm, der dort oben bei Hanover ansässig ist, hat sie Wogan genannt, aber sonst hieß sie wohl überall nur Heidi.«

»Wie kann ich Sie erreichen, wenn ich etwas finde?«

Sterling gab ihm die Nummer der Abyssinian Baptist Church. »Fragen Sie nach Reverend Briggs oder Mrs. Briggs. Falls zufällig beide nicht im Haus sein sollten, hinterlassen Sie bitte keine Nachricht, sondern versuchen Sie es später noch einmal. Aber einer von den beiden müsste tagsüber eigentlich immer zu erreichen sein.«

Gilden würde mit seinen wenigen Kontaktpersonen Verbindung aufnehmen müssen, die er im deutschen Bundeskriminalamt noch hatte. »Ich werde aber mindestens vierundzwanzig Stunden brauchen«, sagte er.

»Das macht nichts, aber sind Sie sicher, dass Sie nicht in Schwulitäten geraten, wenn es Nachforschungen gibt?«, fragte Sterling besorgt.

»Ach was, wenn man den Deutschen etwas zugute halten kann, dann ihre Geheimniskrämerei!«, sagte er.

»Vielen Dank für Ihre Hilfe, Professor.«

»Bledsoe, passen Sie gut auf sich auf. Ich muss Ihnen noch etwas auf den Weg geben, das ich bislang immer für mich behalten habe. Wenn es darum geht, die eigenen Leute fertig zu machen, können Agenten so grausam sein wie sonst nie.«

43

STERLING HATTE EINEN langen Tag voll anstrengender Computerrecherchen vor sich, aber bevor er die Suchmaschinen anwarf, musste er sich ein Kommunikationsmittel beschaffen, über das er nicht zu orten war. Er ging bei Jerry's Den an der hundertfünfundzwanzigsten Straße vorbei, der ihm einen heißen Tipp gab, wie er an einen »Burner« kommen konnte – ein illegales Handy, dessen Nummer keinem registrierten Eigentümer zugeordnet war. Dreißig Minuten und fünfzig Dollar später tätigte Sterling seinen ersten Anruf.

Er wählte die Nummer von Windsor McGovern.

»Ja?«, meldete sich McGovern. Eine verkratzte Schallplatte schepperte im Hintergrund und machte seine Stimme unverständlich.

»Mack, hier ist Sterling Bledsoe. Ich hoffe, ich störe Sie nicht.«

»Moment mal!«, schrie McGovern und stellte die Musik leiser. »Ah, jetzt ist es besser«, sagte er etwas außer Atem. »Wie kommen Sie mit Ihren Recherchen voran?«

»Ganz gut«, sagte Sterling. »Mir sind da bloß noch ein paar Fragen eingefallen, an die ich das letzte Mal nicht gedacht habe.«

»Wollen Sie nicht heute Vormittag vorbeikommen?«

Sterling war klar, dass McGovern in dieser Wohnung voller Erinnerungen an seine verstorbene Frau unter Einsamkeit litt und sich nach Gesellschaft sehnte. Er hätte auch nichts dagegen gehabt, den alten Herrn zu besuchen, aber heute zählte jede Minute.

»Das lässt sich auch alles am Telefon besprechen, wenn es Ihnen recht ist«, sagte Sterling. »Es wird nicht lange dauern.«

»Wie Sie meinen«, antwortete McGovern. Die Enttäuschung war ihm anzuhören. »Legen Sie los. Ich höre.«

Sterling blätterte in seinem Buch. »Sie haben mir das letzte Mal von der Substanz DRC-1339 erzählt«, sagte Sterling, die Bezeichnung aus seinen Notizen ablesend. »Was für ein Giftstoff ist das?«

»Es ist ein so genanntes Avizid«, sagte McGovern. »Sie kennen den Begriff Pestizid für Insektengift. Avizide sind Vogelgifte, von lateinisch ›avis‹ für Vogel. DRC-1339 ist keine neue Substanz. Sie ist in den frühen Sechzigerjahren vom Denver Wildlife Research Center in Zusammenarbeit mit der Ralston Purina Company entwickelt worden. Damals hat man zwei neue Produkte registrieren lassen – Starlicide Technical und einprozentige Starlicide Streukügelchen. Das Hauptziel bestand darin, die Starpopulationen in tierischen Nahrungsgründen zu kontrollieren, daher auch der Name Starlicide.«

»Einen Moment, Mack«, sagte Sterling, dessen Kugelschreiber über das Papier seines Notizbuchs flitzte. »Haben Sie Purina Company gesagt? Das ist doch ein Hersteller von Katzenfutter?«

»Sie haben richtig gehört. Sie produzieren diesen Katzenfraß, den meine kleine Jennifer so abgrundtief verabscheut.«

»Dann sind diese Starlicide das gleiche Zeug, das APHIS neuerdings zur Vernichtung von sechs Millionen Stärlingen vorgeschlagen hat?«

»Nicht exakt. In den Sechzigerjahren hieß APHIS noch Animal Damage Control, abgekürzt ADC, und war die für Wildschäden zuständige Behörde. Weil Purina die Patente hatte, musste ADC sich bei dieser Firma die Genehmigung holen, um ein auf achtundneunzig Prozent angereichertes Konzentrat eintragen zu lassen, das wesentlich wirksamer war als die Streukügelchen. Sie hatten damals mit allen möglichen Vögeln Probleme, und man dachte, wenn wir das Zeug stärker machen, dann können wir auch mehr Vögel vernichten. Und Bingo – das war dann auch die Lösung.«

Das Gift, das Mandryka entdeckt hatte, konnte eine Variante des DRC-1339 sein, aber das kam Sterling denn doch zu offensichtlich vor. Vielleicht lieferte der Tötungsmechanismus die Antwort. Ähnliche Gifte brachten ihre Opfer auf ähnliche Weise um, konnten aber ganz unterschiedliche Namen haben.

»Wissen Sie, wie dieses DRC-1339 wirkt?«, wollte Sterling wissen.

McGovern stieß ein lautes Grunzen aus. »Es ist schon eine Weile her, seit ich mir mein Wissen über dieses Zeug angelesen habe. Aber wenn mein Gedächtnis mich nicht trügt, genügt ein Partikel des damit präparierten Köders, um einen Stärling zu töten. Je mehr der Vogel davon frisst, desto schneller krepiert er.«

»Und wie schnell geht das?«

»Zwischen drei und maximal fünfzig Stunden, je nachdem, wie viel er gefressen hat.«

Sterling blätterte in seinem Buch zu dem Gespräch mit Professor Mandryka zurück. Mandryka hatte angenommen, die Vögel seien in einem Zeitraum von einigen Stunden bis zu einigen Tagen umgekommen, abhängig von der Menge und der Konzentration des Giftes, das sie aufgenommen hatten.

»Wodurch bringt das Gift die Vögel um?«

»Es blockiert die Funktion der inneren Organe und lässt sie allmählich an Urämie eingehen.«

»Urämie?«

»Ganz recht. Das Gift gelangt in den Blutkreislauf und wird von Leber und Nieren absorbiert. Es kommt zum Nierenversagen, mit dem Resultat, dass die Abfallprodukte des Stoffwechsels nicht mehr ausgeschieden werden können und sich im Blut allmählich bis zur tödlichen Konzentration anreichern. Anfangs trinken die Vögel Unmengen Wasser. Instinktiv versuchen sie, dem Gift durch Verdünnen entgegenzuwirken. Später stellen sie das Trinken gänzlich ein. Ungefähr vier Stunden, bevor sie verenden, hören sie auf zu fressen und werden antriebslos und inaktiv. Wir haben davon ein Video aufgenommen, um der Öffentlichkeit zu demonstrieren, wie grausam und brutal dieses Vergiften ist. Die Vögel sitzen einfach nur noch mit gesträubtem Gefieder herum wie im kalten Winter und dämmern vor sich hin. Kurz bevor sie verenden, wird ihre Atmung schneller und mühsamer. Dann fallen sie ins Koma und sterben.«

Das war nicht die Information, die Sterling gesucht hatte. Mandryka hatte gesagt, die Vögel seien durch Anomalien der elektrischen Signalvorgänge im Herzen gestorben, was etwas ganz anderes war als Urämie oder Leber- und Nierenversagen. Beim Überfliegen der Notizen, die er sich bei Mandryka gemacht hatte, fiel ihm etwas ein.

»Kann man das DRC-1339 im Blut nachweisen?«

»Und ob!«, sagte McGovern. »Vor ein paar Jahren haben ein paar Farmer mit DRC herumexperimentiert. Leute von uns sind zufällig auf die Vogelkadaver gestoßen und haben sie in unser Labor eingeschickt. Ein paar Blutproben, und zack – schon konnten wir genau sagen, was die Vögel umgebracht hatte.«

Sterling erinnerte sich an Mandrykas Aussage, dass nicht bei allen Vögeln das Bufalin im Körper nachweisbar sei. Und auch in den Fällen, in denen das Gift nachgewiesen werden konnte, hatte es sich in unterschiedlichen Stadien des Abbaus befunden, was ja keineswegs verwunderlich war. Je länger ein Vogel tot war, desto größer war die Wahrscheinlichkeit, dass sich das Bufalin zersetzt hatte, bis es am Ende im Blut gar nicht mehr nachweisbar war. Sterling fuhr mit dem Finger über seine Aufzeichnungen von Mandrykas Worten. *Es ist ein perfektes Gift. Es entfaltet ein paar Stunden lang seine tödliche Wirkung, dann zerfällt es, um sich schließlich in nichts aufzulösen.*

»Das ist der springende Punkt«, sinnierte Sterling und malte einen Kringel um die Zeilen, die er sich bei Mandryka notiert hatte.

»Hallo, sind Sie noch dran?«, sagte McGovern.

Sterling hatte ganz vergessen, dass er zurzeit ein Telefonat mit McGovern führte. »Äh … nichts. Ich habe nur gerade an etwas anderes denken müssen, das ich über die Vögel erfahren habe. Mack, vielen Dank für Ihre Hilfe.«

»War das schon alles?«

»Im Moment jedenfalls schon. Und nochmals – Sie haben mir sehr geholfen.«

»Ich stehe Ihnen jederzeit gern zur Verfügung. Aber kommen Sie doch das nächste Mal vorbei, wenn Sie etwas zu bereden haben. Jennifer mag sonst keine Besucher, aber Sie sind ihr sympathisch.«

»Sagen Sie ihr, dass ich mich außerordentlich geehrt fühle«, entgegnete Sterling lachend und brach die Verbindung ab. Er starrte auf das Zitat von Mandryka. Die Gifte waren chemisch verschieden, aber miteinander verwandt. Jemand testete einen neuen Giftstoff, war aber schlau genug, es weit weg vom eigentlichen Einsatzgebiet im oberen Mittelwesten zu tun, damit niemand Lunte roch. Wer würde schon in der Wildnis von Vermont die toten Vögel entdecken, und falls doch, sich die Mühe machen, der Sache nachzugehen?

Sterling hätte sich am liebsten selbst vors Schienbein getreten. Er hatte das Problem die ganze Zeit aus dem falschen Blickwinkel betrachtet. Das Auffinden der toten Vögel hatte Wilsons Schicksal besiegelt – weil er dadurch jemandem die Tour zu vermasseln drohte.

Die noch offene Frage lautete: Wem?

STERLING WINKTE EIN Gypsy-Cab herbei und dirigierte den Fahrer zu einer anderen Hochschule, diesmal zum City College, einer weitläufigen Ansammlung neugotischer Gebäude auf einem über zweiundzwanzig Hektar großen Parkgelände zwischen der Convent und der Amsterdam Avenue im Osten und Westen und der hunderteinunddreißigsten und der hunderteinundvierzigsten Straße im Süden und Norden.

Wer auf der Amsterdam Avenue den steilen Hügel hinauffuhr und die mit Graffiti voll gesprühten vergitterten Ladenfronten des Viertels um St. Nicholas betrachtete, konnte das City College mit Dartmouth kaum verwechseln. Die belebten Straßen der Umgebung vibrierten von den Anzeichen unmittelbarer Gefahr. Zähnefletschende Pitbull Terrier zerrten an der Leine, während ihre Herren und Meister an den wenigen schattigen Plätzchen zusammenstanden und sich aus der wegen der Polizeiverordnung in einer braunen Papiertüte steckenden Pulle den Schnaps hinter die Binde gossen, wobei ihr aufgeknöpftes Hemd im Winde flatterte und die chromblitzende Waffe im Hosenbund sichtbar wurde.

Den Blick aufmerksam auf die hohen Gebäude des College gerichtet, bewegte Sterling sich zügig voran. Er betrat den Campus von der Westseite her und ging durch die steinernen Arkadengänge bis zum Zentrum des Gebäudevierecks. Selbst in der relativen Geborgenheit des Collegegeländes machte sich noch ein unterschwelliges Dschungelgefühl bemerkbar. Die fast zwölftausend Studenten, die kreuz und quer über den Campus liefen, waren keine Kinder aus begüterten Familien mit prominenten Namen. Fast die Hälfte von ihnen war irgendwo außerhalb der USA geboren, und die vorwiegend aus

New York stammende andere Hälfte kannte die Härte des Lebens auf der Straße zumeist aus eigener Erfahrung.

In ausgeblichenen Jeans, einen Rucksack über die Schulter gehängt und mit dem illegalen Handy in der Hand war Sterling ein anonymes Gesicht in der Menge, als er auf das v-förmige Gebäude des North Academic Center zuschritt. Mit der langen Rolltreppe fuhr er in den ersten Stock hinauf und betrat die Morris Raphael Cohen Library, wo er der jungen Aufsichtsperson am Eingang seinen Hunter-College-Ausweis hinhielt. Sie winkte ihn durch, ohne überhaupt einen Blick darauf zu werfen.

Sterling kannte diese Bibliothek wie seine Westentasche. Vor vielen Jahren hatte er hier einige Wochen zugebracht, um fleißig Gebrauch von dem unschätzbaren Forschungsmaterial zur menschlichen Anatomie zu machen. Bis auf die runden abgetretenen Stellen im dünnen roten Spannteppich und die neuen Hinweisschilder auf den Online-Katalog in der Katalogabteilung hatte sich kaum etwas verändert. Sterling ging an langen, unordentlich eingeräumten Bücherborden vorbei, die an dem Gemäuer mit dem frei liegenden Balkenwerk angebracht waren, bis er einen abgeschiedenen Computerarbeitsplatz gefunden hatte.

Als er sich dort niederließ und den Rucksack abstellte, dachte er an seine eigenen Computer. Er war sicher, dass Skip und die anderen Agenten bereits jeden Krümel Hardware in seinem Büro im Hunter College und in seinen beiden Wohnungen beschlagnahmt hatten. Er kannte die Prozedur nur zu gut. Ein Computerspezialist im IT-Büro war schon dabei, seine Festplatten zu durchsuchen und alles, aber auch alles herunterzulesen, angefangen damit, wie oft der Computer ein- und ausgeschaltet worden war, bis zu den Adressen der Webseiten, die Sterling in jüngster Zeit besucht hatte.

Er fuhr mit der Maus die lange Liste der Datenbanken entlang und klickte schließlich auf das LexisNexis-Icon. Er tippte den Namen Wallace Mortimer ein und wartete auf die Antwort der Suchmaschine. Sie bot so viele Verweise auf andere Webseiten an, dass Sterling sie unmöglich alle durchsehen konnte. Er klickte sich zum Anfang zurück und gab als neuen Suchbegriff Wallace Mortimer III ein. Das war schon viel besser. Der Computer spuckte nach Relevanz sortiert knapp über hundert Treffer aus. Sterling verfeinerte den Suchparameter erneut, indem er zusätzlich zu Mortimers Namen den Begriff Dartmouth College eingab. In Sekundenschnelle hatte er das Ergebnis auf siebzig relevante Treffer reduziert. Er klickte den Druckbefehl an. Während der Drucker noch arbeitete, überflog er schon einige Überschriften. Die meisten Artikel stammten entweder aus wissenschaftlichen Zeitschriften oder aus Wirtschaftsjournalen. *Associated Press* hatte einiges an Beiträgen gebracht, ebenso die *New York Times*.

Bei allem Zeitdruck musste Sterling sich erst eine kleine Pause gönnen, bevor er in die zweite Runde der anstrengenden Nachforschungen einstieg. Er packte die Ausdrucke in seinen Rucksack, verließ die Bibliothek und ging über die Convent Avenue hinüber in den ruhigen Hof vor dem Verwaltungsgebäude. So unsympathisch ihm Skip Dumars auch war, es beunruhigte ihn, dass er sich zu jenen beiden Schüssen gezwungen gesehen hatte, um sich einen kleinen zeitlichen Vorsprung zu sichern. Es war ihm vollkommen klar, dass dieser Vorfall für Skip ein gefundenes Fressen war und er nun in haltloser Übertreibung dessen, was tatsächlich vorgefallen war, in den oberen Etagen damit hausieren ging, Sterling hätte versucht, ihn umzubringen – für Murphy nur ein weiterer bequemer Vorwand zu glauben, Sterling habe irgendwie Wilson, Heidi Voss und Harry Frumpton auf dem Gewissen.

Der weitläufigen Shepard Hall gegenüber setzte Sterling sich auf einen Betonsims. Kleine Gruppen von Studienanfängern mit schweren Nylonrucksäcken kamen vorbei, die meisten das Handy am Ohr. Sterling dachte daran, wie primitiv zu seiner eigenen Collegezeit die Kommunikationsmöglichkeiten gewesen waren, und kam sich alt vor. In seinem Wohnheim hatte es auf jedem Etagenflur nur ein einziges Münztelefon gegeben. Oft genug hatte er sich für einen fünfminütigen Anruf zu Hause eine ganze Stunde lang anstellen müssen.

Er beobachtete ein altes Paar, das mit Brotkrumen Eichhörnchen fütterte. Der Mann mit dem Krückstock und dem unordentlichen Haar erinnerte ihn an Mandryka. Juri Mandryka hatte versprochen, sich innerhalb von vierundzwanzig Stunden zu melden, und Sterling hatte seit fast nunmehr sechsunddreißig Stunden nichts mehr von ihm gehört. Er begann, sich Sorgen zu machen.

Er zog sein illegales Handy heraus und wählte die Nummer seines eigenen Mobilanschlusses. Als sich seine Mailbox meldete, drückte er die Zahlenkombination zum Abhören der gespeicherten Anrufe. Er hatte zwei Nachrichten. Die erste war von Director Murphy, der ihn warnte, er sei dabei, einen großen Fehler zu machen, wobei er erneut betonte, dass alles zu einem befriedigenden Ende gebracht werden könne, wenn Sterling sich freiwillig stellen würde. Sterling verzog geringschätzig das Gesicht und löschte die Nachricht. Er machte sich keinerlei Illusionen über den internen Aufstand und den politischen Flurschaden, den ein auf eigene Faust handelnder Agent, der auch noch flüchtig war, auslösen musste. Der Stab war über ihn gebrochen, nun galt es, ihn in Handschellen vor die Kameras zu zerren und dem Fernsehpublikum vorzuführen. Sterling drückte die Nummer der nächsten gespeicherten Nachricht. Er vernahm eine Stimme, die er nicht kannte. *Mr. Bledsoe, hier spricht Amy Rimsdale vom Dartmouth-Hitchcock Medical Center in Hanover. Ich bin die für Professor Mandryka zuständige Sachbearbeiterin vom sozialen Dienst unseres Krankenhauses. Er hat mir gesagt, ich soll Sie anrufen und Ihnen mitteilen, dass es ihm trotz des Unfalls ganz ausgezeichnet geht. Er wird noch ein paar Tage zur Beobachtung bei uns bleiben.* Die Dame beendete die Nachricht mit der Büronummer, unter der sie zu erreichen war.

Um die Nummer nicht zu vergessen, sagte Sterling sie laut vor sich hin, während er die Nachricht löschte und die Verbindung unterbrach. Als er die Sozialarbeiterin anwählte, meldete sich der Anrufbeantworter. Leise fluchend drückte er die Null für die Vermittlung und ließ sich zu Professor Mandryka durchstellen.

Eine Frauenstimme meldete sich. »Hier ist das Zimmer von Professor Mandryka.« Die Stimme war knapp und ungeduldig.

»Mit wem spreche ich, bitte?«, fragte Sterling.

»Schwester Gloria. Ich bin Professor Mandrykas Krankenschwester. Was wünschen Sie?«

»Ich möchte Professor Mandryka sprechen.«

»Er schläft aber gerade. Bitte, wer sind Sie?«

Sterling fand es zu riskant, seinen Namen zu nennen. »Ich bin der Neffe, Sterling. Ich habe soeben die Nachricht von dem Unfall erhalten und würde gern mit meinem Onkel sprechen.«

Am anderen Ende der Leitung entstand eine Pause. »Wollen Sie herkommen, um ihn zu besuchen?«

»Wenn es notwendig sein sollte, werde ich das gerne tun, aber ich rufe von der anderen Seite des Kontinents aus an. Ich würde gern jetzt gleich mit meinem Onkel sprechen, wenn es irgendwie geht.«

»Der Herr Professor braucht unbedingt seinen Schlaf«, beharrte die Schwester. »Rufen Sie doch in ein bis zwei Stunden noch einmal an. Oder geben Sie mir Ihre Nummer, dann werde ich dafür sorgen, dass er Sie zurückruft, wenn er wieder wach ist.«

Damit war Sterling nicht gedient. Er musste jetzt sofort herausfinden, was passiert war, aber zu viel Druck konnte nur schaden. »Ich bin gerade in der Frühstückspause«, sagte er. »Ich habe nur eine Viertelstunde, und die Uhr läuft. Es wäre für mich am besten, wenn ich meinen Onkel jetzt sofort sprechen könnte. Mein Boss sieht es nicht gern, wenn man auf Kosten der Firma Ferngespräche führt.« Sterling hörte die Krankenschwester genervt die Luft einziehen.

»Warten Sie einen Moment.«

Sterling vernahm, wie Mandrykas Namen gerufen wurde. Die Schwester wechselte mit ihm ein paar Worte, dann war sie wieder dran. »Also gut, aber machen Sie es kurz. Der Herr Professor braucht dringend seinen Schlaf. Der Unfall hat ihn ziemlich durcheinander gerüttelt.«

Sterling hörte Mandryka die Krankenschwester bitten, die Tür hinter sich zu schließen. Ein paar Sekunden verstrichen, dann meldete er sich. »Sterling, mein lieber Neffe, bist du's?« Der gute alte Mandryka!

»Ja. Was zum Teufel ist passiert?«

»An viel kann ich mich nicht erinnern. Es ist alles so schnell gegangen. Ich bin erst einige Stunden nach unserem Telefongespräch von zu Hause weggefahren. Ich wollte lieber bis kurz vor Tagesanbruch warten, weil ich nachts so schlecht sehen kann. Ich bin die Interstate 91 hochgefahren und gut vorangekommen. Die ganze Zeit habe ich über die Verbindung zwischen den Morden nachgegrübelt, von der Sie gesprochen hatten. Ich habe gerade überlegt, ob Wilson diese Heidi Voss vielleicht irgendwann einmal erwähnt hat, als ich plötzlich von hinten einen harten Stoß bekam. Ich bin furchtbar erschrocken, und als ich in den Rückspiegel geschaut habe, waren da die Scheinwerfer von einem Pick-up. Ich weiß nur noch, dass ich die Kontrolle über mein Auto verloren habe und von der Straße abgekommen bin.«

»Wie geht es Ihnen denn im Moment?«

»Wie jemandem, dem man mit dem Vorschlaghammer auf den Kopf gehauen hat. Und diese Krankenschwester weigert sich partout, mir ein paar zusätzliche Kopfschmerztabletten zu geben. Man hat mir gesagt, ich hätte ein subdurales Hämatom, einen Bluterguss unter der Schädeldecke. Mein Arzt sagt, angesichts dessen, wo sie meinen Wagen gefunden haben, hätte ich verdammt Schwein gehabt, dass ich überhaupt noch lebe. Ich wollte die Bilder sehen, aber kein Mensch will sie mir zeigen.«

»Wo hat man Ihren Wagen denn gefunden?«

»Zwischen zwei Bäume eingeklemmt oben in einer Schlucht. Meine Sozialtante, sie ist eine süße kleine Person und heißt Amy, sie hat gesagt, die Bäume hätten mir das Leben gerettet, sonst wäre ich im Sturzflug bis unten in die Schlucht hinuntergesegelt.«

»Juri, versuchen Sie sich doch mal zu erinnern, was sie vor dem Unfall gesehen haben.«

»Das ist ja das Problem. Ich habe so gut wie nichts gesehen.«

»Weiß ich, aber Sie haben gesagt, Sie hätten die Scheinwerfer gesehen. Haben sie zufällig gesehen, ob jemand auf dem Beifahrersitz gesessen hat?«

Eine Pause entstand. »Ich weiß es einfach nicht. Es ist alles so schnell gegangen.«

»Erinnern Sie sich noch, welche Farbe der Pick-up hatte?«

»Auch nicht. Es war einfach zu dunkel, und die Scheinwerfer haben mich geblendet.«

»Konnten Sie den Pick-up kommen sehen, bevor er auf Sie aufgefahren ist?«

»Das ist ja das Merkwürdige. Ich habe ihn überhaupt nicht gesehen. So früh am Morgen herrscht auf diesen Straßen ja kaum Verkehr. Ich war der Einzige auf der Fahrbahn nach Norden.«

Sterling wusste schon längst, dass das kein Unfall gewesen

war. Der Pick-up hatte Mandryka mit voller Absicht gerammt, und als sein Wagen von der Straße abgekommen und über die Böschung gegangen war, hatten die Täter Mandryka für tot gehalten. »Ich möchte Sie etwas fragen«, sagte Sterling. »Ist Ihnen vielleicht vor dem Unfall ein Pick-up entgegengekommen?«

»Ja, einer«, antwortete Mandryka, wie aus der Pistole geschossen.

»Haben Sie den Fahrer erkennen können?«

»Nein, aber es haben zwei Mann dringesessen.«

»Warum sind Sie sich dessen so sicher?«

»Weil ich ihnen in letzter Sekunde ausweichen musste, sonst hätte es geknallt. Mir ist fast das Herz stehen geblieben. Als sie vorbei waren, habe ich in den Rückspiegel geschaut und ihre Hinterköpfe im Spiegel gesehen.«

»Haben Sie erkennen können, welche Marke der Pick-up war?«

»Da bin ich überfragt. Mit Automarken und solchen Sachen kenne ich mich überhaupt nicht aus. Aber ich erinnere mich, dass es so ein alter Pick-up war, mit wackeligen hölzernen Gittern zum Aufstecken hinten an der Ladefläche.«

Sterling erinnerte sich an die Aussage von Miles Borwind, dem Geschäftsführer des Grand Union Supermarkts, der von hölzernen Gattern an der Seite gesprochen hatte, »damit die Ladung nicht herunterfällt«. Für Sterling ließ das nur eine einzige Schlussfolgerung zu: Die Mörder machten immer noch unverdrossen Jagd auf jeden, der etwas von dem Vogelsterben wusste. Sterling fragte sich, ob Kanti noch am Leben war. »Juri, wie ist Ihre Prognose?«

»Nach Aussage meines Arztes, gut. In ein paar Tagen wird sich geklärt haben, ob man den Schädel aufmachen und den Bluterguss drainieren muss. Mein Ellbogen ist zweimal gebrochen, aber das ist schon gerichtet und eingegipst.« Mandryka hustete trocken. »Doch nun genug von mir«, sagte er erschöpft, »Unkraut vergeht nicht. Wie läuft's bei Ihnen? Wie kommen Sie voran?«

»Stückchen für Stückchen«, sagte Sterling. »Ich bin immer noch dabei, mir auf ein paar Sachen einen Reim zu machen. Ich habe eine Frage, bei der ich gedacht habe, Sie könnten mir vielleicht helfen.«

»Nur zu!«

»Wie gut kennen Sie Präsident Mortimer?«

»Wir sind keine engen Freunde, wenn Sie das meinen. Er hat sich immer ziemlich reserviert verhalten.«

»Mir ist bekannt, dass er in den Genuss eines beträchtlichen Familienerbes gekommen ist, und ich dachte, vielleicht wissen Sie, ob und wie er sein Geld für sich arbeiten lässt.«

Mandryka räusperte sich, bevor er antwortete. »Die offizielle Lesart ist wohl, dass sich sein Urgroßvater an der Börse eine goldene Nase verdient hat. Dieses Vermögen hat er anschließend noch ein paar Mal verdoppelt und einen großen Teil davon bei seinem Tod für gemeinnützige Zwecke gestiftet.«

Es war nicht die Antwort, die Sterling insgeheim erhofft hatte. »Vielen Dank, Juri«, sagte er. »Und vergessen Sie nicht, worüber wir uns neulich unterhalten haben. Sie stehen immer noch auf der Abschussliste. Es wäre kein Fehler, wenn Sie ein paar zusätzliche Tage in dieser Klinik bleiben würden. Ich versuche inzwischen, den Fall zu Ende zu bringen.«

»Wenn ich bis dahin nicht von dem Fraß krepiert bin, den man hier serviert bekommt!« Sie mussten beide lachen. Es war das erste Mal, seit sie sich auf Wilsons Gedächtnisfeier kennen gelernt hatten.

»Ich wünsche Ihnen alles Gute und gute Besserung«, sagte Sterling. »In ein paar Tagen erkundige ich mich wieder, wie es Ihnen geht.«

* * *

Sterling wählte den internen Anschluss des Kommissionsraums in Hanover.

»Hier Officer Hanlon.«

»Hanlon, hier spricht Bledsoe.« Sterling gab Hanlon ein paar Sekunden Zeit, die Überraschung zu verdauen. »Stellen Sie bei Professor Mandryka in der Klinik ein paar Mann vor die Tür.«

»Was zum Teufel reden Sie da? Nach allem, was geschehen ist, wollen Sie mich wegen eines alten Professors verrückt machen?«

»Mandryka ist alles andere als ein alter Professor, und ich will Sie auch nicht verrückt machen. Mandryka ist der Nächste auf der Abschussliste. Stellen Sie mir keine Fragen, denn ich werde sie nicht beantworten. Mandrykas Unfall vor ein paar Tagen war kein Unfall. Der Mörder von Wilson und Heidi Voss hat versucht, auch Juri Mandryka umzubringen.«

»Warum in drei Teufels Namen soll ich Ihnen das glauben?«

»Weil ich dieses Gespräch aufzeichne. Wenn dem alten Herrn etwas zustößt, klebt sein Blut an Ihren Händen!«

Sterling unterbrach die Verbindung, bevor Hanlon antworten konnte.

45

STERLING KEHRTE IN die Cohen Library zurück und suchte sich einen Tisch in der wenig besuchten Archivabteilung im dritten Stock. Ein paar Studenten blätterten in alten Folianten herum, aber nachdem es hier wegen fehlender Fenster nur künstliches Licht und außerdem keine Computer gab, mit denen man E-Mails austauschen konnte, verirrte sich in diese Abteilung nur, wer sie unbedingt aufsuchen musste.

Sterling breitete die Ausdrucke in der Reihenfolge ihrer Wichtigkeit auf dem Tisch aus, wie sie die Suchmaschine aus dem Speicher gezogen hatte. Er überlas seine Notizen über Mortimer und wandte sich dem ersten Artikel zu.

Drei Stunden arbeitete er sich Wort für Wort durch die Artikel, die oft mehrfach auftauchten und von Mortimers Bestellung zum Präsidenten durch den Vorstand berichteten oder seine allseits gelobten Programme darstellten, mit denen es ihm gelungen war, sich und seine Institution vorteilhaft von anderen hochkarätigen Hochschulen abzusetzen. In manchen Artikeln fanden auch Serena und ihre Arbeit auf dem Gebiet der Romanistik Erwähnung. Aber abgesehen von diesen akademischen Belangen gab es kaum etwas, das Sterlings Aufmerksamkeit erregt hätte.

Er erhob sich von seinem Platz, um sich zu strecken. Er ging zum gegenüberliegenden Ende der Etage, stellte sich ans Fenster und schaute auf den Campus hinaus. Es war dunkel geworden. Im Licht der Lampen wirkten die alten Gebäude wie mittelalterliche Burgen, nur der Burggraben und die auf Streitrössern herangaloppierenden Ritter fehlten. Sterlings Gedanken drifteten zu Wilson. Er hätte niemals gedacht, dass sein Bruder sich auf einen Seitensprung einlassen würde, andererseits verschaffte ihm die Entdeckung, dass Wilson letzten Endes doch nicht so makellos gewesen war, eine eigenartige Erleichterung. Wieder wünschte er sich, die Zeit wäre ihnen vergönnt gewesen, einander wirklich kennen zu lernen.

Sterling spürte, dass ihm die Tränen in die Augen stiegen. Er gab sich einen Ruck, löste sich vom Fenster und machte sich wieder an die Arbeit. Seine Trauer schlug um in Wut. Er war zornig auf sich selbst, weil er von Wilson eine schlechte Meinung gehegt hatte, wütend auf die Feiglinge, die seinen

Bruder in der Blüte seines Lebens ermordet hatten, als es für ihn noch so viel zu tun gab. Mit neuem Mut stürzte er sich auf die restlichen Artikel, fest entschlossen, etwas zu Tage zu fördern, das ihm die tieferen Zusammenhänge dieses fatalen Abends vor drei Wochen einsichtig machen würde.

Eine Stunde später wurde er fündig.

Der Artikel war in dem Magazin *Forbes* erschienen. Im Gegensatz zu den anderen Artikeln handelte es sich hier um ein Feature, das sich mit generationenübergreifender Philanthropie beschäftigte und zunächst die üblichen Verdächtigen abhandelte – die Vanderbilts, die Rockefellers und die Fords. Es gab aber auch noch die Mortimers, deren Name der Öffentlichkeit zwar nicht so geläufig war wie die anderen, deren Großzügigkeit aber deswegen keineswegs weniger eindrucksvoll war. Sterling las den Artikel, weil der Autor die Entstehung des Vermögens der Mortimers bis zum Urgroßvater Spencer Mortimer zurückverfolgte, der sich Geld hatte borgen müssen, um seine Ausbildung zu bezahlen. Nach dem Abgang von der Universität war Spencer an die Börse gegangen und hatte dort, wie von Mandryka berichtet, ein Vermögen gemacht. Er war ein waghalsiger Spekulant, der schließlich das ganz große Geld gemacht hatte, als er in den Dreißigerjahren des neunzehnten Jahrhunderts in Eisenbahnpapiere einstieg. Auch seine Philanthropie war eindrucksvoll genug. Anders als die anderen hatte er buchstäblich mit nichts angefangen, aber gleichwohl bei seinem Tod die Hälfte seines Vermögens für wohltätige Zwecke gestiftet. Dieser Urahn der Mortimers war ein integrer Mann gewesen und hatte nie sein Versprechen vergessen, sich im großen Stil erkenntlich zu zeigen, falls er einmal im großen Stil zu Geld kommen sollte.

Der Urgroßvater hatte nicht nur gewusst, wie man zu Geld kommt, sondern auch, dass man es noch viel leichter wieder verlieren kann. Er transferierte die andere Hälfte seines Vermögens in einen Familientrust und sicherte es durch Nachlassbestimmungen, die dafür sorgten, dass niemals ein einzelnes Familienmitglied nach seinem Tod verschleudern konnte, was er selbst bei Lebzeiten zusammengebracht hatte. Der Artikel beschäftigte sich kritisch mit Wallace A. Mortimer senior, Spencers Sohn, der offenbar eine Art Playboy gewesen war und Unsummen für teure Autos und schöne Frauen vergeudet hatte. Auch dieser Spross der Mortimers war auf das Dartmouth College gegangen, aber niemand machte sich Illusionen darüber, wie er die Aufnahme geschafft hatte, zumal sein Vater zuvor das Stiftungsvermögen kräftig aufgestockt hatte.

Nachdem Mortimer junior in aller Kürze abgehandelt worden war, befasste sich der Artikel desto ausgiebiger mit dem jetzigen Erben, Mortimer III, der sowohl die Geschäftstüchtigkeit wie auch das akademische Flair des Urgroßvaters geerbt hatte. Er wurde vielfach als »akademischer Finanzhai« bezeichnet, ein Titel, der ihm, laut Aussagen aus dem Kreis seiner Freunde, insgeheim durchaus behagte. In den zehn Jahren, in denen er das Management des Familientrusts wahrgenommen hatte, hatte er das Portfolio verdoppelt und außerdem die Sunny Fields Company hinzugekauft, deren Gewinne jedes Jahr die Prognosen der Fachleute weit in den Schatten stellten. Die Firma zog die Unternehmensaufkäufer an wie die Fliegen, die gern das Doppelte dessen hingeblättert hätten, was das Unternehmen die Familie einst gekostet hatte.

Als Sterling die nächste Zeile las, stockte ihm der Atem.

> Die Sunny Fields Company hat in South Dakota zahlreiche größere und kleinere Farmen aufgekauft, wodurch sie in aller Stille zum landesweit größten Anbieter von Sonnenblumenerzeugnissen geworden ist.

Der Aufhänger! Schwarz auf weiß, hier vor seinen Augen. Mit zitternden Händen las Sterling den Rest des Artikels. Die Sunny Fields Company war zu einem der ganz wenigen noch im Familienbesitz befindlichen Unternehmen auf der fünfhundert Namen umfassenden Bestenliste des *Fortune* Magazins geworden. Wallace A. Mortimer III befasste sich zwar nicht mit dem Firmenalltag seines Unternehmens, saß aber wachsam auf seinem akademischen Horst in Dartmouth und ließ regelmäßig seine Manager zur Berichterstattung anreisen, um sich die neuesten geschäftlichen Entwicklungen darlegen oder die Finanzlage des Unternehmens erläutern zu lassen. Der letzte Absatz war für Sterling eine wahre Fundgrube:

> Unerwartete Ernteeinbußen ließen den Unternehmensgewinn im letzten Jahr einbrechen, aber Mortimer ist zuversichtlich, dass seine hochkarätig besetzte Forschungsabteilung das Problem zügig in den Griff bekommen wird, womit der Gewinn bald wieder in die gewohnte Höhe emporschnellen dürfte.

46

STERLING STOPFTE DIE Artikel in seinen Rucksack und eilte hinaus. Er wählte auf seinem Handy Reverend Briggs' Privatnummer und wartete.

»Guten Abend!«, meldete sich Briggs. Seine entspannte Stimme ließ vermuten, dass er in der Heiligen Schrift gelesen hatte.

»Guten Abend, Reverend, hier Sterling.«

»Ihnen haben bestimmt die Ohren geklungen! Vor einer halben Stunde hat ein Herr angerufen und nach Ihnen gefragt.«

»Hat er seinen Namen genannt?«

»Nein, er wollte nur, dass ich Ihnen sage, er hätte angerufen. Sie wüssten dann schon, worum es geht.«

Das konnte nur Gilden gewesen sein, zumal er als Einziger die Nummer hatte. »Ist bei Ihnen alles in Ordnung?«, erkundigte sich Sterling.

»Sofern mich mein knurrender Magen nicht davon abhält, genieße ich einen wunderbar friedlichen Abend.«

»Was macht Veronica? Geht es ihr gut?«

»Es könnte ihr nicht besser gehen. Sie ist mit Delthia in der Küche zu Gange und hilft ihr bei einem Schmorbraten.«

Die Vorstellung von einer in der Küche werkelnden Veronica brachte Sterling zum Lächeln. In den fast zwei Jahren, die sie sich nun schon kannten, hatte sie noch nicht einmal eine Scheibe Toast für ihn zustande gebracht, wobei er ihr allerdings zugute halten musste, dass sie von Anfang an aus ihren unterentwickelten Kochkünsten keinen Hehl gemacht hatte. »Sagen Sie ihr bitte, es geht mir gut und ich denke an sie.«

»Sterling, Veronica wird aus Ihnen noch einen rechtschaffenen Mann machen«, meinte Reverend Briggs und lachte. »Sie werden noch an meine Worte denken.«

Während Sterling die Verbindung unterbrach, fragte er sich, ob er mit Veronica wirklich auf den Hafen der Ehe zusteuerte. Sein Vater hatte immer gesagt, man würde es daran merken, dass eine Frau einen auch dann noch interessiert, wenn man nicht mit ihr im Bett liegt – und das war bei Veronica in der Tat der Fall.

Er wählte Gildens Nummer. Diesmal war Gilden selbst am Apparat.

»Professor, ich bin's«, sagte Sterling. »Ich habe soeben Ihre Nachricht erhalten.«

»Wir müssen uns unterhalten.«

»Gute oder schlechte Neuigkeiten?«

»Interessante. Ich habe hier ein paar Unterlagen, die Sie sich vielleicht mal ansehen sollten. Können Sie morgen Vormittag vorbeikommen?«

Es war erst acht Uhr abends. Vorausgesetzt, Sterling erwischte den nächsten Metro North Train, konnte er innerhalb einer Stunde in Croton Falls sein. »Wenn es Ihnen nichts ausmacht, würde ich gern noch heute Abend kommen.«

Es machte Gilden nichts aus.

»Ich komme mit dem nächsten Zug.«

* * *

Die hundertfünfundzwanzigste Straße in Harlem erstreckt sich über knapp vier Kilometer vom East River in Upper Manhattan bis zum Hudson River an der West Side. Am Tag wimmelt es hier von Menschen, dröhnt die Musik und hupen die Autos, aber am Abend verwandelt sich diese Straße schnell in eine dunkle, menschenleere Häuserschlucht, in die sich nur hineinwagt, wer hier wirklich zu Hause ist. Sterling verlor sich in diesem Teil der Stadt mit seiner Hautfarbe, dem kahl rasierten Schädel und dem jugendlich gestylten Outfit im Gesamtbild. Hier konnte er sich frei bewegen.

Von einem Gypsy-Cab ließ er sich an der Ecke hundertfünfundzwanzigste Straße und Park Avenue absetzen, hastete in die unlängst renovierte Bahnstation und stellte sich hinten an der Schlange vor dem einzigen geöffneten Schalter an. Seine Augen wanderten langsam durch die kleine Halle. Er erstarrte, als er zwei Uniformierte entdeckte, einen Latino und einen Schwarzen. Sie lehnten an der Wand und machten zwei Mädels in hautengen Miniröcken und bauchfreien Tops an, die mehr enthüllten als verbargen. Die Uniformierten hatten die Mützen in die Armbeuge gelegt, der eine schrieb etwas auf, vermutlich eine Telefonnummer.

Sterling drehte schnell den Kopf in eine andere Richtung und setzte die Beobachtung der beiden Männer aus dem Augenwinkel fort. An den Abzeichen auf dem Ärmel waren sie als Angehörige der Antiterroreinheiten zu erkennen. Den polierten Schuhen und scharfen Bügelfalten ihrer Uniformen nach zu schließen, waren es noch junge Hüpfer.

Sterling überlegte, ob er unauffällig wieder verschwinden sollte, andererseits wollte er unbedingt erfahren, was Gilden herausgefunden hatte. Er beruhigte sich damit, dass ihn in der Schalterhalle einer kleinen Bahnstation hier oben in Harlem keiner erkennen würde.

»Sir, Sie sind dran«, sagte die Frau hinter ihm und deutete auf das frei gewordene Schalterfenster.

Sterling zog die Wollmütze noch tiefer ins Gesicht und trat an den Schalter. Ein grauhaariger älterer Mann, die Lesebrille am Bändchen um den Hals gehängt, kauerte hinter dem schusssicheren Glas auf einem Hocker. Er trug eine zur perfekten Halbkugel getrimmte Afrofrisur. Sterling verlangte einmal Croton Falls hin und zurück und schob zwanzig Dollar durch den Schlitz. Ohne den Blick von Sterling zu wenden, nahm der Alte das Geld. Mit gefurchter Stirn machte er sich an den Knöpfen des Fahrkartendruckers zu schaffen. Sterling schaute Unbefangenheit heuchelnd zur Seite. Als sein Blick auf die Anschläge neben dem Schalterfenster fiel, wäre ihm fast das Herz stehen geblieben. Er blickte in sein eigenes Konterfei. Der Zeichner, der die Schwarz-Weiß-Zeichnung angefertigt hatte, hatte einen beachtlichen Job hingelegt. Sogar der widerspenstige Wirbel in der Mitte der linken Augenbraue fehlte nicht.

Sterling riskierte einen Blick zu den Uniformierten. Sie machten immer noch die Mädels an. Einer von ihnen sah beiläufig herüber. Sterling schaute wieder das Fahndungsbild an. Sämtliche Angaben zu seiner Person stimmten so genau, dass man lediglich den Geburtsnamen seiner Mutter vermisste. Ein lautes Räuspern riss ihn wieder in die Wirklichkeit zurück. Der Schalterbeamte schob ihm durch den Schlitz das Ticket zu. Seine Gesichtszüge hatten sich geglättet. Er wusste Bescheid.

Mit schief gelegtem Kopf und leichtem Anheben der Schultern machte Sterling eine um Nachsicht bittende Geste. Der Alte senkte langsam die Lider und hob sie wieder, wobei er fast unmerklich mit dem Kopf nickte. »Einen schönen Abend noch«, sagte er und schaute den Nächsten in der Schlange an.

Sterling hätte am liebsten seine Unschuld beteuert und erklärt, dass alles ein Irrtum war. Auf dieser Anschlagtafel fehlte eine lange, lange Geschichte, die Geschichte von einem wackeren Mann, den man in den kalten Bergen von Vermont brutal ermordet hatte, und von seinem Bruder, der zum Sündenbock gemacht worden war. Aber er brauchte nichts zu beteuern. Der Alte hatte kapiert.

»Danke«, sagte Sterling. Er steckte das Ticket in die Jackentasche und ging zum Treppenaufgang am anderen Ende der kleinen Schalterhalle. Ganz am Ende des Hochbahnsteigs fand er eine Bank, nicht weit vom Gleis und nahe bei einer Nottreppe – falls der Alte es sich doch noch anders überlegen sollte.

Als Sterling vom Bahnsteig herunter die bröckelnden Mietskasernen und sonstigen Gebäude von Harlem betrachtete, wurde ihm klar, dass er sich über den Alten am Schalter keine Sorgen zu machen brauchte.

* * *

Sterling war eingedöst, als ihn das laute Quietschen bremsender Eisenbahnräder weckte. Beim Einsteigen an der hundertfünfundzwanzigsten Straße war der Zug mit Pendlern in die Vorstädte noch voll besetzt gewesen, aber inzwischen hatten sich die Wagons fast ganz geleert. Sterling griff nach seinem Rucksack und folgte der kleinen Schar von einheitlich gekleideten eleganten Anzugträgern auf den tristen Bahnsteig hinaus. Volvo-Kombis und teure BMW-Limousinen warteten an den Treppenabgängen des Bahnsteigs, ihre Insassen winkten den erschöpft von einem anstrengenden Arbeitstag aus der City heimkehrenden Brötchenverdienern zu.

Sterling blieb im Licht der flackernden Leuchtstoffröhren auf dem Bahnsteig stehen und hielt nach Gilden Ausschau. Nach einer Weile bemerkte er in der Ecke des Parkplatzes einen Wagen, der ihn offenbar anblinkte, eine schwarze Yukon-Limousine mit stark getönten Scheiben. Als Sterling den Fußgängersteg zum Parkplatz überquert hatte, war der Yukon inzwischen unten vorgefahren.

»Ich habe Sie fast nicht erkannt«, sagte Gilden, als Sterling die Tür zugezogen und Gilden sich in die Schlange der Luxusfahrzeuge eingereiht hatte, die vom Parkplatz herunterfahren wollten. »Sie sehen aus wie ein Student.«

»Im Moment hätte ich nichts dagegen, einer zu sein«, sagte Sterling. »Ich weiß immer noch nicht, was eigentlich gespielt wird. Ein Haufen Leute will mir ans Leder, und wenn mir nicht bald etwas einfällt …« Er fuhr sich mit dem Finger über die Kehle.

Die Fahrt verlief schweigend. Verstohlen betrachtete Sterling den ehemaligen Agenten, die schlaffe Haut unter seinem Kinn und die langen Finger mit den arthritisch geschwollenen Knöcheln. Das glatt zurückgebürstete Haar war inzwischen ergraut, aber in den Augen, die gelegentlich zu Sterling herüberblickten, funkelte immer noch der Glanz von Stärke und Entschlossenheit. Nach einigen Minuten Fahrt bog Gilden in die Einfahrt eines Park- und Wiesengeländes und fuhr mit angeschalteten Nebelleuchten gut anderthalb Kilometer einen engen Pfad zu einem Teich hinauf. Oben angekommen, stellte er Motor und Licht ab. Dunst lagerte über dem Wasser. Der tiefe, kehlige Ruf von Ochsenfröschen und das laute flirrende

Zirpen der Zikaden durchbrachen die gläserne Stille. Vollkommene Finsternis umfing sie.

»Die Überprüfung von Heidi Voss hat einige interessante Details zutage gefördert«, eröffnete Gilden das Gespräch. »Sie war nicht gerade das, was man sich unter einer braven Studentin vorstellt.«

»Das habe ich mir inzwischen schon fast gedacht«, sagte Sterling. »Ihre Spur zieht sich wie ein roter Faden durch den ganzen Fall.«

»Sie hat in der letzten Zeit viel Glück gehabt.«

»Wie das?«

»Für eine Studentin war sie ziemlich vermögend.«

»Wenn sie so viel Geld hatte, warum hat sie dann bei einer alten Frau im Upper Valley die Haushaltshilfe gespielt?«, sinnierte Sterling.

»Vielleicht, weil der Geldsegen erst vor kurzer Zeit einsetzte.«

»Wann genau?«

»Vor drei Monaten.«

»Hat sie in der Lotterie gewonnen?«

»Etwas Ähnliches. Das haben mir meine Kontaktleute jedenfalls gesagt. Heidis Mutter, Helga Voss, arbeitet als Sekretärin am Historischen Institut der Universität Stuttgart. Heidis Vater ist vor vielen Jahren bei einem Raubüberfall ums Leben gekommen. Seine Lebensversicherung hat nicht viel gebracht. Die beiden Frauen haben im Grunde vom Universitätsjob der Mutter gelebt. Vor ein paar Monaten waren auf dem Konto der Mutter auf einmal Zugänge durch telegrafische Überweisungen zu verzeichnen. Massive Zugänge. Jedes Mal gleich hunderttausend Dollar auf einen Schlag. Die Mutter hat anschließend das Geld unter geringen Abzügen auf Heidis Konto weitergeleitet.«

»Drogengeld?«

Gilden knipste eine Leseleuchte an. »Glaube ich nicht«, sagte er kopfschüttelnd und griff nach einem dicken Ordner auf dem Rücksitz. Die Kakophonie der zirpenden Insekten und die nächtlichen Rufe der Teichbewohner brachen in die Stille im Wagen.

»Da haben Sie die komplette Dokumentation«, sagte Gilden und überreichte Sterling den Ordner. »Die meisten Faxe sind lesbar genug, um vor Gericht standzuhalten.«

»Und wer hat dieses Geld geschickt?«

Gilden wies mit dem Kinn auf den Ordner in Sterlings Händen. Sterling schlug ihn auf und nahm sich den ersten Packen Blätter vor. Ganz obenauf lagen mehrere Fotokopien von telegrafischen Geldanweisungen über einhunderttausend Dollar pro Transaktion. Sterling konnte die Unterschrift am unteren Rand der Formulare nicht lesen, wohl aber, wer als Kontoinhaber eingetragen war. Der Mund blieb ihm offen stehen.

Die Sunny Fields Company.

* * *

Sterling brauchte dringend Schlaf. Viel Schlaf. Es war schon weit nach Mitternacht, als er die Treppe am Hintereingang des Pfarrhauses hinaufstieg. Sein Zimmer lag in der hinteren Ecke des Hauses, damit er das Haus betreten und verlassen konnte, ohne die anderen zu stören. Mehr als alles andere brauchte er jetzt Ruhe, damit er seine Gedanken ordnen konnte. Wenn er bei langwierigen, komplizierten Fällen endlich den Knackpunkt gefunden hatte, hatte er sich immer so gefühlt – ein tief sitzender dumpfer Schmerz in Muskeln und Gelenken, dem nur durch einen langen Schlaf beizukommen war. Er öffnete die Hintertür. Als er an der Küche vorbeikam, sah er einen zugedeckten Teller auf dem Küchentisch, aber er war zu erschöpft, um auch nur an Essen zu denken. Er ging in sein Zimmer, warf den Rucksack aufs Bett, zog die Glock aus dem Hosenbund, sicherte die Waffe und legte sie auf der Kommode ab. Zur Lockerung der verkrampften Halsmuskulatur ließ er langsam den Kopf kreisen.

Er öffnete das Fenster einen Spalt. Er mochte es, wenn ihm im Schlaf ein sanfter Luftzug über das Gesicht fächelte. Er schüttelte das Kopfkissen auf und schlug das Deckbett zurück.

»Bledsoe, nicht bewegen!« Die ruhige Stimme des Mannes ließ keinen Zweifel an seiner Entschlossenheit aufkommen.

Die Straßenbeleuchtung warf einen langen Lichtstreif an die Wand. Sterling gewahrte umrisshaft einen Mann, der mit dem Rücken zur Wand auf einem Stuhl saß, die linke Hand in der Tasche vergraben, die rechte vor sich auf dem Tisch.

»Setzen Sie sich aufs Bett und lassen Sie die Finger von der Waffe«, sagte der Mann. »Sie brauchen nur zu blinzeln, und ich pumpe Sie voll Blei.«

Sterling glaubte die Stimme zu kennen, aber sein Hirn war eigenartig träge. Er hatte einen langen, harten Tag hinter sich – und jetzt das! Er setzte sich resigniert aufs Bett.

»Verschränken Sie die Hände vor sich im Schoß, als wollten Sie beten. Ich will sie sehen.«

Sterling gehorchte. Er war sich seiner Verwundbarkeit bewusst. Er dachte an Veronica und an die Briggs und fragte sich, ob ihnen etwas zugestoßen war.

Das Licht flammte auf. Sterling sah sich Agent Lonnie Brusco gegenübersitzen, vor dem eine Ruger mit kurzem silbernem Lauf auf dem Tisch lag. Brusco sah nicht aus, als wäre ihm zum Scherzen zumute. »Ich habe den ganzen Abend auf Sie gewartet.«

»Ich bin's nicht gewesen.«

»Wenn ich der Meinung wäre, dass Sie es gewesen sind, würde die Waffe nicht vor mir auf dem Tisch liegen, sondern ich hätte sie in der Hand. Aber Sie haben mir trotzdem eine ganze Menge zu erklären. Erst taucht Ihr Bild in dieser E-Mail auf, dann greifen Sie Wiley an und sperren ihn ein, und zu guter Letzt schießen Sie auch noch auf unsere Agenten. Unschuldig oder nicht, Bledsoe, Sie stecken bis zum Hals in der Scheiße! Also, reden Sie, aber schnell.«

Während der folgenden halben Stunde gab Sterling Brusco einen umfassenden Bericht von seinen Nachforschungen. Er begann mit den Stärlingen in Mandrykas geheimem Kellerkühlraum und dem Video von dem Vogelsterben, das Wilson im Wald aufgenommen hatte. Er berichtete von dem Foto auf Mortimers Schreibtisch und dem anderen Foto von Wilson mit seiner Labormannschaft und Heidi Voss an prominenter Stelle direkt neben ihm. Die Liebesaffäre unterschlug er, da er noch nicht wusste, welche Rolle diesem Detail bei den Morden zukam, wohl aber erwähnte er die Nachricht, die Ahote ihm zugesteckt hatte, und das Zusammentreffen mit Kanti hoch oben in den Bergen. Zum Schluss gab er einen Überblick über die Geschehnisse nach seiner Flucht aus Hanover und vergaß auch nicht, die massiven Zahlungen der Sunny Fields Company zu erwähnen, die auf das Konto von Heidi Voss' Mutter geflossen waren.

Schweigend und ohne sich auch nur zu räuspern, hörte sich Brusco die Geschichte an. »Das klingt alles ganz plausibel«, sagte er schließlich, »aber wo ist der zwingende Beweis? Ein paar clevere Anwälte werden Ihnen problemlos so viele Löcher in Ihre Argumente schießen, dass Ihnen kein Geschworener mehr glaubt.«

»Ich bin fast am Ziel«, sagte Sterling beschwörend. »Heute bin ich auf das Motiv gestoßen. Jetzt kann ich endlich die gezielte Suche nach den harten Beweisen starten. Aber dazu brauche ich noch ein klein wenig Zeit!«

Brusco wandte den Blick ab. Sterling sah, wie er mit sich kämpfte. In seinem Gesicht stand geschrieben, dass er Sterling vertraute, aber manchmal war Vertrauen eine heikle Angelegenheit.

»Achtundvierzig Stunden«, sagte Brusco knapp. »Machen Sie Nägel mit Köpfen, und dieses Gespräch hat nie stattgefunden.«

Sterlings Schultern sanken erleichtert herab. »Mehr brauche ich nicht«, sagte er. »Wenn ich diese Schweinehunde hoppnehme, wird Ihr Name direkt neben meinem stehen.«

Brusco winkte ab. Er verstaute die Waffe wieder in seinem Schulterholster, erhob sich und ging zur Tür.

»Wie haben Sie mich gefunden?«, wollte Sterling wissen.

»Frumpton.«

»Aber Harry ist tot.«

»Weiß ich. Ich habe oben in seinem Ferienhaus ein altes Telefonverzeichnis von ihm entdeckt mit einem Haufen Nummern von Ihnen. Es war die einzige Nummer, die wir noch nicht kannten.«

Sterling begriff. Als Reverend Briggs ihn nach dem Fiasko im DeWitt aufgenommen hatte, brauchte er jemanden in der Firma, der ihm den Rücken freihielt, bis er wieder auf den Beinen war. Damals hatte er nur mit Harry Kontakt gehalten.

»Wie Sie sich heute verhalten haben, rechne ich Ihnen hoch an«, sagte Sterling.

Brusco machte die Tür auf. »Lassen Sie mich bloß nicht hängen, Bledsoe. Ich habe zwei Kinder, die ich aufs College schicken möchte. Ich brauche diesen Scheißjob.«

47

STERLING RANNTE DIE Treppen zur Pennsylvania Station hinunter. Der Zug fuhr in einer halben Stunde ab. Er hatte keine Minute zu verlieren. Die Bahnhofshalle war ein einziges wogendes Meer von Farben und Menschen. Willig ließ sich Sterling von der Menge verschlucken. Unter Vermeidung des Polizeihäuschens im nördlichen Seitengang gelangte er hinter die große Anzeigetafel. An einem Fahrkartenautomaten, vor dem niemand anstand, holte er die Kreditkarte von Reverend Briggs heraus. Ein paar Sekunden später war er im Besitz einer Fahrkarte nach Savannah, Georgia.

Der Zug mit dem Namen Silver Meteor eignete sich hervorragend für Sterlings Vorhaben. Sterling hatte sich die Strecke gut eingeprägt: ein kurzer Halt in Newark und in Trenton, New Jersey, dann kam Philadelphia, und weiter ging es durch Delaware und Maryland nach Washington, D. C., dann kamen noch ein paar Stationen, und schließlich war Endstation in Savannah, Georgia. Die lange Strecke und die vielen Zwischenstopps machten seine Position schwer bestimmbar.

Die Fahrkarte in der Tasche, erstand Sterling noch eine Zeitung, eine kleine Rolle Klebeband und eine Schere. Er stellte sich an der Sperre zu den Bahnsteigen an und schob sich mit der Menge am Kontrolleur vorbei, der die Passagiere durchschleuste. Er hielt dem Mann kurz die Fahrkarte hin und fuhr die lange Rolltreppe zum düsteren Bahnsteig hinunter. Er schaute auf die Uhr.

Die meisten Fahrgäste waren Pendler und strebten zum vorderen Zugabschnitt. Sterling machte sich auf den Weg ganz nach hinten zu den Wagons ohne Platzreservierung. Er lief durch den Speisewagen, dann noch zwei Wagons weiter und schloss sich in der Toilette ein. Die Zeit rückte unerbittlich voran. Er zog sein altes Handy heraus und schaltete es an – das erste Mal, seit er nach New York gekommen war. Noch sieben Minuten bis zur Abfahrt. In seinem Kopf begann der Countdown. Er zog die Werbebroschüre einer Internetapotheke heraus, die von Ginko Bilboa bis Viagra alles im Angebot hatte, und tippte die Nummer in sein Handy ein. Der Name der Stadt, wo die Firma ihren Sitz hatte, war ihm schon entfallen, er wusste nur noch, dass es irgendwo in Oklahoma war.

Während er noch darauf wartete, dass die Verbindung zu Stande kam, sah er auf die Uhr. Noch fünf Minuten. Nach acht Klingelzeichen hörte er eine Sprachaufzeichnung. Eine Frauenstimme führte den Anrufer langsam durch eine lange Liste von Optionen. Nach jedem Optionsangebot machte sie eine kleine Pause, um fortzufahren, wenn an dieser Stelle keine Reaktion des Anrufers erfolgt war. Wenn überhaupt keine Option wahrgenommen wurde, fing die ganze Litanei wieder von vorne an. Sterling hatte den Spaß am Vorabend bereits durchexerziert. Die Stimme hatte das Menü endlos unverdrossen heruntergeleiert.

Noch drei Minuten bis zum Abfahrtspfiff. Auf einmal klopfte jemand an die Tür. Sterling zog die Toilette ab. »Einen Moment, bitte«, rief er in das Rauschen des Wassers. Als er aus der Kabine trat, hörte er die Dieselaggregate der Lok langsam hochlaufen.

* * *

»Es tut sich was!«, schrie Special Agent Glazer, als im Überwachungsfahrzeug die Monitore lebendig wurden. Der Rest der Mannschaft, der in unterschiedlichen Stadien der Apathie herumgehangen hatte, wurde schlagartig wach.

Skip Dumars kam den Mittelgang heruntergepoltert. Was im Weg stand, flog beiseite. Er griff sich einen Kopfhörer vom Tisch und klemmte ihn auf seinen gewaltigen Schädel.

»Welche Nummer?«, knurrte er. Seine Stimmung dümpelte unter dem Nullpunkt seines ohnehin schwer erträglichen Naturells. Als die verpatzte Festnahme im Hotel DeWitt nach Washington gemeldet werden musste, hatte man ihm den Kopf abgerissen und in Einzelteile verpackt wieder zurückgereicht. Bringen Sie uns Bledsoe, oder freunden Sie sich mit einer beruflichen Dauerperspektive als Aktenschwengel an, hatte die kaum als verhüllt zu bezeichnende Drohung gelautet. Murph und seine Erfüllungsgehilfen waren extra vom Hauptquartier angeflogen gekommen, um den Wink mit dem Zaunpfahl persönlich abzuliefern.

»Wir haben den Abgleich in fünfundvierzig Sekunden«, flötete eine Agentin und ließ die Finger über die Tastatur flitzen.

Auf einem Arbeitstisch in der mobilen Einsatzzentrale waren drei Monitore installiert. Glazer, Miss Walsh und Perkins, drei Agenten von der IT-Abteilung, bedienten die Computer. Die anderen drängten sich hinter Dumars' massiver Rückfront wie Spanner vor einem Schlüsselloch.

»Freshman, ist der Tracker einsatzbereit?«, bellte Dumars Perkins an. Perkins war der Jüngste und hatte das Aussehen eines Studienanfängers. Niemand machte sich die Mühe, ihn seines Namens zu würdigen. Er war für alle nur der Freshman.

»Tracker steht und funktioniert«, sagte der Freshman und manövrierte den Cursor durch einen komplizierten Bildschirmaufbau. Ein farbenfroher Erdball mit Längen- und Breitengraden rotierte gemächlich auf dem Monitor. Als sich Nordamerika in die Bildmitte geschoben hatte, blieb der Globus stehen. Mit ein paar weiteren Mausklicks zoomte der Freshman die USA heran.

»Es dauert jetzt ein paar Augenblicke«, sagte Agentin Walsh, die am mittleren Bildschirm saß. »Bald haben wir die Nummer.«

Eine Zahlenwalze rotierte auf dem Bildschirm. Nach ein paar Minuten hatten sich alle zehn Stellen fest eingestellt.

»Die Nummer anrufen!«, befahl Dumars.

Aus dem Lautsprecher tutete unvermittelt der Wählton. Gespannt warteten alle aufs Klingeln. Die Internetapotheke meldete sich und verlangte die Entscheidung für eine Option.

»Sir, er bewegt sich«, sagte der Freshman. Alles starrte gebannt auf den blinkenden roten Punkt, der die Position der Signalquelle markierte. Der Freshman tippte eine Zahlenfolge ein. Die Landkarte kippte zur Ostküste. Sekunden später füllte zunächst eine Karte des Staates New York, gleich darauf ein Plan von New York City den ganzen Bildschirm. »Er ist in Manhattan«, sagte der Freshman. »Er bewegt sich.« Der rote Punkt glitt langsam über den Bildschirm.

»Sagen Sie schon, in welche Richtung?«, schnauzte Dumars. Mit seinen bebenden Nüstern und den Aderknoten an seinem Stiernacken sah er aus wie ein angriffsbereiter Bulle.

»Richtung Südwest.«

»Steht die Verbindung noch?«

»Steht«, sagte Miss Walsh.

»Rufen Sie die verdammten Hubschrauber. Sie sollen sich bereithalten!«, brüllte Dumars einem Beamten hinten im Fahrzeug zu.

»Alle beide?«

»Und ob! Wir hetzen ihn aus der Luft. Informieren Sie die New Yorker Polizei, dass wir ihn an der Leine haben. Sie sollen uns Bodenunterstützung geben. Diesmal geht er mir nicht durch die Lappen!«

»Sir, er bewegt sich ziemlich schnell!«, meldete der Freshman. Er tippte ein paar Befehle in den Computer. »Mit mindestens sechzig Stundenkilometern. Und ohne anzuhalten. Er muss in einem Auto sitzen.«

Die Frauenstimme der Apotheke forderte immer noch zu Bestelloptionen auf.

»Stellt das verdammte Geleier ab!«, brüllte Dumars. »Walsh, wie lange steht die Verbindung schon?«

»Sieben Minuten«, sagte sie, wobei ihre langen Finger souverän über die Tasten sausten. »Noch drei Minuten, und wir haben ihn fest am Haken.«

Die neue FBI-Abteilung für Nachrichtentechnik hatte eine ultramoderne drahtlose Ortungstechnologie entwickelt. Sie war einzigartig auf der Welt. Unter stillschweigender Mitwirkung der Telefongesellschaften und der Mobiltelefonhersteller hatte die Abteilung ein Programm entwickelt, mit dem der Standort eines Handys auch nach Beendigung des Gesprächs noch bestimmt werden konnte. Sofern die Verbindung zwischen Kommunikationssatellit und Handy lang genug stand, konnte der Satellit eine Dauerverbindung zum Handy etablieren, indem er auf einer bestimmten Mobilfunkwellenlänge mit kurzen Signalbündeln einen in das Handy integrierten Chip aktivierte. Der Chip sendete seinerseits ein Signal zurück, über das die Position des Handys im Stadtbereich auf fünf Querstraßen genau ermittelt werden konnte. Das Ganze funktionierte allerdings nur, wenn die Telefonverbindung mindestens zehn Minuten lang stand.

Aller Augen klebten am Zifferblatt der Uhr. »Was ist das?«, murmelte der Freshman. »Das Signal streut. Irgendwas macht Interferenzen.« Er gab ein paar Zahlen ein. Farbe und Bewegung der Landkarte änderten sich. »Ich kann's nicht genau sagen, aber das Störungsmuster sieht nach Wasser aus.«

»Was zum Teufel geht in ihm vor?« Dumars hatte laut gedacht. »Er muss doch wissen, dass wir ihn orten. Und warum fährt er nach Süden?«

»Zehn Minuten bestätigt!«, rief Agentin Walsh. »Der Satellit hat ihn am Wickel. Er gehört uns.«

»Bleiben Sie an ihm dran!«, rief Dumars, riss sich den Kopfhörer herunter und knallte ihn auf den Tisch. »Ich nehme den Hubschrauber!«

Zusammen mit zwei anderen Agenten stürzte Dumars zur Hecktür des Wagens hinaus und sprang in eine neutrale Limousine. Der Fahrer schaltete die Sirene und die Blinklichter im Kühlergrill an. Die Hubschrauber warteten auf einem Heliport an der East Side. Bei nicht allzu dichtem Verkehr konnten sie in fünfzehn Minuten dort sein.

48

STARKER WIND UND schlechte Sicht nagelten Dumars und die beiden anderen Agenten noch eine Stunde am Boden fest, bis sie endlich die Starterlaubnis bekamen. Von ihrer fahrbaren Kommandozentrale im LKW, mit der sie in ständiger Verbindung blieben, bekamen sie die Information, dass Sterlings Gespräch fast eine halbe Stunde gedauert hatte, bis die Verbindung unterbrochen worden war. Der Freshman hatte das Signal des Telefons von Newark nach Trenton verfolgt, und als aufgelegt worden war, hatte der Satellit das Signal in den nördlichen Vorstädten von Philadelphia wieder aufgespürt. Von New York City angefangen hatte man die ganze Ostküste entlang sämtliche Polizeibehörden alarmiert: Ein flüchtiger Agent könnte das Zuständigkeitsgebiet berühren. Amtshilfe sei geboten.

Dumars und seine beiden Begleiter spähten aus dem Hubschrauber nach unten. Einem mobilen, computerisierten elektronischen Leitsystem folgend, das sie mit an Bord genommen hatten, sahen sie unter sich die Welle der Streifenwagen, die sich blinkend die Straßen entlangschlängelte. Da sich nicht absehen ließ, wie lang die Jagd noch dauern würde, hatten sie zwei weitere Hubschrauber angefordert, die aufgetankt in Philadelphia bereitstanden. Dann kam über Funk von einem der Wagen am Boden die Meldung, Bledsoe befände sich an Bord eines Richtung Süden fahrenden Amtrak-Zuges. Die Zeit hätte ausgereicht, den Zug in Philadelphia zu umstellen, aber der Bahnhof war sehr belebt, und für die notwendigen Absperrmaßnahmen hätte man zusätzliche Kräfte zur Verstärkung gebraucht. Dumars gab kurz entschlossen Befehl, sich vorerst zurückzuhalten. Er ordnete an, den Zug in Philadelphia durchfahren und erst in Wilmington anhalten zu lassen. Das Team in Wilmington wies er an, die notwendigen Vorbereitungen zur Verhaftung Bledsoes einzuleiten. Der dortige Bahnhof war kleiner, nicht so zentral gelegen und viel leichter abzusperren – und, was mindestens genauso wichtig war: Dumars gewann auf diese Weise die nötige Zeit, die Verhaftung persönlich vorzunehmen und die Handschellen eigenhändig zuschnappen zu lassen.

Wieder kam ein Telefonat herein. Einer der Agenten meldete den Chef.

»Sir, wir haben ihn am Gängelband«, sagte Dumars. Er gab sich Mühe, seine Erregung zu verbergen.

»Wo ist er?«

»In einem Amtrak-Zug nach Süden, derzeit in Philadelphia. Wenn der Zug in Wilmington hält, schnappen wir ihn.«

»Wie ist die Unterstützung durch die lokalen Behörden?«

»Sie ziehen alle am gleichen Strang. Wir haben die Polizeiorgane der Städte, des Staates und die Transitkräfte je nach Zuständigkeit koordiniert. Sie wissen, worum es geht.«

»Wir brauchen ihn lebend«, knurrte der Behördenchef.

»Dumars, das ist jetzt nicht der Augenblick, dem eigenen Affen Zucker zu geben. Spielen Sie nicht den Helden. Denken Sie dran, er ist immer noch einer von uns.«

»Und wenn er Widerstand leistet?«

»Sie haben freie Hand, alles Erforderliche zu unternehmen, um ihn gefügig zu machen, aber bringen Sie mir den Mann lebend! Und sorgen Sie dafür, dass keine Passagiere zu Schaden kommen. Wir können uns nicht leisten, dass die Aktion nach hinten losgeht.«

Eine lange Pause trat ein.

»Dumars, habe ich mich klar ausgedrückt?«

»Es könnte klarer nicht sein.«

Die Bodenstation gab laufend die Satellitendaten herein. Dumars betrachtete den hektischen Betrieb unter seinem Hubschrauber. Eine Armada von blinkenden Streifenwagen brauste gleichauf mit dem dahinrasenden Zug auf zwei Spuren nebeneinander den Highway entlang. Es war jetzt schon ein Riesenspektakel. Die Fahrer von parkenden Autos standen neben ihren Fahrzeugen und deuteten gestikulierend auf den Zug und den Pulk der blinkenden Streifenwagen. Einen knappen Kilometer entfernt schwebte der Hubschrauber eines lokalen Fernsehsenders in der Luft.

Eine Welle der Befriedigung glättete die Runzeln, die sich tief in Dumars massige Stirn gegraben hatten. Die Kameras konnten seinen Marktwert nur heben. Jeder nennenswerte Sender würde in den Abendnachrichten die Festnahme bringen, und die Schlagzeilen der Morgenblätter würden quer übers ganze Land davon künden. Und wenn das nicht reichte, seinen Namen in aller Mund zu bringen, dann das anstehende Gerichtsverfahren allemal.

Während der Zug zielstrebig Wilmington entgegenrollte, nahm Dumars einen Feldstecher zur Hand und richtete ihn weit nach vorne. Inmitten eines Meers von Blinklichtern konnte er durch einen lockeren Baumbestand hindurch Teile des Bahnhofsgebäudes ausmachen. Wie erhofft und erwartet hatten mehrere Fernsehgesellschaften am Schienenstrang entlang ihre Übertragungsfahrzeuge geparkt. Dumars sah die ausgefahrenen Antennenmasten in den Himmel ragen.

Er führte mit dem Polizeichef von Wilmington ein längeres Telefongespräch, in dem er ausführlich den geplanten Ablauf der Verhaftung darlegte. Alles unterstand seinem Kommando, die Sicherheit der Passagiere hatte oberste Priorität. Nur eine einzige Fernsehkamera und ein Pressefotograf sollten Zutritt zum Zug erhalten, Aufnahmen waren allein auf sein Zeichen hin gestattet.

Dumars kämmte sich mit gespreizten Fingern durch die Haare, bis sich seine widerborstige Mähne wie eine Haube um den Schädel schmiegte. Schon lange hatte er auf eine Gelegenheit gelauert, Bledsoe von seinem hohen Ross herunterzuholen – und nun würde die Verhaftung des Erzrivalen auch noch für seinen längst fälligen Karrieresprung sorgen! Durch Frühpensionierungen wurden im kommenden Jahr einige regionale Direktorenposten frei. Diese prominente Festnahme kam wie gerufen, um seinen Namen auf der Liste der möglichen Nachfolger nach oben zu katapultieren.

Im äußeren Bereich des Bahnhofsgeländes verlangsamte der Zug seine Fahrt. Ein zweihundert Meter langes Spalier von Polizisten in Uniform, viele mit gezogener Waffe, lieferte Schulter an Schulter rechts und links der Gleise eine eindrucksvolle Demonstration der Staatsmacht, die selbst auf Dumars ihre Wirkung nicht verfehlte. Der Pilot setzte den Hubschrauber auf dem geräumten Bahnhofsparkplatz auf einem eigens zu diesem Zweck markierten Landeplatz auf. Der Zugschaffner war über Funk detailliert über das Vorgehen informiert worden. Sämtliche Türen des Zuges waren verschlossen zu halten, bis Dumars und sein Team am vorderen Einstieg des ersten Wagons erschienen, von wo sie sich Wagen für Wagen durch den Zug arbeiten wollten, bis Bledsoe lokalisiert war. Der Freshman meldete sich noch einmal, um zu berichten, dass das Signal stehen geblieben war und seine Koordinaten mit denen des Bahnhofs übereinstimmten.

Bledsoe war definitiv im Zug.

Kameramann und Fotograf waren inzwischen ausgewählt und standen bereit, um sich Dumars und seinem Agententeam anzuschließen. Ein großer, schlaksiger Bursche in zerrissenen Jeans und schmutzigem T-Shirt hatte die Fernsehkamera bereits auf die Schulter gehievt, neben ihm stopfte sich eine zierliche junge Frau mit goldener Mähne und eifrig blickenden blauen Augen eine Hand voll Filme in die Tasche und wartete geduldig auf Anweisungen.

»Er ist bewaffnet und gefährlich«, instruierte Dumars die Versammelten in einstudiert wirkendem amtlich-wichtigen Ton. »Zwei Agenten bilden die Vorhut, dann komme ich, dann zwei Mann Nachhut.« Er deutete auf die Journalisten. »Ihr kommt ganz zuletzt. Es ist zu eurer eigenen Sicherheit. Und es werden keine Bilder geschossen, bevor ich das Zeichen dazu gebe! Alles klar?« Ein Chor aus ›alles klar!‹ und bestätigendem Kopfnicken schlug ihm entgegen. Dumars zog die Waffe und stapfte in die geräumte Bahnhofshalle. Hinter Polizeiabsperrungen drängten sich gestrandete Passagiere und schnatterten erregt gestikulierend in ihre Handys.

Einen Augenblick später war das Einsatzteam auf dem Bahnsteig, wo es von Uniformen sämtlicher Couleur und bellenden Polizeihunden wimmelte. Sie bahnten sich den Weg zum ersten Wagon und gaben über Funk Anweisung, die Tür zu öffnen.

Die Vorhut, zwei junge athletische Agenten, die aussahen, als würden sie sich vorwiegend dem Hanteltraining widmen, stieg zuerst ein. Dumars folgte mit der Nachhut, die zwei Bildjournalisten kletterten hinterher. Viele Passagiere wollten aussteigen und blockierten den Mittelgang. Die Agenten forderten sie auf, wieder Platz zu nehmen und sich ruhig zu verhalten. Eine mit gesenkten Köpfen betende Nonnengruppe ließ den Rosenkranz durch die Finger gleiten und bekreuzigte sich. Die Suche ging methodisch voran. Gleichauf mit dem Suchkommando bewegte sich ein Flankenschutz von Beamten draußen am Zug entlang, sogar vom Wagondach tönten Schritte herunter.

Wagen um Wagen wurde durchsucht – unter den Sitzen, die Gepäckfächer, die Toiletten, aber von Sterling war keine Spur. Dumars rief den Freshman an. »Haben Sie immer noch das Signal?«

»Unvermindert stark. Es bewegt sich nicht.«

Sie durchsuchten den Speisewagen und das kleine freie Stück zwischen den Wagons. Dumars nahm das tragbare elektronische Leitsystem zur Hand, zog die Antenne heraus und rief die Kommandozentrale an. »Orten Sie uns«, befahl er.

Sekunden darauf kam die klare Antwort. »Sie sind keine zehn Meter vom Signalpunkt entfernt.«

»Er ist im letzten Wagon«, instruierte Dumars über Funk das Außenteam. »Wir werden jetzt hineingehen. Aber denken Sie daran, keinen Schusswaffengebrauch, solange ich nicht den Feuerbefehl gebe!«

Als sie sich langsam mit gezogener Waffe in den letzten Wagen schoben, starrten ihnen angstvoll vier Augenpaare entgegen: eine Frau mit einem kleinen Kind, ein einzeln sitzender alter Herr und eine junge Frau mit einem College-Sweatshirt. Sie wurden von den Agenten an der Spitze aufgefordert, sich zum vorderen Wagon zu begeben. Die Passagiere erhoben sich und wurden von den Agenten der Nachhut in den anderen Wagen hinübergeleitet. Als der Wagon evakuiert war, rief das Kommando Sterlings Namen und bot ihm eine friedliche

Lösung an, während sich die Männer langsam den Mittelgang hinunter bewegten. Keine Antwort.

Sie waren vor der Toilette am Ende des Wagons angekommen.

Dumars gab den Reportern ein Zeichen. Ein Agent klopfte an die Toilettentür. Wieder keine Antwort. Der Agent probierte die Klinke. Die Tür war offen. Sie traten einen Schritt zurück. Dumars zählte bis drei und stieß die Tür mit dem Fuß ganz auf.

Nichts.

Wütend zog Dumars das elektronische Leitsystem heraus und rief die Kommandozentrale an. »Orten Sie uns!«, bellte er.

»Können Sie ihn denn nicht sehen? Sie sind doch nur einen halben Meter vom Signal entfernt!«

Dumars steckte das Handy weg. Ein unschlüssiger Moment verstrich, dann hieb Dumars mit dem Handballen gegen die Entnahmeklappe des Handtuchspenders, die scheppernd hochschlug. Er fing an, die Papierhandtücher herauszuzerren. Eine gefaltete Zeitung kam zum Vorschein, die mit Klebeband an der hinteren Innenwand des Behälters befestigt war. Dumars riss sie heraus und schlug sie auf.

Ein Blitzlicht flammte auf, während Skip Dumars belämmert auf das Handy von Special Agent Sterling Bledsoe starrte.

* * *

Sterling steuerte das silberne Lexus-Cabrio auf den Parkplatz des Moutaineers Motels an der Route 10 in Lebanon, nur fünfzehn Minuten Fahrt vom Campus des Dartmouth College entfernt. Er wusste, dass die hieb- und stichfesten Beweise, mit denen er Mortimer und seine Komplizen ans Messer liefern konnte, irgendwo in diesen Bergen auf ihn warteten. Sein Instinkt sagte ihm, dass er sie während der früheren Nachforschungen bestimmt schon hundertmal gesehen und jedes Mal übersehen hatte. Ungeachtet des Risikos war es für ihn unerlässlich, hierher zurückzukommen, wo sich alles zugetragen hatte. Er musste die Luft des Tatorts atmen und die Szenerie, wo alles geschehen war, in Augenschein nehmen. Nachdem der Mustang auf einem verlassenen Grundstück in New Jersey in Flammen aufgegangen war und sein Porsche irgendwo in einer FBI-Garage schmorte, verdankte er wieder einmal Reverend Briggs die Rettung, der ihm den Wagen seiner ältesten Tochter geliehen hatte, die momentan im Urlaub war.

Sterling hatte die neu gekaufte Baseballmütze tief ins Gesicht gezogen, als er sich bei der alten Frau am Empfang anmeldete. Sie trug in jedem Ohr ein Hörgerät und außerdem eine Brille mit Gläsern, deren Dicke auf schusssicheres Glas schließen ließ. Das Risiko, dass sie ihn erkannte und Alarm schlug, lag zwischen null und nicht messbar. Er verlangte ein möglichst ruhiges Zimmer an der Rückseite, er müsse unheimlich viel lesen. Die alte Dame bot ihm ein Paar Ohrstöpsel aus Schaumgummi an. Sterling lehnte das freundliche Angebot höflich ab, bat aber, dafür Sorge zu tragen, dass er bis zum Morgen ungestört blieb.

Er stellte den Wagen hinter dem Gebäude ab, wo man ihn von der Straße aus nicht sehen konnte, und schaffte schnell seine Unterlagen und die beiden Waffen in sein Zimmer. Er duschte, besorgte sich aus dem Automaten in der Lobby etwas zum Knabbern und machte sich an die Arbeit. Als Erstes stand ein Anruf bei Special Agent Mickey Strahan in der Abteilung für Überwachung auf dem Programm.

»Was liegt an?«, sagte Strahan, als er das Gespräch annahm. Es war seine Art, sich zu melden. Er saß vermutlich an seinem Schreibtisch in Quantico, das Handy wie immer sprechbereit neben sich. Bei jedem Piepsen hoffte er auf eine Einladung zum Golfspielen.

»Stray, ich bin's«, sagte Sterling. »Bist du allein?«

»Nein, ich bin umgeben von Papierbergen«, meinte Strahan hintergründig.

Sterling verstand den Wink. »Stray, geh mal raus, damit wir ungestört reden können.«

»Bleib dran, ich muss die Unterlagen aus dem Auto holen«, sagte Stray etwas zu laut.

Sterling hörte Stuhlbeine über Kachelboden scharren, dann Fußgetrappel und auf- und zugehende Türen. Als Windgeräusche aus dem Hörer drangen, wusste er, dass Strahan draußen im Freien angekommen war.

»Doc, was zum Teufel ist in dich gefahren?« Strahan war der Einzige im Büro, der ihn Doc nannte. Er war der Meinung, wer sich bis zum bitteren Ende durch Schule und Uni quält und dann auch noch den Doktor macht, hat ein Recht darauf, wenigstens mit seinem korrekten Titel angeredet zu werden. Sogar, wenn er sich als Agent betätigt.

»Ich brauche deine Hilfe, aber diesmal nicht nur ein bisschen«, sagte Sterling.

»Du brauchst mehr als meine Hilfe«, meinte Strahan. »Nach allem, was ich höre, will Murph Hackfleisch aus dir machen – falls dich die New Yorker Jungs nicht vorher schon umlegen. In was für eine Scheiße hast du dich denn nun wieder hineingeritten?«

»Alles Schwachsinn. Ich weiß nicht, welchen Stuss man dir aufgetischt hat, aber ich bin sauber. Jemand will mich aufs Kreuz legen.«

Am anderen Ende der Leitung herrschte Schweigen.

»Nun mach mal halblang, Stray!«, schrie Sterling ins Telefon. »Lass mich nicht am langen Arm verhungern! Haben Sie dir jetzt auch schon ins Hirn geschissen?«

»Sachte, Doc. Natürlich glaube ich nicht, dass du der Täter bist, jedenfalls nicht auf der ganzen Linie. Aber für die Schüsse auf Dumars wirst du der Chefetage schon eine gute Erklärung liefern müssen.«

Sterling seufzte. Seine Schläfen pochten. Er wühlte in der Reisetasche nach dem Fläschchen mit den Kopfschmerztabletten. »Okay, ich habe geschossen, aber es war ganz anders, als es jetzt hingestellt wird. Wenn es mir darauf angekommen wäre, Dumars umzulegen, hätte ich es mit Leichtigkeit tun können. Er war keine fünfzig Meter von mir entfernt. Aber es ging mir nur darum, ihn aufzuhalten. Er war mir auf den Fersen, und ich musste Zeit gewinnen. Um ihn festzunageln, habe ich die Windschutzscheibe einer alten Karre auf der anderen Straßenseite zerschossen. Mehr war nicht. Alles andere ist Blödsinn. Stray, die Zahl der Leichen steigt ständig. Bis jetzt sind es drei Opfer, und eine vierte Person hat nur überlebt, weil sie unverschämtes Glück gehabt hat. Du musst mir helfen, Stray. Ich würde doch nicht bei dir auf der Matte stehen, wenn ich nicht genau wüsste, dass mich ein paar einflussreiche Arschlöcher verschaukeln wollen.«

»Ich weiß nicht, ob ich für dich etwas tun kann«, sagte Stray. »Wir reden hier nicht von einer Lappalie, wir reden von einem ganz dicken Hund, den du dir da geleistet hast. Die Latte Straftaten, die man dir zur Last legt, ist inzwischen locker einen Kilometer lang. Du bist drauf und dran, auf die Liste von Amerikas meistgesuchten Verbrechern zu kommen.«

»Die Vorwürfe werden sich allesamt in Luft auflösen. Ich brauche nur noch ein klein bisschen Zeit, dann habe ich alles beisammen. Du musst mir helfen. Es ist nicht kompliziert, und zeitaufwändig ist es auch nicht.«

»Und was müsste ich tun?«

»Telefondaten besorgen. Ich bin überzeugt, der Drahtzieher hat beim Telefonieren Spuren hinterlassen.«

Stray stieß langsam die Luft aus. Sterling spürte, wie Stray innerlich mit sich rang. Stray war einer jener bis ins Mark loyalen Typen, die sich bedenkenlos als Kugelfang vor einen Kumpel werfen würden. Er war ein Ex-Footballspieler, der in der Nationalliga ein Star geworden wäre, wenn er sich nicht vorzeitig die Knie und eine Bandscheibe ruiniert hätte. Anstatt gegnerische Verteidiger durch die Luft zu schmeißen und Helme zu zerschmettern, saß er jetzt seine Tage in der Überwachungsabteilung des FBI ab. Wie so mancher Ex-Footballspieler, der zuvor Golf als Sport für Weicheier abgetan hatte, war auch er in die manikürten Rasenflächen inzwischen geradezu verliebt. Hier konnte er seine Aggressionen an einem unberechenbaren kleinen weißen Ball auslassen, der sein raues Gelächter gelegentlich in ein frustriertes Gewinsel umschlagen ließ.

»Doc, ich weiß nicht so recht …«, sagte Strahan. »Vielleicht solltest du zuerst mit den Jungs in der oberen Etage klar Schiff machen und auf den Tisch legen, was du in der Hand hast. Wer weiß, was passiert, wenn sie dich vorher kriegen.«

Sterling musste Strahan in diesem Punkt Recht geben. Das FBI ging bei Abweichlern aus den eigenen Reihen wesentlich ruppiger und nachhaltiger vor als bei einem kriminell gewordenen Normalbürger. Immer spielte irgendwie auch die große Politik hinein, besonders wenn die Gefahr bestand, dass das Image der Behörde beschädigt werden könnte. Über Fairness machte man sich in solchen Fällen allenfalls hinterher Gedanken.

»Dieses Risiko muss ich eben eingehen, Stray. Du müsstest für mich nur einen Telefonanschluss überprüfen. Nicht mehr und nicht weniger.«

Sterling hörte das berüchtigte Strahan'sche Grunzen, das er bestens vom Golfplatz kannte, wenn ein schwieriger Schlag anstand. War er geglückt, explodierte das Gegrunze zu freudigen Verwünschungen. »Ich würde das für keinen anderen machen,

Doc, ich mach das nur für dich«, sagte Strahan endlich. »Nenn mir die Nummer.«

Sterling gab Wilsons Privatnummer durch. »Ich brauche die Teilnehmer sämtlicher Telefonate, die am dreiundzwanzigsten März mit dieser oder von dieser Nummer aus geführt worden sind.«

»Nur an diesem Tag?«

»Nur an diesem Tag. Mir geht es um die Telefonnummern sämtlicher ankommenden und abgehenden Gespräche.«

»Gib mir ein paar Stunden Zeit. Ich muss erst diesen Bericht vom Tisch haben. Die Registratur sitzt mir schon im Nacken. Wo bist du im Moment zu erreichen? Ach, Quatsch, vergiss es. Blöde Frage. Ruf mich in ein paar Stunden auf meinem Handy wieder an.«

»Junge, du hast was bei mir gut.«

»Sieh bloß zu, dass du aus dieser Kacke bald wieder rauskommst, damit ich meine langen Eisen rausholen und dich über die Löcher scheuchen kann.«

»Eigentlich schade, dass dein Abschlag nicht an deine Einbildung heranreicht.«

* * *

Sterling brütete über den Artikeln zum Thema Mortimer. Er wusste eigentlich gar nicht, wonach er suchte, aber er hatte das Gefühl, wenn er nur lange genug dranblieb, würde es ihm irgendwann unverblümt ins Gesicht starren. Seine enge stickige Bude war genau das, was man für achtzig Dollar die Nacht erwarten konnte. Die Zimmer nach hinten waren in der Tat die ruhigsten, vor allem deshalb, weil sie kein Fenster hatten. Ab und an riss Sterling die Tür auf, um Luft hereinzulassen. Die Dämmerung hatte eingesetzt. Bald würde er sich ohne allzu großes Risiko in der kleinen Stadt bewegen können.

Der Lexus stand unter einer riesigen Tanne verborgen hinter dem Haus. Der kleine Flitzer war kein schlechtes Auto, ein typischer Damensportwagen. Sterling musste lachen. Der Wagen hatte Reverend Briggs bestimmt große Überwindung gekostet. So hart sich der Reverend auch gab, wenn es um seine Kinder ging, war er sanft wie ein Kätzchen.

Sterling machte die Tür wieder zu und ging zum Bett zurück, auf dem er alle Unterlagen ausgebreitet hatte, einschließlich der Kopie der Timeline aus dem Kommissionsraum der Polizeistation von Hanover.

Er sah die Aufzeichnungen von dem Gespräch mit Windsor McGovern durch. Mack hatte etwas gesagt, das in ihm rumorte, doch er kam partout nicht darauf, was es war. Zum dritten Mal überflog er die Mortimer-Papiere. Er nahm wieder den Artikel aus *Forbes* zur Hand – und stutzte.

Es war eine Passage im dritten Absatz, nur ein einziger Satz, aber bei diesem Satz legte sich ein breites Grinsen auf Sterlings Züge.

> Eine langjährige Freundschaft verbindet Präsident Wallace Mortimer mit den Männern, die während der Collegezeit seine Zimmergenossen waren – Cooper, dem es gelang, ein Software-Imperium aufzubauen, und Allistor Guyton, der Landwirtschaftsminister geworden ist.

Sterling blätterte in seinem Notizbuch. Vor lauter Hast hätte er fast eine Lage Seiten herausgerissen. Bei den Notizen vom ersten Gespräch mit McGovern hielt er inne. Er hatte sich damals mehrere Fragen notiert. Die letzte sprang ihn jetzt geradezu an: Warum war APHIS so sehr auf das Vergiften der Stärlinge erpicht, wo doch keine stichhaltigen Beweise vorlagen, dass diese Maßnahme geeignet war, die Ernteeinbußen zu senken? Auf einmal passte alles nahtlos zusammen. APHIS bezog einen Großteil seiner Mittel von der National Sunflower Association, aber die Direktiven kamen vom Landwirtschaftsministerium, dem APHIS angegliedert war. Allistor Guyton war der Chef des Landwirtschaftsministeriums, und gleichzeitig, wie sich jetzt herausstellte, ein Spezi von Wallace A. Mortimer, dem Manager der Mortimer'schen Familienunternehmen. Und eines dieser Unternehmen war keineswegs zufällig der landesweit größte Produzent von Sonnenblumen!

Kopfschüttelnd konstatierte Sterling, dass er wieder einmal den richtigen Riecher gehabt hatte. In viele kleine Hinweise zerstückelt hatte er die Antwort auf sämtliche Fragen stets vor Augen gehabt – wie von Anfang an vermutet.

Sterling wählte die Vermittlung des Dartmouth College. »Verbinden Sie mich bitte mit Carlos Sandoza«, sagte er zur näselnden Telefonistin. Wie kam es eigentlich, dass diese Damen immer durch die Nase sprachen?

»Einen Moment bitte«, näselte es.

»Carlos ist im Moment nicht hier«, meldete sich ein Zimmergenosse. Wie bei Carlos war auch bei ihm der starke Akzent aus der Bronx unüberhörbar.

»Wissen Sie, wo er ist?«

»Im Shabazz, büffeln. Mit wem spreche ich?«

»Ich rufe an wegen eines Jobs, um den er sich beworben hat. Es ist ziemlich dringend. Ich werde mich so bald wie möglich wieder melden, oder ist Carlos vielleicht über Handy zu erreichen?«

Sterling notierte sich dankend die Nummer, um sie sofort darauf zu wählen. Nach viermaligem Läuten meldete sich die Mailbox. Sterling versuchte es noch einmal. Diesmal klingelte es nur zweimal.

»Was ist los?«, meldete sich Sandoza.

»Carlos, hier ist Sterling Bledsoe.«

»Der Bruder vom Prof?«

»Genau. Ich muss Sie ein paar Sachen fragen.«

»Wir haben doch schon gequatscht.«

»Weiß ich, aber mir ist noch was eingefallen, das ich Sie gerne gefragt hätte.«

»Lass gehen.«

»Hat Präsident Mortimer meinen Bruder bis zu seinem Wagen begleitet?«

»Nein, nicht bis zum Wagen, nur bis vor die Tür.«

»Ist Mortimer danach gleich wieder ins Haus gegangen?«

»Hmmm – nein, erst kurze Zeit später.«

»Nicht sofort?«

»Nein. Er hat sein Handy rausgeholt und ist seitlich ums Haus herumgegangen.«

»Sind Sie sicher?«

»Absolut. Ich hab noch gedacht, das ist aber komisch, dass er jetzt telefoniert, wo er doch das ganze Haus voller Gäste hat.«

»Hat er selbst angerufen, oder ist er angerufen worden?«

Sandoza nahm sich Zeit, bevor er antwortete. »Kann ich nicht genau sagen. Ich war zu weit weg, um sein Handy klingeln zu hören. Falls es geklingelt hat.«

Sterling tigerte in dem kleinen Zimmer auf und ab und bemühte sich, nicht die Kontrolle über die Gedankenflut zu verlieren, die mit einem Mal auf ihn einstürmte. »Wie lange hat das Gespräch gedauert?«

»Nicht lang. Vielleicht ein paar Minuten, auf keinen Fall länger. Als er wieder reingegangen ist, hatte ich mich gerade in einen anderen Wagen geklemmt.«

»Carlos, Sie haben mir sehr geholfen. Vielen Dank.«

»Weiß zwar nicht, wofür, aber mir soll's recht sein.«

* * *

Sterling wählte Strahans Handy an. Es war Zeit, sich die Bestätigung zu holen.

»Hast du's?«, erkundigte er sich.

»Von welchem Telefon sprichst du?«, fragte Strahan. »Auf meinem Display steht plötzlich eine ganz andere Nummer als vorhin.«

»Sagen wir, ich habe mir ein anderes Telefon geborgt.« *Diese illegalen Handys sind ein Geniestreich*, dachte Sterling. *Sie sind viel mehr wert als die lumpigen fünfzig Dollar, die der Händler dafür genommen hat.*

»Moment mal«, sagte Strahan, »ich bin gerade im Auto. Lass mich zuerst rechts ran fahren.« Sterling hörte das Autoradio verstummen und Papier rascheln. »Hast du was zum Schreiben?«

»Klar.«

»An diesem Tag sind vier Telefonate angekommen.« Strahan las die Nummern vor, die Sterling in seinem Buch sofort überprüfte. Zwei Gespräche waren von Wilsons Handy gekommen und deckten sich mit den Sterling bekannten Zeiten, die Kay für Wilsons Anrufe bei ihr zu Hause angegeben hatte. Der dritte Anruf war von der Polizeistation in Norwich, der vierte von der Station in Hanover gekommen.

»Bist du sicher, dass es nur vier ankommende Gespräche gegeben hat?«

»Dreiundzwanzigster März, richtig?«

»Ja.«

»Dann war's das gewesen.«

Sterling stieß langsam die Luft aus. Er hatte erwartet, dass Mortimer bei Kay angerufen hätte. Er konnte sich keine genaue Rechenschaft darüber ablegen, weshalb er auf diesen Gedanken verfallen war, aber wie auch immer, diese Theorie war jetzt Makulatur.

»Und die abgehenden Gespräche?«

»Davon hatten wir fünf.« Wieder las Strahan die Nummern und die Zeiten vor, und Sterling hakte sie in seinem Buch ab. Der zweite und der dritte Anruf galten Wilsons Handy. Der vierte und fünfte waren an die Polizeistationen von Norwich und Hanover gegangen. Aber die Nummer des ersten Anrufs fand sich nicht in Sterlings Buch.

»Ist bei der ersten Nummer jeder Irrtum ausgeschlossen?«

»Unbedingt. Ich habe die Daten direkt vom Computer der Telefongesellschaft heruntergezogen.« Strahan wiederholte die Nummer zur Sicherheit noch einmal.

Sterling senkte den Kopf und massierte seinen verkrampften Nacken. Jedes Mal, wenn er dachte, er hätte den Durchbruch geschafft, war die Lücke auch schon wieder zu.

»Das wär's dann wohl«, seufzte er. »Danke, dass du mir geholfen hast, Stray.«

»Doc, egal wo du bist, pass gut auf dich auf. Ich musste heute wegen einer anderen Sache mit jemandem vom New Yorker Büro sprechen. Dumars ist stocksauer auf dich. Er will Blut sehen.«

»Kann schon sein, aber mich wundert das gar nicht.« Sterling malte sich aus, wie dämlich Dumars jetzt dastand. Er grinste. »Stray, mach dir keine Sorgen. Ich hab das hier bald in trockenen Tüchern, und dann scheuche ich dich über den Golfplatz.«

»Doc, du kannst mich mal.«

»Du hast auch immer was zu meckern!«

Sterling wählte sofort die unbekannte Nummer. Er wusste noch nicht einmal, wie er das Gespräch einfädeln sollte, aber er hatte sich jüngst zu einem so geschickten Lügner entwickelt, dass das kein Problem sein dürfte. Eine Mailbox meldete sich. Sterling hörte sich die Ansage an und war konsterniert. Fassungslos starrte er auf seine Notiz mit der Zeit, die Strahan für diesen Anruf angegeben hatte.

Nur Sekunden nach Wilsons erstem Anruf zu Hause hatte Kay sich bei Wallace A. Mortimer III gemeldet.

49

ENDLICH SAH STERLING einigermaßen klar: Wilson stolpert bei einem Erkundungsgang über die toten Stärlinge. Als er große Kadaveransammlungen entdeckt, wird er argwöhnisch und sichert sich die Unterstützung seines Freundes und Mentors Juri Mandryka, auf dessen Verschwiegenheit er sich verlassen kann. Außerdem ist Mandryka in der Lage, ihm bei der Klärung der Todesursache der Vögel zu helfen. Wilson lernt Heidi Voss kennen, die sich für Umwelt- und Naturschutz interessiert. Wilson freundet sich mit ihr an. Sie begleitet Wilson ein paar Mal auf seinen Erkundungsgängen. Er weiht sie in seine Funde ein.

Zwischen Wilson und Heidi Voss entwickelt sich eine Liebesbeziehung. Irgendwann macht Heidi Voss Wilson mit Kanti bekannt, auf dessen Land ebenfalls tote Stärlinge herumliegen.

Mandryka weiß, dass Wilson an einer Fallstudie über das Vogelsterben schreibt, allerdings ist es zumindest am Anfang wenig wahrscheinlich, dass auch Heidi Voss und Kanti Wilsons Absicht kennen, seine Erkenntnisse zu veröffentlichen. Kanti weiß allerdings, dass Wilson sich telefonisch mit einer Behörde in Washington in Verbindung gesetzt hat – möglicherweise mit dem APHIS – und auf die Antwort wartet.

Hinter dem Vogelsterben steckt Mortimers Sunny Fields Company. Die Gründe liegen auf der Hand. Die dicht bewaldete Berggegend von Vermont ist das perfekte Versuchsgelände, um ein neues Vogelgift abseits des wachsamen Auges des Fish and Wildlife Service zu erproben. Mortimer versichert sich der Unterstützung seines alten Spezis aus Collegezeiten, Allistor Guyton, jetzt Chef des Landwirtschaftsministeriums und geistiger Vater von APHIS. Ungeachtet der Proteste von Umwelt- und Naturschutzexperten ist APHIS zu dem wenig überraschenden Entschluss gekommen, das Stärlingvernichtungsprojekt voranzutreiben.

Dann kommt der Abend des großen Festakts und damit die einmalige Gelegenheit, Wilson aus dem Weg zu räumen. Kay bleibt wegen einer Erkältung zu Hause und kocht Wilson sein Leibgericht. Wilson verlässt das Haus des Collegepräsidenten und fährt nach Hause. Sein erstes Telefonat mit Kay tätigt er um neunzehn Uhr fünfzehn, um ihr zu sagen, dass er sich auf dem Heimweg befindet. Kay ruft postwendend Mortimer an, der noch vor seinem Haus steht, als er den Anruf auf seinem Handy entgegennimmt. Er geht seitlich ums Haus und ruft seine beiden Spießgesellen in dem Pick-up an, die irgendwo an der River Road in Wartestellung gegangen sind, und sagt ihnen, dass Wilson jeden Moment die Brücke passieren wird. Sie bringen ihren Pick-up in Stellung, und als Wilson an ihnen vorbeifährt, fingieren sie eine Panne. Wilson hält an, wird von ihnen in den Wald gejagt und brutal ermordet.

Als Nächste steht Heidi Voss auf der Liste. Sie kennt sämtliche Beteiligten, aber, noch wichtiger, sie weiß von dem Vogelsterben. Sie stellt Mortimer zur Rede, der sie mit einer »Abfindung« von einer halben Million Dollar zu kaufen versucht. Serena Mortimer kommt irgendwie dahinter, was die Animosität der beiden Frauen erklärt. Heidi Voss ist auf der ganzen Linie zum Risiko geworden. Wilsons Mörder bringen auch sie um, warten hinter dem Grand Union Supermarkt in ihrem Lieferwagen, bis der Laden zugemacht hat, und »entsorgen« die verstümmelte Leiche im Müllcontainer.

Jetzt sind noch drei Personen am Leben, die von dem Vogelsterben wissen – Mandryka, Kanti und Bigfoot. Es gelingt Sterling, Mandryka davon zu überzeugen, dass er ein paar Tage von der Bildfläche verschwinden muss, bis die Sache zu Ende gebracht ist. Es kann kein Zufall sein, dass Mandryka auf der Fahrt hinauf zu seinem Ferienhaus von einem Pick-up gerammt und von der Straße abgedrängt wird. Er stürzt über die Böschung in eine Schlucht, worauf ihn die Insassen des Pick-ups für tot halten. Mandrykas Beschreibung des Pick-ups deckt sich mit der Beschreibung, die Miles Borwind von dem Wagen gegeben hat, der ihm beim Abschließen seines Supermarkts aufgefallen war. Der Mörder, der nicht weiß, dass Mandryka überlebt hat, muss nun davon ausgehen, dass noch zwei Mitwisser am Leben sind – Kanti und Bigfoot. Falls sie nicht bereits tot waren, standen sie als Nächste auf der Abschussliste.

Sterling schlug ein frisches Blatt auf und notierte die Fragen, auf die er immer noch keine Antwort hatte. Warum hatte Kay nach Wilsons Anruf Mortimer auf dessen Handy angerufen? Wie war sein, Sterlings, Gesicht in die E-Mail hineingeraten, die Harry nach Hanover geschickt hatte? Und schließlich, wo war Wilsons Fallstudie über das Vogelsterben abgeblieben?

Sterling wählte die Nummer von Sean Kelton. Eine Frau, offensichtlich Seans Ehefrau, meldete sich. Im Hintergrund plärrte ein Baby.

»Ist Sean da?«

»Nein. Darf ich fragen, mit wem ich spreche?«

»Professor Nelson vom Biologischen Institut. Ich wollte mich wegen eines Antrags für ein Stipendium erkundigen, den mein Labor gerade bearbeitet. Bitte, wann erwarten Sie Sean wieder zurück?«

»Frühestens in ein paar Stunden.«

»Ach, so spät?«

»Ja. Er wollte sich drüben in der Bibliothek der Medizinischen Fakultät ein paar Studien näher ansehen. Aber wenn Sie mir Ihre Nummer geben, sage ich ihm, dass er Sie anrufen soll, wenn er zurückkommt.«

»Das ist sehr nett von Ihnen, aber ich wollte mich heute Abend etwas früher hinlegen. Ich werde ihm morgen eine E-Mail schicken.«

Sterling unterbrach die Verbindung, schnappte sich seine Wagenschlüssel, schob ein neues Magazin in die Glock und steckte sie in ein Holster hinten im Hosenbund. Sicherheitshalber lud er auch noch die Beretta durch und verstaute sie in einem Wadenholster über dem rechten Knöchel. Nach seinen jüngsten Entdeckungen konnte er endlich gezielt weitersuchen, aber einen hieb- und stichfesten Beweis gegen Mortimer hatte er immer noch nicht in der Hand. Er brauchte jetzt ein bisschen Glück – und Wilsons Hilfe.

* * *

Die Dana Biomedical Science Library erhob sich wie ein bedrohliches Bollwerk aus Beton am nördlichen Rand des runden Platzes vor dem Medizinischen Institut. Anders als in den Bibliotheken der Studienanfänger herrschte hier wenig Betrieb. Es war eine Bibliothek für fortgeschrittene Semester und Doktoranden, die in der Regel das Examen schon in der Tasche hatten. Gelegentlich waren auch Studenten darunter, die vor der Zwischenprüfung standen und hier im Dunstkreis der geschätzten Lehrer ihre Kenntnisse zu verbessern trachteten.

Sterling mied den Vorplatz und lenkte den Lexus auf einen leeren kleinen Parkplatz hinter dem Gebäude. Zwei Studenten saßen im Schatten der Bibliothek an einer Bank-Tisch-Kombination. Der eine spielte Gitarre, der andere produzierte dazu jaulende Töne auf seiner Mundharmonika. Ein struppiger Golden Retriever schaute wehmütig zu ihnen auf. Dem langen Gesicht des Hundes war abzulesen, dass ihm tausend andere Dinge unendlich viel mehr Spaß gemacht hätten.

Sterling betrat das Bibliotheksgebäude durch den Hintereingang und ging zwischen geschlossenen Büros und Labors einen kurzen Flur hinunter. An den Bibliotheken für die unteren Semester hatte man Wachpersonal postiert und Ausweiskontrollen eingeführt, aber zum Medizinischen Institut hatten Studenten und allgemeines Publikum nach wie vor ungehinderten Zugang. Sterling strich unauffällig durch die Gänge und Flure des Erdgeschosses und schaute in die zahllosen Räume und Arbeitszimmer, als sei er auf der Suche nach einem freien Platz zum Arbeiten. Er musste vorsichtig sein und durfte Kelton keinesfalls überrumpeln. Der Campus-Sicherheitsdienst und Wiley hatten Sean inzwischen bestimmt ins Gebet genommen und ihn davor gewarnt, Kontakt mit Sterling aufzunehmen, der als bewaffnet und gefährlich einzustufen sei.

Nach ergebnislos verlaufener Suche im Erdgeschoss stieg Sterling in die erste Etage und zog auch hier möglichst unauffällig durch die Gänge. In den engen Seitenfluren wimmelte es von Studenten, die vor Bücherstapeln hockten und sich mit dem Laptop oder auf die altmodische Weise mit dem Kugelschreiber Notizen machten. Sterling kannte das mühsame Spiel zur Genüge, hatte er doch als Endzwanziger den größten Teil seiner Zeit in schlecht gelüfteten Bibliotheken gehangen und so lange gelesen, bis ihm die Augen zugefallen waren und der Schaft des Kugelschreibers eine irreversible Kerbe in seinen rechten Mittelfinger geprägt hatte. Er brauchte nur die Hand in einem bestimmten Winkel vor das Licht zu halten, und schon kamen die Erinnerungen an die langen, trostlosen Nächte in ihm hoch, wo er nichts lieber getan hätte, als in sein warmes Bett zu kriechen und ein ganzes Jahr lang durchzuschlafen.

Auch der erste Stock erwies sich als Fehlschlag. Besorgt stieg

Sterling noch eine Treppe höher. Vielleicht war Kelton schon nach Hause oder in eine andere Bibliothek gegangen. Er hatte zwar Keltons Handynummer, aber ein Anruf konnte Kelton möglicherweise auch verscheuchen. Das Überraschungsmoment war ein unentbehrlicher Bundesgenosse.

Auf der zweiten Etage sah es nicht anders aus. Sterling schaute in kleine Hörsäle, wo sich Studenten zum Gruppenstudium zusammengefunden hatten. In einem davon fand eine Videovorlesung statt. Sterling hörte den Professor mit monotoner Stimme die Wörter Mesoderm, Endoderm und Ektoderm wiederholen, während die Hörer eifrig mitschrieben.

Er schaute durch die Scheibe in der Tür des letzten Hörsaals am Ende des Flurs, darauf gefasst, noch eine Etage höher steigen zu müssen. Der Raum schien unbesetzt. Dann entdeckte er das rote Sweatshirt. Big Red. Cornell University.

Sterling setzte sich an einen Tisch, von dem aus er den Flur und die Tür im Auge behalten konnte. Nach ein paar Minuten hörte er die Aufzugtür auffahren und Turnschuhe auf dem Linoleumboden quietschen. Gleich darauf tauchte Sean Keltons feuerrote Mähne auf. Eine kleine braune Papiertüte mit etwas Essbarem in der Hand, stieß er die Tür des Hörsaals auf und ließ sie hinter sich wieder zufallen. Sterling stand auf, prüfte, ob jemand in der Nähe war, ging zur Tür und trat ein.

Kelton sah auf. Ihre Blicke trafen sich. Keltons ohnehin blasse Wangen wurden schneeweiß.

»Keine Panik, Sean«, sagte Sterling. »Ich habe nur ein paar Fragen.«

Kelton nickte in Zeitlupe mit dem Kopf, unfähig, den offenen Mund wieder zuzuklappen. Seine Finger waren um den Kugelschreiber gekrampft, sodass die Haut an den Knöcheln zu platzen drohte.

»In den letzten paar Tagen hat man Ihnen vermutlich einen Haufen schlimme Sachen über mich erzählt, aber das ist alles

Unfug«, sagte Sterling. »Ich habe weder meinen Bruder umgebracht noch Heidi Voss noch sonst jemanden. Man will mir etwas anhängen, und der wahre Mörder läuft immer noch frei herum – Sean, können Sie mir folgen?«

Kelton bewegte mechanisch den Kopf auf und ab, offenbar außerstande, ein Wort herauszubringen.

»Sie könnten mir helfen, den Mörder zu finden, bevor noch jemand zu Schaden kommt.« Wieder nickte Kelton wie in Trance. »Ich möchte wissen, wie die Postzustellung zu Wilsons Labor funktioniert.«

Keltons Stirn furchte sich tief. Auf den Runzeln verdichteten sich die Sommersprossen zu waagerechten Linien. »Die Post?«

»Ja, genau. Ich möchte wissen, wie in Wilsons Labor die Post zugestellt wird.«

»Sie wird nicht zugestellt«, sagte Kelton. Seine Kehle war trocken. »Wir haben sie an der Poststelle abgeholt.«

»Jeden Tag?«

Kelton nickte. »Zweimal täglich. Einmal am Vormittag und einmal am Nachmittag.«

»Wo befindet sich die Poststelle?«

»Im Hinman-Gebäude, drüben im Hopkins Center.«

»Ist sie jetzt noch geöffnet?«

»Die Studenten haben Postfächer, und die sind immer zugänglich, aber unser Labor hat kein Postfach. Die Laborpost müssen wir uns an der Ausgabe aushändigen lassen.«

Sterling dachte kurz nach. Es war jetzt ungefähr zweiundzwanzig Uhr. Die Ausgabe war definitiv geschlossen. Falls er die Tür nicht selbst aufbekam, konnte er vielleicht seinen alten Freund Otto Winter vom Notdienst einspannen, sofern ihm nichts Besseres einfiel – er musste jedenfalls noch heute Nacht in diese Poststelle hinein.

»Wann ist Wilsons Post zum letzten Mal abgeholt worden?«

Kelton wiegte den Kopf. Seine feuerrote Mähne wogte von rechts nach links. »Das könnte Wochen her sein. Das Labor ist ja geschlossen, seit der Professor …«

»Verstehe«, unterbrach ihn Sterling. Sie hatten beide nicht das Bedürfnis, das Wort noch einmal zu hören. »Sean, ich weiß nicht, was jetzt in Ihrem Kopf vorgeht, aber betrachten Sie die Sache doch einmal rational. Wenn ich der Mörder wäre, würde ich jetzt nicht hier mit Ihnen zusammensitzen und mich gepflegt mit Ihnen unterhalten.« Sterling hatte die Waffe herausgeholt und hielt sie Sean auf der flachen Hand vor die Nase. »Ich hätte Sie längst erschießen und mich aus dem Staub machen können, wenn das meine Absicht gewesen wäre. Ist das denn so schwer zu begreifen?«

Keltons Blick haftete wie hypnotisiert an der schwarz glänzenden Pistole.

»Ich möchte Sie um einen großen Gefallen bitten. Dieses Gespräch muss unter uns bleiben. Verraten Sie noch nicht einmal Ihrer Frau, dass Sie mich heute Abend hier gesehen haben.« Sterling steckte die Waffe ins Holster zurück. Kelton erwachte aus seiner Trance. »In diesen Mordfall sind ein paar sehr hohe Tiere verwickelt. Zu Ihrer eigenen Sicherheit: Sie dürfen keinem trauen. Niemandem, verstehen Sie?«

»Hmm, ja, schon.«

»Wilson wird es Ihnen danken«, sagte Sterling.

Zu Keltons maßloser Verblüffung ergriff Sterling seine Hand und drückte sie.

Im nächsten Moment war Sterling schon zur Tür hinaus und rannte die Hintertreppe hinunter.

50

SOGAR ZU DIESER späten Stunde drängten sich am Haupteingang des Hop noch die Studenten. Ein kleines Rudel Hunde jagte im Kreis herum und haschte gegenseitig nach den Schwänzen. Zwei Streifenwagen des College-Sicherheitsdienstes waren vor dem Gebäude aufgefahren. Sterling glaubte, einen der Beamten zu kennen, war sich aber wegen der Dunkelheit nicht sicher. Er fuhr weiter, parkte den Lexus außer Sichtweite und betrat das Gebäude durch einen noch geöffneten Seiteneingang, wo zwei Männer sich mit einer Ladung schwerer Pappkartons abrackerten, die vermutlich Papier enthielten.

Sterling erkundigte sich bei einem Studenten nach der Poststelle. Der junge Mann deutete die Treppe hinunter in das verlassene Souterrain, von wo Licht nach oben drang. Sterling stieg hinunter, wandte sich weisungsgemäß zweimal nach rechts und gelangte in eine niedrige dunkle Halle mit Stellagen voll kleiner Postschließfächer mit Zahlenschlössern, die fächerförmig auf eine Doppeltür in der Mitte der Rückwand zuliefen. Eine Tafel mit den Öffnungszeiten hing an der Tür. Im Näherkommen sprangen auf einmal von Bewegungsmeldern gesteuert die Lichter an.

Ein kurzer Blick auf Tür und Schloss genügte Sterling. Er hatte Glück. Zwischen den Türhälften klaffte ein kleiner Spalt. Diese Art Schloss ließ sich mit einer Kreditkarte problemlos öffnen.

Sterling hatte es in Sekundenschnelle geschafft und machte sich sofort auf die Suche nach Wilsons Post. Die Poststelle schien ein einziges Durcheinander zu sein, überall lagen bündelweise Briefe und Wurfsendungen herum. Die gesamte Rückwand wurde von Stapeln riesiger Kartons eingenommen, die zum Versand bis nach China und Neuseeland bereitstanden. Beim Blick auf die von Briefen und Postkarten überquellenden Körbe konnte Sterling nicht umhin, die ans Wunderbare grenzende Findigkeit der amerikanischen Post zu würdigen.

Sterling untersuchte eine Reihe von Wandschränken, in denen er weitere Postsendungen vermutete, stieß jedoch lediglich auf Vorratsbestände von Klebe- und Gummiband, Markern und ähnlichen Utensilien. Ein Geräusch ließ ihn innehalten. Es klang, als wäre jemand draußen vor der Tür. Er schlich zum Türspalt und lauschte. Einige Minuten verstrichen ohne einen Laut. Sterling nahm die Suche wieder auf, wühlte sich durch die Postkörbe und hoffte, auf Wilsons Adresse zu stoßen.

Dann fielen ihm die beiden Reihen offizieller Postbehälter des US Postal Service auf den Ablagebrettern unter der Ausgabetheke ins Auge. Sie waren nach den Leitern der Verwaltungsstellen und Institute geordnet, was bedeutete, dass auch Wilsons Post dort zu finden sein musste.

Sterling atmete erleichtert auf. Da war der Behälter, auf dem mit dickem Marker Wilsons Name geschrieben stand! Er war inzwischen derart mit Sendungen voll gestopft, dass er kaum noch in das mittlere Fach passte. Sterling zog den Behälter heraus, schob ihn in die Mitte des Raums, fegte allen anderen Plunder beiseite und kippte ihn aus. Briefe, wissenschaftliche Journale, Magazine über Hochleistungssport, alles fiel auf einen Haufen und glitt auseinander.

Es waren weit über hundert Poststücke, doch Sterling suchte ein ganz bestimmtes. Er legte die kleineren Umschläge und die Magazine beiseite und durchsuchte systematisch den Rest aus Päckchen und größeren Umschlägen.

Dann wurde er fündig.

Sean Kelton hatte es ja beschrieben: … *unser Professor hatte sehr spezielle Vorstellungen, wie man die Erstfassung der Arbeit bei ihm abzuliefern hatte. Wenn alles fertig war, musste man eine Diskettenkopie und einen Ausdruck auf seinem Schreibtisch deponieren. Eine zweite Kopie war ihm per E-Mail zuzusenden. Und als letzte Vorsichtsmaßnahme mussten wir zur Poststelle und ihm noch mal einen Ausdruck mit der normalen Post zuschicken.* Wilson, der nie etwas verlangte, wozu er selbst nicht bereit gewesen wäre, hatte sich an die von ihm eingeforderte Prozedur gehalten und eine Kopie seines Artikels an sich selbst geschickt.

»Wilson, du hast es geschafft!«, flüsterte Sterling. Inmitten des Papierwusts setzte er sich auf den Boden, unfähig den Blick von seinem Fund zu wenden: Wilsons Artikel über das Vogelsterben.

Das Manuskript glich eher einem Thriller als einer wissenschaftlichen Fallstudie. Wilson begann mit dem Bericht von einem morgendlichen Erkundungsgang, bei dem er auf die Kadaver von zwei Rotschulterstärlingen gestoßen war. Die Vogelkadaver erregten seine Aufmerksamkeit, weil sie so frisch wirkten und im Gegensatz zu den anderen Tierkadavern, die er bislang im Wald gefunden hatte, noch vollkommen intakt und ohne jede Fraßspuren waren – als ob die Aasfresser diese Beute gezielt verschmäht hätten. Auf den folgenden Seiten lieferte Wilson eine quantitative Aufstellung seiner Funde und ging auf die unterschiedlichen Stadien ihrer Verwesung ein.

Dann folgte ein Abschnitt über Mandrykas Laborarbeit und die gemeinsam gezogene Schlussfolgerung, dass die Zahl der Kadaver für ein zufälliges Ereignis zu groß sei. Er schilderte, wie sie zur Bestimmung der tödlichen Umwelteinwirkung Reihen-Blutuntersuchungen an den toten Stärlingen vorgenommen hatten, die zur Isolation von Bufalin als dem aktiven Giftstoff führte, der allerdings mit einem neuen Eiweiß kombiniert worden war. Dieses Eiweiß bewirkte den Zerfall des Giftmoleküls, das nach einiger Zeit restlos aus dem Blut verschwunden und nur dann chemisch nachweisbar war, wenn der Kadaver frühzeitig genug entdeckt und analysiert wurde.

Dann las Sterling etwas, das ihm bislang noch unbekannt gewesen war. Wilson berichtete von einer Reihe mysteriöser Todesfälle, die in den Berichten des Dartmouth-Hitchcock Medical Center aufgetaucht waren. Im Verlauf der letzten beiden Jahre waren zehn Bewohner des Upper Valley eines »ungeklärten natürlichen Todes« gestorben. Von diesen Fällen war nur eine Hand voll auf dem Autopsietisch des zuständigen Gerichtsmediziners gelandet. Es gab einen gemeinsamen Befund, den die Gerichtsmediziner entweder für unerheblich gehalten oder schlichtweg übersehen hatten: Die Verstorbenen hatten durch die Bank ein deutlich vergrößertes Herz. Der alarmierendste Fall war der einer ansonsten völlig gesunden einundzwanzigjährigen Frau, die als Führerin von Wanderern tätig war. Sie war eines Morgens ganz normal aufgewacht, unter die Dusche gegangen und tot umgefallen. Ihr Herz wies nicht nur wie bei den anderen Fällen die besagte Vergrößerung auf, sondern auch eine massive Störung des elektrischen Signalsystems, ganz ähnlich dem Befund, den Mandryka bei den Stärlingen erhoben hatte. Wilson hatte nachgehakt und festgestellt, dass alle diese »ungeklärt« verstorbenen Personen auf Grundstücken gelebt hatten, die an dem Wasserlauf lagen, der hinter der Potter'schen Farm vorbeiführte. Das Toxin musste über den Bach in ihr Brunnenwasser eingedrungen sein.

Das Beste hatte sich Wilson für den Schluss aufgespart. Er berichtete, dass er auf einem nächtlichen Erkundungsgang auf einen leeren Blechbehälter gestoßen war, der unter einem Haufen abgefallener Äste und Laub gelegen hatte. Auf dem nach innen gewölbten Boden des Blechzylinders war der Firmenstempel des Herstellers aufgedruckt – der Sunny Fields Company. Wilson hatte sich mit einem befreundeten Chemiker in Harvard in Verbindung gesetzt und ihn gebeten, die

Flüssigkeitsreste aus dem Behälter zu analysieren. Die Tests hatten nur bestätigt, was Wilson bereits vermutet hatte: Es war hoch konzentriertes Bufalin.

Beim Lesen der Danksagung blieben Sterlings Augen an dem Namen Juri Mandryka hängen. Er steckte das Manuskript in den Umschlag zurück, schob es in die Innentasche seiner Jacke, löschte hinter sich das Licht und trat zur Tür hinaus. Er griff nach seinem Handy, wählte die Nummer vom FBI Hauptquartier und ließ sich zum Handy von Agent Lonnie Brusco durchstellen. Kurz darauf hörte er das Klingelzeichen.

»Brusco.«

»Hier Sterling. Ich melde mich zurück. Meine achtundvierzig Stunden sind noch nicht ganz um!«

»Sind Sie so weit?«

»Ich habe jetzt alles beieinander«, sagte Sterling. Er betrat die dunkle Halle mit den Postfächern. Die Lichter sprangen nicht an, aber er bemerkte es nicht.

»Wo sind Sie jetzt?«, wollte Brusco wissen.

»In Hanover, auf dem Weg zur Polizeistation.«

Sterling bog um die Ecke und steuerte auf das leuchtende Ausgangschild über der Tür am Treppenaufgang zu. Als er nach der Klinke griff, bohrte sich etwas Hartes in seinen Rücken. Er fuhr zusammen.

»Stecken Sie das Handy weg, Mr. Bledsoe!«, sagte eine tiefe und unbeugsame Stimme. »Aber langsam.«

Sterling ließ das Handy in die Brusttasche plumpsen und hob die Hände über den Kopf. Der Druck in seinem Rücken drohte ihm die Rippen zu brechen.

»Und jetzt werden Sie die Handgelenke ganz langsam auf dem Rücken kreuzen.«

Sterling gehorchte und hoffte, dass damit das stechende Bohren in seinem Rücken sein Bewenden hätte. Der kalte Stahl von Handschellen zwickte in die Haut seiner Handgelenke, dann schnappte laut klickend der Schließmechanismus zu. Ein mächtiger Schubs, der ihm fast das Gleichgewicht raubte, ließ ihn herumwirbeln. Er erstarrte, als er in das wulstige Gesicht des Fleischbergs blickte, der auf ihn herabsah.

Bigfoot. Diesmal ohne Umhängetuch und Stirnband und Weste mit türkisfarbenen Knöpfen, sondern im Khakianzug mit gestreiftem weißen Hemd. Der vom massigen Hals gespreizte Kragen klaffte fast bis zum Schulteransatz auseinander.

»Wir werden jetzt eine kleine Spazierfahrt machen«, sagte Bigfoot und schraubte den Lauf seiner Waffe in Sterlings Brust, der sich vor Schmerz krümmte. »Sie sind in letzter Zeit ein bisschen zu fleißig gewesen.«

51

DIE FAHRT VERLIEF wortlos, wenn man von Sterlings vergeblichen Versuchen absah, dem stoisch schweigenden Bigfoot eine Erklärung zu entlocken. »Antworten kriegen Sie von Kanti«, war alles, was Bigfoot mitzuteilen bereit war, während das kleine rote Auto über Schotterpisten holperte und sich Steigungen hinaufquälte. Sterling hatte sich auf den Beifahrersitz quetschen müssen, wo er neben Bigfoots mächtiger Schulter klemmte. Bei jedem Gangwechsel geriet sein linkes Bein in Konflikt mit dem Schalthebel. Er ging seine Optionen durch, aber er hatte keine. Seine Beine waren zwar frei, aber in dem Wagen war es entschieden zu eng, um jemals eine geeignete Ausgangsposition für einen kräftigen Tritt gegen Bigfoot oder das Lenkrad zu gewinnen. Und was war damit schon gewonnen, außer einem allfälligen Sturz in den Abgrund oder einer Tracht Prügel von dem weitaus stärkeren

Mann? Die erste Regel bei einer Geiselnahme war immer noch: Eine tote Geisel ist eine wertlose Geisel.

Sterling schaute in die Dunkelheit hinaus und las laut die wenigen Schilder ab, an denen sie auf der verlassenen Straße vorbeikamen. Bigfoot warf Sterling drohende Blicke zu und gab seinem Missfallen mit einem tiefen Grollen Ausdruck, das tief in seinem gewaltigen Brustkasten anhob und irgendwo in der Mitte seines Halses stecken blieb. Sterling sah die Wildwechsel-Warnschilder, die gleichen, die er auf der ersten Fahrt zu Kanti gesehen hatte.

Auf einmal fiel es Sterling wie Schuppen von den Augen. Da hatte er die Antwort! Kanti und Bigfoot waren die beiden letzten Namen auf der Liste der Mitwisser vom Vogelsterben. Der letzte Mann in der Reihe kennt immer das ganze Geheimnis! Sterling hätte sich am liebsten selbst in den Hintern getreten, dass er nicht schon früher darauf gekommen war. War es nicht wunderbar eingefädelt, wie man ihn bei dem Gespräch mit Ahote an jenem Nachmittag hinter Mortimers Haus mit Kantis Botschaft und Ahotes Geheimnistuerei geködert hatte? Gehörte Ahote mit zum Komplott, oder war sie nur ein ahnungsloses Werkzeug?

Vor Sterling entstand das Bild ihrer Augen, in denen die blauen Wellen des Ozeans aufwallten, stark und gnadenlos. Lieber Gott, betete er, lass sie nicht in die Sache verwickelt sein. Aber so, wie es sich ihm nun darstellte, musste sie ja mit drinstecken – sie arbeitete für Mortimer und verehrte Kanti! Sterling schüttelte den Kopf. Er hätte sich nicht so leicht einwickeln lassen dürfen, hätte mehr Fragen stellen, energischer und gründlicher nachforschen müssen, aber er hatte sich von Kanti mit seiner aristokratischen Erscheinung, seinen Geschichten, seiner Fähigkeit, die Vögel vom Himmel herabzurufen, blenden lassen. Konnte ein solcher Mensch in ein so niederträchtiges Mordkomplott verwickelt sein?

Bigfoot fuhr auf eine mit hohem Gras und niedrigem Buschwerk bewachsene Lichtung. Zwei Wagen standen bereits dort, doch Sterling konnte in der Dunkelheit nichts Näheres erkennen. Bigfoot stellte den Motor ab, wuchtete sich aus dem kleinen Wagen, kam auf die Beifahrerseite herüber und riss die Tür auf. Er packte Sterling am Kragen und zerrte ihn aus dem Auto, wie aufgebrachte Eltern es manchmal mit einem unartigen Sprössling tun. Sterling erwog, in die Dunkelheit zu entfliehen, doch der Lauf von Bigfoots Kanone bohrte sich schon wieder zwischen seine Schulterblätter und ließ jeglichen Gedanken an Flucht zur Makulatur werden.

Sterling wurde auf einem schmalen Pfad vorangestoßen. Er stolperte über Äste und Steine, Zweige und Dornenranken rissen an seinen Ärmeln. Das Dickicht öffnete sich. Sie betraten die weiche weitläufige Rasenfläche um das Blockhaus. Die hell erleuchteten Fenster verbreiteten eine festliche Atmosphäre. Sterling hielt inne. Jäh wurde ihm bewusst, dass er seinem eigenen Tod entgegenschritt. Wäre es nicht ein rühmlicheres Ende, auf der Flucht erschossen zu werden, als sich wie ein Lamm zur Schlachtbank führen zu lassen?

»Los, weiter!«, grunzte Bigfoot. Er stieß Sterling den Pistolenlauf so nachdrücklich in den Rücken, dass Sterling glaubte, er könnte die Mündung vorne als merkliche Beule wieder herauskommen fühlen, wenn seine Hände frei gewesen wären.

Sterling taumelte, fing sich wieder und ging auf das Haus zu. Als er den Fuß auf die oberste Stufe des Aufgangs setzte, schwang wie von Geisterhand die Tür auf, und er blickte in Kantis kalte und gnadenlose Augen. Der Häuptling sagte in einer unverständlichen Sprache ein paar Worte zu Bigfoot, begrüßte Sterling mit kaum merklichem Kopfnicken und forderte ihn mit einer Geste auf einzutreten. Sterling war wenig überrascht, an der gegenüberliegenden Seite des Raums zwei

Männer beieinander sitzen zu sehen, die er beim ersten Zusammentreffen ganz ähnlich vorgefunden hatte: die Köpfe einander zugeneigt und in ein leises Gespräch vertieft.

Mortimer war wie zum Pferderennen gekleidet, mit tannengrünem Blazer und einer breiten goldfarbenen Ascot-Krawatte. Auf Chief Gaylors Kahlkopf spielte der wabernde Feuerschein des offenen Kamins. Seine spiegelnde Glatze sah aus wie ein orangefarbener Bildschirmschoner. Er trug eine schwarze Windjacke und Hosen mit Schottenkaro, das perfekte Outfit für eine Partie Golf im Club. Kanti nahm Platz. Bigfoot, die Waffe auf Sterling gerichtet, blieb stehen.

»Da hätten wir ja den ganzen sauberen Verein beisammen«, sagte Sterling. »Freut mich, dass ich kommen konnte, bevor der Sekt alle ist.« Ein derber Stoß in den Rücken ließ ihn auf ein Sofa taumeln.

»Es hätte nicht so weit zu kommen brauchen«, sagte Mortimer, das Kinn leicht emporgehoben. »Es war nie geplant, dass jemandem etwas geschieht.«

»Weil Sie nie damit gerechnet haben, dass Wilson auf die toten Vögel stößt und Ihnen dann auch noch auf die Schliche kommt«, konterte Sterling.

»Ausgerechnet Wilson musste über die toten Stärlinge stolpern«, sagte Mortimer bedauernd. »Jeder andere wäre mir lieber gewesen. Ich erwarte nicht von Ihnen, dass Sie es mir glauben, aber ich habe Ihren Bruder wirklich sehr gern gemocht. Er hat sich enorme Verdienste um unser College erworben, wofür ich ihm überaus dankbar bin.«

»Aber so weit hat Ihre Dankbarkeit denn doch nicht gereicht, dass Sie darauf verzichtet hätten, ihn umbringen zu lassen.«

Mortimer steckte den Seitenhieb mit unbewegtem Gesicht weg. »Wenn Sie auf uns gehört hätten, müssten wir jetzt nicht hier sitzen«, meinte er.

»Die WLA hätte den idealen Sündenbock abgegeben«, schaltete Gaylor sich ein. Seine großen fleischigen Ohren wackelten beim Sprechen wie bei einem Zirkusclown.

»Das war mir einfach zu billig.« Sterling brachte sich auf dem Sofa in eine bequemere Sitzposition. »Diese Krawallbrüder hatten an meinem Bruder nicht mehr Interesse als an der Bärentatze da drüben auf dem Kaminsims.«

Das Knacken der Holzscheite im Kamin akzentuierte die Stille.

»Da wir alle gerade so friedlich ums Lagerfeuer herum sitzen«, sagte Sterling, »möchte ich die Herren gerne bitten, mir ein paar Fragen zu beantworten.«

»Tun Sie sich keinen Zwang an.«

»Wie haben Sie davon erfahren, dass Wilson diese toten Stärlinge entdeckt hat?«

Mortimer griff nach dem Kaffeebecher auf dem Couchtisch und genehmigte sich einen kräftigen Schluck. »Kanti und ich haben seit langem gemeinsam an diesem Projekt gearbeitet«, sagte er. »Ich konnte ihm begreiflich machen, weshalb es nötig ist, den Bestand dieser Vögel zu beschneiden. Er war klug genug, meine Besorgnis zu teilen.«

»Dass die Vögel im fernen Mittelwesten Ihre Sonnenblumenernte schädigen?«, stellte Sterling sarkastisch fest.

Kanti enthielt sich jeglichen Kommentars.

»Oh, Sie haben Ihre Hausaufgaben gemacht«, sagte Mortimer. »Ganz recht, wir mussten uns überlegen, wie wir diese verdammten Vögel ausmerzen können, ohne dass die Spur zu uns zurückverfolgt werden kann. Hier, wo niemand etwas merkt, tief in den Wäldern und im toten Winkel des argwöhnischen Fish and Wildlife Service, hat sich uns das ideale Experimentierfeld geboten. Kaum jemand weiß, dass Sonnenblumenöl bald das große Geschäft sein wird, ein viel größeres, als Speiseöl es zurzeit schon ist. Das Öl wird als Schmieröl für Automotoren auf den Markt kommen. Es ist billiger und besser als das Öl, das derzeit auf dem Markt angeboten wird. Und schonender für die Umwelt! Kanti und sein Volk haben verstanden, wie wichtig es ist, die Sonnenblumen vor diesen fresswütigen Vögeln zu schützen. Sie haben uns geholfen, die Kadaver einzusammeln und zu vergraben, und wir haben uns erkenntlich gezeigt. Sehr zu unserem Leidwesen hat Wilson dennoch eine gewisse Anzahl Kadaver entdeckt.«

Sterling nahm Mortimers Worte interessiert zur Kenntnis. »Und dann hat er Heidi Voss davon erzählt, die Sie prompt erpresst hat.«

»Eine völlig irregeleitete junge Frau!«, fauchte Mortimer empört. »Mit ihrem niederträchtigen Spiel hat sie aus uns herausgeschlagen, was sie wollte!«

»Und wie haben Sie es geschafft, dass in Harry Frumptons letzter E-Mail mein Konterfei geprangt hat?«

»Das war nicht ganz leicht zu bewerkstelligen«, meinte Mortimer. »Und ziemlich kostspielig obendrein.« Er nickte Gaylor zu.

»Es war ja nur eine Frage der Zeit, bis Ihr Labor das Überwachungsvideo so gut aufbereitet haben würde, dass ein sauberes Bild von unserem Mann herauskommt, wie er in jener Nacht das Burke-Gebäude verlässt«, erläuterte Gaylor. »Er sollte das Video beschaffen, das Professor Bledsoe von den toten Vögeln geschossen hatte. Aber wir hatten übersehen, dass es diese Videoüberwachung gibt, und auch die Fähigkeit Ihrer Techniker unterschätzt, aus der miserablen Aufnahme ein erkennbares Bild herauszufiltern. Da wir wussten, dass diese fatale E-Mail früher oder später kommen würde, haben wir uns in Washington nach jemandem umgesehen, der die Sache für uns regelt. Der Name des Mannes tut nichts zur Sache, aber nachdem wir uns über den Preis geeinigt hatten, war er sehr glücklich, uns einen Gefallen tun zu können.«

»Ist Ihre Neugier damit befriedigt?«, erkundigte sich Mortimer.

»Nur noch eine Frage«, sagte Sterling. »Dieser Telefonanruf.«

»Welcher?

»Der Anruf von meiner Schwägerin. Warum hat Kay Sie auf Ihrem Handy angerufen?«

»Weil dein Bruder dreißig Jahre meines Lebens leichtfertig mit Füßen getreten hat! Diese kleine Schlampe hatte nie etwas anderes im Sinn, als ihn zu manipulieren wie alle anderen auch!«

Sterling sah Kay müde und abgespannt aus einem düsteren Gang heraustreten. Die Arme trotzig vor der Brust verschränkt, blieb sie in der Ecke stehen. Sie kam ihm vor, als sei sie in den letzten paar Wochen um zehn Jahre gealtert. Ihr straff nach hinten gekämmtes Haar tat ein Übriges. Sterling bemerkte erstmals die grauen Strähnen an ihren Schläfen.

»Kay, ich kann es einfach nicht glauben! Jede noch so schäbige Erklärung für diesen Anruf wäre mir lieber gewesen als diese!«

»Und ich habe einfach nicht glauben können, dass Wilson mich betrogen hat, uns betrogen hat!« Ihre Stimme brach. »Ich habe es von Anfang an gemerkt und mich die ganze Zeit gefragt, wie er mir das antun konnte! Ich bin immer nur gut zu ihm gewesen, und dann das!« Sie fing an zu weinen. »Du hast ja keine Ahnung, wie mich das getroffen hat, bei all dem, was wir zusammen aufgebaut haben!«, schluchzte sie.

»Aber Mord, Kay? Nach all den Jahren? Gut, Scheidung, du hättest dir nehmen können, was dir zusteht ... aber einfach hinzunehmen, dass er ermordet wird? Und dich auch noch zur Komplizin machen lassen?«

Kay wischte sich mit dem Handrücken über die Augen. »Gerade du solltest aufpassen, was du sagst!«, zischte sie. »Hast du nicht deinen Bruder so sehr gehasst, dass du regelrecht krank geworden bist, wenn man Wilsons Namen nur erwähnt hat? Sitz bloß nicht so scheinheilig da mit deinen frommen Sprüchen! Der Tod ist vielleicht noch besser als der Kummer, den du Wilson in all diesen Jahren bereitet hast!«

Das saß. Sterling hatte Wilson über die Jahre oft verletzt, das war nicht abzustreiten. Er konnte sich des Gedankens nicht erwehren, dass Wilson vielleicht noch am Leben wäre, wenn er sich besser mit ihm verstanden hätte. Er wandte den Blick von Kay ab und versank wieder einmal in einem Meer von müßigen Spekulationen. Was wäre gewesen, wenn ... Er merkte nicht, dass Mortimer Bigfoot zunickte.

»Schluss jetzt!«, knurrte Bigfoot. Er riss Sterling hoch und stellte ihn auf die Füße. »Zeit für einen kleinen Spaziergang.«

Sterling wusste, das bis hierher alles nur ein Vorspiel gewesen war. Bald würde er wissen, wovon. Er sah Kay an, aber sie drehte sich wortlos um und verließ den Raum.

Bigfoot schob Sterling einen kurzen Gang hinunter und stieß ihn zur Hintertür hinaus. Kanti folgte ihnen. Mit dem matten Lichtschein vom Haus als einziger Orientierungshilfe, tappten sie durch die frostige Dunkelheit. Die nächtlichen Rufe der Tierwelt erfüllten die Luft mit den Klängen des Reichs der Wildnis. Bigfoot stieß Sterling bis zum Rand des Grundstücks vor sich her, dann befahl er ihm, stehen zu bleiben.

Sterling wandte sich um. Das weit entfernte Blockhaus war kaum noch auszumachen. Als er neben sich auf die Erde hinabblickte, bemerkte er ein frisch gegrabenes tiefes Loch. Im feuchten Aushub daneben steckte noch die Schaufel.

»Früher oder später wird man mich finden«, sagte Sterling. »Ich habe es geschafft, euch auf die Schliche zu kommen, also schafft es auch ein anderer.«

»Hier wird Sie niemand finden«, sagte Kanti. »Das ist geschütztes Land, Teil des Indianerreservats, in dem nur mein

Volk und sonst keiner das Sagen hat. Ohne unsere Genehmigung hat hier niemand etwas zu suchen. Das wird Ihr Grab sein, in dem Sie zur Erde zurückkehren, aus der alles Leben gekommen ist.«

Kanti trat hinter Sterling. Er zog einen kleinen Schlüssel aus der Westentasche. Sterling spürte seine Handschellen aufschnappen.

»Einen gefesselten Mann zu töten ist unehrenhaft«, sagte Kanti, während er vor Sterling hintrat. Er machte eine verstohlene Geste vor Sterlings Gesicht, um sich dann wieder an Bigfoots Seite zu begeben.

Sterling schaute in den dunklen Himmel hinauf und verfolgte den Tanz der Sterne auf ihrer samtschwarzen Bühne. Als kleiner Junge hatte er es hundert-, ja tausendmal getan und sich von seiner Fantasie in ferne Welten tragen lassen. Er dachte an Wilson, der in diesen einsamen Bergen durch den Wald gejagt worden war, bevor man ihn wie ein Stück Wild getötet hatte. Aber Wilson hatte sich tapfer zur Wehr gesetzt, hatte mit bloßen Händen gegen bewaffnete Männer gekämpft, auch wenn er am Ende nichts gegen sie auszurichten vermochte.

Auch Sterling wollte um sein Leben kämpfen, damit er in Ehren sterben konnte.

»Machen Sie keine Schwierigkeiten«, sagte Bigfoot, als hätte er Sterlings Gedanken gelesen. »Los jetzt, umdrehen und niederknien! Der Rest geht ganz schnell.«

Sterling blickte in die Augen des riesigen Kerls und forschte nach einem Funken Mitgefühl, fand aber nur kalte Entschlossenheit. Er schaute hinüber zu dem Dickicht aus Buschwerk und Bäumen und legte sich hastig einen Fluchtweg zurecht. Wenn er es bis dorthin schaffte, war er gerettet. Unterwegs fing er sich möglicherweise ein paar Kugeln ein, aber vielleicht konnte er dem kurzatmigen Fleischberg und seinem alten Häuptling trotzdem entkommen.

Als er losrennen wollte, krachte in der Stille der Nacht ein Schuss. Sterling spürte einen harten Schlag an der rechten Schulter, der ihn zu Boden warf. Ein jäher Schmerz wie von glühendem Eisen durchzuckte ihn. Weitere Schüsse bellten auf. Sterling hob den Kopf. Er sah Bigfoots Hand vom Rückschlag der abgefeuerten Schüsse hochschnellen. Ein Treffer in Bigfoots Arm riss den massigen Indianer nach hinten. Er packte die Pistole mit der anderen Hand und feuerte weiter. Eine Kugel schlug in seinen Schenkel, doch das Bein zuckte nur.

Sterling konnte den rechten Arm nicht mehr bewegen. Mit der Linken zog er die Beretta aus dem Wadenholster und verfeuerte das ganze Magazin auf Bigfoots Rücken.

Die Fleischmassen des Indianers schluckten die Kugeln wie Mückenstiche. Störrisch blieb er stehen, doch dann knickten die Beine unter ihm weg, und der Koloss stürzte krachend zu Boden.

Als es Sterling endlich gelungen war, auf die Beine zu kommen, war Kanti geflohen. Sterling lief dem Haus entgegen, immer noch ungewiss, wer ihm das Leben gerettet hatte.

»Agent Bledsoe«, schrie jemand. Lieutenant Wiley kam mit der Waffe in der Hand zwischen den Bäumen hervorgerannt, dicht gefolgt von Ahote. Die Mündung seines Revolvers zeigte nach oben in die Luft. »Sind Sie okay?«, rief er, während in einer Kakophonie von Polizeisirenen und einem Strahlengewitter von Blinklichtern eine Armada von Streifenwagen vor dem Blockhaus auffuhr.

Sterling traf auf halbem Weg mit Wiley und Ahote zusammen. »Lieutenant, das war aber höchste Zeit!«, keuchte er und lächelte.

»Wir haben diese verdammte Kate nicht finden können«, knurrte Wiley, dem die Aufregung noch im Gesicht stand. »Agent, ich muss mich bei Ihnen in aller Form entschuldigen.«

»Geschenkt«, sagte Sterling, »aber ich hatte schon befürchtet, mein kleiner Trick wäre schief gegangen.« Er zog das illegale Handy aus der Brusttasche. Die Verbindung zu Brusco stand noch. »Brusco, hat es mit den achtundvierzig Stunden geklappt?«, rief Sterling in sein Telefon.

»Mit knapper Not!«, gab Brusco zurück. »Gute Idee, die Verbindung zu halten. Wir haben alles mitgeschnitten.«

»Vielen Dank für Ihr Vertrauen, Lonnie. Sie sind ein verdammt guter Mann.«

Wiley schaltete sich ein. »Wenn Ahote uns nicht geholfen hätte, wären wir verloren gewesen«, sagte er und deutete auf die zierliche Indianerin.

Sterling sah Ahote an. »Ich verdanke Ihnen mein Leben«, sagte er und drückte sie mit dem unverletzten Arm an seine Brust.

Sie schlang die Arme um ihn. Tränen quollen aus ihren Augen. »Das ist alles nur meine Schuld«, schluchzte sie. »Ich hätte es mir doch denken können! Aber wie ein blindes Huhn habe ich allen vertraut.«

»Nun aber mal halblang«, protestierte Sterling. »Wir haben uns alle blenden lassen – nur Wilson nicht!«

Er holte den Umschlag mit dem Artikel über den Vogelmord heraus. Sein Finger zog Wilsons Handschrift auf dem Adressenaufkleber nach. Sterling hatte nie an Geister oder Übersinnliches geglaubt, aber plötzlich spürte er in der Fingerspitze ein Kribbeln, das sich den Arm hoch bis ins Rückenmark zog und ihm die Nackenhaare zu Berge stehen ließ.

Das Gefühl verebbte, seine Schultern entspannten sich, die Muskeln in seinem Rücken wurden weich und locker. Es war doch noch nicht zu spät. Zum ersten Mal fühlte er sich ganz eins mit seinem Bruder.

Er hatte Wilson im Leben nie wirklich gekannt, im Tode aber kennen und sogar lieben gelernt.

52

VERONICA SASS AM Steuer des glänzenden schwarzen Porsche, der spielend die steile und holprige Steigung in den Bergen von Vermont nahm. Sterling schaute hinaus in die vertraute menschenleere Landschaft. Sein rechter Arm steckte in einer Schlinge, was ihn aber nicht davon abhielt, mit der Linken Veronicas nackten Schenkel zu tätscheln. Der Fahrtwind strich durch das Cabrio, die Wolken hatten sich verzogen, und so weit das Auge reichte, schimmerte sanft das Hellblau des Himmels. Wilson reiste im Wagen mit – in einer verschlossenen silbernen Urne, die in der Mulde des Rücksitzes ruhte.

Gaylor, Kanti, Bigfoot und Kay hatten sich schuldig bekannt. Auf verschiedene Haftanstalten verteilt, verbüßten sie langjährige Freiheitsstrafen. Die Urteile waren ungeachtet der Geständigkeit und Kooperationsbereitschaft der Angeklagten sehr drastisch ausgefallen. Mortimer war als Einziger billig davongekommen. Als in jener Nacht die Beamten in Kantis Blockhaus gestürmt kamen, hatte er Gaylors Waffe an sich gerissen und sich durch den Mund eine Kugel in den Kopf gejagt, die am Hinterkopf wieder ausgetreten war. Sterling fand es bedauerlich, dass es Mortimer gelungen war, sich der viel peinlicheren Strafe der öffentlichen Schmach und Demütigung zu entziehen.

Das Gericht hatte Kay Wilsons Erbe aberkannt und sein gesamtes Vermögen inklusive Haus, Grundbesitz und Autos zügig auf Sterling übertragen.

In der Zeit, als Sterling untergetaucht war, hatte das Büro von Dr. Withcott an Wiley den Bericht mit den Laborbefunden über das abgebrochene Sägeblatt geschickt, das in Wilsons Brust gefunden worden war. Nach einigen Computerrecherchen konnte in Ascutney in Vermont das Geschäft ausfindig gemacht werden, wo das Sägeblatt verkauft worden war. Mit Hilfe der Verkaufsbelege und des guten Gedächtnisses des Verkäufers konnte ein gewisser Horton Crawford als Käufer ausfindig gemacht werden. Der eindrucksvolle Umfang von Crawfords Vorstrafenregister legte den Verdacht nahe, dass er das Sägeblatt nicht unbedingt zur Anfertigung von Laubsägearbeiten für einen Weihnachtsbasar erworben hatte.

Horton Crawford und Charlton Gaithers, die eigentlichen Ausführenden der Morde, waren der Polizei in der Nähe der kanadischen Grenze bei einer routinemäßigen Verkehrskontrolle ins Netz gegangen. Bei der Überprüfung von Crawfords Führerschein hatte der Computer der Staatspolizei einen offenen Haftbefehl gegen ihn angezeigt.

Verstohlen betrachtete Sterling Veronica aus dem Augenwinkel. Nach allem, was sie im letzten Monat gemeinsam durchgestanden hatten, fragte er sich, ob das nicht ein Wink des Schicksals gewesen war. Veronica hatte keinerlei Druck gemacht, aber er konnte es an ihrem Gesicht ablesen, an den unschuldigen Berührungen, wenn sie in einem Restaurant saßen, und auch jetzt wieder, wie sie die Hand nach ihm ausstreckte und seinen Nacken streichelte – sie versprach sich mehr von ihrer Beziehung. Konnte das nicht der Anfang sein?

Veronica zog den Wagen durch eine lange Kurve. Auf Sterlings Anweisung steuerte sie auf den Parkplatz mit der grandiosen Aussicht, den er vor ein paar Wochen per Zufall entdeckt hatte, und hielt an.

»Hier ist es«, sagte Sterling, sprang aus dem Wagen und holte die Urne vom Rücksitz. Veronica stellte den Motor ab, blieb aber sitzen. »Komm mit!«, forderte Sterling sie auf.

»Willst du das auch wirklich?«

»Unbedingt. Ich möchte dir zeigen, was Wilson an diesen Bergen so geliebt hat.«

Als Veronica mit Sterling über die Straße ging, legte sie ihm den Arm leicht und selbstverständlich um die Taille. Sie stiegen den kurzen Treppenaufgang zur Aussichtsplattform hinauf.

»Ist das nicht überwältigend?«, fragte Sterling mit weit ausholender Geste über das Kaleidoskop der üppigen Farben und vielfältigen Strukturen des Horizonts.

»Das ist der schönste Platz, den ich je gesehen habe«, flüsterte Veronica. »Es ist fast schon unwirklich.«

»Beinahe, wie man sich das Paradies vorstellt.«

Sie schauten über die Berghänge hinab ins bewaldete Tal. In der Ferne ragten gleichmütig die Zinnen schneebedeckter Berge empor. Der mächtige Connecticut River wirkte von hier oben wie ein von Goldwäschern durch felsiges Gelände umgeleiteter Bach.

Ein knatterndes Geräusch erklang und schien in der Luft zu verweilen, bevor es himmelwärts verhallte. Ein Adler löste sich vom Saum des nahe gelegenen Waldes und ließ sich vom Wind in langen, lässigen Schleifen emportragen. Sterling erkannte sofort das weiße Gesicht und das weiße Schwanzgefieder. Ein Weißkopfseeadler, das amerikanische Wappentier. Sogar der leuchtend gelbe Hakenschnabel und die Klauen waren zu erkennen, als ihn seine Kreise näher herantrugen.

Ans Geländer gelehnt, löste Sterling den Deckel von der Urne, wartete eine kräftige Brise ab und übergab die Asche behutsam den Fittichen der wehenden Lüfte.

So und nicht anders hätte Wilson es sich gewünscht.

Danksagung

ES IST IMMER wieder bemerkenswert, wie ein glücklicher Zufall das Leben verändern kann. Diese Geschichte ist mir schon seit Jahren im Kopf herumgegangen, aber erst, als ein literarischer Engel in Gestalt von Janet Hill in mein Leben trat, ist aus der Idee Wirklichkeit geworden. Die ungewöhnlich tüchtige Janet ist Lektorin beim Verlag Doubleday/Broadway/Harlem Moon. Dank eines ihrer Autoren, des großzügigen E. Lynn Harris, der seine Einsichten in die Welt des Romanschreibens selbstlos mit mir geteilt hat, machte ich auf einer Galaveranstaltung Janets Bekanntschaft. Ich habe ihr von meiner Buchidee erzählt, und was daraus geworden ist, halten Sie nun in Händen. Janet hat mich mit Steve Rubin bekannt gemacht, dem unvergleichlichen Verlagschef von Doubleday. Er hat mir vom ersten Tag an seine volle Unterstützung gewährt und mir bei so manchem Arbeitsessen und Dinner seinen verlegerischen Sachverstand und seine Visionen in einer Weise nahe zu bringen vermocht, dass in mir die Überzeugung Platz griff: Auf diesen Mann kannst du bauen!

Dann trat meine erstaunliche und unermüdliche Lektorin Stacy Cramer auf den Plan. Ungeachtet der Tatsache, dass sie ihre Ausbildung auf einer Hochschule namens Yale genossen hat, ist sie – man gestatte mir das Klischee – der Traum eines jeden Autors. Stacy, vielen Dank für die Freundschaft und die großartige Arbeit. Du hast meiner Geschichte Flügel verliehen und bist wirklich eine Klasse für sich!

Ich möchte nicht versäumen, mich auch bei der übrigen Mannschaft von Doubleday für ihre hervorragende Arbeit zu bedanken – bei Stacys Lektoratsassistentin Beth Buschman-Kelly, dem Cheflektor Bill Thomas sowie bei Suzanne Herz, bei Allison Rich, Meredith McGinnis, Joan Fontana, der gesamten graphischen Abteilung und den unglaublichen Außendienstmitarbeitern von Doubleday!

Ein Dankeschön auch an meine Familie. Mein Zwillingsbruder Dana ist der beste Geschichtenerzähler, den ich kenne, und außerdem hat er mich mein Leben lang dazu inspiriert, nach den Sternen zu greifen und unbescheidene Träume zu träumen. Ich danke meinen Eltern Rena Cherry und Noy Bustion. Alles, was ich bin, verdanke ich euch. Ich hoffe, dass ich euch eines Tages wenigstens halbwegs das Wasser reichen kann. Ich danke meiner Tante Lynn, die mehr Bücher gelesen hat als irgendjemand, den ich kenne, und die auf mich aufgepasst hat, seit ich alt genug war, Unfug zu treiben. Onkel Robert und Onkel Johnny – habt Dank, dass ihr immer da wart und mich mit Stolz erfüllt habt. Und ich danke meinem Großvater Robert Cherry senior – er war und ist der Ausgangspunkt all meiner Inspirationen. Die Lektionen und die Erkenntnisse, die ich ihm verdanke, werde ich eines Tages an meine Kinder weitergeben.

Ein besonderer Dank gilt meiner Agentin Jennifer Rudolph Walsh von der William Morris Agency. Schon bei unserem ersten Zusammentreffen habe ich gemerkt, dass sie die Energie in Person ist. Wo sie zupackt, stieben die Funken, wie sich dann auch bald herausgestellt hat. Und ein Dankeschön an Mary Pender, ihre kluge, stets hilfsbereite Assistentin, die mir sehr geholfen hat.

Liebe Kumpels vom Golfplatz, Mike Strahan von den New York Giants, Jay Glazer, der beste Innenfeldspieler der National Football League, Gene Wolfson, Bob »Brownie« Brown, Ty

Williams und Tony Abrahams: Vielen Dank euch allen, dass ihr mich ertragen habt, während ich an meinem Buch herumgebastelt habe. Aber jetzt bin ich fertig, und ihr könnt schon mal die Schläger herausholen, weil ich mich hiermit zurückmelde, um euch zu vermöbeln und die Kohle abzunehmen!

Harlan Coben, lass dir danken. Mann, du bist der Größte. Danke, dass du mir gezeigt hast, wo's langgeht!

Zum Schluss, doch nicht zuletzt, möchte ich mich bei meinen Freunden bedanken, bei Jonathan Cardi, Ron Mitchell und Leon Carter. Alex Garfield, vielen Dank für das kleine Schreibparadies. Und ein herzliches Dankeschön an alle meine Lehrer, denen ich mein Wissen verdanke und die mir immer gesagt haben, alles, was ich mir wünsche, sei machbar – ich müsste nur hart genug dafür arbeiten.

Lehrer sind unsere wahren Helden, Helden, denen man keine Kränze flicht.